귀족 예절론

귀족 예절론

박 상 수

비 평 집

문예
중앙

1

시를 껴안고 싶었다. 잠자리의 투명한 날개 같은 언어. 너무 연약해서 금방 바스라져버릴 것만 같은 몸짓들. 하지만 바로 그 연약한 힘으로 마음속에 수많은 폭풍과 반향을 만들어내는 마법들. 그래서였을 것이다. 나는 눈이 완전히 멀어버리기 전에 그걸 훔치고 싶었다. 영원히 갖고 싶었다. 욕망이 너무 커서 벌을 받아야 한다면 내 몸속에서 '시를 살아보고' 싶었다. 그것이 비록 짧은 한순간에 그칠지라도. 나는 다른 사람이 되고 싶었던 것 같다. 더욱 섬세한 사람이 되고 싶었고, 더욱 아름다운 사람이 되고 싶었다. 내가 읽는 시에 어울리는. 시가 있다면 가능할 것 같았다. 그래서였을 것이다. 아무도 없는 장서고에 남아 시를 읽고 있으면 세상 어느 것도 두렵지 않았다.

또 한편으로는 내려가고 싶었다. 시의 가장 밑바닥, 그 축축한 지하실을 엿보고 싶었다. 내면의 공격성과 위악과 열등감과 파괴적 본능에 충실한 시를 만나고서부터였을 것이다. 그런 시들은 결코 아름답지 않았다. 아름답기는커녕 내가 감추고 싶었던 밑바닥의 음울하고 부정적인 감정들을 초혼하고 있었다. 어떡하지. 더 이상 날아오를 수가 없어……. 날개를 잃고 한동안 나는 두려웠다. 그런데 어째서 고통과 비명에 가득찬 시들을 다시 읽게 되는 것일까. 바닥까지 떨어져 몇 번의 실패와 감정적 파탄을 경험하고 난 뒤였을 것이다. 나와 세계의 부정합을 비로소 실감한 뒤였을 것이다. 나 대신 먼저 울어준 시인들의 시를 읽으며, 감사하고 또 감사했다. 단어들을 매만지며 나는 깊이 침잠하게 되었다. 시편들의 지하회랑을 따라 걸으며 생각이 달라졌다. 다시, 나는 다른 사람이 되고 싶었던 것 같다. 이번에는 세상에서 가장 아픈 사람이 되고 싶었다. 아름다움은 아름다움 그 자체에만 있는 것이 아니라 아름다움에 이르기 위한 고통에도 있는 것임을 알게 되었으니까. 끝내 아름다움에 도달하지 못한 자의 절망에도.

시라는 텍스트를 비평의 언어로 되살아내며 '즐거움'만을 꿈꾸었던 시절도 있었지만 지금은 그 단어가 들어갈 자리에 '즐거움'과 '고통'을 함께 놓고 싶다. 최근에는 하나가 더 추가된 것 같다. 시가 놓여 있는 '세계'. 늘 추상으로만 존재해왔던 '세계'가 어느 순간 아주 구체적으로 다가오기 시작했다. 아내와 두 딸아이를 차례로 맞이하면서부터였을까. 지상의 이 모든 여린 존재들이 살아갈 세상과 시를 함께 생각하게 되었다. 그러자 좌표가 발생하고 불쑥 지구의 중력이 느껴졌다. 저 깊은 바닥에서 저 높은 하늘. 그리고 마침내 우리를 둘러싼 세계까지. 중력에 속한 3차원의 실체로 시를 바라보게 되면서 나는 시에 말을 걸게 되었다. 심지어는 시와 싸우기도 하였다. 이것이 진정한 아름다움일리는 없다고 외쳐 부르기도 하였다. 피치 못할 불행일 것이다. 순수를 꿈꾸었던 자로서, 시와 싸우게 되리라고는 한번도 상상해 본 적이 없었다. 그러나 때로 나는 싸움을 걸어서라도 아름다움을 위한 쟁투를 멈추고 싶지 않았다. "현실이란 존재하는 것이 아니라 추구되고 얻어져야"(파울 첼란) 하는 것이라면, 그것이 시인의 책무이자 비평가의 책무이기도 하다면, 그렇다면, 비평은 기꺼이 중력에 대해서도 말해야 하리라. 나는 나의 편파와 유일성을 걸고 시와 함께 가고 싶었다. 싸움 없이 도착할 수 있으면 좋으련만 시작부터 끝이 전부 평화로운 아름다움은 없을 것이다. 그것은 대개 거짓일 경우가 많다. 나만 가려고 했던 것이 아니라, 싸움을 걸어서라도 당신을 데려가고 싶었다. 그래서 더욱 치열하게 당신의 손을 놓지 않았다.

물론 내가 말한 그곳에 아름다움이 없을 수도 있다. 그때 나는 나의 어리석음으로 상처를 입은 당신에게 무어라 말해주어야 할까. 생각해보면 두렵기만 하다. 내가 더 뜨겁게 당신을 사랑했다고 억지를 부려볼 참이지만, 시가, 당신이, 쉽게 돌아서지 않을지도 모르는 일. 그 절망까지 견디면서 살아갈 수 있을까. 자신은 없다. 편파의 책임은 전부 내가 감당해야 할 몫일 것이다. 아름다움은 '찬탄'과 '고통'뿐만이 아니라 자기기만과 위선을 점검하는 치열한 '정신의 운동'이 함께 동반되어야만 겨우 엿볼 수 있는 것임을, 조금, 알았다. 끝내 도달할 수 없을지라도, 그러나 그곳에 가고 싶다.

2

"비평가는 자신의 모든 재능을 통하여, 그가 느낀 즐거움을 자신의 독자에게 생생하게 전달함으로써 자신의 목소리를 듣지 않고서는 그 텍스트를 읽는 것이 불가능하도록, 다시 말해 독자로 하여금 자신이 읽었던 대로 읽을 수 있도록 하는 데 전력해야 한다." (J.P. 리샤르)는 말을 오래 간직하고 있다. '재능'이라는 말 때문이 아니라 '전력'이라는 말 때문이다. 시라는 텍스트가 '나'라는 비평가를 통과하였을 때, 바로 그 순간에 맺힌 특별한 이미지와 들어본 적 없는 이야기를 전해주고 싶었다. 나는 한번도 나의 비평이 '보편타당한 진리'의 자리에서 발화되기를 꿈꾸어본 적이 없다. 오직 최대한 편파적이기를 소망하였을 뿐. 하나의 시를 만나는 것은 하나의 다른 세계를 만나는 것이고 나는 최대한 그 세계를 환대하고 싶었다. 그것이 비평하는 자로서 지켜야 할 최소한의 윤리라고 믿었다. 그렇게 번역해낸 새로운 세계를 당신에게 선물하고 싶었다. 마치 원래부터 내 것이었던 것처럼. 깊은 애정을 담아. 나의 편파로 당신을 설득하기 위해 전력을 다하였다고 말하고 싶지만 그렇지 못할 때가 더 많았음을 고백해야겠다. 전력을 다한다는 것. 모든 재능을 건다는 것. 닿을 수 없는 꿈이었지만 아예 절망하지는 않았다고만 말해두려 한다.

이 책은 2005년을 전후로 등장한 젊은 시인들과 그들의 매력적인 시편들이 아니었다면 결코 만들어질 수 없는 책이었다. 그러나 좋은 시편들에 대한 매혹 때문에 함께 엮은 다른 글들이 있어서 더 행복하다. 2005년을 전후로 십여 년은 한국시에 참으로 독특한 장이 펼쳐진 시기였다. 절차적 민주주의가 자리를 잡았으며(그래서 결코 쉽게 무너지지 않을 것이라 믿어졌으며), 동시에 부르주아적인 경제 논리가 전 국민의 의식 세계를 지배하게 된 기이한 시기였다. 감정의 귀족주의를 표방하며 등장한 일군의 시인들은 그런 의미에서 각별했다. 표면적으로는 1997년의 IMF 경제위기를 극복하고, 아직 오지 않은 2008년의 미국발 금융위기의 여파에서도 자유롭던 이 시기의 정치·경제적 무풍지대를 통과하며 이들은 전 세대의 '슬픔-책임'이라고 하는 자아의 윤리에서 비로소 풀려나게 되었다. '자아'를 덜어내 '주체'로 개방하고 다른 목소리를 들여오는 미적 실험을 감행할 여유를 허락받은 셈이다. 비평가로서 이들의 새로운 출현을 기쁘게 맞이한 것이 Ⅰ부라면, Ⅱ부는 이들 작품들의 내부로 좀 더 파고들어가 기쁨의 실체가 무엇이었는지를 섬세하게 고민해보려 했던 글들이다. 시간이 지나면서 '주체'를 활용하는 개별 시인들의 대응도 격차를 보이기 시작했다. 이때부터 나는 '주체'를 거점으로 '무한'에 자신을 의탁하는 시편들은 어떤 의미에서, 주체가 유미주의적인, 동시에 비윤리적이면서 외설적인 쾌락에 최대한 감응한 결과가 아닌가 하는 생각을 갖게 되었다. 주체가 시를 쓰면서 쾌락을 느낄 때, 또는 우리가 시를 읽으면서 행복을 느낄 때, '윤리적 올바름'으로만 이 감탄을 해석해서는 안 된다. 우리는 무언가를 옳지 않아서 좋아할 수도 있다. 다만 우리는 우리 자신이, 우리가 상상하는 것 이상으로 비윤리적이고 외설적인 존재일 수도 있음을 감추기 위해, 그 무언가에 지나치게 열광했는지도 모른다. 미학적 전위는 정치적 보수성과 만날 수도 있다. 과연 '시'만이 오로지 순수할 수 있겠는가? 그런 의미에서 나는 '귀족'(美)과 '예절'(윤리)에 대해서 오래 고민했다. 아름다움에 매혹된 자로서 나는 '귀족'이라는 불온한 기표에 전폭적인 힘을 실어주고 싶지만, 지구의 중력에 속한 자로서 '예절'에 대한 고민도 놓을 수는 없었다. 만약 어느 한쪽으로 힘이 쏠리는 것이 가능하다면, 이 둘이 결탁하는 것도 가능할 것이다. 기왕의 한국 비평이 지나치게 '예절'에 몰두해 왔고, 비윤리적이어서 좋았던 작품들마저 (건전한) '예절론'으로 당겨오려는 경향이 강했다면, 아름다움의 외설성과 잔인함을 인정하는 자리에서 한국 시와 비평이 더 확장될 수 있으리라는 가설에 도전해본 것이 Ⅲ부의 글들이다. '귀족'과 '예절' 사이에서 어떻게든 양자의 긴장을 견디며, 혹은 양자를 충돌시키면서 시를 쓰고 읽는다는 것의 의미를 탐색해본 글들은 IV부에 실려있다. 그 모든 선의에도 불구하고 아름다움은 너무나도 지능적이어서 때로는 우리를 속이기도 한다. 그것까지 우리는 감각할 수 있을까? 아름다움은…… 끝내 잔인하기만 한 것일 수도 있다.

3

한 존재가 그의 삶을 지속하기 위해서는 수많은 다른 존재의 도움과 응원이 있어야함을 알고 있다. 명지대 문예창작학과라는 견실한 토양이 없었다면 애초에 생장이 어려웠을 것이다. 수업과 스터디와 시를 읽고 합평했던 수많은 나날들. 어디에 있든지 명지대 문창과라는 말을 들으면 가슴이 뜨거워진다. 모교의 은사님들을 떠올리는 것만으로 고마움을 값을 수 있다면 그처럼 신나는 일이 없으련만! 특별히 문학의 출발부터 지금까지 지켜보아주신 김석환 교수님이 계셨기에 문학이 단순히 문학만의 문제가 아니라 삶의 문제와 직결됨을 깨우쳤다. 김석환 교수님은 문학뿐 아니라 삶에 있어서도 큰 스승이시다. 8년 전, 거칠고 성근 글을 선택하여 비평의 길로 인도해주신 권오룡 선생님. 선생님의 두터운 손에서 '애정'이 쏟아져 나왔다. 그 감각을 평생 잊지 못할 것이다. 무엇보다도 추천글을 써주신 권혁웅 선생님을 비롯한 문예중앙 편집위원들의 지지가 없었다면, 이라고 가정을 해보는 것 자체가 무섭다. 그렇게 되었다면 아마 이 책은 가제본 상태로 영원히 내 책꽂이에만 꽂혀 있었을 것이다. 마음의 빚을 어떻게 갚아야 할지 모르겠다. 그리고 허락만 된다면, 아니 허락이 없어도 다음의 이름들을 적어보고 싶다. 이원 시인, 송승환 시인 겸 평론가, 함돈균 평론가. 인생의 어떤 시기를 이들과 함께 할 수 있었다는 것은 아마도 내 생에 있어서 손가락으로 꼽을 수 있는 몇 안 되는 축복중 하나일 것이다. 우정이 무엇인지를 알게 해준 이들이다. 어떠한 울타리도 없이 진행되었던 나의 글쓰기는 이들이 있었기에 지속가능했다. 이들이 이 책의 또 다른 저자다.

민정. 소율. 시율. 세 명의 여성이 나에게 와준 것은 아무리 생각해도 눈물겹다. 이들을 통해 나는 사랑을 비로소 플러스 쪽에서 감각할 수 있게 되었다. 마음의 불구를 치유해준 나의 아내 이름을 속으로 한 번 더 불러본다. 고마워요 당신. 완전치 않은 사랑밖에 돌려주지 못하는 내 모자람은 두고두고 바로잡아 나가고 싶다. 책을 묶으면서 가장 기쁜 일은 앞선 모든 저자들이 거쳐간 바로 이 헌사 때문이다. 박종연, 백용순. 나의 유일한 두 사람. 두 분의 오랜 노동이 없었다면 이 책도 없었을 것이다. 내가 시 앞에서 끝까지 겸손할 수밖에 없다면 그것은 전부 이 두 사람의 염려와 사랑 덕분이다.

2012년 9월

박상수

차례

책머리에 4

| 프롤로그 |
피아노 대회에서 패배하기 17
내성의 계절 23
  ─ 조연호의 「왼발을 저는 미나」

I 감정의 귀족주의자들

Fragile 32
이제 기억을 버리고 상부구조로 Shift할 때다 42
  ─ 기억과 정체성의 관계를 통해서 살펴본 김행숙·조연호·황병승의 시 세계
귀족 예절론 ─ 감정의 귀족주의자에 관하여 62
2000년대 한국 시에 나타난 환상의 의미와 전망 85
  ─ 환상의 정신분석적 독법을 위한 시론(試論)
모두 만지고 있습니까? ─ 김이듬·신해욱·김안의 애무들 106
사유의 전진 ─ 박판식 작품론 138

II 우주로

에테르 150

카메라 옵스큐라 – 최근 시적 주체의 전능화된 지각 방식에 관하여 159

무한(無限)의 주인 185

– 신형철의 '윤리 비평'과 2000년대 "뉴웨이브"를 둘러싼 외설적 보충물에 관하여

왜가리 없는 왜가리를 어떻게 껴안아야 할까 – 이수명론 221

우주로 – 김경주 작품론 242

당신은 마…치 아름다…운 것, 처럼, 날개가 되는 느낌으로 흘…어…지…ㄴ……ㄷ 264

– 조연호 작품론

III 인간 동물

인간 동물 276

반복과 과잉으로서의 시 쓰기 287

– '주체'와 '행위' 관점에서 살펴본 한국 시의 가능성

무한판단의 영역에서 316

– 최근 한국시의 어떤 '무한(無限)'들

바기나 모놀로그 미술지(Vagina monologe 美術誌) 331

– 진수미展, 사간동 '라라라 나는' 아트센터, 2005. 8~

IV 외롭고 명랑한 공굴리기 서커스

우산이 필요해요 358

스펙터클의 언어에서 벗어나는 법 – 진은영·황인찬의 시 369

언어게임의 발명자들 – 박지혜·이제니의 시 377

어둠의 진정한 얼굴 – 김석환, 『어둠의 얼굴』 387

그 여자의 마지막 로맨스 – 정끝별 작품론 397

도시 화이트칼라의 생활밀착형 자조와 우울 – 허연, 『나쁜 소년이 서 있다』 403

서글픈 다정함, 사람이라는 눈물 – 김소연, 『눈물이라는 뼈』 408

말놀이꾼 – 독백자 – 되되/밋딤/아움 412
　– 권혁웅·이기성·이제니의 시집

지나간 미래의 날들을 기록하는 대필가 – 장석원, 『역진화의 시작』 427

죽은 아이가 꾸는 태몽 – 김근, 『구름극장에서 만나요』 431

정말 내 시가 그렇게 무섭니? – 이영주의 시 434

병적 환상, 앓으면서 쓰는 시 – 장승리의 시 440

외롭고 명랑한, 공굴리기 서커스 – 이윤설의 시 444

더 나빠질 테다 – 심지아의 시 447

| 에필로그 |

나의 첫 번째 남자 친구 452
　– 황병승의 「어린이」

북극곰을 기억하는 아기 토끼씨처럼 459

발표지면 464

인명 및 작품 찾기 466

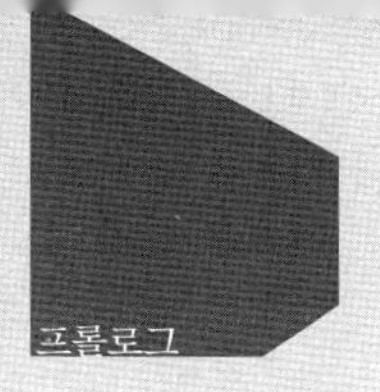

피아노 대회에서 패배하기

나는 질투라는 감정 속에서 문학을 배웠다. 어째서 문학적 재능은 다른 사람을 통해서밖에 확인할 수 없는 것일까. 그것이 나의 고통이었다. 학부 시절, 창작 수업에서 교수님께 칭찬을 받은 동기나 선배들의 이름을 되뇌며 빈방으로 돌아오는 길은 어두웠고 외로웠다. 그리하여 책상 위에 "나는 움직이지 않는 나에게 경고한다." 따위의 글을 백지에 써 붙여놓고 새벽이 될 때까지 무용한 노동을 계속하며 앉아 있고는 하였다. 그래도 마음이 산란할 때면 "재능이란 '관심'의 다른 표현이다. 단 집요한, 목숨을 내건 관심이다."라는 이성복의 글을 생각하며 마음을 추슬렀다.

문학에 대해서라면 여전한 질투와 자책과 노동을 이어가고 있지만 내가 하고 싶은 말은 사실 다른 데 있다. 질투가 아니라 다른 감정으로 문학을 배웠다면 어땠을까 하는 것이다. 문학 선생들이란 때로 특정한 한두 명의 학생들을 집중적으로 칭찬하여 나머지 학생들의 질투를 유발, 글을 쓰는 동기를 만들어내며 그것은 제도교육의 상벌제도를 변형시킨 것이라는 것을 알고난 뒤에는 더 자주 이런 생각을 하게 되었다.

질투는 기본적으로 '경쟁'에 기반한다. '나'에게 없는 것을 갖고 있는 '저 사람' 때문에 괴로운 것이다. 그리하여 '나'는 '그것'을 얻기 위해 질주한다. 집요하게, 목숨을 내걸고.『경쟁에 반대한다』(알피 콘, 이영노 옮김, 산눈, 2009)에 따르면 이러한 경쟁의 궁극적인 목표는 승리이다. 질투심에 기반한 경쟁은 내가 노력하여 스스로 만족할 만한 어떤 성과를 얻었을 때 충족되는 것이 아니라 '저 사람'을 이겨야 충족된다. '저 사람'도 칭찬받고 '나'도 칭찬받으면 안 된다. 나의 승리는 다른 사람의 패배가 있어야 가능한 것이기에 오로지 '나'만 칭찬받아야 질투심은 순간적으로나마 해소된다. 경쟁은 극단적인 이분법의 세계이고 여기에는 승리 아니면 패배밖에 없다는 것을 상기한다면, 이러한 경쟁과 질투심은 어딘지 익숙하다. 대한민국의 구성원으로 살아가는 내내 무차별적으로 주입받는 가치가 사실은 경쟁만능 혹은 승리지상주의 아닌가.

『경쟁에 반대한다』에 따르면 경쟁만능의 폐해는 여러 가지가 있다. 그중에서 관심을 끄는 것은 경쟁만능주의가 "양자택일의 사고"를 강요한다는 점이다. 앞에서 말한 것처럼 경쟁에는 승리 혹은 패배밖에 없기 때문에 여기에 물든 사람은 세상의 모든 사물과 현상을 두 개로 나누어 보게 된다. 좋은 것과 나쁜 것, 합리와 비합리,

정의와 악, 진보와 보수. 이러한 세계관은 매우 편리한 것이지만 이런 식의 사고에 물들게 되면 "사람들은 보통 자신을 선한 쪽으로 생각하고, 선이 악을 이기기를 바란다. 이로써 '우리'와 '그들' 사이엔 건널 수 없는 강이 생기며, 적대감이 싹튼다."는 것이 문제이다. 무서운 것은 우리 사회의 지배세력들이 모두 이런 방식의 경쟁체제에서 승리한 사람들로'만' 채워지고 있다는 점이다. 그리고 나머지 사람들은 그들을 비난하면서 또는 욕망하면서 결국 닮아간다. 자신은 무조건 선이고 반대세력은 무조건 악이라는 양자택일의 사고를 갖고 있기에 질투-경쟁-승리로 이어지는 선로를 따라가는 자에게 대화나 타협은 없다. 상대가 무조건 백기를 들고 투항해야 승리를 체험할 수 있기 때문에 상대의 것을 모두 빼앗고, 힘으로 누르고, 안 되면 고소를 하고 회유를 하거나 포섭하여서라도 결국 상대를 무릎 꿇게 만든다. 따라서 무릎 꿇지 않고, 살아남기 위해서라도 어떻게 해서든 승리해야 한다. 승리하기 위해서는 더욱 경쟁에 몰두해야 한다. 지금 대한민국 사회는 각각의 구성원들에게 경쟁에서 패배한 힘없는 자가 어떻게 내팽개쳐지고 있는지를 극사실주의와 초현실주의를 결합하여 실시간으로 중계방송하고 있다.

너무 사실적이어서 비현실적이다. 무서울 정도로 노골적이어서 분노하게 되고 너무나도 효과적인 훈육이어서 수치스럽다. 이렇게 해서 폭력적인 승자독식의 체제는 이 사회 구성원들에게 준전시체제의 총동원령을 내리면서 불안과 공포의 통치를 완성한다.

이뿐만이 아니다. 경쟁은 필연적으로 사회를 획일화시키고 보수화시킨다. 경쟁하는 주체들은 서로를 이기기 위해 역설적으로 닮아가고, 또한 이기기 위해서 규칙을 받아들이기만 할 뿐 절대로 규칙 자체를 허물어뜨리지는 않는다. 승리만을 추구하는 자는 "승리에 방해가 된다고 생각하는 일은 하지 않는다". 피아노 경연대회의 참가자들이 "승리를 위해 실수하지 않는 것에만 집중하며 새로운 연주기법이나 진짜 놀랄 만한 시도는 피하려 하는 것"처럼 이제 모험은 사라지고 순응만 남는다. 따라서 권력의 입장에서 보았을 때 경쟁보다 편리한 통치책은 없다. 장기적으로 보았을 때 분명 경쟁은 생산성을 떨어뜨리는 측면이 있다. 경쟁은 상시적인 불안을 확대시키고 불안은 무기력과 연결되기 때문이다. 하지만 경쟁은 소수 지배세력의 이득을 대변하는 권위주의적 통치기구로 전락한 현 국가의 입장에서 볼 때 여전히 실보다 득이 많은 전략이라고 할 수 있다. 연대를 막고 저항을 무력화시켜 모든 국민을 한 줄로 서열화시킬 수 있는 가장 확실하고 은밀한 유혹의 전략이기 때문이다. 이 사회의 구성원들은 극심한 피로감에 시달리면서도 경쟁을 받아들인다. 창조성의 핵심은 순응하지 않는 데에 있지만 자발적으로 창조성을 저당 잡히고 마지막 남은 계층상승을 꿈꾸며(꿈만 꾸며), '겨우' 살아간다.

그래서 하는 말이다. 우리가 배운 '문학하는 법'도 획일적 경쟁 교육의 산물은 아니었을까. 강의실에서 우리가 질투심으로 문학을 처음 배우지 않았다면 지금보다 덜 불안하고 덜 외롭지 않았을까? 너는 네 존재 자체로 유일하며, 그래서 온 우주에서도 유일무이한 글을 쓸 수 있을 거라는 응원을 받았다면 어땠을까. 누군가 단 한 번이라도 그런 말을 나에게 들려주었다면! 지독한 열등감과 불안감에 매일매일 자신을 갉아먹으며 괴로워하기보다는 창조적인 상상력을 펼치는 데 더 많은 시간을 할애하지 않았을까. 누군가를 이기거나 권력을 얻기 위해 조급증 걸린 글을 쓰기보다는, 그래서 개성은 사라진 채 획일화의 길을 서둘러 따라가기보다는 더욱더 선명한 개성을 얻기 위해 실패를 감수하고, 더 잘 패배하는 법을 익히며 길고 묵직하게 자기세계를 추구할 수 있지 않았을까. 그렇다면 한국문학도 더 두꺼워지지 않았을까. '시인'으로서뿐만 아니라 '시민'으로서의 책무에도 더 크게 눈뜨고 살 수 있지 않았을까. 질투가 인간 본성의 일부임을 절대 부정할 수는 없겠지만 그 질투심을 조금 더 넉넉하게 받아 안을 수 있지 않았을까. 문학은 '서로 다른' 개성의 성좌이며 모두 다 각기 다른 유일한 개성으로 빛날 수 있다는 것을 조금만 일찍 깨달았더라면! 그리하여 이제는 말할 수 있다. "서로 다른 개성에는 등수를 매길 수 없기 때문"에 문학은 무수한 별들의 운산 그 자체라고. 획일화에 저항하는 본질적인 윤리. 중요한 것은 각성 이후에 어떻게 변하느냐 하는 것일 테다. 그래서 지금 다시 나에게 묻는다. 너는 피아노 대회에서 패배할 준비가 되어 있는가. 패배의 오랜 시간을 견딜 준비가 되어 있는가.

내성의 계절

왼발을 저는 미나, 미나는 지금 페리호를 타고 3시간 남짓 떠나는 물 위의 어떤 여행. 미나의 허무한 이름들은 늦여름까지 계속 산등성이를 뒤덮는다. 백사장 끝에 서서 미나가 구토한다. 깨진 창문은 아름다웠는데, 방 안에 꾹꾹 찍힌 구두 발자국들은 아름다웠는데, 방문을 열면 죽은 미나가 흉한 냄새로 사람을 반기곤 했다. 아무도 네 어린 딸이 울고 있다고 미나에게 말해주지 않았다.

　　　　　—조연호, 「왼발을 저는 미나」 전문(『죽음에 이르는 계절』, 천년의시작, 2004)

아버지의 발작이 언제 시작되었는지 분명하지 않다. 나의 무의식이 의도적으로 지워버렸는지, 아니면 정말로 기억을 못 하는 건지 분명치 않지만 어쨌든 초등학교 5학년, 12살 전후의 일이었던 것 같다. 그날은 잠들기 전, 온 가족이 빙과를 사다먹었다. 나는 내가 좋아했던 팥빙과를 입에서 녹이며 아버지 무릎을 베고 누워 텔레비전을 봤다. 아버지는 곧 리비아로 떠나기로 돼 있었다. 그때는 사막의 나라로 일하러 갔다가 목돈을 모아 금의환향하는 일이, 없이 사는 사람들의 유일한 희망이던 시절이었다. 몇 가지 직업을 전전하던 아버지는 풍문의 막차를 탔고 어느 날엔가 자랑스럽게 열사의 햇빛과 모래 정도는 문제없다고 선글라스와 마스크를 내보이며 사람 좋게 웃었다. 올 때 꼭 48색 색연필 사와야 돼. 중동지역 노동자를 아버지로 둔 내 또래의 아이들에게 귀국 선물은 단연 48색 색연필이 최고였다. 지금 생각해보면 '리비아'와 '색연필'이 어떻게 해도 조화가 되지 않지만 어쨌든 나는 아버지가 떠나기도 전부터 선물 목록을 만들었던 것이다.

그날 밤, 한군데 모여 잠들기 좋아했던 우리 가족은 앞으로 어떤 일이 일어날지 모른 채 평화롭게 잠들어 있었다. 어머니의 날카로운 목소리에 눈을 뜬 건, 아마도 자정을 조금 넘긴 시간이었던 것 같다. 한참 눈을 비비며 꾸물대던 나는 눈앞에 펼쳐진 광경을 보고 나서야 비로소 무슨 일이 벌어졌는지 짐작할 수 있었다. 나는 믿을 수 없었다. (나는 이 부분에서 몇 번을 썼다가 지운다. 내 상처의 원형인 그 장면을 제대로 그려낼 수 없는 걸 보니 가벼움은 멀고 나는 아직 무겁구나.) 말 그대로 그것은 발작이었다. 어른 몇 명이 달려들어도 제어할 수 없는 힘이 아버지의 근육을 타고 흘러넘치고 있었다. 그는 내가 알고 있던 아버지가 아니었다. 나와 동생은 방문 뒤에 숨어 이빨을 깨물고 있었다. 나는 겨우 어머니의 벼락 같은 호령에 정신을 차리고 도움을 청하러 밤길을 내달려야 했다.

그 뒤로 나는 오랜 기간 내성의 연약한 시절을 보냈다. 당시 찍은 사진을 보면 바가지 머리를 한 웬 소심해 보이는 아이가 옹송그린 채 카메라 앞에서 포즈를 취하고 있는 것을 자주 확인할 수 있다. 뭐라고 목소리를 조금만 높여도 그게 자기를 혼내는 것으로 생각해 글썽이는 그런 아이. '사랑'이란 걸 도통 몰랐던 나는 누군가 내 곁에서 영영 사라져버릴지도 모른다는 느낌을 통해 사랑을 알게 되었다. 밤마다 아버지 옆에 누워 그이의 손을 잡고 잠이 들었다. 깊은 밤에도 잠을 깰 때가 많았다. 아버지의 가슴에 귀를 대고 심장 박동 소리를 듣고 있으면 비로소 조금 마음이 놓였다. 그 뒤로도 몇 번을 더 깨어나는 얕은 잠을 이어갔던 나날들. 어머니는 말없이 일어나서 그런 나를 안아주셨다.

조연호의 시집 『죽음에 이르는 계절』을 읽고 있으면 잊고 있던 과거의 아픈 기억이 떠오른다. 더러운 싸전 골목과, 고무줄 하던 계집애들, 신문 밑에 덮여 있던 점심상과 재봉틀을 돌리던 엄마, 김장김치의 흰 곰팡이, 가출한 누이, 판잣집 풍경. 1970년대, 서울 변두리에서 유년을 보낸 사람이라면 이러한 풍경들을 감각적으로 이해할 수 있을 것이다. 그렇다. 그의 시는 끊임없이 누추하고 불행했던 과거를 호출한다.

　그러나 조연호는 애초에 그런 기억은 남의 일이라는 듯이 불행한 과거를 세련된 미적 체험의 한순간으로 바꾸어놓는다. 비극 속에서 아름다움을 찾아 자신을 위로한다. 모든 불행은 흘러가고 말 것이라는, 내가 어떻게 해도 아무것도 바꿀 수 없을 것이라는 근본적인 허무가 시의 전편에 걸쳐 온통 나른하게 깔려 있다. 그는 조용히 산책하거나 가만히 앉아 자신의 비극을 시청한다. 그에게 기억은 '과거의 사실이 아닌 과거 체험의 해석'(『知의 논리』 중에서, 경당, 2000)인 것이다. 표제작인 「죽음에 이르는 계절」이나 「사생대회」를 읽고 있으면 세공사가 오랜 수작업을 통해 정밀하게 이어 붙인 금비늘이 햇빛을 받아 찬란하게 빛나듯 반짝여서 더욱 슬프게 아름다운 비극적 파토스를 경험하게 된다. 내게는 이상하게도 조연호의 대표적인 시들보다 시집 맨 마지막에 실린 「왼발을 저는 미나」가 눈을 뗄 수 없는 슬픔으로 다가온다. 왜 그런 것일까.

　여기 미나라는 한 여자가 있다. 그녀는 절름발이다. 무슨 이유에선지 페리호를 타고 여행을 떠난다. 어떤 섬에 내린 걸까, 백사장에 서서 구토한다. 그런데 여기서부터가 혼란스럽다. 시제가 갑작스럽게 과거형으로 바뀌면서 사건의 순서가 뒤섞인다. 여러 가지로 해석할 여지가 있지만 이 시를 그대로 순차적으로 읽어보면 어떨까. 그녀는 깨진 창문과 구두 발자국만이 남은 집으로 향한다. 아마도 그녀가 살았던, 그리고 어떤 남자에게 시달리다 도망치듯 혼자 떠났던 집이 아닐까. 섬을 떠나 살다가 불현듯 사무치게 생각나 돌아왔지만 집엔 아무도 없다. 하나뿐인 딸아이도 어디로 갔는지 알 수 없다. 그녀는 이 모든 것을 확인한 뒤 섬에 들어올 때부터 결심한 듯 자살을 선택한다. 그런데 시간은 흘러 그녀의 시체가 흉한 냄새를 풍기기 시작한다. 시간의 점프. 시인에게는 이 사건이 과거의 일이 아니겠는가.

더 이상 갈 곳이 없는 막다른 느낌과 누구에게도 사랑을 받지 못한 여자의 절망이 이 시에는 존재한다. 나는 아마도 이러한 느낌 때문에 아주 옛날부터 슬펐던 것 같은 느낌에 사로잡힌다. 나를 안아주던 어머니가 있었던 것처럼 미나에게도 그녀를 부드럽게 안아줄 누군가가 있었다면 그토록 흉한 냄새로 다른 사람들을 불러 모으지는 않았을 텐데. 미나는 죽어서야 비로소 다른 사람들의 관심을 끌 수 있었던 게 아닐까. 먼 곳에서 살아 있는 미나의 딸은 엄마의 죽음을 전해 듣지 않았지만 마치 감전된 듯 비극적인 예감으로 울음을 터뜨렸을 것이다. 어떻게 하든 허무하게 사라져갈 수밖에 없는 존재에 대한 연민이 「왼발을 저는 미나」에 가득하다. 깨진 창문이 어떻게 아름답겠는가. 함부로 찍힌 구두 발자국들이 어떻게 아름답겠는가.

내성적인 아이가 비극적인 현실에서 자신을 보호하기 위한 유일한 방법은 조금이라도 그 순간을 아름답게 만들어 추억하는 것이다. 조연호의 시는 가장 슬픈 순간의 아름다움을 이야기하고 있어서 더욱 처연하다. 그렇게라도 해서 견디어야 했던 시절 때문에 쓸쓸하다. 하지만 이 시만큼은 성공하지 못했다. 아름다움을 압도하는 강렬한 통증. 그래서 나는 쉽게 시집을 덮지 못한다.

20여 년의 시간이 지나고 최근에야 알게 된 사실이지만 아버지의 발작은 두개골 함몰이 원인이었다. 리비아로 떠나기 전, 손수 집안일을 끝마쳐놓고 떠나야겠다는 책임감에 아버지는 무리하게 일을 했다. 혼자서 페인트칠을 한다고 사다리를 타고 올라갔다가 떨어졌다. 그때 충격으로 두개골의 일부가 미세하게 함몰되었고 뇌파에 문제가 생겼는데 가족에게는 별말 없이 흘려버리고 말았던 것이다. 아버지는 자기 몸에 상처가 생긴 줄도 모르고 바짓단을 툭툭 털며 다시 사다리에 올라갔겠지. 약간 무거운 머리를 가볍게 흔들다가 다시 페인트칠을 했을 것이다……. 아름답게 만들고 싶어도 아름다워지지 않는 기억이 있다. 다행인 것은 그이가 건강하게 살아 있다는 것이며 이젠 내가 그를 안아줄 만큼 나이를 먹었다는 사실이다.

I
감정의 귀족주의자들

Fragile

오늘은 P와 접선하기로 한 날. 난 목도리를 두른 북극곰처럼 집을 나선다. 내게 겨울은 언제나 스팅의 노래 〈Fragile〉에서 시작된다. 여름보다 더 찬란했던 가을의 서정이 낙엽과 함께 재처럼 가라앉으면 도시적 우수라고밖에 설명할 수 없는 스팅의 목소리가 허밍으로 밀려온다. 그것은 깨진 보도블록의 틈과 누군가 떨어뜨리고 간 머플러와 습도가 낮아 청명하기 그지없는 초겨울 오후의 공기 입자들 사이에서 쓸쓸하게 공명한다. 그리고 길의 끝에서 문득, 동동 발을 구르고 있는 한 사람을 만나는 순간.

"난 몰라 이게 뭐예요!"

눈을 꼭 감고, 울려는 듯 비죽거리는

입을 뾰로통히 꼭 다물고

앞뒤 양다리를 뻣뻣이 모으고

옆으로 누워 있었다

새벽이면 쓰레기봉투들이 수거되는 곳 근처에서

우두커니 내려다보았던 어린 고양이

어디를 찾아봐도 보이지 않음으로

여름이 가버린 걸 알 수 있듯

아, 그렇게

죽음이 시체를 남기지 않았으면 좋겠다

애도 속에서 질겨지는 시체들을.

─황인숙, 「가을날」 전문(《문학·판》 2005년 겨울호)

늘 쓰레기봉투가 쌓아 올려지던 골목길 구석에 고양이가 누워 있다. 곧 울 것처럼 입을 "뾰로통히" 다문 고양이. 하지만 울음소리는 끝내 자신의 존재를 드러내지 못할 것임을 알고 있다. 나는 요약하기 힘든 세계의 불합리함을 느낀다. 그 누군가는 어린 고양이를 쓰레기라고 생각하고 이곳에 던져놓은 것이다. 자신의 생명을 지킬 힘조차 지니지 못한 '어린' 고양이라서 더욱 이 죽음은 가혹하다. '도시적 우수'란 '도시의 리얼리즘' 앞에서 사실 얼마나 허깨비 같은 취향인가. 고양이에게 미안하다. 습관 같은 내 쓸쓸함이 죄스럽다. 그러나 이러한 마음이 부드럽게 위안을 받을 수 있는 것은 "난 몰라, 이게 뭐예요!" 하고 투덜대는 듯한 H의 반응이다. 누군가를 깊이 원망하는 공격적인 분노 대신 마치 옷에 딸기물이라도 밴 것처럼 천진한 H의 한마디는 죽음의 무게를 덜어내고 이 참혹함에서 나를 안고 도약한다. "난 몰라"는 H만이 가질 수 있는 태도다. 이것은 누군가의 도움을 바라는 간절한 칭얼거림이다. 이리 와서 이것 좀 보세요. 어떡해요. 칭얼거림은 사실 내 속에 숨어 있던 연약함의 다른 이름이기도 한 것. 나는 고양이의 죽음과, 고양이를 바라보고 있는 H와, H를 바라보는 제3자의 입장에서 순간 H의 곁으로 다가가서 H의 팔짱을 끼고 만다. 죽음은 어느새 3인칭에서 2인칭으로 변한다. 나는 그녀의 무장해제된 솔직함이 사랑스럽다. 우리는 비로소 '함께' 애도의 형식에 참여하고 있는 것이다. 애도는 살아 있는 한 팔짱을 낀 채 서로에게 의지할 수밖에 없는 연약한 우리의 실존에까지 가 닿는다. 그러나 어떻게 해도 이 죽음은 1인칭이 될 수 없을 것 같다. 우리의 슬픔은 여기까지밖에 안된다는 것을 인정하는 것이 우리가 할 수 있는 최상의 예의가 아닐까. 하여, 지금, 어린 고양이의 주검을 처음 보았을 때보다는 조금 덜 슬프다. 그녀와 함께 있으면 그래도 될 것 같다. H는 나에게 말한다. "죽음이 시체를 남기지 않았으면 좋겠다." 사라졌을 때 비로소 그 존재를 알 수 있는 지난 계절처럼 흔적 없이 죽음이 가버린다면 우리의 통증이 이토록 구체적이지는 않을 텐데. 죽음아 실종되어라. 네가 멀리 사라졌으면. 그러나.

겨울의 외출은 따뜻한 곳을 찾기 마련이다. 광화문역에서 내려 P와 만나기로 한 카페로 향한다. 카페는 경향신문사 가는 길목, 세련된 테이크아웃 커피점과 불 환한 편의점을 지나 술래잡기하는 어린아이처럼 등 돌리고 숨어 있다. 밖에서 보면 이런 곳에 카페가 있을까 싶을 정도다. 1층엔 의족과 의수를 파는 의료기상이 있는데 그 출입문 바로 옆, 낡은 목조 계단이 시작되는 곳이 카페 '무가당 담배 클럽'으로 들어가는 입구다.

미국 테러의 배후가 밝혀졌어. 피츠버그, 워싱턴, 뉴욕의 맨하탄, 그 심장부로 날아가 꽂혀버린 테러리스트들의 배후가 밝혀졌어

오사마 빈 라덴이라고 떠들고들 있지만 아니야 그는 그럴만한 인물이 못 돼, 어젯밤 무가당 담배 클럽의 비밀 통신원에 의하면 미 첩보국의 포위망이 점점 우리에게로 좁혀지고 있는 것 같아, 조만간에 날 못 보게 될지도 몰라

(…)

내 시차 적응은 한 십 년이 걸리는 그런 시차 적응이야

난 누군가와 접선할 때 아주 신중하지, 매의 시선처럼 정확하고 매의 발톱처럼 예리하지, 한 십 년 정도 관찰한 다음에 무가당 담배 클럽의 회원으로 결정을 하고 접선을 시도하지, 난 무가당 담배 클럽의 핵심 요원이거든

그리고 나와 접선하는 사람은 자신의 의지와는 관계없이 무가당 담배 클럽의 비밀 결사 회원으로 가입되는 것이고 그리고 그 사람은 나랑 한 십 년을 더 만난 다음에야 자신이 무가당 담배 클럽의 회원이었다는 것을 알게 되지

조직의 확장 같은 것에는 힘쓰지 않아, 이 조직은 소수일수록 그 힘이 더욱 극대화되는 묘한 시스템을 구축하고 있거든, 자체 내에 생성 프로그램과 소멸 프로그램을 내장한

　　　　　　　　－박정대, 「리컨스트럭션」 부분(《시선》 2005년 가을호)

처음 P의 전화를 받았을 때, 특히 미국 테러의 배후가 자신이라

고 나직이 말하는 그의 목소리를 들었을 때, 포위망이 좁혀들어 조만간 잠수를 탈 거라고 말했을 때 나는 두 가지 사실을 알게 되었다. 내가 '무가당 담배 클럽'의 회원이라는 것과, 이제 '무가당 담배 클럽'의 회원으로 더 이상 암약하기 힘들 것이라는 점이 그것이었다. 이 황당무계한 몽상가, 이제는 네가 조직의 순결성까지 팔아먹는구나. 스파이영화에서 과장된 포즈로 여자나 후리는 가짜 첩보원이랑 뭐가 달라. 더 이상 너랑은 못 만나겠다. 결별을 선언하기 위해 선택한 장소가 바로 이 카페다. 두 평 남짓한 작은 공간에 테이블 세 개, 커튼을 쳐놓은 작은 주방 하나. 거의 '마담'으로밖에 부를 수 없는 주인 여자는 오늘도 지난번과 똑같은 벨벳 원피스를 입고 무심한 표정으로 가스스토브 곁에 앉아 있다. 나는 침묵이 사위를 가볍게 떠받들고 있는 실내의 공기를 느끼면서 무가당 담배를 피운다. 그는 늘 늦는다. 담뱃재가 작은 성을 쌓을 때까지 그는 나타나지 않을 때가 많다. 늘 그렇듯 그를 기다리면서도 나는 화가 나지 않는다. 하지만 오늘은 말해주리라. 넌 도대체가 어린 고양이를 알기나 해? 그 애는 쓰레기 더미 위에……. 그는 뭐라고 말할까? 듣지 않아도 답을 알 것 같다. 그는 이 비극마저 낭만으로 바꾸어버릴 사람이다. 9·11 테러와 '너를 만나기 위해 습기 없는 페루로 날아가겠다'는, 도저히 닿을 수 없는 문장 사이의 간극까지 뛰어넘는 사람이 아니던가. 하지만 나는 그와 통화하면서 그의 낭만적인 거짓말에 한 번도 상처를 받아본 적이 없다는 사실을 떠올린다. 사실 정교한 시뮬레이션 게임의 한 장면으로 테러 장면을 소비하는 것보다 '사랑의 희구로 제국의 습기를 지워버리고 싶다'는 그의 대책 없는 낭만주의가 덜 나쁘다. 적어도 너무 순진해서 그의 소망이 불가능할 것임을 알고 있는 나 같은 사람들에게는.

갑자기 출입문의 녹슨 경첩이 삐걱이는 소리가 난다. 불쑥 얼굴에 종이상자를 쓰고 있는 괴상한 사람이 등장한다. 그는 상자에 구멍 두 개를 뚫어놓고 그 구멍을 통해 나를 바라보고 있다. 스노우캣 코스프레인가? 순간 그는 내 앞에 털썩 주저앉더니 상자를 벗어 탁자 위에 올려놓는 것이었다. 나는 문이 닫힐 때까지 출입문 쪽을 한참 더 바라보다가 은밀하게 그에게 고개를 돌린다.

"혹시 P가 보냈나요?"

그는 긍정도 부정도 하지 않는다. 다만 자신을 S라고 밝힌 뒤 이야기를 늘어놓기 시작했는데 그가 들려준 이야기는 P의 전화만큼이나 당황스러운 내용이었다. 그건 어느 날 자기 집 마당에 종이상자를 타고 도착한 외계인 이야기였다.

그들은 공연을 위해 왔다고 했다. 종이상자 몇 개를 엎어놓은 듯한 그들의 비행선은 너무도 낡아서 한눈이라도 팔았다가는 금방, 수거해 가 버릴 것만 같았다. 그들도 사실을 알고 있는지 누군가 한 명은 꼭 남아서 비행선을 지킨다고 했다. '뜨거운 사랑'이라는 글자가 박힌 몇몇 부품은 이미 재활용된 듯했지만 그들은 크게 신경 쓰는 눈치는 아니었다. 이미 돌아갈 곳도 없었으니까. 초전자행성전문파괴강력무시더듬광선에 의해 파괴된 자칭 '아름다웠던' 그들의 행성. 그들의 음악은, 우주를무한대의육감으로마구더듬는스페이스락, 이라는 그들의 전우주적인 수사에도 불구하고 내 귀에는 그저, 춤추기에 적당한, 그러나 박자가 좀 어리숙한 댄스음악 같았다. 무대에 서기 위해서는 더 노력하라는 쇼프로 프로듀서의 말을 들었다며, 그들 중 하나가 눈물을 흘렸다. 몰락한 왕조의 구슬픈 삶처럼 노력 없이 되는 것은 없다는 걸 깨달았다나, 그들이 뜨겁게 사랑 받을 수 있는 새로운 행성을 찾아 떠나고 싶다고 했다. 뜨거운 사랑을 원료로 하는 종이상자가 바람에

흔들거렸다. 그들은 연습을 위해 밤늦게까지 웅얼거리며 시체처럼 힘없이
걸어다닌다. 빨리 비행선이 날 만큼 사랑을 모아 집 마당이나 비워췄으면
좋겠다.

–서정학, 「종이상자」 전문(《문학·판》 2005년 겨울호)

　〈X-파일〉의 멀더 요원이 웃을 일이다. 하지만 〈X-파일〉 시리즈
도 후반부로 가면서 코믹버전이 많이 추가되었으니까 어쩌면 이
사건도 그의 사건목록에 추가될지도 모른다. 아무튼 "종이상자 몇
개를 엎어놓은 듯한" 비행선을 타고 왔다는 것도 그렇지만 외계인
들이 공연을 하러 지구에 왔다는 것도 그렇다. 그는 이런 말을 누
가 믿어줄 거라고 생각하고 있는 것일까. 더 자세히 살펴보면 외계
인들은 어수룩하기 그지없다. 자기들의 우주선을 누가 수거해 갈
까 봐 한 명씩 남아 꼭 지킨다거나, 박자가 좀 어수룩한 댄스음악
같은 곡을 연주한다거나, 자신들의 수준이 형편없어서 몰락한 왕
조와 같다는 생각을 하고 있거나. 그런데 툭툭 끊어져나오는 나의
실소는 이 모자란 외계인들이 시대에 뒤떨어진 자신들의 역량을
끌어올리기 위해 "밤늦게까지 웅얼거리며 시체처럼 힘없이 걸어다
닌다."는 부분에 이르러 살며시 거두어진다. 결정적으로 "빨리 비
행선이 날 만큼 사랑을 모아 집 마당이나 비워줬으면 좋겠다."는 S
의 말에 이르러 나는 약간 입술을 깨물고 만다. 어느 순간 이 모든
이야기가 이 시대 사랑에 대한 알레고리라는 데까지 생각이 미치
고 이제 사랑 같은 건 종이상자처럼 볼품없거나 고작해야 지구인
들보다 더 시대착오적인 외계인들이나 이토록 소중히 생각하는 어
떤 것이 되어버린 것은 아닐까 하는 깨달음 때문이다. 더군다나 S
는 정말 자신의 소망대로 외계인들이 사랑을 모아 떠날 수 있을 것

이라고 생각하는 것일까. 어쩌면 그들은 영영 지구에서 살아가야 할지도 모른다! 잠깐. 어느새 이런 생각에 동참하고 있는 것을 보면 나는 외계인의 존재를 믿는다는 말인가. S는 외계인들의 존재를 이미 긍정하고 있다. 지나간 8비트 댄스음악을 듣는 것처럼 쓸쓸하게. 나는 이 남자가 어쩌면 '무가당 담배 클럽'의 핵심 요원 중 하나일지도 모른다는 무서운 생각을 해본다. 그의 이야기는, 진정한 사랑의 존재를 믿지 않으면서도 동시에 맹렬한 소비욕에 시달리는 이 시대 지구인들에게 던지는 무섭고도 웃긴 SF로망이다. 하지만 이 로망의 끝은 어디인가, 생각해보면 나는 이 허무함을 도저히 감당해낼 수 없을 것만 같다.

"당신들은 이 도시의 리얼리즘과 이 말도 안 되는 몽상을 구별할 필요가 있어요!"

"흥분하지 말아요, 뭐, **어, 대략 그랬다**, 는 얘기요."(굵은 글씨는 서정학, 「귀를 막아라」 중에서, 《문학·판》 2005년 겨울호)

순간, 나는 말문이 막힌다. S의 능청이 나를 부끄럽게 만든다. 그런데 이 말도 안 되는 이야기들에 왜 한순간이나마 내 영혼을 빼앗긴 것일까. 휴대폰 진동이 느껴진다. 이런, P다. P의 문자다.

(이것은 한 편의 영화다, 이 영화 속의 이야기는 모두 허구이다, 그럼에도 불구하고 마음이 아프다

- 영화, 「Reconstruction」 중에서

사랑은 재구성되어야 한다, 우리의 삶 자체가 가끔은 재구성되듯이

아래의 글도 한 편의 詩일뿐이다, 이 시 속의 이야기는 대부분 나의 상상

으로부터 온다, 그럼에도 불구하고 나는 마음이 아프다

　이 글을 읽는 그대도 이제는 재구성되어야 한다, 이 글을 쓰고 있는 내가
가끔은 재구성되듯이)

—박정대, 「리컨스트럭션」 부분

　그렇다면 지금까지 그가 한 말들은 모두 거짓이었다는 것인가?
……그렇다. 나는 이미 모든 것을 알고 있지 않았는가. 새삼스럽게
놀란 척할 필요는 없을 것이다. 다만 그의 문자가 나의 믿음에 확신
을 더해주었을 뿐. 나는 P가 오지 않을 것이라는 사실을 깨닫는다.
그리고 H도 P도, 그리고 S도, 모두 '무가당 담배 클럽'의 핵심 요원
들이라는 생각을 해본다. 나는 이렇게 뻔하고 연약한 거짓말로 지
금을 살아갈 수밖에 없는 조직원들이, 재미있고 아프다. 그렇다. 오
늘 우리는 몇 명 안되는 조직원들끼리 플래시몹[1]을 한 것이다.
　모두 불가능하다는 것을 알면서도 소망을 버리지 않는다. 그것
이 이 시대 낭만의 본질이다. 어쩌면 '무가당 담배 클럽'의 미션이
근본적으로 불가능함을 누구보다도 절실하게 깨닫고 있는 것은 이
들인지도 모른다. 그래서 이들은 때로 자신을 우스꽝스럽게 만듦으
로써 스스로의 존재를 지워버린다. 자기현시의 욕망과 자의식 과잉
에 시달리는 나 같은 인간이 부끄러워지도록. 그래서 이들을 만나
면 평화로웠던 거구나. 이들이 자신을 비우고 지우고 가볍게 만들
어서 나에게 자리를 내주는구나. 내가 그 자리에서 위로받았던 거
구나……. 오늘 P가 안 와서 고맙다. 결별은, 아직, 이르다.

1　flash-mob, 특정한 날과 시간, 장소에 모여 잠깐 동안 특정 행동을 하고 사라지는 놀이.

고개를 들어보니 어느새 S가 사라지고 없다. 그리고 그가 있던 자리엔 종이상자만이 말없는 친구처럼 앉아 있다. 그런데 조금 전까지는 보지 못했던 글자 하나가 종이상자 겉면에 새겨져 있다는 사실을 깨닫는다. Fragile.

나는 비로소 Fragile의 뜻이 '깨어지기 쉬운'이었다는 것을 기억해낸다. 이 안의 물건은 너무도 깨지기 쉬운 것이오니 취급에 주의가 요망됩니다. 그 언젠가 나에게 배달된 종이상자에 쓰여 있던 말. 나는 잃었던 물건을 되찾은 것처럼 S의 선물을 기꺼이 손에 들고 '무가당 담배 클럽'을 빠져나간다. 은밀하게, 제국의 첩보원들이 눈치채지 않게. 이 모든 것을 지켜보았을 마담은 말없이 눈짓으로만 인사를 한다. 혹시 그녀도 조직원이 아닐까?

광화문 거리, 겨울의 차가운 저녁이 무릎까지 당도해 있다. 목도리를 고쳐 맨다. 종이상자를 들고 늘어선 자동차의 후미등과 빌딩들을 바라보며 나는 가만히 "깨어지기 쉬운…… 겨울"이라고 되뇌어본다. 그리고 또다시 깨어지기 쉬운 나의 조직원들과 우리가 피워 올릴 몽상들을 떠올려본다. 오늘 P가 나타나지 않음으로써 '무가당 담배 클럽'은 내장된 소멸 프로그램을 가동한 것인지도 모른다. 물론 그래도, 어린 고양이는 흔적 없이 내 마음속에서 사라지지 않을 것이다. 그런 죽음은 없다. 우리 조직이 추구하는 것은 영생이 아닌 부활이니까.

이제 기억을 버리고
상부구조로 Shift할 때다

— 기억과 정체성의 관계를 통해서 살펴본 김행숙·조연호·황병승의 시 세계[1]

1. 의사(擬似) 기억의 공포 — 나는 누구인가?

오시이 마모루 감독이 만든 〈공각기동대Ghost in the Shell〉(1995)는 '기억'의 문제를 정면으로 다룬 장편 애니메이션이다. 애니메이션이지만 실사영화에서도 다루기 힘든 철학적 질문들을 뛰어난 상상력과 세련된 영상기법으로 형상화한 사이버펑크[2]의 고전이다. 배경은 2029년, 이 세계는 "발달된 컴퓨터 기술"과 "네트워크망" 덕택으로 완벽한 네트를 이루고 있는 사회다. 놀라운 점은 모든 "정보 시스템"이 "사람의 뇌와 직접 연결"되어 작동된다는 점이다. 즉 이

---

1   각 시인들의 대상 시집을 순서대로 밝히면 다음과 같다. 김행숙,『사춘기』(문학과지성사, 2003), 조연호,『죽음에 이르는 계절』(천년의시작, 2004), 황병승,『여장남자 시코쿠』(랜덤하우스중앙, 2005). 각 시인의 인용 시는 이들 각 시집에서 가져온 것이며 따로 시집명을 표기하지는 않기로 한다.

2   "오토모 가츠히로 감독의 〈아키라〉(1988)로부터 시작된 일본 애니메이션의 사이버펑크cyberpunk는 '사이버'가 지니고 있는 미래지향적 의식과 '펑크'가 지니고 있는 지배이데올로기에 대한 저항 의식이 결합되어 일본 애니메이션 분야에 새로운 담론구조를 제시하면서, 미야자키 하야오 감독을 위시한 지브리 스튜디오의 자연과 휴머니즘을 바탕으로 한 가족영화를 지향하는 고전파와 더불어 일본 애니메이션의 양대 축을 형성해 왔다." 안영순,「〈공각기동대〉와 〈이노센스〉에 나타난 오시이 마모루의 존재 인식」,『인문과학논총』제15집, 순천향대학교, 2005, 156쪽.

세계는 컴퓨터 안의 정보뿐 아니라 "뇌 속의 정보까지도 접속이 가능한, 전뇌화(電腦化)된 세계"이다.[3] 따라서 컴퓨터를 해킹하듯이 인간의 '고스트(Ghost)' 또한 해킹이 가능해진다. 주인공 쿠사나기 소령은 "생물학적 유기체와 전자공학적 기계의 결합인 사이보그"로 자기 정체성에 대한 의문을 품고 살아가는 존재인데, 일종의 진화된 프로그램으로 고스트 해킹을 일삼는 '인형사(Puppet Master)'를 추적하던 중 기억을 이식당한 청소부를 만난다. 그는 이혼을 강요하는 아내의 고스트를 해킹하기 위해 장소를 이동해가며 '액세스(access)'를 시도한다. 무엇 때문에 아내가 자신과 이혼하려는지 이유를 하고 싶은 마음 때문이다. 그러나 실제로는 아내의 고스트가 아니라 외무성을 해킹하고 있었으며 쿠사나기 소령에게 잡힌 다음에야 비로소 자신이 누군가의 '꼭두각시 인형' 노릇을 했다는 것을 깨닫는다. 하지만 더 큰 문제는 그가 실재한다고 믿었던 아내도, 딸도, 이혼도 모두 가짜의 기억, 즉 이식된 기억이었음을 알게 된다는 점이다.

청소부: 의사 체험이라니, 무슨 소리죠?

취조관: 그러니까 부인도 딸도 이혼도 바람도 전부 가짜 기억으로, 꿈같은 겁니다. 당신은 누군가에게 이용당해서 정부 관계자를 고스트 해킹한 겁니다.

청소부: 그런…… 설마…….

취조관: 당신 아파트에 갔다 왔소. 아무도 없어. 독신자의 방이야.

청소부: 그러니까 그 방은 별거 때문에 빌린 아파트로…….

---

3 안영순, 같은 글, 157쪽 참조.

취조관: 당신은 그 방에서 벌써 10년이나 살아왔어. 부인도 아이도 없어. 당신 머리 안에서만 존재하는 가족인 겁니다. 보시오. 당신이 동료에게 보여주려고 한 사진이오. 누가 찍혀 있죠?

청소부: 확실히 찍혀 있었어. 내 딸…… 마치 천사처럼 웃고…….

취조관: 그 딸의 이름은? 부인과는 언제 어디서 알게 돼서 몇 년 전에 결혼했죠?

(청소부 대답을 못하고 운다)

취조관: 거기에 찍혀 있는 건…… 누구와 누구죠?

(사진 속에는 아무도 없이 혼자만 찍혀 있다)[4]

이혼을 통보한 아내와 그렇게 보고 싶어 하던 딸이 모두 허구의 존재였음이 밝혀지고 청소부는 울면서 자신의 기억을 지울 방법이 없느냐고 취조관에게 묻는다. 하지만 삭제는 불가능하다. 앞으로 그는 거짓 기억을 간직한 채 살아갈 수밖에 없는 것이다. 이 장면은 쿠사나기 소령이 자기 정체성에 대한 질문을 더욱 심화시키는 중요한 계기가 된다. 자신의 기억도 청소부의 기억처럼 일종의 프로그램화된 의사(擬似) 기억이 아닌가 하는 두려움 때문이다.

우리가 '나'를 나라고 믿을 수 있는 근거는 무엇인가? 민족이나 국가가 집단적인 '공통기억'에 근거한다면 개인에게는 '개인의 기억'이 그 토대가 된다. "인간은 자신이 살아온 과거의 행적을 기억하고 그러한 연속선상에서 현재의 자아를 형성함으로써 자신의 정체성을 유지한다[5]. 어제 나는 분명 8시에 일어났고, 조간신문을 살

<hr>

4 정영기, 「〈공각기동대〉에 나타난 철학적 문제들」, 『인문과학논문집』 제34집, 대전대학교, 2002. 8., 96~97쪽.
5 "만일 인간이 기억을 상실한다면, 그는 자신이 누구인지 더 이상 알 수 없으며 정체성의 혼란에 시달릴 것이다." 정항균, 『므네모시네의 부활』, 뿌리와이파리, 2005, 355쪽.

펴본 뒤 아침을 먹었다. 도서관에 들러 '기억'에 관한 자료를 찾아 읽었고 돌아오는 길에 편의점에서 캔커피를 사 마셨으며 오랜만에 동창의 전화를 받았다. 이 모든 행위는 '내'가 한 것이고 나는 내가 태어난 날부터 지금까지 일관된 기억이 모두 '나'에게 속해 있다는 사실로 나를 실재한다고 여긴다.

그러나 문제는 지금부터다. 〈공각기동대〉의 '청소부'처럼 우리가 자기 존재의 근거라고 믿는 기억이 누군가에 의해 조작된 것이라면 어떻게 되는 것일까? 만약 이 질문이 '황당한' 애니메이션의 스토리에 불과한 것(그러나 정말 이렇게 되지 말라는 법이 있을까?)이어서 강한 심리적 저항에 시달리는 사람들이라면 이런 질문은 어떤가? 기억이 확고부동한 불변의 진리로 보존되는 것이 아니라면? 기억을 할 때마다 '현재적 관점'에 의해 '재구성'되는 것이라면? 그렇다면 우리는 '나'를 '나'라고 부를 만한 근거를 어디에서 찾아야 할까. 어제의 일은 비교적 분명한 것 같다. 하지만 한 달 전, 아니 일 년 전 그날도 그랬던가. '나'는 어제와 비슷한 패턴으로 그날 하루를 지낸 것 같은데, 그날도 도서관에 들렀다가 몇 가지 자료를 찾고, 신문을 보고, 아니, 아닌가? 하루 종일 감기로 집에 누워 있었나? 약을 사다 먹고, 보일러를 올리고 잠이 들었다가, 아니, 아닌가? 나의 어떤 욕망이 그날의 기억을 굴절시켜 재구성하는 것은 아닌가? 그날은 정말 어떤 날이었나? 그날 존재했던 것은 '내'가 맞는가?

불행히도(?) 이러한 기억의 '불명료성'과 '재구성론'은 이미 최근 젊은 시인들의 시 속에 하나의 원리로 자리 잡고 있는 것으로 보인다. 이것은 '시=시인의 체험', '서정적 자아=시인'이라는, 한 번도 공식적으로 선언되지는 않았지만 언제나 통용되었던 암묵적

합의이자 오해를 전면적으로 부인하는 자리에서 출발한다. 이제 기억은 더 이상 재현이 가능한 어떤 것이 아니며, 언제든 번복되거나 부인될 수 있는 것이고, 그러므로 '내'가 쓰는 시를 믿지 말기를 바라며, 이 글을 쓰고 있는 것은 '내'가 아닐 수도 있다는 것이다. 이제부터 우리는 '기억'과 '정체성'의 관계를 중심으로 기억이 가진 근본적인 '불명료성'을 젊은 시인들이 어떻게 받아들여 시의 육체를 주조하는지 살펴보게 될 것이다.

2. 김행숙 – 감각

김행숙은 명백한 진술로는 좀처럼 포착할 수 없는 삶의 미묘한 감각을 담아내는 데 탁월한 시인이다. 예를 들어 다음의 시를 보자.

나는 뱀을 빌려 고백하겠다. 나는 뱀의 성질이 아니라 뱀의 모양을 빌릴 수 있다.

뱀이 당신을 감아 오르고 있다. 느낌이 좋다. 뱀에 대해 말한다면 당신은 계단이다.

모양은 뱀이 계단이지만 뱀을 밟고 올라갈 생각을 할 사람은 없다. 도중에 스르르 사라지는 계단이므로

나는 잠시, 뱀을 빌렸다. 그리고 오후 세 시 이후부터 걸어다녔다.

-「사라진 계단」 전문

이 시에서 어떤 의미를 발견하려는 시도는 무위에 가깝다. 그럴 필요도 없고 그럴 수도 없다. 고백의 내용이 존재하지 않는 고백이기 때문이다. 시인에게는 고백하는 순간의 그 감각, 마치 찬피동물인 뱀이 우리의 피부를 감아 오를 때의 느낌, 선뜻하면서도 상쾌하고, 손에 잡힐 듯하다가 어느 순간 스르르 사라져버리는 것만 같은 감각이 유일한 주제이기 때문이다. 이처럼 단 몇 줄의 문장으로는 도저히 설명해낼 수 없는 감각을 형상화하고 있기 때문에 그녀의 시는 다층적이고 미묘하게 매력을 발산한다.[6]

김행숙이 감각을 언어화하는 순간의 '불명확함' 그 자체를 있는 그대로 자신의 존재 증명으로 내세우는 것처럼 기억을 다루는 방식도 마찬가지이다.

103층의 사내는 고독을 즐길 줄 아는 사람이었다고, 그를 기억하는 이들이 있다. 우리의 기억은 복사돼 있어 신뢰할 수 있다.

발작은 은빛 강물이며 지난 세기의 노을이다. 103층의 사내는 눈알을 공처럼 굴릴 수 있다. 그가 어지러움을 호소하며 병원을 찾았다고, 그를 기억하는 이들이 있다. 어떤 공도 쉼 없이 구를 순 없었다. 알약을 털어 넣고서 그 입으로 조그맣게 욕을 하는 소리를 들은 이들도 있다. 그의 입술이 다정했다고 느낀 여자도 있다.

–「이상한 슬픔」 부분

---

6 므엇에 대한 인식으로서의 '재현'에 초점을 맞추었던 기존의 시와는 달리 의식 그 자체, 또는 감각 단을 다루고 있는 이러한 시는 사실 1990년대 중반 이후 불어온 들뢰즈, 가타리의 이론적 논의에 의해 정당성을 부여받은 것으로 보인다. 욕망은 결여가 아니라 생산이라는 거친 요약을 받아들인다던 김행숙의 시는 욕망을 적극적으로 추인하고 긍정하면서 '나는 생각한다'가 아니라 '나는 느낀다'의 차원에 힘을 실어주는 이후의 다양한 비평적 논의에 중요한 사례를 제공한다. 김행숙 이후 비로소 미묘하고 중첩된, 설명할 수 없는 순간의 감각을 형상화하는 시도들이 두드러졌다고 할 수 있다.

여기 발작을 일으킨 남자가 있다. 그는 마치 "코끼리 떼가 코를 탁탁 칠 때"처럼 바닥에 쓰러져 자신의 의지와는 상관없이 제 몸으로 바닥을 쳐대고 있다. 그런데 이 비극을 둘러싼 사람들의 반응이 제각각이다. 왜냐하면 그를 둘러싼 사람들의 기억이 모두 다르기 때문이다. 그 사내를 "고독을 즐길 줄 아는 사람"으로 여겼던 사람이 있고 "어지러움을 호소하며 병원을 찾았다"고 기억하는 사람도 있으며 "조그맣게 욕을 하는" 사람이나 "입술이 다정했다고 느낀 여자"도 있다. 모두의 기억 속에 제각각으로 기억되는 사내의 정체는 과연 무엇인가. 우리는 그를 어떻게 규정해야 할까. 이러한 기억의 불명확성은 곧 아무도 완전하게 그를 이해할 수 없다는 깨달음으로 우리를 안내한다. 아무도 그가 누구인지 정확히 알 수 없다. 기본적으로 김행숙은 이것을 비극으로 보고 있지만 쉽게 드러내지는 않는다. 그녀의 시에는 비명이 '숨어' 있다. 따라서 시의 제목처럼 "이상한 슬픔"에 사로잡힐 수밖에 없는 것이다. 시인은 기억이 가진 다양한 스펙트럼을 존재의 불안으로 번안하여 받아들이지만 그렇다고 해서 동일한 기억, 하나의 기억, 큰 의미를 가진 기억에 대한 회복을 꿈꾸지는 않는다. 오히려 기대를 아예 포기함으로써 슬픔을 극복한다.

나는 거리를 멋대로 산책했지만 함부로 기억하지는 않는다. 단지 몇 사람의 안면만을 익혔을 따름이다. 이를테면 죽은 생선의 푸른 등을 내리치는 칼 든 사내와 사내의 냄새……

(…)

기억하는 힘을 줄이기 위한 나의 노력은 미덕에 속한다.

─「사소한 기록」 부분

그리하여 산책길에 매우 사소한 일들만을 기억하면서, 시인의 말대로 "함부로" 기억하지 않으면서, 기억을 통해 자기 정체성을 명확하게 규정하겠다는 욕망을 거둔다. '사소한 기억' 그 자체로, 명백하게 잘게 부서진 채로 존재하겠다는 의도를 드러내는 것이다. 그래서 시인은 "나는 오래간만에 눈을 뜨니까 매일 어리둥절해."(「기억은 몰래 쌓인다」)와 같이 의식적으로 '비문'에 가까운 문장을 쓴다든지 "커튼과 커튼이 보폭처럼 펄럭였지만 다른 창문으로 걸어가지는 않을 것이다."(「위치」)와 같이 'A의 가능성은 있지만 A는 아닐 것이다'라는 문장구조를 취함으로써 명백한 A를 계속 부인하고 지워나가려는 문장 형식을 구사한다. 그리하여 "으으으 달릴 뿐이다 (…) 무엇에 대한 공포 때문인가?//무엇이 있었는지도 모르겠다. 어쩌면 무엇이 없었기 때문인지도 모르겠다"(「폭풍 속으로」)라고 발언하며 아예 중핵이 텅 비어버린 상태를 추정한다. 이것은 곧 '기억'의 소소함을 더욱 밀고 나가 아예 '기억'이 존재하지 않는 순간을 상정하여 역설적인 자유를 획득하려는 시적 자아의 욕망에서 비롯된 것이다. 기억이 없다는 것, 이것은 고정된 정체성이 무화되는 순간임과 동시에 정체성이라는 가상의 체계에 자신을 씨실날실로 엮어 넣을 필요가 없다는 것을 의미하기도 한다. 자기 정체성의 일관된 서사를 만들기 위해 우리는 얼마나 애쓰는가. 비교적 '나'에 가까운 행위를 선택하며, '나'답지 않다고 생각되는 행위는 버리거나 반복하며 정체성을 유지해나간다. 그러나 이것은 말을 바꾸면 수많은 '나'답지 않은 것들을 희생시켜가며 매우 빈약한 '나'다움을 간신히 유지해나간다는 말과 같지 않을까.

김행숙은 현재의 감각으로만 존재하려 한다. 그녀는 바로 '지금 이 순간의 느낌' 속에 있다. 그러나 이러한 그녀의 시도에는 슬픔과 비명과 공포가 뼛가루처럼 묻어난다. 명백한 기억과 뚜렷한 자기 정체성에 대한 노스탤지어가 감추어져 있기 때문이다. 따라서 사소한 기억과 감각으로 탈주하려는 그녀의 노력은 매우 의식적일 수밖에 없다. 자유를 획득한 자의 여유가 아니라 자유를 획득하려는 과정 중에 있는 자의 열망과 긴장. 그런 의미에서 그녀는 기억의 '불명확성'을 시의 주 질료로 삼아 이성적이고 반성적으로 '감각'의 시계를 지향하는 경향을 보여준 시인이라 할 만하다.

3. 조연호—감정

조연호의 시를 일독한 후, 우리가 선뜻 유년 시절의 기억을 떠올리는 것은 자연스럽다. 어쩌면 최민식이나 김기찬의 흑백 사진 작품이 연상되기도 하는 그의 작품에는, 그러나 단순한 기록을 넘어서는 무엇인가가 있다. 우리는 그의 시를 읽는 내내 남루한 흑백의 풍경들이 왜 이렇게 아름다울 수 있을까 싶은 의문에 사로잡혀 쉽사리 빠져나올 수 없다. '나른한 평화'라고 명명할 수 있을 법한 이러한 풍경들은 처음부터 끝까지 모두 과거의 기억을 질료로 삼고 있어서 이 시인에게는 현재와 미래의 시간마저 영원히 과거로 기억될 것 같은 생각을 하게 될 정도이다. 맞다. 조연호의 시는 시적 자아가 모든 기억의 배면으로 숨어버리고 오직 기억들만이 각자의 동력을 갖고 몽환적인 비행을 펼치고 있는 그런 시이다. 각각의 시편들은 제목과 특별한 관계없이 어디에 위치해 있어도 서로의 의미를 침범하지 않는다. 그런 의미에서 기억은 주체를 구성하는 절대적 의미를 가진 어떤 것이 아니라 그 자체로 살아 있으며 변주될 수밖에 없는 것임을 시인은 잘 알고 있는 것처럼 보인다.

　죽은 몸이 산 몸을 씻기던 그해의 다섯 번째 달. 나는 빙과를 먹고 싶어 엄마의 손지갑을 열었고 어느 날 오월의 나무들이 내게 낯가림을 했다. 봄볕 내리던 날, 다투어가지 않아도 아물지 않은 상처와 만나졌다.

-「오월」 부분(27쪽)

　오월은 늦은 식사로부터 와서 늦은 식사로 떠난다. 붉고 지친 꽃잎 위로 지하 방직공장 실먼지가 희미하게 올라온다. 늦은 식사, 우는 엄마들, 햇복숭아를 사들고 칠팔월로 훌쩍 가버리는 오월. 분수대에 손을 넣고 바람이 패총을 줍는다.

-「오월」 부분(28쪽)

　너희는 어느날 신발을 바꿔 신는다. 너희는 참 착하게 서로를 만진다. 푸른 잔디밭 한가운데로 정구공을 줍기 위해 들어가곤 하던 너희. 지금 너희는 작게 웅크린 접시 속에 함께 누워 빨간 목젖을 보이며 혀를 나눈다.

-「금요일의 자매들」 부분(36쪽)

　엄마의 갑상선이 온도계처럼 정확히 먼지의 체온을 집어내던 날, 느릅나무의 貧益貧이 창가를 서성인다. 가출 중인 여자애의 언니들에게 금요일이 찾아온다. 교미가 끝난 구름은 흐린 강의 상류에서 느리게 서로를 삼키고 있었다.

-「금요일의 자매들」 부분(37쪽)

　네 편의 시는 모두 다른 시이다. 그런데 각 두 편씩 「오월」과 「금요일의 자매들」이라는 같은 제목을 갖고 있다. 마치 〈수련〉이라는 제목으로 수많은 그림을 그린 모네처럼 시인은 같은 제목으로 다른 기억들을 그려내는 데 열중한다. 조연호의 시는 어떤 고정된 의미가 중요한 것이 아니라는 사실을 보여준다. 제목은 같더라도 회상하는 시점에 따라서 다른 기억이 '연출'될 수 있는 것이다. 따라서 그의 시는 과거의 기록이 아니라 과거의 재구성[7]이 되는 셈이다. 이제 중요한 것은 일관된 의미가 아니라 수없이 번복될 수 있는 매 순간의 '감정'이다. 따라서 그는 매우 구체적인 사물과 사건으로 환등기를 돌리지만 그 진위가 중요한 것은 아니다. 오히려 그 단어와 문장들이 결합될 때의 정서나 감정이 중요해진다. 그런 의미에서 김행숙이 '감각'으로 기억의 불명료성에 대응하였다면 조연호는 '감정'으로 그 불명료성에 대응한다고 할 수 있다. 그의 시가 서정시의 자력을 내뿜는 것은 이 때문이다. 이 과정에서 지금까지 숨어 있는 것처럼 보였던 시적 자아는 베일에 감추어졌던 그의 모습을 드러내는데, 다음과 같은 '배치'를 통해서이다.

그날은 군대 가서 죽은 사촌형이 내 뺨을 쳤고 물 빠진 셔츠 얼룩을 닮

---

7 실제로 기억이 사후에 재기록된다는 점은 프로이트를 통해서 확인할 수 있다. 소위 '늑대인간 사례'라고 불리는 프로이트의 유명한 보고서가 그것이다. 러시아 부호의 네 살짜리 아들 세르게이가 꾼 늑대 꿈을 분석하는 과정에서 프로이트는 그가 한 살 반 때 부모의 성행위 장면을 목격했다는 점을 발견한다. 이것은 당시에는 의미를 획득하지 못하다가 성장과 성적 지식의 축적에 의해 '사후적'으로 이해된 것이다. 이러한 '사후성' 개념에 따르면 "1차 사건은 성장 과정에서 나타난 새로운 시각에 의해 다시 읽히고 쓰인다"는 것이다. 즉 기억은 "재조정"되고 "재기록"된다. 그렇게 본다면 과거의 기억은 현재에 의해 만들어진다고 볼 수 있다. 따라서 "기억이란 의도일 뿐이며 현재에 '떠올라' 과거에 경험한 것으로 '여겨진다'"라고까지 논지를 확장시킬 수 있는 셈이다. 실제로 프로이트는 많은 시간이 지난 뒤 스스로의 심리적 저항을 무릅쓰고 세르게이가 실제 보았다고 밝혀진 부모의 성행위 장면이 어쩌면 세르게이가 '만들어낸 환상'에 불과할 수도 있다고 진술하여 그야말로 '기억'이란 완전한 허구의 창조물일 수도 있다는 논란을 남겼다. 프로이트, 『늑대인간』, 김명희 옮김, 열린책들, 2003. 최문규 외, 『기억과 망각』, 책세상, 2003, 217~226쪽 참조.

은 구름이 빨래줄 위를 평화롭게 걸어갔다.

-「죽음에 이르는 계절」 부분

여동생의 책가방에서 화장품이 쏟아졌다. 찌처럼 조용히 그늘 위로 머리만 내민 봄볕은 자기를 물고 어둠 밑으로 순식간에 내려갈 바람의 입질을 기다리고 있었다.

-「立春 부근」 부분

위의 시들은 모두 두 개의 문장이 연결된 형태에 주목할 필요가 있다. 모두 앞의 문장들이 생의 부조리한 비극들에 해당되는 것이라면 그다음 문장들은 모두 지극히 평화로운 순간들의 정서를 드러내고 있다. 바로 이러한 배치가 조연호 시의 특징이다. 그의 시가 비극을 노래하면서도 이상하게 '지극히 나른한 평화'를 전달해 주는 것은 이처럼 그의 시에 기억의 '사후성'을 바탕으로 비극적 사건을 평화로운 기억으로 재구성하려는 노력이 숨어 있기 때문이다. 논리적 인과를 깨뜨려 사물과 사건을 독립적으로 존재하도록 만드는 무의식적인 시도라고 할 만하다. 군대 가서 죽은 사촌 형이 뺨을 때린 다음에 우리가 기대하는 것은 시적 자아의 어떤 반응이다. 그러나 시인은 그러한 반응 대신 구름이 빨래줄 위를 흘러가는 지극히 평화로운 풍경을 제시하고 있을 뿐이다. 공부에 열중하는 줄 알았던 여동생의 가방에서 화장품이 쏟아져나왔을 때의 당혹감. 여동생이 가진 신분 상승의, 또는 다른 삶을 향한, 천박하지만 열렬한 소망, 그리고 막막함. 그러나 이에 대한 시적 자아의 반응은 그 뒤로 등장하지 않는다. 대신 시인은 저수지 수면 위에서 평화롭게 흔들리는 찌를 불러와 고요히 정지해 있는 봄볕을 보여줌으로써 우리의 기대를 무너뜨린다. 인과론의 전복이다. 원인과 결과는 상식적으로 결합되지 않고 결과의 자리에는 천연덕스럽게 평화로운 풍경들이 자리 잡는다. 우리는 여기서 자기 상처를 치유하려는 시인의 내밀한 욕망을 마주할 수 있다. 그 욕망은 매우 본능적이고 강렬하지만 표현되는 방식은 이토록 아무렇지도 않게 은은하고 수줍다. 바로 이 때문에 우리는 조연호의 시를, 아프지만 지극히 평화로운 기억으로 받아들일 수 있게 되는 것이다.

조연호는 개인의 역사를 구성하여 일관된 자기 정체성을 구성하려는 시도를 거부하고 순간적인 기억 그 자체를 레고 블록처럼 조립하는 일종의 '놀이'를 통하여 인과를 깨뜨린다. 체험의 수동성이 아니라 놀이의 능동성이다. 각각의 기억은 그 자체로 순간의 미학을 실현하고 있다. 여기서 의미는 중요하지 않다. '감정'만이 중요하다. 이 때문에 시적 자아는 자신의 불행을 나른하게 시청하고 있는 것처럼 보이는 것도 사실이다. 하지만 오히려 비극을 평화로 바꾸려는 매우 적극적인 시적 자아의 모습이 그의 시에는 존재한다. 이런 면에서 보자면 조연호의 시는 기존 서정시의 관습과 이를 거스르는 움직임이 미묘한 긴장을 만들어내는 매우 혼종적인 형태의 시라고 볼 수 있다.

기억은 인과로 연결된 체계가 아니라 현재의 시점에서 회상할 때마다 언제든지 바뀔 수 있는 것이다. 바로 그러한 자유를 인정하였기 때문에 조연호는 자기 상처를 치유할 수 있다. 특히 시간 체험의 주관성에 의지하여 결과의 자리에 지극히 느리게 흘러가는 시간 속 풍경을 배치함으로써 자신의 비극적 체험이 지닌 아픔을 평화로운 장면과 같은 비중의 의미 단위로 재구성하려는 시도는, 인간이라면 누구나 자기의 온 정신을 내던져 수행할 수밖에 없는 자기 보존의 한 방식이기에 눈물겨운 데가 있다.

4. 황병승 — 서사

캠프(camp)적 감수성[8]과 이제 막 말을 배우기 시작한 '어린이-되기'의 전략으로 구성된 황병승의 시는 읽는 이를 당혹하게 만들기에 충분하다. 그의 작품들을 읽고 시를 모독하는, 내용 없는 '말장난'으로 받아들이든 아니면 새로운 시의 틀을 짜보려는 '문법의 개발자'로 보든 아마도 그가 한국 시단의 젊은 시인들에게 끼친 영향력을 부인하기는 어려울 것이다. 무엇보다도 실낙원 이후의 절망을 극복하기 위해 그가 펼쳐 보이는 서사의 전략은 새롭고도 매력적이다.

　　당신을 묘사할 수 없는 날들
　　무서워서 매일 저녁 코가 돌아가는데
　　어떻게 당신을!

　　나는 부드러운 입맞춤의 세계에서 제외되었습니다
　　　　　　　　　　　　－「니노셋게르미타바샤 제르니고코티카」 부분

부드러운 입맞춤의 세계, 즉 낙원에서 제외되었다는 인식은 기존의 많은 문학작품에서 다루어진 주제이며 황병승의 시 역시 바로 이러한 주제를 따르고 있다는 점에서 그의 시는 의외로 익숙한 세

8　'저급하거나 하찮고 조잡한 것에서 가치와 즐거움을 찾는 취향'으로 원래는 동성애자들의 은어였다.

계관을 보여준다. 아마도 이러한 점이 황병승의 시가 전통과 연결되는 지점일 텐데 그렇다면 황병승에게 '기억'은 어떤 의미가 있을까. 그에게서 기억의 흔적을 탐지하는 것은 쉬운 일이 아니다. 그는 기억 속에서 체험할 수 없을 것 같은 낯선 공간을 배경으로 기묘한 이야기를 만들어내는 데 주력하고 있기 때문이다. 하지만, 위의 시에서 "당신"을 '기억'으로 바꾸어 읽으면 어떻게 될까. 물론 자의적으로 시어를 바꾸어 읽는다는 것은 문제가 될 수 있지만 중요한 것은 이렇게 바꾸어 읽었을 때 황병승이 감추어놓은 기억에 대한 관점들에 좀 더 다가갈 수 있다는 점이다. '기억을 묘사할 수 없는 날들/무서워서 매일 저녁 코가 돌아가는데/어떻게 기억을!//나는 부드러운 기억의 세계에서 제외되었습니다.' 자, 어떤가. 황병승은 기본적으로 기억을 완벽하게 묘사한다는 것이 불가능하다는 생각을 갖고 있다. 김행숙이나 조연호와 같이 기억의 본질적인 '불명료함'을 자각하고 있다는 말이다. 그런데 그다음이 중요하다. 그래서 김행숙이 '감각'에, 조연호가 '감정'에 몰두하였다면 황병승은 어떨까?

나는 서랍을 많이 가지고 있다 셀 수 없을 정도로 모두 당신의 것이다
당신은 호두고 당신은 내가 그렇게 해주기를 바란다 나는 서랍의 수만큼
거짓말을 늘어놓으면 되는 것이다

-「서랍」 부분

기억을 정확하게 묘사하는 것이 불가능하고, 더 나아가 기억이 일종의 가상체라면 황병승에게 남은 것은 '거짓말'의 잔치밖에는 없다. 거짓말은 무엇인가. 그것이 바로 "만자이(만담)"(「시코쿠 만자이(漫才)-페르나 편(篇)」)이고 "선언"(「사성장군협주곡(四星將軍協奏曲)」)이 아니겠는가. 다시 풀이하자면 그것이 바로 '내러티브'이고 '서사'가 아니겠는가? 따라서 그의 시가 일본이나 프랑스 소설을 번역하여 놓은 것 같은 느낌이 드는 것도 이 때문이다. 거짓말에 국적이 어디 있겠는가. 그는 다만 무대를 바꾸어가며 다양한 캐릭터를 등장시킬 뿐이다. 서사를 만들어내는 것이다.

황병승은 시인의 개인적인 체험을 보편화하여 독자의 정서를 움직이려는 시도를 포기한다. 시적 자아는 하나가 아니다. 이제 시적 자아는 일종의 페르소나가 되고 시인은 가면극의 연행자가 된다. 그는 수많은 가면을 바꾸어 쓰고 무대에 오른다. 시를 쓴다는 것은 이제 그야말로 '놀이'가 되는 것이다.[9]

그러나 이러한 놀이는 황병승에게 천진한 즐거움을 주지 못한다. 기억이 불명료하며 이 때문에 시인이 기억을 지어내기 시작한다면 '독자들' 또한 기억의 진정성을 의심하게 된다.

오늘 밤도 그대들은 나에게 할 말이 너무 많고
우리는 함께 그걸 나눠 갖기는 틀렸구나, 라는 말밖에 할 수가 없구나

불의 악기며 어둠으로부터의 신앙(信仰)……
그렇다, 나는 혼돈의 음악을 연주하는 대담한 공주를 두었나니
고리타분한 백성들이여,
기절하라! 단 몇 초만이라도

–「왕은 죽어가다」 부분

황병승은 스스로 기억의 아우라를 벗겨내었고 이 시대, 기억을 질료로 삼아 마지막 남은 신성을 유지해나가던 시인들의 아우라마저 무너뜨렸다. 이제 시를 쓴다는 것은 "단 몇 초만이라도" 독자를 기절시키는 것이 전부인(그러나 그것조차 얼마나 꿈같은 일이 되었는가?) 어떤 지난한 일이 되어버렸는지도 모른다. 그래서일까. 황병승은 완벽한 거짓말을 지어내려는 욕망과, 그 거짓말의 의미를 감당하고 싶어 하지 않는 '피로감'을 동시에 드러내기도 한다.

늘 한 곳으로 몰려다니며 햇빛을 가리지 말라고 서로에게 고함치는 사람들
햇빛 때문에 예민해지는 사람들,

그때도 싸웠고 어제도 싸웠다……그 다음은 모른다

-「후지산으로 간 사람들」 부분

흰 마을의 당나귀들은
빨간 풍선을 열심히 불었죠 뿌뿌뿌뿌
삼백육십 더하기 피눈물 곱하기 달 없는 밤은?
모르겠어요,
(…)
시간을 줘요
(…)
아아 모르겠구나 딸아

-「너무 작은 처녀들」 부분

시인은 스스로 지어낸 거짓말에 답을 해야 하는 순간, 돌연 '모

른다'는 말을 내뱉는다. 이 돌연함이 앞 문장까지 유지되던 긴장을 순식간에 해체하며 재미를 유발한다. 하지만 이 재미에는 묘한 쓸쓸함이 동반된다. 시인이 결국 자신의 거짓말이 거짓말을 뛰어넘는 의미를 지닐 수 있을까 고민하는 것처럼 보이기 때문이다. 이처럼 자기 행위에 대한 막막한 절망감이 황병승 시에는 존재한다. 그런 의미에서 황병승의 시는 계몽적이다. 그는 누구보다도 기억에서 자유로운 것처럼 보인다. 기억에 대한 강박이 존재하지 않는 사람처럼 보인다는 말이다. 그리하여 서사와 캐릭터의 향연을 펼쳐 보이지만 동시에 끊임없이 스스로의 서사를 의심하며 앞으로 나아간다. 물론 그가 쉽게 절망할 것 같지는 않다. 그의 욕망은 "모든 것을 선언한 뒤 알 수 없는 사람이 되고 말겠습니다"(「사성장군협주곡」)에까지 이르러 있기 때문이다. 고정된 정체성이 아니라 무규정 상태의 수많은 층위가 존재하는 정체성을 인정받겠다는 의지가 단단하게 작동하고 있는 것이다. 그래서 "덜컥 나는 다시 태어날 것입니다 다섯 번째 계절/더 큰 죄를 짓기 위해……"(「사성장군협주곡」)라는 진술이 가능해진다. "더 큰 죄"라는 것은 이 시대 그가 생각하는 '시'의 또 다른 이름이 아니겠는가.

5. 나가며

불확실성의 시대라고 사람들은 흔히 말한다. 하지만 인간은 그 불확실성마저 하나의 원리로 포섭하여 다시 행진한다. '카오스'도 '이론'이 된다. 심지어는 불가지론(不可知論)조차 하나의 '앎'이 아니겠는가. 인간은 끊임없이 불명료한 이 세계를 구획하고 거기에 질서를 부여하여 파악하려는 환상을 갖고 있다. 그리고 그렇게 파악한 질서로 세계를 알고 있다고 믿는다. 그러나 이러한 환상이 없다면 인간은 자기 정체성을 어떻게 유지해나갈 수 있을까?

그런 면에서 최근 젊은 시인들이 '기억'의 불명료함을 기반으로 자신의 정체성을 새롭게 '기획'하려는 시도를 하고 있음에 주목할 필요가 있다. 고정된 하나의 정체성이 아니라 다양한 모습이 중첩된 복합적 정체성. 이제는 전통적인 자아 개념이 사라지고 "부단한 과정 속에서 각성되고 발견되고 실현되는 현재 지향의 자아"로 대체되고 있는 것이다.[10] 여기에서 우리는 현실을 정확하게 파악할 수 없는 젊은 세대의 무기력을 엿볼 수도 있겠지만 동시에 자신만의 논리로 이 세계를 구성하려는 젊은 시인들의 강한 자의식을 느낄 수 있다. 젊은 시인들은 명확한 기억을 재현할 수 없다는 점에서 오히려 새로운 존재의 가능성을 꿈꾸는 것이다. 물론 여기에는 온전한 희망과 유희만이 존재하는 것이 아니라 두려움과 절망도 동시에 존재한다. 두려움과 절망이란 '성찰'의 다른 이름일 것이다. 이들 시인들조차 아직 계몽의 담론에서 자유롭지 않은 것이다. 그러나 아무리 급진적으로 보이는 예술이라도 계몽의 성찰과 기획 없이 존재할 수 있을까.[11] 이들의 작업은 때로 탈현대, 반현대의 형태를 띠고 급진적인 것처럼 보이지만, "제도 예술의 틀을 버리지" 않고 "작품을 구성하려는 주체의 흔적"을 드러내고 있다는 점에서 또 다른 "미적 현대성"을 보여주고 있다.[12] 따라서 이들 젊은 시인

10 정영기, 같은 글, 102쪽 재인용.
11 아직까지는 어려운 일처럼 느껴진다. 하지만 니체가 말하는, 세계를 미학적으로 바라보는 인간, 즉 순수하게 놀이하는 인간은 가능할지도 모른다. 김행숙, 조연호, 황병승조차 아직 그런 단계에는 이르지 못한 것으로 보인다. 놀이하는 인간은 어쩌면 이들 다음 세대에나 등장할 수 있지 않을까.
12 정항균, 같은 책, 107쪽 참조.

들의 어법을 예단하여 치열한 주제의식이나 현실 대응력은 사라지
고 유희만 남았다는 평가를 내리거나 몰이해만이 유일한 대응책이
라고 치부하는 것은 섣부른 판단이 될 것이다.

　　정체성에 혼란을 느끼던 〈공각기동대〉의 쿠사나기 소령은 마
지막에 충격적인 선택을 한다. 그는 부서진 몸을 버리고 인형사와
'융합'을 한다. 육체에 구속되지 않는 새로운 인간형을 위해 결단
을 내린 것이다. 이때 인형사가 던지는 말은 많은 생각을 하도록
만든다. "무엇보다 복사로는 개성이나 다양성이 생기지 않는 거다.
보다 존재하기 위해서 복잡 다양화되면서 때로는 그것을 버린다.
(…) 약간의 기능에 예속돼 있었지만 제약을 버리고 더욱이 상부구
조로 Shift할 때다." 그렇다. 바로 지금, 젊은 시인들은 '복사'를 버
리고 새로운 '융합'을 통해 상부구조로의 Shift를 꿈꾸고 있다.

귀족
예절론

1. 항상 몸가짐은 가만히, 부드럽고 조용하게

이현승, 하재연, 진은영, 이장욱, 이근화, 김행숙. 저기 걸어오는 이들을 무어라 불러야 할까. 이름 붙이기는 어려우나 다가오는 느낌은 분명하다. 기품이 있고 나른하며, 어떠한 경우에도 감정적 균형을 잃지 않을 것 같은 태도. 우아하다고 해야 할까 세련되었다고 해야 할까. 아니 오만하다고 해야 할까? 이들은 결코 세속의 언어를 쓰는 법이 없다. 지적이고 고상한 단어를 좋아하며 그러면서도 비문에 가까운 문장을 잘 쓴다. 그것이 묘한 감각을 불러일으킨다. 문장과 기표를 살짝 비트는데 여기서 다양한 뉘앙스가 유려하게 흘러나온다.[1] 언제부터 이러한 사람들이 그 매력적인 영향력을 행사하며 등장하기 시작한 걸까.

1　이에 대해서는 졸고, 「고양이는 천천히 일초 후의 고양이, 기린은 점점 단순해지고-신귀족주의의 탄생: 이근화와 이장욱의 시 세계」,《문학·선》 2006년 가을호를 참조할 것.

무슨무슨 연극공연장에서 적극적인 참여 어쩌구저쩌구 하며 관객을 귀찮게 하는 시시껄렁한 굿판이 난 싫어요. 다른 세계를 조심스럽게 바라볼 수 있도록 가만히 좀 내버려두면 안 되나?/미용실 같은 곳 말예요 가만히 눈을 감았다 떴을 때 달라진 자신의 헤어스타일을 보는……
　　－이현승, 「경험주의자와 함께」 부분(『아이스크림과 늑대』, 랜덤하우스, 2007)

　명백히 계속되는 산문적인 전개 속에서 불현듯 일상은 부드럽게 솟구친다. 우리의 눈길을 잡아끄는 마지막 구절은 익히 경험하여왔으나 너무 가벼워 놓쳐버린 쾌락, 충격과 흥분을 좇는 예술가의 수첩에는 도저히 기록되지 않을 것 같은 어떤 무심한 기억으로 우리를 이끈다. 눈을 감았다가, 눈을 뜨면…… 세상은 달라져 있다. 신선한 과즙이 닿은 것처럼 입은 살며시 벌어지고 동공은 놀라움으로 확대된다. 잡다한 주변의 소음은 어느새 지워지고 마치 비밀의 문이 열린 것처럼 거울 속엔 다른 세계가 펼쳐져 있다. 그 안에 들어 있는 나. 나의 헤어스타일. 풀어지는 비단에 둘러싸여 황홀한 기분. 그러나 이 감정은 부끄러운 말줄임표 속에 적절히 감추어져 있다. 인용된 구절에 두 번 반복된 '가만히'라는 단어는 이 전 과정이 어떤 감정 상태에서 이루어지는가를 알려주는 세련되고 충실한 안내자다. 흥분은 단단하게 몰려오지만 '가만히'라는 안내자에 의해 억제되고 잘게 나뉘어 한결 온화한 모습으로 미분된다. 한 번, 두 번, 그리고 여러 번. 격렬함을 잃어버린 감정은 그러나 사랑스럽게도 더 멀리, 더 오래 육체에 남는다. 애초에 시인이 소란스럽고 격렬한 참여의 제안을 강하게 거부할 때부터 그는 홀로 자기 자신만을 들여다볼 예감에 몸을 떨었는지도 모른다. 감정은 분배되고 지성은 일체의 위협 없이 보존된다. 거울 안에서 발견한 다른

세상이 결국 감추어진 또 다른 나일 때, 이 나르시시즘적인 되먹임
의 쾌락이 어떤 몽상의 실체를 건드리는가 하는 점에까지 생각이
이르면 가만히 열린 이 세계가 잠시 왔다가 사라지는 깜빡임에 그
치지 않을 것임을 확신하게 된다. 그러나 아직까지 이 희미한 성운
은 호락호락 제 형상을 드러내지 않는다. 세계는 깊고 아득하여 해
석은 그치지 않는다.

> 오늘은 인형처럼 걸어다녔다
>
> 광화문에서는 관절이 부드럽게 회전하였다
>
> (…)
>
> 나는 어떤 편향도 없다
>
> 무슨 말인가 흘러나오려는 순간에
>
> 조용히 멈출 수 있다
>
> (…)
>
> 나는 전진하였다
>
> 당신을 향해
>
> 한 발 한 발
>
> — 이장욱, 「가을에 만나요」 부분(『정오의 희망곡』, 문학과지성사, 2006)

　　미용실이라는 공간에서 지속되던 관찰을 멈추고 갑자기 사방으
로 열린 공간 즉 광화문, 종로, 혜화 같은 대도시 중심부를 걸어가
는 걸음걸이를 따라가며 우리는 이상한 감정에 휩싸인다. 자동차
들이 최대한 속력을 내도록 설계된 거리에서 여유로운 산보객이란
애초에 존재하기 힘든 방식임을 알고 있는 우리에게 관절이 부드
럽게 회전하는 풍경은 극단적인 시각적 과장으로 느껴지기 때문이

다. 수시로 들이닥치는 시각기호의 충격과 꿈을 꾸게 만드는 향수 냄새, 각종 전광판과 신상품의 유혹, 세련된 미적 취향을 뽐내는 사람들이 남기고 간 화려하고 자극적인 이미지만큼이나 좁은 인도, 어디에선가 쏟아져 나오는 인파, 위협적인 차량의 소음과 경적, 매연에 인상을 찌푸리며 각종 행상이 차지한 자리를 에둘러 걸어가는 과정은 부드러운 회전이 아니라 거친 뒤엉킴인 때가 많으며 의도치 않은 충돌과 강도를 높여가며 단속적으로 되풀이되는 긴장의 연속일 경우가 많다. 하지만 인용된 시의 마지막 구절, '전진'이라는 낱말과 '한 발 한 발'이 서로를 간섭하며 빚어낸 공간에 이르면 예상 가능한 소란스러움이 전부 사라지고 문득 시간의 흐름이 기묘하게 왜곡되어버린 것을 깨닫는다. 그리하여 우리는 느리고, 더딘 몽상의 체계 속으로 부드럽게 밀어 넣어진다. 그렇다. 시인은 거대한 체계를 이루며 그 자신의 질서 속으로 인간을 재배치하는 시간의 전개에 인력을 가하여 흐름을 늦추고 인파를 헤치고 걸어가는 과정을 어떤 신성한 존재를 향해 계단을 올라가듯이 한 발 한 발 나아가는 장면으로 뒤바꾼다. 세계의 모든 움직임은 어느덧 극단적인 슬로 모션으로 쪼개진 채 광휘에 휩싸여 퍼즐이 맞추어지듯 하나씩 교차 완성된다. 꿈을 꾸듯 우리는 그 장면들이 주는 왜곡된 이미지를 흡수한다. 느리게 처리된 장면은 극단적 부감을 통해 소중한 의미를 부여받는다. 이제 우리는 모든 행동을 가만히, 부드럽고 조용하게 제어할 수 있는 고상한 생명체를 새롭게 발견했음을 직감적으로 깨닫는다. 이 새로운 인종은 2000년대 중반 한국 시단에 조용히, 그러나 묵직하게 자신들의 존재를 드러냈는데 우리는 이들을 지금까지와는 조금 감정으로 대해야 할지 모른다. 그러나 이 감정에는 묘한 기시감이 있다.

2. 법칙을 세우고 자신을 통제하며

1990년대 말, 남진우는 무라카미 하루키의 작품을 분석한 평문에
서 "겉멋 부리기나 유한계급의 도락, 문화적 속물근성" 등의 부정
적 의미로 잘못 이해되고 있는 댄디의 개념을 비판하면서 보들레
르의 글 『현대생활의 화가』를 인용하여 댄디즘을 재조명한다. 그
러면서 그는 적극적이고 엘리트적인 문화 향수층이자 지지계급으
로서 존재해 왔던 구체제 귀족의 몰락 이후 혁명과 함께 새롭게 등
장한 "부르주아 계층", 이들의 "문화적 천민성"에 대한 거부가 "새
로운 정신주의의 의장"을 하고 나타난 것의 일환으로 댄디즘을 해
석한다. 이해를 위해 당시 프랑스 사회의 분위기를 엿볼 수 있는
글을 잠시 읽어보자.

자산을 물려받아 노동에 전념하지 않고 사는 상류 유한계급에게는 교제
범위 안에서 개인소장의 명화에 접할 기회도 많으며, 사교의 장이 그대로-
항상 그렇다고 하는 것은 아니지만-고금의 미술작품을 둘러싼 이런저런
이야기의 장으로도, 미술계의 추세에 관한 정보교환의 장으로도 될 수 있
다. 이에 비하여, "공공의 임무와 상업"에 "하루의 4분의 3"을 다써버린 선
량한 부르주아가 저녁식사 후에 난로 곁에서 편히 쉴 때, 겨우 조금 남아
있는 여가를 자신의 취미 향상을 위해 쓰고자 한다면 참으로 갸륵한 일[2]

보들레르는 19세기 초반, 귀족에서 부르주아로 문학의 수용자
층이 뒤바뀐 상황에서 예술가로서의 상징적 지위 실추를 누구보다

---

2   아베 요시오, 『군중 속의 예술가-보들레르와 19세기 프랑스회화』, 정명희 옮김, 고려대학교출판
    부, 2006, 35쪽.

격렬하게 감지한 사람이었다. 생산성과 이윤의 극대화를 위한 합리적 시간 경영이 세력을 넓혀가는 파리 한복판에서 예술가로 살아가는 것은 분명 숨 막히는 억압과 갈등과 유혹의 연속이었을 것이다. 예술가들은 세습 귀족도 아니었고 신흥 부르주아도 될 수 없었다. 그러나 생존을 위해서는 부르주아 대중을 위한 문학을 해야 살아남을 수 있는 상황. 댄디즘은 바로 이러한 분위기 속에서 "남과 구별되고자 하는 욕망"이 "자기만의 스타일"을 추구하는 행동으로 나타났다. 그리하여 남진우는 다른 사람들이 보기에는 "아무것도 아닌 것에 자신만의 가치를 부여"하고 "전심전력을 기울이는 것이 댄디의 모럴"이라고 말한다. 그러면서 그는 정신적 귀족주의의 한 양상으로 하루키 소설의 주인공들이 "현상 속에 깊숙이 몸담고 있으면서"도 그 안으로 빨려 들어가지 않는 "초연함"을 유지함으로써 삶과 세계에 비판적 시선을 유지하고 정신적 자유로움을 누린다고 분석한다.[3]

우리가 이현승과 이장욱의 작품을 통해 묘한 기시감과 함께 댄디즘을 연상하게 되는 것은 바로 10여 년 전의 이 평론 때문이다. 특히 여기서 초연함이라는 태도가 언급되었다는 것이 흥미롭다. 인용한 시인들은 아름다움에 예민하지만 결코 격정적으로 과장하지 않으며 기품과 절제된 스타일을 보여준다. 미묘한 감정에까지 섬세하게 응답하지만 거기에 휘둘리지 않으며 적절하게 대상과 거리를 유지하고 자신의 존재감을 부각시킨다. 그런데 사실 정신적 우월감은 자기 스스로 자신에게 강제한 내적 규율을 수행하는 과정에서 발생하는 감각이라고 보는 편이 옳다. 패션, 음식, 기호품,

---

3   이상은 남진우, 「오르페우스의 귀환—무라카미 하루키, 댄디즘과 오컬티즘 사이에서 방황하는 청춘」, 『숲으로 된 성벽』, 문학동네, 1999, 418~425쪽 참조.

음악 등에서 남과 자신을 구별 짓는 차원에서 일정한 스타일을 추구하는 것만큼이나 초연함이라는 정신적 가치 또한 굉장한 에너지를 스스로에게 투여하여 내적 규율을 강제한다는 점을 우리는 주목해 보아야 한다. 즉 댄디즘에서 우리는 '자기규율'과 '자기통제'라는 매우 엄격하고 지적인 제어 방식을 발견해낼 수 있다는 것이다.[4] 이현승의 작품에서처럼 가만히 앉아 있는 자신을 유지하기 위해서는 소란스러움에 대한 강한 정서적 거부감을 계속 유지해야 한다. 이 전 과정은 청교도적인 자기 절제에 의해서만 가능하며 이를 위해 자기 통제는 필수적이다. 또한 이장욱의 작품에서도 시적 자아는 대도시의 한가운데를 횡단하는 발걸음을 부드럽게 지연시킬 수 있을 뿐만 아니라 자신이 무슨 말을 하려는가를 적절하게 제어하여 조용히 멈추게도 할 수 있는 존재인데 "나는 먼 산과 또 당신을 위해/진심을 다해 변신 중이다/조심스럽게/조심스럽게"(「외계인 인터뷰」, 『정오의 희망곡』)에서도 알 수 있지만 '조심스럽게'라는 말이 반복되면서 만들어내는 행동 절제는 매우 강한 자기 통제를 암시한다. 결국 이들의 행복은 가만히 있다거나 부드럽게 움직인다는 것 자체에 있는 것이 아니라 다름 아닌 자신의 걸음걸이를 자동차를 운전하듯 기계적으로 조절할 수 있다는 쾌감에서 오는 것이며 대도시의 실제 생활과 반대되는 무한한 부드러움과 고요함을 유지할 수 있다는 만족감에서 온다. "가속 페달을 더 깊숙이 밟으면서/나는 갑자기 시력이 좋아진다/나는 갑자기 청력이 좋아진다/나는 갑자기 후각이 발달한다"(이현승, 「캐츠 아이」, 『아이스크림과 늑대』)에 담긴

4　"그러면 그러한 외면적인 당디슴에 의해 "상징"되는 "정신의 귀족적 우월성"이란 무엇인가 하면, 바르베 도르비이가 「당디슴과 조지 프란멜에 관하여」(1845)에서, 또 보들레르가 『나심』 등에서도 정의하려고 한 정신적 당디슴에 다름 아니다. 그리고, 이야기를 진척시키기 위해서 정신적 당디슴이란 자기규율이며 자기통제"라는 언급에 주의를 기울일 필요가 있다. 아베 요시오, 같은 책, 92쪽.

감정도 그렇다. 고양이를 치고 도망가는 과정의 악마적인 쾌감이 전제되어 있기는 하지만 이 문장들의 자기규정은 거의 약물에 중독된 것 같은 독특한 흥분을 유발한다. 지금 시인은 불가능을 가능으로 전환하는 신의 위치에 자기 자신을 들어 올리고 있지 않은가. 온몸의 숨구멍이 열리며 피어나는 말할 수 없는 환희는 여기서 교향곡처럼 울려 퍼진다. 이들이 살아가는 공간은 '몸가짐은 가만히, 부드럽고 조용하게'라는 규율에 동의한 자만이 비로소 출입허가증을 발부받을 수 있는 그런 곳이다. 그렇다면 이제 우리는 비로소 이들을 댄디라고 불러도 좋을까.

3. 우아함, 그리고 나르시시즘이라는 시종을 거느리고

보들레르는 『현대생활의 화가』에서 댄디를 "부유하고 한가로운 사람, 호사롭게 자라 젊어서부터 남의 순종에 길들여진 사람, 진력이 나면서도 행복을 찾아 헤매는 것 이외에는 아무런 관심이 없는 사람, 따라서 우아의 추구 이외에 다른 직업이 없는 사람, 언제 어느 때나 남보다 뛰어난 용모를 자랑하는 사람"으로 본다. 이들은 몸단장에도 완벽을 기하는데 보들레르는 이것이 "그저 사치스럽고 화려한 단장"이 아니라 "절대적 간소함"을 추구하는 방식 안에 있다고 보았다. 이러한 관점에서 그는 인간이 먹고 마시고 자는 행위는 본능적이고 자연스러운 행동이지만 동물과 다름없는 단순한 행위로 보고 경멸하였다. 그는 또 "자연은 인간에게 이 자연적 욕구와 범죄만을 부추길 뿐 아무것도 가르쳐주지 않는다"고 보고, 미는 자연적인 것에 있는 것이 아니라 인공적인 것에 있다고 보았다. 특히 이러한 자연의 개념은 여성에게 그대로 적용되었는데 "여성은 배고프면 먹으려 하고, 목마르면 마시려 한다. (…) 여성은 자연적이다. 즉 혐오할 만한 것이다. 그러므로 여성은 항상 속되다. 즉 댄디의 반대다."라고 말하였는데 이것은 여성성에 대한 보들레르의 편향된 시각을 보여주는 부분이라 하겠다. 또한 영국 뉴 댄디즘의 대표주자라고 할 수 있는 오스카 와일드 역시 여성에 대한 혐오감을 감추지 않았다. 시인이자 극작가이며 평론가로도 활동하였던 그는 보들레르의 뒤를 이어 19세기 후반 영국에서 소위 "유미주의적 댄디즘"을 추구한 것으로 유명하다.[5] 댄디즘을 반영한 자신의 소설 『도리언 그레이의 초상』에서 그는 등장인물인 헨리 경의 입을 빌려 "여자는 천재가 없어. 여자는 장식적인 부류야. (…) 정신에 대한 물질의 승리를 상징하고 있는 게 여자야. 남자들이 도덕에 대한 지성의 승리를 상징하듯이 말이네."라고 밝히고 있다.[6] 따라서 여성성에 대한 이들의 거부 때문에 보들레르와 오스카 와일드를 경유한 댄디즘 개념을 시인들에게 적용하기는 쉽지 않은 것으로 보인

---

5 원래 댄디즘은 영국에서 발생하여 프랑스로 전파된 뒤에 완성된 것으로 보는 시각이 일반적이다. 18세기 말 영국의 귀족 자제들은 과장된 옷차림과 여성적 행동으로 풍자의 대상이 되었고 사람들은 이들을 '마카로니(Macaroni)'라는 이름으로 불렀는데 댄디는 바로 여기서 출발하였다. 뒤를 이어 19세기 초, 영국 귀족계급 청년들은 '댄디'라고 하는 그룹을 형성하였고 이때의 댄디는 몸치장과 기호, 사회적 태도가 탁월한 고상함을 가진 남성을 지칭하는 말이었다. 이것은 19세기 프랑스로 전파되었다. 그리하여 형식만을 갖춘 영국의 댄디에서 정신적인 요소가 도입된 프랑스의 댄디즘으로 의미가 확장·변화된 것이다. 이때 프랑스의 댄디즘을 규정할 수 있는 또 다른 정신주의적 요소는 아마도 '고상한 경멸'에 있는 것으로 보인다. 1830년 또 다른 댄디의 전파자 스탕달은 소설 『적과 흑』에서 등장인물의 입을 빌려 우울한 표정을 짓고 있으면 불만이 있거나 무슨 일이 제대로 되지 않았다는 것을 암시하기 때문에 그 반대로 따분한 표정을 지음으로써 상대에 대한 고상한 경멸을 드러내고 이를 통해 위엄을 지키는 것이 중요하다는 지적을 한다. 보들레르 또한 완벽한 댄디가 옷에 가치를 두는 것은 단지 정신적 귀족주의를 드러내기 위한 것이라고 말하였다. 스탕달, 보들레르 모두 정신적 태도에 방점을 찍은 것이다. 이후 댄디즘은 다시 오스카 와일드로 대표되는 영국으로 넘어간다. 서윤령, 『댄디즘: 엘레강스의 미학』, 영남대 미학미술사학과 석사논문, 2003, 3~33쪽 참조.

6 이상은 서윤령, 40~46쪽 참조.

다. 왜냐하면 이들 시인 대부분은 여성적인 태도 속에서 미적 세련
을 과시하기 때문이다.[7]

　　내일은 중국술을 마시고

　　고양이들이 달리는 거리를 걷기로 해요

　　지구상에 단 하나뿐인 밤의 거리에서

　　하루 종일 유리창들은

　　투명하느라 바쁘고

　　우리는 고양이처럼 섬세하게

　　숨고 달리다가 영원히

　　사라지고

　　　　　　　－이장욱, 「내일은 중국술을 마셔요」 부분(『정오의 희망곡』)

　　생물학적으로 남성의 지표를 내보이는 시인의 시적 자아는 별
다른 시적 설정이 없는 이상 남성으로 읽히는 것이 일반적이다. 그
러나 이 시의 시적 자아는 '해요체'의 어미활용을 통해 지극히 여
성적인 감각을 보여준다. 중국술이라는 단어는 술이 담긴 병의 도
자기가 주는 고전적인 느낌과 도자기 표면에 새겨진 복잡한 문양

7　한 가지 흥미로운 것은 댄디즘의 요소에 이미 여성적인 태도와 취향이 상당 부분 반영되어 있으며 초기 영국의 댄디들도 여성적 행동을 보였음에도 불구하고 보들레르와 오스카 와일드가 그것을 거부했다는 점일 것이다. 오스카 와일드는 벨벳 베레모에 레이스 셔츠, 단추 구멍에 해바라기를 꽂고 사람들 앞에 종종 나타났는데 벨벳과 레이스라는 소재가 본래 여성들의 복식에 활용되었던 소재임을 떠올린다면 단편적이기는 하지만 댄디즘 속에 스며 있는 여성주의적 요소를 포착하는 것은 어려운 일이 아니다. 또한 이 당시가 절대주의의 몰락기였으며 이러한 시기에 남자들의 행동이나 복장은 여성적으로 변했고 여성적 성향이 남자의 생활을 지배하게 되었다는 지적을 경청할 필요가 있다. 에두아르트 푹스, 『풍속의 역사 Ⅲ 色의 시대』, 이기웅·박종만 옮김, 까치, 1997, 14쪽 참조.

을 떠올리도록 만들어 단어의 뉘앙스를 이국적이면서도 차분하게 확장시킨다. 그러한 가운데 중국술을 마시고 고양이들이 달리는 거리를 걷자고 제안하는 시적 화자의 목소리는 어딘지 나른하면서도 감미롭다. 실제의 여성과 남성이 지극히 대조적인 개념으로 구분된다는 것은 당연히 불가능하며 한쪽은 100% 부드럽고 감미롭고 조용하며 한쪽은 100% 거칠고 딱딱하고 소란스럽다는 식으로 정리될 수 없는 것은 누구나 알고 있는 사실이다. 우리 모두는 생물학적인 지표와는 별도로 여성성과 남성성을 뒤섞어 가지고 있으며 때로는 섹스와 젠더가 역전하거나 불일치하는 경우도 발생한다. 이 같은 남녀, 음양 이원론은 분명 문제가 있는 것이지만 우리가 통상 여성적인 성향으로 떠올리는 다양한 감각들이 '해요체'를 쓰는 순간 풍부하게 되살아나는 것은 주목해볼 필요가 있다. 이러한 언어 활용의 문학적 전통 안에서 이장욱이 선보이는 '해요체'의 문장은 개념적이고 논리적으로 진행되는 시의 어떤 순간에 잔뜩 얼었던 몸에 데운 우유가 들어와 퍼져나가는 듯 부드럽고 안온한 느낌을 선사한다. 더불어 시적 자아의 상상력을 나긋나긋하게 개방시키며 수줍은, 그러나 더욱 자유로운 이미지들의 연쇄를 불러온다. 이것은 보들레르가 말하는 '자연=여성', 또는 '먹고 마시고 자는 본능=악'이라는 공식에 위배되는 몸짓이다. 오히려 본능과 원초적인 감각에 최대한 몸을 열고 그것의 쾌락을 즐기고자 하는 시도라고 보는 편이 옳다.

　이곳에서 발이 녹는다
　무릎이 없어지고, 나는 이곳에서 영원히 일어나고 싶지 않다

괜찮아요, 작은 목소리는 더 작은 목소리가 되어

우리는 함께 희미해진다

(…)

수평선처럼 누워 있는 세계에서

검은 돌고래가 솟구쳐오를 때

무릎이 반짝일 때

우리는 양팔을 벌리고 한없이 다가간다.

– 김행숙, 「다정함의 세계」 부분(『이별의 능력』, 문학과지성사, 2007)

여기, 정말로 가고 싶지 않지만 어쩔 수 없이 자리에서 일어나야 하는 순간의 아쉬움에 시달리는 한 사람이 있다. 발이 녹고, 무릎이 없어지고, 영원히 일어나고 싶지 않은 이곳. 이런 곳이 있을까, 정말 이런 체험은 가능한 것일까 하는 의문이 들 정도로 이 꿈은 너무 감미롭고 달콤하다. 우리는 어느덧 남겨진 사람들에 대한 미안함과 그들의 따뜻한 배웅이 전해주는 사랑스러운 위로 등 온갖 농밀한 감정의 페이스트리와 마시멜로 속에 들어 있음을 발견한다. 이현승이나 이장욱의 시와 마찬가지로 김행숙의 시에서도 점점 사라지고 희미해지는 순간은 자주 출현한다. 이러한 속성은 뒤에 나올 이근화의 시나 하재연, 진은영의 시에서도 마찬가지인데 이들 시인들이 강조하는 희미함 속에는 하얀 비행운이 손에 닿지 않는 곳으로 멀리 사라지는 듯한 아득함이 존재한다.

다시 시로 돌아와 살펴보면 양팔을 벌린 극진한 작별 인사는 역시 극단적인 시간 제어를 통해 일어나는 유려한 곡선의 연속과 그것이 빚어내는 환영의 세계라고 할 만하다. 이들이 보여주는 행동은 너무도 섬세하게 분할되고 절제되어 있어서 고도로 훈련된 모노드라마 연극배우의 몸짓을 보는 것 같은 착각을 불러일으킬 정도다. 연극적 과장의 향취가 배어 있다는 말이다. 우리는 거의 눈을 감고 이 감정에 온몸을 내맡긴다. 어찌 보면 이들 시인들이 보여주는 독특한 감각이 댄디와 구별되는 가장 큰 특징은 여성적 취향에 대한 승인이 아니라 바로 이러한 감각과 감정에 대한 열렬한 개방과 몰입에 있다고 할 수 있을지 모른다. 이들을 따라가면서 우리의 영혼은 지극한 행복 속에 창공으로 상승한다. 우리는 사라지는 비행운을 따라 더 멀리 우리 자신을 연장시킨다. 바로 이 순간 다정함의 세계는 아무런 충격도 없이 우아함의 세계로 형질변환을 일으키는데 이것은 어떤 내밀한 상상이 불러오는 흥분 때문일까.

절망처럼, 세상과 결별했다는 감정에서 파생되어 우리를 고독의 끝으로 몰아가는 모든 상태들은 개체화를 촉진시키고 그 극단으로 우리를 몰고 간다. 그와 반대로 우아함은 조화된 감정, 순수한 완성으로 이끌어 고립감을 사라지게 한다. 우아함은 삶 자체의 모순이나 저주받은 변증법을 사라지게 한다. 부정하고 초월하는 것 같은 환상을 주며, 어쩔 수 없는 인간의 숙명과 모순이 일시적으로 사라지고 일종의 승화된 삶이 나타나는 것 같은 환상을 준다.[8]

자신의 삶을 예술작품으로 만드는 것이 댄디들의 목표[9]라고 한다면 이들을 댄디라고 불러도 좋으리라. 우리는 김행숙을 통하여 아무렇지도 않게 흘려버렸을 일상적인 순간이 아득히 예술적인

---

8   에밀 시오랑, 「우아함의 본질」, 『절망의 끝에서』, 김정숙 옮김, 강, 1997, 87쪽.
9   서윤령, 같은 책, 40쪽 참조.

미감을 선사하며 새롭게 번역되는 순간을 이미 체험하였다. 그러
나 아무리 부인한다고 해도 옷차림 및 문화적 취향의 세련됨이 중
요한 한 요소로 두드러지는 댄디의 특성상 이들 시인들이 보여주
는 의상 또는 문화적 취향에 대한 관심은 차라리 무의상 또는 무취
향으로 간주해도 틀리지 않을 정도로 이들 작품 속에서 자취를 찾
아보기 힘들다. 이들은 오로지 감정의 차원에서만 정신적 귀족주
의를 선보인다. 의상과 외적 스타일, 다양하고 세련된 문화 취미를
통해 자신의 내면세계를 밖으로 표출하는 것이 아니라 내면세계
를 더욱 농밀하게 미분하여 지극히 제어된 시각 체험을 통해 재상
영함으로써 우아함을 성취한다. 따라서 이들을 댄디라는 광범위한
개념 속에 소속시키기보다는 새롭게 '감정의 귀족주의자'로 호명
하는 일이 필요하다.

　감정의 귀족주의자인지 아닌지를 판별하는 가장 지배적인 기준
은 우아함이다. 김행숙의 시는 이들 시인들이 공유하는 우아한 감
정 지향을 잘 보여준다. 에밀 시오랑의 말대로 우아함은 "아래에
서 끌어당기는 인력에 대한 승리를 의미하며, 삶의 저주받은 성향
과 부정적인 경향으로부터의 탈출을 의미"한다. 더불어 우아함은
"저주와 부정성을 초월"하고 "어떤 복잡한 신앙의 길보다 더욱 빠
르게" 우리를 행복한 감정으로 인도한다. 절망이 우리를 고독의 끝
으로 몰고 가 원래의 다양한 관계를 끊어버리고 자폐의 상태로 고
립시킨다면 우아함은 반대로 우리를 순수한 영혼의 상태로 고양시
키며 고립감을 사라지게 한다는 것은 참으로 인상적인 통찰이 아
닐 수 없다. 그의 의견에 우리의 생각을 덧붙이자면 댄디즘이 '반
대중', '반속물', '반부르주아'를 외치며 대부분 사람들을 가차 없이
무시하고 취향이 같은 소수의 선택받은 사람들에게만 그 장을 개

방하였듯이 우아함은 다수의 집단 연합을 꿈꾸는 것이 아니라 소수의 취향 공동체를 추구한다고 볼 수 있다. 우아함을 추구하는 이들은 최소한의 무리 짓기를 통해 고립감을 해소하나 대신 끊임없는 감정의 우아함을 추구하여 대다수 경제적이고 실용적인 삶을 추구하는 대중과는 거리를 두려 한다.

여기서 우아함이 '좌/우', '상승/하강'의 좌표 속에서 상승 쪽으로 강한 운동성을 드러낸다는 것에 주목할 필요가 있다. 그것은 "우리는 양팔을 벌리고 한없이 다가간다."처럼 분명 현실에서는 '좌/우'라는 전개축 속에서 극도로 절제된 분할과 제어를 통해 출연하지만 실은 수직 차원의 상승된 감정을 향하여 차곡차곡 진행된다고 보는 편이 옳다. 김행숙은 가장 감정이 고조되는 순간을 "수평선처럼 누워 있는 세계에서/검은 돌고래가 솟구쳐 오를 때"라는 이미지로 주조해낸다. 전체의 유려한 감정 배치상 어쩌면 돌연하고 개연성이 부족한 장면으로 보이는 이 이미지는 실은 시인이 직감적으로 포착한 고양의 감정을 돌고래의 솟구침으로 이미지화해낸 것이다. 거의 종교적 승화의 감정을 선사하는 이 쾌락은 바로 우아함의 성취에서 온다. 호들갑스럽거나 가식적으로 감정을 교환하는 것이 아니라 전적으로 그 감정에 완전하게 몰입하면서도 결코 경박스럽지 않고 부드럽고 세련되게 자신의 행동을 다루는 기술이 바로 우아함의 핵심이다. 이들이 보여주는 정신적 우월감, 감정의 귀족주의는 또 한편 나르시시즘을 가장 유능한 시종으로 거느린다.

나는 나로부터 멀리 왔다는 생각
편의점의 불빛이 따뜻하게 빛날 때

새벽이 밀려왔다 이 거리는 얼굴을 바꾸고

아주 천천히 사라질 것이지만

나는 역시 나로부터 멀리 왔다는 생각

두 다리를 쭉 뻗고 자고 있겠지만

먼저 깨어난 사물들은 위험천만하게

나를 위협할 것이다 나는 모르는 척

몽롱하게 걸어 다닐 것이다

나는 나로부터 비롯되어 배가 고프고

편의점에 가서 우유를 사고 깡통을 사고

따뜻한 비닐에 먹을 것들을 담아

나와 가장 가까운 곳으로 가서

하나씩 까먹기 시작한다

지는 꽃에 대해서는 黙黙不答하고

단것부터 먹기 시작하겠지만

나는 종종 더 예뻐졌다는 생각

아주 몰라보게 예뻐졌다는 생각

이 거리는 아주 천천히 얼굴을 바꾸고

　　　　　　－이근화, 「따뜻한 비닐」 전문(『칸트의 동물원』, 민음사, 2006)

　이들의 나르시시즘은 가장 황홀한 도취의 순간에도 너그럽고 유순하다. 나르시시즘은 구별 짓기의 욕망 추구에 환상적 도취가 일종의 보상의 형태로 응답하는 것이지만 이근화의 도취는 시적 자아에 의해 적절하게 제어되고 배분되어 평화롭고 아득한 고양감을 선사한다. 뭔가 본질적인 상태에서 자꾸만 멀어지고 있다는 안타까움과 가벼운 우울이 매우 무심한 어조 "나는 나로부터 멀리 왔다는 생각"에 감춰져 있다. 어째서 평이한 것처럼 보이는 이 문장은 우리의 닫힌 마음을 열어 막연한 설렘으로 떨게 만드는가. 이근화 시가 일상의 소소한 장면을 다루면서도 뭔가 근본적인 인간 삶의 문제를 건드리는 느낌이 드는 것은 놀랍다. 우리는 이근화의 시를 읽으며 나에 대해 오래, 그리고 깊게 생각한다. 하지만 우리의 예상과는 달리 시인은 멀리 와 있는 자신에 대해 절망하지 않고 나라는 존재의 개념을 광폭으로 확장시킨다. 본질에서부터 멀리 떨어져 있는 지금이 아니라 본질로부터 지금까지 전부를 모두 나라는 개념 속으로 끌어안는다. 이렇게 되면 마치 하나의 점을 중심으로 컴퍼스를 돌려 원을 얻은 것처럼, 복잡다단한 간섭과 상념과 괴로움과 일탈의 감정이 모두 나라는 불투명한 카테고리 안으로 자연스럽게 포섭된다. "아주 오래 연주되기 위해서／긴 머리를 가진 여자들……"(진은영, 「라,라, 라푼젤」, 『우리는 매일매일』, 문학과지성사, 2008)에서도 사실은 오랜 고독과 슬픔의 상징이라고 할 수 있는 라푼젤의 긴 머리를 아늑하게 향유하려는 감정 변환술이 읽힌다. 이상의 시에서 알 수 있지만 길게 늘어난 것을 모두 향유하여 껴안으려는 태도는 상처를 지우는 놀라운 방어법이다. 따라서 편의점에서 우유와 먹을 것을 사서 그것들을 까 먹으면서 갑자기 "나는 종종 더 예뻐졌"고 "몰라보게 예뻐졌다"는 생각이 드는 것은 너무나 당연한 일이 된다. 이 간지러우면서 풋풋한 도취는 교만한 선언이 아니라 침착한 수습이자 참신한 유혹이다. 또한 매우 우아한 만족이라고도 할 수 있다. 이근화는 배제가 아니라 일정 정도의 확장을 통해

나르시시즘을 완성한다. "모르는 척 몽롱하게" 자신을 상승시킨다. 따라서 이들이 세상 모든 것이 나만을 위해 존재한다고 믿는 것은 마지막 남아 있는 자존감을 지키기 위한, 불가능임을 알면서도 꿈꾸는 백일몽인지도 모른다.

4. 고양이를 좋아할 것

거기는 인도양을 건너온 것 같은

황금의 불빛이 쏟아져 나오고

푸르게 서린 김이 넘실넘실 흘러내리는 곳

하얀 앞치마를 눈부시게 두른 여자가

그 아름다운 손으로 삑삑 바코드를 찍으면

나의 졸음은 달아나지

나는 머나먼 나라로 달아나지

사각거리는 비닐봉지에 찍힌 휘발성의 로고

잇츠 어 뷰티풀 데이

나만을 위해 열려 있는

한밤의 가게

－하재연, 「아름다운 날들」 부분(『라디오 데이즈』, 문학과지성사, 2006)

"나만을 위해 열려 있는/한밤의 가게"에서 우리는 우아함이라는 정서적 고양감이 분열보다는 조화를, 퇴폐보다는 순수를, 고통보다는 행복을, 미완성보다는 완성을 추구함을 발견한다. 이런 가게에서라면 만족감은 최고조에 이르고 "잇츠 어 뷰티풀 데이"라는 말은 자연스럽게 흘러나오는 배경음악이 된다. "우아한 동작이 펼쳐지는 것을 보고 있으면 비물질적이고 경쾌한 비상"이 느껴지며 바로 이러한 우아함의 "가장 생생한 표현은 무용"이라는 에밀 시오랑의 지적은 왜 이들의 시가 우리들에게 고전적 아름다움을 선사하는지 분명하게 알려준다. 그러나 이들 감정의 귀족주의자들이 즐겨 그리는 대상은 아주 드물게 무용일 때도 있지만(김행숙, 「발」, 『이별의 능력』) 대부분 고양이인 경우가 많다.

이미 앞에서 지나치듯이 언급하였지만 사실 댄디로 살아가기 위해서는 경제적인 부가 뒷받침되지 않으면 불가능하다. 18세기 구체제하의 프랑스에서 귀족들이 사교활동과 외양 치장에 몰두하며 명예와 고상함을 추구할 수 있었던 것은 당연히 그들에게 세습받은 부가 있었기 때문이었다. 그래서 이들은 경제지향적 윤리를 추구하였던 부르주아를 멸시하고 상행위나 사업에 참여하는 것을 금지하는 법에 따를 수 있었다. 그렇게 부르주아와는 대조적으로 자신들의 지위에 걸맞은 '과시의무'를 수행할 수 있었던 것이다.[10] 그리고 이들의 정신적 지향점을 댄디가 받아들인다.

그러나 감정의 귀족주의자들은 댄디의 세련된 복장과 취향의 귀족주의를 추구할 만한 시간과 경제적 능력이 없기 때문에 자신들이 유일하게 호사를 누릴 수 있는 방법으로 자기 자신을 제어하며 자기 감정을 최대한 들여다보는 것에서 희열을 찾는 것처럼 보인다. 이러한 감정을 외화할 수 있는 가장 유력한 동물은 바로 고양이이다.

---

10 이상은 노르베르트 엘리아스, 『궁정사회』, 박여성 옮김, 한길사, 2003, 24~35쪽 참조.

고양이는 지붕의 알리바이다

지나가는 고양이를 움켜쥐고 지붕의 붉은 울음이 솟아났다

벨벳의 검은 꼬리가

지붕의 등을 오래오래 어루만졌다

-진은영,「한밤중에」부분(『우리는 매일매일』)

고양이는 뜻없이 멈추고 고양이는 뒤돌아본다 이 밤에 얼마나 배가 고플까 얼마나 길어질 수 있을까

(…)

고양이는 한없이 길어지고 고양이는 어떤 태도를 감추고 있네 단숨에 뛰어넘을 수 없는 거리를 가졌지

-이근화,「이중 모션」부분(『칸트의 동물원』)

나는 고양이가 되려고 생선 한 마리를 물고 집

을 뛰쳐나왔으니까, 야아옹 만세! 네가 아는

미미와 샤샤와 쥬쥬와 라라에 대해 얘기해줘.

그들의 독특한 취향과 보편성에 대해.

(…)

그런 고양이는 불멸의 이름이야. 그들은 희미하게

사라졌기 때문이지.

-김행숙,「소녀 고양이군을 만나다」부분(『이별의 능력』)

내 얕은 잠귀 속으로 들어와 마구 발톱을 세우던 고양이,

(…)

나가보면 감쪽같이 달아나고 없던 고양이,

미워할수록, 잡으려 할수록 묘연하기만 하던 고양이,

─이현승, 「고양이」 부분(『아이스크림과 늑대』)

나는 고양이를 초월하여 고양이, 다시 한 번 고양이를 초월하여……

불가사의에 흡수되는 시간,
거대한 고양이가 이 세계의 이름입니다

─김행숙, 「고양이군의 25시」 부분(『이별의 능력』)

개와 달리 고양이를 떠올릴 때 우리는 대부분 그들이 가진 날렵함, 행동의 우아함, 독자적 영역을 유지하려는 본능, 사랑을 갈구하는 것이 아니라 사랑의 주인공인 것처럼 구는 도도한 태도 따위를 떠올리게 된다. 그래서 개보다는 훨씬 다루기 어렵다는 것이 우리의 보편적 믿음일 것이다. 어떤가. 고양이는 너무도 명백하게 감정의 귀족주의자들을 위한 애완동물이 아닌가. 이런 생각을 증명이라도 하듯이 감정의 귀족주의자들은 고양이를 즐겨 시 안으로 데려온다. 그러나 애초에 이 고양이들은 집고양이가 아니라 길고양이. 고양이는 독특한 취향을 가진 유일한 존재로 우리 눈앞에 모습을 드러내지만 잡히지 않고 저 멀리 있으며 다가가면 연기처럼 사라져버린다. 이 시인들이 생각할 때 고양이의 가장 큰 특징은 길어지고 사라지려는 성향이다. 이들은 약속이라도 한 것처럼 고양이에게 매혹당한다. 매혹당할 수밖에 없다. 이들에게 고양이는 불멸의 이름이 되며 거대한 고양이는 세계 그 자체가 된다. 이들이 인간이라는 직업을 버리고 환생한다면, 자신에게 다른 존재를 선택할 권리가 주어진다면, 그 선택권을 행사할 동물은 바로 고양이일 것이다.

이것은 어쩌면 이들이 우아함이라는 가치를 최종적으로 어떻게 승화시킬 것인지에 대한 암시적이고 상징적인 비전으로 읽힌다. 나르시시즘적인 우아함은 감정의 미분 속에서 한없이 쪼개지고 고양되다가 결국은 희미하게 사라질지도 모른다. 고양이는 되고 싶은 나이기도 하면서 도저히 될 수 없는 나이기도 하다. 이 거리에서 오는 '아득함'이 사실은 감정의 귀족주의자들을 지배하는 2000년대적 심리상태다. 보들레르와 벤야민은 근대인이 겪게 되는 필연적인 감정 상태를 '우울'로 보았지만 2000년대 감정의 귀족주의자들은 더욱 가속화되는 인간으로서의 지위 실추를 '아득함'이라는 미학적 체험으로 형상화해내고, 견디어내고 있는지도 모른다.

항상 몸가짐은 부드럽고 조용하게, 법칙을 세우고 자신을 통제하며, 우아함 그리고 나르시시즘이라는 시종을 거느리고, 고양이와 함께 살아갈 것. 왕과 귀족 대신 등장한 시민 계층, 그중에서도 빠르게 부를 축적한 자본가가 완전히 지배권을 행사하는 세상에서 우리는 고양이처럼 독특한 취향을 가진 불멸의 존재로 살아갈 수 있을까. 임금 노동을 비롯한 어떠한 강제와 당위에도 포섭되지 않고 독자성을 유지하며 우아하게 살아갈 수 있을까. 물론 그것은 불가능할 것이다. 하지만 어떤 세상에서든 꿈을 꾸는 자는 있기 마련이다. 바로 감정의 귀족주의자들이 만든 취향의 공동체가 그렇다. 현재로서는 이들이 보여주는 예절법이 인간의 고귀함을 유지하며 살아갈 수 있는 최후의 방법일지도 모른다. 우리는 고전적이면서도 참신한 감각으로 우리를 유혹하는 이들의 세계에 흠뻑 취했다. 하지만 앞으로도 온전히 행복할 수 있을지는 모르겠다.

국가가 존재하지 않을 때 겪게 될 것이라고 생각했던 불행을 오히려 국가에 의해 당하면서 "자신에게 불행을 끼칠 것을 스스로 만들었다는 생각"[11]으로 더욱 비참한 고통 속에 21세기 대한민국을 살고 있는 사람이라면, 그리하여 국가와 맺은 계약을 파기하고 싶은 절박한 분노에 시달리는 사람이라면 이들 감정의 귀족주의자들이 보여주는 취향 공동체의 행보는 분명 커다란 심미적 관심을 불러일으킬 것이다. 이들은 정말 "우리는 고양이처럼 섬세하게/숨고 달리다가 영원히/사라지고"(이장욱, 「내일은 중국술을 마셔요」, 『정오의 희망곡』) 싶은 것일까. 여기 순수한 완성과 조화된 감정과 그리고 초월의 환상이 있다. 이 감정의 귀족주의자들은 고도의 자기 규율과 통제에서 비롯된 감정의 미분과 우아함의 상승과 멀고 희미해지는 느낌 속에서 끝내 아득하게, 영원히 사라지자고 우리에게 속삭인다. 이것이 우리 시대 귀족 예절론 마지막 장, 마지막 문장이다.

11 토머스 페인, 『상식 · 인권』, 박홍규 옮김, 필맥, 2004, 21~22쪽 참조.

2000년대 한국 시에 나타난 환상의 의미와 전망

— 환상의 정신분석적 독법을 위한 시론(試論)

1. 환상의 전면화 – 환상은 왜 고통스러울까

최근 우리 시단은 2000년대 이후 첫 시집을 낸 젊은 시인들[1]에 대한 논란으로 뜨거웠다. '미래파'(권혁웅)[2]에서 '뉴웨이브'(신형철)[3], '다른 서정'(이장욱)[4], '진화하는 서정'(김수이)[5]까지 명명은 다르지만 이는 모두가 젊은 시인들의 시에 나타난 미학적 징후에 대한 승인이자 적극적인 상찬의 말이었다. 이 논란으로 논란의 당사자인 시인들의 문단 진입이 활발하게 이루어졌다. 그 속도를 감당할 수 없

---

1   김진수는 젊은 그들이 사전에 공모한 어떠한 문학적 프로그램도 없이 거의 하나의 시적 운동이나 유파를 형성한 것으로 보일 만큼 어떤 공통된 문제의식을 지니고 있는 것으로 보인다고 말했다. 이러한 문제의식을 가진 대상 시인들로 강정, 김경주, 김근, 김록, 김민정, 김언, 김이듬, 김행숙, 박상수, 박진성, 박판식, 신해욱, 안현미, 유형진, 이기인, 이민하, 이영주, 이장욱, 조연호, 진수미, 진은영, 황병승 등의 이름을 들었다. 물론 이들의 명단이 대단히 유동적이며 잠정적임을 밝혔다. 김진수, 「표현 불가능한 표상들의 운명–근대적 사유의 지평과 한계」,《문학·판》2006년 겨울호, 57쪽 참조.
2   권혁웅, 『미래파』, 문학과지성사, 2005.
3   신형철, 「문제는 서정이 아니다–웰컴, 뉴웨이브 포–에티카」,《문학동네》2005년 가을호.
4   이장욱, 『나의 우울한 모던 보이』, 창비, 2005.
5   김수이, 『서정은 진화한다』, 창비, 2006.

을 만큼 갑작스럽게 문단의 세대교체가 진행된 것이다. 그런 의미에서 이들에게 쏟아진 관심이 거의 축복에 가까웠다는 한 비평가의 말은 결코 과장이 아닐 것이다.[6] 한편 반론도 만만치 않았다. 특히 이들 시에 대한 상찬은 세대론적 인정투쟁과 비평가적 욕망이 만들어낸 과잉담론에 불과하다는 비판은 일방향으로 질주하던 논의에 커다란 균열을 일으켰다. 이어 소위 미래파 시인들을 지지하며 선도하는 비평가들에 대한 비판과 실제 젊은 시인들이 작품이 해독 불가능의 자폐적인 언어에 불과하다는 비판이 뒤섞여 일종의 대항전선을 형성하기에 이르렀다. 또한 이러한 비판의 심층엔 갑작스러운 문단의 세대교체와 지역교체에 대한 심리적 저항감이 작용한 것으로 보인다. 사실 젊은 시인들에 대한 비평적 조망은 세대교체뿐만 아니라 농촌공동체를 기반으로 하던 시인들에서 도시출신의 시인들로 출신지역의 교체 또한 내포하고 있다고 할 수 있다.[7] 따라서 기성 시인들에겐 농촌 공동체의 감수성을 전혀 경험하지 못한 도시 출신 시인들의 시적 감수성이 낯설게 다가온 것이다.

이러한 여러 가지 작용과 반작용의 벡터들이 모여 등장한 것이 바로 '서정시/환상시'의 대립구도다.[8] 이는 분명 최근 젊은 시인들을 작품 성향을 쉽게 분류하고 그들을 둘러싼 논란의 중심으로 들

---

6 김수이, 「시, 서정이 진화(進化/鎭火)하는 현장」, 같은 책, 68쪽 참조.

7 고봉준, 「서정시를 위한 변명 2」, 《오늘의 문예비평》 2006년 봄호, 46쪽 참조.

8 '서정시/환상시'의 대립구도는 표면적으로 드러나지 않더라도 젊은 시인들의 시 세계를 논의하는 자리에서 내재화된 방식으로 시인들을 구별하는 기준으로 작용하고 있다. 다음의 글을 참조하라. 고봉준, 「환상이라는 유령, 또는 환상의 리얼리티」, 『서정시학』, 2005년 가을호. 유성호, 「서정의 옹호」, 『시작』, 2006년 여름호. 한편 오형엽은 "비평적 관심을 환상파 이외의 젊은 시인들로 확대시켜야 한다. 이러한 관점을 이미 시도한 비평은 나름대로의 성과를 얻고 있지만, 대체로 사회적 상상력 혹은 서정성의 회복이라는 논점으로 이들을 환상파와 대립시키고 있는 듯이 보인다. 물론 옹호론자들의 이분법에 대응하는 비판론자들의 이분법이겠지만, 환상/서정의 대립적 구도가 상존하는 것은 바람직하지 않다고 생각한다"라고 밝히고 있다. 오형엽, 「환상의 심층-2000년대 젊은 시인들을 둘러싼 논쟁」, 『문학과사회』 2006년 겨울호, 325쪽.

어설 수 있는 좋은 출발점이 되는 것으로 보인다. 하지만 이러한 구도를 그대로 추인한다는 것은 몇 가지 측면에서 문제점을 노출한다. 여기에는 서정시는 물론이려니와 환상시의 개념을 혼란에 빠뜨릴 만한 논점이 내포되어 있기 때문이다. 서정시와 환상시는 과연 대립적인 개념인가? 그렇다면 환상시는 어떻게 정의해야 하는가? 이러한 기초적인 질문에 대한 대답을 찾을 수 있다면 자연스럽게 '환상'에 대한 논의로 한 걸음 다가가게 된다.

최근 젊은 시인들에 대한 논의는 주로 '환상'이라는 키워드를 중심으로 전개되고 있다고 해도 과언이 아니다. 그런데 그 환상이 주로 주체의 고통에 찬 비명을 형상화하는 방식으로 전면화되고 있다는 것에 주목할 필요가 있다.[9] 어째서 2000년대 이후 젊은 시인들에게는 환상이 전면화되고, 그 환상은 어째서 그렇게 고통스러운가. 이 글은 바로 이러한 문제의식에서 출발한다. '환상'이야말로 젊은 시인들의 시 세계를 밝혀내는 데 결정적인 요소라는 전제하에 젊은 시인들의 상상체계 속에서 '환상'이 어떠한 역할을 하는지 살펴보고 이를 바탕으로 환상에 대한 전망을 탐색해보고자 한다.

---

[9] "환상시를 읽으면 전반적으로 악몽, 지옥, 공포가 공통적인 인자로 발견됩니다. 왜 어두운 환상만 있는가? 시대가 어두우니까라고 생각하지만, 이를 가로질러서 밝은 환상도 나올 수 있다고 봅니다. 등장하는 소재는 왜 획일적인가. 특히 신체를 다루는 방식이 그러합니다. 우리는 진정으로 아름다운 신체를 적나라하게 시의 전면에 내세워본 적이 없습니다. 몸에 대한 언급이 자유로워지자마자 바로 신체 절단, 분해, 해부에 돌입했습니다." 엄경희의 말대로 최근의 환상시에는 어두운 환상이 지배적이다. 더불어 신체 절단의 이미지가 자주 등장하는 것도 눈여겨보아야 할 대목이다. 김수이·엄경희·손택수·김행숙·김언 좌담, 「우리 시의 다양성과 새로움」, 《문장웹진》 2005년 10월호.(http://webzine.munjang.or.kr/)

2. 서정시/환상시라는 대립구도?

'서정시/환상시'라는 의제설정은 젊은 시인들의 작품 세계를 이해, 승인, 지지하는 쪽에서는 기존의 전통적인 서정시의 한계를 뭉뚱그려 비판하며 환상성이라는 특징적인 가치를 내세워 새로움을 더욱 예각적으로 강조할 수 있다는 점에서 유효하다. 또 점검, 보류, 불인정의 태도를 보이는 쪽에서는 젊은 시인들의 시에 나타난 여러 가지 특질 중에서 가장 두드러진 것으로 보이는 환상성을 중심으로 젊은 시인들의 시를 손쉽게 묶고 그에 대항하는 세력으로 서정성을 드러내는 시를 중심으로 명명이 힘든 여타의 시들까지 흡수하여 세력을 넓힌 뒤 논의를 이끌어나갈 수 있다는 점에서 필요한 선택이었다. 결국 서정시/환상시의 대립 구도는 양자의 욕망이 서로 다른 곳을 보며 교차 투영된 선택이라고 할 수 있다. 또한 이러한 구분법은 주로 젊은 시인들의 시를 비판하는 쪽에서 부정적인 가치판단에 무게를 두고 환상이 "지금, 여기"의 현실을 제대로 담아내지 못하고, 기존 서정시 특유의 동일성의 미학을 일거에 부정하며 산포하는 주체의 유희적인 언어놀이에 그치고 있다는 점을 강조하기 위해 더 자주 사용해온 것으로 보인다. 어찌되었든 환상시에는 긍정성과 부정성이 소용돌이치며 뒤섞여 있는 셈이다.

이렇게 본다면 서정시/환상시라는 의제설정은 몇 가지 문제점을 가지고 있다.

첫째, 서정시 개념의 혼란이다. 젊은 시인들의 시가 기존의(전통적인) 서정시를 타자로 돌려세울 만큼 환상성을 두드러지게 보이고 있다는 점은 이해할 수 있지만 그렇다고 과연 서정시와 환상시가 대립개념이 될 수 있는 것일까? 오히려 서정시를 상위 개념으로 그 밑에 속하는 개념이 환상시가 아닌가라는 것이다. '다른 서정'이나 '진화하는 서정'이라는 평자들의 개념은 바로 이러한 문제의식에서 비롯된 것으로 보인다. 젊은 시인들의 시는 기존의 전통적인 서정시와 단절되거나 대립되는 방식으로 등장한 것이 아니라 서정시의 테두리 안에서 서정시의 지평을 넓히는 방향으로 전개되었다는 인식이 담겨 있는 것이다. 이렇게 보자면 서정시/환상시의 구분은 잘못된 구분법이라고 할 수 있다.

둘째, 환상시에 대한 개념 혼란이다. 환상시의 판단 기준은 무엇일까. 아직까지 우리에겐 환상시에 대한 명확한 기준이 마련되지 않았다. 다만 오형엽의 정리에 따르면 낭만주의적 미적 직관의 맥락, 탈근대적 주체성 맥락, 현실과 대립되는 결핍, 부재의 맥락, 현실을 초과하는 리얼리티의 맥락, 정신분석의 나르시시즘적 맥락, 토도로프나 로즈메리 잭슨으로 대표되는 환상 문학론의 맥락, 장르문학이나 판타지 문화적 맥락 등에서 규명되어 왔을 뿐이다.[10] 이 말은 결국 우리는 합의된 기준이 아니라 각 글의 '맥락'에 따라 서로 다른 개념을 전제로 환상에 대한 논의를 진행시켜왔다는 말이다. 더군다나 환상을 지지하는 쪽에서 환상의 개념을 실제 현실로 가깝게 끌어내려 사용하고 있는 반면 비판하는 쪽에서는 환상을 현실과는 상관없는 저 높은 곳의 어딘가를 배회하는 유령으로 다룸으로써 서로 다른 가치판단이 혼재된 환상개념을 통용하고 있는 실정이다. 따라서 매우 비현실적인 환상도 논자에 따라서는 그 환상을 시로 풀어내는 시인들에게는 유일하고 절실한 현실이라는 말이 나올 수밖에 없다. 이런 경우 서정시/환상시가 아니라 서정시/

<hr>

10 오형엽, 같은 글, 323쪽.

다른 서정시의 구도로 논의의 초점을 바꾸어야 함은 당연하다. 또한 이 문제에는 환상의 발견이냐, 발명이냐는 문제가 주름처럼 겹쳐 드러난다. 환상은 없는 것을 발명하는 것일까 아니면 이미 있는 것을 발견하는 것일까? 환상시에 대한 보다 정확한 개념 설정이 필요한 대목이라 하겠다.

따라서 이 글에서는 김태환이 제시한 다음의 기준을 환상의 판단 기준으로 내세우고자 한다.

1. 널리 알려진, 세계에 대한 일반적 명제들(예: 자연법칙)
2. 공동체가 공유하고 있는 개별 사실에 관한 지식(예: 역사적 인물이나 사건, 사회, 문화적 사실들)

1, 2를 디폴트값(원래 컴퓨터 프로그램 자체에 미리 설정된 값. 예를 들어 대부분의 인쇄 프로그램의 디폴트값은 A4다. 우리가 현실에 관해 가지고 있는 지식도 어느 정도는 디폴트 값과 같은 성질을 지닌다고 한다)이라고 하고 이를 벗어나는 시를 환상시로 정의하자는 것이다.[11]

하지만 이러한 정의를 사용한다고 할 때 한 가지 의문이 드는 것은 피할 수 없다. 오생근의 글을 참조한다면 본래 시에서 사용하는 언어란 재현적 언어가 아니라 비유적 언어이기 때문이다. 시는 풍부한 상상적 이미지와 상징적 효과를 지닌 언어이다. 환상성 연구의 주춧돌을 놓았다고 볼 수 있는 토도로프가 환상성의 영역에서 시를 제외한 것도 바로 시적 언어의 근본적인 속성 때문이리라.

---

11 사실 환상을 판별하는 이와 같은 기준은 아주 기본적이며 상식적인 수준의 것이다. 그러나 논의의 혼란을 피하기 위해 이 기준을 사용하기로 한다. 김태환, 「환상성의 구조에 관한 몇 가지 단상들」, 《문학 · 판》 2002년 가을호 참조.

그렇다면 시는 그 자체로 이미 환상성의 요소를 충분히 갖춘 장르가 아닌가?[12] 따라서 시에서 환상의 범주를 명확히 하기란 참으로 어려운 일이 아닐 수 없음을 먼저 인정해야 할 것이다.

이 글에서는 시가 산문에 비해 환상성과 친연한 관계라는 것을 인정하되, 1, 2의 디폴트값을 벗어나는 환상시를 다시 다음과 같은 기준으로 나누고자 한다. 이는 이희중이 환상 소설을 구분하기 위해 도입한 기준인데, 환상시에 적용해도 큰 무리가 없다는 판단하에 '서사'라는 단어가 들어간 부분을 '시'로 바꾸어 제시한다.

제1유형: 현실 세계의 바탕 위에 환상적 기법과 계기를 제한적으로 사용하는 시

제2유형: 현실 세계와 새로운 질서의 원리를 지닌 환상 세계를 대응시킨 시

제3유형: 현실 세계의 질서와 원리를 상당부분 수용한 환상세계를 주로 다룬 시

제4유형: 현실 세계와 절연한 채 환상 세계 고유의 질서와 원리를 압도적으로 적용한 시[13]

셋째, 서로의 영역을 제한하는 문제다. 서정시/환상시라는 구분법은 자칫하면 마치 서로가 서로의 성질을 배타적으로 제외시키며 영토를 형성, 각각의 영역에 관여하지 말아야 한다는 금제로 작동

---

12 시적 언어의 환상성은 어쩌면 시의 운명인지도 모른다. 오생근의 지적처럼 특히 산문시가 되면서 시의 환상성은 피할 수 없는 문제가 되었다. 보들레르의 산문시집 『파리의 우울』이나 로트레아몽의 산문시 「말도로르의 노래」 역시 훌륭한 환상성이 가득한 작품인 것이다. 오생근, 「환상문학과 문학의 환상성」, 《문학·판》 2002년 가을호 참조.

13 아직 우리에겐 환상시의 구체적인 연구 성과가 없는 까닭에 이에 대한 기준이 마련되기를 기다리며 이 글에서는 이 기준을 제안한다. 이희중, 「환상적 리얼리즘의 한국 버전을 꿈꾸며」, 《문학수첩》 2003년 겨울호, 259쪽 참조.

할 위험이 있다. 서정시에 환상성이 본격적으로 등장하면 안 되는 것인가? 환상시에는 서정성이 없는 것일까? 두 영역의 혼혈은 언제든지 가능하고 실제로 이러한 방식으로 시를 쓰고 있는 시인들이 존재한다는 것[14]과 이러한 구분법이 서정시와 환상시의 경계에 있는 작품을 소외시킬 가능성이 크다는 점을 생각한다면 분명 재고의 여지가 있다. 또한 한 시인의 시라도 어느 한 특징을 우세종으로 내세워 명확하게 도려낼 수 없다는 점을 생각한다면 서정시/환상시의 구도는 불필요한 논란만을 만들어낼 틀이 될 수 있음을 깨달을 수 있다.[15]

물론 이렇게 살펴보아도 다음의 문제는 남는다. 환상시를 시의 하위 개념으로 파악하여 시의 지평을 넓혀가는 요소로 간주한다하여도 사실 통시적으로 살펴보았을 때, 환상은 최근에 갑작스럽게 등장한 것은 아니다. 그 기원을 '이상'의 작품으로 잡는다면 우리 시에 환상이 들어온 것은 이미 70여 년 전이다. 그러던 것이 1990년대 우리 문단이 포스트모더니즘의 세례를 받으면서 '탈중심', '이성중심 비판', '억압된 것의 귀환'을 경험하는 과정에서 환상은 하나의 상상력으로 단단하게 자리를 잡은 것이다.[16] 김혜순, 김정란, 김참, 김언희, 박상순, 박서원, 성미정, 이승훈, 함기석 등의 시인들을 떠올려본다면 이미 우리 시가 가진 환상성의 두께를 충분히 짐

---

14 대표적으로 조연호(『저녁의 기원』, 랜덤하우스중앙, 2007)과 박판식(『밤의 피치카토』, 천년의시작, 2004), 김경주(『나는 이 세상에 없는 계절이다』, 랜덤하우스중앙, 2006)를 들 수 있다.

15 그렇다면 결국 이희중의 지적처럼 서정시라는 용어를 시효를 다한 것으로 인정하고 서정을 수사, 기법, 미의식의 차원에서 시 속에 편재 가능한 요소로 간주하는 것이 한국 현대시의 발전적인 전개를 위해서 필요한 일이라 하겠다. 즉 '서정시'가 아니라 '시'를 상위 개념으로 환상시, 실험시, 생태시, 민중시, 여성주의시 등의 개념을 하위 개념으로 보자는 것이다. 이제 서정시는 사라지고 서정만 남았다. 김수이의 표현을 빌리자면 서정시가 진화하는 것이 아니라 시가 진화하는 것이다. 이희중, 「오늘, 서정의 존재방식」, 《문예중앙》 2005년 겨울호 참조.

16 김경복, 「한국 현대시에 보이는 환상성의 의미」, 《외국문학》 1997년 가을호 참조.

작해볼 수 있다. 2000년대 이후의 논의에서는 원래 환상의 의미를 계승하며 여기에다가 일종의 초과된 현실, 즉 우리가 알지 못하고 보지 못했을 뿐, 분명한 현실의 일부를 '발견'한 것이라는 의미가 추가되어 통용되고 있는 것으로 보인다. 환상의 의미가 더욱 긍정적으로 확대된 것이다. 결국 환상은 젊은 시인들이 갑작스럽게 들고 나온 것이 아니라 이미 우리 시에 편입된 상상력으로, 어쩌면 시의 근본적인 속성으로, 1990년대 이후 한국시라는 이름의 일단을 제 몫으로 너끈하게 감당하고 있었다고 볼 수 있다. 그렇다면 최근 환상에 대한 논란은 결국 1990년대까지 그 영향력을 제대로 인정받지 못하고 주변에 머물던 환상이 우리 시단의 한복판으로 들어오게 된 것이 핵심 쟁점이 아닐까.[17] 그렇다면 문제는 이제부터다. 어째서 환상은 우리 시의 전면에 등장하게 된 것일까. 여기에 다음의 질문을 추가할 수 있을 것이다. 어째서 지금 우리의 환상에는 고통만이 가득한가?

3. 낫기 위해 자폐증이 필요합니다, 물론

불가능에 도전하는 것이 시라는 과욕, 혹은 환상. (…) 도대체가 정체를 알 수 없는 문장 혹은 남자.
남자에서 여자로, 여자에서 남자로 끊임없이 넘어가는 문장 혹은 세계. (…)
어디선가 그 문장의 이웃들이 우르르 달려와서 에워싸는 순간이 평론의

---

17 "최근 우리 젊은 시의 주요한 흐름이 되고 있는 환상성 또한 80, 90년대 시의 한 조류였던 '해체' 와 더불어 주변부에서 중심으로 들어오는 하나의 현상이 되고 있다." 박형준, 「환상과 실재」, 『아름 다움에 허기지다』, 창비, 2007, 331쪽.

언어 아닌가.

　평론으로 순화되기 전에, 아예 국적을 바꾸기 전에 그 문장들이 시로 살아남기를.

　　　－김언, 「시도 아닌 것들이－문장생각」 부분(『거인』, 랜덤하우스중앙, 2005)

　김언은 환상시의 제1유형을 기반으로 하되, 제4유형의 시도 자주 등장시켜 시를 쓰는 시인이다. 인용문은 일종의 논리적인 환상을 추구하며 우리 시단에 새로운 길을 뚝심 있게 밀고 나가는 그의 두 번째 시집에 실린 글 중 일부다. 시집의 말미에 부록으로 실린 글이라서 시라고 하기에도, 산문이라고 명명하기에도 마땅치 않지만 시에 대해서 시인이 가진 육성을 들어볼 수 있다는 점에서 의미가 있는 글이다. 우선 먼저 눈에 띄는 것이 "불가능에 도전하는 것이 시라는 과욕, 혹은 환상"이라는 첫 번째 문장이다. 우리는 여기서 다음의 공식을 도출해볼 수 있다. 불가능에 도전하는 것=시=환상. 한 시인의 말을 젊은 시인들 전체에게 확대하여 해석할 수는 없겠지만 시를 대하는 젊은 시인들의 태도의 일단은 짐작해 볼 수 있을 것이다. 즉 김언은 시를 불가능에 도전하는 것으로 보고 있다. 다른 말로 하자면 김언은 기존의 모든 관념을 뒤집고 새로운 영역을 개척하려는 태도와 그 결과물을 시라고 본다고 할 수 있다. 불가능의 영역을 탐사하기 위해 필연적으로 등장할 수밖에 없는 것이 환상이다. 결국 그는 시의 무게를 다시 환상으로 옮겨 실으면서 우리 몸속에, 우리 시 속에 내재된 디폴트값을 초과하려는 것이다.

　다음으로 눈에 띄는 것이 "도대체가 정체를 알 수 없는 문장 혹은 남자"라는 구절이다. 이와 함께 "평론으로 순화되기 전에, 아예 국적을 바꾸기 전에 그 문장들이 시로 살아남기를"이라는 구절을 겹쳐 읽어보자. 여기서 우리는 그의 단호한 결의를 엿볼 수 있다. 시인은 지금 누구에게도 자신의 정체를 쉽게 들키고 싶지 않다. 게다가 '평론'을 누군가의 응시로 바꾸어 읽을 수 있다면 지금 시인은 "아무도 나를 쉽게 안다고 말하지 못하게 하겠다"는 말을 하고 있다고 해도 과언이 아니다. 소통이 아니라 불소통을 지향하는 태도라고 할까. 누군가에게 읽힌다는 것을 '순화', 즉 자기를 순치당하는 것으로 이해하고 있는 것은 흥미로운 지점이 아닐 수 없다. 순화라는 말은 곧 사회화라는 말이라고도 할 수 있다. 이러한 생각의 중심에는 어쩌면 "스스로 자기 존재와 내면의 기원이 되고자 하는 의지와 욕망"[18]이 있는지도 모른다.

이쯤에서 생각해볼 수 있는 것이 환상이 두드러지게 드러난 젊은 시인들에 대한 비판의 한 대목이다. 논자에 따라서 말이 조금씩 다르기는 하지만 가장 눈에 띄는 비판은 이들 시인들의 시가 현실을 배제하고 지나치게 폐쇄적이며 나르시시즘적 퇴행에 시달리고 있다는 것이다.[19] 특히 자폐적이라는 말은 환상시를 이야기할 때 빠지지 않는 대목이다. 환상을 지향하는 젊은 시인들의 시가 과연 자

---

18 김수이, 같은 책, 70쪽.
19 여경수는 젊은 시인들의 미학적 성과를 인정하되, 비판적으로 이들의 행보를 주시한다. 이경수가 지시한 젊은 시인들의 시에 대한 비판 중에서 눈여겨볼 것은 1. 하위문화적 상상력을 동원하는 이들의 시가 장르 경계 밖에서 보면 별로 새롭지 못하다는 것, 2. 문화적 체험을 공유한 젊은 세대를 독자로 사로잡지 못한다는 점, 3.구체적 삶의 체취보다는 학습화된 이론의 체취를 풍긴다는 점, 등이다. 특히 이경수는 환상의 전복적인 기능이 취약하며 현실의 차이를 들여다보지 않고 달아나고 벗어나고 싶은 대상으로 현실을 규정해버리는 태도가 오히려 허무주의적이고 냉소적인 태도를 유발할 수 있다는 점에서 문제점을 지적하고 있다. 이경수, 「'다른 서정'과 '다른 현실'과 '다른 미래'라는 삼각형」, 『바벨의 후예들 폐허를 걷다』, 서정시학, 2006, 315~316쪽 참조. 유성호 역시 기존의 서정시가 개척하지 못한 영역을 젊은 시인들의 시가 넓혀나가고 있다는 점은 인정하되, 지금 우리의 현실을 무시하고 개별 체험을 절대화하는 미적 편향을 경계하고 있다. 유성호, 「서정의 옹호」,《시작》 2006년 여름호, 60쪽 참조. 또한 같은 책의 특집에서 고영직은 오늘의 젊은 시인들이 특정 연대와 시의 측정한 관념에 대한 대타의식이 아니라 자신의 세계관에 대한 거센 저항을 통해서 새로운 비전을 가까스로 발견해야 한다고 보았다. 고영직, 「사랑의 교감을 위하여」,《시작》 2006년 여름호, 105쪽 참조.

폐적인가?

결론부터 말하자면 자폐적이다. 그러나 '자폐적'이라는 말이 무조건적 비판의 대상이 되어야 한다고 보기는 어렵다. 일방적인 반감을 가라앉히고 섬세한 분석이 필요한 이유는 자폐라는 말에 시대적인 징후가 담겨 있기 때문이다. 위의 김언의 예에서 알 수 있듯이 이 시대의 젊은 시인들은 의도적으로 자폐를 지향하는 것처럼 보이는 것이 분명 사실이다. 예를 들어 황병승의 다음 구절은 어떤가. "내부가 훤히 들여다보이는, 차창의 불빛 환한 밤 기차처럼/이렇듯 나는 너무 빤하고 선언은 늘 부끄러운 것입니다/그러나 나는 선언의 천재/모든 것을 선언한 뒤 알 수 없는 사람이 되고 말겠습니다"[20]에서도 알 수 있듯이 우선 자폐의 전 단계를 유심히 살펴볼 필요가 있다. 황병승의 경우 "불빛 환한 밤 기차처럼" 자신이 타자에게 훤히 들여다보이는 것을 참을 수 없어한다. 앞에서 김언이 "평론으로 순화되기 전에"라는 말을 한 것도 마찬가지가 아닐까. 두 시인 모두 타자에게 자신의 전부를 환히 보여주는 것을 거부하는 상태인 것이다. 이 문장들에는 나를 손쉽게 개방해버리면 결국 존재의 전부를 잃어버리고 말 것이라는 불안감이 짙게 묻어 있다. 바로 이 불안감 때문에 황병승의 경우, 급격하게 자폐적인 상태로 자신을 가두는 것처럼 보인다.

젊은 시인들의 자폐성을 이해하기 위해 라캉의 논의를 참고할 필요가 있다. 라캉은 현대세계를 '자본주의적 담화(discours capitaliste)'로 규정한 바 있다. 자본주의적 담화란 주체에 관여하는 외부 대상들의 과잉으로 주체에게 대상에 대한 결여가 불가능한 상황을 말

---

20 황병승, 「사성장군협주곡(四星將軍協奏曲)」, 『여장남자 시코쿠』, 랜덤하우스중앙, 2005.

한다. 상징계로 진입한 주체는 어머니와의 이자관계에서 벗어나 다양한 타자와 만난다. 하지만 타자와 관계를 맺을 때, 그가 결여가 없는 절대적인 타자로 일방적인 힘을 행사한다면 주체는 마조히즘적 관계를 취할 수도 있지만 대부분의 경우 질식해서 죽게 될 것이다. 즉 결여가 없는 타자와의 관계는 주체의 소멸을 불러올 수 있는 것이다. 따라서 우리는 어떻게 해서든지 대상의 결여를 찾아 움직인다. 이것은 자기가 숨 쉴 공간을 마련하는 것과 다르지 않다. 일상생활에서도 스타를 추앙하고 떠받들면서도 끊임없이 그들의 사생활을 캐고, 타블로이드판에 실릴 법한 스캔들에 열광하는 대중의 심리도 이와 다르지 않다. 어떤 의미에서는 결여를 매개로 자신만의 고유한 영역을 구축해내려는 시도인 것이다. 하지만 문제는 심화해가는 자본주의적 상황이다. 자본주의 사회에서는 기표가 넘쳐나기 때문에 타자의 응시에 노출된 주체는 미처 타자의 결여를 발견하기도 전에 그 결여를 다른 기표가 와서 메워버리는 상황을 체험한다. 즉 기표들이 하나의 문장처럼, 하나의 덩어리처럼 뭉쳐서 주체에게 들이닥치는 것이다. 이것이 바로 (탈)현대적 자폐증이다. 고전적 자폐증이 주체의 사유 안으로 세계가 들어와 있다면 (탈)현대적 자폐증은 주체가 철저하게 타자의 세계 속으로 함몰되어 있다. 문을 닫고 있어서 자폐증에 걸린 것이 아니라 문을 열고 있어서 자폐증에 걸렸다는 것이 (탈)현대적 자폐증의 역설이다. 주체는 끊임없이 생산되는 타자(기표)의 연쇄를 따라 표류하게 된다.[21]

　　그런데 바로 이 순간, 등장하는 것이 환상이다. 프로이트의 환상 논의가 라캉을 거치면서 환상은 상징계와 실재계의 이야기로 설

21　이 상은 김상환·홍준기 엮음, 맹정현, 「라깡과 푸꼬, 보드리야르」, 『라깡의 재탄생』, 창비, 2003, 참조.

명이 가능해진다. 상징계에 구멍이 뚫리면 실재계가 밀려들어오고 상징계는 악몽으로 변한다. 이때 나타나는 것이 망상과 환상이다. 망상은 상징계에 뚫린 구멍을 막아 상징계를 다시 재건하려는 시도이며 환상은 구멍이 나지 않도록 미리 방어하는 작용이다. 이렇게 보면 망상은 좋은 의미다. 이것은 정신병환자가 실재계와 싸우고 있다는 증거이기 때문이다. 그런 연장선상에서 환상 또한 마찬가지다. 실재계의 위협을 감지하고 구멍이 뚫려 실재계가 들어오지 못하도록 미리 스스로를 보호하는 행동이 바로 환상인 것이다. 즉 병이 나지 않으려는 노력의 일환이 바로 환상인 것이다.[22]

　이상의 논의를 통해 우리는 젊은 시인들의 시에 등장하는 환상의 의미를 되짚어볼 수 있다. 즉 환상은 (탈)현대적 자폐증에 걸리지 않기 위해 미리 방어를 수행하는 작용으로 타자가 과도하게 중첩되어 주체의 내부로 넘쳐 들어오지 못하도록 문을 열지 않는 행위인 것이다. 따라서 이런 경우에 외부 대상을 향하던 에너지는 대부분 철회되고 이 에너지는 모두 자아를 향해 투여된다. 주체의 내부에는 에너지가 넘쳐날 수밖에 없다. 따라서 나르시시즘적 상황에 돌입하게 된다. 과도한 자기애에 시달리게 되는 것이다. 물론 단순한 인과관계로 모든 것을 설명할 수는 없겠지만 우리 시단의 중심에 환상이 전면적으로 등장하게 된 것은 결국 후기 자본주의 사회를 살아가는 오늘날의 현실에서, 그만큼 외부의 압력이 절대적이고 거대해졌음을 증명하는 한 사례일 수 있다.[23] 그리고 이 과

---

22 이상의 논의는 임진수, 「환상과 망상」, 《인문학연구》 제38권, 계명대 인문과학연구소, 2005년 참조.
23 환상의 등장을 단순히 라캉의 논의로만 해석할 수 없음은 당연하다. 비록 소설의 경우이긴 하지만 2000년대 작가들의 탈내면화 저변에 후기자본주의의 전일적인 지배에 따른 주체의 왜소화 경향이 놓여 있다는 분석이나(김영찬) 환상적 서사는 일종의 '정신승리법'으로 1990년대 초반 사회주의권의 붕괴와 그로 인한 대상 카섹시스의 철회가 2000년대에 들어와서 에고 카섹시스로 바뀌어 편집증적 서사를 통해 환상으로 분출한다는 분석(김형중)은 시의 경우에도 전용이 가능한 분석이

정에서 발생한 부작용이 바로 과도한 자기애인 것이다.

결여를 찾을 수 없는 타자의 연속적인 관여에 대항하여 주체는 결사적으로 환상을 동원해 위협을 분쇄해나간다. 문을 닫기 위해, 또는 문이 열리지 않도록 하기 위해 노력하는 것이다. 이 과정은 고통스러울 수밖에 없다. 표면적으로 보기에 자폐증처럼 보이는 환상의 전면화는 개인의 고유성과 정체성을 지키기 위한 필사의 안간힘으로 해석할 수 있다. 이런 의미에서 젊은 시인들의 시는 자폐적이다. 그들은 고통스러운 자폐증을 앓고 있는 것이다. 바로 이 지점이 사회적 상상력이 아니라 상상력의 사회학을 요청할 수 있는 부분이라 하겠다. 진정석은 사회적 상상력이 결핍된 문학 역시 사회적 징후의 하나로 해석한다. 이런 경우 작품에 사회적 상상력을 요구할 것이 아니라 이 자체로 상상의 존재방식을 분석해 현실 조건의 성찰로 나아가야 한다고 밝힌다. 이런 면에서 보자면 최근 젊은 시인들의 시가 자폐성을 극복하기 위해서는 사회적 상상력에 관심을 기울여야 한다는 일각의 비판은 '결여는 채워야한다'는 식으로 논의를 진행한다는 점에서 너무 단순한 비판일 수 있다. 사회적 상상력의 부족을 상상력의 사회학으로 전환시켜 풀어내자는 진

타 하겠다. 김형중, 「부재하는 원인, 갱신된 리얼리즘」, 《문학과사회》 2007년 봄호, 272쪽 참조. 또한 환상이 일어나는 과정에서 발생하는 과도한 나르시시즘 증상은 좀 더 세밀한 분석이 필요하긴 하겠지만 특히 근대성과 관련된 상품 판매 전략에서도 큰 영향을 받은 것으로 보인다. 자본주의 상품경제는 대중의 개별 단자화를 목표로 한다. 상품 소비의 주체로서 소비자의 개성을 극대화시키는 쪽으로 전략을 펼치는 것이다. "당신은 아름답다", "당신은 다르다"라는 조작이 바로 그것이다. 물론 여기에는 '우리'에서 '개인'으로 분화해나간 근대화의 과정이 새겨져 있음을 잊지 말아야 한다. 그런 의미에서 패션의 역사는 바로 개성 확장의 역사라고 해도 과언이 아니다. 그런데 자본주의 상품경제는 이제 개인을 하나의 개성으로 호명하는 것도 모자라 개인 내부에서도 카멜레온 같은 더 다양한 페르소나를 요구하는 상황에 이르렀다. 현대인은 그야말로 과도하게 자신에게 애정을 쏟아야만 하는 상황에 직면했다. 물론 이 가운데서도 주체는 수동적으로 대응하지만은 않는다. 여기서 자본주의의 상품경제를 내파하는 방식으로 등장한 것이 바로 오타쿠 현상일 수 있다. 시에서도 오타쿠적 시 쓰기가 가능할까? 이에 대한 참고할 만한 책으로는 질 리포베츠키, 이득재 옮김, 『패션의 제국』, 문예출판사, 1999. 오카다 토시오, 『오타쿠』, 김승현 옮김, 현실과미래사, 2000.

정석의 견해는 매우 흥미롭다.[24] 오늘날의 시인들은 결국 (탈)현대적 자폐증에 걸리지 않기 위해 환상을 동원해 (고전적인) 자폐증을 욕망한다.

4. 앓는 것이 순수의 증거라면, 물론 좋겠지만

그러나 앓고 있다는 것으로 모든 문제가 해결되는 것은 아니다. '이 시대를 앓고 있는 증거'로 환상이 동원되는 것을 진정성의 증거로만 의미 부여한다는 것은 너무 손쉬운 해결책일 수도 있다. 이에 다시 한번 정신분석의 논의를 빌려 논의를 진행해보기로 하자.

원래 프로이트적 의미에서의 환상(Phantasie)[25]은 히스테리 환자의 자유연상을 통해 발견되었다. 히스테리 환자의 자유연상을 통해 병의 원인을 추적하다 보니까 도달한 것이 바로 유혹 장면이다. 부모나 형제, 또 다른 어른들에게 성적으로 유혹을 당하는 장면이 그것이다. 그런데 중요한 것은 거의 모든 환자들이 똑같은 기억에 도달하더라는 것이다. 어떻게 이럴 수 있을까. 결국 프로이트는 그 기억은 사실이 아니라 환자가 만들어낸 환상이라는 결론에 도달한다. 유혹 장면이 현실적인 요소에 의해 촉발된 것은 사실이다. 하

---

24 진정석, 「사회적 상상력과 상상력의 사회학」, 《창작과비평》 2006년 겨울호 참조.

25 정신분석학에서 환상은 넓은 의미의 환상과 좁은 의미의 환상으로 구분할 수 있다. 넓은 의미의 환상은 망상을 포함한다. 좁은 의미의 환상은 편집증 환자를 비롯한 정신병자에 고유한 망상과 구분되는, 신경증 환자나 정상인에게 나타나는 상상 행위, 즉 공상을 말한다. 망상은 상상적인 사실들을 실제라고 여기게 하는 사고의 혼란으로 실재하지 않는 감각적 자극을 실재한다고 지각하는 '환각'을 포함한다. 결국 좁은 의미의 환상과 망상의 구분은 같은 내용이라 할지라도 그 내용을 실재한다고 확신하느냐 아니면 그것이 거짓이라는 것을 알고 있느냐의 정도에 달려 있다. 환상은 그것이 공상임이 주체에게 알려지는 것이고 망상은 그 환상이 실제라고 주체에게 알려진다는 것이다. 이 글에서는 좁은 의미의 환상을 사용한다. 임진수, 같은 글, 44~55쪽 참조.

지만 어린 시절, 부모의 작은 애무에도 유아의 성적 감흥은 고양되기 마련이고 성인이 되어 어떤 사건에 자극받으면 사후작용에 의해 어린 시절의 기억이 변형, 왜곡된다. 그것이 바로 유혹환상이다. 이 환상에 의식으로 접근하면 저항을 받아 억압되고 새로운 증상이 발생한다. 히스테리 환자의 경우 육체적 질환으로 나타난다. 이렇게 해서 환자는 불안과 고통을 겪는다. 거세 위협 역시 마찬가지다. 이 또한 유아가 만들어낸 환상이다. 그렇다면 왜 이런 식의 환상이 만들어지는 것일까. 바로 근친상간의 욕망[26]때문이다. 주체는 자신이 부모에게 느낀 성욕을 마치 부모가 자신을 유혹한 것처럼 바꾸어 자기의 욕망을 되돌려 받는다. 결국 유혹 장면은 자신의 근친상간 욕망을 감추기 위해 현실적인 촉발원인을 재료로 주체가 욕망을 덧붙여 만들어낸 환상인 것이다. 의식은 무의식에서 올라온 자신의 욕망을 그런 식으로 변형시켜 현실에서도 충분히 가능한 시나리오로 만들어 상연한다. 저항을 피하는 방법이다. 환상이 표면적으로 드러내는 고통과 공포의 밑바닥에는 무의식적 욕망의 충족이 숨어 있다. 다른 사람이 보기에 너무도 고통스러운 것 같은데 주체는 사실 그 고통스러움에서 벗어날 마음이 없다. 결국 환상은 자신의 욕망을 위장된 형태로 거꾸로 되돌려 받는 것이며 환상에는 반드시 주체의 욕망이 개입되어 있음을 놓치지 말아야 한다. 그것이 고통스러운 환상이라 할지라도 말이다.[27]

---

26 '부모와 자식 간에 성적 욕망이라는 '파렴치한' 개념을 상정하다니! 하지만 성 또는 성적 욕망을 넓은 의미로 해석하면 이러한 오해는 불식될 수 있을 것이다. 성행위, 성적 결합이라는 좁은 의미의 성만이 아니라, 육체적 접촉 속에서 일어나는 모든 양육행위, 관심과 애정의 표현도 정신분석학적 의미에서 성으로 이해될 수 있다.' 즉 근친상간을 반드시 성적 교합의 의미로 해석하지 말고 넓은 의미로 해석해야 한다는 것이다. 이렇게 되면 근친상간의 욕망을 좀 더 부드럽게 인정할 수 있게 된다. 김상환·홍준기 엮음, 홍준기, 「자끄 라깡, 프로이트로의 복귀」, 같은 책, 46쪽,

정신분석학적 환상 개념을 한국 시에 수평 이동시켜 적용하는 것은 물론 무리가 따르는 일이겠지만, 중요한 것은 바로 이러한 접근법이 여러모로 생각해볼 만한 시사점을 제공해준다는 점이다. 먼저 자신의 진짜 욕망을 유지하기 위해, 또는 감추기 위해 만들어 낸 것이 환상일 수 있다는 사실을 직시해야 할 것이다. 다시 한번 강조하지만 그것이 환상이라고 해서 환상이 담고 있는 의미나 의의가 무조건적으로 평가절하되어서는 안 되며, 환상이 실제 현실의 어떤 사건이나 장면에서 촉발되었다는 점까지 부인되어서는 안 된다. 환상은 분명 주체에게는 피할 수 없는 진실이며 심리적 현실이다. 다만 이러한 환상의 본래 의미를 인정한다 하더라도 결국 그 환상만 가지고는 더 많은 진실을 보여주지 못한다는 것을 받아들여야 함이 중요하다. 환상 뒤에 숨어 있는 본래의 욕망을 찾아내려는 노력을 하지 않는다면 우리의 젊은 시인들은 평생 병의 상태로만, 피해자의 역할로만 자신의 존재를 증명할 수밖에 없다.

또한 환상에는 반드시 '주체의 몫'이 있음을 놓쳐서도 안 될 것이다. 환상이 기괴하고 잔혹하여 피로 얼룩져 있고, 때로 아예 주체가 등장하지 않거나, 혹은 반대로 고통받는 주체의 모습만을 전경화시킨다고 할지라도 거기에는 반드시 주체가 누리는 쾌락이 있다. 즉 그 환상을 묘사하는, 그 환상을 구석에서 지켜보는 주체가 어디에든 존재한다는 사실이다. 이것이 바로 쾌락원칙을 넘어선 향유다. 고통 속의 쾌락이다. 또한 문장 속의 주체(언표의 주체)는 고통받는다 할지라도 그 문장을 쓰고 있는 주체(언표 행위의 주체)는 쾌락을 얻을 수 있음을 놓치지 말자. 우리는 언표의 차원과 언

---

27 이상의 논의는 임진수, 「XI. 환상의 정신분석(1)」, 『환상의 정신분석』, 현대문학, 2005, 235~243쪽 참조.

표 행위의 차원을 구분해서 환상을 다룰 필요가 있다. 단순히 주체가 환상 속에서 아프다, 고통받는다, 앓는다는 것만 가지고 주체의 진심과 진정을 측량할 수는 없는 법이다. 따라서 젊은 시인들은 고통스러운 환상을 그릴 때 자신이 느끼는 쾌락의 실체까지 재인식하려는 노력이 필요하다고 할 수 있다. 환상은 단순히 외부의 억압에서 자신을 보호하기 위해서만 가동하는 것은 아니다. 그 환상에는 이미 주체의 욕망이 투영되어 있고 주체가 누리는 몫이 반드시 존재한다.

동시에 문학의 환상은 정신분석의 환상과 다르다는 것을 인정해야 할 것이다. 이 말은 신경증자나 일반인의 환상은 그 자체로 개개인의 심리적 현실을 충분히 드러내는 자료로 이해될 수 있지만 문학이 여기에 그쳐서는 안 되며, 어디까지나 언어공동체 내에서 통용되는 방식과 상호작용하면서 싸워나가야 한다는 말이다. 환상의 언어가 난해하다, 너무 개인적인 상징에 물들어 있다는 지적은 따라서 환상을 다루는 시인들이라면 한 번쯤은 고려해야 할 사항이 아닐까. 미지의 영역, 초과된 현실을 탐구하려는 시도는 충분히 인정되어야 하겠지만 시인 개개인의 심리적 현실에 구체적 좌표를 부여하면서 제 목소리를 창안해내려는 노력이 더해지지 않는다면 안타깝게도 고립을 자처할 수밖에 없다. 후기 자본주의를 살아가고 있는 시인들은 결국 (탈)현대적 자폐증에 걸리지 않기 위해 자신을 단단하게 방어하는 환상을 발견해야 함과 동시에 다시 이 환상을 공적 언어의 장에서 소통시키려는 양자의 노력을 해야 하는 '찢긴 상태'의 분열증을 감당해나가야 한다.

마지막으로 무엇보다도 환상에서 배워야 할 것은 바로 낙원은 없다는 사실이다. 우리가 그토록 도달하고 싶어 하는 낙원이란 정신분석학적 관점에 따르면 환상이다. 근친상간이 실제로 벌어진다 하여도 그것은 완벽한 사랑이 될 수 없다. 완벽한 엄마의 사랑은 어디에도 없다. 엄마도 인간이고 결여된 존재이기 때문이다. 그런 데도 우리는 마치 '금지'가 있기 때문에, 아버지의 거세 위협이 있기 때문에, 엄마와의 완벽한 사랑을 이룰 수 없다고 착각하는 것이다. 그런 면에서 보자면 인간은 '낙원이 있다'라는 환상을 유지하기 위해 거세 위협이라는 또 다른 환상을 만들어 불가능한 욕망을 유지하는 것이나 다름없다. 우리의 욕망은 영원히 채워질 수 없다. 그것은 바로 인간의 욕망이 불가능한 환상에 기초하고 있기 때문이다.

5. 내가 호출한 쾌락의 진원지라면?

2000년대, '환상성'을 중심으로 젊은 시인들에게 쏟아진 관심은 사실 새로움에 대한 열망의 증명인 동시에 한국시의 갱신을 더 이상 미룰 수 없다는 집단적인 요청이기도 했다. 그런 점에서 젊은 시인들은 첫 시집에서부터 큰 기대를 받아 왔다. 하지만 동시에 일정 정도의 우려를 불러일으킨 것도 사실이다. 환상은 분명 주체가 고투를 벌이고 있다는 증거이기도 하지만 주체가 호출한 쾌락의 근원지일 수도 있기 때문이다. 물론 우리가 시를 통하여 진리를 구하려고 하는 것은 아니다. 환상 속에서 자신의 존재 의미를 찾고 삶을 영위해나갈 수도 있다. 그러나 우리는 끊임없이 되물어야 한다. 우리가 만들어낸 환상이 혹 말 그대로 우리의 욕망이 만들어낸 '거짓-진실'은 아닌가? 실체를 보지 않기 위해 너무 쉽게 찾아낸

안식처는 아닌가? 우리는 정말 아픈가? 혹 고통스러움에서 느끼는 쾌감 때문에 고통스러운 포즈를 찾아다니는 것은 아닌가? 세계는 정말로 우리를 적대시하고 있는가? 우리가 먼저 손을 놓아버린 것은 아닌가? 문학이 정신분석학을 넘고 환상을 가로질러야 하는 이유는 바로 이러한 질문들 속에 있다. 또한 이를 해결해나가려는 의지와 성찰 속에서 '환상'은 또 하나의 방향을 찾을 수 있을 것이다.

모두 만지고
있습니까?

─ 김이듬·신해욱·김안의 애무들

1. 매개 없는 욕망의 시대 ─ 모두 살아 있습니까?

　다른 학생도 마찬가지였다. 의료전문대학원 입학을 준비하는 한 학생은 사람을 만나면 시간을 많이 빼앗기기 때문에 연애도 하지 않고 섹스 파트너만 두고 있다고 했다. 그리고 그 섹스 파트너도 너무 자주 만나면 공부에 방해가 된다는 이유로 스스로 대단히 절제하면서 만난다고 했다. 혼자만의 감정에 빠지지 않기 위해서 가장 필요한 덕목이 절제다. 사랑은 취업의 가장 큰 적이다. 취업을 앞둔 대학생뿐만 아니다. 신자유주의 체제가 본격화되면서 아이들도 일찍부터 자신의 몸과 시간, 가족이나 친구, 친척 간의 관계를 관리하고 잘 운영하여 자산으로 만들 수 있도록 훈련받는다. 자기 관리를 통해 현명한 소비자와 투자자가 되어야만 살아남을 수 있기 때문이다.[1]

1　엄기호, 『아무도 남을 돌보지 마라』, 낮은산, 2009, 53쪽.

사랑이 '적(敵)'인 시대다. 취업이라는 최소한의 사회적 좌표를 배당받기 위해서는 자기 안의 모든 잉여지대를 최대한 환금 가능한 상품으로 계량화해야 한다. 그러기 위해서는 통제 불가능한 영역을 방치해서는 안 된다. '나'라는 존재의 모든 영역을 철저하게 의식화·수치화하고 제어할 수 있어야 한다. 당연히 섹스조차 절제해야 한다. 사회적 자본을 갖고 태어나지 못한 자들은 더욱 강도 높은 자기 절제가 필요함은 물론이다. 그렇게 혹독하게 자기 자신을 매니지먼트해야만이 겨우 이 사회에 편입하거나, 그도 아니라면 취업 예비군으로 기약 없는 희망이라도 지속할 수 있다. "이윤을 남기지 못하는 자본은 실패한 자본이며 시장에서 바로 퇴출될 수밖에 없듯이 노동자 역시 자기계발이라는 잉여와 가치를 생산하기 위해 끊임없이 투자하고 관리해야 한다. 이제 노동자는 노동현장에서 자본가처럼 행세해야만 살아남을 수 있는 역설에 갇혀 산다."[2]는 말은 우리 시대의 환부를 정확하게 짚어낸 말로 오래 기억할 만하다. 누군가의 지시를 받는 '노동자'가 아니라, '내'가 '나라는 기업'의 '오너(CEO)'가 된 것 같은데 삶은 더욱 불안해져만 간다. 남을 돌아보아서는 절대로 네가 살 수 없다고 강력하게 훈련받은 사람들이, 자신을 경영하며(실은 무한대로 자신을 착취하며), 자기계발에 너무 바빠서, 더욱 단자화되어간다. 사회적 연대로 해결해야 할 위험요소마저 모두 다 'CEO'인 나의 '책임'으로 전환된다. 당연히 모든 관심의 초점은 '내'가 될 수밖에 없다. 이런 사람들이 과도한 나르시시즘에 빠지지 않는다면, 그것이 더욱 이상한 일이 아닌가? 그러나 이 대목에서 분명 잊지 말아야 할 것은 우리 시대

2　엄기호, 같은 책, 84쪽.

의 권력은 '억압'하면서 오는 것이 아니라 '생산'하면서 다가온다는 점일 터이다. 자본이라는 권력은 각 개인에게 '너는 충분히 너 자신을 네 뜻대로 움직일 수 있다'는 '자유의 이름'으로 다가왔고, 이러한 자유주의적 신화는 억압이 아니라 강렬한 유혹으로 이 시대 개인의 내면을 사로잡았다.[3] 개인은 억압적 사회의 일방적인 피해자가 아니었고 어떤 의미에서 기꺼이 자유주의라는 흐름에 동참했다고 말할 수 있으리라. 요점은 이것이다. 우리는 더할 수 없이 자유로운데 이상하게 불행하다!

문제는 분명 우리 시대의 구성원들이 점점 더 고립되어 가고 있다는 점이다. 코제브는 인간의 욕망을 두 가지로 구분한 바 있다. '동물적 욕망'과 '인간적 욕망'이 그것이다. 동물적 욕망은 말 그대로 허기지면 먹고 발정기가 되면 짝짓기를 하는 그런 즉물적인 욕망을 말한다. 매개 없이 결핍-충족이 정확하게 주기적으로 반복되는 욕망이다. 그러나 인간적 욕망은 다르다. 결핍은 금세 충족되지 않고 만족은 지연된다. 타자가 개입하기 때문이다. 인간은 태어나면서부터 타자에 의해 보살핌을 받지 않으면 생명을 유지할 수 없는 연약한 존재이기에 필연적으로 타자에 의해 관통되어 있다고 할 수 있다. 따라서 항상 타자를 욕망하고, 타자가 욕망하는 것을 욕망하며, 타자의 욕망의 대상이 되고 싶어 한다. 다시 말하지만 바로 그래서 욕망은 미끄러지고 쉽게 충족되는 법이 없다. 불행한 것 아니냐고? 중요한 것은 타자와 관련되어 있다는 점 때문에 우리의 삶이 고통스럽기도 하지만 동시에 바로 그런 이유로 비로소 우리가 무리를 짓고 사회를 이루어 살아간다는 점일 터이다. 나라

---

3   서동진, 『자유의 의지 자기계발의 의지-신자유주의 한국사회에서 자기계발하는 주체의 탄생』, 돌베개, 2009, 361~363쪽, 참조.

는 존재는 항상 타자와의 관련성 속에서 자기 위치를 확보한다는 점을 받아들여야 하며 "자기를 설정하는 완벽한 주체성이라는 입장을 단념하고, 인간의 노출/던져짐, 큰타자(성)에 압도된 상태를 인정하는 것"[4]이 오히려 인간 존재의 긍정적 조건이라는 점을 기억해야 한다는 것이다. 그런 의미에서 라캉은 타자에 관통된 주체의 근본조건을 연대성 확보를 위한 긍정적 출발점으로 의미화하기도 하였다. 타자성이야말로 우리 사회를 구성하는 보편성의 가장 근본인 셈이다. 그러나 현실이 이렇게 간단한 것 같지는 않다. 『동물화하는 포스트모던』을 쓴 아즈마 히로키에 따르면, 지금 일본에서는 '동물적 욕망'을 품고 사는 사람들의 수가 점점 늘어간다고 한다. 주체-타자의 관계는 사라지고 오로지 자기충족적인 삶을 희구하는 사람들. 타자에게 관심이 없으니 섹슈얼리티에 대한 관심도 없다. 자기만의 영역에서 혼자 식사하고, 혼자 놀고, 혼자 성적 욕망을 해결한다. 누군가는 이들을 오타쿠라고 부르고, 또 누군가는 이들을 초식남, 건어물녀라고 부르기도 한다. 그야말로 타자 없이도 충족하는 사람들이다.[5]

그렇다. 타자라는 매개가 없는 욕망은 위험하다. 인간의 욕망이 아니라 동물의 욕망이고 인간을 고립시키는 욕망이기 때문이다. 시차를 두고 조금 늦게 일어날 뿐, 자본이 만들어낸 제국에서 살고 있는 이 시대, 한국 사회라고 해서 다를 것은 별로 없어 보인다. 임옥희는 "한국 사회에서 이들 초식남녀는 1980년대 중반에 태어나서 십대에 이르기까지 소비문화를 경험한 세대면서 IMF를 맞이해 부모세대의 구조조정과 더불어 한 가족이 경제적으로 추락한 경험

---

4   ㅈ 젝 외, 『이웃』, 장혁현 옮김, 도서출판b, 2010, 222쪽.
5   ㅇ 상은 임옥희, 『채식주의자 뱀파이어』, 여이연, 2010, 142~144쪽 참조.

이 있는 세대이고, 경제력이 없으면 가족이 급속하게 해체될 수 있다는 것을 경험한 세대"[6]라고 지적한다. 이들은 "불확실한 연애에 투자하는 것보다 자기계발을 하고 자기투자에 훨씬 만족한다. 그들은 결혼을 하고 책임지고 가족을 이루어 부모 노릇 하는 것도 귀찮아"[7]하는 세대라는 것이다. 그러나 이러한 현상은 비단 20대에만 한정된 것이 아니라 끊임없는 자기계발로 생존을 보장받아야 하는 30대와 40대에 걸쳐 전반적으로 나타나는 징후로 보인다.

이것이 바로 우리 시대 비극이 아닌가? 불확실성을 견디지 못하고, 불확실성으로 인해 들이닥칠 전락이 두렵고, 더 이상 인간으로 대접받지 못할까봐 늘 긴장하면서 살아야 하는 세상. 인간으로 인정받기 위해서는 역설적으로 인간이기를 포기하고, 심지어는 타자를 포기해야 하는 상황에 처한 사람들. 나와 타자가 만나는 가장 극적인 사건이라고 할 수 있는 연애조차 불확실한 삶에 더욱 부담을 가중시키는 한 편의 에피소드에 불과하기에 차라리 그 시간에 자기계발에 몰두하는 편이 낫다고 믿는 사람들.

그러나 앞에서도 살펴본 바와 같이 지금 사람들이 '사랑'을 '귀찮아한다'기보다는 하고 싶어도 할 수 없는 상황이라는 점이 중요할 것이다. "돈을 아끼기 위해 라면, 참치캔 등으로 집에서 밥을 때우고 모임도 줄이고 있다."며 "다른 사람과 만나면 서로 위로를 받을 수 있어서 좋다. 하지만 만남 자체를 못하게 하는 생활이 원망스럽다."[8]고 말하는 한 대학생의 이야기를, 예외적인 사례로 치부

---

6   임옥희, 같은 책, 143쪽.
7   임옥희, 같은 책, 144쪽.
8   한 국립대 대학생의 말. 그녀는 생활비와 학비를 충당하기 위해 대출을 받았고, 여전히 아르바이트를 하고 있지만 현재 3천만원 정도의 빚이 있다고 한다. 박은하, 「[2040 왜] "경쟁·불안에 갇혀 모임조차 불편해진 사회로"-대학생 김여름 씨」,《경향신문》, 2011. 10. 30.

할 수 없는 사회에 살고 있다는 점이 비극이라는 것이다. 타자와 만나고, 어울리고, 자기를 확인하고, 손을 잡는 일조차 쉽게 허락되지 않는 시대에, 그래서 묻는 것이다. 기타노 다케시의 어법을 빌려, "모두 만지고 있습니까?" 이 말은 마치 "모두 살아 있습니까!"로 들리지 않는가!

2. 김이듬의 균열감각 – 죽으러 갔다가 섹스를 하고, 짜증 내며 돌아왔어요

초식남녀의 시대에 '모두 만지고 있습니까?'라는 질문을 던지는 것은 바로 '애무'가 지닌 유물론적 특성 때문이다. '만지다'라는 촉각에는 만지는 나와 만져지는 당신이 동시에, 실제로, 존재한다는 느낌이 '있다'. 근대적 주체가 실은 시각을 최고 우위에 놓는 시각적 주체임을 상기해보자. 실상 시각은 대상이 나와 접촉하지 않아도 지각할 수 있는 감각기관이다. 심지어는 특정한 간격을 유지하지 않으면 대상을 지각할 수 없는 것이 바로 시각이라는 감각이기도 하다. 때문에 대상이 주는 위협, 대상이 발휘하는 영향에서 비교적 자유롭다. 당연히 대상보다는 늘 주체의 편에서 진리를 판단하게 된다. 일방적이다. 대상의 고통, 상처, 반작용에서 자유로우니 대상을 주체의 권역으로 끌어들여 주체의 방식으로 절단하고 배치하는 것 또한 자유롭다. 근대의 문명이라는 것은 바로 이러한 비접촉성, 비실재성에 기반하여 주체의 일방적인 기획으로 근본적 적대를 무화시켜 타자를 포섭하는 과정이었다고 해도 과언이 아니다.

그러나 촉각은 다르다. '대상'이, '당신'이 내 피부와 맞닿지 않으면 감각할 수 없다. 나라는 실체와 당신이라는 유령이 만나는 것이 아니라 나라는 실체와 당신이라는 또 다른 실체가 만난다.

신체 접촉에는 움직임을 주도하는 주체적 측면(능동적 측면)과, 움직임의 대상이 되는 대상적 측면(수동적 측면)이 있다. 몸에 관한 철학에 몰두했던 메를로퐁티는 이러한 신체 접촉의 이중성을 '이중감각(二重感覺)'이라 불렀다. 그는 '만지다'는 행위는 (상대방을 만질 때나 자신을 만질 때 모두) 동시에 '만져지다'는 측면이 있고, 이 양면성이 서로 교차하는 듯한 애매한 감각을 유발한다고 서술하고 있다. 이로 인해 자신과 타인의 융합감각(融合感覺)이 생겨나는 것이다. 즉 대상과 나를 격리하는 경계감각이 일시적으로 해제되는 것이다.[9]

신비하다. 내가 당신을 만질 때, 피부에서는 '나'라는 존재에 대한 주체적인 감각이 발생할 뿐만 아니라 내가 만지고 있는 당신에 대한 대상적인 감각이 발생한다. 이러한 이중감각 속에서 나와 당신이 순간적으로 교차하는 듯한 '융합감각'이 더해진다는 것이다. 내가 살아 있고, 당신도 살아 있으며, 살아 있는 두 존재가 소통하고 있다는 가장 원초적이고 강렬한 느낌. 촉각, 만짐, 애무. 바로 이 근원적이고 원초적인 느낌 때문에 촉각은 오랜 세월 열등하고, 타락한 감각으로 치부되며 시각에게 그 지배권을 내주어야 했지만 실상 '살아 있음'의 가장 중요한 감각적 기반이 되는 것이 촉각이다. 시각, 청각을 비롯한 다른 감각은 피부라는 통로를 지나야 감각신호로 전달될 수 있고, 피부라는 감각기관 속에서 통합되어야만 비로소 자아인식으로 연결된다는 것이다. 그렇다면 지금 시대에 가장

9　야마구치 하지메,「애무」, 김정운 옮김, 프로네시스, 2007, 35쪽.

절실하게 요구되는 감각이 촉각이고 애무이고 만짐이 아니겠는가.

지금 여기, 내가 있어야 하고 당신이 실체로 존재해야 한다. 그렇다면 이 절대적이고 유물론적인 상황이 촉각의 한계조건이자 독자조건이고 최고조건이다. 사회적 좌표를 허락받지 못한 채로 유령처럼 살아가야만 하는 이 시대에, 만진다는 느낌, 애무를 통해 발생하는 지각은 나와 당신이 지금 이 자리에 '동시에' '실재한다'는 가장 강력한 감각을 발생시키는 근원이다. 그러나 시에서라면, 우리의 일반론적인 해석과 보편타당한 당위가 그대로 적용되지는 않는다. 그것이 시의 독자성이다. 당연히 굴절되고 휘어지고 변형된다. 뜨겁게 달아오른 융합감각이 아니라 차갑게 가라앉은 균열감각으로 현실을 재인식하고, 돌아보는 시가 여기 있다.

그는 지독히 달라붙는 꼬마였고 나는 조로한 소녀였다

(…)

우리는 인터넷 카페에서 만나 횡천으로 갔다 그는 연탄을 가져왔고 나는 화덕을 껴안고 있었다 그는 우울했고 나는 사는 게 지겨웠다

테이프로 창문 틈을 막고 연탄불을 피우고 우리는 나란히 누웠다

(…)

나는 기운이 달렸고 그는 침대 모서리에 사정을 했다

자살하기 전에 섹스를 하니 현관문 쪽으로 기어가고 싶었다

(…)

그를 만나기 전부터 그가 보내오는 이모티콘이 맘에 들었고 종종 난 그의 동그란 코와 생기 넘치는 탱탱한 엉덩이를 씻겨준다 욕조에서 입 맞추

고 비누 거품으로 장난치는 게 좋다

　웬걸, 그의 마음을 어떻게 알겠는가

　그는 지독하게 달라붙는 꼬마였고 망할 놈의 우리는 죽음을 빌었다는 것
밖에

　나는 누워서 죽음을 기다리는 일이 지겹고 꼬치꼬치 묻는 너에게 싫증
났었고 벌써 이 꼬마에게도 싫증을 느껴 무슨 일도 끝까지 해보기 싫으니

　이쪽도 빨아줘 내 머리칼에서 흘러내리는 이것은

　아, 이걸 어떻게 말하지
　좋아 말하지 말자
　―김이듬, 「권태로운 첫사랑」 부분(『말할 수 없는 애인』, 문학과지성사, 2011)

　소위 1990년대 여성시가 섹슈얼리티를 말할 때, 주로 남성적이
고 억압적인 질서로 인해 촉발된 소수자, 약자로서 여성의 피해 사
례 고발에 집중했다면, 2000년대에 만나는 김이듬의 시는 조금 다
른 것 같다. 여전히 억압적 타자, 혹은 비루한 현실에 대한 고발의
영향권 내에 있기는 하지만 김이듬의 시는 애무의 가장 격렬한 형
태인 섹슈얼리티를 말할 때, 비교적 당당하게 욕망의 능동적인 참
여자로 등장한다. "솟아오른 자지와 그 둘레 가득히 윤나는 털/끈
끈하고 따뜻한 허벅지를 맞대고 우리는 흥얼거려/몸이 뒤섞이고
신음 소리가 뒤섞이고/아아 나는 산산이 부서져 은하계를 휘돌아/

하얀 시트를 펄럭거리며 매끄러운 포물선을 그리며//욱신거리고 턱이 아프고/넌 절뚝거리며 화장실에 다녀오지"(「지방의 대필 작가」, 『말할 수 없는 애인』)라고 말할 때, 이 섹스에는 감추는 게 없고, 은근한 게 없고, 그래서 역설적으로 외설적인 느낌이 적다. 허벅지를 맞대고 흥얼거리기도 하지만 욱신거리고 턱이 아프기도 한 현실적인 섹스이다. 섹스는 분명 곧잘 폭력이거나, 억압이거나, 권력관계이거나, 치욕의 다른 이름이지만 김이듬의 시적 주체가 보여주는 섹스는 비교적 투명하다. '너와 자는 것은 고통이고, 패륜이고, 돌아서면 후회다'라고 말하는 것이 아니라 상처가 있더라도 '좋으면 자는 거지, 왜?'라고 묻는 쪽에 속하는 편이다. 물론 같은 시집의 「오빠가 왔다」처럼 전자의 경우를 가감 없이 보여주는 시편들도 분명 존재하지만 상징이나 은유로 에둘러가지 않고 있는 그대로, 상대의 속물성과 기만성을, 자신의 모멸감을 드러내는 편에 그녀는 서 있다. 그녀는 돌려 말하는 것을 싫어하고, 감추어 빗대는 것을 혐오한다. 좋으면 좋은 거고 싫으면 싫다고 하지 뭘 바라고 그렇게 고상한 척하고들 있느냐는 삐쭉거림은 김이듬의 시적 주체가 보여주는 인상적인 삶의 태도이기도 하다. 그러나 무엇보다도 때묻지 않은 마음을 끝까지 지키려고 하고, 자신을 완전한 속물로 떨어뜨리지 않으려고 애쓰는 존재가 바로 김이듬이 시적 주체이기에 그녀의 시는 오히려 선하고, 매우 도덕적이라는 인상을 준다. 그래서 "문학적인 선언문"에 반감을 느끼며 "적(的)의 문제로 적(敵)을 만들게 될 것"임을 깨닫고 스스로 "시적이지 않은 시를 쓰며/시인답지 못하게 살다/문학적이지 않은 죽음을 맞게 되길 빈다"(「문학적인 선언문」, 『말할 수 없는 애인』)고 자조하며 세상을 비웃을 때조차도, 그 조소 밑에는 더욱 순결한 문학과 투명한 삶에 대한 열망이 감지되기에 역설적으로 강력한 도덕적 지향성을 느끼게 되는 것이다. 첫 번째에서 세 번째 시집에 이르기까지, 그녀의 언어가 점점 더 직설적인 화법으로 변화해가는 것도 이와 무관하지 않을 것이다. 그녀의 시적 주체는 느낀 바를 그대로 말한다는 점에서 비틀려 있지 않고, 억압이 상대적으로 덜하며, 죄의식에서 일정 부분 자유롭다는 것. 그런 의미에서 투명성을 지향한다는 것. 그런 이유로, 김이듬의 시적 주체가 아무리 사회적 통념을 뛰어넘는 섹슈얼리티를 그려낸다고 해도, 추하거나 모멸감을 주는 방식으로 다가오는 것이 아니라 오히려 통쾌하거나, 재미있거나, 솔직하다는 인상으로 다가온다.

인용시 역시 마찬가지이다. 시적 주체는 아마도 십대 여성으로 보인다. 자신보다 정신적으로 어린 남자애와 첫 연애를 시작했지만 그 애는 우울하고, 시적 주체는 사는 게 지겨워서 동반자살을 시도한다. 죽음으로 하나됨을 완성하려는 것이다. 낯선 방에 나란히 누워 연탄불을 피워놓고 이들이 하는 마지막 일이란 것이 바로 섹스. 그런데 웬일인가. 섹스 역시 분명 '최대한의 하나'로 결합하기 위한 시도일 텐데 "자살하기 전에 섹스를 하니 현관문 쪽으로 기어가고 싶었다"니, 이는 말 그대로 살고 싶다는 말이 아닌가? 마지막 섹스를 나누기 전까지 죽음을 맹세한 두 사람은 나와 너로 구분되지 않는 동일자에 가까웠다. 그러나 섹스 이후, 동일자가 주체와 타자로 분리되면서 갑자기 죽음에 대한 맹목적인 추구에 균열이 생기고, 현실감을 획득하게 되는 이 대목은 흥미롭다. 특히 "나는 누워서 죽음을 기다리는 일이 지겹고 꼬치꼬치 묻는 너에게 싫증났었고 벌써 이 꼬마에게도 싫증을 느껴 무슨 일도 끝까지 해보기 싫으니"라는 구절은 이상한 방식으로 시적 주체를 이 삶에 여전히 붙들어놓는 역할을 한다. 다시 말하자면 김이듬의 시적 주체는 섹스라는 '황홀경'으로 죽음에서 벗어나는 것이 아니라 섹스 뒤의 차가운 '현실감'으로 이 세계에 남는 길을 선택한다.

"우리는 항상 무의식적으로 자신을 재고 있다. 멍하니 팔을 쓰다듬고, 엄지와 검지로 손목을 잡아보고, 혀가 코에 닿는지 해보고, 발목에서 허벅지까지 스타킹의 줄이 나가는 것을 느끼며, 신경질적으로 머리카락을 꼰다. 그러나 무엇보다도 촉각은 우리에게 생명은 깊이와 모양을 갖추고 있음을 가르쳐준다. 촉각은 세계와 자신이 삼차원적이라는 것을 인식하게 해준다."[10]는 말이 설득력 있게 다가오는 것도 이 대목이다. 그렇다. 만지지 않으면 도대체 우리가 3차원의 실물로 존재한다는 확신이 어떻게 가능하겠는가? 그러나, 김이듬에게 피부와 피부가 맞닿은 순간의 융합감각은 황홀하지만 순식간에 지나가버리는 어떤 것이다. 뒤에 남는 것은 균열. 김이듬의 시적 주체에게는 바로 이런 균열감각에서 비롯되는 삶에 대한 촉감이 있다. "그는 우울했고 나는 사는 게 지겨웠다"는 상상적 공통감각 속에서 세계는 아무런 의미도 지니지 못한 평면에 불과했다. x축과 y축밖에 없는 평면. 그러나 마지막이라고 여긴 섹스 뒤에 "그"는 비로소 나와는 다른 낯선 타자로, 차이를 생산하며 재인식된다. "웬걸, 그의 마음을 어떻게 알겠는가"라는 중얼거림이 바로 그것이다. 처음에는 알 것 같았는데 이제 "그"의 속을 모르겠고, 어느덧 "그"는 꼬치꼬치 캐물어서 싫증 나는 "꼬마"로 뒤바뀐다.

김이듬의 시적 주체에게는 바로 이 '싫증'과 '짜증'이라는 제어 불가능한 감정이 "세계와 자신이 삼차원"임을 자각하게 만드는 요소라는 점이 중요하다. 그녀의 시적 주체는 섹스를 통해 오히려 동

10　다이앤 애커먼, 「감각의 박물관」, 백영미 옮김, 작가정신, 2004, 145~146쪽.

일자에서 주체와 타자로 분리되면서, 나와 너의 구분을 자각하고, 너의 존재를 실질적으로 현실좌표 안에서 가늠하게 되면서 '짜증'을 낸다. 동시에 나라는 존재의 현실감(삼차원 감각)을 재인식한다. 어느덧 김이듬의 시적 주체는 타자가 매개된 인간적 욕망의 세계로 되돌아온다. 현실을 버리지 않고, 견뎌야 한다는 자각이 바로 '짜증'으로 나타나는 것이다. 그렇다면 이 섹스야말로 위대한 것이 아닌가? 사회적으로 억압된 십대들의 섹스는 현실장 안팎 여러 맥락에서 논란의 대상이 될 수 있겠지만 바로 그 섹스를 통해 이들이 자기라는 존재의 현실감을 깨닫고 연탄불이 피워진 방에서 걸어나왔다면, 정말로 위대한 섹스가 아닌가 말이다. '죽으려고' 떠난 자살여행에서 '짜증 내며' 돌아오는 김이듬의 시적 주체를 발견하는 일은 그래서 유쾌하다. "이쪽도 빨아줘 내 머리칼에서 흘러내리는 이것은//아, 이걸 어떻게 말하지/좋아 말하지 말자"라는 마지막 구절은 아마도 정액이 묻은 머리칼을 연상시키지만, 바로 이 정액 묻은 머리칼이 주는 감각은 그녀가 자신의 육체를 실제적으로 감각하고 있다는 증거이며 '나'라는 x축, '당신'이라는 y축에 '애무의 깊이'라는 z축을 더하여 만들어낸, 웃기지만 쉽게 웃을 수 없는, 고통스러운 현실감각이라고 말할 수 있을 것이다.

3. 신해욱의 사이감각:
견딜 수 없는 심연으로서의 타자와 만나는 '사이(in-between)'

조심해.
부활절 계란을 소금에 찍어 먹으면

벌을 받을 거야.

그것은 이웃의 말이었다.

이웃의 방문은 느닷없는 것이었지만
그는 경험이 풍부하고
똑똑한 사람이다.

나는 이웃의 손을 잡고
눈물을 펑펑 흘리며
짠맛이 다 죽은 소금이라면 어떻겠느냐고 물었다.
이웃의 손은 미끄러웠다.
이웃의 눈은
백내장 같은 것을 앓고 있었다.

그렇다면 나는
어떤 자세로 내일을 맞이해야 하는가.

차라리 이웃과 결혼을 하면 어떤가.

계란을 삶으며 나는 오늘
이웃의 입과
곤계란을 먹는 나자로를 상상하며
나의 미래가 불안하다.

—신해욱, 「부활절 전야」 전문(『생물성』, 문학과지성사, 2009)

아마도 '이상하다'고 해야 하리라. 신해욱의 어떤 시들은 너무 이상해서 읽고 있으면 고정되어 있는 줄 알았던 이목구비가 살아나 움직이는 것처럼 느껴진다. 내 뜻과는 상관없이 그것들은 늘어나기도 하고, 달아나기도 하고, 달그락거리기도 한다. 2000년대 어떤 시들이 보여주었던 우아함, 부드러움, 자기통제와는 거리가 멀다. 무한을 추구하는 거대한 자아가 보여주었던 나르시시즘도 없다. 그렇다면 이 이상한 감각에 휩싸여 있는 '나'를 어떻게 '나'라고 할 수 있는가. 두 눈은 따로따로 움직여서 다른 것을 본다. 살아 있는 느낌은 아니다. 그렇다고 확실하게 죽어 있는 것도 아닌데 어딘지 몸과 영혼이 살짝 어긋나서 예전에 가본 길을 낯설게 걸어가고 있는 심정이다. 내가 존재한다는 것이 이렇게 어색할 수 있을까. 몰입해서 열광하는 일도 없고 깊이 슬퍼하는 일도 없지만 상당한 공포와 섬뜩함이 숨어 있다. 특히 의도치 않은 생각들이 머릿속에 나타났다가 사라지고, 그 순간 비교적 단단했던 '내'가 분해되어버릴 것 같은 '공포', 혹은 '우울한 찬탄'이 들이닥치는 광경. 신해욱의 시적 주체가 "말을 하고 싶다./피와 살을 가진 생물처럼./실감나게."(「천사」, 『생물성』)라고 중얼거릴 때, 이것은 어쩐지 언어를 통해 일관된 체계로 통합된 인간임을 보증받고 싶지만 어떻게 해도 그런 인간이 될 수 없음을 깨달은 사람이 낼 수 있는 가장 큰, 그러나 겁에 질린 목소리 같다. 아무래도 이것은 내 목소리가 아닌 것 같아! 시적 주체의 심정을 번역하자면 아마도 이러하리라.

이것은 아마도 신해욱의 시적 주체가 머무르는 공간이 주로 '사이(in-between)'이기 때문일 것이다. "시각이 가시적 기준을 위해 거리를 설정하고 '고체성의 논리(logics of solid)'를 형성하는 반면, 촉각은 그 매개적 특성으로 인해 경계를 흐트러뜨리는 '유체성의 논리

(logics of fluid)'를 형성한다고 알려져 있다. 즉 촉각은 주체/객체, 남성/여성. 안/밖 등의 이분법을 해체하는 감각적 초월이며 질료성(materiality)과 사이(in-between)의 개념"[11]이라는 말에 발을 딛고 그녀의 시를 읽는다면 신해욱의 시적 주체는 끊임없이 낯선 타자와 만나는 개방적인 장소에 속해 있는 존재라고 할 수 있을 것이다. '내 뜻대로 날 제어하고 싶다→그러나 마음대로 되지 않는다→나를 거스르는 낯선 의지, 낯선 상상, 낯선 타자가 있다→내 신체가 확산된다, 내 의지를 벗어난다→그것은 찬탄을 불러오기도 하지만 공포이기도 하다'의 과정에서 진자운동을 펼치고 있는 시적 주체의 모험은 2000년대 시단의 어떤 경향과 대비하여 보자면 상당한 특이성을 드러낸다. '투명한 자기인식의 주체이자 행동의 선험적인 심급으로 존재해 왔던 자아', 그리고 '통일성의 근원적 불가능성을 알리며 확산하는 느낌의 쾌감으로 개방된 주체' 어느 쪽에도 쉽게 정박하지 않고 정형과 미정형, 일자(一者)와 다자(多者) 사이에서 끊임없이 갈등하고 있기 때문이다. 자아보다는 주체의 가능성을 지지하지만 그렇다고 해서 자아를 완전하게 버리지도 않는다. 제어가 안 되는 삶은 결국 타자에게 나를 내주고, 지배를 당할 것이라는 공포를 선사하기에 그렇다. 신해욱의 시적 주체는 동시대의 유행감각을 따르면서도 행위의 가능성으로서의 주체라는 마지막 거점을 포기하지는 않는다. 소위 전통 서정시의 자아와 감각의 쾌락으로 개방된 주체 사이에서 길항적인 움직임을 선보이는 독특한 주체라고 할 만하다.

인용시 역시 흥미롭다. 갑작스러운 이웃의 등장과 함께 들려오

---

11 전혜숙, 「뉴미디어 아트에서의 신체성:촉각성을 중심으로」, 《미술사학보》 제33집, 미술사학연구회, 2009. 2., 368쪽.

는 말. "부활절 계란을 소금에 찍어 먹으면/벌을 받을 거야." 계란
은 알[卵]로서 생명의 잠재적 가능성을 의미할 것이다. 그런 의미
에서 부활절에 달걀을 나눠 먹는 것은 예수님이 무덤을 열고 사흘
만에 부활한 초자연적인 일이 마치 생명이 없는 것처럼 보였던 단
단한 껍질을 깨고 병아리가 태어나는 일과 같이 성스럽다는 뜻에
서 이루어진 것이겠지만 단지 소금에 찍어 먹었다는 이유에서 벌
을 받을 거라는 '불길한 말'을 전하는 이웃의 "느닷없는" 방문은 서
늘한 공포를 동반한다. 이처럼 신해욱의 시에서 타자는 주로 '속
을 짐작할 수 없는 불가해한 존재'로 등장하여 주체에 위협을 가한
다. 그래서 그녀의 시에 등장하는 타자는 실체이기는 하지만 주로
'유령'으로 등장한다. 그야말로 '유령-실체'라고 말해야 하리라. 매
일 오는 손님이라고 아는 척을 하며 커다란 미소를 짓는 푸줏간 주
인(「푸줏간 주인」, 『생물성』)이란 사실 얼마나 깊은 균열과 심연을 감추
고 있는 존재인가. 마치 나를 완전히 믿어주겠다는 듯한 주인의 웃
음, 한 번도 실망한 적이 없을 것 같은 넉넉한 미소. 그러나 갑자기
변심한 그가 고기를 썰던 칼로 나를 찌르지 않을 것이라는 보장이
어디 있는가. 무섭지 않은가? 혹은 조금 더 온화한 다음 사례. 미용
실에서 미용사에게 머리를 맡기고 있을 때는 어떤가. "나의 뇌에서
일어나는 일은/고스란히 그의 손에 만져지고 있었다.//헬멧을 쓰고
도망가고 싶었으나//나의 뇌는/나를 가로막았고/그의 손은/젖은
채 나의 두 귀를 꼭 틀어막았다.//점액질의 머리로서/어떤 자세가
나에게 허용될 수 있는지/나는 몸 둘 바를 알 수가 없었다."(「젖은 머
리의 시간」, 『생물성』)에서도 그렇다. 내가 온통 머리를 내맡기고 있지
만 나는 어떤 확신에서 나를 이렇게 무방비로 타자에게 내놓을 수
가 있단 말인가. 이런 상상을 발전시키다 보면(이게 신해욱의 방식이

다) 들이닥치는 공포를 참을 수가 없게 된다.

　주체와 타자가 만나는 '사이'에, 자아와 주체라는 '사이'를 한 겹 더 친 후, 진동하면서 길항하는 형상은 바로 완전한 고체도 액체도 아닌 '점액질'로 나타난다는 것이 독특하다. 굳어 있는 것은 물러지고, 끈적끈적해지고, 알 수 없는 형상이 된다. 마치 백내장에 걸린 이웃의 눈처럼. 타자가 내 몸속으로 직접 침범해버릴 것 같은 환영. 인용시에서도 마치 저주와 같은 소식을 전하러 온 이웃(마치 유령 같다)의 손이 주는 촉각은 어떠한가. "미끄러웠다"고 표현되는 것에서도 알 수 있듯이 완전한 액체성보다는 끈적끈적한 점액질의 인상으로 다가온다. 이 불길한, 정체를 알 수 없는 미정형의 감각이라니. 피부의 감각이 지식체계에서 제 역할을 할당받지 못한 것도 바로 이러한 비정형성, 불확실성 때문이 아닌가. 한두 마디로는 정리할 수 없는 저 이상한 감각.

　불확실하고 불길한 점액질의 감각으로 신해욱의 시적 주체는 타자와 만난다. 김이듬의 시적 주체가 타자의 영향권에 있기는 하지만 '신경질적'인 가운데서도 비교적 안정적으로 자신을 유지하고 있다면 신해욱은 훨씬 더 타자에게 자신을 개방한다. 바꾸어 타자의 영향력에 더 많이 노출되었다고도 할 수 있을 것이며, 그만큼 더 연약해 보인다고도 말할 수 있을 것이다. 이때의 타자란 도무지 심연을 알 수 없는 섬뜩한 존재라고 강조하여 다시 말할 수 있을 것이다. 그러나 역설적으로 바로 여기서 신해욱의 윤리가 발생한다. "이웃은 (…) 그 근본적인 차원에서 얼굴 없는 괴물"[12]임을 자각한다면, 사실 "빠지지 말아야 할 유혹이란 이웃의 윤리적 '순치',

---

12　지젝, 같은 책, 294쪽.

이웃-사물이라는 급진적으로 양가적인 괴물성을 윤리적 책임성의 요청을 발하는 심연의 지점으로서의 타자로 환원하는 것"[13]이 아니 겠는가. 즉 신해욱의 시적 주체는 섬뜩한 심연으로서의 타자를, 주체가 시혜를 베푸는 대상으로 순치시키지 않는다는 점에서 상당히 윤리적이다. 나쁜 것은 타자의 불가해한 심연을 동정의 대상으로 순치시키거나 손쉬운 이해의 대상으로 전환하여 근본적으로는 주체에게 아무런 변화도 유발하지 않는 상태로 타자의 힘을 묶어버리는 행위이다. 내가 해봐서 다 안다는 말이 바로 그런 말이 아닌가. 이런 발화의 강요된 수신자는 주체의 또 다른 복사본, 혹은 상상적 거울상에 지나지 않게 되고 주체의 시혜 대상으로 전락하거나 혹은 주체에게 아무런 변화의 계기도 제공하지 않는 무기물로 취급될 뿐이다. 이제 무력감은 온전히 타자의 몫이 된다. 이런 관계도 있는가? 자신이 감당해야 할 무력감을 타자에게 모두 떠넘기는 이런 관계가? 그래서 하는 말이다. 차라리 타자의 불가해한 심연을 인정하고, 두려워하고, 그것과 싸우는 것이 우리 시대의 윤리여야 하는 것이 아닌가? 사회를 가로지는 근본적인 적대를 수긍해야 하지 않는가? 나의 내면에 내가 제어할 수 없는 실재계적인 힘이 작동하듯이 타자에게도 실재계적인 특성이 있다는 것을 인정한다면 비로소 타자를 그야말로 독자적인 존재임을 인정하게 되고 타자는 유령이 아니라 실체로 대접받을 수 있다. 그래야 타자로 매개된 욕망이 작동 가능해지고 주체는 인간적 욕망의 경로에 들어갈 수 있다.

따라서 "또 다른 면에서 보자면 경계로서의 피부는 자기를 대상

---

13 지젝, 같은 책, 259쪽.

으로부터 구별 짓는, 어쩔 수 없는 '격리'의 감각을 동시에 의식하게 해준다."[14]는 점은 신해욱의 시를 읽는 하나의 기준점이 될 수 있을 것이다. 장갑을 끼다가 "사랑은 왜 세 사람이 할 수 없을까./ 왜 세상에는/너와 나밖에 없는 것일까."(「손」, 『생물성』)라고 자각하는 것처럼 나와 당신이 만나는 자리는 분명 '사이'라는 공간이 가진 점액성으로 둘의 융합감각을 상기시키지만, 아무리 근접해도 나와 당신은 한 몸이 될 수 없다는 격리의 감정을 연상시키기도 하기 때문이다. 이웃의 갑작스러운, 그러나 농담 같은 한마디가 불러일으키는 이 참을 수 없는 불안은 결혼이라는 방식으로 화해를 청한다고 해서 해결될 수 있는 문제는 아닐 것이다. 위의 인용시에서 시적 주체는 예수님의 부활이 자신의 몸에도 반복하기를 희구하며 계란을 삶지만, 예수님의 호명으로 죽었다가 다시 살아난 나자로를 떠올리며 자신도 그러한 부활을 꿈꾸어보지만, "미래가 불안"할 뿐이다. 이 순간 우리 삶의 근본적인 불안이 치솟아오르며 공개된다. 그러나 신해욱의 시적 주체가 보여주는 불안은 정직하다. 타자의 심연을 보존하는 방식으로 주체의 심연을 만들고 끝내 타자와 주체 모두 살아 있는 실체로 구성해내기 때문이다. 정직해서 신뢰가 가고 그래서 설득력이 있다. 이처럼 신해욱의 시적 주체는 타자를 자아의 거울상으로 환원하지 않고 심연 그 자체로 보존하는 동시에 끊임없이 타자와 만나고 영향받고 좌절하면서 자아와 주체, 일자와 다자, 주체와 타자의 '사이'를 개방하고 있다. 타자는 섬뜩한 심연이라는 점에서는 유령이지만 또한 실질적으로 영향을 미친다는 점에서 실체이기 때문에 늘 내 뜻대로 포획되거나 내 뜻에

<hr>

14 야마구치 하지메, 같은 책, 36쪽.

맞추어 복종을 자처하는 법이 없다. 당신이 나와 다르다는 균열감
각이 있어야 비로소 어떻게 해야 당신과 내가 소통할 수 있겠는가,
하는 보편성에 대한 질문이 발생할 수 있을 것이다. 그럴 때 아마
도 유령을 어떻게 이해할 수 있을 것인가, 하는 진지한 고민이 시
작되리라고 바꾸어 말할 수도 있을 것이다.

4. 김안의 융합감각 ─ 조여드는 언어의 항문에 손을 넣어볼까요

　　당신은 나처럼 어리석어요 당신의 마음은 내 누이의 남편 같아요 밤이
퍼지면 당신은 마그리트의 신발을 신고 변기 속으로 들어가요 수면 위엔
야릇한 파동 흔들거리는 형태 없는 언어들 당신의 언어는 어린아이 같아
범하고 싶어요 어젯밤 꿈에 당신의 언어와 나의 언어가 근친상간을 했어
요 사방에서 터지는 질퍽한 기억의 대포알들 속에서 근친상간중인 언어들
음탕하게 가랑이를 벌린 언어들 퉁탕거리는 마룻바닥 삐걱거리는 침대 시
트 당신은 언어의 항문에 손가락을 넣어본 적이 있나요? 조여드는 언어의
항문을 느껴본 적이 있나요? 그 속은 깊고 어둡고 사랑스럽고 싱싱해요 낮
에 선포되는 언어들은 모두 늙어 이빨 빠진 창부 같아요 오오, 아무것도 모
르는 당신 나처럼 어리석은 당신 내 누이의 남편 같은 당신 밥은 먹고 사나
요? 대체 어디로 먹나요?

─ 김안, 「언어들」 전문(『오빠생각』, 문학동네, 2011)

　　김이듬의 시적 주체가 만나는 타자는 그들이 비록 속물적이고,
이기적이거나, 폭력적이어도 현실의 좌표를 지닌 실제의 인간으로
여겨질 만하였다. 피와 살이라고 하는 육체성을 지닌 존재였기에

섹스도 가능한 존재였던 것이다. 그래서 김이듬의 시적 주체가 "나무도 발작하면 꽃을 피우는데/나도 뒷길로 뛰어가서 개지랄을 떨었다/뭐 하는 짓들이야/안전모 쓴 놈들한테 굴삭기를 걸어차며/동네 아주머니는 나를 말렸다/길 확장 공사하면 집값이 껑충 오를 거라고 했다/이 굉음은 하루 종일, 글 쓰려는 지금도 내 머리통을 깨부순다"(「제자리뛰기」, 『말할 수 없는 애인』)라고 말할 때, 여기에는 분명 과격하고 공격적이며 적나라한 행동이 들어 있지만 오히려 읽는 이에게는 거의 평화롭다고 할 만한 안정감을 선사해준다. 자신의 존재감과 현실성을 적절하게 감각하게 해주는 "개지랄"이기에 매우 사실적인 통쾌함으로 다가오는 것이다. 김이듬의 시에는 명백한 타자와, 명백한 주체와, 그리고 명백한 사건이 있다. 그러나 이런 현실감은 신해욱으로 넘어가면서 옅어진다. 신해욱의 시적 주체가 만나는 타자는 때로 현실의 인간을 명시적으로 지시하기도 하였지만 많은 경우 인간이라기보다는 어딘지 모르게 창백한, 현실과 비현실의 틈에 걸쳐 있는 '유령'에 가까웠다. 그래서 "바로 뒤에서/얼굴이 나를 뚫어지게 쳐다보았다//*우리 집에 가자./우리 집에는/이름이 아주 많아.*"(「방명록」, 『생물성』)라고 말할 때, 우리 집에 가자고 속삭이는 이 발화의 주체는 인간이라고도, 인간이 아니(반인간)라고도 할 수 없는, 그야말로 '비인간'에 가까워 보였다. 인간은 아닌 것은 같은데 어느 정도는 인간이며, 그렇다고 완전히 현실적이거나, 완전히 비현실적이지도 않은 섬뜩한 존재감을 드러내는 것이다. 그런 이유로 타자는 쉽게 만지기는 어려운 존재였고 점액질로만 겨우 감각되는 존재이기도 하였다. 형상과 감각이 모호하다면 거기에 대고 "개지랄"을 떨 수는 없는 노릇 아닌가. 오히려 타자에게 '홀려버릴' 가능성이 크다. 따라서 타자도, 주체도 모두 기이한 '사이감각' 속에서 부유하는 느낌으로 다가왔다.

　이제 김안의 시로 넘어오면서 우리는 더욱 모호한 타자를 만나게 된다. 그의 시집 전반에 걸쳐 등장하는 수많은 '당신'이 그들이다. 이를테면 다음과 같은 구절은 어떤가. "당신은 나를 향해 몸을 벌려요 나는 그것이 사랑이 아닌 것을 알고 있지만 어느새 내 얼굴은 녹색이 되어요 당신이 몸을 벌리면 파르르 서리 긴 창이 흔들려요 방 전체가 하얀 서리들로 가득 차요 밤이 거짓말을 하기 시작하고, 당신의 벌어진 몸에선 노래가 흘러나와요 나는 이 노래를 알고 있지만 아무리 불러도 첫 소절로만 돌아갈 뿐이에요 나는 이 노래의 끄트머리에 뱀과 쥐들, 개와 파리들이 가득하다는 것을 알고 있어요 나는 당신의 노래를 움키고 당신의 푸른 질 속으로 손을 집어넣어요 온갖 은유를 만져요 제발 나를 안아주세요 베어 먹지 않을게요 제발 나를 안아주세요 베어 먹지 않을게요 당신은 사려 깊은 장님이 되어 내 손을 빼내어 당신의 입안으로 넣어요 아직 나의 고백은 끝나지 않았는데 당신의 입안에서 내 손이 사라져요"(「서정적인 삶」.『오빠생각』)

　이상하다. 시적 주체가 당신을 만나는 이 공간에서, 창이 흔들리고 서리가 끼고, 밤이 거짓말을 하고, 당신의 몸에서는 노래가 흘러나온다. 노래의 끝에서는 온갖 동물들이 가득할 것이라는 예감까지. 표면적으로는 그야말로 활달한 이미지의 향연이라고 해도 좋으리라. 그러나 어째서 김안의 시적 주체가 호출하는 '당신'에게서는 더 이상 현실적인 존재감이 느껴지지 않을까. 신해욱에게 남아 있던 타자의 희미한 존재감은 김안으로 넘어오면서 완전히 지워진다. 시의 후반부로 갈수록 시적 주체는 더욱 강렬하게 "당신"을 만지려고 하지만 만질 수 없다. 제발 나를 안아달라고 말해보지

만 "당신"은 그 간절함을 비웃기라도 하듯이 묵묵부답이다. 그러다
가 갑자기 '당신'은 시적 주체의 손을 자신의 입 안으로 집어넣는
다. 손은 허무하게도 입 안에서 사라져버린다. 최소한의 일관성도
없는 '당신'. 최대한의 간절함으로 '당신'을 만지려 하지만 만져지
지는 않고, 넣었다고 생각한 "손"마저 마치 형상 없는 생명체에게
'먹혀버린 듯' 사라지는 이 설명할 수 없는 상황. 이 시를 그저 단
순하게 환상적인 시라고 불러야 할 것인가? 혹은 맥락과 개연성에
는 아무런 관심도 기울이지 않는 초현실적인 자유연상의 결과?

아니다. 아마도 이렇게 말해야 하리라. 김안의 시적 주체에게
'당신'은 바로 '언어'라고. 김이듬의 시적 주체에게 타자가 실제의
현실좌표를 가진 인간이고, 신해욱의 시적 주체에게 타자는 현실
과 비현실 사이에 걸쳐져 있는 유령이었다면, 김안의 시적 주체에
게 타자는 좌표가 아예 없는 '언어'가 된다. 그것이 뭐가 문제인가?
김안의 시적 주체는 언어를 상징적 기호로 취급하지 않고 사물 그
자체로 취급하기 때문이다. '당신'이라는 기표의 지시대상(현실적
존재감)과 기의(당신이 내게 주는 의미)가 없는 상태로 '당신'을 만
나기에 이상하다는 것이다. 이처럼 언어가 그 자체로 사물이 되어
버리면 '금지'가 사라진다. '감'과 '강'이 다른 이유는 초성과 중성
은 같지만 종성인 'ㅁ'과 'ㅇ'이 다르기 때문이다. 'ㅁ'과 'ㅇ'이 '다
른 의미를 갖는다는 금지'를 받아들여야 주체는 '차이'를 받아들
일 수 있게 되고, 먹는 감과 흐르는 강이 다르다는 것을 이해할 수
있게 되고, 현실의 '감'과 '강'을 분리하여 다룰 수 있게 되며, 비로
소 사회의 일원으로 이 세계에 진입할 수 있게 된다. 이 금지를 다
른 말로 하면 '거세'일 텐데, 거세를 받아들여야 주체로서 홀로 설
수가 있게 되는 것이다. 이처럼 언어를 습득한다는 것은 기본적으

로는 '금지'를 받아들일 수 있느냐 없느냐의 문제이기도 하다. 그런데 김안의 '당신'은 상징계의 '당신'이 결코 아니라는 데에서 문제적이다. 의미도 없고, 지시대상도 없다. 금지가 없기에 좌표도 없다. 김안의 '당신'은 직업도, 나이도, 삶의 목적도, 존재 의미도 없다. 이제 '당신'은 실체가 아니라 실체 없는 '기표' 혹은 완벽한 '구멍'이 된다.

이런 '당신'을 만지려고 하거나, 이런 '당신'에게 아무리 시적 주체가 힘을 가해도 반향이 없는 것은 당연할 일이다. 신해욱의 타자는 유령이기는 하지만 낯설고 기이한 반향을 개입시키며 주체의 영역에 침입해 왔다면 김안의 타자는 공허 그 자체이다. 상징계라고 하는 금지의 영역에 걸쳐 있지 않기 때문에 무엇으로든 변형이 가능하며 무슨 일이든 할 수 있다. 앞의 인용시는 어떤가. 당신은 나처럼 어리석기도 하고, 내 매부 같기도 하고, 변기로도 들어갈 수 있고, 이빨 빠진 창부가 될 수도 있다. 도무지 불가능한 것이 없다. 그러나 공허는 더욱 깊어만 간다. 현실 좌표가 없고, 실체가 없는 '당신'을 감각하기 위해 김안의 시적 주체는 더욱 '당신'에게 매달린다. 그리하여 당신을 감각하기 위해, 실감하기 위해 당신과 융합, 혹은 섹스를 시도한다. 말 그대로 텅 빈 구멍과의 섹스이다. 이것이 근친상간일 수밖에 없는 이유는 당신이 나와 구분되는 차이를 지닌 '타자'가 아니라 '내'가 만들어낸 상상적 타자이기 때문이다. 시적 주체와 '당신'이라고 하는 타자 사이에는 아무런 차이, 경계, 금지가 없다. 따라서 내 마음대로 당신이라고 하는 언어의 항문에 손가락을 넣을 수도 있다. 항문으로 들어간 손은 입을 통해 나오기도 한다. 콧구멍으로는 못 나오겠는가!

고통도 비명도 없는 '언어 그 자체'이기에 언어와 만나는 순간에는 못할 일이 없다. 불가능한 일들을 시도하면 시도할수록 마음은 더욱 간절해지고, 만지고 싶고, 감각하고 싶다는 욕망이 높아가지만 만질 수가 없기에 되돌아오는 것은 자기 목소리의 반향이고, 자폐적인 독백이며, 절망뿐이다. 김안의 시집에는 이런 식의 지리멸렬한 반복이 가득하다. 이것은 주체와 타자가 만나는 섹스가 아니라 주체와 주체가 만나는 '자위'라고 할 수 있다. 안타까운 것은 보통의 자위라면 상상 속에서나마 타자가 개입하지만, 김안의 시적 주체가 반복하는 자위에는 그러한 형상의 흔적조차도 찾아보기가 힘들다는 것일 터이다. 오히려 신적 황홀로 가득한 언어들만이 차고 넘친다.

텅 빈 언어를 만지고, 텅 빈 언어와 섹스하는 존재. 그것이 바로 김안의 시적 주체이다. 거슬러 올라가자면 언어와 섹스할 수 있다는 말은 기실 '나'라고 하는 실체에 대한 감각이 없다는 말일 것이다. 다시 말하자면 '나'를 살아 있는 존재로 생각하지 못한다는 말과 같을 것이다. 김안의 시적 주체는 이미 죽어 있거나 죽은 것이나 다름없다. 때문에 나와 언어에도 경계가 없는 것처럼 여긴다. 앞에서도 언급했지만 '내'가 존재한다는 것을 지각하기 위해서는 피부 감각이 중요하고 뼈와 근육의 실제 감각이 있어야 한다. 그러나 뼈, 근육, 피부 감각이 옅어지면 자아감각도 옅어진다. 그런데 김안의 시에는 이러한 감각들이 없다. 뼈도, 근육도, 피부도 없는 것 같다. 그래서 경계 없이 모든 언어들이 뒤섞일 수 있다는 말이다. 무거운 것처럼 보이는 뇌가 약 1.4킬로그램, 간이 기껏해야 2킬로그램, 피부가 3킬로그램에 해당하며, 간은 반을 잘라내도 생명에는 별 지장이 없지만 피부는 화상으로 3분의 1 정도만 손상을 입으면 곧바로 죽음에 이르게 된다[15]는 점을 떠올려본다면, 김안의 시적 주체에게는 자기를 자기라고 감각할 만한 피부가 없다고 말할 수 있을 것이다.

김안의 시적 주체를 '피부 없는 주체'라고 부를 수 있을까? 그러나 피부가 없다니, 얼마나 두려운 말인가. "하루 지난 신문을 보다가/분노할 줄도 슬퍼할 줄도 모르는 짐승 같아, 라고 적고선,/가난해서 천천히 당신을 만난다, 고 적고선/방 안에 틀어박혀/매시간마다 애인을 바꾸며 몽현간(夢現間)을 헤맨다/내가 낳은 자식들은 모두 액체다./시즙(屍汁)이다./이 몸은 액상(液狀) 창고이고, 나는 그 많은 자식들 중 단 한 명의 얼굴도 기억할 수 없다."(「일요일들」, 『오빠 생각』)는 구절에서도 알 수 있듯이 김안의 시적 주체는 분노도 슬픔도 표출하지 못하는 무기력한 주체이다. 김이듬보다 신해욱이 좀 더 연약한 주체였다면, 신해욱보다 김안이 훨씬 더 연약한 주체라고 할 수 있으리라. 김안의 시적 주체는 아예 '나'라는 감각 자체가 없는 것처럼 보인다. 차이를 발생시키는 실체로서의 타자를 만날 기회도 없이, 혹은 사회적 좌표 획득을 차단당한 채, 무덤 같은 방 안에 틀어박혀 꿈인지 현실인지 분간할 수 없는 공간에 머물러 있을 뿐이다. 가난은 원죄처럼 고립을 더욱 강화시킨다. "몽현간(夢現間)을 헤맨다"는 말은 마치 '사경을 헤맨다'는 말처럼 들리지 않는가! 그는 이 상태로 혼자 중얼거릴 뿐이다.

혼자 말하고 혼자 밥 먹는다. 그리하여 끝내 자신의 피부를 제거하여 스스로를 액화시키고, 자신을 액상 창고로 만들어서, 거기에서 언어를 흘려보낸다. 정액을 쏟아내듯이 허무하게. 듣는 사람이 없는 이 언어. 김안의 시가 슬픈 것은 바로 이 때문이다. 그는 분명

---

15 덴다 미쓰히로, 『제3의 뇌, 피부로 생각하는 생명과 마음의 세계』, 장연숙 옮김, 열린과학, 2009, 15쪽 참조.

타자를 만나고 싶고, 차이를 확인하고 싶고, 분노하고 싶고, 슬퍼도 하고 싶지만 지금 이 시대는 이미 타자가 배제된 '동물적 욕망'의 시대로 가고 있지 않은가. 그래서 김안이 지켜보는 타자의 자리에는 주체를 보증하여줄 실체 대신 '실체 없는 언어'가 들어와 있다. 그는 텅 빈 언어와 섹스하고 텅 빈 언어와 융합을 꿈꾸는 사람. 이 공허한 '융합감각'은 얼마나 불행한가. 더 큰 불행은 이 강요된 현실, 강요된 '동물적 욕망'의 경로를 밟아 들어가는 김안의 시적 주체가 사실은 너무나도 간절하게 타자를 만나고 싶어 한다는 데 있다. 피부가 없이 언어와 섹스하는 것을 바라는 것이 아니라 피부를 회복하여, 자아감각이 형성되고, 그런 상태로 당당하게 타자를 만나고 싶어 한다는 것이다. 그래서 그가 "어젯밤 나는 내가 너무 좋았습니다/좋은 아들, 좋은 남편, 혹여나 좋은 아버지/나는 온갖 좋은 것이었습니다"(「버려진 말의 입」, 『오빠생각』, 42쪽)라고 말할 때, 이 지독한 황홀감은 얼마나 처절하며 아픈 것인가. 좋은 아들이, 좋은 남편이, 좋은 아버지가 되기를 포기하도록 만드는 시대. 김안의 시적 주체는 자신이 만들어낸 공허만을 만지작거리며, 끝내 유령이 되어가고 있는 것인가.

5. '사이'에서 '개지랄'을 떨 수 있을까요? – 뭐라도 좀 재미있는 것을 해 보자!

20세기를 '시각의 세기(a visual century)'라고 한다면, 21세기는 햅틱(haptic)의 시대라고 말하는 사람들이 있다.[16] 물론 2008년 '햅틱'[17]

---

16 전혜숙, 같은 글, 368~369쪽 재인용.

핸드폰이 등장해서 많은 사람들에게 화제를 불러일으켰던 일이 벌써 오래전 일 같기는 하다. 그때까지 키패드 방식의 핸드폰이 주를 이루고 있던 시장에 풀터치스크린폰이 등장한 것인데 특히 여기 적용된 '햅틱'이라는 기술은 손가락으로 액정 화면을 누르기만 하는 것으로 그치지 않았다. 누르는 것은 기본, 손가락을 이용하여 서로 다른 오브제를 잇거나, 연속동작으로 돌릴 수도 있었고, 끌어서 다른 곳으로 이동하는 작업도 가능했다. 데스크톱 컴퓨터의 마우스로 할 수 있던 동작을 사람의 손가락으로 직접 할 수 있게 된 것이다. 여기에다가 손으로 핸드폰을 흔들거나, 기울이면 그 동작에 반응하여 화면 속 오브제가 움직이고 사진이 바뀌기도 했다. 지금이야 대부분의 스마트폰에 일반화된 기술이지만 그때로서는 분명 놀라움을 일으키기에 충분한 것이었다. "세상에! 핸드폰을 흔드니까 주사위가 굴려져!"

조금 더 기억을 더듬어볼까. 당시 최고 인기를 구가하던 동방신기 다섯 멤버와 데뷔한 지 얼마 안 되어 신인에 가까웠던 소녀시대의 윤아, 제시카, 티파니가 출연한 CF는 어떤가. 사랑과 질투, 경쟁을 에피소드 형식으로 엮어낸 메이킹 필름은 지금 다시 보아도 많이 노골적이고, 많이 설레게 만들며, 많이 흥미롭다. 그러나 탤런트 고아라가 출연한 CF를 빼놓을 수 있을까. '흔들기, 누르기, 기울기, 잇기, 돌리기, 끌기'라는 햅틱의 기술적 특징을 짧고 세련된 화면에 담아낸 뒤 진동이 오는 화면과 함께 살짝 놀라 벌어진 고아라의 눈과 입-얼굴이 클로즈업되면서 마무리되는 이 CF의 카피는 '만져

17 "촉각의 피드백을 가능케 하는 기술을 디지털 세계로 도입하여 가상 세계에서 현실감과 몰입감을 부여하는 것이 햅틱 기술(haptics)이다 (…) 최근 햅틱 기술은 미래의 생활패턴을 바꿀 수 있는 10대 기술로 선정될 정도로 각광을 받고 있다." 김진우 외, 「손대면 답하는 세상」, 《테크타임즈》 통권 제240호, 중소기업진흥공단, 2008. 3., 48~49쪽.

라 반응하리라'였다. '애무-흥분'이라고 하는 내밀한 성적 코드가 겹쳐져 있음은 물론이다. 시청자는 자신이 손가락을 움직여 고아라가 반응한 것처럼 광고 속 탤런트와 순간적으로 연결된다.[18]

촉각-기술의 발전이 여기에 그치는 것은 아니다. 최근 한 전자회사에서는 앞으로 접을 수 있는 휴대폰을 출시한다[19]고 밝힌 바 있는데 이 기술이 적용되면 휴대폰을 반으로 접어서 주머니에 넣을 수도 있고 구부려서 손목시계처럼 이용할 수 있다고 한다. 또, 핀란드의 한 회사에서는 더욱 발전된 '촉각 피드백' 기술을 이용하여 미끄럽거나 딱딱하고, 축축하거나 거친 느낌 등을 터치스크린 상에서 섬세하게 인식할 수 있는 기술을 개발 중[20]이라고 하니, 이제 휴대폰은 또 다른 '나'이면서 가장 충실한 '나만의 친구'가 될 것 같다. 그렇지 않은가. 내 뜻대로 변형되고 내가 손만 대면 섬세하게 반응하는 휴대폰으로 말하고, 그런 휴대폰과 놀고, 휴대폰으로 느끼고 사랑한다(당시 이 핸드폰의 슬로건이 'talk, play, love'였다). 실제로 만나면 어색하기 짝이 없는 관계도 휴대폰으로 매개되면 온갖 이모티콘이 자유자재로 첨부되는 감성적 관계로 변모한다. 핸드폰은 단순히 청각(음성통화) 혹은 시각(화상통화)을 기반으

---

18 고아라에 대한 욕망은 다시 햅틱이라는 기술에 대한 '놀라움'으로 배치·조정된다. 이것은 유혹이면서 동시에 호명의 과정이기도 했다. 시청자는 소비자로, 기술문명의 적극적인 참여자이자, 자기표현에 능숙한 감성적 주체로, 혹은 잠재적 성적 기대의 능동적 구현자-응답자로 탄생하였으니 21세기가 햅틱의 시대라는 말은 과언이 아닌지도 모른다. 물론 현대의 신흥 지배계급인 기술관료(테크노크라트)의 입장에서.

19 섬민관, 「삼성전자, 내년에 휘어지는 스마트폰 출시」, 《뉴시스》, 2011. 10. 28.
http://www.newsis.com/ar_detail/view.html?pID=10400&cID=10401&ar_id=NISX20111028_0009592143

20 핀란드의 벤처기업 센세그(Senseg)는 디스플레이상에서 다양한 '손맛'을 느낄 수 있는 촉각 피드백 기술 'E-센스(e-Sense)'를 개발해서 감각 인터페이스(Haptic Interface) 분야에서 두각을 나타내고 있다고 한다. 신재섭, 「'손끝 촉각'에 생명력을 …세상을 바꾸는 디스플레이 혁명」, 《한국경제신문》, 2011.10.26.
http://www.hankyung.com/news/app/newsview.php?aid=2011102508361

로 한 의사소통의 매개체에 그치는 것이 아니라 촉각(만짐)을 더하
여 인간의 연장된, 그리고 더욱 확장된 신체기관으로 변모한 뒤에
상징적 세계의 균열을 부드럽게 봉합하는 '상상적 자아'로 이미 우
리 생활 깊숙이 들어온 것이다. 하루 중 가장 많은 시간 만지작거
리는 것은 (잘 찍은, 잘 연출된) 내 사진이 가득 저장된 핸드폰이 아
닌가. 지하철이나 버스에서 만나는 사람의 대부분은 핸드폰, 혹은
스마트폰을 들여다보며 웃고 있지 않은가! 동시에 실제로 사람을
만나고, 대화를 나누고, 손을 잡는 일은 점점 줄어가고 있다. 매개
없는 동물적 욕망, 그 폐쇄회로에 사로잡힌 사람들을 핸드폰이 위
로하고 있는 것이다. 현실에서도 고아라의 광고처럼, 손대면 손대
는 대로 즉각 반응하는 타자가 있다면 얼마나 좋겠는가. 문제는 그
런 즉각적인 반응은 포르노에서나 가능하다는 것일 터이다. 우리
의 현실 속 타자는 많은 경우 '나'에게 상처를 주고, '나'를 놀라게
하며, 쉽게 받아들이기 힘든 섬뜩한 심연을 보여주는 편에 가깝다.
그러나 인간이란 바로 그러한 타자를 통과해서만이 '인간적 욕망'
의 보편성 속으로 들어갈 수 있으니! 타자가 매개된, 이 어려운 '인
간적 욕망'의 과정을, 쉽지 않은 균열을, 외면하고 싶은 상처를, 하
루 종일 핸드폰을 만지작거린다고 해서 해결되지는 않을 것이다.
텅 빈 언어와 섹스한다고 해서 극복되지는 않을 것이다. 그러니 홀
로 편의점에서 찬 도시락으로 허기를 때우는 그대여. 편의점과 핸
드폰 대리점만이 활황인 불행한 나라에서 살고 있는 그대여. 우리
가 함께 만나본 시인들처럼, 웃고 울고, "개지랄"을 떨고, 나와 그대
의 점액질로 가득한 '사이'에서 더 싸워보는 것이 어떠한가. 그것
이 그렇게 된 데에는 우리의 몫이 분명히 있다. 이 시대의 당연한
귀결점으로, 결과물로 거기 그렇게 있지 말고, 실핏줄 같은 통로를

먼저 내어보면 어떻겠는가. 우리 "뭐라도 재미있는 것을 해보자."[21] 나와 그대가 만지고 만져지는 순간에, 바로 우리가 이 세계를 살아 나갈 수 있는 위안과 통증을 동시에 경험할 수 있다면. 그래서 우리가 비로소 살아 있음을 느낄 수 있다면.

"신체 접촉은 언어나 감정적 접촉에 비해 10배는 더 강합니다. 그리고 그것은 우리의 행동에 영향을 줍니다. 촉각만큼 사람을 자극하는 감각은 없습니다. 우리는 그 사실을 알면서도, 거기에 생물학적 근거가 있다는 것을 깨닫지 못했습니다." 샨버그는 설명했다.

"적응성을 말하는 건가요?"

"그렇습니다. 만약 서로를 만지는 게 기분 좋지 않았다면, 인류도, 자식도, 생존도 없었을 것입니다. 아기를 만지는 것이 기분 좋지 않다면 엄마는 아기를 제대로 안아주지 않았을 것입니다. 만약 서로를 만지고 쓰다듬는 느낌을 좋아하지 않는다면 섹스를 하지 않았을 것입니다. 본능적으로 몸을 자주 맞대는 동물의 새끼는 살아남아 부모의 유전자를 후세에 물려주고, 몸을 접촉하는 성향은 더욱 강해집니다. 우리는 신체 접촉이 인류의 생존에 핵심적인 역할을 했다는 사실을 잊고 있습니다."[22]

21 쟁기하로 유명한 인디레이블 '붕가붕가레코드'의 모토. 붕가붕가레코드, 『지속가능한 딴따라질』, 두른숲, 2009, 띠지의 글.
22 다이앤 애커먼, 같은 책, 120~121쪽.

사유의 전진

—박판식 작품론

연금술사의 주안점은 신의 은총으로부터 자신이 구원받는 것이 아니라, 질료의 암흑으로부터 신을 해방하는 것이다.

—C.G.융, 『연금술에서 본 구원의 관념』 중에서

1. 연금술사가 건네준 도상

오랜 시간의 침묵이 감싸안았다 풀어놓은, 군데군데 좀이 슬고 갈라 터진 양피지처럼 창연함이 감도는 그의 첫 시집 『밤의 피치카토』(천년의시작, 2004)를 조심스럽게 펼치자 제일 먼저 눈에 들어온 것은 머리는 사람이고 몸은 수탉인 늙은 악사가 박자에 맞추어 손풍금을 연주하고 있는 장면이다. 물감에 어떤 안료를 섞었는지는 알 수 없지만 형형하게 불타오르는 색채의 선명함은 악사의 연주를 물들이고, 연주에 맞추어 춤이라도 추고 있는 것처럼 양쪽 벽을 타고 천상을 향해 뻗어 오르는 뱀의 피부까지 물들이고 있어서 그러한 색감과 기이한 구도 자체만으로도 '어떤 존재를 향한 진실한' 갈망을 떠올리도록 만드는 강렬한 울림이 있다. 한동안 심장의 맥박을 진정시킨 연후에 시선이 가닿은 곳은 공중으로 들어올려진 구(球)다. 마치 뱀의 율동이 부드러운 부력으로 떠받치고 있는 듯 악사의 머리 위에 떠 있는 완벽한 모양의 구는 2차원의 평면임에도 불구하고 희고 생생한 질감으로 내부에 어떤 공간이 존재하는 것이 아닐까 하는 연상을 불러일으키는데 표면에 살짝 묻은 먼지를 걷어내자 미세한 전압에 감전된 듯 몸을 움츠리는 존재가 있다. 잠시 손을 떼었다가 조심스럽게 다시 매만지자 금방이라도 그를 둘러싼 껍질을 깨고 탈피의 순간을 체현해낼 것처럼 구는 역동적인 예감으로 꿈틀대기 시작한다. 그것. 얇고 단단하게 직조된 흰색의 방 안에 들어 있는 그것은 동그랗게 몸을 말고 있는 한 마리의 누에다.

2. 누에의 상상력

그 상징성 때문에 해석하기 힘든 신비감과 절대적인 지향성을 경험하게 해주는 연금술사의 도상처럼 박판식의 첫 시집은 강한 상징성을 드러내는 다양한 풍경이 음각되어 있다. 특히 악사, 뱀, 돌고래, 수도사, 은자, 산양, 능금 등 매우 이국적인 소재와 함께 소영웅심리, 고무된, 편승하다 등 기존의 시집에서는 볼 수 없었던 개념어나 번역체 어휘의 과감한 사용은 마치 중세 유럽의 어느 전원 지역을 배경으로 하는 고문헌을 복각해서 읽고 있는 듯한 색다른 체험으로 우리를 인도한다. 아직 이 세계는 밀교적 주술과 종교가 혼재되어 있어 몽환과도 같은 풍경은 현실 공간 속에서도 이질감

없이, 수시로 기이한 형태를 드러내는데 박판식의 이번 시에서도
바로 이러한 분위기를 엿볼 수 있다.

공포로 수렴되어 가는 정오, 들판은
볍씨를 파먹는 까마귀들의 풍요로운 식탁이다
허물어진 볏짚과 낫가리에는 여문 알곡 하나 없다
넌 이 순간 허물을 벗지 못하면 죽고 마는 유충이다
축대를 무너뜨릴 각오를 하였다
죽지 않고서는 벗지 못하는 허물도 있다
벽을 타고 지붕을 감고
구름까지 다다를 각오
하지만 각오의 끝에는 무엇이 있나
새를 쫓는 기구는 기다란 뱀처럼 생겼다

-「새를 쫓아서」 부분(『시작』 2005년 여름호)

추수가 끝난 들판의 황량함이 볍씨를 파먹는 까마귀들의 등장
으로 더욱 을씨년스러운 검은빛으로 무겁게 가라앉아 있는 이 풍
경은 시간적으로 저물녘에 어울릴 만함에도 불구하고 태양이 높이
뜬 정오를 배경으로 하고 있다. 그리하여 자연스러운 상상을 거스
르는 이 기이함이 더욱 흥미로운 것은 "넌 이 순간 허물을 벗지 못
하면 죽고 마는 유충이다"처럼 스스로에게 주술을 걸듯 되풀이하
는 음성 때문인 것으로 보인다. 우리는 여기서 박판식의 시를 지탱
하는 중요한 시적 인식의 순간을 발견하게 된다. 그것은 시인이 자
신을 방 안에 갇힌 유충으로 파악하고 있다는 사실이다.
그의 첫 시집에서 이러한 상상은 특히 시적 자아가 자신의 방

안에서 마치 태아의 자세를 재현하듯 동그랗게 몸을 말고 잠든 장면과 끊임없이 마주친다는 사실에서도 확인할 수 있다. 그는 잠들었을 때 가장 행복한 사나이다. 시적 자아는 잠든 채로 꿈을 꾸거나 아니면 깨어 있을 때는 몽상을 통해 사각의 각진 방을 둥그렇게 변환시키면서 환상적인 이미지를 주조해나간다. 자신이 참여한 공간이라면 어디든 원형의 밀폐된 공간으로 만들어버리는 시인의 상상력은 가히 누에의 상상력이라고 이름 붙여도 좋을 만큼 시인에게 깊숙이 체화되어 있다. 양수에 둘러싸여 보호받으며 두둥실 떠 있던 시절의 행복한 체험은 '부력'이라는 물의 이미지로 아름답게 승화되어 있지만 이미 무의식 깊은 곳으로 가라앉아, 떠올린다고 하여 쉽게 재생될 수 있는 것이 아니다. 시인은 몽상을 통해 공간을 변형시킴으로써 현재의 순간에 행복을 되살린다. 그에게 순수한 평화의 상태를 상징하는 빛은 흰빛이다. 시인의 표현을 빌리자면, 흰색의 고치는 마치 진딧물을 품은 물방울처럼 부드러운 탄성으로 누에의 움직임을 따라 출렁이며 그를 보호한다. 둥글게 만 몸의 주름마다 온화한 공기와 햇빛이 스며들어 한껏 부드럽고 달콤한 뒤척임이 오래 계속되는 눈멂의 상태. 자기 몸에서 그토록 연약하고 섬세한 하얀 실을 뽑아내어 마치 옷감을 직조하듯 둥그런 고치를 짓고 잠들어 있는 순간의 누에가 연상시키는 이 평화보다 더욱 충만한 상태가 또 있을까.

그러나 이러한 행복을 마음껏 향유하지 못하는 것은 아무런 반성 없이 고치 속에 담겨 있는 상태가 지속된다면 태어나기 이전의 상태로 퇴화하여 영영 눈을 뜨지 못할 것이라는 자각 때문이다. 여기서 시인은 누에가 고치를 지은 목적을 계속해서 떠올림으로써 무기체의 존재로 되돌아가려는 본능적인 움직임에 저항한다. 누에는 고치라는 허물을 벗고 나비로 태어나기 위한 전 단계인 것이다. 여기에서 박판식 시인의 두 번째 시적 인식을 발견할 수 있다. 그 것은 바로 이 고치를 벗고 나가야 새로운 생명으로 탄생할 수 있다 는 인식이다.

미치지 않고서는 견딜 수 없는 날이 있다

구운 장어를 한 입에 오드득 씹어 삼키면서

나는 소주를 마신다

등의 혹에 손을 가져가면서

척추의 때늦은 성장을 만져본다

풍요로운 죽음 아니냐

채집망을 피해 애써 달아난 밀잠자리들이 되돌아온 냇가로

그해 여름과 가을, 제비들이 무수히 나타났던 건

아름다운 계절 탓이 아니라 내 영혼이

그만큼 더러워졌기 때문

-「장방형의 슬픔」부분(『시작』 2005년 여름호)

황량한 세상에서 입은 상처 때문에 고통스러운 화자는 척추가 둥그렇게 굽으며 퇴행한다. 주위의 공간이 아니라 자신의 몸을 원 형의 방으로 변환시키는 것은 몽상이 만들어내는 강력한 환각이 다. 그는 본능적으로 자신을 보호하기 위하여 누에가 되고자 하는 것이다. 그러나 냇가로 돌아간다는 것, 즉 어미의 몸속으로 돌아간 다는 것은 이제 아름다운 일이 아니라 제 발로 채집망 속을 들어가 는 퇴화에 불과하며 더럽혀진 영혼과의 타협에 휩쓸려 일시적 위 안에 사로잡히는 일일 뿐이다. 여기서 중요한 것은 바로 이 자각의

순간에 시인을 이끄는 두 가지 움직임을 만나게 된다는 사실이다. 그것은 바로 '뛰어넘음'과 '통과하기'이다.

3. 뛰어넘음과 통과하기

내 이마를 짚은 할머니의 손이 점점 더 뜨거워지면

탈곡기는 삐걱삐걱 소리를 내며 왕겨들을 공중으로 날려 보낸다

얼었다 풀리는 봄의 냇가에서

외삼촌의 망치는 돼지의 두개골을 때린다

-「장방형의 슬픔」 부분(『시작』 2005년 여름호)

　　고치 밖의 세상은 정오에도 까마귀가 볍씨를 파먹는 공포스러운 곳이다. 그렇다면 이 세상을 어떻게 살아나갈 것인가. 그 첫 번째 방법은 고치 속에서 평화를 유지한 채 가볍게 둥실 떠서 이 세상을 뛰어넘는 것이다. 박판식에게 이 순간은 구름이나 깃털 등 어머니, 또는 이모나 할머니의 모성성을 상징하는 무수한 변형으로서의 물질을 통해 성취된다. 위의 시에서도 마치 상처를 치유하려는 손길처럼 할머니의 손이 병든 화자의 이마에 닿았을 때 시인은 왕겨의 이미지를 꿈꾸기 시작한다. 속이 텅 빈 채 바람의 물결을 따라 날갯짓을 하며 부유하는 왕겨의 아름다운 이미지란!

　　건너뜀은 아무런 상처가 없기는 하지만 시인의 의식 속에서 진정한 탈피라고 부를 수 없다. 왜냐하면 그것은 스스로의 노력으로 성취한 것이 아니라 마치 성장이 덜 된 어린아이처럼 누군가의 도움에 자신의 몸을 내맡긴 상태에서 이루어지는 일이기 때문이다.

시인은 매우 의식적인 되뇜을 통하여 어떻게 해서든 스스로의 힘
으로 고치를 깨고 벽을 통과해야 한다고 생각한다. 건너뜀과 통과
하기가 비교적 고르게 분포되어 있는 첫 시집과 달리 이번 시에서
는 바로 이 두 번째 움직임이 더욱 치열하게 부각되고 있다. 그런
데 다음의 시를 통해 우리는 시인이 생각하는 진정한 탈피란 죽음
을 전제로 하고 있다는 사실을 발견하게 된다.

> 폐암으로 죽은 내 주인 여자는 유언 대신 침을 뱉었다
>
> 무언가 새로운 것을 창조하고 싶을 때마다
>
> 나는 노랗고 끈적끈적한 그 타액을 떠올린다
>
> (…)
>
> 침은 야성으로 빛나며 자유라고 외쳐댔다
>
> -「서광」부분(『시작』 2005년 여름호)

> 어머니의 작은 소원은 음질 좋은 라디오를 갖는 것
>
> 어려서 바깥세상의 이야기 듣길 좋아했는데
>
> 결핵이 다리를 망쳐놓지만 않았어도
>
> 어쩌면 지금은 바깥세상에서 살고 있을지도 모를일
>
> 한 번이라도 멋지게 말을 타고 총을 쏘고 우주선의 조종사가 되고
>
> 그런 게 꿈이라면 얼마나 즐거울지
>
> 언젠가 니힐은 자신이 화형당할 나무를 자신의 손으로 패야했다 그러니
>
> 진실을 말하려 한다면 당신에게도 얼마든지 저의 도끼를 빌려드리지요
>
> -「진짜 이름」부분(『시작』 2005년 여름호)

폐암으로 죽어가는 여자가 유언 대신 뱉어놓은 침이 한 마리 곤

충이 되어 야성을 선언하는 장면이나 자신이 화형당할 나무를 자신의 손으로 패는 '니힐'처럼 자유를 얻기 위해서는 필연적으로 죽음이라는 과정이 필요하다고 시인은 믿는다. 그래야 서광과도 같은 쾌락과 진짜 이름을 얻을 수 있기 때문이다. 때로는 기이하고 몽환적인 환각으로 붉게 불타오르던 시인의 이미지들이 강력한 사유의 힘으로 통어되기 시작하는 부분이 바로 이 순간이다. 고치를 꿰뚫으려는 직선적인 움직임은 여자가 내뱉은 침이라든지, 도끼라든지, 뭔가 뾰족하고 날카로운 것들에 의해 이미지화된다. 박판식은 몽상이 흘러가는 대로 자유롭게 몸을 맡기고 있는 것이 아니라 오히려 의지를 따라 몽상을 제어하고 이동시키고 있다. 이 과정에서 자신의 본능적이고 몽환적인 기질을 반성과 회의를 통해 끊임없이 전지하면서 어딘가로 '전진'하려고 하는 역동적인 움직임을 선보인다. 원의 세계를 꿰뚫고 통과하려는 직선의 심미적인 움직임. '사유의 전진'이라고 부를 수 있는 이 부분은 가히 박판식 시의 백미라고 할 만하다.

슬픔을 장방형(직사각형)이라고 표현한 예에서도 알 수 있듯이 그는 이 과정에서 자신을 고치 안에서 떠나지 못하게 만드는 몽상과 감정을 이성으로 인지할 수 있는 도형이나 숫자로 바꾸어버리는 독특한 사고작용을 선보인다. 이렇듯 감정에 각과 질서를 부여하는 이성의 작용이 때로 박판식의 시를 낯설게 만드는 이유임과 동시에 쉬운 접근을 막는 부분이기도 한데, 중요한 것은 여기서 우리가 형이상시(metaphysical poetry)의 가능성을 발견하게 된다는 사실이다. 신비평가인 랜섬은 영시를 두 가지로 구분한 바 있다. 사상만을 날것으로 드러내는 정신주의 시(platonic poetry)와 내용보다는 이미지를 중시하는 물질주의 시(physical poetry)가 바로 그것이다. 랜섬은 양쪽 모두 진정한 시가 아니며 사상과 감각을 통합적으로 드러내야 한다고 보았다. 쉽게 이야기해 위대한 사상과 참신한 표현으로 정리할 수 있는 이와 같은 시가 바로 형이상시(metaphysical poetry)인 것이다. 지금보다 더 높은 차원에 대한 인식을 감각적인 표현에 담아내려는 박판식의 시도는 근래의 젊은 시인들의 시 중에서는 보기 드물게 '형이상시'의 가능성을 담지하고 있다고 볼 수 있다. 사유를 통하여 진지하고 치열하게 다음 단계로 나아가려는 그의 시도는 분명 주목에 값할 만하다.

4. 이교도적인 아름다움

결국 사유의 전진을 통해 시인이 도달한 껍질 밖의 세계는 자유와 죽음이 동시에 존재하는 곳이다. 야생 조랑말이 벌판을 달리고 피아노 소리가 자유롭게 더 먼 곳으로 도달하는 자유의 공간이기도 하면서 방랑하던 부랑자가 결국은 쓰러져 죽어 거적을 덮고 누워 있는 도살장과도 같은 공간이다. 시인은 탈피에는 죽음이 따르듯 자유에도 당연히 대가가 있다는 인식하에 이 두 가지를 동시에 짊어지고 가야 한다는 태도를 보여주고 있다.

그러나 아직까지 시인은 껍질 밖의 세계에 대한 구체적인 살아냄보다는 껍질의 경계선, 바로 그 지점에서 무수히 갈등하고 있는 것처럼 보인다. 앞에서도 말했지만 이번 신작시에서는 첫 시집과 달리 이 세계를 가볍게 건너뛰려는 시도는 거의 사라지고 끊임없이 이 껍질을 깨야 한다는, 그리고 전진해야 한다는 치열한 사투의 혈흔이 고스란히 묻어 있다. 오히려 첫 시집보다 이러한 인식이 심화되는 양상을 보이는 것도 특이할 만하다. 이것은 역설적으로 고치 안에 갇혀 있다는 자각이 떨칠 수 없는 지경으로 더욱 심화되고 있다는 것을 반증하는 것으로 보인다.

이 부분에서 문득 생각하게 되는 것은 이것이 그가 몽상을 포기하면서 얻은 결과라는 점이다. 건너뜀의 영역이 축소되면서 사유의 힘으로만 껍질을 통과하려고 할 때, 자꾸만 벽에 부딪쳐 되돌아오는 것은 아닐까 하는 의구심이 드는 것이다. 사유의 전진에 경도될 때 그의 특유한 이국정조의 몽상가 기질은 상당 부분 훼손당하고 그 풍부한 육체성을 잃어버리게 된다. 사유가 너무 전진하면 이미지는 긴밀한 관련성과 구체성을 잃고 추상화되지 않던가. 또한 어머니로 상징되는 모성성의 세계를 지극한 평화의 상태이기도 하면서 자유가 박탈된 세계라고 보는 시각을 눈여겨볼 필요가 있다. 여성이 가진 동물성과 대지적 원시성을 벗어나야 할 세계로 규정하고 여기서 벗어나 다음의 단계로 나아가겠다는 의지는 지극히 남성적이고 발전론적인 사고방식이어서 특히 직선적인 힘을 얻기 위해 배제의 원리를 적용하는 수가 많다. 즉 다양한 모습을 함께 품고 누에고치가 지닌 구의 원리로 산포한다기보다는 다양한 가능성들을 제거하면서 직선의 원리로 전진한다고 볼 수 있다. 자칫 전진의 강박이 발생할 수 있는 것이다. 우리는 정말 모성의 체험을 아프게 떨쳐버려야만 성장할 수 있는 것일까. 고치를 찢는 것은 누에가 보여주는 생물학적인 변환이지만 시인이 꿈꾸는 세계에서는 모성의 체험을 감싸안는 몽상의 힘을 보여줄 수도 있지 않는가. 사유의 힘이 가장 빛을 발하는 부분이 또 한편 전진을 방해하는 부분이 될 수도 있다는 것은 그러나 어떤 것은 취하고 어떤 것은 버림으로써 결정될 성질의 것은 아니다. 그보다는 그가 머리는 사람이고 몸은 닭인 기이한 악사를 불러 음악을 연주시킨 것처럼 껍질을 통과하는 그 순간에도 모순되는 것들 간에 존재하는 긴장을 유지한 채 그의 특기인 몽상의 부드러운 힘을 빌리는 것이 어떻겠냐 하는 것이다.

누에의 고치는 방인 동시에 관이다. 자기 몸에서 뽑아낸 실로 방이자 관을 짓는다는 것은 철저하게 이교도적이다. 융의 말대로 신의 은총으로 구원을 기다리는 것이 아니라 자신의 의지로 자기 몸을 소진시켜 질료의 암흑으로부터 잠재해 있던 신을 해방하려는 시도이기 때문이다. 철저하게 자기 충족적이고 도취적이다. 그러나 그렇기 때문에 이교도적인 아름다움이 있다. 강력한 사유와 내적인 긴장을 지닌 몽환적인 이미지로 존재의 탈피를 꿈꾸는 박판식의 시는 아득한 고대 이래로 불가능을 꿈꾸었던 연금술사의 저 오랜 작업과 닮았다. 이 작업은 물질의 세계에서는 실패했지만 상징의 세계에서는 가능하다. 상징이야말로 인간이라는 한계 속에서도 존재의 변환을 꿈꿀 수 있는 영역 아닌가.

인간이라는 절망적 산보
별자리와 철새의 친화력
결심하듯 떨어지는 십일월의 버드나무
신성에 참여하듯 죽어가는 팔랑개비국화
-「계절의 변화」 부분(『시작』 2005년 여름호)

우리는 지금 공중에 뜬 채 탈피의 예감으로 가득 찬 누에의 잠을 보고 있다. 그는 과연 어떻게 이 세계를 통과하여 힘차게 젖은 날개를 펼칠 것인가. 뱀과 함께 어떻게 불타오를 것인가.

II

우주로

에테르

사물 안에는 우리를 벗어나는 무엇인가가 있다.

－미셸 콜로, 『현대시와 지평 구조』 중에서

모든 것은 한 통의 편지에서 시작되었다.

나는 나인 듯

어느 맑게 개인 날에

시금치를 삶고

북어를 찢는다

골목마다 장미가 피어나고

오후에는 차를 마신다

어느 맑은 날에는,

낮잠을 자고
어김없이 목욕을 하고
나는 또 나인 듯이
외출을 한다

나는 나에게 다 이른 것처럼
클랙슨을 울리고
정말 나인 것처럼
상스럽게 중얼거린다

국부적으로 내리는 비,
어느 날엔가 나는
머리카락을 매만지고
빗방울은 말없이 떨어진다

나는 내가 아닌 것처럼
손등을 어깨를 훔쳐본다
나는 나에게 이르러
늦은 저녁 식사를 하고,

내가 갈 수 없는 곳들의 지명을
단숨에 불러본다
내가 나에게 이른 것처럼
마치 그런 것처럼
　－이근화, 「지붕 위의 식사－어둠 속에서 프란시스의 얼굴을 보았지. 나는 나인 듯

처음 그녀의 편지를 읽었을 때, 나는 도무지 이해할 수 없었다. 편지엔 시금치를 삶았던 한때의 그녀가 있었고, 함께 차를 마시던 어느 맑은 날의 그녀가 있었다. 평화롭게 낮잠을 자다가 외출을 했던 그녀의 모습도 물론 있었다. 그런데 그녀는 왜 떠났을까. 평범한 일상을 그녀처럼 달콤하고 부드럽게 살아가는 사람을 본 적이 없었다. 그녀는 기본적으로 일상에 충실했다. 그녀의 손길이 닿으면 아무리 별것 아닌 일들도 모두 감각적으로 되살아나곤 했다. 나는 그런 풍경을 바라보는 것을 좋아했다. 그녀를 지켜보고 있으면 살아간다는 일의 통속 가운데 숨어 있는 미묘한 감각들을 늘 새롭게 발견하는 기분이 들었다. 그래서 그녀와 많은 대화를 나누지 않아도 친밀감을 간직한 채 어떤 충만한 신뢰를 경험하곤 했던 것이다. 그런데 그녀가 편지 한 통만을 남긴 채 떠났다.

나는 무엇을 해야 하는지 잊어버린 사람처럼 잠시 앉아 있었다. 그리고 그녀의 책꽂이에 꽂혀 있는 화집을 꺼내 들었다. 그녀의 편지에는 부제처럼 "어둠 속에서 프란시스의 얼굴을 보았지. 나는 나인 듯 프란시스에게 말을 걸어도 배경은 일그러지고"라는 말이 덧붙여져 있었다. 프란시스. 프란시스. 나는 한동안 프란시스라는 단어를 생각하다가 최근에 그녀가 샀던 화집을 떠올렸던 것이다. 프란시스 베이컨. 화집을 넘기다가 한 귀퉁이가 접혀 있는 〈자화상〉이라는 그림을 펼쳤을 때 나는 잠시 충격을 받았다. 그녀는 이 일그러진 모습을 보고 무엇을 떠올렸을까. 그녀가 이런 그림을 좋아할 리가 없는데. 하지만 이상하게도 그림을 본 뒤부터 손끝의 거스러미처럼, 그녀가 남기고 간 편지 중, "나는 내가 아닌 것처럼"이라는 문장에 자꾸만 신경이 쓰였다.

어찌 되었든 나는 그녀를 찾아야만 했다. 떠났다면 그녀는 분명 지하철을 타고 갔을 것이다. 그녀가 떠나는 모습을 지켜본 것도 아니면서 왠지 그런 느낌이 들었다. 그녀는 자동차를 싫어하니까. 언제나 지하철만 타고 다녔으니까. 하지만 정말 이번에도 지하철을 탔을까? 나는 고개를 갸웃거리면서 승강장에 설치된 나무의자에 앉았다.

날씨가 너무 좋았다. 그녀와 내가 가장 좋아하는 계절. 4월이 시작되고 있었다. 4월이 되면 우리는 우주공간에 투명한 에테르가 가득 차오르는 것을 느끼곤 했다. 빛을 전달하는 물질로 상상되었던 매질. 이제는 존재를 인정받지 못하는 가상의 물질. 그러나 이와이 슈운지의 영화 〈릴리 슈슈의 모든 것〉을 보고난 뒤부터 그녀와 나는 빛을 볼 때마다 에테르를 상상하게 되었다. 눈에 보이지는 않지만 세상 어느 곳에나 존재하며 동시에 탄성을 가진 공 모양의 미립자. 빛이 닿는 곳이라면 어디든지 더 어두운 쪽을 향해 다리를 놓아주는 물질. 어쩌면 생명력, 혹은 생명의 희미한 암시 같은. 우리는 에테르 속에서 행복했다. 점점 광도가 높아지는 햇빛을 도저히 그냥 지나칠 수 없는 때마다, 우리는 에테르의 부름에 응답했다. 그리하여 가까운 지하철역으로 나가 에테르에 휩싸인 채 열차를 기다렸던 것이다. 그런데 오늘은, 어디로 가야 할지 알 수 없다……. 그때였다. 노랫소리가 들려온 것은.

1월은 바람이 벗어놓은 구두의 수를 세고 아이들이 야위는 방

3월엔 너의 방을 구름으로만 채우려고 가족들이 세상에서 가장 긴 못을

쳤다

똑바로 안 하면 니 생활은 언제나 왼쪽인 거다 5월의 너는 땀과 숨을 멈
추고 온통 미끌거리는 얼굴로 서 있었다 열심히 하라는 말 뒤에 쥐어준 과
자 봉지처럼

7월은 떠오를 때의 태양보다 사라질 때의 태양이 더 많이 알고 있었다

하급신(下級神)이 몸에 들어와 여자는 그녀의 오빠가 되었다 9월은 이제
두개골 아래 희고 가지런한 이빨. 각설탕 같은 어금니를 하나 골라 쥐고 나
는 오빠의 수줍은 목소리를 듣는다

11월엔 감싸안은 그의 등에서 하나하나 떨어뜨리는 동전 소리가 들렸다

(…)

가장 앞 장엔 여러 개라고 적혀 있었고 맨 마지막 장엔 딱 한 번이라고
적혀 있었다

-조연호, 「홀수의 달력」 부분(《문학·판》 2006년 봄호)

저무는 가건물의 옥상에서 유리가루가 바람에 날리듯, 아스라
이 빛과 함께 분분히 내려앉는 목소리. 고개를 들자 역사에 설치해
놓은 스피커에서 노래가 흘러나오는 것을 확인할 수 있다. 아마도
라디오 방송인 것 같았다. 노래의 분위기가 익숙하다 싶어 잠시 더
귀를 기울여보니 J라는 가수의 음성이었다. 그의 1집 『죽음에 이르

는 계절』을 랜덤으로 CD플레이어에 걸어놓고 들어본 적이 있었다. J의 노래에는 이야기가 있었다. 주인공들은 언제나 남들에게는 아무것도 아닌, 너무도 평범한 소망을 수줍게 꿈꾸지만 늘 실패하고 좌절을 경험한다. 그다음엔 초월이나 수용이 아니라, 내 힘으로는 어쩔 수 없다는 듯 조금씩 죽음의 강 쪽으로 자신을 흘려보내는 일만 남을 뿐.

이 노래도 불운하다, 나는 그렇게 생각했다. 그의 달력은 홀수의 달력. 내가 좋아하는 4월이 빠져 있었다. 좋아하는 짝꿍과 나란히 앉은 책상의 부드러운 느낌, 짝수의 다정함이 빠져 있는 달력이라니. 악기를 몇 개 쓰지 않은 나른한 일렉트로니카 계열의 우수가 그의 노래에는 숨어 있었다. 나는 그의 노래를 들으면서 설명하기 힘든 미묘한 미감에 사로잡혔다. 한 번도 1월을 "바람이 벗어놓은 구두의 수를 세고 아이들이 야위는 방"으로 생각해본 적이 없었는데. 손대면 사라질 것 같은 바람의 구두를, 아이들이 세고 있다. 그건 불가능한 일이지만 J의 1월엔 가능하다. 구두를 세면서 아이들은 금방 야위어버리고, 어느새 허무하고 쓸쓸한 1월. 하지만 몇 마디로 정리해버리기에는 아직 더 아름답고 미묘한 1월. 눈뜨지 못한 여운이 웅성웅성 잠들어 있을 것만 같은 1월. 나는 1월에 숨어 있는 에테르의 무리를 본다. 참 아름답다. J도 분명 홀수의 달 속에서 에테르를 보았을 것이다. 유리가루처럼 부드럽게 깨져버린 에테르의 잔재를. 어째서 사물들 속에는 이처럼 미처 설명할 수 없는 무수한 이름들이 숨어 있는 것일까. 순간 갑작스럽게도 나는 떠나간 그녀를 생각했고 이윽고 내가 그녀를 얼마나 정확하게 알고 있는지 자신이 없어졌다.

노래가 끝나자 J의 목소리가 들렸다. 라디오 진행자와 그가 이야기를 나누고 있었다. J는 어떻게 곡을 쓰느냐는 DJ의 질문에 "바람을 생각하면서, 운동회라는 느낌으로 기타를 쳤다."(조연호, 「간화선(看話禪)의 반대편-시(詩)에 관한 것들」 중에서, 《시와반시》 2005년 겨울호)라고 말했다. 운동회라는 단어가 가지고 있는 저 수많은 결들이라니. 바람 부는 운동회를 생각하면서, 나는 조금 슬퍼졌다.

꽤 많은 시간이 지난 것 같은데 여전히 열차는 오지 않았다. 4월인데 4월이 빠져 있는 달의 느낌. 나는 승강장 주변을 서성이다가 난간 너머로 흐르고 있는 하천에 눈길을 두었다. 청둥오리 몇 마리가 얕은 물 위에 떠 있었다.

"오리는 정말 전부 오리일까?"

그때, 분명 그녀는 그렇게 물었다. 그때도 그녀와 난간에 몸을 기댄 채 오리를 바라보고 있었다. 불현 듯 그렇게 물었고, 나는 아마도 이렇게 대답했던 것 같다.

"너답지 않게 왜 이래? 그냥 아무 생각 없이 에테르를 즐기면 안되니? 오리가 오리지, 뭐 별건가?"

나는 궁금해졌다. 그때, 나의 대답을 듣고 그녀는 어떤 심정이었을까?

알뱅, 우리는 휘파람 속에 살고 있는 유령들을 알고 있습니다 그들과 함께 우리는 하얀 배를 드러내놓고선 비명의 춤을 춥니다 춤을 출 때 우리는 마치 사람 같습니다 알뱅, 당신의 유령을 우리에게 나눠줄 수 있나요? 창밖에는 우리를 닮은 익사체들이 떠다니고 있습니다 그들은 말합니다 오늘도 친구를 사귀지 못했는 걸 알뱅, 당신의 굳센 손을 우리의 하얀 배에 올려줄 수 있나요? 그 손으로 우리의 배를 갈라 당신이 우리의 헐린 자궁 속으로 들어와줄 수 있나요? 우리는 모두 동그래져서 당신의 휘파람을 불고 싶습니다 그러나 알뱅, 당신은 말하겠죠 빨래건조대에 널려 있는 우리의 속옷을 만지작거리면서 결정적으로 너희들은 아직도 사람처럼 보여

- 김안, 「유령들」 부분(《시와사상》 2005년 겨울호)

어쩌면 이미 그때, 그녀의 내부는 비바람이 부는 어두운 창밖 풍경처럼 스산했는지도 모른다. 그녀는 자신을 유령으로 생각하고 있었던 것은 아닐까. 공기 중에 익사체처럼 떠다니는 유령. 그러나 완벽한 유령이 되지 못하고 아직 사람으로 살아갈 수밖에 없는 존재. 사람인 줄 알았는데 유령인 것 같기도 하고, 유령이 되었다고 생각했는데 아직도 사람으로 보이는 어떤 존재. 그래서 미묘한 불안이 느껴지는 특이한 미감의 상태. 그래서 조금 더 본질에 다가간 어떤 상태. 나는 알 수 있을 것만 같았다. 그녀가 그때 보고 있던 오리는 이미 내가 알고 있던 오리가 아니었다. 그녀는 오리라는 말로 다 설명할 수 없는 오리의 존재성을 보았던 것이다. 그러고는 오리를 조금 더 사랑하게 되었고 오리를 모르는 나를 떠나기로 마음먹었겠지.

그녀는 아마도 '그녀 자신'을 찾아서 떠났을 것이다. 어쩌면 오리처럼 하늘을 날아서 갔을지도 모른다. 끝내 닿을 수 없는 어떤 느낌을 간직한 채. 그녀 안에는 그녀가 발견하지 못한 수많은 이름들이 숨어 있었다. 오리를 보는 순간 불현듯 날개를 접은 채 숨어 있던 그녀의 이름들이 웅성웅성 일어나기 시작했던 것이고. 그래서 그때, 그녀는 조금 아팠을 것이다. 내가 닿을 수 없는 곳에서.

사물 안에는 언제나 우리를 벗어나는 무엇인가가 남아 있다. 내가 알고 있다고 믿었던 그녀는 늘 그 믿음을 조금씩 배반하며 나에게 새로운 감각으로 다가왔다. 그녀가 있는 그대로의 자신만을 존

재의 전부라고 생각했다면 나는 그녀를 사랑할 수 있었을까?

열차가 도착하고 있었다. 잠깐 동안 고민했지만 이내 열차를 그냥 보내기로 했다. 나의 손을 떠난 사물들의 세계 속에서 에테르가, 천천히 에테르가 부서지고 있었다. 에테르의 가루가 흩날리고 있었다. 나는 그녀의 편지로 종이비행기를 접어 가볍게 날려 보냈다. 어디에선가 그녀도 4월의 부서진 에테르를 보고 있기를 바라며 나는 조금 더 의자에 앉아 있었다.

카메라 옵스큐라

— 최근 시적 주체의 전능화된 지각 방식에 관하여

1. 영상매체의 지각방식을 전유하라

매체 담론의 고전이라고 할 수 있는 「기술복제 시대의 예술작품」 (1936)[1]에서 벤야민은 새로운 매체의 등장에 수반된 인간의 지각 방식 변화를 탐구한 바 있다. 그는 매체의 전달 내용을 파악하는 것보다는 매체 자체에 주목하여, 인간이 매체의 인식 기술을 마치 하나의 신경계처럼 자기 자신에게 체화시키는 과정을 흥미롭게 기술하였다. 특히 그가 주목한 것은 영상 문법의 기반을 이룬다고 할 수 있는 사진과 그 확장된 기술 매체인 영화였다. 20세기 초 파리에서 그는 언제든지 원본을 복제하여 수많은 모사품을 만들어낼 수 있는 이러한 복제 기술이야말로 혁명적 사회 변화를 추동할 수 있는 힘으로 보았다. 사진이나 영화는 원본이 가지고 있는 제의적 요소와 그에서 비롯된 유일무이한 아우라를 파괴하고 예술 전반의

---

1   발터 벤야민, 『기술복제 시대의 예술작품/사진의 작은 역사』, 최성만 옮김, 길, 2007.

성격을 변화시켜 사물이 보편적인 평등성을 갖추도록 뒷받침하고 원본의 구속에서 인간을 해방시킨다[2]는 것이다. 이러한 벤야민의 주장은 오늘날 다시 읽어도 급진적이라고 할 만큼 선구적인 데가 있다. 예를 들어 카메라의 경우, 클로즈업이라는 기술을 통하여 익숙한 사물의 낯선 디테일을 발견해내고 사물들에 대한 이해를 확장시켰다는 벤야민의 지적은 그가 왜 영화라는 새로운 매체를 마르크스주의적 관점에서 지지하였는지를 알게 해준다. 그에 따르면 영화는 희망 없는 대도시의 한계를 극복하거나 확장시키는 시각적 충격을 제시함으로써 새로운 모험심에 가득 차 세상을 유영하는 힘을 제공한다. 그는 이러한 매체의 등장을 "계급 없는 사회가 도래하는 것에 대한 전조로 받아들"[3]였던 것이다. 관객은 카메라와 일체감을 가짐으로써 카메라의 위치에서 배우를 보게 되고 비평가의 자리를 차지하게 되어 집중이 아니라 분산, 숙고가 아니라 충격에 익숙해지며 작품을 흡수하게 된다.[4]

벤야민의 글을 매체론의 관점에서 다시 환기한 것은 2005년을 전후로 첫 시집을 내며 등장한 젊은 시인들의 작품을 새로운 관점에서 접근해보기 위함이다. 이 중에서도 특히 김행숙, 이근화, 이

2　사진기술의 발달로 이제는 복제가 되더라도 아우라를 지니는 사진을 찍을 수 있게 되었고 사진은 다시 반복할 수 없는 치밀한 예술작품의 경지에 오르게 되었다. 랄프 슈넬, 『미디어 미학-시청각 지각형식들의 역사와 이론에 대하여』, 강호진 외 옮김, 이론과실천, 2005, 73~74쪽 참조.

3　W.J.T. 미첼, 「벤야민과 사진의 정치경제학」, 김우룡 엮음, 『사진과 텍스트』, 눈빛, 2006, 132쪽.

4　벤야민 사후, 이 글을 바탕으로 한 매체 담론은 다양한 방향으로 전개되었다. 임석원에 따르면 "1970년대부터 제도화되기 시작한 매체학은 커뮤니케이션 사회학, 정보학, 언론학, 영화학, 라디오 및 텔레비전 연구 그리고 부분적으로 문학학 등을 포괄적으로 통합"하고자 시도하였다. 그리하여 이러한 시도는 1980년대에는 "극대화된 예술의 해방된 잠재력"을 통해 유토피아를 꿈꾸며, "매체 자체보다는 매체를 통해 전달되는 정치적 희망이나 목적들과 긴밀히 연결되어 다루"어지는 것이 보통이었다. 그러다가 90년대에는 매체의 형식 자체를 주목하게 되었으며 최근에는 벤야민의 "매체 이론적 사유를 그의 저서들 곳곳에서 발굴"하여 "새로운 맥락 속에서 재구성"하는 상황에 이르렀다. 임석원, 「새로운 복제 기술 시대의 발터 벤야민과 그 매체 미학의 재생산 가능성」, 《세계의 문학》 2010년 봄호 참조.

장욱의 시가 이 글의 분석 대상이다. 표면적으로 보았을 때 이들의 작품은 1990년대 유하나 장정일이 보여주었던 것과 같은 영상 매체의 적극적인 수용은 드러나지 않는다. 오히려 영상 매체와 과연 어떠한 연관이 있을까 싶을 정도로 이들의 시에 영상 문법의 흔적이 보이지 않는다고 말하는 편이 정확할지도 모른다. 그러나 그것은 인용이나 패러디 등 수사나 소재론적 차원일 뿐이며 '인식 기법'의 문제로 들어가면 이야기는 달라진다. 이들 작품이 선사하는 미적 쾌감의 일정 부분은 영상 문법의 인식 기술을 시적 주체의 지각 능력으로 전유하는 독특한 상상력에 기대고 있기 때문이다. 따라서 이 글에서는 영상 문법이 이들 2000년대 시인들의 작품에 반영된 양상을 살펴보고 그 의의를 탐구해보고자 한다. 특히 매체의 전달 내용이 아니라 매체의 기술적 특징에 주목하여 사진이나 영화라는 매체의 특징을 인식 기법의 차원에서 시적 주체의 능력으로 흡수한 작품에 초점을 맞추려고 한다. 이는 곧 영상 매체의 문법이 시인들의 지각방식과 어떠한 연관성을 지니는가에 대한 탐구의 의미가 있다고 할 수 있다.

2. 유하와 장정일 — 반성과 풍자

1980년대 말, 유하가 '영화 사회학' 연작을 통해 영화라는 장르를 시 속으로 끌어들였을 때 이는 더 이상 일상과 자연, 추억이 아니라 2차 텍스트라고 할 수 있는 대중문화에서 시적 감수성이 출발할 수도 있음을 보여주는 의미 있는 한 사례였다.

친구가 깡패들헌티 디지게 맞았다는 전화를 받고설랑 미친년 가심으로
병원문을 열어제끼니께 아따, 요것이 뭔일이당가 칭칭 붕대를 감치고 눈만
깜작거리는 녀석의 얼굴… 아홉명에게 당했어, 이눔아 니 별명이 암만 이
소룡이라 혀도 그렇지 어쩔라고, 그쪽은 주먹이 열여덟개 아녀, 이 썩을 놈
아, 낯바닥이 만신창이가 된 와중에도 녀석은 날 웃기드랑게 현실과 영화
는 다른 거드라 히히, 허기사, 국민학교 적 홍콩영화에 미쳐설랑은 반 아그
들은 사무라이, 지는 이소룡 까욱까욱 괴조음을 지름서 구성없이 다릴 내
둘던 친구, 아따 지랄발정, 뙤놈보단 아무려도 용팔이 아니드라고 전라도
서 갓 전학온 난 질세라 용팔이 숭내를 냈제 나가 의리의 사나이 용팔이란
말이시 (…) 근디 말이여, 지나봉게로, 모두들 그 징헌 놈의 폭력을 갖고 교
묘하게 미화하고 거창하게 포장혔던 거 아녀, 아닐랑가?

(…)

박노식에서 이대근으로 얼굴만 바뀌었을 뿐
시방도 계속되고 있는 용팔이 시리즈
로스앤젤레스 올 로케, 엘 에이 용팔이!
거 뭐시냐, 장관님들 국회의원님들 모이신
신성한 국회의사당에서도
각구목 용팔이 선상은 으디 있다요?

-유하, 「용팔이-영화 사회학」 부분(『무림일기』[5], 세계사, 1995)

〈용팔이〉는 전라도에서 올라온 무일푼의 사내가 오로지 주먹과
의리만으로 성공한다는 스토리로 70, 80년대 많은 사람들의 사랑
을 받은 대표적인 한국 액션 영화 시리즈 중 하나이다. 유하는 이

---

5 1989년 중앙일보사에서 나온 유하의 첫 시집 『무림일기』는 1995년 세계사에서 다시 출간됐다.

영화를 인용, 어째서 건달은 대부분 전라도 출생일 수밖에 없는지에 대한 질문을 던지면서 지배세력의 지역 분할 통치 전략에서 비롯된 한국사의 비극을 상기시키는 동시에 시대의 부산물이라고 할 수 있는 약자들의 분노가 적절한 사회변혁의 의지로 실체화되지 못하고 오히려 폭력 미화의 욕망으로 수렴되는 한계에 대해서도 성찰하고 있다. 특히 여전히 힘의 논리가 절대적인 한국 정치현장을 조소적으로 풍자하는 시의 마지막 부분은 유하가 영화를 시 속으로 끌어들일 때 어떠한 태도를 견지하고 있는지를 분명히 확인하게 해준다. 즉 '영화 사회학'이라는 부제에서도 알 수 있듯이 유하는 자기 성찰과 사회 풍자의 직접적이고 실질적인 수단으로 영화를 활용하는 것이다. 따라서 "눈부시게 황폐한 하이테크 시대에 대한 첨예하고도 그야말로 하이테크한 반성적 인식을 통해서 기술 관리 시스템에 의해서 지배되는 이 시대의 교묘한 억압적 삶의 징후들을 읽어내려는 노력"[6]이라는 지적은 유하 시에 대한 적절한 평가가 된다. 이렇게 보자면 '키치 중독자이자 반성자'라는 김현의 명명이 실은 '반성자'의 자리에 더욱 비중을 둔 것으로, 시인들이 시대를 선도하는 지식인의 책무를 감당해야 한다는 유하의 자의식과 이를 지지하는 비평가의 기대가 결합하여 탄생한 헌사라고 할 수 있다.

장정일 역시 이미 그의 첫 시집 『햄버거에 대한 명상』에서 「험프리 보가트에 빠진 사나이」, 「진짜 중국 영화」와 같은 시편들을 통해 영화라는 환영에 중독되어가는 삶을 비판적으로 형상화한 바 있다.

6 　박혜경, 「세기말의 서정성-90년대 시의 내면 풍경」, 『세기말의 서정성』, 문학과지성사, 1999, 21쪽.

그는 중머리,

강력하고 성깔 있게 생겼다.

그가 말했다.

허구에 식상하신 여러분!

그러면서 그는

오른손으로 왼팔 옷소매를 걷었다.

털이 무성한 팔뚝!

오른손으로 왼팔 옷소매를 걷고서

다시 그는 왼손으로 오른팔 옷소매를 걷어 부쳤다.

(…)

대역에 속으셨고

특수효과에 감동했던 여러분

우리 진실해 봅시다!

어느 새 그는 날카로운 쇠갈쿠리를

왼손에 움켜 쥐었고

해골문신이 불뚝이는 오른손으로

칼을 꼬나들었다.

(…)

곧이어 여러분은 진짜 쫑국영화를

보시게 되겠습니닷!

(…)

그리고 죽어라 발버둥치는 그 놈의 배를

시퍼런 회칼로 마구 난자한다.

피가 튀고 살이 떤다!

그가 말했다.

나는 숨막히는 싸실극을 보여줍니다!

−장정일, 「진짜 중국영화」 부분(『햄버거에 대한 명상』, 민음사, 1987)

「험프리 보가트에 빠진 사나이」가 영화라는 환영에 중독되어 현실의 삶을 망각해가는 한 사내의 이야기를 아내의 시점으로 형상화하였다면 위의 인용시는 조금 다른 차원의 이야기를 펼쳐놓는다. 머리를 밀어버린 한 사내가 사람들 앞에서 소리치기 시작한다. 아마도 수산물 가게의 회 뜨는 남자를 포착하여 재구성한 것으로 보이는 이 시편에서 먼저 눈에 띄는 것은 이 사내의 당당한 어투이다. 배우가 아니라 대역에 의해 만들어지는 스펙터클, 화면으로는 멋지게 보이는 장면이 모두 특수효과에 의해 연출된 것이라는 사내의 외침은 우리 모두가 갖고 있는 영화에 대한 환상을 일차적으로 허무는 역할을 할 뿐만 아니라 '영화:현실＝환영:실제'라는 이분법 위에서 영화(환영)보다는 현실(실제)에 가치의 우위를 두고 있는 우리의 보편적 인식을 반영하여 드러내기도 한다. 영화는 모두 연출된 것이며 우리는 그러한 환영에 속아서는 안 되고, 현실(실제)을 추구해야 한다는 것이 이 시의 표면적인 전언이다. 그러나 이 시에서 흥미로운 것은 '영화＝환영'이라는 단순하고 일차적인 지적이 아니라 자신의 행동만이 '진짜'라고 주장하는 사내의 행동이 사실은 매우 작위적인 연출과정 속에서 연기되고 있다는 점이다. 그는 마치 배우처럼 자신을 둘러싼 관객들 앞에서 팔뚝의 해골 문신을 보여주고, 쇠갈고리를 손에 쥐었다가, 다시 대사를 치고, 수조 속 정어리를 찍어 난자한다. 생선을 다듬는 과정을 스펙터클화하면서 그 시각적 쾌감을 더욱 강화하여 더 많은 생선을 팔려는 사내의 의도된 연출이기에, 이 장면에서 사내가 자신의 행동이야말로 "진실"이고 "싸실극"임을 강조하면 강조할수록 그의 행동은 더욱 비현실적이고 작위적으로 변해간다. 따라서 사내의 연출은 어느덧 조소의 대상이 되고 독자들은 영화와 현실 중에 어느 것이 더 환영에 가까운지 혼란에 빠져버리게 된다. 확고부동한 현실의 범주가 무너지고 확실성은 불확실성으로, 현실성은 비현실성으로 변하면서 인식에 새로운 충격이 가해진다. 영화만큼이나 현실도 비현실적이며 어떤 면에서는 더 치밀한 연출이 가능한 곳일지도 모른다는 새로운 인식이 찾아오는 것이다.

3. 김행숙 — 도약(跳躍)

앞에서 살펴보았듯이 80, 90년대의 시적 주체들은 주로 대중문화를 대표하는 영화를 시적 소재로 차용하면서 이를 자기반성과 성찰의 계기로 삼거나 시대와 문명에 대한 풍자의 차원에서 적극적인 사유의 대상으로 삼았다. 물론 기법적인 측면에서의 차용도 눈여겨 볼 필요가 있다. 정끝별은 「영화에서 상상력을 베끼는 시인들을 믿느냐」[7]는 글을 통해서 김기림이나 조향과 같은 시인이 이미 카메라의 기법과 시나리오의 지문 형식을 시속에 끌어들여 시를 구성하고 있음을 밝힌 바 있다. 이렇게 보자면 영상 문법의 시적 차용은 이미 1930년대 우리 시단에서부터 그 연원을 찾을 수 있을 만큼 오래된 것이라고 할 수 있다. 이 글에 따르자면 장정일 역시 영화 시나리오의 기법을 적용하여 쓴 「자동차」라는 시를 통해 "철

---

7 정끝별, 『천 개의 혀를 가진 시의 언어』, 케포이북스, 2008.

저한 우연·익명·일회성에 지배되는 일상과 비일상, 삶과 죽음, 질
주와 막힘의 대비를 시각적으로 고조"[8]시키고 있다는 평가를 받기
도 한다. 이 역시 반성과 성찰이라고 하는 계몽의 기획하에 현대문
명에 대한 비판적 거리 두기를 실현하고 있다는 차원에서 장정일
시를 이해할 수 있게 돕고 있으며 따라서 "영화 마니아들, 영화에
서 시적 상상력을 베끼는 시인들이, 아직까지는 시인의 책무에 성
실히 복무하고 있다."[9]는 평가도 가능해진다.

　하지만 이러한 사정은 2000년대에 들어서면서 달라진다. 이제
어떤 시인들은 더 이상 반성과 성찰의 계기로 영화를 활용하지 않
는다. 2005년을 전후하여 첫 시집을 낸 시인들 중 일부는 사진과
영화의 영상 문법을 매체론의 관점에서 받아들여 이를 '감각적'으
로 흡수한다. '지적 성찰' 대신 '감각적 도약'의 계기로 영상 매체의
지각 방식을 전유하는 것이다.

　어둠이 몰려서 온다. 녀석들. 녀석들.

　검은 비닐봉지 같은 얼굴을 하고 걸어오면서 찢어지는 얼굴을. 툭, 하고
떨어지는 물체. 죽은 건 줄 알았는데 개의 죽음은 또 아주 멀었다는 듯이 발
을 모아 높이 뛰어오르고. 착지와 비약으로 이루어지는 선상에서 음표처럼

　빵, 하고 택시가 지나가고 빵, 하고 택시가 지나가고 빵, 하고 택시 아닌
바퀴들이 지나가고

8　정끝별, 같은 글, 60쪽.
9　정끝별, 같은 글, 76쪽.

오른쪽 어깨 위에 어둠, 왼쪽 어깨 위에 어둠, 나는 어깨인지 어둠인지 녀석들인지 나는 나에 한정 없이 가까워

나는 거의 끝까지 멀어지고. 어둠에는 초점이 없으리. 녀석들의 노래. 잔치를 위해 돼지가 돼지라고 부를 수 없을 때까지 분할되고. 환하게. 남녀노소 고기를 씹는다. 이빨 사이에 고기가 끼고. 그러나 고기라고 부를 수 없을 때까지

나는 코만 남아서 정신없이 냄새를 맡는다. 냄새의 세계에는 비밀이 없으리. 녀석들의 노래. 녀석들의 코. 돌출적인. 뭉툭한. 냄새는 약 기운처럼 퍼져 여기 오래 있으면 냄새를 잃게 돼. 우리들은 장소를 옮겨 코를 지키자. 어둠이 우리를 벗겨내는 곳으로

툭, 다른 곳에 떨어지는 물체처럼 죽은 건 줄 알았는데. 녀석들 어둠 속에서 얼굴을. 얼굴을. 나라고 부를 수 없을 때까지
　　　　　　　－김행숙, 「얼굴의 탄생」, 전문(『이별의 능력』, 문학과지성사, 2007)

　이 시에서 가장 먼저 눈에 들어오는 것은 어둠 속에서 개가 다가오는 장면이다. 처음에는 검은 비닐봉지 같은 어둠이 몰려오는 줄만 알았는데 갑자기 툭, 하고 떨어지는 물체를 만난다. 그 물체는 다름 아닌 개로, 시적 주체는 개가 뛰어오는 장면을 착지와 비약으로 이루어지는 선상의 음표로 그리고 있다. 즉 빛이 선명하게 가득하여 물체를 알아볼 수 있는 상태가 아니기 때문에 대상은 특정 부위만 특징적으로 부각되어 비현실적으로 인식된다.
　이 시는 기본적으로 대상을 '아웃포커스' 방식으로 포착한다. 즉

이 장면을 카메라의 작동방식으로 구성해본다면 다음과 같다. 조리개를 넓혀서 찍었기 때문에 배경은 흐리게 처리되면서 심도가 얕아지고 따라서 자동적으로 아웃포커스의 효과가 발생한다. 동시에 피사체는 상대적으로 부각되어 드러난다. 원래 심도란 한 장의 사진 안에서 나타나는 이미지의 선명한 영역을 말한다.[10] 심도가 깊어지면 전경의 피사체와 중경의 피사체, 마지막 배경의 피사체가 어우러져 하나의 스토리가 만들어진다. 깊고 풍부한 서사가 만들어진다는 것이다. 하지만 인용시처럼 심도가 얕을 경우 자질구레한 스토리가 사라지기 때문에 이미지는 훨씬 단순해진다. 더군다나 김행숙은 피사체의 전체를 부각시키는 것이 아니라 피사체의 특정 부위만을 중요하게 부각시키고 나머지 부분은 흐리게 지워버리거나 아예 없는 것처럼 처리하는 작법을 선보이는 경우가 많다. 위의 시는 어둠의 효과 때문에 바로 이러한 얕은 심도를 얻게 되었고 대신 초점을 맞춘 피사체만 선명하게 부각되는 특징을 드러낸다. 그래서 3연의 경우 택시 역시 몸체는 아웃포커싱되고 바퀴만이 특징적으로 부각된다.

이런 장면은 망원렌즈로 만들어내는 단일 주제의 사진을 연상시키기도 한다. 원래 망원렌즈는 화각이 좁고 심도가 얕기 때문에 복잡한 장면에서 하나의 피사체만을 따로 떼어내어 또렷하게 표

---

10 브라이언 피터슨, 『브라이언 피터슨 사진의 모든 것』, 김문호 외 옮김, 청어람미디어, 2010, 46쪽. 이 책에서는 조리개 값에 따른 심도의 변화를 다음과 같은 비유를 들어 설명한다. 아주 작은 대롱을 통해서 페인트 1리터를 양동이에 따른다면 페인트는 별로 튀지 않고 깨끗하게 집약된 채로 옮길 수 있다. 하지만 대롱 없이 빈 양동이에 페인트를 쏟아붓는다면 사방에 많이 튀게 된다. 조리개 역시 마찬가지이다. 작은 조리개를 통해 빛을 들여오면 더 선명하고 디테일이 살아 있는 이미지를 얻을 수 있지만 큰 조리개로 빛을 들여오면 초점을 맞춘 피사체 이외의 것은 형태가 뚜렷하지 않은 흐려진 이미지로 기록된다.

현하는 것이 가능하다.[11] 흥미로운 것은 이때, 피사체는 "사람의 눈과 두뇌에서 가장 큰 중요성을 지니는 대상"[12]으로 인식된다는 점이다. 영화의 경우도 마찬가지다. 깊은 심도는 영화에서 최고의 사실주의를 가능하게 하는 반면 얕은 심도는 영상의 중앙 부분에 심리적 효과를 풍부하게 강조하는 역할을 수행할 수 있다.[13] 결국 김행숙의 시를 카메라의 기법과 연관지어 설명해보자면, 망원렌즈를 활용하여 화각을 좁히고 아웃포커싱으로 배경을 지워서 심도를 얕게 만드는 동시에 피사체의 특정 부위만을 큰 중요성을 지니는 대상으로 부각시키는 특징을 드러낸다고 할 수 있다.

그런데 주의를 기울여야 할 것은 이러한 카메라의 매체적 특징이 어떻게 시 속에 구현되느냐보다는 이것을 시의 작법으로 전유하는 과정에서 김행숙의 시적 주체가 자기 자신마저 카메라와 똑같은 존재로 구성해낸다는 데 있다. 즉 마치 잔칫날의 돼지가 모든 것이 분해되어 얼굴만 남고, 그 얼굴도 어둠 속에서는 마치 코만 둥둥 떠 있는 것처럼 인식되듯이 7연에서는 드디어 자기 자신마저 그렇게 코만 남아 있는 존재로 뒤바꾸어진 듯한 상상을 펼치는 것이다. 이때, 시적 주체의 파토스는 갑작스럽게 상승한다. "나는 코만 남아서 정신없이 냄새를 맡는다."라는 문장에서도 확인할 수 있듯이 시적 주체는 자기의 온몸 중에서 코만 남은 상태로 자신을 인식한다. 급작스러운 '감각의 도약'이 이루어지는 것이다.

후각을 중심으로 온몸은 재편되고 시적 주체는 마치 코로만 존재하는 동물이 된 것처럼 냄새에 모든 감각을 집중하면서 점점 정

---

11 브라이언 피터슨, 같은 책, 56쪽 참조.
12 브라이언 피터슨, 같은 책, 같은 쪽 참조.
13 랄프 슈넬, 같은 책, 170~171쪽 참조.

신을 잃어간다. 여기에 묘한 동물적 쾌감이 존재한다. 마치 어둠 속에 코만 둥둥 떠다니는 것과 같은 상태는 "약 기운"이 퍼지듯이 온몸을 감싸는 실제적인 감각으로 다가오는 것이다. 시적 주체는 감각을 의식으로 제어하는 것이 아니라 감각에 의식을 내어준다. 물론 이 상황 속에 더 있다가는 완전히 냄새에 무감각해지고 자아를 잃어버릴 듯한 두려움을 느낀 나머지 시적 주체는 어느덧 "장소를 옮겨 코를 지키자."라고 말한다. 하지만 이것이 상황에 대한 의식적인 제어로 발전하는 것은 아니다. 마지막 연에서 "녀석들 어둠 속에서 얼굴을"이라고 말하는 것을 보면 1연에서 어둠이 몰려오는 장면을 보고 "녀석들. 녀석들"이라고 지칭했던 것과 연결되면서 '녀석들=어둠'이 몰려와 시적 주체를 어둠으로 둘러싸고 화자는 '내'가 "나라고 부를 수 없을 때까지" 지워지는 것을 감각한다고 볼 수 있다. 즉 코를 지키기 위해 어둠 속으로 자리를 피하지만 이것은 더 큰 쾌락에 자신을 내맡기는 상황으로 해석할 수 있다는 것이다.

이 시의 3연에서 어둠이 나를 감쌀 때 "나는 나에 한정 없이 가까워//나는 거의 끝까지 멀어지고"라는 구절이 있었음을 기억한다면 어둠 속에 있을 때 시적 주체는 오히려 더욱 '나다워지고' 있다고 생각하고, 어둠 속에 있을 때 더 넓게 확장되면서 그것에 환희를 느낀다는 사실을 알 수 있다. 따라서 마지막 연 "나라고 부를 수 없을 때까지"는 서술부가 생략되어 있기는 하지만 '나라고 부를 수 없을 때까지 더욱 확장되고 싶다' 혹은 '나라고 부를 수 없을 때까지 더욱 지워지고 싶다'라는 문장으로 바꾸어 이해할 수 있다. 이렇게 되면 내가 어둠 속에서 한없이 지워지는 장면은 돼지고기가 해체되어 사람들의 입 속으로 들어가듯이 나 역시 해체되어 어딘가의 입 속으로 빨려들어가는 듯한 묘한 상상과 겹치면서 더 큰 동물적 쾌감으로 이어진다. 감각이 고양되는 듯한 흥분이 찾아온다. 그리하여 결국 이 모든 피사체를 흡수해버리는 어둠과 시적 주체의 육체가 등가로 연결되면서 하나의 거대한 "얼굴의 탄생"이 이루어진다. 그러므로 "얼굴의 탄생"은 가장 큰 환희와 쾌락을 맛보게 하는 사건이 된다.

이것은 카메라의 기계적인 능력과 시적 주체의 연관성을 짐작케 하는 대목이다. 시적 주체는 카메라의 매체적 특징을 자신의 것으로 흡수하여 그 능력을 더욱 확장시킨다. 물론 이 과정을 온전히 카메라 인식 능력의 전유로서만 해석할 수는 없을 것이다. 시적 주체가 감각적으로 도약할 때, 카메라의 매체적 특징까지 흡수한다는 점을 간과할 수는 없으리라는 표현이 더욱 정확할 것이다. 따라서 김행숙의 시가 자아의 세계화, 세계의 자아화로 대표되는 기존의 서정적 자아를 해체한다기보다는 그러한 자아의 힘을 물려받고 거기에 기계적 제어의 힘까지 더한 자아를 보여준다고 해석하는 것이 가능해진다. 김행숙의 시적 주체는 시 속에서 영상 매체의 인식 방법을 일정 부분 자신의 능력으로 전유하여 이를 만끽하고 그 실제적인 힘을 행사한다. 그러나 이 과정은 상당히 심층에서 진행되고 있어서 시적 주체는 이를 의식적으로 인식하고 있지 않아 보인다.

4. 이근화 – 연장(延長)

나는 나로부터 멀리 왔다는 생각
편의점의 불빛이 따뜻하게 빛날 때

새벽이 밀려왔다 이 거리는 얼굴을 바꾸고
아주 천천히 사라질 것이지만

나는 역시 나로부터 멀리 왔다는 생각
두 다리를 쭉 뻗고 자고 있겠지만
먼저 깨어난 사물들은 위험천만하게
나를 위협할 것이다 나는 모르는 척
몽롱하게 걸어 다닐 것이다

나는 나로부터 비롯되어 배가 고프고
편의점에 가서 우유를 사고 깡통을 사고
따뜻한 비닐에 먹을 것을 담아
나와 가장 가까운 곳으로 가서
하나씩 까먹기 시작한다

지는 꽃에 대해서는 黙黙不答하고
단것부터 먹기 시작하겠지만
나는 종종 더 예뻐졌다는 생각
아주 몰라보게 예뻐졌다는 생각
이 거리는 아주 천천히 얼굴을 바꾸고
－이근화, 「따뜻한 비닐」 전문(『칸트의 동물원』, 민음사, 2006)

노련한 사진가들은 최상의 사진을 얻기 위해 주로 이른 아침이
나 늦은 오후의 시간대를 선택해 사진을 찍는다. 이 두 시간대의
빛이 피사체의 질감과 그림자를 살려줄 뿐만 아니라 사진에 따뜻

하고 생생한 느낌을 주기 때문이다.[14] 역시 두 권의 시집을 내고 활발하게 작품 활동을 펼쳐온 이근화의 이 시는 기본적으로 새벽녘의 시간대를 배경으로 중심 풍경을 제시한다. 편의점의 불빛은 새벽이기에 더욱 따뜻하고 온화한 느낌을 준다. 주목할 것은 "이 거리는 얼굴을 바꾸고"라는 부분이다.

이 부분은 사람들이 많은 곳에서 인물 사진을 찍을 때 느린 셔터 속도를 이용하는 기술을 연상시킨다.[15] 초점을 맞춘 편의점이라는 피사체는 고정된 상태이기에 그대로 선명한 값을 얻을 수 있지만 그 주위를 움직이는 행인, 자동차 등의 사물은 카메라 렌즈를 가로지르며 옆으로 이동하기 때문에, 셔터 속도를 느리게 했을 경우, 그 움직임의 궤적이 그대로 남는다. 그리하여 형상은 일정한 운동성을 가진 채로 흐리거나 번진 상태로 포착된다. 즉 피사체는 고정되어 있으면서 배경에는 흐릿한 상태의 운동성이 더해진 독특하면서도 비현실적인 사진을 얻을 수 있는 것이다. 이때 피사체는 '운동/정지'의 대비효과에서 정지된 상태로 남아 있기에 상대적으로 외로움과 고립감을 드러내는 기호로 활용[16]되기도 하지만 위의 인용시에서 편의점이라는 피사체는 그 안에 온갖 식음료와 생필품을 저장하고 있는 보관소의 역할을 하기에 외로움이 부유하는 대도시의 공간에서도 뭔가 위로를 주는 공간으로 의미화된다. 그래

14　랄프 슈넬, 같은 책, 254쪽 참조.

15　윤돌·박현수, 『마음을 사로잡는 디카&DSLR 촬영 테크닉 80』, 성안당, 2005, 123~125쪽 참조.

16　한국 시인들에게 많은 영감을 주었던 왕가위의 영화가 주로 이러한 기법을 자주 이용하였다. 신현림은 촬영기법이 주는 현란할 정도의 강렬함, 회화적인 느낌, 카메라가 살아 있는 물체처럼 자유자재로 움직인다는 점 등을 들어 왕가위 영화에 대한 애정을 드러낸 바 있다. 같은 지면에서 성미정 역시 외로움에 시달리는 캐릭터에 대한 공감을 근거로 자신의 시에 영향을 끼친 왕가위 영화에 대한 애정을 고백한다. 신현림, 「세기말 재즈-〈중경삼림〉을 보고 돌아온 밤」, 《현대시학》 1996년 5월호, 193~196쪽 참조. 성미정, 「동화-베개 왕자님」, 《현대시학》 1996년 5월호, 200~202쪽 참조.

서 3연에서 배가 고픈 시적 주체가 "우유를 사고 깡통을 사고/따뜻한 비닐에 먹을 것을 담아"나올 수 있는 공간으로서 중요한 역할을 하게 된다.

눈여겨볼 것은 '운동/정지'의 대비된 이미지 속에서 시적 자아가 운동의 속성을 자신의 것으로 흡수하는 2연의 진술들이다. 날이 밝아오면서 함께 깨어난 다양한 사물들은 그 소란스러움과 어수선함 때문에 시적 주체에게는 이 모든 상황이 다분히 위협적인 순간으로 받아들여진다. 그런데 이어지는 시적 주체의 반응이 흥미롭다. 시적 주체는 "나는 모르는 척/몽롱하게 걸어 다닐 것이다"라는 진술을 통해 사물들의 위협이 아무렇지 않을 것처럼 말한다.

이것 역시 카메라의 촬영 기술로 설명할 수 있다. 앞의 상황과 똑같이 느린 셔터 속도를 사용하되, 이번에는 배경을 고정시킨다. 움직임이 없는 고정된 풍경을 배경으로 피사체만 움직임을 계속하면 마치 피사체가 여러 개인 것처럼 찍힌 사진을 얻을 수 있다. 만약 30초 정도의 셔터 속도로 촬영을 한다면 피사체는 한 장소에서 대략 5~6초 정도 머물다가 다른 장소로 이동하는 방식으로 자신을 연출해야 한다.[17] 이렇게 하면 피사체는 선명하게 찍히는 것이 아니라 윤곽만 알 수 있을 정도로 흐릿하게 나타나며 마치 귀신 사진을 찍은 것처럼 동일한 피사체가 여러 개 겹쳐 있는, 비현실적이고 몽환적인 사진을 얻을 수 있다. 따라서 운동성을 보존하면서도 희미하게 연결된 피사체의 사진을 얻을 수 있는 이 순간 "나는 나로부터 멀리 왔다는 생각"도 가능해진다.

물론 이상의 해석은 인용시 한 작품만을 놓고 보았을 때 과잉의

---

[17] 윤돌·박현수, 같은 책, 140쪽 참조.

경향을 드러내는 것처럼 보일 수 있다. 그러나 이근화 시에 등장하는 지각 방식의 특징은 『칸트의 동물원』 전체에 걸쳐서 지속적으로 반복된다. 이를 같은 시집의 「이중 모션」이라는 시에서도 확인할 수 있다. "고양이는 뜻없이 멈추고 고양이는 뒤돌아본다 이 밤에 얼마나 배가 고플까 얼마나 길어질 수 있을까//고양이는 더럽고 고양이의 얼룩은 번지고 이 마을과 저 동네를 거쳐 고양이는 두 개의 다른 얼굴을 내민다//믿을 수 있어? 마시멜로는 지구 일곱 바퀴 반을 돌아도 끊어지지 않는다는 거야 (…)/그 꼬리가 담장 하나쯤을 무너뜨릴 때"와 같은 구절을 읽으면 역시 시적 주체의 독특한 인식 과정이 흥미롭게 다가온다. 시의 처음, 밤에 우연히 만난 고양이를 지켜보던 시적 주체가 어둠 속에 문득문득 보이는 고양이를 두고 갑자기 "얼마나 길어질 수 있을까"라고 묻는 것은 특이하다. 어떻게 이런 발상을 할 수 있을까? 그 전에 한 번 거쳐야 하는 과정은 바로 "고양이는 두 개의 다른 얼굴을 내민다"는 표현이다. 제목 「이중 모션」에서도 알 수 있지만 이는 사진의 '이중 노출(Double Exposure)'과 연결시켜 생각해볼 수 있다. 서로 다른 장면을 한 장의 필름에 찍는 이 방식은 역시 시적 주체가 시간차를 두고 어둠 속에서 나타나는 고양이의 얼굴을 동시에 한 장면에 담아낸 것으로 이해할 수 있다. 이제 고양이는 보통의 고양이와는 달리 특별한 능력을 가진 존재가 된다. 일반적인 고양이는 당연히 '다른 장소에 동시에 나타날 수 없'지만 이근화의 이 시에서는 그것이 가능해진다. 이중 노출로 찍은 사진의 방식으로 대상을 구성하고 있기 때문이다. 놓치지 말아야 할 것은 이러한 이중노출을 삼중, 사중……으로 점점 더 확장시키면 역시 노출된 고양이가 하나의 긴 선으로 연결된다는 사실이다. 이는 마치 카메라의 'B(Bulb)셔터'를 연상시키기도 한다. B셔터는 누르고 있는 시간만큼 셔터막이 개방된 채로 피사체를 찍을 수 있다. 이 셔터를 이용해서 얻을 수 있는 대표적인 사진이 바로 야간의 도로 위를 달리는 자동차 사진인데, 이때 자동차는 주황, 빨강, 노랑 등 하나의 '기다란 선'으로 연결되어 나타난다. 자동차의 실제 형태는 사라지고 여러 가닥의 기다란 선만 부각되는 것이다. 이제 밤 골목의 외로운 고양이는 "마시멜로"처럼 길어지고 그 길어진 존재는 특별한 힘을 얻게 되어 "담장 하나쯤을 무너뜨릴" 수 있게 된다.

이처럼 카메라의 영상 문법을 흡수하여 이근화의 시적 주체 역시 놀라운 힘을 얻게 된다. 시각적 환영을 상상의 차원에서 확장시키면 집에서 "두 다리를 쭉 뻗고 자고 있"는 자기 자신도 현재의 나와 '가늘고 희미하게' 연결시킬 수 있다. 따라서 이근화의 시적 주체는 장소에 따라서 분리된 채로 그 존재성을 드러내는 것이 아니라 그게 어느 장소이든 시간차에 관계없이 그 모든 장소에 존재했던/하는 자신을 하나의 긴 선으로 연결할 수 있게 된다. 편재된 '나'를 모두 하나로 연결하여 시적 주체의 가능성으로 흡수하는 것이다. 이근화의 시적 주체가 주로 "길고 가늘고 아름"(「칸트의 동물원」, 『칸트의 동물원』)다운 것에 매혹당하는 것도 이러한 차원에서 이해할 수 있다. '길다'는 것은 손쉽게 파악할 수 없는 모호한, 그러나 무수한 가능성을 가진 상태를 가리키는 지표인 것이다. 따라서 다시 「따뜻한 비닐」로 돌아가자면, 마지막 연의 "나는 종종 더 예뻐졌다는 생각/아주 몰라보게 예뻐졌다는 생각"은 맥락과 관계없는 갑작스러운 진술이 아니라 카메라의 매체적 특성을 자신의 것으로 흡수한 시적 주체가 자연스럽게 도달하는 인식변화의 지점이자 자기긍정의 진술이라고 할 수 있다.

이것은 김행숙과는 또 다른 방식으로 시적 주체의 힘을 은밀하지만, 더욱 거대하게 확장시키는 방법이다. 김행숙이 아웃포커싱된 피사체의 특징을 더욱 집중 부각시켜 '수직적으로 도약'하는 시적 주체의 힘으로 흡수한다면 이근화는 시간과 공간의 차이를 두고 다양하게 편재하는 시적 주체의 형상을 '수평 차원의 긴 선으로 연장'함으로써 시적 주체의 힘을 확장시킨다. 김행숙의 시에서 격렬한 파토스를 느끼고, 이근화의 시에서는 부드럽고 온화한 감정을 느끼게 된다면 이것은 모두 시적 주체가 카메라의 매체적 특성을 흡수하여 자신을 이미지화하는 방식의 차이에 따라 빚어지는 결과라고 말할 수 있다.

5. 이장욱 — 미분(微分)

나는 코끼리의 귀가 되어 펄럭거리고
너는 개의 코가 되어 먼 곳을 향하고
우리는 공기 중을 부드럽게 이동하였다.

活命水를 마시고 있는 약국 안의 사내와 함께
머리를 말리고 있는 여자의 거울 속에서
우리는 우리의 배경이 되어
무한히 지나갔다.

오늘 아침의 세계는 역사와 무관하고
어젯밤의 세계는 다만 어젯밤의 세계,

우리는 어지럽고 아름다웠다.

먼지처럼

음악처럼

오늘은 누군가 성수와 뚝섬 사이에서 사라지고

누군가 병든 유태인처럼 창문에 머리를 기대고

누군가 박물관의 입구처럼 조용해지고

아침에는 추리 소설 속의 탐정처럼 깨어났다.

노련한 사서들은 언제나 음악의 비유를 경계했지만

우리는 미래의 음표로 나아가기 위해 현재에

집중해야만 하는 피아니스트와 같이

나는 내일도 기린의 목처럼 부드럽게 휘어졌다.

너는 모레도 하마의 입처럼 무거워졌다.

우리는 삼십 년 후에도 가득한 먼지처럼

천천히 이동하였다.

−이장욱,「먼지처럼」전문(『정오의 희망곡』, 문학과지성사, 2006)

"영화가 사용하는 클로즈업과 슬로 모션은 우리의 시공간 지각을 변형시켰고, 도시 형태와 특성의 새로운 측면들을 폭로"[18]한다면 이 장욱의 시는 영화의 슬로 모션 기법을 시 속에 적극적으로 끌어들여 새로운 장면을 창조해내는 데 활용한다. 원래 슬로 모션은 1초에 100장의 영상을 촬영하고 이것을 1초에 24장의 빈도로 스크린

---

18   그램 질로크, 『발터 벤야민과 메트로폴리스』, 노명우 옮김, 효형출판, 2005, 94쪽.

에 영사하는 기법을 말한다. 이렇게 하면 움직임이 진행되는 시간의 단계가 수많은 개개의 영상들로 쪼개어 제시되어 피사체가 아주 느리게 움직이는 것 같은 독특한 '시간 연장의 효과'가 발생한다.[19]

인용시의 2연에서 시적 주체는 아마도 도심의 거리를 지나가고 있는 것처럼 보인다. 특이한 것은 활명수를 마시고 있는 약국 안의 사내, 머리를 말리고 있는 여자와 시적 주체가 교차하여 지나가는 장면을 "무한히 지나갔다"는 서술로 세분화하는 방식이다. 실제 현실에서는 단 0.1초도 안 되는 짧은 순간일 수 있지만 시인은 이 교차의 순간을 재현하면서 아주 느린 시간의 질서를 부여, 마치 측정할 수 없는 무한한 시간 속에 세 피사체의 만남이 영원히 지속될 것 같은 환영을 만들어낸다. 이는 영상 매체의 고도로 미분화된 지각 방식을 끌어들인 장면구성으로 보인다.

이제 실제 현실에서는 큰 의미가 없는 짧은 교차의 순간은 무한한 상징적 순간으로 신성화된다. 그러나 이것은 어디까지나 아무런 의미가 없는 '텅 빈 신성화'이다. 즉 세 피사체가 잠시 얽혔다가 지나칠 때, 이들은 서로에게 아무런 영향력도 행사하지 못하고 서로가 서로의 배경이 되는 정도의 의미밖에는 지니지 못한다. 세계와 존재는 이미 분열되어 "오늘 아침의 세계는 역사와 무관하고/어젯밤의 세계는 다만 어젯밤의 세계"에 불과하기 때문이다. 따라서 남는 것은 관계와 일관성이 만들어내는 '의미'가 아니라 단지 그 느린 순간의 장면이 선사해주는 멀고 아득한 '감각'뿐이다.

이 내용 없는 텅 빈 순간의 한없는 느림을, 시적 주체는 "어지럽고 아름다웠다"고 표현한다. 슬로 모션은 현실의 시간을 느리게 풀

---

19 랄프 슈넬, 같은 책, 173쪽 참조.

어가면서 인물과 관객 간의 일체감을 배경으로 감정의 극대화를
꾀할 때에 주로 활용[20]되기에 인용시의 시적 주체도 피사체의 교차
를 슬로 모션으로 재구성하면서 감정이입을 하고 그 형식에 매혹
당한다. 그리고 이어지는 4연에서 도시인의 단절된 삶은 의미 없
이 건조하게 병치된다.

놓치지 말아야 할 것은 마지막 연의 첫 번째 문장이다. 이대로
삶을 방기할 것만 같았던 시적 주체는 "나는 내일도 기린의 목처럼
부드럽게 휘어졌다"는 문장을 통해 독특한 미감을 불러일으키며
재등장한다. 사실 이 문장은 시제가 불일치된 비문이다. 이 문장
을 미래의 예정을 나타내는 어미로 바꾸어 다시 쓴다면 아마도 '나
는 내일도 기린의 목처럼 부드럽게 휘어질 것이다' 정도가 될 것이
다.[21] 그러나 미래 예정의 어미를 써야 할 곳에 과거형의 어미를 활
용함으로써 이 문장은 현재부터 미래까지를 이미 살아버린 주체의
시점에서 '현재를 과거화'한다. 이 경우 과거-현재-미래라고 하는
선조적 시간 질서는 해체되고 현재로부터 내일까지라는 시간적 배
경이 상호침투적으로 동시에 펼쳐지면서 그 기간 내내 시적 주체
가 기린의 목이 휘어지듯이 자기의 몸을 휘고 있을 것만 같은 환영
이 탄생한다.

그리하여 1~2초의 짧은 시간 동안이라면 별 의미가 없었을 장
면은 광대하게 펼쳐진 시간 속에서 마치 미세하게 분절된 '슬로 모
션 영상'과 같은 상태로 변화한다. 시간은 더욱 확장되고 동작은
영원히 다음 목표에 도달하지 못할 것처럼 현재 진행형으로 제시

---

20 서정남, 『영화 서사학』, 생각의나무, 2004, 186쪽 참조.
21 그러나 이 문장 역시 명확한 형상이 잡히지 않는다. 인간은 어떤 초인적인 힘을 가진 존재가 자신
의 몸을 잡고 길게 휘어주기 전까지는 자신의 몸을 의도적으로 제어하여 부드럽게 휘기가 쉽지 않
기 때문이다. 즉 이 문장의 주어는 불가능한 상황의 주체로 자신을 자리매김하고 있다.

된다. 세상의 변화에 아무런 대처를 하지 못할 것만 같았던 시적 주체는 영화의 슬로 모션 기법을 흡수하여 자신의 몸을 기계처럼 제어하는 것이다. 이러한 맥락에서 "우리는 삼십 년 후에도 가득한 먼지처럼/천천히 이동하였다."라는 마지막 문장 역시 바로 앞의 '오늘/내일'의 시간적 개념을 '오늘/삼십년 후'로 더욱 확대한 뒤 시적 주체가 자신의 행위를 수만 개의 단위로 촘촘하게 쪼개어 아주 느리고 정교하게 제어하고 있다는 느낌을 준다. 이는 분명 현실에서는 불가능한 행동이다. 그러나 시적 주체는 너무나도 자연스럽게 자신의 몸을 기계적으로 조작한다. 마치 주체가 운전석에서 로봇을 제어하는 것과 같은 상황이다. 바로 여기에서 이장욱 시의 나른한 아름다움이 발생한다.

이근화가 시적 주체를 길게 연장하는 방식으로 주체의 힘을 만끽한다면 이장욱은 잘고 촘촘하게 미분하는 방식으로 주체의 힘을 누린다. "나는 감지되지 않을 정도의 속도로 움직"(「春子」, 『정오의 희망곡』)인다는 말은 이장욱의 시적 주체가 어떤 방식으로 자신의 몸을 다루는지를 알게 해준다. 그는 최대한 느리게, 거의 감지되지 않을 정도의 속도로 자신을 제어하고, 같은 방식으로 이 세계를 미분하여 보여준다. 미분이 피사체와 시적 주체의 신체를 '확장'하는 또 하나의 방법이라고 한다면 이장욱의 시적 주체 역시 매체의 기술을 자신의 것으로 적극 흡수하여 주목할 만한 인식의 변화를 보여준다.

6. 새로운 세대의 카메라 옵스큐라 – 시적 주체의 확장된 능력

벤야민은 매체를 단순한 내용 전달의 수단으로 파악하는 입장을 거부할 뿐만 아니라 매체가 인간의 사유와 지각 방식을 압도적으로 결정짓는다고 보는 매체 이론가들의 입장과도 구별된다.[22] 그럼에도 불구하고 매체의 인식 방법이 인간의 사유와 지각방식에 일정 정도 영향을 끼친다고 하였을 때, 이 글에서 살펴본 시인들이 매체의 기술적 특징을 시적 주체의 역량으로 수용한 것은 인상적인 사례가 아닐 수 없다. 김행숙, 이근화, 이장욱과 같은 시인들은 80, 90년대 유하, 장정일 등의 시인들과는 달리 영상 매체를 반성과 성찰의 계기로 활용하기보다는 매체의 지각 방식에 주목하여 그것을 주체의 역량으로 흡수하는 특징을 보여주었다. 그러나 이것은 의식적인 선택의 귀결이라기보다는 영상 매체의 지각 방식에 자연스럽게 동화된 이들 시인들의 인식 체계 변화 때문이라고 보는 편이 옳을 것이다. 이는 곧바로 시적 주체의 보다 확장된 능력으로 드러났다. 물론 시인들의 이러한 지각 방식의 변화는 반드시 영상 매체의 일방적인 영향으로만 설명되지는 않을 것이다. 오히려 원래부터 시인들이 지니고 있었던 인식 능력이 더욱 발달한 것일 수도 있으며 또 다른 차원의 영향관계도 찾아낼 수 있을 터이다. 그러나 이 과정에서 '영상 매체'의 인식틀이 일정 정도 영향을 끼쳤다는 것은 부인할 수 없다.

2000년대 한국 시단에서 유의미한 성과를 거두었던 이 시인들의 작업은, 실은 '자아에서 주체'로의 변화를 드러내기도 하였지만 어떤 측면에서는 '자아에서 더 큰 자아'로 변화를 주도했다고도 할 수 있다. 김행숙은 도약으로, 이근화는 연장으로, 이장욱은 미분을 통해서 시적 주체의 힘을 더욱 크게 '확장'시켰기 때문이다. 김행

---

22 읽석원, 같은 글, 405~406쪽 참조.

숙의 두 번째 시집 제목이 『이별의 ‘능력’』이고 이근화의 두 번째 시집이 『우리들의 ‘진화’』이며 이장욱의 두 번째 시집 제목이 『정오의 ‘희망’곡』(‘’은 인용자)이라는 것을 상기한다면 이들은 동시대 다른 어떤 시인들보다 시적 주체의 ‘능력’ 확장에 관심을 기울였고 이를 통해 ‘진화’를 ‘희망’하였다는 성찰이 가능해진다. 더불어 이들을 통해 한국 시의 시적 주체는 새로운 종(種)으로 탄생했다는 말도 가능할 것이다.

오늘날 현대인은 매체 없이는 지각이 불가능한 세상에 살고 있는지도 모른다. 원본의 아우라는 붕괴되고 탈아우라적인 요인이 인간의 사유와 인식 능력을 재구성해나가고 있는 상황에서 이들 시인들은 매체의 특성을 고스란히 흡수하여 오히려 시적 주체의 아우라를 더욱 강화시키는 방식으로 시를 창작해나가고 있다. 그렇다면 이들이 보여준 사유와 지각 방식의 변화는 반드시 긍정적이기만 한 것일까? 매체의 지각 능력을 그대로 인간의 것으로 흡수하였을 때 이것은 사회의 변화를 추동할 수 있는 혁명적 힘이 될 수 있을 것인가 아니면 신화적 환상의 자기만족에 그칠 것인가. 여기에 대해서는 보다 깊이 있는 성찰이 요구되며 이는 차후의 과제로 남기기로 한다. 그러나 이들이 선보인 시적 주체의 확장된 능력은 변화하는 시대의 매체적 특징을 어떤 방식으로 받아들여야 하는지에 대한 하나의 사례로 기록될 수 있음은 분명하다.

무한(無限)의 주인

— 신형철의 '윤리 비평'과 2000년대 "뉴웨이브"를 둘러싼 외설적 보충물에 관하여

1. '작동'하는 주체였는가

신형철의 비평은, 은희경의 말을 빌리자면 "문학을 향한 경외와 순정"[1]이 뜨겁게 떠받치고 있는 글이다. 그는 탄탄한 철학적 지식을 깔고 가면서도 과도한 현학으로 달려가지 않고, 작품에 대한 해석과 문제의식, 이론을 결합시켜 매우 유연하고 설득력 있는 비평을 쓴다. 그의 비평은 논리에서 출발하지만 기어이 감정을 움직인다. 끊임없이 문학의 위의에 대해 고민하고 변화된 조건을 사유하며 새로운 문학에 대한 애정을 논리화한다. 어떤 글에서도 이러한 문제의식을 놓지 않는 치열하고 성실한 비평가가 바로 신형철이다. 간혹 어떤 비평가들이 이론적 편식에 기울어 작품 자체에 대해서는 소박하다 싶을 정도로 단순한 감상평을 제출하는 경우가 있다면 신형철의 경우 이러한 염려는 하지 않아도 좋다. 다양한 비

---

[1] 『몰락의 에티카』, 문학동네, 2008, 뒤표지 추천글. 이하 특별한 언급이 없는 인용은 모두 이 책에서 비롯된 것임을 밝힌다. 앞으로는 쪽수만 표기하기로 한다.

유, 유려한 문장 속에서 작품에 대한 섬세한 감식안이 모눈종이처럼 빛을 발하고 있어서 비평문 전체를 유기적으로 직조해낸다. 언급된 작품을 꼭 찾아서 읽어보고 싶게 만드는 매력을 발휘할 뿐만 아니라 비평문 그 자체로도 한 편의 훌륭한 에세이를 읽은 것만큼의 기쁨을 선사한다는 면에서 그의 비평은 근래에 보기 드문 열광적인 지지를 받기에 조금도 부족함이 없어 보인다. 비평문도 이렇게 재미있을 수 있다는 것을, 우리는 그의 글을 통해 배운다.

특히 이러한 그의 재능이 소설만큼이나 시를 대상으로 한 글에서도 빛을 발하는 것은 비평가로서는 갖기 힘든 파토스를 갖고 있다는 점 때문인 것으로 보인다. 완숙한 경지의 시인이라야 비로소 자유자재로 쥐락펴락할 수 있는 이 격정과 공감의 능력은 그가 문학을 향한 포기할 수 없는 애정의 소유자라는 인상을 주기에 충분한 것이며 비평 대상으로 등장하는 작가의 신뢰를 이끌어낼 뿐만 아니라 독자의 마음까지 사로잡는 중요한 근거라고 할 수 있다. "문학을 향한 경외와 순정"이 너무 순도 높아서 그의 글을 읽는 모든 사람들을 '신형철의 편'으로 만드는 것이다. 그러나 이 경외와 순정은 다 알고 있는 자가 막무가내로 내지르는 직설화법으로 다가오는 것이 아니라 가장 작고 연약한 존재가 겨우 내뱉는 간접화법으로 번역되어 다가오기에 이상하게도 가슴 찡한 공감과 동의를 이끌어낸다. 이처럼 사소한 문학, 그러나 사소함은 계속될 것이다, 라는 믿음. 어쩌면 우리가 신형철의 글을 읽으며 환호하는 것은 이 포기할 수 없는 가치에 대한 옹호의 결과일지도 모른다. 따라서 "지식이 해박하면 문장이 거칠고, 문장이 유려하면 논리가 성글고, 논리가 치밀하면 애정이 결여된 저 비평과 비판의 악무한 속"에서 "독자를 깨우치는 게 아니라 울고 웃게 하는 비평"(권혁웅, 뒤표지)이라는 표현은 우리 모두의 동의를 이끌어내기에 충분한 찬사라고 해도 좋으리라.

시와 관련하여서 특히 그는 2005년을 전후로 첫 시집을 낸 시인들에게 "뉴웨이브"라는 명명을 선물하며 적극적인 이데올로그 역할을 했다. 권혁웅이 '미래파'라는 명명으로 '차이를 생산하는 텅 빈 기표'를 제시하였다면 이를 가장 왕성하고 설득력 있는 논변으로 채워나간 사람 중의 하나가 신형철이라고 할 수 있다. 신형철은 황병승, 김행숙, 김민정, 이민하, 이장욱, 이근화, 김경주, 강정, 장석원 등의 시인들을 지지하며 이들 작품이 지닌 새로움과 전위의 지점을 언어화하는 데 고심하였고 이와 관계된 글은 그의 평론집 『몰락의 에티카』 2부에 집중되어 있다. 특히 그는 「전복을 전복하는 전복」이라는 글을 통해 "뉴웨이브 총론"을 선보인다. 이 글에서 그는 "뉴웨이브" 시학이 "서정적 자아의 발언권을 박탈"하며 현실적인 것을 재현하지 않고 "실재적인 것들을 현시"하며, "고백하지 않고 계몽하지 않으며 질서를 도모하지 않"는다는 점을 강조하며 이들의 세계가 "반(反), 탈(脫), 무(無)"의 세계임을 밝힌다. 이 중에서도 눈에 띄는 부분은 바로 다음과 같은 대목이다.

저는 자아(ego)와 주체(subject)를 구별하는 일이 아주 중요하다고 생각합니다. '있는' 것은 자아일 뿐입니다. (…) 이 악무한을 끊고자 하는 부류들이 뉴웨이브들입니다. (…) 세계 여기저기에서 '나'를 재확인하는 서정적 여행을 그만두고, '나'의 진실을 찾아 비서정적·탈서정적 여행을 떠납니다. 다시, 그 여행에서 무언가가 출현합니다. 그 '무언가'란 무엇입니까. '자아'라는 화사한 인공정원이 아니라 '주체'라는 끔찍한 폐허입니다. 분열의 세계, 흔적들의 세계, 부조리의 세계인 그곳이 목하 무대화되고 있는 것입니다.

(…)자아를 전시하고픈 유혹을 뿌리치고 분열된 혹은 해체된 주체의 세계로 '귀환'한 것입니다. 또한 그들은 그 무슨 분열과 해체를 '유희'하고 있는 것이 아닙니다. 분열과 해체의 언더그라운드에서 진정한(authentic) '나'를 '추구'하고 있는 것입니다. 환경이 그들을 내몰았고, 그들은 기꺼이 수락하였습니다. (274~276쪽, 밑줄은 인용자)

이 글은 그가 「문제는 서정이 아니다」나 「진실은 앓는 자들의 편에」, 「스키조와 아나키」, 「시적인 것의 분광(分光), 코스모스에서 카오스까지」처럼 "뉴웨이브"를 옹호하며 이들 시인과 시에 대해 적극적인 의미부여를 수행하며 발표했던 그 이전의 글에 비해 상당히 조심스러운 면이 있다. 아마도 시기적으로도 자신이 발표했던 글에 대한 다양한 반응들을 접한 뒤, 이에 대한 교정과 반박, 총정리의 성격이 있는 글이었기 때문인 것으로 보인다. 이 글에서 우리는 그가 "뉴웨이브" 시인들을 지지하는 여러 가지 이유 중에서도 특히 이들 시인들이 '자아에서 주체로' 변했다는 점에 강조점을 찍는다는 것을 눈여겨볼 수 있다. 그것은 "저는 자아(ego)와 주체(subject)를 구별하는 일이 아주 중요하다고 생각합니다"라는 문장을 통해서도 확인할 수 있는데 이것은 이들 시인을 다룬 '다른 글'에서도 가장 먼저 등장하는 항목이기도 하다.

그리하여 우리가 신형철의 비평을 통해 2000년대 젊은 시인들로 접근할 때 가장 먼저 거쳐야 할 항목이 바로 '자아에서 주체로'라는 항목이다. 우리의 질문은 여기에서 출발한다. 신형철에 의해서 설득력 있게 제시된 이 항목, '자아에서 주체로의 변화'는 정말로 일어났던 "사건"일까. 이러한 특징은 소위 "뉴웨이브" 시인들이 '서정적 자아의 권위'를 무너뜨리고 한국 시를 갱신하며 '새롭게'

출현했다고 평가할 수 있는 근거가 될 수 있는 것인가. 이 같은 질문을 굳이 이 자리에서 던지는 것은 역설적이게도 그의 비평문을 읽으면서 발견한 어떤 구절 때문이다. 그는 「전복을 전복하는 전복」 말미에서 "오늘날 가장 완강하게 보수적인 담론 영역 중의 하나가 바로 비평 담론이라고 저는 생각합니다. '전복적인 것'에 대한 관념 자체가 보수적이라는 뜻입니다. (…) 그 전복성이 과연 '작동하는' 전복성인가에 대한 치명적인 질문을 생략"(287~288쪽)한 것은 아닌지 물어봐야 한다고 지적한다. 이는 매우 의미심장한 성찰이 아닐 수 없다. 그래서 우리는 그의 질문을 그에게 되돌려주기로 한다. 신형철의 '윤리 비평'은 정말로 '작동'하는 윤리 비평이었는가? 신형철이 말한 이 '주체'는, "뉴웨이브" 시인들의 시 속에서 정말로 작동하고 있었는가? 혹시 그는 선험적인 이론적 고안물을 근거로 시를 '윤리'에 "봉합"했던 것은 아닌가? 이 글은 신형철 비평에 대한 메타비평이며 "뉴웨이브"에 대한 재독해가 될 것이다. 우리가 이들의 시에 반응(그것이 호의든 반박이든 논쟁이든 그 모든 것을 포함하는 '열광')했던 그 핵심에는 과연 무엇이 있었는지 되물어보자는 것이다.

2. "당신은 너무 순수하고, 너무 옳아요. 언제나 그렇죠."

논의의 전개를 위해서는 우선 신형철이 자아와 주체를 어떻게 구분하고 있는지 살펴보아야 한다. "내가 '알고 있는' 나의 이미지와 내가 '모르고 있는' 나의 진실을 구별해야 한다. 전자를 '자아'라고 부르고 후자가 거주하는 장소를 '주체'라고 부르자. 서정시가 자신의 관습을 타개하려면 우선 '자아'의 세계에서 탈피해보겠다는 야심을 가져봄 직하다는 것이 우리의 요점이다"(191~192쪽)를 통해 알 수 있듯이 그는 자아와 주체를 서로 대조적인 입장에서 파악하고 자아에서 주체로의 변화를 의제로 설정한다. 즉 상대적으로 자아를 부정적인 것으로 파악하고 극복의 대상으로 보며 반대로 주체는 자아의 권위를 깨뜨리고 미학적 혁신을 수행할 수 있는 긍정적 조건으로 보는 것이다. 즉 "자아는 본질적으로 방어적이며 자아의 주유는 '자기'의 배려와 양육이라는 예의 목적을 훼손하지 않는 한에서만 이루어진다."(187쪽)는 진단이다. 반면 "상상적 자아를 모두 소거하여 남는 텅 빈 장소, 그곳에서 비로소 무의식이 점멸한다. 정신분석은 그 점멸 속에 진실이 있다고, 그 점멸만이 '주체'라고 말한다. (…) '나는 나'라는 '자아의 논리'가 아니라 '나는 X'라는 '주체의 논리'로 시를 밀고 나간다는 뜻이다. (…) 이곳에서 동일화의 귀재인 상상적 자아의 지루한 변신술은 없다. 이것은 서정시가 넘어가지 못하는 자정 이후의 세계이며 격자가 풀린 거울의 세계다."(191~192쪽)라고 주체 쪽에 적극적인 한 표를 던진다.

정리하자면 신형철의 논리는 '자아/주체'를 '동일화/비동일화', '현실/실재', '의식/무의식', '권위/권위의 해체', '알고 있는 것/모르고 있는 것', '화사한 인공정원/끔찍한 폐허', '정상/일탈', '구속/자유'로 의미화한 뒤에 진실은 언제나 후자에 있다고 주장하는 특징을 보인다. 이를 좀 더 분명하게 알게 해주는 것이 프롤로그인데 그는 여기에서 "문학은 구축하는 초자아의 총체성이 아니라 배제되는 무의식의 총체성"(18쪽)이며 "그곳에 치명적인 진실이 있으니 이 기형을 대면하고 돌파하는 일은 윤리적"(18쪽)이라고 말한다. 다시 말하자면 윤리에는 선의 윤리와 진실의 윤리가 있는데 선의 윤리를 "시스템을 유지하기 위해 필요한 방호벽"(18쪽)으로 "치명적인 진실의 바이러스를 선의 이름으로 퇴치"(18쪽)하는 반면 진실의 윤리는 "선이라는 이름의 하드디스크가 말소될 것을 각오한 채 감행되는 벼랑 끝에서의 한 걸음"(18~19쪽)이라는 것이다. 따라서 지금 우리 문학은 바로 진실의 윤리학으로 나아가야 한다고 주장한다. '그 진실의 윤리학을 위해 문학은 있다."(19쪽)는 것이다.

따라 읽다 보면 도저히 어떤 반문을 던질 수 없는 지경으로 독자를 몰고가는 것이 신형철 비평의 특징이다. 논리의 세련됨이나 수사의 화려함이 우리를 꽉 쥐고 놓아주지 않기 때문일 것이다. 그래서 가슴이 두근거리고 격정이 치솟는다. 그러나 조금만 뒤로 물러서서 깊이 생각해본다면 신형철 비평의 문제는, '너무 옳아서 누구도 반대할 이유가 없다'는 점, 바로 그것이라고 해도 과언이 아니다. 자아와 주체의 구분이 너무 선명할 뿐만 아니라 일목요연하게 정리되어 있어서 적어도 문학을 하는 사람이라면 누구나 그가 제시하는 후자의 영역에 동의할 수밖에 없는 정언명령의 자리에 신형철의 비평이 있다.

그러나 우리는 물어야 한다. 그의 '진실의 윤리학'은 '인간의 진정한 자유를 구속하는 시스템의 억압과 폭력, 사고의 정지를 극복하기 위해서 늘 그 한계를 상상하고 저항해야 한다'는 문학 유구의 논리(저항하라!는 바로 그 논리)에서 얼마나 더 나아가고 있는가? 그는 윤리(옳음/그름)에 대해 이야기하고 있지만 사실은 도덕(선/악, 신형철의 말대로 "사회가 나를 공동체의 구성원으로 호명하면서 강제하는 습속"(142쪽))에 대해 이야기하는 것이 아닌가. 문학에 대한 이러한 논리(저항하라!)는 이제 우리에게는 하나의 절대적인 '선'으로 받아들여지고 있다. 그래서 지젝 같은 이는 오히려 시스템에 무조건 저항

(반대)하는 것이 아니라 시스템이 요구하는 것을 '과잉 수행'할 때에만이—조금 더 정확하게 말하자면 "암묵적으로는 금지하지만 명시적으로는 허용하는 것만 하는 일"[2], 그 일을 하는 것—전복이 발생한다고 말하지 않은가? 예를 들어 파업 시에 지하철노조가 보여주는 '준법 투쟁' 같은 것이 바로 그런 예에 해당할 것이다. 따라서 이제 우리는 이렇게 물어야 한다. (신형철의 주장대로) 이 논리는 지금의 문학장 안에서 실제로 '작동'하고 있는가, 때로 이 논리는 너무나도 손쉽게 문학의 가치를 옹호하는 논변으로 전락해 이제는 아무런 실제적 효과도 발생시키지 못하는 죽은 윤리가 아닌가 하는 점 말이다. 너무 뻔하게 정답이 아니냐는 것이다. 비평이 비평에 그러한 질문을 던질 때에만이 비평은 갱신되고 문학이 갱신될 수 있을 것이다. 그러나 우리는 신형철의 화려한 수사에 가려 질문 그 자체를 할 수 없는 상황으로 떠밀려간다(혹은 신형철의 주장에 기꺼이 동참하여, 우리 스스로 떠밀려간다). 이미 그가 진실의 자리에서 발화하고 있기 때문에 그를 거부한다는 것은 어느덧 '문학을 사랑하지 않는 것'이 되고 '세계를 개선하자는 의제 설정'에 동의하지 않는 것이 되어버리고 만다. 그가 너무나 모범적인 진실의 자리를 선점하고 있어서 여타의 질문을 던지는 것 자체가 불가능한 상황에 이르는 것처럼 느껴진다는 말이다.

또한 그의 비평은 정신분석의 '실재(the real)' 개념을 적극적으로 도입하여 현실의 찢김을 통한 실재와의 대면을 중시하고 있다. 물론 우리는 실재를 직접 만날 수 없다. 다만 상상계와 상징계, 실재계의 매듭 속에서 그 흔적을 더듬을 수 있을 뿐이다. 신형철은, 실

2   황정아, 「보편주의와 공동체」, 《안과밖》 제21호, 창비, 2006, 472쪽.

재라고 하는 '진실'을 경험하는 순간 지금까지 유지되어온 모든 규칙과 법이 무너지는 어떤 한계 상황을 매우 예민하고 격렬한 파토스로 포착한다. 문제적인 것은 이 순간의 고통스러운 주체를 '약자'의 이미지로 구축하여 어쩔 수 없이, 그러나 너무 당연하게 모든 의문을 버리고 심정적으로 강렬하게 이 약자에게 동의하도록 만드는, 바로 그 무의식적 행위이다.

환경이 이들을 내몰았고, 그래서 이들은 어쩔 수 없이 주체의 자리에 도달한 것이며 여기는 화려한 인공정원이 아니라 고통스러운 폐허의 공간이어서 이들은 얻는 것이 하나도 없으며 무엇인가 엄청난 손해를 각오한 채 감행되는 벼랑 끝에서의 한 걸음과 같은, 전 존재를 걸고 감행하는 어쩔 수 없는 모험을 펼치고 있으니 우리가 어찌 이들을 지지하지 않을 수 있다는 말인가, 와 같은 식의 논리인 것이다. 우리는 또 한번 열광한다! 그는 바로 이러한 진실의 자리(약자 포용)에 2000년대 시인들을 배치한다. 하지만 역시 되물어야 한다. 2000년대 시인들은 정말로 시대의 희생양인가? 그들의 고통은 오로지 진실한 비명일 뿐인가? 거기서 주체가 누리는 몫, 차라리 '비윤리적이어서 실재에 더 가까운' 쾌락의 몫은 전혀 없다는 말인가?

여기서 우리는 일종의 착시를 경험한다. 반대할 수 없는 유구한 문학의 논리(저항하라!)와 고통받는 약자(당신은 강자를 지지하겠는가 약자를 지지하겠는가?)라고 하는 선험적인 윤리(이미 도덕화된 절대적 선)틀을 마련해두고 이 자리에 "뉴웨이브" 시인들을 들여왔을 때, 우리는 "뉴웨이브" 시인들이 지닌 어떤 새로운 '차이' 때문이 아니라 이미 오래전부터 문학장 내에 존재해온 하나의 낡은 '도덕'을 재확인하고 이 '동어반복'에 참여하고 있다는 쾌락에 기반하여 이들을 지지하는 것이 아닌가 하는 말이다. '정말로 저항하는가'를 묻지 않고, '약자는 언제나 선인가'를 묻지 않은 상태에서 신형철의 논리에 동의를 하는 순간, 우리는 공모자가 될 수밖에 없다. 그러니 과장하여 이야기하자면 이 자리에는 누가 들어와도 지지를 받을 수밖에 없다. 신형철이 이미 이 자리를 '진실'이 존재하는, '진실의 윤리학'의 자리로 설정하여 두고 있기 때문이다.

여기에 신형철이 가진 "문학을 향한 경외와 순정"의 태도는 이러한 선험적인 도덕의 틀을 어떠한 잉여의 쾌락도 없는 '순수한 지향'으로 더욱 투명하게 부각시킨다. "저는 뉴웨이브에 대한 관심을 상업주의나 시류추수 등으로 폄하하는 말들을 공허하다고 생각하는 쪽입니다."(272쪽) "더군다나 문학이 본래 사용가치의 세계일진대, 진정한 비평가라면 단지 새롭다는 이유만으로 쌍수를 드는 우행을 범할 리 없습니다."(272쪽)와 같은 '순정한 마음'은 어떠한가. 이는 분명 우리의 감성을 자극하는 '순수의 어법'이다. 하지만 역설적이게도 그가 지닌 시인의 파토스는 어쩌면 다른 것에는 눈을 감는 이 단호한 태도에서 나오는 것인지도 모른다. "오늘날의 문학은 실로 교환가치의 불모지"(272쪽)라는 말은 좀 더 세심히 따져보아야 할 '이데올로기'이지만 일단은 뒤로 물러서서 얼마간 수긍한다고 하여도 과연 '문학 비평가'조차도 교환가치의 불모지에 놓여있다고 자신 있게 말할 수 있는 것인지 의문을 던질 수밖에 없다. 교환가치의 불모지(?)인 문학을 이야기함으로써 자신 스스로는 교환가치의 교환 체계에서 일정한(때로는 넘치는!) 상징 자본을 획득하는 시스템을 정말로 모르고 하는 소리라고는 믿기 힘든 말이다("수많은 시인과 소설가가 그에게 의지"(권혁웅, 뒤표지)하는 이유가 무엇이겠는가). 자신이 말하는 작품에는 '실재'를 틈입시키는 비평가가 자기 스스로에게는 '실재'의 틈입을 조금도 허용하지 않겠다는 듯 이러한 '순수'한 태도를 견지하는 것은 강박증적 태도를 통해 오히려 어떤 '징후'를 드러내는 실례로 보인다. 만약 신형철의 주장대로, 그의 비평 대상 시인들이 자아에서 주체로 변했다는 것을 인정한다고 했을 때, 그 이후 우리가 발견할 수 있는 것은 정작 그 비평을 쓰는 비평가는 여전한 '자아'의 상태에 머무르고 있는 사실 말이다. 이를 다음과 같이 번역할 수도 있을 것이다. "당신은 너무 순수하고, 너무 옳아요. 언제나 그렇죠."

3. 앓는 자들은 순수하게 앓지 않는다

신형철이 비평 대상 작가들을 이미 선험적으로 존재하는 '보편적 윤리(약자 포용)'의 자리에 위치시키는 대표적인 문구를 들자면 바로 "진실은 앓는 자들의 편에"라는 말일 것이다. 원래 이 말은 「앓는 세대의 난경(難境)과 난무(亂舞)-2005년, 뉴웨이브의 어떤 경향」이라는 제목으로 문예지에 실린 비평문의 맨 마지막에 "물론 진실은 언제나 건강한 자들이 아니라 앓는 자들의 편에 있다"에서 비롯된 것이다. 책으로 묶으면서 이 평문은 「진실은 앓는 자들의 편에-2005년, 뉴웨이브 진단 소견」이라는 제목으로 바뀌었다. 정확한 연유를 단언하기는 어렵지만 아마도 자신이 생각하는 어떤 지점을 훨씬 더 적절하게 드러내는 말로 판단하였기 때문에 그가 이 제목을 선택한 것으로 보인다. 문예지에 실렸을 때의 제목이 아직도 분간되지 않는 어떤 혼란과 유보의 심정을 현재진행형의 문장으로 드러내었다면 후자의 제목은 이미 상황이 모두 종료되었음을 전제하는 듯한 태도로 전자보다 훨씬 더 단정적이고 명확한 판단을 내포한 제목을 내세웠다는 차이를 보인다. 이 글에서 그는 황병승, 김행숙, 이민하, 이장욱의 시를 다루면서 이들의 시에는 '법'이 없으며, '정상적인' 주체라면 끔찍해할 것들을 이들의 주체들은 즐기고 있으며, 이들의 연극성이 어떤 비감을 자아낸다고 분석한다. 그러나 이들은 "포스트모던하게 유희하고 있는 것이 아니라 앓고 있다."(210쪽)고 신형철은 판단한다. 황병승은 필사적인 자기확인의 몸부림을 위해 "끝까지 가는 자의 처절함"을 보이고 있으며 김행숙은 "자아의 제국이 몰락하면 고백의 청동시대도 끝이 날" 것임을 믿으며 다채로운 거짓말의 독백을 늘어놓는다고 본다. 또한 이민하는 살아 있다는 느낌을 회복하기 위해 스스로를 면도칼로 자해하는 '커터'를 연상시키며 과잉을 통해 실재에의 열망을 드러내고, 이장욱은 '나'를 흐릿하게 지우는 비인칭적(비인격적) 개별성에 가까운 독특한 주체성을 주조하는 데 성공한다고 평가한다. 이들 개별 시인에 대한 각론은 참으로 날카로울 뿐만 아니라 저절로 고개가 끄덕여지는 설득력을 발휘한다. 이 섬세한 감식안과 대상 작품에 대한 애정은 가히 신형철의 '재능'이라고 할 만하다.

그런데 주목해야 할 것은 이러한 시들이 출현하게 된 이유를 "주체들의 문제"로 보는 것이 아니라 "계몽적 목소리를 불가능하게 만드는 환경의 문제"로 파악한다는 점이다. "도착적이고 반(反)고백적이며 환상적이고 비(非)계몽적인 이들의 시는 불투명한 우리 시대가 낳은 가장 투명한 증상들이다. 물론 진실은 언제나 건강한 자들이 아니라 앓는 자들의 편에 있다."(230쪽)와 같은 결론을 읽으면 우리는 어떤 감정에 휩싸이는가? 이들은 시대의 불가피한 희생양이고 그래서 앓는 것이며 앓는 자(약자)의 편에 억압적 '정상성', 관습화된 서정시의 권위를 허무는 진실이 존재한다는 논리이다. 조금만 더 가까이 들여다보자. 이것은 어딘가 좀 이상하지 않은가?

우선 드는 의문은 시대에서 주체로 가는 선로는 존재하는데 어째서 주체에서 시대로 가는 선로는 존재하지 않는가라는 점이다. 이러한 일방적 편도 티켓의 발행은 작품에 대한 해석과 의미부여를 역시 '약자에 대한 승인의 윤리'로 대체하려는 몸짓 때문인 것으로 읽힌다. 이민하의 예를 들자면, 신형철은 각론에서 충분히 주체가 누리는 쾌락의 근거(자해를 통한 살아 있음의 자각)을 효과적으로 지적하였으면서도 그것을 '진실(?)한 고통'이라는 윤리적인 측면으로만 독해한 뒤 결론에서 이민하의 시적 주체를 '시대의 희생물'이라는 분위기 속에 안착시킨다. 이 과정을 납득하기가 어렵다는 것이다. 이때의 주체는 실재와 대면하려는 의지가 없이 자기가 '견딜 만한 수준의 고통'만을 반복하는 것(반복하는 '척'하는 것)일 수도 있지 않은가. '주체는 어쩔 수 없이 앓는 것이며 우리는 그들을 받아 안아야 한다. 거기에 진실이 있으니까'라는 논리는 이 세상에 존재하리라고는 믿을 수 없는, 그야말로 순진무구한 결정체로서의 '가상적 주체'를 만들어낸다는 점에서 문제적이다. 주체는 과연 '순수하게 윤리적'일 수 있는가? 이것은 주체 또는 주체성이라는 동력을 기이한 방식으로 부정하면서 무력화시키는 의도치 않은 결과를 빚어내는 것은 아닌가. 그래서 한발 더 문제적이다. 결국 '자아'만 사라지는 것이 아니라 '주체'도 사라질 수 있다. 신형철은 분명 자아와 대비되는 주체의 자리를 만들기 위해 고군분투하고 있지만 어느덧 그의 주체는 시대의 일방적인 희생물로, 윤리적인 것을 위해서만 복무하는 대행자로 자리할 뿐이다. 조금 과장하여 이야기하자면 신형철은 주체를 구원하는 것이 아니라 주체를 폐기한다.

이것은 실상 '윤리 비평'이 갖고 있는 근본적인 난관처럼 보인다. "윤리의 근본적 역설은, 윤리를 정초하기 위해서는 이미 어떤 윤리(어떤 선의 개념)를 전제해야만"[3] 하기 때문에 신형철은 도저히 거부할 수 없는 정언명령('저항하라!')으로 자꾸만 빨려 들어간다고 할 수 있다. 또한 "오늘날의 윤리적 이데올로기가 얼마나 악의 합의된 자명성에 뿌리내리고 있는지"[4] 물어야 하는 것처럼 신형철의 '윤리 비평'도 일종의 '악'에 대한 진단에서부터 출발한다는 점을 지적해야 할 것이다. 즉 "뉴웨이브"는 '서정적 자아의 권위'라고 하는 그야말로 '자명한 악'으로부터 규정될 수밖에 없다는 것이다. "뉴웨이브"의 새로움은 언제나 과거를 절대악으로 설정하지 않고서는 획득될 수 없는 가치이다. 과거를 모두 부정하고 어떠한 계승의 지점도 인정하지 않는다니, 이것이 과연 가능한가? 물론 그는 한 번도 과거를 무조건적으로 부정하려는 태도를 취하지는 않지만 (이것이 그의 균형감각이고 섬세함이지만) 차이를 중시하는 비평의 특성상 이런 식의 '효과'는 언제나 뒤따를 수밖에 없다. 이것은 피맛골을 전부 밀어내고 최신식(?) 주상복합 건물로 채워버리는, 자본주의를 추동하는 직선적 시간관에 근거한 발전론적 시각과는 얼마나, 어떻게 다른가? 그 스스로 자신의 비평을 마케팅의 미학과 구분하며 "새로워서 좋다"가 아니라 "좋은데 새롭다."(272쪽)는 논리로 차별화하려고는 하지만 그 의도의 순수성과는 별개로 실제 작동하는 비평의 효과를 따져 물었을 때 과연 그의 비평이 이 흐름에서 얼마나 자유로운지 확신하기는 어렵다. 신형철 스스로도 "아직 저는 그들의 세계를 포지티브하게 개념화하지 못하고 있습니다. 말

---

3   알렌카 주판치치, 『실재의 윤리』, 이성민 옮김, 도서출판b, 2004, 147쪽.
4   알랭 바디우, 『윤리학』, 이종영 옮김, 동문선, 2001, 87쪽.

할 것도 없이 이는 저의 능력이 부족한 탓입니다."(287쪽)라고 말하고 있거니와 이 경우 언제나 방점을 찍게 되는 것은 단절, 폐기, 차이에 기반한 '새로움 추구'일 수밖에 없다. 따라서 그의 논리를 따라가자면 장정일, 박남철, 박상순을 참조·계승하며 등장한 것이 황병승이라거나, 김혜순과 김언희, 박서원 등을 비롯한 1990년대 여성시의 토양에서 김민정이 출현하였다거나, 박정대의 적통을 이어 김경주가 등장하였다거나, 이수명과 박상순의 강한 흔적 속에서 김행숙, 이근화, 이장욱이 출현하였다는 것을 의도치 않게 외면하는 결과를 초래하고 만다.

이것은 자아와 주체를 언제나 '/(슬래시)'로 연결할 때 발생하는 문제이다. 이럴 경우 윤리는 그 자체로 이미 도덕으로 변질되고 상황을 가르는 절대적인 판관이 되어버린다. "오랜 이데올로기적 분할"을 대체한 합의된 '윤리'라는 관념 자체도 주관적인 체념과 주어진 것에 대한 동의의 강력한 요소이다."[5]라는 바디우의 강력한 비판을 되새겨본다면 '진실의 윤리학'에 근거한 '차이 긍정'과 '소수자/약자 지지'의 방식은 애초의 발생론적 의미획득의 맥락과는 별개로 어느덧 비평의 주체를 '초월론적 입사점(일자一者)'에 위치시켜놓는다. 이러한 비평의 주체는 결코 누구와도, 무엇과도 싸우지 않는 것은 아닌지 고민해볼 필요가 있다. 투쟁을 선도하며 문학과 사회의 지평을 넓히는 것 같지만 실은 어떠한 질문도 던지지 않고 받아들일 수 있는 차이만을 긍정하며, 변화하는 상황에 무조건적인 동의를 보내는 세련된 방식의 상품논리로 흡수될 가능성이 높다는 말이다.

---

5   같은 책, 51쪽.

4. 동어반복과 더 큰 자아의 도래

나치의 집단 수용소에서 홀로코스트가 발생한 이유는 결국 '사소한 차이에서 생사를 가르는 절대적 차이를 이끌어내었기 때문'이며 오히려 '타자가 자신과 같음을 인정하지 않아서 발생한 문제'(바디우)[6]였다는 성찰은 우리의 논의와 연관 지어 매우 유효적절한 시사점을 제공한다. 물론 바디우의 지적은 들뢰즈로 대표되는 '포스트 담론', '차이의 담론'이 얼마나 비참한 결과를 가져온 것인가를 되묻고, 회복해야 할 것은 '차이의 긍정'이 아니라 '보편성의 긍정'이라는 자신의 논지를 드러내기 위해 가장 극적인 예로 선택된 것이지만 차이를 통해 그 존재의의를 긍정받았던 2000년대 "뉴웨이브" 시인들에 대한 우리의 논의에 충분히 적용가능한 문제의식을 내포한다. 물론 여기서 '보편성'의 긍정적인 의미는 부정적인 쪽으로 이렇게 달라진다. 이를테면 이런 말이다. 신형철이 그의 비평을 통해 그토록 "뉴웨이브" 시인들이 '뭔가 다르다'고 주장했던 것은 어쩌면 "뉴웨이브" 시인들의 시가 '서정적 자아의 권위'를 드러내는 시들과 너무나도 유사한 구조를 반복하고 있음이 드러나는 것을 막기 위한 안간힘에서 비롯된 것은 아닐까 하는 질문 말이다. 여기에는 1990년대와 2000년대를 가릴 것 없이 우리 시를 관통하는 어떤 동어반복의 구조가 존재하는 것이 아닐까? 이때의 주체는 더 큰 권능에 자기 자신을 내맡기는 것은 아닐까?

　　착한 개 한 마리처럼

6　황정아, 같은 글, 466쪽.

나는 네 개의 발을 가진다

흰 돌 다음에 언제나 검은 돌을 놓는 사람
검은 돌 다음에 흰 돌을 놓는 사람
그들의 고독한 손가락

나는 네 개의 발을 모두 들고 싶다, 헬리콥터처럼
공중에

그들이 눈빛 없이 서로에게 목례하고
서서히 일어선다

마침내 한 사람과 그리고 한 사람
　　　　　　－김행숙, 「착한 개」 전문(『이별의 능력』, 문학과 지성사, 2007)

　　신형철은 이 시집의 해설에서 "김행숙은 '세계'를 느낌의 조각들로 분해하고 '나'를 개별적인 느낌들의 도체(導體)로 개방하는 시인이다. 자유자재로 환상적이지만 자기도취 없이 객관적"(350쪽)이라고 평가한다. 그리고 이 시를 두고서는 "하강과 상승의 상호충돌로 빚어지는 묘한 느낌의 전달, 그것이 이 시의 겸허한 목표"(355쪽)라고 말하면서 "근원적인 진리에 대한 여하한 욕망도 이 시에는 없다."(353쪽)는 점, 그리하여 "근원적인 진리를 소실점으로 삼아"(353쪽) "대상을 시뮬라크르화하는 방법론적 가벼움이 그녀의 시를 특별하게 만든다."(353쪽)라고 의미부여를 한다. '이데아의 카피'로서의 시가 이데아를 향해 손을 뻗지 않고 카피(시뮬라크르) 자체로 스스로를 긍정하는 시라는 것이다. 이 해설의 제목 "시뮬라크르를 사랑해"는 그런 의미에서 출현한 것이다. 이는 역시 매우 공감이 가는 분석이 아닐 수 없다. 분명 김행숙의 시에는 이런 측면이 존재한다는 것을 부정할 수는 없을 것이다.

그런데 여기서 우리가 끝까지 물어야 할 것은 김행숙의 시가 발생시키는 이 "묘한 느낌"의 정체가 무엇인가 하는 점이다. 차근차근 살펴보자. 우선 1연에서 확인할 수 있는 것은 '나'가 네 개의 발을 가진다는 상상의 발동이다. 흥미롭다. "나는 네 개의 발을 '가진다'"라는 표현 그 자체에 주목해보자. 이것은 영어의 "I have~"로 시작되는 구문을 번역해놓은 것 같다. '나는 개로 변한다'라는 설명적인 진술이 '나는 네 개의 발을 가진다'라는 시적인 문장으로 전환된 것이다. 전자보다 후자가 더 시적인 이유는 신형철의 말처럼 "한국어의 때"를 묘하게 벗어나기 때문이다. 그런데 조금 다른 각도에서, 후자가 전자보다 훨씬 더 많은 시적 자아의 쾌락을 담지하고 있기 때문이라고 생각해보면 어떨까? 그래서 '시적'으로 느껴지는 것 아닐까? '시적이다'라는 말에는 우리가 누리고 있는 비윤리적 쾌락(옳지 않은)-즉 실재와의 대면을 부정하고 오로지 현실적인 만족만을 추구하는, 오히려 '자아'에 가까운-이 존재하는 것인지도 모른다. 숨을 고르고 좀 더 가 보자. 'I have~'라는 문장구조를 받아들인다면 이 시에서 '나'는 단순히 개로 변하는 정도가 아니라 어떤 초인적인 존재가 되어서 개의 발을 '소유'하게 된다. 변신을 주도하는 '신'이 되는 것이다. 소설이야 치밀한 세부묘사의 축적으로 '나=개'의 변신을 떠받치지만 시는 몇 개 문장의 힘으로 이를 설득시킨다. 시적 자아(I)가 구사하는 문장의 쾌락으로 말이다. 그 다음 2연. 여기서 '바둑'을 두는 행위는 기묘하게 추상화된다. 바둑을 두는 사람들의 정보는 삭제되고 주변을 둘러싼 환경도 지워진다. 이들이 두는 바둑은 흰 돌과 검은 돌, 손가락으로만 정보화된다. 이것은 어쩐지 카메라의 '줌인'을 연상시키지 않는가? 피사체에 초점을 맞추면서 주변 풍경은 날리는, 바로 그 방식 말이다. 여기에는 놀라운 동일시의 작용이 있다. 우리가 이 문장을 읽고 느낄 수 있는 즐거움은 사실 시적 자아의 눈을 카메라의 렌즈로 동일시하여 대상을 기계적으로 제어하는 이 테크닉에 몸을 포갤 때에 가능하다. '카메라=시적 자아=독자'의 동일시가 일어나는 것이다. 현실 속의 인물과는 달리 줌인된 사진 속 인물이 더 아름다워 보이는 것은 배경의 지저분한 현실을 의도적으로 왜곡하기 때문이다. 우리가 김행숙의 시를 읽고 느끼는 아름다움도 그와 같다. 이것은 현실 속 보통의 인간은 수행할 수 없는 작용이다. 이 구절에서 시적 자아의 눈은 카메라의 능력을 자기 것으로 '소유'하여 그 동작을 고스란히 수행한다. 3연은 어떤가? 이때의 '나'는 역시 불가능한 일을 수행한다. 1연에서 '개'로 변했다가, 여기서는 네 개의 발을 모두 들고 헬리콥터처럼 공중에 뜬다. 물론 아직 뜬 것은 아니다. 뜨고 싶다는 열망을 표현할 뿐이다. 그러나 우리는 이미 그 장면을 상상하게 되고 그렇게 되었으면 좋겠다는 꿈을 꾼다. 시적 자아의 불가능한 상상에 동참하는 방식으로 이 문장을 지지하는 것이다. 우리의 욕망이 이 문장의 실현 불가능한 꿈을 완성시킨다. 신비로운 것은 이 과정이 어떠한 소리도 허용하지 않고, 굉장한 속도의 절제 속에서 이루어지고 있다는 점이다. 이것은 분명 '기원'이라는 공간의 특성에서 기인한 상상이겠지만 이미 1연과 2연에서, 그리고 3연에서 시적 자아의 독특한 능력에 동참한 사람들에게는 이 장면의 전환과 절단은 시적 자아(I)가 대상을 적절하게 제어하고 통제하고 있다는 느낌을 주기에 충분하다. 이것은 마치 비디오카메라의 '슬로 모션 기법'을 연상시킨다. 특히 4연 2행에서 "서서히 일어선다"는 문장은 시적 자아가 이들을 매우 섬세하게 분절하여 다루고 있다는 인상을 준다. 이들은 거의 슬로 모션으로 움직이고 있는 것이다. 당연히 현실에서는 불가능한 장면 분할이다. 게다가 "마침내 한 사람과 그리고 한 사람"이라는 문장까지 읽는다면 대국이 끝난 뒤 서로 인사를 나누고 헤어지는 이 장면을 이처럼 세밀한 순간으로 절단하여 제시하는 시인의 솜씨에 찬탄을 보내지 않을 수가 없다. 역시 주변 풍경은 모두 지워진 채로 '한 사람'과 또 '한 사람'만이 우리의 눈앞에 오롯이 부각된다. 이렇게 보자면 이 시는 카메라의 테크놀로지와 비디오카메라의 테크놀로지를 인간(I)의 능력으로 흡수한 결과, 대상의 '왜곡'에서 비롯되는 기이한 시각적 흥분을 체험케하는 시로 읽을 수 있다.

　이런 시를 두고 "세계도 분해되고 '나'도 해체된다."(351쪽)고 말하기는 힘들 것 같다. 오히려 사물을 소유하고 대상을 자신만의 리듬으로 제어하는, 보다 확고부동한, 거의 '자아'에 가까운 시적 자아의 비인간적인, 비현실적인 능력에 강력하게 동참하게 된다고 말하는 편이 옳을 듯싶다. 기왕의 서정시에도 이러한 경향이 존재하였지만 김행숙의 시는 그러한 기법을 더욱 '확장'시킨다.[7] 우리가 이러한 시에 반응하는 것은 확고부동한 '서정적 자아의 권위'를 '배반'하는 시이기 때문인 것이 아니라 '서정적 자아의 권위를 뛰

---

[7]　구분해야 할 것은 첫 번째 시집 『사춘기』(문학과지성사, 2003)보다 두 번째 시집 『이별의 능력』(문학과지성사, 2007)에서 이러한 경향이 더욱 두드러지고 잦아졌다는 점이다. 이러한 현상이 나타난 이유는 아마도 동시대 시인들과의 상호작용이나 상호참조의 영향 때문인 것으로 보인다. 그런 면에서 첫 번째 시집은 디테일한 현실의 사연과 정황, 감정이 문맥에 잘 녹아 있어서 훨씬 더 결이 풍부하고 해석의 층위가 두텁다.

어넘는 권위'를 체험할 수 있기 때문이다. '서정적 자아의 권위'와 '기계 테크놀로지의 능력'이 결합되었기 때문에 우리는 김행숙의 시를 좋아하는 것이다. 이는 마치 사이버 펑크 애니메이션의 원조라고 할 수 있는 〈아키라〉에서 자기 안에 감추어진 초인적인 능력을 각성한 뒤 폭주를 시작하는 '테츠오'를 연상시킨다. 또한 탐미주의적인 폭력미학을 선보이는 사무라 히로아키의 만화 〈무한의 주인〉에서 어떤 상처를 입어도 되살아나는 불사의 검객 '만지'를 떠오르게 하기도 한다. 그러나 테츠오의 경우, 애니를 보는 사람이라면 누구나 그 기이함을 짐작할 수 있을 정도로 거대하게 변해가는 신체를 드러내지만 김행숙의 시적 자아는 우아하게 자신을 제어한다. 만지 역시, 사지가 잘려나가는 등 매번 처절하게 싸우다가 간신히 승리한다면 김행숙의 시적 자아는 어떠한 상처도 없이 감각의 무한을 즐긴다. 초인적인 힘이나 싸움과는 전혀 상관없다는 듯이, '서정적 자아의 권위'와 자신은 전혀 관계가 없다는 듯한 가벼운 태도. "원래 초자아가 이드의 일부였다는 사실로써 프로이트는 이미 이드의 쾌락추구가 초자아의 검열(권력)의 비호 아래 일어날 수 있다는 것을 충분히 암시하고 있"[8]다고 한다면 김행숙의 초자아는 무의식과 결탁하여 '더욱 무한히 즐기고 그 외의 것은 금욕적으로 통제하라'는 명령을 스스로에게 강제하여 쾌락을 이끌어낸다고도 할 수 있다. 더 큰 권위에 자신을 의탁하면서 말이다.

그렇다면 더 큰 권위란 무엇을 말하는 것일까? "달빛처럼 바람소리처럼 나는 내가 무슨 말을 하는지 영영 모를 거예요"(「고양이군의 수업시대」, 『이별의 능력』)나 "나는 고양이를 초월하여 고양이, 다시

<hr>

8　홍준기, 『오이디푸스 콤플렉스, 남자의 성, 여자의 성』, 아난케, 2005, 329쪽.

한번 고양이를 초월하여……//불가사의에 흡수되는 시간,/거대한 고양이가 이 세계의 이름입니다"(「고양이군의 25시」, 『이별의 능력』)나 "우리는 잘 섞일 수 있습니다. 만두의 세계는 무궁무진합니다"(「초대장」, 『이별의 능력』)와 같은 구절들을 읽으면 말 그대로 '거대한 나'가 되고 싶은 김행숙의 충동을 느낄 수 있다. 그러나 표나게 거대한 존재가 아니라 전혀 표나지 않는 거대한 존재를 지향한다. 김행숙은 바로 모호하고, 고요한 방식으로, 무슨 말을 하는지 모르는 방식으로 자기 자신을 무궁무진한 '더 큰 존재'로 만들고 싶은 것이다.

누구도 쉽게 파악할 수 없는 존재로서의 더 큰 자아를 갖고 싶다는 욕망은 황병승의 '여장남자 시코쿠'라든지 김언의 '거인'이라든지, 김경주의 '나는 이 세상에 없는 계절이다'와 같은 기표 속에 팽팽하게 살아 있다. 이것은 이근화나 이장욱의 경우도 마찬가지이다. "내가 갈 수 없는 곳들의 지명을/단숨에 불러본다/내가 나에게 이른 것처럼/마치 그런 것처럼"(이근화, 「지붕 위의 식사」, 『칸트의 동물원』, 민음사, 2006)의 시적 자아는 물리적으로는 갈 수 없는 곳들의 지명을 호명한다. 그러면서 마치 내가 그곳에 모두 이른 것 같은 부드러운 환영에 빠진다. 우리가 여기서 아름다움을 느낀다면 바로 불가능을 가능한 것으로 포섭하는 시적 자아의 전능한 능력이 큰 몫을 하기 때문일 것이다. 여기서의 시적 자아는 아주 모호하게, 아득한 느낌으로 '무한'하다. "나는 종종 더 예뻐졌다는 생각/아주 몰라보게 예뻐졌다는 생각/이 거리는 아주 천천히 얼굴을 바꾸고"(이근화, 「따뜻한 비닐」, 『칸트의 동물원』)와 같은 시는 어떤가. 어느 누가 자신의 얼굴을 생각만으로 예쁘게 만들 수 있단 말인가? 그것은 인간의 영역을 벗어난 초월적 능력이다. 하지만 이 시의 시적 화자는 생각만으로 자기 자신이 그렇게 변했다고 '믿는다.' 이러한 기이한 나르시시즘은 어디에서 오는가? 자신의 힘을 믿고, 원한다면 능히 자신이 그렇게 될 수 있다는 이 특이한 '나르시시즘'은 2000년대 시인들을 '더 큰 자아의 쾌락'이라는 장소로 불러모은 주술은 아니었을까? 이것은 자신을 무한의 대리자로 믿지 않는다면 불가능한 상상이 아닌가? '내'가 예뻐졌을 때, 거리가 '천천히' 얼굴을 바꾼다는 표현도 흥미롭다. 하지만 이제, 특별히 흥미로울 것도 없다. 무한의 대리자는 충분히 대상의 속도를 제어할 수 있음을 이미 김행숙을 통해 살펴보았다. 김행숙의 시적 자아가 비디오카메라의 슬로 모션 기법을 차용한 것처럼 이근화의 시적 자아도 이런 방식의 '장면 왜곡'을 자주 보여준다. 이들을 통해 우리가 느낄 수 있는 것은 자기 자신을 "자동차를 운전하듯 기계적으로 조절할 수 있다는 쾌감"이며 "대도시의 실제 생활과는 반대되는 무한한 부드러움과 고요함을 유지할 수 있다는 만족감"이다.[9] 이런 계열의 시들은 언제나 충분히 '느리고' 충분히 '우아하다.' 이런 시들은 "깊이 없는 시"(293쪽), "표면의 시"(293쪽)로 보이지만 초자아의 명령(무한히 즐기라!)과 관련짓는다면 환상 속에서 거의 무한대의 깊이감을 선사한다. "나는 자꾸/몸무게가 제로에 가까워져/(…) 나는 아무 때나 정지할 수 있다"(이장욱, 「근하신년-코끼리군의 엽서」, 『정오의 희망곡』, 문학과 지성사, 2006)의 부드럽지만 단호한 확신, 자기 자신을 기계장치처

---

9 이 계열의 시인들은 대상뿐만 아니라 자기 자신의 행동을 극단적인 슬로 모션으로 제어할 수 있다는 기묘한 도취에 빠져 있으며 '자기규율'과 '자기통제'라고 하는 내적 규율을 스스로에게 강제함으로써 초자아의 강력한 명령을 수행한다. 또한 여성적인 태도 속에서 미적인 세련을 과시하며 또 한편으로는 연극적 과장의 태도 속에서 감각과 감정에 대한 열렬한 몰입을 보여준다. 그렇게 자신을 '우아한 무한' 속에 위치시킨다. 이들이 보여주는 정신적 우월감과 감정의 귀족주의는 '나르시시즘'이라는 강력한 시종을 거느리기도 한다. 즉 이들의 시는 '서정적 자아의 권위'를 극복해서 좋은 것이 아니라 그것을 더욱 초인적이고 무한한 방식으로 강화했기 때문에 좋은 것이다. 김행숙, 이근화, 이장욱, 진은영, 하재연, 이현승 등의 시에서 보여지는 '귀족주의적 경향'에 대해서는 1부의 「귀족 예절론-감정의 귀족주의자들에 관하여」를 참조할 것.

럼 마음대로 제어할 수 있다는 이 환상을 보라. "우리는 마침내 서로 다른 황혼이 되어/서로 다른 계절에 돌아왔다/(…)/우리는 여러 세계에서 모여들어/여전히 사랑을 했다"(이장욱, 「우리는 여러 세계에서」, 『정오의 희망곡』)에서 보여지는 '우리'의 무한한 확장은 또 어떤가. 모두 같은 맥락에서 '아득한 고양감', 그 무한한 깊이를 우리에게 선물처럼 나누어준다. 이 시들은 너무 무한해서 그 깊이를 잴 수 없는 것처럼 느껴지기에 깊이가 없는 것처럼 느껴질 뿐이다. 인간의 공감각적 인식 한계를 뛰어넘는 것이다. 이 시인들은 무한을 널리 풀어주거나 다른 존재와 접속하는 통로로 개방하는 것이 아니라 '우리' 안에 간직하고 싶어 한다. '우리'라는 기표는 '서정적 자아의 권위'를 대신하는 "뉴웨이브" 시인들의 새로운 일자(一者)이다.

그렇다면 김행숙의 경우를 "뉴웨이브" 시인들에게 완전하게 확대 적용하는 것은 가능할까? 그것은 좀 더 세밀한 논증과정이 필요한 일일 것이다. 다만 이런 정도의 해석은 가능할 것이다. 황병승의 경우, 신형철의 지적처럼 "캐릭터들을 통어하는 중심은 없"(191쪽)는 것처럼 보이는 가면놀이를 계속하는 것도 무한이라고 하는 일자의 지배를 받아들였기에 가능할 것이다. 그러나 김행숙, 이장욱과는 달리 황병승의 시에 어떤 비애감이나 수치심이 강력한 동력으로 작동하고 있는 것은, 역설적으로 '서정적 자아의 권위'가 '무한'의 지배라고 하는 초자아와 싸우고 있기 때문인 것으로 보인다. 무한의 가면놀이가 불가능함을 무의식적으로 깨닫고 있기에 초자아가 마련해놓은 외설적 쾌락에 대해 수치심을 느끼는 것은 아닐까. 초자아 역시 자기가 만들어낸 것이기에, 어쩔 수 없이 '자신'에 대한 모멸과 수치심에 시달린다고 보는 편이 옳다. 그런 면에서는 "뉴웨이브" 시인들 중에 황병승은 특이하게도 '주체의 몫'

을 인정하고 있다고 볼 수 있다. 덧붙여 이근화의 시에서 볼 수 있는 '존재론적인 슬픔'도 빼놓을 수 없다. 이 역시 '서정적 자아의 권위'가 살아 있기에 스스로에게 책임을 느끼고 슬퍼하는 것이라고 파악할 수 있다. 그렇게 보자면 '서정적 자아의 권위'는 용도폐기의 대상이 아니라 창조적 변용의 동력으로 계승되어야 할 자산인지도 모른다. "뉴웨이브"의 시인들은 '서정적 자아의 권위'와 영원히 결별하는 것이 아니라 여전히 그것을 간직한다.

5. 생각보다 보수적인 자동장치

그렇다면 이제, 다시 출발점으로 돌아와서 "뉴웨이브"의 시적 자아는 정말로 작동하는 '주체'였는가 물어야 한다. 어떤 대답이 가능할까. 이때의 무수한 나는 과연 '서정적 자아의 권위'를 부정하는 진정한 타자들인가? "'나'는 호르몬그래피이다. 잠재적인 고양이이고 잠재적인 만두다. 때로는 이별의 강자이지만 때로는 이별의 약자다. 매순간 '나'는 무수하고 하염없으며 희미하다."(364쪽)고 했을 때 '호르몬그래피'와 '고양이'와 '만두'는 기존의 자아를 배반하고 새로운 주체를 열어가는 계기로 '작동'하는가. "사실상 그 유명한 '타자'란 오직 그가 좋은 타자일 때에만 제시될 수 있는 것"[10]이라는 말을 상기한다면 김행숙의 타자들은 자아로 포섭되기에 너무나도 충분한 조건을 가진 '좋은 타자'로 보인다. '나'와 별 차이를 지니지 않은 또 다른 판본 같다는 말이다. 달리 말하여 "외국인 이민

10 알랭 바디우, 『윤리학』, 40쪽.

자들의 경우도 그들이 '통합된' 경우, 또는 그들이 통합되기를 원하고 있는 경우(이는 좀 더 들여다본다면, 그들이 그들의 차이를 제거하기를 원한다는 것이다)에만 알맞게 차이가 나는 것이다."[11]라는 말을 떠올려본다면 김행숙의 타자는 이미 자아의 동일성에 통합되기를 원하고 있는 타자이며 차이를 제거하기 위해 미리 대기하고 있는 타자들이다. 이런 타자로 만들어지는 주체는 과연 들뢰즈적인 의미에서의 주체인가? 그것은 신형철이 그렇게 비판하였던 자아의 확장팩에 불과한 것은 아닌가?

또 하나 질문을 던질 수 있는 것은 김행숙의 시를 평가하는 다음과 같은 신형철의 주장이다. "과감하게 말하면 주체도 대상도 없는 이 고백은 차라리 어떤 중얼거림에 가깝다. 정체성을 구축하(고자 하)는 자아의 목소리가 사라지고 '누군가 말한다(On Parle)'의 형식을 취하는 '익명적 중얼거림'(들뢰즈)의 아름다운 연쇄가 그 자리를 차지한다."(363쪽)는 말. 그런데 우리는 이미 김행숙의 시를 읽으며 이 모든 타자들을 한 사람으로, 하나의 심급으로 환원하려는 자의 엄청난 욕망을 엿볼 수 있었다. "우리들은 어디에 모여서 한 사람이 되었나. 우리는 이곳까지 달려오면서 많은 이름들을 붙였다, 뗐다, 붙였다, 투명테이프처럼. 안녕. 안녕. 금방 버려진 이름들과 함께하였던 우리의 유머와 블랙. 사랑과 블랙. 우리들은 사랑스럽고 드디어 모호해진다"(김행숙, 「한 사람3」)는 시는 익명적 중얼거림을 보여주고 있는 듯하지만(그런 측면도 분명히 있지만) 최종적으로는 더 큰 정체성을 구축하고자 하는 '한 사람'(자아)의 음성으로 수렴되는 것을 본다. 놀라운 것은 오히려 이런 식의 '무수한 나'가 가능

---

11 같은 책, 41쪽.

하다고 추인하는 비평이다. 언제든 내가 '호르몬그래피'가 되고 '잠재적인 고양이'가 되고 '만두'가 될 수 있다면 얼마나 행복하겠는가. 그게 안 되어서 불행한 것이 인간이고 그래서 우리는 고통받는다. 하지만 김행숙의 시는 이러한 한계 조건들을 모두 추상화시키고 지워버린다.

　말하자면 이런 것이다. 그녀는 바둑을 두는 사람들의 계급과 왼쪽 허벅지에 난 상처와 약시의 눈과 집에 돌아가서 견뎌야 할 아내의 힐난과 아들의 실업과 불편한 잠에 대해서는 모두 침묵한다. "사회적 체제를 관통하는 '수직적' 적대라는 그 어떤 개념도 검열되고 '수평적' 차이라는 전혀 새로운 개념으로 대체되거나 번역된다."(지젝)[12]는 지적은 그래서 더욱 의미심장하다. 김행숙의 시에 "우리가 알고 있는 '그' 세계가 없고 우리가 믿고 있는 '그' 자아가 없다."(365쪽)는 분석이 정말로 가능하다면 그것은 아마도 수평적 차이라고 하는 관계의 망 속으로 "사회적 체제를 관통하는 '수직적' 적대" 관계를 일절 도입하지 않기 때문일 것이다. 그래서 김행숙의 시는 보수적(!)이다. 그래서 역설적으로 심층을 건드리지 않는 "표면의 시"(367쪽)라고 할 수 있다. 수직적 적대들의 미묘한 관계들(당연히 더 미묘한, 수많은 관계 항목들이 존재할 것이다)을 통해 수시로 발생하는, 설명할 수 없는 것들이야말로 어떤 면에서는 지금 우리 삶을 움직이는, 더욱 강력하고 받아들이기 힘든 '실재의 흔적' 중 하나가 아니겠는가. 하지만 김행숙을 읽으면서 어떤 장면을 온전히 느낌에 충실한 순간으로 감각할 수 있는 건 우리가 치러야 할, 실제로 현실에 존재하는, 온갖 관계의 층위와 모순들을 거

12　김용규, 「'주체'로의 복귀와 새로운 윤리의 가능성: 바디우와 지젝」, 『대동철학』 제43집, 대동철학회, 2008. 6., 60쪽, 재인용.

의 금욕적인 수준으로 지우고 억제해야 가능해진다.

　이것이야말로 "정화된 자동장치"(들뢰즈)가 아닐까. 그러나 자아를 주체로 개방하는, 들뢰즈가 의도했던 그 기계가 아니라 "능동적인 힘(force)의 심급(instance)으로서"의 외부에 자기 신체를 내어준, 그 일자(一者)에게 선택 행위에 대한 명령을 받는(바디우)[13], 또 다른 일자의 명령에 충실한 '자동장치'처럼 보인다. 이 '정화된 자동장치'를 신형철의 표현처럼 "도체(導體)"(350쪽)라고 불러도 좋을 것이다. 우리의 욕망을 유지시켜주는, 그야말로 나르시시즘적 고안물로서의 '도체'라고 부르는 편이 정확할 것이다. 중요한 것은 이 정화된 자동장치의 선택은 "그것이 자동적이면 자동적일수록 그만큼 더 '순수'하다"[14]는 점이다. 여기서 '주체'가 감당해야 할 '책임'은 없다.

이곳에서 발이 녹는다
무릎이 없어지고, 나는 이곳에서 영원히 일어나고 싶지 않다

괜찮아요, 작은 목소리는 더 작은 목소리가 되어
우리는 함께 희미해진다

고마워요, 그 둥근 입술과 함께
작별인사를 위해 무늬를 만들었던 몇 가지의 손짓과
안녕, 하고 말하는 순간부터 투명해지는 한쪽 귀와

13　알랭 바디우, 『들뢰즈-존재의 함성』, 박정태 옮김, 이학사, 2001, 52쪽.
14　같은 책, 같은 쪽.

수평선처럼 누워 있는 세계에서

검은 돌고래가 솟구쳐오를 때

무릎이 반짝일 때

우리는 양팔을 벌리고 한없이 다가간다

–「다정함의 세계」 전문(『이별의 능력』, 문학과 지성사, 2007)

물론 이 시에 '서정적 자아(일자一者)의 권위'는 이전에 비해 훨씬 약화되었다고 해도 좋을 것이다. 그러나 정말 그럴까? 대신 이 시의 시적 자아는 보이지 않는 외부에 일자(一者)를 감추어놓는다. 그것은 바로 '무한(無限)'이라는 일자이다. 무한은 형상이 없기에 존재하지 않는 것처럼 보인다. 무한은 형상이 없기에 시적 자아는 자신이 누구의 지배도 받지 않는 완전한 자유를 누린다고 믿는다. 그러나 무한은 말한다. '너는 현실에 존재하는 모든 실제적 관계를 지워라, 그의 생김새와 직업도 지워라, 남자와 여자도 지워라, 상대와 무슨 일이 있었는지 모르지만 그 과거도, 기억도 모두 지워라, 그런 뒤에 너의 느낌을 누려라. 내가 너에게 하사하는 무한한 고양의 느낌을, 내가 너에게 하사하는 무한한 확장의 느낌을 누려라. 그것이 바로, 모두, '너'다.'

이렇게 보자면 2000년대 시인들이 열어젖힌 상자는 '무의식'의 세계가 아니라 '초자아'가 주도하는 외설적 쾌락의 세계였는지도 모른다. 우리 시대의 초자아는 '무한에 이르도록 즐겨라!'라고 명령한다. 시인들은 분명 자기 내면의 목소리임에도 불구하고, 초자아의 명령 또한 자기 자신의 것일 수 있다는 가능성을 폐기한 채 오로지 자신은 충실한 하인[15]이기만 한 것처럼, 또는 자신은 누구의 명령도 받지 않는 자유로운 영혼인 것처럼, 무한의 명령을 따른다. 아주 금욕적으로, 아주 성실하게. 이 의도된(의도되지 않은) '오인'은 너무나도 외설적이다. 이 오인을 추동하는 비평은 더욱 외설적이다.

"실로 가장 위험한 것은 자신이 신이라고 생각하는 하찮은 관료인 것이 아니라, 오히려 하찮은 관료인 척하는 신"[16](주판치치)이다. 권위주의에 물든 '서정적 자아'는 분명 말 그대로 왕이고 신이었다. 그러나 이때의 '서정적 자아'는 너무도 명백한 신이어서 그 자신의 행동결과를 모두 책임질 수밖에 없는 그런 신이었다. 마치 절대왕정의 국왕이 그랬듯이 말이다. 그러나 무한의 대리자(사실은 주인)로서, 자아를 극복하는 주체라고 믿어졌던 김행숙의 시적 자아는 자기의 쾌락에 책임을 지지 않는다. 자기 쾌락의 출처에 질문을 던지지 않는다. 자신을 하인이라고 믿기 때문에 책임은 미뤄두고 누리기만 하면 된다고 생각한다. 신형철의 비평을 거치면서 김행숙은 더욱 그렇게 해도 좋다는 승인을 받는다. 책임은 모두 '무한이라는 가상의 주인'에게 돌리고 자신은 충실한 하인으로, 하찮은 척하는 기계장치로 더 큰 쾌락을 누릴 뿐이다. 그런 면에서 "그들을 혐오할 때 우리에게 은밀하게 잠복되어 있는 것은 '너무 많이 즐기는' 그들에 대한 어떤 질투다"(205쪽)라는 신형철의 지적은 맞

<hr>

15 바디우는 "이들에게 멜빌의 책 속에 등장하는 ("나는 그리하지 않음을 선택하겠다"라고 말하는) 작가 바틀비나 혹은 베케트의 책 속에 등장하는 ("계속해야만 한다, 나는 계속할 수 없다, 나는 계속하겠다"라고 말하는) 무명인과 같은 들뢰즈적 사유의 영웅들을 자세히 살펴보게 하라. 이들은 [민주적인 토론들이나 견해들의 다양성 등을 배우는 것이 아니라] 유일직관의 가르침이란 어떤 것인지를 배우게 될 것이다"라고 말한다. 즉 들뢰즈의 '생성-기계 장치'는 "유일직관의 가르침"이라고 하는 일자(一者)에 종속된 채 오히려 주체의 가능성을 차단하는 고안물이라는 것이다. 알랭 바디우, 『들뢰즈-존재의 함성』, 157쪽 참조.

16 알렌카 주판치치, 같은 책, 155쪽.

는 말이다. 물론 그가 의도했던 원문의 맥락과는 다른 차원이기는 하지만. 우리가 김행숙의 시를 좋아하는 것은 그녀의 시적 자아(I)가 너무 많이 즐기기 때문이다. 그녀의 시를 읽으면서 자아(ego)도 아니고 주체(subject)도 아닌 나(I)를 체험할 수 있기 때문이다. 우리도 그 쾌락에 동참하고 싶기 때문이다. 우리는 2000년대 시인들의 시를 읽으면서 "'나'를 다르게 말할 수 있는 새로운 가능성을 열었"(211쪽)다기보다는 그 모든 다양한 '나'를 강력하게 끌어모으는 '원자력 자석'과 같은 나(I)를 발견하고 환호한 것인지도 모른다. 신형철은 "자아의 상상적 피학은 특별하고 은밀한 쾌락을 창출할 것이고 자아는 그 쾌락을 흡수하여 다시 비대해질 것이다. (…) 그러니 문제는 자아의 이 자기 회귀를 막는 일이다."(186쪽)라고 말하고 있지만 결과적으로 이 말은 "뉴웨이브"의 시인들에게 되돌려져야 한다. 신형철은 자아의 회귀를 막은 것이 아니라 더 큰 자아의 도래를 유도한 것처럼 보인다.

자신이 이 세상의 모든 존재를 현현할 수 있는, 무한한 능력을 가진 '도체(導體)'라는 환영에 빠져들 때, 바로 이런 때에 우리는 위의 시를 만난다. 영원히 일어나고 싶지 않은 이곳에서 우리는 모두 무릎이 없어지고 귀는 투명해진다. 장면은 영원한 것처럼 분할되고, 최대한의 감정을 누리기 위해 시간은 극한으로 미분된다. 시각을 제어하는 기계적 테크놀로지이고, 자기 스스로의 행동을 금욕적으로 제어할 수 있다는 귀족주의적인 나르시시즘이다. 양팔을 벌리고 한없이, 결코 만나지 않고, 계속 다가가기만 한다. 모든 배경은 지워지고 너와 나만 남는다. 그러나 너는 곧 나에게로 포섭될, 차이가 별로 나지 않는, 나를 닮고 싶어 하는 '좋은 타자'이다. 나를 너무나도 좋아해줄 것만 같은 '상상적 타자'라고 불러도 좋을 것이다. 이런 만남이 실제로도 가능하다면 얼마나 좋겠는가. 그게 안 돼서 우리는 불행한 것이고 그게 안 되니까 우리는 시를 읽으면서 열광한다. 우리는 지금 "하찮은 관료인 척하는 신"을 보고 있다. 무한의 주인을 본다. 이러한 존재를 과연 '주체'라고 부를 수 있을까. 이것은 주체인 척하는 더 거대한 자아가 아닌가.

"이미 프로이트에게도 그렇지만 라캉에게도 인간 주체는 자신이 알고 있는 것보다 훨씬 덜 도덕적일 뿐만 아니라 스스로 그렇다고 믿고 있는 것보다 훨씬 더 도덕적"[17](지젝)이라는 점에 동의한다면 지금까지 우리는 비평가 신형철을 따라서 "스스로 그렇다고 믿는 것보다 훨씬 더 도덕적"으로 김행숙을, 한국문학을 읽어온 것인지도 모른다. '더 거대한 자아'라는, "자신이 알고 있는 것보다 훨씬 덜 도덕적"인 측면을 억압하면서 말이다. 역설적이지만 우리는 신형철을 통해 비로소 우리가 하는 것(문학)이 진실의 자리에 있다고 믿으며, 그것을 계속 할 수 있는 힘을 얻었다. 우리는 신형철을 절실하게 필요로 했는지도 모른다.

6. 미안해요, 덜 윤리적이어서

여기서 반드시 짚고 넘어가야 할 것은 우리의 논의가 결코 김행숙의 시를 '익명의 중얼거림'이라는 요소를 전혀 갖고 있지 않은 시편들로 만들려는 것이 아니라는 점이다. 신형철은 분명 김행숙 시의 어떤 한 측면을 매우 효과적으로 부조해내었다. 신형철의 비평

17　같은 책, 11쪽.

을 재독하면서 우리가 잊지 말아야 할 것은 그의 '윤리 비평'이 우리를, 우리가 생각하는 것보다 훨씬 더 도덕적인 존재로 만들었다고 해서, 그가 보여준 그 모든 성과와 열정과 애정이 부정되어서는 안 된다는 것이다. 그의 비평은 분명 한국문학의 중요한 자산이며, 누구도 쉽게 부인할 수 없는 큰 재보이다. 앞으로도 더 많은 작가들이 그에게 의존하게 될 것이다. 다만 그가 '실재'를 이야기할 때, 숨겨진 또 한 측면에서 김행숙의 시는 '더 큰 자아'라는 일자의 주인으로, 쾌락을 무한화하는 자아의 프로그램 또한 갖고 있었다는 점에도 눈을 돌렸다면 어땠을까 하는 점을 말하려는 것이다. 왜냐하면 그는 충분히 그 정도의 감식안을 갖고 있는 몇 안 되는 뛰어난 비평가 중 하나이기 때문이다. 다만 그의 실책은 윤리에 대해 말하면서, 자신이 생각하는 것 이상으로 더 많이 윤리적이었다는 점이고, 심지어는 지나치게 도덕적이었다는 점이다. 어찌 보면 그것밖에 그는 잘못한 것이 없다.

더 윤리적이거나 덜 윤리적이었던 점. 우리는 분명 "뉴웨이브" 시인들의 시를 읽으며 전자-후자를 포함한 양자에 모두 반응했을 것이다. 아니 어쩌면 우리를 움직였던 것은 후자의 쾌락이었는지도 모른다. 이것은 분명 명백한 동어반복이고 더 큰 쾌락장치를 향한 열광적인 반응이었다. 그것이 나쁘다는 것이 아니다. 우리는 그것이 가능하다고 본다. 그런데 최소한 아닌 척하면서 그것을 즐기지는 말자는 말이다. 이 해결할 수 없는 외설적 상황이 바로 실재의 '흔적/틈입'이며 인정하기 어려운 이 '곤궁'이 바로 인간성의 조건이라는 사실, 바로 그것을 부정하지 말자는 것이다. 자아만 화사한 인공정원인 것은 아니다. 주체는 '더욱 화사'하고 더욱더 '지능적인 인공정원'일 수 있다. 주체는 위장한다. '고통'을 앓으면서 지켜보는 자의 연민을 불러일으키지만(위장) 주체는 그 고통의 태도가 불러일으킬 '효과'까지도 이미 '무의식적'으로 감지해내고 (지능적으로)주체의 성을 축조해나간다. 언표의 주체(예를 들어 '나 아파'라고 말하는 문장 속 주어인 '나')는 고통받지만 언표행위의 주체(그 문장을 말하고 있는 '나')는 쾌락을 얻을 수도 있다는 것. 우리는 이미 20세기 초, 프로이트가 마주했던 히스테리자에게서 고통과 쾌락이 동시에 존재할 수 있음을 확인하지 않았는가. 히스테리자는 몸의 고통 때문에 괴로워하는 것처럼 보이지만 결코 그 고통이 멈추는 것도 바라지 않는다. 고통이 쾌락을 산출하는 근거이기 때문이다. 그것이 바로 '주이상스'이다. 주이상스야말로 인간성의 피할 수 없는 '실재'이다. 따라서 주판치치의 말처럼 "주체에게 가장 힘든 일은 어떤 의미에서 자신이 '신'임을, 즉 자신이 선택권을 가지고 있음을 받아들이는 것"[18]인지도 모른다. 정신분석의 윤리도 바로 이 지점에서 출발한다. '나는 어쩔 수 없이 그리했어요'가 아니라 '내가 그렇게 선택했다'는 것을 인정하는 바로 그 지점 말이다. "오히려 윤리의 토대는, '본질적으로' 우리 행동의 부산물인 어떤 것으로서 발생할 수 있는 '무한한' 것을 우리 자신의 것으로서 재인식하도록 하는 명령이다."[19]라는 지적이 소중해지는 것도 바로 그 때문이다. "그들은 그 무슨 분열과 해체를 '유희'하고 있는 것이 아닙니다. 분열과 해체의 언더그라운드에서 진정한(authentic) '나'를 '추구'하고 있는 것입니다. 환경이 그들을 내몰았고, 그들은 기꺼이 수락하였습니다."(275~276쪽)라고 말하기보다는 "그들은 유희하고 있습니다. 그들의 시는 어떤 한계를 극복한 것처럼 보이지만 또 한

18 같은 책, 155쪽.
19 같은 책, 같은 쪽.

편 그것이 '진정한 나'를 찾아가는 과정이라고 판단하기에는 어려운 측면도 분명 존재합니다. 그들이 누리는 외설적 쾌락을, 비평은 보고 싶어 하지 않거든요. 왜냐하면 우리도 같이 그것을 즐기고 있다는 것을 인정해야 하기 때문입니다. 그건 비윤리적이기 때문입니다. 그런데요, 미안하지만 말입니다. 더 윤리적이거나 덜 윤리적인 것, 이 모든 게 다 '우리'입니다."라고 말해야 했던 것은 아닐까?

2000년대 문학을 지탱하였던 '윤리 비평'은 자신의 반상품성("우린 지금 저항하고 있습니다!")을 또 하나의 독특한 상품성으로 포장하여 유통시키는 모더니즘의 저 오랜 전략을 여전히 답습하였다. 그 자체로 나쁘다는 것이 아니다. 충분히 그럴 수 있다. 문제는 겉으로는 상품성을 혐오하는 듯한 태도를 취하고 있으면서 역으로 그러한 태도 자체를 상품화하는 이 자기모순적인 방식이 어떠한 반성도 없이 태연하게 지속되었다는 점일 것이다. 소설이, 시가, 작가들이, 비평가들이 뭔가 중요하고 의미 있는 일을 하고 있다는 그 믿음을 지속하기 위해 외설적 보충물들에 눈을 감은 채 우리 자신을 누구보다도 순수한 존재로 위치시키고 싶었던 그 지나치게 '열정적인 태도'들. 이것은 정말 윤리였을까. 반만 겨우 작동하는 가짜 윤리는 아니었을까.

그러나 모든 논쟁을 지속시키는 힘은 '진리가 어디에 있는가'라기보다는 '지금 뭔가 의미 있는 일이 일어나고 있다. 그런데 내가 그 일에 참여하고 있다'는 강력한 자기만족에 있는 것인지도 모른다. 그렇다면 우리의 이번 글은 꼭 그렇기만 한 당연한 반문에서 출발한 것인지도 되물어야 한다. 우리가 이 글을 함께 써오면서 누렸던 외설적 쾌락은 전혀 없었던 것일까? 당연히 있을 것이다. 우리는 그것의 목록을 열 개 이상은 작성할 수 있을 것이다. 목록은 더 있을 것이다. 그것을 이 자리에서 밝힐 수는 없다. 그것은 아마도 '윤리적으로 좀 더 나은 인간'인 것처럼 보이고 싶은 우리의 한계 지점 때문일 것이다. 그 한계 지점에서 조금 더 나아갈 때 이 한계 지점은 '곤란'을 만들고, 자꾸만 무언가를 '생산'한다. 우리는 그 생산에 열광한다. 아주 추하게, 외설적으로. 중요한 것은 바로 이런 점을 인정하기 시작할 때 비평이, 시가, 문학이 갱신될 수 있다는 것이다. 이제 우리는 "후(後)-사건적(事件的) 실천"[20]의 주체로 '우리'의 "사건"에 대답해야 한다. 그때 이 "사건"은 아주 잠시 "진리"를 보여주고 사라질 것이다. 그리고 다시 돌아올 것이다. 우리가 충분히 "충실"하다면 말이다. 물론 아닐 수도 있다.

---

20 서용순, 「바디우Badiou 또는 철학에 의해 다시 사유되는 정치」, 《진보평론》 2008년 봄호, 55쪽.

왜가리 없는 왜가리를
어떻게 껴안아야 할까

― 이수명론

1.

이수명이 "시에서의 주체는 기본적으로 타자를 자신의 영역으로 동화시키고 세계를 지배하려는 성격을 가지고 있다 (…) 문학이 일반적으로 주체와 세계의 밀접한 관련을 추구하는 것이라면 시는 여기서도 특별히 주체 쪽에 치중된 장르이다."[1]라고 말하거나 "시는 근본적으로 객관 세계와 타자를 규명하고 밝히기 위해 존재하지 않는다. 타자는 주체와의 관계하에서만 존재하는 것이다. 타자는 타자의 모습을 유지하지 못하고 주체에 의해 대상화되고 인식되고 변형된 모습으로 나타난다. 주체에 의해 포착되고 포괄된 사물로 존재하는 것이다."[2]라고 말할 때, 이 목소리는 어딘가 낯익다. 그녀는 1990년대 이후 우리 시인들이 이룬 성과를, 1950년대에 이미 평지돌출의 독자적 방식으로 선취했다고 본 '김구용 시인'에

[1] 이수명, 『김구용과 한국 현대시-타자와 주체의 관계 양상을 중심으로』, 한국학술정보, 2008, 36쪽.
[2] 같은 책, 37쪽.

대해 말하기 위해 이 문장을 꺼내든 것이지만 이 문장은 이수명 자신의 시 작업을 이해시키기 위한 전제로서도 부족함이 없어 보인다. "주체라는 핵을 중심으로 '타자(대상 혹은 자기 안의 낯선 것)'를 원근법의 형태로 배치해내고야 마는 관습화된 서정시의 폭력성"을 비판하려는 의도가 느껴지는 문장이기 때문이다. 그녀의 시는 일관되게 관습화된 서정시, 시적 주체의 폭력성을 반성하는 자리에서 출발하여 지금까지 계속되어 왔기에 이 문장을 그냥 흘려보내기는 어렵다.

물론 한 가지 짚고 넘어가야 할 것은 그녀가 말하는 '주체(subject)'가 사실은 2000년대 한국 시단에서 뜨겁게 성토되었던 '자아(ego)'로 보인다는 점이다. 그것은 2000년대 한국 시단의 담론을 주도하였던 권혁웅의 말을 통해서도 확인할 수 있는데 그에 따르면 "1)일련의 대상들을 취합하고 정돈하고 배열하는 지배자가 아니라 대상들 간의 거리를 측정하는 기준점이고, 2)쪼개지거나 변형되지 않은 단일한 실체가 아니라 특정한 언술들을 낳는다고 가정된 가상의 지점이며, 3)대상 전체에 특별한 성격을 부여하는 감정의 주인이 아니라 그런 감정이 흘러드는 귀결점이다. 각 항목에서 전자를 '자아'의 것이라 한다면, 후자는 '주체'의 것이다. 시를 자아와 세계의 동일시라는 상투어로 정의하는 관행은 오래되고도 끈질긴 것이다. 이를 자아의 세계화(투사)라 부르건 세계의 자아화(동화)라 부르건 자아는 세계 전체를 틀 짓는 강력한 근거였다. 그러나 상기했듯이 이로써 세계의 실상을 드러낼 수 없다."[3]라고 정리하며 이제는 '자아 중심의 시론' 대신 '주체 중심의 시론'이 필요한 시점이

---

3 권혁웅, 『시론』, 문학동네, 2010, 33쪽.

라고 역설한다. '지배자/기준점', '단일한 실체/가상의 지점', '감정의 주인/감정의 귀결점'에서 전자보다는 후자를 취해야 2000년대 시를 밀착해서 바로 볼 수 있으며 새로운 시의 가능성도 여기서 열릴 것이라는 말이다. 이렇게 보자면 확실히 이수명의 '주체'는 권혁웅이 탄핵의 대상으로 삼는 '자아'를 가리키고 있다.[4]

우리는 새로운 시가 '자아에서 주체로의 변화' 속에서 탄생한다는 권혁웅의 의제설정에 적극 동의한다. 정말로 지금 한국시의 참신한 매력이 주로 이 흐름에서 출현하고 있기 때문이다. 그러나 여기에 몇 가지 질문을 보탠다면 논의는 더욱 확장될 수 있지 않을까? 예를 들어 각 시인들의 개별 작품을 통해 확인할 수 있는 '주체'가 과연 '실제로 그만큼 작동하는 주체'였는가, 오히려 기존의 '자아'보다 더 '거대한 자아'에 불과했던 것은 아닌가의 문제는 어떤가. 또한 자아는 분명 지배자였고, 단일한 실체였고, 감정의 주인이었음은 분명하지만 그렇다고 무조건적인 폐기의 대상이 되어야 하는가도 세심히 다루어야 할 대목이다. 특히 '책임'이라는 문제를 놓고 보자면 더욱 그러하다. 자아는 '폭군'임에 분명했지만 자신으로 인해 벌어지는 모든 사태에 대한 명백한 '친권'을 갖고 있는 '폭군'이기도 했다. 그러나 주체는 자신을 향해 되돌아오는 '책임'을 회피한다. 아무리 친자확인소송을 걸어도 DNA검사를 뒤로 미루며 그것은 자신의 혈육이 아니라고 회피하거나, 나는 아예 그런 것에는 관심이 없다고 나른해하는 경우가 많다. 자신이 대상(세계와 사물)의 수행적 효과일 뿐이고, 귀결점이며, "대상(object)의 지배 아

---

4 앞으로 이 글에서 등장하는 '자아/주체'의 구분은 특별한 설명이 없는 경우 권혁웅의 해석을 따르기로 한다.

래 놓인 신민(臣民, subject)"[5]이라고 한다면 능히 그럴 수 있지 않겠는가? '어떤 대상'과 만나고 '어떤 사건'이 벌어지고 있는가보다 대상의 '지배'에 초점을 맞춘다면, 주체는 자아에 비해 훨씬 겸손하고 개방적이며 많은 가능성을 담보할 수 있게 되지만 동시에 수동적인 기계장치로, 어떤 것에도 책임지지 않는 그런 존재로 변신할 수도 있다. 실제로는 '대상(사물)'에 별 영향을 받지 않으면서 말이다. 이런 방식으로 자아를 쉽게 포기하면 세계에 대한 관점이 사라지고, 관점이 사라지면 주장이 없어지고, 주장이 사라지면 싸우지 않게 되고, 싸움이 없어지면 당연히 자기가 누리는 몫에 대한 대가를 치르지 않아도 된다는 것이 문제이다. 이제 주체는 수많은 대상(사물)과 쉽게 접속할 수 있게 되고 자기의 범주를 무한대로 확장시킬 수 있으며 감각적 쾌락의 자유를 얻게 된다(그럴 수 있는 것처럼 보인다). 하지만 우리가 '주체'를 통해 누린 쾌락은 실상 '관점 설립'과 '해석을 통한 개입'을 상당 부분 버리고, 변화된 조건을 '추인'하며 이 세계에 '조건 없이 투항'한 결과일 수도 있다는 점을 잊어서는 안 될 것이다.

바로 이것이다. '자아'를 쉽게 수장시키기보다는 배 위로 끌어올려 그 상투적이고 잘못된 관점이나마 계속해서 보완하고 갱신하고 확장시킬 수 있도록 심폐소생술을 실시했다면 어땠을까? 자아를 살려서 '자아의 책임'과 '주체의 쾌락'을 좀 더 치열하게 싸우게 만들었다면? 또한 '자아에서 주체로'를 강조할 경우, 이상하게도 '대상(사물)'은 지워진다는 점도 깊이 생각해보아야 할 문제 중 하나이다. '주체의 시'에서 '대상(사물)'은 자유를 얻는 것이 아니

---

5   권혁웅, 같은 책, 34쪽.

라 오히려 더 거대한 자아의 쾌락 속으로 은밀하게 재배치되는 것은 아닌가. 이를 다른 말로 "왜 2000년대 한국 시는 '자아에서 대상(사물)으로'가 아니라 '자아에서 주체로' 변하였는가"라는 질문으로 바꿀 수 있을 것이다. 자아의 폭력성을 절감하였다면, 그 지배가 끔찍하였다면, '자아에서 대상(사물)으로' 먼저 나아갔어야 했던 것은 아닐까? 그 다음에 '대상에서 주체로' 왔어야 하는 것은 아니었을까? 우리는 자아에서 주체로 너무 빨리 귀환해버린 것은 아닐까? 주체는 자아보다 더 강력하고 과잉된(그러나 훨씬 더 은밀한) 나르시시즘의 휘장에 둘러싸여 귀환한 것처럼 보인다.

아마 이쯤 되면 우리는 불현듯 이렇게 외칠 수도 있을 것이다. "이수명은?" 그렇다. 이수명은 어디로 갔을까. 궁금하겠지만 그렇다고 너무 불안해할 것은 없다. 우리는 이제부터 이수명에 대해서 말하려는 것이 아니라 지금까지 이수명에 대해서만 말했다. 마치 90년대 시인들에 대해 김구용이 그랬던 것처럼, 이수명은 2000년대 시인들의 성과를 이미 선취한 시인이다. 2000년대 시인들이 등장할 수 있는 토대를 닦은 것은 물론 2000년대 시인들이 하지 못했던 작업을 이미 그녀가 했다는 말이다. 따라서 지금의 시단을 지배하는 담론을 점검해보는 것은 곧 이수명에 대한 사전 정지작업과 같다. 이 말을 하기 위해서 지금까지 온 것이다. 이제부터 정말, 그리고 다시, 이수명에 관한 이야기다.

2.

이수명의 첫 시집은 분명 『새로운 오독이 거리를 메웠다』(세계사,

1995)이지만 그녀는 이 시집을 자신의 첫 시집으로 인정하고 싶지 않은 것 같다. 그녀는 한 대담에서 이렇게 말했다. "음, 근데 말이죠. 첫 시집은요, 개인적으로 별로 언급을 안 해요. 시집에 실린 시 70편으로 등단을 했어요. 등단작들을 제외하고는 한 편도 잡지에 발표한 적이 없는 것들이죠. 시간상으로도 그렇고, 그건 내가 원하지 않는 편차들로 이루어져 있어요."[6] 1994년도에 등단을 하면서 그녀는 자신에게 영향을 끼친 시인으로 '이상'과 '기형도'를 들었는데 확실히 첫 시집은 기형도의 느낌이 많이 남아 있다. "올겨울의 마지막 눈발은 땅에 이르지 못했습니다. 이르지 못하고 허공에서 녹아버렸습니다. (…) 실오라기 하나 걸치지 않은 몸과 마음이 곳곳에서 증발해 버렸습니다. 이렇게 낯익은 길들 위에서."(「진눈깨비」)와 같은 시는 마치 기형도 시집의 뒤표지에 실린 글을 이수명의 목소리로 다시 읽고 있는 듯하다. 이 밖에도 "구둣솔이 가치 있는 시대이다./이제 진흙덩이 모험은 필요 없는 것이 아니라/어림없는 일이다."(「1990년대」)와 같은 구절을 읽고 있자면 놀라게 되는데, 1990년대에 대한 절망적인 인식 때문이 아니라 그녀도 이처럼 현실에 대한 직접적인 발언을 하던 시절이 있었다는 사실 때문에 놀라게 된다. 그리하여 "빈 화물차가 지나간다. 나는 가방 속을 뒤지고 있었다. 쏟아지는 책갈피 사이를 정신없이 뒤지고 있었다. 할퀴고, 할퀴고, 할퀴고, 나의 이단은 나의 오독에 불과했다. (…) 새로운 오독이 거리를 메웠다."(「화물차」)까지 읽으면 세계와의 불화를 견디지 못하고 절망의 끝까지 밀려난 자의 탄식을 가감 없이 전해 듣게 된다.

6　김행숙, 「폭발하는 사물들, 글쓰기의 공간-김행숙이 만난 시인 ⑦이수명」, 《시안》, 2007년 봄호, 210쪽.

이처럼 첫 시집이 세계를 향한 시적 자아의 직접적인 진술을 토로하는 시집이었다면 두 번째 시집 『왜가리는 왜가리놀이를 한다』(세계사, 1998)에서 그녀는 이전의 세계와 완벽하게 결별한다. 인식론적인 단절을 통해 새로운 한 세계를 우리 시단에 등재한 시집이라는 점에서 이 책을 그녀의 실질적인 첫 시집이라고 불러도 손색이 없을 것이다. 여기서 우리는 다시, 그녀가 기술한 어떤 문장을 불러올 수 있는데 다음이 그것이다. "김준오는 세계와의 동일성, 통일성이라는 시적 비전이 추방되어 주체와 세계가 합일되지 못하고 인간이 세계로부터 소외되면서 서정적 자아가 변모되어 가는 양상을 기술하고 있다. 예를 들면 '자아가 탈을 쓰고 세계와 거짓 동화'하는 대결 의식을 보여준다든가, '인간적인 것을 배제시키는 비인간화를 지향'한다든가, '세계 상실의 고립주의 자아'가 된다든가 하는 것이다."[7]라는 구절인데 우리는 이 말을 근거로 삼아 좀처럼 제 모습을 드러내지 않는 것 같은 이수명의 좌표를 구성해볼 수 있다. 깊은 절망과 대면한 뒤 그녀는, 앞의 세 경우 중에서 바로 두 번째, "인간적인 것을 배제시키는 비인간화를 지향"하게 되는 것이다.

사과를 놓친다. 사과를 놓치고 넌 나부낀다. 사과가 마차를 타고 울타리를 넘을 때 넌 넘어지는 울타리로 나부낀다.

사과는 씨를 뱉는다. 나무에 매달린 씨를 뱉고 덫에 걸려든 씨를 뱉고 테이블 위를 날아다니다가 테이블을 뒤엎는다.

7　이수명, 같은 책, 40쪽, 재인용.

사과는 밖이다. 사과가 사과를 나열하고 사과는 사과를 방류한다. 사과가 내미는 동그란 혀는 이미 목구멍이 부서진 세계의 상형문자가 아니다.

사과는 자신의 색으로만 돌아오고 돌아오고 돌아온다.

무엇을 보고 있는가? 발뒤꿈치를 들고 있는 숲이여, 지금 사과들이 너의 머리 위를 폭격하고 있다.

-「사과 폭격」 전문

자아가 주관하는 시의 영토에서 자아는 주로 '슬픔'과 '반성'을 통해 이 세계에 개입할 때가 많다. 그러나 자아의 '슬픔'과 '반성'은 세계에 대한 나름대로의 책임표명이지만 동시에 '내가 이만큼 아파하고 고통받으니 그걸로 나의 진정성은 증명되었다'라는 나르시시즘의 소산일 경우도 많다는 점에서 문제적이다. 자아가 이런 식의 감정에 습관적으로 빠져들면 이제 그/녀가 보는 모든 대상(사물)은 슬픔과 반성의 소재로 전락하게 된다. 자아는 미리 마련된 인식과 감정의 틀로 유사품만을 대량생산하는 지경에 이른다. 자아는 책임지는 것이 아니라 책임지는 흉내만 낼 뿐이다. 어떤 새로운 대상과 사물을 만나도 이미 그 진행방향을 짐작할 수 있는 시가 쏟아져나오니 이제 우리가 '인간적'이라 불렸던 슬픔과 반성은 이 세계의 실상을 정확하게 들여다보는 일을 방해하는 검은 안대로 전락한다. 이 사태를 어찌할 것인가? 이는 분명 자아가 문책받을 만한 사안이었다.

바로 여기서 이수명은 "비인간화"를 자신의 길로 선택하면서 자아로 몰리는 에너지를 차단해버린다. 이 대목을 놓치지 말아야 이수명의 시를 이해할 수 있고, 이수명의 시가 단순한 대상 왜곡이나 변형에 그치는 것이 아니라 지금까지 지속되어 왔던 한국 시에 대한 강력한 대타적 의식하에서 출현한 것이라는 점을 받아들일 수 있게 된다. 슬픔과 반성을 격발시키는 것은 '격한 감정'인데 자아가 습관적으로 끌어올리는 이 감정의 에너지를 의도적으로 차단해야 새로운 길이 열린다고 그녀는 생각한 것이다. 이는 지금까지와는 완전히 다른 방식의 시적 기획이다. 자아가 아니라 대상에서 시를 격발하는 것! 말하자면 이렇다. 자아를 향해 몰려들던 에너지를 차단한다면, 그 차단된 에너지는 어디로 갈까? 그냥 땅으로 스며들어 없어질까? 이제 에너지는 자아가 아니라 대상(사물)에게로 몰려간다. 여기가 이수명의 독창이다. 인용시를 보자. "사과를 놓친다."는 첫 문장을 읽으면 우리는 당연히 사과를 놓친 사람에 대해 생각하게 된다. 시적 자아에게 무슨 일이 일어났으니까 사과를 놓쳤을 것이며 시의 나머지 부분은 그 사건과 연관된 자아의 감정 상태를 이미지화하거나 놓친 사과를 주으러 가는 과정에서 여러 가지 서사가 개입되며 일정한 슬픔과 반성도 동반될 것이라고 우리는 쉽게 짐작할 수 있다. 적어도 1연은 그런 우리의 기대를 충족시킨다. 하지만 2연부터는 사정이 달라진다.

갑자기 사과는 씨를 뱉거나 테이블을 뒤엎기 시작한다. 이때의 사과는 분노한 자아의 보조관념인 것일까? 그렇지 않다. "진흙처럼, 뭉쳐 있는, 나는, 어떤 세계에 대각선을 긋고 있는 것일까? 어떤 세계에 멎어버린 총알처럼 튀어나와 있는 것일까?"(「악어의 물결무늬」)에서도 알 수 있지만 그녀는 이미 자아로 몰려드는 에너지를 차단하면서 자기 스스로를 하나의 대상(사물)으로 간주하기 시작했다. '나'는 더 이상 동일성의 경로로 이 세계와 사물을 세팅하는 지배인이 아니다. 오히려 대상의 편에서 보자면 "대각선"이나 "멎어버린 총알"과 같은 하나의 대상(사물)으로 변모하는 것이다. 다른 말로 해서 자아는 '비인간'이 된다. 이수명은 '비인간화'를 통해 '인간성의 폭력'을 극복하고, 시적 비전이 파괴된 세계를 견디는 것이다.

이제 그녀는 인간(자아)이 아니라 대상(사물)의 편에 선다. 사물을 향해 에너지가 몰려가기 때문에 당연하게도 인간주의적인 관점에서라면 바닥에 떨어져 멈추어 있던 사물, 즉 '사과'라도 예측 불가능한 방식으로 충분히 움직일 수 있게 된다. 사과는 씨를 뱉고 테이블을 뒤엎는다. 이처럼 사물들이 제멋대로 운동하기에 그녀의 시는 초현실주의적이라느니, 환상적이라는 평가를 받아온 것이 사실이다. 어느덧 사과라는 사물은 심지어 "동그란 혀"를 내밀기도 하지만 이것은 사과에 새로운 의미를 부여하기 위한 작업이 결코 아니다. 에너지를 사물로 돌려서 사물들이 자유운동하게 만든 것은 사실이지만 이수명은 사물의 기의를 지우고 지시대상도 지워서 비인간화를 완성한다. 마치 기표만으로 존재하는 '사과'를 얻겠다는 듯이 사과에 어떤 새로운 의미도 덧붙이지 않는다. 사실 '사과'라는 말은 얼마나 덕지덕지 때가 묻어 있는 단어인가. 수많은 용례를 통해서 얼마나 다양한 신화와, 상징과, 알레고리로 확장되어 있는가. 그런데 이수명은 그런 식의 언어는 사물의 사물성을 살해하는 것이라고 생각한다. "사과가 내미는 동그란 혀는 이미 목구멍이 부서진 세계의 상형문자가 아니다."는 말이 그렇다. 사과는 결코 다른 어떤 것을 가리키지 않는다. 그냥 기표 그 자체이다. 제발 여기에 '인간적인 해석'을 가하지 말라는 것이 이수명의 전언. 사과를 해석하는 폭력을 제발 거두라는 것이 그녀의 외침이다. 그래서 "사과는 자신의 색으로만 돌아오고 돌아오고 돌아온다."는 말은 순수기호로서의 사과를 찾으려는 이수명의 반복이며 사물의 사물성 그 자체를 추출해보려는 아주 의도적인 "오독"이다. 제발 "발뒤꿈치를 들고" 사과의 또 다른 의미를 찾으려 하지 말라, 사람들이여. 그렇지 않으면 사과가 너희들을 폭격하리라. 사과는 사과일 뿐이다! 이상하게도 '사과'라는 발음을 수십 번 정도 계속하면 정말로 사과가 기묘하게 독립적인 느낌으로 부각되는 순간을 만나게 된다. 정념과 해석이 제거된 순수기호의 상태.

　1980년대까지 '우리'에게 모여 있던 시적 에너지는 1990년대 들어서면서 수많은 '나'를 향해 주유되기 시작했고 그렇게 출현한 것이 '신서정'이었다고 한다면, 이수명의 작업은 놀라운 데가 있다. 자아로 모든 에너지가 모여들어 신서정이 '세계를 상실한 고립된 자아'를 섬세한 미적 양식으로 포착해내었던 바로 이 시기에, 이수명은 이미 자아 대신 '대상(사물)'을 향해 발걸음을 내닫고 있었던 것이다. 따라서 이수명은 필연적으로 전위이면서 외곽일 수밖에 없었다. 자아를 중심으로 기술되던 우리 시의 판을 바꾼 셈이니까 말이다. 정말로 소중하고 필요한 자리. 이 자리에서 그녀는 자아로 향하던 에너지를 사물 쪽으로 돌려, 결과적으로 자아라는 골방을 텅 비워버리는 효과를 산출했다. 자아를 비워버렸으니 대상(사물)을 통제하는 권력은 사라졌다고 해도 과언은 아니리라. 자아를 비워 타자들에게 대출해주었다는 점에서 이수명은 이미 '2000년대식 주체'를 예비하고 있었던 셈이다. 이수명 이전까지의 시들이 '왜가리연(사물)'에 팽팽한 '실(자아의 슬픔과 반성)'을 매달아 '실패(자아)'로 조정하며 이끌었다면 이수명은 그 실을 모두 잘라버리고 왜가리연 대신 종이와 대나무와 혹은 '왜가리 없는 왜가리', '투

명한 왜가리', '왜가리 놀이를 하는 왜가리'를 만들어냈다. 바로 이
러한 선취가 있었기에 송승환은 비인간성의 프로젝트를 이어받아
인간의 모든 감정에 결별을 고하며 사물의 사물성을 극지까지 밀
어붙여 탐구할 수 있었으며, 이준규는 순수기표로서의 언어놀이를
계속하는 여권을 연장하여 사용할 수 있었다. 또한 황병승은 더욱
넓어진 주체의 자리에 가면놀이를 들여왔고, 김행숙은 우리가 알
고 있던 자아를 버리고 감각과 행동 그 자체에만 몰두하는 이상한
기계장치로 이동할 수 있었다. 바로 이수명이 만들어낸 이 자리에
서, 그녀의 선취를 배경으로 2005년을 전후로 첫 시집을 낸 젊은
시인들의 성과가 탄생할 수 있었던 것이다.

3.

이수명이 2000년대 시인들과 다른 점은 자아를 비우기는 하였지
만 다른 방식으로 자아를 확장시키면서 나르시시즘을 강화하지는
않았다는 점이다. 특히 그녀가 대상 쪽으로 돌려놓은 에너지 배선
을 서둘러 자아 쪽으로 다시 당겨오지 않았다는 점은 2000년대 시
인들과 상당히 차별화되는 지점이라고 할 수 있다. 황현산의 말을
빌리자면 이것이 바로 "과도하게 명석한 분별력"[8]이며 "강한 검열"[9]
이 아니었나 싶은데 때문에 그녀의 작업은 매우 이성적이며 지적
인 기획으로 보인 것도 사실이다. 인간으로 이 세상에 태어난 이상

---

8 황현산, 「꿈의 시나리오 쓰기, 그 후」, 『고양이 비디오를 보는 고양이』 해설, 문학과지성사, 2004, 102쪽.
9 같은 글, 같은 쪽.

거의 본능적으로 몰려드는 인간주의적인 관점을 끊임없이 의심하고 되물리고 끊어내야만이 '비인간적인 시 쓰기'가 가능하기에, 시는 자유롭지만 그 시를 쓰는 과정은 철저하게 이성적인 작업을 수행할 수밖에 없었던 것이다.

반면 자아의 텅 빈 자리를 대상(사물)에 거리낌 없이 내주었다는 점에서 이수명은 진정한 '사해평등주의자'이며 '아나키스트'였다고도 할 수 있다. 두 번째 시집 『왜가리는 왜가리놀이를 한다』는 대상(사물)의 편에 서서 인간마저도 사물화시킨 평등주의자의 시집이고 무정부주의자의 시집이었다. 대상을 통괄하려는 자아의 욕망이 확 줄어들면서 전체적으로 천진난만한 유머의 기운도 강했다. 마치 아이의 스케치북을 들여다보듯이 그녀의 시 속에서는 사물들이 제멋대로 활개를 치며 사방으로 왕성한 활동력을 선보였던 것이다. 자유낙하운동과 자유분산운동이 마음껏 펼쳐진 시집이라고 해야 할까. 금지가 없었기에 천진난만하고 투명할 수 있었지만 동시에 금지로 가득한 현실(상징계)과의 접점이 사라져 우리가 시 속으로 개입해 들어갈 통로가 별로 없었다고 할 수도 있으리라. 그런데 세 번째 시집 『붉은 담장의 커브』(민음사, 2001)에서는 이상한 변화의 기운이 포착된다.

대상을 숭배하며 무릎 꿇고 있던 자아가, 그래서 온전히 대상에게 자신의 전부를 내어준 것 같던 자아가 서서히 고개를 들고 일어서기 시작한 것이다. 변화의 기운은 이런 문장을 통해 나타났다. "장미 가시가 번쩍거리며 내게 날아와 박혔다."(「장미 한 다발」), "나는 손을 내민다. 고양이 한 마리가 다가와 내 손을 삼켜버린다."(「나는 고양이와 회의를 한다」), "외눈박이 어둠은 살의를 풍겼다."(「검은 자동차」), "새는 자주 새장에서 걸어나와 나를 쪼아댔다."(「앉아 있는 새」)

와 같은 구절을 보라. 이전 시집에서 자아와 자유롭게 노닐던 대상(사물)들이 갑자기 자아에 적대적인 공격성을 드러내기 시작한 것이다. 인간주의적인 관점으로 구축된 사물을 풀어주었더니 그 사물들이 완벽한 자유를 얻고 자아마저 자유롭게 풀어주는 것이 아니라 자아를 점령해 들어오는 상황. 이것을 어떻게 해석해야 할까? 이수명의 자기보존본능이 들고 일어선 것이라고 해야 하지 않을까?

호스를 길게 늘어뜨리고 식물들에게 물을 준다. 여름내 뜨거웠던 식물들, 아직 뜨거운 식물들이 불을 품고 있다. 식물들은 불을 품고 불과 싸운다. 자신의 타들어가는 손가락들을 서슴없이 던진다. 나는 날마다 물을 준다. 물은 때로 거품이 되어 공중에 매달리지만 그 물에 취한 식물들의 발이 붓는다. 불과 싸우던 식물들은 이제 물과 싸운다. 불을 끄고 나서 그들은 물을 끈다. 작은 식물들도 뿌리 속으로 스민 물을 천천히 끈다. 식물이 자란다.

나는 감염된 채소를 식탁 가득 차린다.

-「나의 식물」 전문

무더운 여름날 더위에 지친 화분에 물을 주는 평범한 장면이 아닐까 싶은 이 시는, 그러나 투명한 운동성을 선보여야 할 "식물"들이 '인간적인 감정'을 드러내며 "감염"되어 있다는 점에서 주목을 요한다. 자아의 자리에 사물들이 들어와서 지적인 실험이 가능했지만 자아가 점점 위협을 느꼈다고 해야 할까. 이제 예측불허의 방식으로 운동하던 사물들은 한결 가라앉으며 정적인 방식으로 등장하기 시작한다. 『왜가리는 왜가리놀이를 한다』에서였다면 도저히 손에 닿을 수 없는 곳으로 튕겨져 날아갔을 것만 같은 "채소"가 얌전히 잡혀서 자아의 식탁으로 올려진다. 사물의 자유운동은 이런 방식으로 현실에 안착된다.

우리는 이것이 결코 후퇴라고 생각하지 않는다. 이것이야말로 사물들이 자아에게 비로소 실질적인 힘을 행사하기 시작한 증거이다. 이수명의 자아는 순수기호로서의 사물을 탐구하는 과정을 거쳐서 정말로 그 사물의 존재성을 자각하였다. 만약 그러지 않았다면 사물들에게 '위협'이나 '부담'을 느끼는 일이 가능했을까. 사물 탐구의 끝에 그 존재성을 자각했기에 그 실제적인 힘 또한 자각하게 된 것이며 그래서 방어작용의 일환으로 슬며시 자아의 자기보존본능이 들고 일어선 것이다. 따라서 "과도하게 명석한 분별력"과 강한 "검열의 힘"은 약화되고 사물은 천진하기만 한 것이 아니라 적대적인 에너지를 품고 자아를 육박해 들어오는 존재로 변모한다. 물론 침묵 안에서 사물의 사물성을 끝까지 추구하는 시편이 없는 것은 아니지만(「망고」) 세 번째 시집은 전반적으로 훨씬 가라앉은 사물들이 침묵 속에서 자아를 위협하는 장면을 자주 연출해낸다.

그러나 이것이 반갑다는 말이다. 다시 말하자면 이 공포가 더 현실적이라는 말이다. 이렇게 해서 이수명은 비로소 사물과 제대로 마주하게 되고 그야말로 한 단계 더 도약하게 된다. 자신을 내던져서 자신이 만든 세계와 싸워나가는 모습은 그녀의 의지가 얼마나 강하고 철두철미한가를 보여준다. 이렇게 네 번째 시집『고양이 비디오를 보는 고양이』(문학과지성사, 2004)가 등장한다.

나는 쌓는다.

비오는 날이면

죽은 자의 이빨같이

움직이지 않는 벽돌들을

나란히 차곡차곡 가슴속에

쌓는다.

빗물이 스미지 않게

빗물이 나를 맛보지 않게

눈먼 벽돌들을

-「벽돌 쌓기」 부분

　다른 시인의 시집에서였다면 크게 눈에 띄지 않았을 이런 구절들도 이수명의 행로를 따라온 우리에게는 커다란 의미로 다가온다. "죽은 자의 이빨같이"라는 표현에서도 알 수 있지만 이제 이수명은 자아의 '인간적인 정서'를 어느 정도 용납하게 되었다. 사물에 인간적인 비유와 해석을 덧붙이기 시작한 것이다. 물론 여전히 최대한 절제된 상태이기는 하지만 그저 텅 비워져 있던 자아의 골방에 인간적인 감정이 스며든 이 장면은 쉽게 놓칠 수 없는 순간이다. 이처럼 대상(사물)으로 몰려갔던 에너지가 점차 가라앉으면서 다시 자아로 돌아오는 것이 이 시집의 특징이라고 할 수 있다. 자아는 여전히 대상의 영향력 아래 놓여 있기는 하지만 무조건 대상에 자신의 자리를 내주기만 하는 것이 아니라, 철저한 부정과 검열을 통해 멀리 돌아옴으로써 기존의 인간적인 정서와는 완전히 달라진 '인간적인 정서'가 스며든 존재로 재등장하게 된다. 이 자아를 비로소 주체라고 부를 수 있지 않겠는가? 대상의 영향력에 개방되어 있으면서도, 단순히 대상의 귀결점으로만 존재하지 않고 자신의 관점을 가진 상태로 대상과 부딪치고 싸우는 방식의 주체. 동시에 대상과의 지속적인 만남을 통해 자신의 관점을 계속 갱신하면서 가능성으로 열려 있는 주체. 이 시집에는 "사람들 속에 펭귄이 한 마리 서 있었다/(…)/사람들의 검은 그림자는 한없이 길어지고 그 속에 짧은 펭귄이 한 마리 서 있었다//사람들 속에 펭귄이 한 마리 서 있었다"(「그림자 놀이」)와 같이 사물의 사물성을 계속 탐구하여 인간적 해석이 배제된 '무정함'이 주는 여운과 자유를 만끽할 수 있는 시가 여전히 살아 있으며 "얼굴에 섞여 있는/얼굴이 되지 못하는/얼굴 (…)/어제보다 긴 얼굴을 달고/그는 생각한다/사람들이 그를 알아보는 것은 얼마나 신기한 일일까."(「면도」)처럼 자아마저 사물화시켜 얼굴과 수염을 각각 분리해내어 동등한 사물로 처리하는 과정에서 발생하는 기묘한 정서를 만끽하게 하는 시편들도 있다. 그런 의미에서 네 번째 시집은 이수명의 개성이 비로소 현실에 안착한 시집이라고 말할 수 있으리라. "말의 논리를 뛰어넘어 부조리한 시공 속에 용해되는 것이 아니라, 독자의 합리적 추론 앞에 그 제작자가 의도했던 '뜻'을 어렵지 않게 드러낸"[10] 시집이라는 평가는 바로 자아와 대상(사물)이 어느 한쪽의 일방적인 지배력 하에 시를 출현시키지 않고 철저한 점검과 검열을 거친 새로운 주체와 대상으로 다시 만나 균형을 이룬 상태에서, 특히 사물 쪽에서 이 세계와 주체를 재서술하는 이수명의 기법이 완성에 이른 시집이라는 말과 같다고 할 수 있다. 이러한 때에 다음과 같은 절정의 시를 만난다.

---

[10] 황현산, 같은 글, 104쪽.

그가 들어섰을 때 식물이 따라왔다. 그의 뒤에 붙어서 현관으로 들어서
던 식물, 식물의 커다란 잎, 우리가 말없이 서 있었을 때, 우리보다 키가 큰
식물들이 불쑥불쑥 들어와 우리를 에워쌌다.

나는 물러섰다. 내가 한 발 앞으로 나아가면 또 다른 식물들이 내 앞에
나타났다. 식물들은 모여 있고, 식물들은 흩어지지 않고, 식물들은 만질 수
없는 가시를 가지고 있었다.

나는 기다렸다. 가시들이 혀가 되기를, 떼를 지어 일제히 속삭이기를, 속
삭이면서 날아가버리기를, 가시들은 어딘가를 찌르고만 있었고, 그곳이 어
디인지 나는 알지 못했다.

나는 팔을 벌렸다. 식물들 속에서, 내가 알 수 없는 그곳을 향해 팔을 벌
렸다. 식물들은 단 하나의 식물이 되기 위해 불어났다. 나는 단 하나의 식
물을 통과하기 위해 불어났다.

나는 불어났다.
그를 향해
내 방에 이식된 그를 향해
나는 계속되었다.

—「이식」 전문

이 시는 "그가 들어왔을 때 식물이 따라왔다."는 이상한 문장으
로 시작된다. 그런데 갑작스럽게도 식물은 자란다. 가시가 달려 주
체를 위협할 정도이다. 대상(사물)이 주체의 지배력을 벗어나 있는

타자라면, 타자의 존재성은 이토록 불안하고 낯선 것일 수밖에 없다. 인정하기 싫지만 그것이 맞다. 타자는 근본적으로 불편한 존재이기 때문이다. 그렇다면 이제 어떻게 할 것인가. 당연히 주체는 '감정의 고양'이나 '해석의 관여'를 통해 타자를 길들이고 제어하고 싶을 것이다. 그래서 3연의 "나는 기다렸다. 가시들이 혀가 되기를, 떼를 지어 일제히 속삭이기를"이라는 구절이 탄생한다. 하지만 대상은 쉽게 해석되지 않고 "가시들은 어딘가를 찌르고만 있었고, 그곳이 어디인지 나는 알지 못했다."는 고백이 뒤를 잇는다. 바로 이것이 이수명의 윤리이다. 이수명은 타자를 주체의 배열 속으로 남김없이 흡수하여 소화시키는 것이 아니라 언제나 얼마간의 여백을 남겨둔다. 도저히 제어할 수 없는 공백을 가진 존재로 타자의 존재성을 지켜주는 것이다. 쉽지 않은 경지이다. 이것은 그녀가 대상(사물)을 향해 자신의 모든 에너지를 쏟아부은 적이 있기 때문에 가능한 겸손이다. 그러나 여기까지였다면 이 시는 이성적인 검열로 잘 제어된 시에 그쳤을지 모른다. 이제 검열과 싸우는 이수명의 무의식적인 에너지가 솟구친다. 주체에 인간적 감정을 어느 정도 허용한 상태이기 때문에 자기도 모르는 사이에 불쑥 그 에너지가 밀고 올라오는 것이다. 4연이 그렇다. 주체와 대상은 마치 서로를 지배하겠다는 듯이 고양되기 시작한다. '나'는 식물의 알 수 없는 그곳을 점령하기 위해 팔을 벌리고, 식물은 '나'를 뒤덮어버리겠다는 듯이 불어난다. 이 싸움은 정당하다. 이 시에서 주체와 대상(사물)은 서로에게 지배력을 행사하거나 행사당하는 일방적인 존재가 아니다. 또한 무조건적인 환대나 시혜의 대상으로 부각되지도 않는다. 각각 서로 독립적으로 존재하면서도 서로에게 위협을 가하는 실질적인 존재이다. 그래서 이들은 자기도 모르게 상처를 주고,

상처 받을 것을 두려워하고, 차라리 상대가 없어져버리기를 바라기도 한다. '인정'하기도 하지만 '무시'하기도 하고 '두려워'하기도 하는 것이다. 이들은 서로에게 타자이면서도 타자로서 "자신을 주장할 뿐만 아니라 나에게 반론하고, 저항하는 능동적 주체"[11]이기도 하기에 서로를 지배하기 위해 경쟁적으로 불어난다. 그런 의미에서 이 시 속의 주체와 타자는 "상호주관주의적 윤리"[12] 를 실천하는 존재들이기도 하다. 하지만 윤리를 윤리로 반복하는 것은 시의 한계를 스스로 그어버리는 일이기도 하다. 흥미로운 것은 바로 이 부분에서 주체의 인간적인 정서와 비인간적인 정서가 뒤섞여버린다는 점이다. 마지막 부분에서 주체는 "나는 불어났다./그를 향해/내 방에 이식된 그를 향해//나는 계속되었다."라고 말하며 자신의 정념을 영원한 확장 속에 위치시킨다. "이식"이라는 제목과 어우러져 우리는 이 대목을 읽으면서 주체가 그야말로 거대하게 증식되는 듯한 환상을 경험한다. 확실히 그동안의 이수명과 비교하자면 매우 다른 감각이다. 세계를 자신의 방식으로 주유하려는 자아의 파괴적인 힘이 솟구쳐오르는 지점이기 때문이다. 그런데 한편으로 매우 익숙한 지점이기도 하다. 이 지점을 경유하여 조금만 넘어가면 김경주를 만날 수 있고 김행숙을 만날 수 있기에 그렇다. 이수

---

11 문성훈, 「타자에 대한 책임, 관용, 환대 그리고 상호주관주의적 윤리」, 《시와반시》 2011년 봄호, 112쪽.

12 문성훈은 타자에 대한 책임을 강조하는 레비나스, 관용을 강조하는 왈쩌, 환대를 강조하는 데리다의 견해를 검토하며 이들 모두 서로 다른 방식으로 타자를 구원하려고 하지만 실은 타자를, 자신에 대한 폭력을 스스로 극복하려는 능동적 주체로 여기지 않는다는 점을 지적한다. 책임, 관용, 환대 모두 가해자/피해자, 혹은 자아/타자라는 일방적 관계로만 유지되는 독백적 관계라는 것이다. 따라서 자아 역시 타자에게는 또한 타자일 수 있으며 그 타자는 언제든지 자아를 위협할 수 있다는 점을 간과하고 있기에 새로운 시대의 윤리는 차라리 주체와 타자가 서로 갈등하고, 타협하고, 무시하고, 투쟁하는 과정을 거쳐 "타자의 시각을 통해 자기 자신을 반성하는 탈중심화된 주체"가 되어야 가능하며 비로소 그때 "상호주관주의적 윤리"가 완성될 것이라고 보았다. 문성훈, 같은 글 참조.

명은 자아가 가진 관습화된 인간적 정서를 극복하기 위해 대상(사물)으로 갔다가 다시 주체로 돌아왔고 양자의 균형과 간섭을 통해 새로운 지경을 열어젖힐 수 있는 독창적인 세계를 만들어냈다. 그런데 이런 시의 이런 구절은 이수명에게 낯설다. 이 비윤리적인 이수명 안의 '타자'는 어찌할 것인가? 여기서 거대한 쾌락이 계속 산출된다면. 또한 이 지점을 넘어갔기 때문에 2000년대 시인들이 탄생할 수 있었다면? 이수명은 비윤리적인 쾌락 직전까지의 길을 선취하여 보여준 시인이다. 그래서 '다시 시작'이다(다시 시작이라니, 얼마나 가혹하고 무서운 말인가). 이수명은 어떻게 커브를 돌아 휘어질 수 있을까. 왜가리 없는 왜가리를 어떻게 껴안을 수 있을까. '올바르게' 휘어져야 한다고 평론가는 말할 수 있겠지만 '올바르지 않을 때' 이상한 시가 발생한다고 우리는 말할 수 있을 것이다. 비교적 올바르지만 이상하게 덜 올바른, 그런 길도 있을까? 이수명이라면 그런 커브를 찾아낼 수 있지 않을까?

우주로

―김경주 작품론[1]

> 세계를 소유한다는 것은 만물이 갑자기 완벽하고 은혜로운 조화의 관계 속에서
> 드러나 보일 정도로 순수한 관조와 아름다운 비전을 되찾는 데 있을 것이다.
>
> ―알베르 베갱, 『낭만적 영혼과 꿈』 중에서

1. 추방

탄생이 영원한 추방이 아니라면 지상의 삶이 고통스러워야 할 이유가 있을까. 그런 의미에서 이곳은 외계다. 우리는 평생 유배당한 자로 외계의 삶을 견뎌야 한다. 암나사에 수나사가 밀려들어가듯 좁은 산도에 머리를 밀어 넣어 열두 시간이 넘는 지독한 탄생 과정을 체험한 뒤에도 우리가 끊임없이 저 원시의 바다를 떠올리는 것은 무슨 이유일까. 우리가 아는 유일한 세상이 보내는 마지막 신호

---

1 『나는 이 세상에 없는 계절이다』, 랜덤하우스중앙, 2006.

란 가혹하기 짝이 없는 유배령이었을 터, 한 세계와 한 세계를 연결하는 통로에 머물러 있는 동안 우리는 영원할 것 같은 시간을 흘려보냈으리라. 이토록 가혹하게 내팽개쳐졌으면서도 정을 떼지 못하고 수시로 제 살을 쓰다듬으며 뒤를 돌아보는 이유는 정말 무엇인가. 어째서 원시의 바다는 신성시하면서도 산도를 빠져나온 끔찍한 기억은 새까맣게 잊어버린 것일까. 고통을 기억하고 있는 사람이라면 아무리 그곳이 완전한 공간이었다고 할지라도 감히 최초의 공간으로 되돌아가기를 원하지는 않을 것이다. 그 고통을 다시 겪어낼 수 있겠는가? 차라리 지상의 삶을 받아들이고 속절없이 흘러가는 단 한 번뿐인 삶을 축복으로 받아들이는 것이 낫지 않겠는가. 그러나 홀로 집에 돌아오는 길은 여전히 쓸쓸하다. 결국 되돌아가지 못할 것이라는 지독한 예감에 몸을 떨고 자리에 주저앉아버리는 순간, 우리는 귀신에 들린 것처럼 김경주의 시를 만난다. 속절없는 인연, 지독한 사랑, 세상을 뒤덮는 연민. 수세기에 걸쳐 바람이 불고 구름이 흘러간다. 사람에서 음악으로, 음악에서 다시 바람으로 유전하는 모든 만물의 소리 없는 형상이 세계의 내장을 천천히 통과한다. 저것은 하나의 얼굴인가? 우리는 만질 수 없는 곳에 존재하며 존재할 수 없는 곳에서 외로워 울다가 결국은 썩고 말 것이다. 김경주의 시는 태초 그 아득한 원시의 바다로 되돌아가고자 하는 자가 펼쳐내는 유장한 기억이며 결국은 돌아가야겠다는 꿈을 포기하지 못한 한 자의 거대하고 초인적인 동경(Sehnsucht)이다.

2. 외계

납득할 만한 해명도 듣지 못하고 현생에 유배당한 자가 자신의 삶을 불구로 여긴다고 할 때 어느 누구도 감히 이 결여된 자를 기이하다고 손가락질할 수 없을 것이다. 비록 자궁이라는 원시의 바다에서 겪었던 체험이 직접적으로 등장하지는 않지만 김경주의 시를 읽으면서 자궁 속 최초의 기억을 떠올리는 것은 어려운 일이 아니다. 그리하여 치명적인 결락감은 두 팔을 자궁 안에 두고 온 화가라는 인상적인 이미지로 형상화되어 처음 우리 앞에 등장한다(「외계(外界)」). 한 세계를 완성시키기 위한 절대적인 수단을 빼앗겼을 때 어떤 것도 이 삶을 보완할 수 없을 것이라는 안타까움은 우리에게 쓸쓸한 연민을 불러일으킨다. 이때부터 시집에 참여하는 우리들은 순도 높은 윤리적 책임감을 하나의 의무로 받아들이지 않을 수 없게 된다. 레비나스의 말대로 우리가 고통받는 타자의 얼굴에 직면할 때 애초에 우리가 갖고 있던 윤리적 이기성과 존재론적 폐쇄성은 깨어지기 마련이다. 그리고 우리는 어느새 윤리적 책임을 지닌 주체로 탄생하게 된다. 고통받는 타자는 우리와 전혀 관계없이 미리 정립되어 있는 외적인 대상이 아니라 타자를 바라보는 나의 주체성을 완수하는 데 결정적인 영향력을 행사하기 때문이다.[2] 시집 전편에 걸쳐 반복되는 '불구'의 상태는 우리를 시집 안쪽으로 깊숙이 참여하게 만드는 강력한 동인으로 작용한다. 우리가 김경주의 시를 읽으며 불현듯 가슴이 뜨거워지는 것은 바로 윤리적 책임감 때문이다. 이제부터 나와 그대는 우리가 된다. 나는 그대로

---

2 서동욱, 「주체의 근본 구조와 타자」, 『차이와 타자』, 문학과지성사, 2000, 139~155쪽 참조.

인하여 비로소 존재할 수 있게 된다. 이것은 그대가 치유되는 과정
에 동참하고 싶다는 말과도 다르지 않다. ……영혼은 시편들에 실
리고, 사내가 세상에 유배당한 이유가 다름 아닌 휘파람 때문이라
는, 너무 순수해서 죄라고 부를 수 없는 죄 때문임이 밝혀지면서
우리의 깊숙한 참여는 새로운 국면으로 전환된다.

　비 내리는 길 위에서 여자를 휘파람으로 불러본 적이 있는가

　사람은 아무리 멋진 휘파람으로도 오지 않는 양이다 어머니를 휘파람으
로 불러서는 안 된다 대대장을 휘파람으로 불러서는 안 된다 간호사를 휘
파람으로 불러 세워선 안 된다 이것들을 나는 경험을 통해 배웠다 이것이
내가 여기에 들어온 경위다

-「비정성시(非情聖市)」 부분

　한 존재의 거대한 비명이자 지극히 낭만적인 파토스가 어떻게
물리적 세계의 실체들을 껴안으며 뒤덮을 수 있는지를 보여주는
위의 시편은 가히 이번 시집의 독보적인 역작이라 부를 만하다. 열
에 들뜬 자아가 뿜어내는 오만하고도 순결하며 지극히 거대한 비
명은 그러나 자칫 흘려들을 수 있는 희미한 휘파람 소리에서 시작
되는 것이 특징이다. 휘파람으로 누군가를 부를 때 역사는 시작된
다. 바람은 음악을 부르고, 음악은 바람을 만나 세상에 없는 언어가
된다. 하지만 사라질 듯 지속되는 이 소리를 향해 고개를 돌리는
순간 우리의 갈등도 시작된다는 것을 알고 있는가. 그가 건넨 휘파
람, 그건 도대체 무슨 뜻인가? 이리로 오라는 말인가, 거기 멈추라
는 말인가, 기어이 당신을 사랑하겠다는 표현인가?[3] 그리하여 통용

가능한 명백한 기의를 추출해낼 수 없는 휘파람은 단호히 언어체계에서 제외된다. 상상적 믿음에 포섭되지 않는 언어는 자칫 일상어의 모든 체계를 교란시키고 파괴할 수 있기 때문이다. 배제를 통하여 내적인 모순을 은폐하는 이러한 체계에서 휘파람을 부는 사람이 어떤 취급을 당할지는 분명하다. 따라서 「비정성시」의 화자가 결국은 정신병원에 갇힌 환자임을 알게 되는 것은 비극적이지만 일면 당연한 일인지도 모른다. 태생적 불구로 태어나 외계로 추방당한 시인은 이번에는 언어 체계에서도 배제되는 아픔을 겪는 것이다. 지은 죄를 순순히 인정할 수 있다면 외계의 삶도 이리 처연하지는 않을 것이다. 하지만 다른 언어를 쓴다는, 죄라고 할 수도 없는 죄 때문에 연인 사이의 낭만적인 교신으로, 순수성을 드러내는 수줍은 신호로, 그 어떤 말보다 감미롭고 황홀한 호명의 방식은 이제 시인과 현생의 균열을 증명하는 결정적인 지표로 전락한다.

어찌할 것인가? 출생으로부터, 언어로부터 두 번 소외당한 이 삶을. 자기 존재를 부정하는 겹의 조건을 앞에 두고 시인은 눈을 감는다. 입을 열지 않고 심중에서 회오리처럼 터져 나오는 방백으로 온 세상을 휘감는다. 한 번도 내 의지로 지속된 적 없는 삶, 세계여. 나를 거부하겠다면 어쩔 수 없구나. 나의 흔적을 지워 세상에 존재할 수 없게 만들겠다면 그대들이 추방하는 대로, 그대들이 유배시키는 대로 나는 지워지겠다. 지워져 이름 붙일 수 없는 곳에서 나는 살아가리라. ……지금부터 나는 이 세상에 없는 계절이다……. 우리는 외로운 사념의 끝에서 한 비극적인 존재 방식을 만

3 모든 언어란 맥락에 따라 수많은 기의로 번역될 수 있다. 같은 단어를 쓰더라도 말하는 사람과 받아들이는 사람이 달리 해석하는 것은 애초에 언어라는 것이 수많은 층위에서 작동하는 다면체임을 의미한다. 다만 우리는 서로가 같은 의미를 지시하는 단어와 문장을 사용하고 있다고 상상적으로 믿으며 이 불완전한 언어체계로 실재계가 들이닥치는 것을 막고 있을 뿐이다.

난다. 강요당한 조건을 거부하지 않고 오히려 그대로 끌어안으면
서 역설적으로 바로 그 존재조건을 통해서만 살아가는 삶. 우리는
보이지 않고 만질 수 없는 세계로 들어간다. 이렇게 해서 우리는
귀신을 만난다.

3. 신비

김경주의 시집은 가히 지상의 모든 사물을 지워나가는 시집이라
부를 만하다. 「비정성시」의 화자가 결국 죽음을 맞이하면서 물 밖
의 또 다른 나를 통해 울음소리를 듣는 마지막 장면은 인간의 처소
에 살고 있는 줄 알았던 화자가 결국은 귀신이었을지도 모른다는
갑작스러운 반전을 제공하며 우리의 둔탁한 감각을 뒤흔들어놓는
다. 이것이야말로 "귀신으로 태어나 자신이 죽은 줄도 모르고 이 세
상을 살다가 어느 날 자신도 모르게 사라져버리는 생들"(「비정성시」)
이 아니고 무엇이겠는가. 살지만 살지 않는 존재, 살아도 죽어 있는
존재. 그리하여 결국 지워진 존재. "사람은 자신이 살아온 만큼 사
라져 가는 것이다"(「우주로 날아가는 방 2」)라는 진술은 너무 비극적이
어서 기어이 목덜미가 서늘해지는 어떤 지점으로 우리를 안내한다.
  영원히 어딘가를 떠돌 수밖에 없는 '귀신'은 시인이 새롭게 마련
한 처소가 어디인지 짐작하게 만드는 중요한 표지다. 이렇게 지워
짐을 끌어안으면서 살아남은 김경주는 불가시(不可視)와 불가지(不可
知)의 세계를 떠도는 또 다른 존재들을 불러 모으기 시작한다. 휘이
이이. 어디선가 주술사의 휘파람 소리가 들리지 않는가? 그렇게 불
러들여진 존재가 바로 음악이다. 바람이다. 시간이다. 그들이 바로

이 시집의 보이지 않는 살[肉]이다.

음악이 방금 다녀간 나라들을 허공이라고 부른다

아흔아홉 번째 레퀴엠, 태어나자마자 음악은 스스로 자신의 풍경을 조금
씩 지우기 시작한다.
-「음악은 우리가 생을 미행하는 데 꼭 필요한 거예요」 부분

몇백 년 동안 녹지 않았던 눈들을 우리는 지금 먹고 있는 거야 얼음의
세계에 갇힌 수세기 전 바람을 먹는 것이지 이 바람에 도달하려고 사람들
은 수세기 동안 거룩한 인생에 지각을 하기 위해 산을 떠돌았어
-「바람의 연대기는 누가 다 기록하나」 부분

내가 몇 세기가 지나도
만질 수 없는 시간 속에서 못은
허공에 조용히 떠 있는 것이리라
-「못은 밤에 조금씩 깊어진다」 부분

공중에서 물 위로 내려온 그늘들은

그가 다 데리고 간 저녁이다
-「우주로 날아가는 방 4」 부분

아름답다. 너무 아름답다. 이 음악과 바람과 시간이 아름답지 않
다면 무엇이 아름다울 수 있을까. 음악도 바람도 시간도, 모두 만

질 수 없고 볼 수 없다는 점에서 불가시 세계의 충실한 신민이라 부를 만하다. 음악이 다녀간 나라는 허공이며 설산의 얼음 속에는 수 세기 전의 바람이 봉인되어 있다. 그것을 만질 수 있겠는가? 거기에 도착할 수 있겠는가? 불가능한 것을 인식하고 불가능한 것에 다가가려는 김경주의 시도는 그것이 결국 실패로 돌아갈 것임을 암시하고 있다는 점에서 슬픔을 주지만 인간이란 결국 이러한 노력으로밖에 무거운 삶을 감당할 수 없을 것이라는 인식 때문에 더욱 격렬하고 비의적인 아름다움을 선사한다. 하지만 형체 없는 것들의 거소가 물리적 공간이 될 수 없음은 너무나 명백한 것, 따라서 김경주는 시간을 길게 늘이는 방식으로 이들과 관계한다. 공간이 사라진 상태에서 시간만이 유일한 현현의 근거가 되는 것이다. 이렇게 광대한 시간 폭에서 바로 유장한 리듬이 발생한다. 수 세기의 바람이라니, 그런 것을 상상해 본 적이 있는가? 몇 세기가 지나도 만질 수 없는 시간이라니, 그런 시간을 겪어본 적이 있는가? 몇 세기 정도는 가볍게 뛰어넘는 인식능력은 인간 한계를 단걸음에 뛰어넘으며 미학적 쾌감을 선사한다. 시인은 수백 년의 시간을 살게 되고 우리는 경탄하며 시인이 펼쳐놓은 시간을 되산다. 이 되삶이야말로 이번 시집의 또 다른 매혹이라 이름 붙일 만하다. 그리고 바로 여기서 신비가 발생한다.

신비주의가 '눈이나 입을 닫다(myein)'라는 그리스 말에서 왔다고 한다면 볼 수도 없고 말할 수도 없는 무엇, 따라서 눈이나 입을 쓸모없게 만드는 무엇이 존재한다는 믿음이 곧 신비주의를 가능하게 만든다.[4] 이 유장한 음악과 바람과 시간의 리듬 앞에서 어떤 자가 침묵으로 경의를 표하지 않을 수 있겠는가. 어쩌면 침묵은 그들이 내부에 품고 있던 뜨거운 공간을 우리가 껴안아 살다가 다시 그들에게 되바치는 소리 없는 울음인지도 모른다. 불가능한 것을 인식하려는 시인의 인식은 신비주의적인 색채를 띠며 우리의 눈과 입을 제단에 바칠 것을 요구한다. 우리는 기꺼이 인간의 질서를 바치고 불구를 자처하며 신비로운 제식에 동참한다.

하지만 음악과 바람과 시간은 근본적인 속성상 흘러간다. 그것은 이곳으로 흘러오는 것이 아니라 저곳으로 흘러가는 것이다. 따라서 젊고 명민한 신비주의자는 결코 그들을 불러 모을 수 없다. 그들에게 다가가기 위해 다른 방식을 고안해내야 한다.

도대체 무엇이 형체 없는 저것들에게 다가가는 길을 내줄 것인가. 그 첫 번째 방법이 바로 죽음이다. 죽음이란 어떤 의미에서 질료의 해방이며 최상의 팽창이다. 기관 속에 갇혀 있던 생명력은 죽음을 통해서 비로소 세상을 향해 풀려나 자유를 얻는다.[5] 릴케의 어떤 시에서처럼 우리는 죽음을 통해서만 비로소 "공기에 닿아 썩어가는 한 과일의 내부처럼 부드럽게 열"릴 수 있는 것이다.[6] 그렇다면 육체를 얻지 못한 귀신은 어떻게 죽는가? 부패될 육신이 없을 때 유일한 죽음은 없어지는 것이다. 완벽하게 이 세상에서 사라지는 것이다. 따라서 "아무도 모르게 말라가는 것이 점점 너에게

---

4 "신비주의란 용어가 '눈이나 입을 닫다'(myein)는 그리스 말에서 나왔다는 주장이 있는데, 진실 여부를 떠나 흥미 있는 해석입니다. 볼 수도 없으며 말할 수도 없는 무엇, 따라서 눈이나 입을 쓸모없게 만드는 무엇이 존재한다는 믿음이 곧 신비주의이기 때문입니다." 이지훈, 『예술과 연금술』, 창비, 2004, 17쪽.

5 "부패된다는 것은 바로 최상의 팽창이 아니고 무엇이겠는가? 부패의 꿈은 팽창의 상념과 분리될 수 없다. (…) 따라서 그 무엇도 아름다운 시체보다 더욱 풍요롭지 못하다. (…) 죽음은 기관의 균형을 파괴한다. 그러나 바로 이 파열이 지금까지 육체 속에 갇혀, 물질대사의 법칙에 순응하고 있는 생명력을 해방시키기에 이른다." J.P. 리샤르, 『詩와 깊이』, 윤영애 옮김, 민음사, 1991, 146~147쪽.

6 "(…) 오, 그의 얼굴은 이 온세상./이제 세상은 그에게 가서 그를 얻으려 합니다./지금 두려운 표정으로 죽어가는 그의 낮은/공기에 닿아 부드럽게 썩어가는 한 과일의 내부처럼/부드럽게 열려져 있습니다." 릴케, 「시인의 죽음」, 『검은 고양이』, 김주연 옮김, 민음사, 1998, 32쪽.

가까워지는 것인지 모르겠다”(「파이돈」)는 구절은 비가시 세계의 존
재조건인 사라짐을 극한까지 밀고나갔을 때 비로소 너에게 도달할
수 있겠다는 시인의 무의식을 고스란히 드러낸 문장이라 할 수 있
을 것이다. 그러나 죽음이란 영원한 단절이며 말 그대로 무(無)인데
어찌 추구의 대상이 될 수 있겠는가. 죽기 직전까지만, 이라는 단
서를 달았을 때 이 보이지 않는 나라의 제사장은 그가 할 수 있는
유일한 행동을 실천하기로 결심한다. 그것이 바로 두 번째 방법인
‘울음’이다.

　　나는 울다가 썩어버린 사람을 바람으로 본다

-「생가」 부분

　　한 마음을 향한 나의 인간은 울음인가

-「그러나 어느 날 우연히」 부분

　　눈물은 자기 안의 빙하가 녹는 것

-「비정성시」 부분

　　멸종하고 있다는 것은 어떤 종의 울음소리가 사라져간다는 것이다 나는
멸종하지 않을 것이다

-「우주로 날아가는 방 5」 부분

　자기 안의 빙하가 녹는 것이 눈물이라니! 이제 근해의 수위를
족히 몇 미터는 끌어올려 우리 사는 땅을 뒤덮어버릴 수 있는 빙하
가 녹기 시작한다. 거대한 스케일의 눈물이 흘러나오기 시작한다.

그리하여 눈물은 **뻗고 뻗고 뻗**어간다. 한 집의 층계가 공간과 공간을 연결하는 내장 그 자체라고 한다면[7] 눈물은 김경주가 거주하는 귀신의 나라, 음악과 바람과 시간과 모든 보이지 않는 것들을 완벽하게 연결하는 내장 그 자체이다. 추방당한 땅에서 시인이 만상에게 다가갈 수 있는 유일한 방법이다. 바로 여기에서 이번 시집의 격정이 폭발한다. 우리가 김경주의 시집을 읽으며 더할 수 없이 예민하고 격렬한 감정의 상태를 만난다면 그것은 분명 우리가 김경주의 거대한 울음을 들었기 때문이다. 우리는 그 울음에 거의 **파묻**힌다. 이렇게 하여 멀리 흘러나가면서 만상과 만난다.

이제 시인은 제왕이 된다. 울음으로 만물에게 다가가 연결된 순간부터 이 세계의 유일한 동력은 김경주가 된다. 자기 안의 빙하가 계속 눈물을 생산해야만 세계와 교통할 수 있기 때문에 그는 이제 자아에 절대적인 힘을 부여하는 경지에 접어든다. 따라서 소박하게는 "밖에서 나를 웃길 수는 없기 때문이다"(「인형증후군 전말기」)와 같이 모든 기원을 자기 스스로에게 두려는 문장이 탄생하기도 하고, 더욱 적극적으로는 "너는 어떤 제한을 받지 않을뿐더러 너의 본성은 너의 뜻에 맡겨 두었다", "나는 너를 세계의 중앙에 두나니"(「테레민을 위한 하나의 시놉시스」)처럼 절대자가 그의 힘을 전수하는 대관식을 거행하듯 자기 스스로에게 힘을 부여하는 문장을 우리 앞에 허락하기도 한다. 이렇게 그는 운다. 울어서 만상에게 다가간다. 껴안는다. 그리고 눈물로 덮어버린다. 눈물은 썩기 직전까지, 멸종하기 직전까지 계속된다. 이제 세계와 분리된 자아가 아니라 세계

---

7   "이 층계, 그것은 그대의 다락방을 포함하는, 장소의 여러 다양한 부분들에 접근하는 것을 허락하는 나선형으로 뻗은 계단들을 가진 수직 통로가 아니다. 그것은 그대의 내장 자체다." 바슐라르, 『대지 그리고 휴식의 몽상』, 정영란 옮김, 문학동네, 2002, 146쪽, 재인용.

와 하나로 연결된 절대적 자아가 탄생한다. 세계와 어떠한 간극도 없이 일치되어 모든 존재가 김경주에 의해서 가능하고, 모든 존재가 김경주로 인하여 살아가는 경지. 이제 김경주는 절대 자아, 절대 세계[8]로 화한다.

4. 자궁

원래 절대 자아란 주체와 타자의 경계를 넘어서 양자가 통일성 속에서 공존하고 있는 더 큰 세계의 은유를 말한다.[9] 근래 보기 드물게 호방하며 압도적인 감염력을 자랑하는 김경주의 시는 독일 초기 낭만주의에서 말하는 절대 자아, 절대 세계라는 개념과 등치시

---

8 "모든 세계는 자아에 의해서 존재하는 것이며, 또한 이 자아에 의해서 생산된 것이다. 여기에서 말하는 자아는 의식으로 한정된 자아, 즉 자연과 분리된 정신을 말하는 것이 아니라, 세계와의 연속성 속에 존재하는 절대적 자아 즉 세계와 아무런 간극 없이 존재하는 세계의 중심에 선 자아다. (…) 낭만주의자들은 그 상태를 다만 절대 자아라는 용어로 표현할 뿐이다. 그러니 저 세계를 절대 세계라고 말한다 해도 사실상 아무런 의미의 차이가 없다." 김진수는 독일의 초기 낭만주의를 다룬 책에서 노발리스와 가톨릭 전향 이전의 슐레겔을 답파하며 소위 소녀적 감성과 등가로 통용되는 '낭만'에 대한 개념을 비판하고 미학적이고 정치적인 면에서 혁명성을 지닌 '낭만주의'의 의의를 새롭게 강조한다. 이 책에서 우리는 특히 근대의 주객 이원론을 극복할 수 있는 하나의 대안으로 낭만주의를 사유하는 것이 유효적절할 수 있을 것이라는 암시를 받을 수 있다. 근대는 주체 개념을 설정하기 위하여 주관과 객관을 나누고 주체를 이 차이로부터 설정하려는 시도를 펼쳐 왔는데 이와 달리 낭만주의는 세계가 주관과 객관으로 이분화되기 이전의 일체화된 주관을 추구한다는 것이다. 김진수는 니체의 디오니소스적 도취 상태 속에서 이루어지는 세계와 자아의 일체 상태를 그 한 예로 든다. 그리하여 낭만주의란 지나간 에피소드가 아니라 오늘날에도 유효한 화두가 될 수 있다는 주장이다. 이런 면에서 보자면 김경주의 세계관은 레비나스의 타자 이론보다는 독일 낭만주의의 절대 자아 개념에 더욱 친연성을 보인다 하겠다. 하지만 김경주의 시를 독일 초기 낭만주의의 절대 자아, 절대 세계로 등치시킬 수 없는 것은 그의 작품 속에서는 나와 타자가 통일성 속에서 '공존'하기보다는 나를 중심으로 타자가 배열되는 경향이 훨씬 더 두드러지기 때문이라고 할 수 있다. 이 글에서 사용하는 절대 자아란 독일 낭만주의의 깊은 영향력을 암시하되, 자아의 거대한 감응력과 폭발력을 강조하는 뜻으로 사용하는 것임을 밝힌다. 김진수, 『우리는 왜 지금 낭만즈의를 이야기하는가』, 책세상, 2006, 97~100쪽, 참조.

9 같은 책, 98쪽, 참조.

킬 수는 없지만 이러한 자아관에서 비롯된다고 해도 과언이 아니다. 따라서 최근 일군의 젊은 시인들이 보여주는 분열증적 주체와는 정반대의 위치에서 김경주의 시는 가동된다고 할 수 있다. 특히 분열증적 주체가 들뢰즈의 '기관 없는 신체'의 사유를 바탕으로 대뇌를 향해 인식론적으로 퍼올려지고 개념화되는 감각보다 감관에서 직접 몸으로 내려가는 감각(sensation), 즉 유물론적 사건으로서의 감각 그 자체를 중시하며 낯선 미감을 만들어내고 있다면 김경주의 경우, 오히려 주체보다 더 단단하고 안정적인 것으로 여겨지는, 그래서 그만큼 더 낡은 것으로 매도되는 자아를 인식의 극점으로 설정하고 전면적으로 내세우는 시를 쓰고 있다. 그러니까 오히려 전통적인 서정시의 자아관을 극점까지 밀고나가는 것이다. 따라서 분열증적 주체가 통어되지 않은 익명의 중얼거림을 시 속에 끌어들여, 버리고 가는 자의 유희에 몰두한다면 김경주가 보여주는 낭만적 자아는 전통적인 고백체를 더욱 전면화시키면서, 안고 가는 자의 참혹과 연민을 보여준다고 할 수 있다. 하지만 이 부분에서 위태로움이 감지되는 것도 사실이다. 이 시인은 기본적으로 자기 자신의 순결함에 대한 믿음이 너무 강한 데다가 자기가 구축한 세계의 유일한 제왕이기 때문에 언제든 바깥으로 산출해낸 무수한 자아를 눈물 속에 수장시켜버릴 수 있기 때문이다. 김경주의 시는 자아에 대한 믿음이 없다면 결코 탄생할 수 없는 시이기에 자기 존재의 근거가 자기 부정의 계기가 되어버리는 상황은 하나의 패러독스로, 언제든지 터져버릴 수 있는 뇌관으로 시 안쪽에 잠재되어 있다고 할 수 있다. 하지만 상당수의 젊은 시인들이 자기들 세대의 차이를 드러내는 표지로 분열증적 주체를 내세우고 있는 최근의 시단 풍토에서 거의 유일하게 홀로 낭만적 자아를 고수하며 역동적인 힘으로 세계를 견인해나가고 있는 김경주의 태도는 독보적인 데가 있다고 할 수 있다. 또한 철학에 관한 시인의 관심은 '성찰'과 '환상'이라고 하는 낭만주의의 두 수레바퀴[10] 중에서 특히 성찰이라는 부분을 충족시키며 소위 '지적인 낭만주의'를 더욱 예각화시켜 밀고나갈 수 있는 가능성을 품고 있기에 기대와 신뢰를 멈출 수 없는 것이다.

그렇다면 울음 이후는 어떻게 될까? 잠시 거대한 낭만적 자아에 압도되어 그 의미를 살펴보느라 잊고 있었지만 시인이 울음으로 길을 낸 다음에는 도대체 어떤 일이 일어났을까? "이 세상 것이 아닌 것들이, 이 세상을 희롱하는 방법은, 외로워해주는 것이다"(「우주로 날아가는 방 1」)라고 이야기할 수 있는 시인은 극도의 외로움을 껴안아 더욱 외로워짐으로써 눈물의 제국을 건설하였다. 여기서 우리가 궁금한 것은 단 한 가지이다. 그렇게 탄생한 이 세상 것이 아닌 것들의 나라에서 눈물은 어떻게 되었을까 하는 점이다. 흘러가 버렸을까? 아니면 스며들었을까?

4. 내러티브
—프롤로그 〈과거〉
—자궁을 다녀온 손
전운이 감도는 황량한 모스크바 목조 가옥,
구름 속에 스며 있던 바람이 흘러나온다
바람 속에 창이 생긴다
방 안에서 아낙사고라스가 테레민을 연주하고 있다.

그의 눈이 구름의 속처럼 어둡다

테레민의 질서 속으로 서서히 들어가는 어두운 손이 늙기 시작한다.

공간 속을 다녀올 때마다 손은 점점 말라간다

―「테레민을 위한 하나의 시놉시스」 부분

　　이번 시집에서 손꼽을 수 있는 또 한편의 매력적인 작품 「테레민을 위한 하나의 시놉시스」는 제목처럼 테레민이라는 전자 음향 악기를 두고 벌어지는, 결코 포기할 수 없는 절대적 사랑에 대한 이야기를 시놉시스 형식으로 풀어놓은 작품이다. 특히 시에 등장하는 테레민은 평범한 작은 상자처럼 보이지만 연주자가 상자의 공명이 밖으로 만들어내는 수직 공간 속으로 손을 집어넣어 마임이나 주술을 걸듯 손을 휘저으면 연주가 된다는 특이한 악기를 말한다. 여기에 음악에서 사람으로, 사람에서 음악으로 환생하여 무간(無間)과도 같은 영원한 시간을 거듭해서 살아가야 하는 세 명의 이야기가 얽혀 들어가면서 작품은 인간의 이성으로 감지할 수 없는 초월적인 세계를 신비주의적 영상으로 형상화해내는 데 성공한다. 그런데 여기서 우리의 눈을 잡아끄는 것은 무엇보다도 보이지 않는 음악을 연주하는 장면이다. 테레민의 질서 속으로 인간의 손이 서서히 들어가 흔들리면 테레민이 연주된다. 그런데 놓치지 말아야 할 것은 이번 장의 부제다. "자궁을 다녀 온 손" 자궁을 다녀온 손이라니? 어떤가? 이제야 머릿속이 환해지는 것을 깨달을 수 있지 않는가? 김경주가 음악에 민감한 것은 음악이 그 안에 보이지 않는 공간을 품고 있기 때문이 아니다. 결코 그것이 다가 아니다. 그 말은 이렇게 수정되어야 한다. 김경주가 음악에 민감한 것은 음악이 바로 '자궁'이기 때문이다.

그에게는 테레민을 연주하는 것은 자궁을 다녀오는 일과 같다. 더군다나 바람 속에 창이 생기고, 방 안에서 아낙사고라스가 테레민을 연주하는 장면이 펼쳐지는 구절은 어쩌면 이렇게도 자궁과 그 안에 담긴 태아를 강력하게 연상시키는 것일까? 우리는 이제야 이 인상적인 한 편의 시가 어떠한 원리에 따라 축조되었는지 짐작한다. 그리하여 잠시 음악에서 고개를 돌려 이 시집의 보이지 않는 살들을 떠올린다면 보이지 않는 세계의 보이지 않는 존재들, 즉 음악뿐 아니라 바람과 시간(무간無間)은 모두 '원의 이미지'를 그리고 있음을 순순히 받아들일 수 있게 된다. 그리고 그것들이 모두 '작은 자궁'이나 다를 바 없음을 깨닫는다. 시인은 제 몸을 녹여 눈물을 쏟고, 바로 그 눈물로 두 팔을 두고 온 자궁을 자기가 만든 처소에서 환상적으로 다시 만나는 것이다. 이렇게 지독한 삶을 아는가? 두 팔을 두고 온 자궁을 어떻게 그렇게 쉽게 잊을 수 있겠는가? 자궁 속 체험은 이 시인의 전 존재를 좌우하는 하나의 사건이었다. 그리하여 자궁에 닿고 싶은 시인의 마음은 비가시 세계의 원초적 상징이라 부를 수 있는 자궁을 환상적으로 '발견'해내는 것이다. 그렇다면 이제 우리는 답할 수 있다. 눈물은 어디로 갔을까? 눈물은 사라지지 않는다. 눈물은 고인다. 고여서 음악과 바람과 시간 속에 담기는 것이다.

하지만 여전히, 이것이 다는 아니다. 우리는 조금 더 상상해야 한다. 음악과 바람과 시간은 여전히 작은 자궁에 불과하다. 우리의 상상력은 이제 더 넓고 더 심원한 단계로 마지막 도약을 준비한다.

5. 우주

예수의 생애에 관한 성스러운 신화나 허구 밑에는 사랑의 본질에 관한 깨달음으로 인한 가장 고통스러운 순교의 사례 하나가 숨겨져 있을지도 모른다. 즉 어떠한 인간적 사랑에도 결코 만족할 수 없었던 가장 순진하고 열정적인 인간의 순교가. 이것은 자기를 사랑하기를 거부하는 사람들에 대해 무섭게 분노하면서 광적인 격렬한 태도로 오로지 사랑하고 사랑받기만을 요구했고, 자기를 사랑하기를 원치 않았던 사람들을 처넣기 위해 지옥을 창안해야만 했으며 만족을 모르고 충족을 모르는 사랑의 노예였던 한 가없은 인간의 이야기이다.[11]

2천여년 전, 예수는 인간의 죄를 갚기 위해 십자가를 졌다. 물과 피를 흘리며 이 잔을 내게서 거두어달라고 탄식하였지만 결국 아버지의 뜻대로 그 잔을 마셨다. 바로 그 사랑 때문에 나사렛 예수는 신과 인간을 연결하는 존재로 온 땅에 기독교의 정신을 생육시키고 번성시킬 수 있었다. 그러나 니체적인 관점에서 보자면 이야기는 달라진다. 니체의 저작을 거치면 예수의 이야기는 자기를 사랑하기를 원치 않았던 사람들을 처넣기 위해 지옥을 창안했으며 지옥이라는 공포를 통해서라도 사람들의 사랑을 얻기를 원했던 한 가없은 인간의 가장 순진하고도 지독한 드라마로 탈신성화된다. 충족을 모르는 사랑의 노예라니. 이처럼 쓸쓸한 인간의 이름을 어디에서 다시 만날 수 있겠는가. 그렇게 보자면 김경주 역시 다를 것이 없을지도 모른다. 안 보이는 나라의 제왕적 지위를 누리는 자

11　프리드리히 니체,『선악을 넘어서』, 김 훈 옮김, 청하, 1982, 224쪽.

라면 지옥을 만들지 못할 것이 없다. 자신을 추방한 세계를 향해 독설과 저주를 퍼부으며 거대한 고독의 늪으로 세계를 파멸시킬 수도 있었을 것이다. 설사 그렇게 된다고 해도 우리가 무엇으로 그를 원망할 수 있을까. 그러나 김경주는 지옥을 만들지 않는다. 자궁으로 되돌아가고 싶다는 말은 사랑을 얻고 싶다는 말. 그는 지옥 대신 사랑을 택한다. 그렇다면 완전한 보살핌 속에서 두 팔을 다시 찾아 그 원시의 바다에 몸을 말고 둥둥 떠 있고 싶은 마음은 어떻게 충족될 것인가? 그런 맥락에서 이번 시집의 마지막 시 「당신의 잠든 눈을 만져본 적이 있다」가 "태내(胎內)"라는 부제를 간직하고 있다는 것은 의미심장하다. "어둠이 고인 미끄럼틀 안에서 궁륭처럼 구부러져 자는 소년"이라든지 "우리가 언젠가 네 속으로 돌아가고 나면"과 같은 구절들은 너무도 간절하게 원시의 바다를 재호명한다. 자궁으로 시작하여 자궁으로 끝나는 시집이라니. 우리는 비로소 김경주가 이 시집을 하나의 치밀한 의도에 따라 배열하였음을 짐작한다. 하지만 태어난 자궁으로 돌아가는 것은 물리적으로나 상상적으로 모두 불가능해 보인다. 이 시에서도 출생 이전의 풍경이 부모의 서사로 확장되면서 또 다른 공간이 열리면 그 부모 역시 귀신이었다는 사실이 밝혀지면서 우리는 귀신에게서 태어난 존재인 화자가 결국 영원히 무화되어 대기 중에 사라져버릴 것임을 받아들이지 않을 수 없게 된다. 그러니까 이 시는 화자가 귀신으로서의 삶을 다시 살게 될 것이며 환생을 되풀이하여도 끝내 그 자체로 죽은 것이나 다름없는 삶을 지속할 수밖에 없음을 강하게 환기시키는 것이다. 좁은 산도를 통과하면서 각인된 고통이 우리 몸에 화인처럼 남아 있는 것일까? 하지만 시인의 의도와는 상관없이 시집 안에 이미 자궁이 실현되었다고 한다면, 만일 그렇다면 어떻겠는가? 이제 우리는 이 시집이 감추고 있는 놀랍고도 드라마틱한 상상의 도정에서 거의 마지막 부분에 도착했다.

한 시인이 자궁을 향한 그 영원하고 초인적인 동경(Sehnsucht)을 포기하지 못했을 때 마지막으로 행할 수 있는 시도는 무엇일까. 자궁으로 돌아가는 것을 주체가 주체되기를 포기하는 죽음이라고 할 때, 순교자적인 희생과 죽음을 앞당겨 미리 살아버리는 '불구'로도 그곳에 돌아가지 못했을 때, 도대체 어떤 방법이 남아 있겠는가? 우리는 시집 곳곳에서 "고등어의 입이 벌어진다"(「고등어 울음소리를 듣다」), "박쥐들이 낮인데도 입을 벌리고 날아다녔다"(「우주로 날아가는 방 5」)처럼 입을 벌리고 있는 사물들을 쉽게 만날 수 있다. 이것은 우리의 의문을 해결하는 하나의 열쇠가 된다. 입을 벌리고 있다는 것은 일차적으로 생기가 모두 빠져나간 죽음의 불길함을 암시하지만 분명 그것만으로는 설명되지 않는 부분이 있다. 이 기묘하고도 쉽게 지워지지 않는 장면은 어째서 하나의 메아리로 우리 곁을 맴도는가. 그리하여 곰곰이 장면 속에 빠져든다면…… 어쩌면 이것은 꼭 젖을 달라고 보채는 아이의 입놀림처럼 보이지 않는가? 채워지지 않는 공허를 견디며, 빈 젖을 빨고 있는 서글픈 몸짓으로 느껴지지 않는가 말이다.

이제 누가 그 우물의 어미를 찾아줄지를 물을 때이다

(…)

그곳으로 가뭄처럼 기어내려가

우리는 검은 입을 벌렸다

–「우물론(論)」 부분

가뭄처럼 간절한 목마름을 안고 시인은 원초적 자궁의 변형체인 우물 속으로 들어가 입을 벌린다. 끊어진 탯줄이 다시 이어지기를 소망하듯, 따뜻한 어미의 젖을 갈구하듯. 이토록 명백한 요나 콤플렉스는 "중학교에 들어가서까지 어머니의 젖 맛이 기억나지 않아 나는 새벽에 자고 있는 어머니의 가슴을 물어본 적이 있다"(『비정성시』)는 진술과 겹쳐지며 충분히 가능한 사건으로 우리 앞에 그 진실을 드러낸다. 하지만 상상적으로라도 수유가 이루어지지 않을 때, 시인은 또다시 고독한 꿈을 꾸기 시작한다. 그는 더 이상 젖을 빨지 않는다. 대신 세계를 **빨아들인다**. '젖을 빨다가 유모를 삼켜버렸다'는 믿지 못할 하나의 '상상'을 예로 들면서 바슐라르는, 모태로 회귀하고 싶어하는 '요나콤플렉스'란 결국 '이유(離乳)콤플렉스'가 변형된 현상임을 밝혀냈다.[12] 그렇다면 상상력의 차원에서, 입을 벌려 젖이 수유되기를 기다리는 것과 같은 반복적 행위는 어머니의 품에 안기고 싶다는 소원을 변형된 의미로 충족시키는 행위임이 분명하다. 따라서 더욱 강렬하게 빨고 빨다가 종내 유모를 삼키고 세계를 삼켜버리는 것은 현생에 태어나 처음 맛본 어머니의 품, 그 안김의 **따뜻함**을 가장 격렬한 방식으로 되살려내려는 시도에 다름 아니다. 성장하여 더 이상 '젖을 주는 사람이 없을 때(이유離乳되었을 때)', 시인은 우물 안에서 (요나처럼) 입을 벌린다. 그리하여 유모를 빨아들이는 것에 그치지 않고, 세계 전체를 빨아들이는 것이다.

---

12 "좀 심하게 젖을 빨면서 그의 유모를 삼키는 어린아이에 관한 이 마지막 이미지 속에서 우리는 요나 콤플렉스가 삼킴의 심리현상이라는 증거를 충분히 갖게 된다. 여러 가지 측면에서 요나 콤플렉스는 이유(離乳) 콤플렉스의 특수한 한 경우로 고려될 수 있을 것이다." 가스통 바슐라르, 『대지 그리고 휴식의 몽상』, 정영란 옮김, 문학동네, 2002, 162~163쪽 참조.

내 몸의 내륙

-「내 워크맨 속의 갠지스」 부분

내 안의 야경(夜景)

-「드라이아이스」 부분

어둠 속에 웅크리고 있는 내 몸 안으로 기어들어오고 있는 인간 하나

-「당신의 잠든 눈을 만져본 적 있다」 부분

내 안의 인류(人類)들

-「부재중(不在中)」 부분

자궁으로 되돌아갈 수 없는 자는 이제 다른 꿈을 꾼다. 자궁으로 되돌아갈 수 없다면 자궁이 되면 된다. 세계를 모두 삼켜 제 안으로 들이면 된다. 시인은 자기 몸을 변형시켜 마침내 하나의 큰 자궁, 거대한 자궁이 된다. 거대한 자궁은 그 안에 만상과 만물을 담는다. 내륙을 담고 야경을 담고 더 나아가서 인류를 담는다. 그가 제 안의 외로움을 최대한 고조시켜 눈물을 쏟아내었을 때 눈물은 음악과 바람과 시간 같은 작은 자궁들만을 채우는 것이 아니라 이 거대한 자궁, 즉 낭만적 자아마저 가득 채워 제 안을 원시의 바다로 만들어버리는 것이다. 이것이 자궁이 아니라면 무엇이겠는가? 그는 자궁이 됨으로써 보이지 않는 나라의 만상뿐 아니라 보이는 나라의 만상까지 제 안에 담게 된다. 경계는 지워진다. 그를 추방했던 인류마저 거대하고 압도적인 주머니 속에 담긴다. 그리하여 시인은 지구 전체를 자신의 몸에 담고, 마침내 우주에 도달하는 것이다.

지구에서 떠올라온 그네 하나가 흘러다닌다 인간의 잠들이 우주를 떠다
니는 동안 방에서 날아와 나는 그네를 탄다 내 눈 속의 아리아가 G선상을
떠다닐 때까지, 열을 가진 자만이 떠오를 수 있는 법 한 방울 한 방울 잠을
털며

밤이면 방을 밀고 나는 우주로 간다

-「우주로 날아가는 방 1」부분

그의 시집을 읽는 내내 마치 거대한 주머니 속에 들어와 있는
것과 같은 내밀한 느낌을 가졌다면 그것은 이미 한 영혼이 품어낸
대양 속에 빠졌다는 말과 다르지 않다. 돌아가야겠다는 꿈을 포기
하지 못한 자의 거대하고 초인적인 동경은 이렇게 자기 자신을 자
궁으로 만들어 원시의 바다로 채움으로써 그 원대한 우주적 꿈을
완수한다.

당신은 마…치 아름다…운 것, 처럼,
낱개가 되는 느낌으로 흩…어…지…ㄴ……ㄷ

─조연호 작품론

1. 아름다운 여름날 저녁에 마음을 빼앗겼어

> 앞서,
>
> 황혼의 느낌이 네게 가르쳐 준 것
>
> 죽은 자의 여행
>
> 너무도 눈부시지만 빛 이외의 것
>
> 네 신발이 원칙적으로 이별과 이별 뒤의 물체가 될 때
>
> 버려짐은 고유해진다.
>
> ─「결말의 꽃」 부분(《현대시》 2007년 7월호)

한 계절만을 남기고 이 지상의 모든 계절을 버려야 한다면 당신은 어떤 선택을 할까? 그런 선택의 기회가 주어졌다는 것이 너무도 행복하다는 듯 아마도 당신은 주저 없이 '여름'이라고 말할 것이다. 여름만이 온통 당신의 계절이다. 애초에 다른 계절은 살아본 적이 없다는 그 천진한 얼굴. 빛의 구슬을 가지고 노는 듯한 황홀

한 표정. 그리하여 초목의 싱그러운 향기가 가득한 여름의 대기가 펼쳐지고 지평선 위로 몽상을 자극하는 구름이 피어오르기 시작하면 우리는 고개를 끄덕이며 당신을 이해하고 이 아름다운 계절에 그만 마음을 빼앗기게 된다. "포유", "관극술(觀劇術)", "모범적인 오류", "8월이 오면 뒤가 없는 문을 열기 위해 익살꾼의 목소리가 사용될 것이다"……. 도대체 어디에서 이런 것들을 찾았을까 싶은 당신의 신비로운 단어와 문장들. 당신처럼 언어의 섬세한 미감에 눈밝은 자를 본 적이 없다. 당신처럼 풍요롭고 다층적인 문장을 구사하는 사람을 본 적이 없다. 이것은 어쩌면 자매들의 감각을 경험해본 자만이 보여줄 수 있는 능력. 여성보다 더욱 여성적인 당신의 감각이 채집한 언어들은 그만큼 유려하고 매력적이다. 각각의 언어에서 느리지만 찬란하게 피어오르는 풍성한 잎사귀를 따라가면 눈감고도 저 먼 어디까지 도달할 수 있을 것 같다. 그리고는 돌아봄.

당신의 문장 안에서 우리가 만나는 세계는 쉽게 설명할 수 없을 만큼 다채롭고, 다채로운 만큼 명확한 지시대상을 찾을 수 없는 가공의 나라다. 당신은 단어와 문장의 분위기가 만들어내는 n차원적인 효과에 매료된 자. 따라서 당신의 세계는 의도적으로 명확한 것을 상기시키기를 거부하는 자의 세계라고 할 수 있다. 그것은 어쩌면 다양한 상상을 불러일으키는 만큼 명확한 의미를 지우고 현실을 지워가는 세계라고 바꿔 부를 수도 있겠다. 게다가 당신이 만든 풍경은 시작도 끝도 분명하지 않을 뿐 아니라 끊임없이 그 모습을 바꾸어가며 우리를 감싸온다.

이런 의미에서 당신의 세계는 어쩌면 제목이 필요 없는 세계인지도 모른다. 제목보다 문장이 살아 있는 것이 당신의 작품이다.

각각의 문장은 그 하나로 한 편의 시가 탄생할 수 있을 만큼 압축적인 이미지들을 품고 있다. 그런 문장들이 또 가득 모여 한 편의 시가 된다. 그런 데다가 그 모든 작품을 붙여 읽으면 그대로 한 편의 시가 되고 각각의 제목은 한 개의 행이 되어버리는 기묘한 '연접(連接)'과 '이접(移接)'의 나라가 태어나는 것이다. 어떻게 이럴 수가 있을까. 이번에 당신이 제출한 새로운 신작들은 모두「결말의 꽃」이라는 하나의 제목으로 묶어도 전혀 이상하지 않다. 이들은 모두 근친의 자매들이니까. 각 시편들을 우리 마음대로 배치하고 조립해서 읽어도 그건 또 한 편의 시가 될 수 있다. 이번엔 거기에「바세도氏 병」이라는 제목을 붙여보면 어떨까. 그건 그대로 또 한 편의 새로운 나라가 된다. 당신은 이처럼 결코 끊어질 것 같지 않은 이미지들 속에서 자꾸만 더 먼 어딘가로 우리를 안내한다. 다시 돌아봄. 당신의 시를 읽다 보면 무엇인가를 두고 온 사람처럼 자꾸만 뒤를 돌아보게 된다.

당신의 신작시를 읽으며 우리는 초등학교 시절 야외 미술 수업에서 아이들과 함께 했던 마블링 놀이를 떠올린다. 햇빛 아래서 선생님이 나눠주신 기름 섞인 색색의 물감을 양동이에 풀어 놓으면 그 물감들이 이내 바람결을 따라 움직이기 시작한다. 그들이 섞이고 흘러가는 모양을 지켜보면 어디선가, 여기가 끝이 아니야 좀 더 가면 말야 거기엔 더 아름다운 것이 있단다, 하는 속삭임이 들리는 것 같았다. 이내 어지럼증. 당신의 세계는 그러한 현기증 나는 변형과 착종의 세계다. 나른한 평화의 세계다. 그래서일까. 역시 당신의 대기는 금세 어두워진다. 꼭 그래야할 것처럼 화려한 여름의 느낌은 순식간에 사라지고 어느덧 우리 주변엔 저녁이 다가와 있다. 구름은 바람을 따라 형체도 없이 흩어지고 초목과 사람들은 황혼

에 잠겨간다. 당신의 여름, 이젠 어쩐지 불길한 느낌을 주는 당신
의 여름. 그래서 또다시 돌아봄.

2. 절연의 문장술을 기억해

사실 당신의 첫 번째 시집 『죽음에 이르는 계절』(천년의시작, 2004)에
서 우리가 눈여겨 감지할 수 있었던 건 비극적인 가족사와 개인사
에서 비롯된 비참 뒤에, 전혀 예측할 수 없었던 평화로운 풍경을 배
치하는 당신의 문장술이었다. "너희를 낳은 남자와 여자가 이른 새
벽부터 싸우고 너희는 숨을 참으며 화석 물고기들이 되어간다. 마
당에 양파 구근을 심고 나서 아, 좋은 生, 이라고 말하던 너희"(「금요
일의 자매들」, 『죽음에 이르는 계절』, 36쪽). 어떤가. 당신은 고통스러운 장면
뒤에 아주 평화로운 문장을 배치하여 고통을 소산시켰다. 부모의
싸움 뒤에 만나는 세상은 좋은 生일 리가 없다. 그러나 태연하게도
고통을 껴안으며 견디는 방식으로, 인과를 지워가는 이러한 문장술
은 시 속에서나마 당신이 당신을 지킬 수 있는 유일한 방식이 아니
었겠는가. 이런 태연함은 현실에서 당신의 상처가 얼마나 치명적이
었나를 알려주는 슬픈 위장술로 보인다. 당신은 왼쪽 눈언저리에
털이 자라지 않은 조그만 고양이었다. 자신을 방어할 아무런 힘도
지니지 못한 연약한 존재였기에 당신은 아이들의 공놀이감이 되어
공원을 이리저리 굴러다닐 수밖에 없는 삶을 살았다(「402호의 일생」,
『저녁의 기원』, 랜덤하우스, 2007). 힘없는 소녀 같은 당신.

당신은 이러한 문장술을 두 번째 시집 『저녁의 기원』에서 더욱
극점까지 밀고 나아간 것으로 보인다. 첫 번째 시집에서 당신은 평

화로운 장면을 찾아 당신 쪽으로 끌어왔다면 두 번째 시집과 이번
에 발표한 신작들에서는 언어에 당신을 실어 보내는 방식을 택한
다. 더 나아가 당신은 기어이 자신이 찾아내고 만들어낸 언어를 통
해서만 존재하는 지경에 이른다. 그곳에 현실은 침입할 수 없다.
말랑말랑하고 연약하며 고무줄처럼 늘어지고 이어지는 언어가 실
제의 현실을 밀어낸다. 이 지독한 가공의 세계 속에 당신과 우리가
있다. 여기서 우리가 만날 수 있는 문장이 바로 이러한 것들이리
라. "오늘 내가 버린 수첩의 가장 가까운 미래부터 인과가 하나둘
사라졌다.", "내가 가장 안전하게 지워지는 꿈을 꾸기도 했다." 우
리는 고개를 끄덕인다. 어떻게 해도 되살아나는 고통스러운 기억
에서 자신을 지키기 위해 당신은 새로운 방법을 찾았다. 이 세상의
모든 인과를 지우기로 마음먹은 것이다. 바로 이 부분이 중요하다.
인과를 지운다! '고통-평화'라는 초기의 문장술은 이제 '아무런 관
계가 없는 낱개-낱개-또 낱개-……'의 문장술로 변모한다. 두 번
째 시집의 정서를 계승하고 있는 당신의 이번 신작들에서 공통된
체계를 찾을 수 없는 것은 바로 이 때문이다. 당신은 체계와 조직
을 거부하는 무정부주의자, 어떤 중력과 인력도 믿지 않는 허무주
의자다. 다시 한번 강조하지만 여기서 우리가 되새겨야 할 것은 당
신이 '고통'을 없애기 위해 인과를 끊는다는 사실이다. 고통이 당
신을 침범하지 못하도록 "낱개가 되는 느낌으로"(『베개의 책』, 『저녁의
기원』) 이 세상의 사물과 현상을 분리시키는 것이다. 전혀 관계없는
것들은 서로에게 상처를 주지 않는다. 당신만의 문장술, 이것은 바
로 '절연(絕緣)의 문장술'이다.

　이렇게 인과를 끊어내는 방식이 지상의 문장술로 가능하겠는
가? 원인과 결과를 따지고, 호응을 중시하며, 법칙의 통일성을 요

구하는 기성의 통사론으로는 고통 뒤에 당연히 상처와 절망만을 뒤따르게 할 뿐이다. 이 고리를 끊기 위해서 당신은 새로운 통사론을 찾아냈다. 그것이 보여주는 것이 바로 이번에 발표한 시 「판타소스의 Syntax」이다. 우리가 생각할 때 이 시는 첫 번째 시집 이후 당신의 변화를 보여주는 중요한 고리이다. ‘Syntax’는 ‘통사론’이고 ‘문장론’이 아닌가. 따라서 “나의 S는 틀린 발음 쪽이 훨씬 더 우아하게 들리곤 했다”는 말에서도 알 수 있지만 당신의 문장술에서는 이 세상이 비문이라고 규정한 문장이 유일한 미적 대상이 되고, 일부러 감행하는 오독만이 유일한 미적 행위가 된다.

바로 여기에서 당신만의 특이한 언어가 출현한다. 당신의 작품 속에는 실제로 잘 통용되지 않는, 마치 보물찾기 하듯 수많은 텍스트에서 꼬박꼬박 메모해둔 것 같은 그런 비물질적인 단어들이 많다. 또한 상식적으로는 쉽게 납득이 가지 않는, 어쩌면 비문에 가까운, 연결을 쉽사리 간파할 수 없는 문장들이 연속해서 등장한다. 때로 그것은 만화책에서, 과학기술서적에서, 천문학 책에서, 역사에서, 신화에서 끌어올려진다. 이것은 마치 단어와 문장을 모아 아무도 파괴할 수 없는 당신만의 세계를 만들려는 시도 같다. “책 속에서 S의 행동은 실천에 관련된 모든 속성을 잃”어간다. 그렇다. 당신에게는 그들의 현실적인 의사소통 기능보다는 그것들이 만들어내는, 이 세상에 존재하지 않을 것만 같은 기묘한 미감만이 중요한 것이다.

당신은 이제 스스로 존재의 기원이 되어 당신이 찾아낸 언어들로 세계를 구성해내는 상태에 돌입한다. 게다가 잠의 신인 히프노스의 셋째 아들로 자연물, 즉 무정물로 둔갑하여 꿈을 만들어내는 ‘꿈의 신’이 ‘판타소스’라는 것을 기억하고 있는 사람이라면 당신의 문장이 어떠한 상태에서 작동될 것인지 짐작하는 것은 어렵지 않다. 꿈을 꾸듯 몽롱한 상태에서, 비인간적인 무정물들이, 비문에 가까운 문장들을 만들어내며 서로 착종하여 빚어내는 아름다움. 서로 인과가 없어서, 아무런 관계를 맺지 않아서 발생하는 아름다움.

그런데 두려운 것이 있다. 당신이 인과를 지우고 끝내는 '자기 자신'마저 지우고 싶은 강렬한 욕망에 시달리고 있다는 점이 그것이다. "그것의 목적은 아무도 확인할 수 없는 것이 되기 위한 것이다."(「검은 종이」)라는 문장에는 어째서 야릇한 쾌감이 섞여 있는가. 보라. 마치 '완전히 지워져버리면 이젠 아무도 나에게 상처 주지 못할 거야'라는 확신이 엿보이지 않는가.

3. 느낌; 확산하는 세계의, 확산하는 문장들

날이 어두워지고 있는데 우리는 너무 많은 곳을 돌아왔다. 사실 우리는 당신의 여름과 저녁에 관해 이야기하고 있었다. 그렇다. 생각해보니 당신의 여름과 저녁은 우리의 것과 많이 다르다는 것을 알겠다. 당신에게 여름은 너무 찬란하고 투명해서 난반사하듯 사방으로 퍼져나가다가 결국은 흔적도 없이 사라져버릴 계절이라고 하는 것이 옳다. 그렇게 보자면 여름처럼 끔찍한 계절이 또 어디 있겠는가. 또한 사물과 사물 간의 경계가 흐려지고 그 본체마저 지워져 결국 모두 검은색으로 뒤섞여버리고 말 그런 저녁은 어떤가. 정말이지 저녁처럼 지독한 소멸을 예비한 시간이 어디 있겠는가.

아, 우리는 잠시 서늘함에 몸을 떤다. 그러고는 문득, 어두워지는 대기 속에서 마지막까지 우리 곁에 남아 있는 흔적에 눈길을 준다. 저 가벼운 물질들. 금방이라도 사라져버릴 것 같은 가벼운 운동성의 잠재적 정지. 우리가 만난 이 여름 저녁의 한 모퉁이에서 누군가 풍선을 팔고 있다는 것을 당신도 알고 있었는가? 그 곁에서 풍선을 하나씩 놓아버리는 사람이 있다. 그게 바로 당신이다. 당신은 웃으며 당신이 쥐고 있던 풍선줄을 모두 놓아버린다. 저 잡을 수 없는, 아름다운 색색의 풍선들!

그렇다. 당신의 '절연'은 이제 '확산'으로 전환된다. 소멸에 도달하는 방법에는 여러 가지가 있겠지만 당신이 선택한 것은 따로 있다. 격렬한 힘을 가하지 않고 그것이 원래 가지고 있는 힘을 있는 그대로 부드럽게 풀어주는 상상력. 풍선이 원래 가지고 있던 운동성을 웃으면서 인정하는 것. 조용한 만큼 더욱 무서운 잔인함. 그것은 다름 아닌 '확산'이다.

이제 우리는 당신을 따라 들어선 이 여름날의 저녁에서 문득문득 걸음을 멈추고 뒤를 돌아보았던 이유를 조금은 알 수 있을 것 같다. 당신이 감행하는 절연의 최종 목표는 이 세상 전부를 지워버리는 것. 당신은 사물을 지우고, 문장을 지우고, 인간을 지우고, 끝내 '검은 종이'로 돌아가고 싶어 한다. 색색의 크레파스를 뒤섞어 칠하고 칠하면 결국 남는 것은 검은색밖에 없다. 바로 그 검은색에 가까운 어느 한순간에, 검은색을 예비하고 있을 때만이 당신은 아름다움을 말한다. 당신의 아름다움은 사실 비극적 아름다움이고 무서운 아름다움이다. 그 배후에 죽음의 그림자를 예감할 때에만 이 아름다움을 느끼고 이야기할 수 있는 서글픈 상태. 아, 이제 정말 알 것 같다. 곧 '무'로 사라져버릴 것이라는 예감처럼 당신을 흥분시키는 일은 이 세상에 없다. '확산'의 끝도 결국은 '무'다. 지워지는 것이다. 이처럼 나른하고 폭력적인 운동을 본 적이 있는가.

당신은 지금 지독한 쾌락주의자가 되어 당신의 정원에 버려진 당신의 몸을 바라본다. 우리는 당신의 불길한 아름다움을 이렇게 깨닫는다. "놀이의 발견은 꼭/놀이의 소멸에서만 완성되는 것."(「바세도氏 병」). 당신의 시에 여전한 죽음의 그림자를 보라. '확산'의 절정에서 마지막으로 아름다움을 불태우는 계절과 시간이 바로 당신의 여름과 저녁이다. 이건 마치 죽기 직전 마지막으로 단 한 번 달콤한 숨을 내뿜고 갑자기 시들어버리는 꽃을 보고 있는 느낌이다. 당신은 소멸을 예비한 여름과 저녁의 향기에 이토록 열렬하게 도취해 있는 사람. 지금, 황홀에 겨운 당신의 표정이 낯설고 두렵다.

우리는 처음부터 이것을 알았다. 당신은 너무 예민하고 상처를 잘 받는 사람이어서 상처를 입으면 그것을 치유하기보다는 아예 대상과의 관계를 끊고 대상을 포기해버린다. "바구니를 잃듯 그 사람의 손을 놓을 때/내겐 그 일이 기쁜 일이었다는 게 떠올랐다"(「근친의 집」, 『저녁의 기원』)를 보라. 당신은 한번 상처 입은 관계는 회복이 불가능하다고 믿는 편이며, 그럴 바에는 차라리 다가올 죽음을 미리 불러들여 겪어버리는 편이 낫다고 생각한다. "편지는 늘 절교를 위한 백지를 사용한다"(「판타소스의 Syntax」)는 말처럼 모든 관계를 끊어버리는 것이 낫다는 생각에 사로잡혀 있다. 어떻게 노력해도 순수했던 예전으로 돌아갈 수 없다면 차라리 관계의 끈을 놓아버리는 것이다.

이것은 당신 자신을 향해서도 마찬가지다. 당신은 살아 있어봐야 고통뿐이고 고통을 겪을 바에는 차라리 자신을 유기해버리는 것이 낫다고 속삭인다. 당신은 마지막 먹이를 주고 저문 물가에 왼쪽 눈언저리에 털이 자라지 않은 고양이를 버린다(「402호의 일생」, 『저녁의 기원』). 당신의 두 번째 시집에서 바로 이 대목이 가장 슬펐다.

동시에 바로 이 대목에서 또다시 당신이 두려워졌다. 너무 연약하고 순수해서 상처와 고통을 인정하지 못하는 당신. 아무리 노력해도 당신 고통의 기원을 우리의 것으로 만들지 못해 이토록 마음이 아프다.

4. 난청의 아름다움에서 당신을 빼앗고 싶어

절연의 끝에서 확산하고 확산하여 결국은 모든 관계를 끊고 낱개로 흩어져버리고, 지워져버리고 싶은 당신의 꿈은 이 지상에 발을 딛고 살아가는 인간에게는 불가능한 꿈이어서 당신에 대한 완벽한 몰이해로 우리를 인도할지 모른다. 때로 당신의 언어가 저희끼리도 관계를 끊고 무한한 낱개로 허물어져버리는 것도 이 때문이다. 당신은 지금 그야말로 과도한 원심력의 세계에 속한 자. 첫 시집에서는 현실이라는 지지대가 당신의 이미지들을 단단하게 붙잡아주었지만 어떠한 현실도 침범하지 못하도록 가공의 언어에 몰두하는 지금, '절연'과 '확산'에 몰두하는 당신의 언어를 견인할 구심점이 느껴지지 않는다. 단어와 문장은 이제 이미 당신의 영향력을 벗어난 것이 아닐까 하는 생각이 드는 것도 이 지점에서다. 이들은 당신의 의지가 미치지 않는 지점으로 당신을 데려가고 있는 것이 아닌가. 그래서 "더 많은 조각으로 깨어지려는 S는 근본적으로 그늘의 것이고 아무런 어둠도 지니지 않는다"(「판타소스의 Syntax」)는 문장은 불길하다. 당신은 더 많은 조각으로 깨어져 끝내 이 세계와 당신을 지우고 싶은가. 그것이 당신의 바람일까. 당신은 먼저 결별을 선언하고 당신 신발만이 남겨졌다고 생각한다. 그리고 쓸쓸한 나르시시즘 속에서, 그 감정을 당신만의 고유한 아름다움으로 언어화하면서 생을 견디는 중이다.

하지만 기억해달라. 우리는 당신을 잃고 싶지 않다. 당신이 소년 대신 소녀로, 인간 대신 축생으로 태어나고 싶다면 그렇게 하라. 무생물에 애정을 쏟고 싶다면 그렇게 해서라도 살아라. 당신은 마…치 아름다…운 것, 처럼, 날개가 되는 느낌으로 흩…어…지…려 하지만 어떻게 해서든 이 문장을 완성시켜야 하지 않겠는가. 이 문장을 따라서 분해되어버리면 안 되지 않겠는가. 자꾸만 '확산' 되려는 이 문장들을, 당신 자신을, 난청의 아름다움 속에 유기하지 말고 스스로에게 조금만 더 손을 내밀어, 당신의 문장을, 당신을 구하면 안 되겠는가. 결국은 죽음에 의하여 지배당하고 말 삶에 무언가 의미를 부여하려는 것이 이 지상에 존재하는 예술의 마지막 목적이라고 믿고 싶은 우리는 더 이상 당신을 따라갈 수 없다. 당신의 나라에 더 머물다가는 그 쾌락에 눈이 멀 것만 같기 때문이다. ……그럼에도 당신이 당신의 행복을 위해 이 지상의 삶과 우리 인간을 포기하겠다면, 우리는 당신을 이렇게 떠나보낼 수밖에 없다. 그러나 한국시에서 한 번도 보지 못한 이 거대하고 미려한 확산의 운동의 끝에 당신이 가닿을 곳은 과연 어디인가. 생각의 끝에 이렇게 …세계…의…여름이 …지나, 간…ㄷ… ㅏ. 당신의 밤이, 밤…이…온……ㄷ…………．

III

인간 동물

인간 동물

과연 인간에게 자유의지란 존재할까? 만약 내가 나의 주인이 아니
라 나를 움직이는 힘이 따로 있다면 그것의 정체는 무엇일까? 프
로이트라면 '무의식'이라고 불렀을 테고, 라캉이라면 '욕망' 또는
'실재'라고 불렀을 것을 진화생물학자들은 '생존'이라고 부른다. 생
존을 더 구체화시켜, 이 자리에 '이기적인 유전자'(리처드 도킨스)를
위치시켜도 좋을 것이다. 바꾸어 말하자면 이렇다. '이기적인 유전
자'의 목적은 '생존'이다. 어떻게든 생존하여 후대에 유전자를 물려
주어야 한다. 따라서 생존과 관계된 어떤 결정적인 순간에는 지극
히 이기적인 선택도 마다하지 않는 것이 바로 인간이다. 그러나 혼
자서 살아가는 것보다는 집단을 이루어 사는 것이 장기적으로는

생존에 더 유리하다는 판단하에 인간은 '이타성'을 도입한다. 집단 생활이 가능하도록 도덕을 만들고 법을 만든다. 종교도 만든다. 자신의 담지자인 인간이, 인간으로 태어난 이상 계속해서 살아갈 수 있도록 여러 가지 장치를 발달시킨 것이다. 뇌도 마찬가지이다. 인간 종의 생존 확률을 획기적으로 높였다고 할 수 있는 언어. 그러나 진화생물학자들에 따르면 언어는 뇌 내 신경망 속에 존재하는 일종의 '환상'이다. 우리는 언어라고 하는 환상의 체계로 이 세계를 구획하며 재현하고 소유하거나(그랬다고 믿거나), 혹은 (어쩌면 당연하게도) 재현과 소유에 실패하고 또 다른 개념들을 발명한다.

여기까지는 이미 우리가 다 알고 있는 내용인지도 모른다. 흥미로운 것은 이 다음이다. 프란츠 M. 부케티츠가 쓴 책『자유의지, 그 환상의 진화』(열음사, 2009)에 따르면 생존을 위해 인간의 뇌가 발달시킨 결정적인 '환상' 중의 하나가 바로 '자유의지'이다. 책 속의 가정은 이렇다. 만약 우리가 아무 의미 없는 세상에서 살고 있다고 치자. 여기에 설명할 수 없고 감당하기 힘든 고통, 게다가 지극히 부당한 대접이 더해진다고 하자. 이때 '자유의지' 같은 건 없다고 여기는 인간은 쉽게 굴복당하여 절멸에 이르게 될 가능성이 크다. 하지만 자신이 '자유의지'를 가진 존재임을 믿는 인간이라면 저항하여 상황을 개선할 수 있다. 물론 더 깊이 생각하자면 굉장히 다양한 논란을 불러일으킬 만한 '가설'이다. 문제는 '자유의지'가 인간에게 꼭 필요한 '환상'이기는 하나 결코 '진실'은 아니라는 점일 것이다! 여기가 바로 우리의 비극적 크레바스다. 우리는 우리의 의지로 손을 움직인다고 생각하지만 실제로는 손이 먼저 움직이고 그 손을 내가 움직였다고 의식하는 과정이 미세한 시간차를 두고 뒤따를 뿐이다.

이제 세 가지 선택이 가능하다. 하나, '자유의지'란 환상이니까 '진실 규명' 차원에서 그것을 거부하고 그것의 허위성을 폭로해야 한다는 것. 둘, 인간 생존을 위한 필수적인 환상이기에 적극 지지하고 발전시켜야 한다는 것. 셋, 자유의지라는 환상을 간직하되 그것이 사실은 매우 취약한 개념(거짓의 가능성)임을 인정한 상태에서 섬세하게 가꾸어야 할 것. 윤리적으로야 세 번째가 당연히 옳다. 그쪽으로 가면 좋을 것이다.

두 이야기 모두 내겐 절실해
먼저 오늘 버릴 한 가지를 떠올려 본 후
오늘 가질 꿈 하나를 빌어보기로 했는데
오늘 버리고 싶은 그 한 가지가
내가 오늘 가장 이루고 싶은 한 가지다

이룰 수 없어도
버릴 수 없는 것은 어떡해야 하는지
그것은 아무도 가르쳐주지 않는다
−송경동,「이룰 수 없어도 버릴 수 없는 한 가지」부분

《현대문학》2010년 8월호

하루 한 가지씩만 버리고 살자 했던 법정 스님과 반대로 하루 여섯 가지씩 이룰 수 없는 꿈을 위해 빌자던 『이상한 나라의 앨리스』를 동시에 기억하며 송경동의 시적 자아는 고민에 빠진다. "오늘 버리고 싶은 그 한 가지가/내가 오늘 가장 이루고 싶은 한 가지"라면 어떻게 해야 할까. 이 궁지. 이 역설. "이룰 수 없어도/버릴

수 없"다는 것 또한 알고 있기에 도저히 포기할 수 없는 꿈. 그것은 바로 인간의 자유의지가 가져올 화평한 세상일 것이다. 그러나 결코 쉽지 않은 꿈. 이번 생에서는 끝내 이루지 못할 수도 있는 꿈. 이 시는 회한과 쓸쓸한 예감의 방식으로 '자유의지'라는 환상을 응시한다. 이것을 어떻게 해야 할 것인가……. 우리는 알고 있다. 끝내 아껴 간수해야 한다는 것을. 철학과 정치와 윤리와 시민과 비평가, 또 어떤 시와 시인들은 이 세 번째로 갈 수 있을 것이다. 얼마 안 되는 가진 것을 더, 더 내주어야 한대도 포기할 수 없는 길이다. 우리는 가슴 서늘하게 이 길을 지지할 것이다.

그러나 또 다른 시인은 아닐 수도 있다. 이 길로 가면 시가 죽을 가능성이 높다고 생각하는 시인들도 있을 것이다. 이것이 시의 딜레마이고 시의 독자성이다. 그 이야기를 위해 나머지 두 경우를 따져보자. 셋 중 두 번째 '선택'. 자유의지를 적극 지지하고 발전시켜야 한다는 것. 이 두 번째 선택지는 표면적으로야 옳지만 악용될 가능성이 매우 높다. 예를 들어 '자유의지'란 어떤 면에서 국가를 위해 반드시 필요한 '환상'이다. '1인 1표'를 행사한다는 자유의지의 환상이 없다면 대의제 선거 자체가 불가능하다(1인 1표에 대한 확고한 믿음은, 우리 사회를 움직이는 것이 실은 "1주 1표"(우석훈)와 같은 '기업 이사회'의 방식이라는 점을 은폐하는 효과를 낳는다). 따라서 어떤 측면에서 우리가 가장 경계해야 할 것은 너무도 순진무구하게 '자유의지'의 길에 신뢰를 보내는 사람인지도 모른다. 이 길로 가면 시는 선전선동을 위한 플래카드가 된다.

여기까지는 어느 정도 정리가 가능하다. 그런데 막막한 것은 바로 첫 번째 '선택지'이다. '자유의지'란 환상에 불과하므로 그것의 존재를 마음껏 비웃어주는 것, 인간의 가면을 벗고 기어이 동물이 되는 것, 원래 그러했던 대로! 물론 가능하다. 그것이 진실이니까. 비극적(?)이지만 어떤 시는 바로 이 자리에 있다. 우리가 사랑하는 한 시인은 "아름다움은 언제나 윤리를 초월하지만 아름다움을 만드는 행위는 어떤 행위보다 윤리적이다."(이성복)라는 말로 이 난관을 비껴가지만 그의 말이 이 첫 번째 선택지에서도 과연 그러한지 장담하기는 힘들다. 그래서 우리는 더욱 혼란스럽고 고통스럽다. 게다가 인간 종의 '생존'을 추구하도록 세팅되어 있는 우리의 프로그램이 첫 번째 선택지를 별로 인정하고 싶어 하지 않는다. 여기엔 결국 '악'과 '퇴폐', '죽음'과 '무'만이 존재하기 때문이다. 따라서 '윤리 비평'으로 이 부분을 건드리기는 쉽지가 않다. 건드려도 이 첫 번째 선택지의 영역에 있는 작품을 두 번째나 특히 세 번째로 이끌어오려고 한다. 옳지 않은데 어떻게 지지하겠는가. 그래서 우리가 보기에는 명백하게, 대놓고 비윤리적인(그래서 좋았던) 2000년대의 어떤 시인들은 '매우 윤리적이다'(이런 평가가 시인에게도 득이 되었는지는 모르겠다)라는 지지를 받고 문단의 중심으로 속속 진입할 수 있었다. 이제 이들은 '선배'가 되었다. 이 선배들의 절대적인 영향력 아래에서 탄생한 다음과 같은 신인들을 놓고는 또 어떤 말을 더 할 수 있을까?

　　머리채를 잡힌 채 네 발로 끌려온 봄; 서커스의 막사
　　젖은 빨래를 털면 만개한 벚꽃들이 휘날리는 풍경

　　나는 아름다움 끝에 극심한 갈증을 느낀다
　　그래서 가끔 쇼를 끝마치기도 전에 너에게 달려들지
　　너에게 처음 가르친 말은

당신을 원해요 여기, 여기

불구들을 보는 순간 미도리 얼굴은 굳었다

그러나 병속에 들어가는 난쟁이 사나이는 그것까지도 여정의 한 부분이
라며 타이른다

미도리의 펄럭이는 춘화; 그리고 조금 다른 이야기를 불태워도 좋을 쯤

저 징그러운 새끼들을 마을에서 쫓아내

빵과 옥수수를 던지던 관객들이

성난 동물들로 변하기 시작한다

(…)

날마다 늘어가는 귀머거리 연기에 흡족해 하던 미도리; 펄럭이는 춘화

미도리는 처음 흥분했고

사나이는 웃으면서 그것을 덮어주었고

원한다는 말의 속뜻을 고쳐주려 했을 땐

계절이 훌쩍 지나버렸다

－주하림, 「지하소녀 미도리」 부분(《시와시》 2010년 여름호)

　　2009년 창비로 등단한 한 신인의 작품이다. 우리는 잠시 놀란
다. 이름을 가리고 읽으면 『여장남자 시코쿠』를 쓴 어떤 시인을 떠
올릴 수 있기 때문이다. 여장남자의 시인이 '의정부 기지촌'이라고
하는 현실적 토대를 중심으로 '왜색(倭色)'과 '소설적 서사'를 끌어
왔다면 이 시인은 특별한 필연성 없이 '왜색'과 '서사'를 끌어온다.
미도리라는 소녀, 소녀가 끌려온 서커스단, 기형에다 불구인 단원
들, 상습적인 윤간, 성폭행, 그러나 미도리는 차츰 자신의 성적 쾌
락에 눈을 뜬다. 미도리를 갈망하는 시적 화자는 강렬한 질투심에

휩싸이지만 자신이 점점 늙어가는 것을 알고 이별을 예감하며 흐느낀다. 이상의 서사가 이 한 편의 시에 얽혀 있다. 도저히 그 기원을 짐작할 수 없는 인물들과 강렬한 감정의 분출로 가득한 시이다.

그러나 사실 이 시에는 명백한 기원이 '있다'. 시인 스스로 시의 말미에 이 시가 영화 「Mr. Arashi's Amazing Freak Show」에서 빌려온 등장인물들로 구성되었음을 밝히고 있는데 아마도 이 작품은 〈지하환등극화(地下幻燈劇畫) 소녀춘(少女椿)〉(1992)이라고 하는 일본 장편 애니메이션을 말하는 것으로 보인다(유튜브에서 확인할 수 있다). 애니의 줄거리는 이렇다. 패망 직후로 보이는 폐허의 일본, 굶주림과 병으로 어머니가 죽자 고아가 된 미도리는 서커스단을 찾아간다. 미도리가 만나는 건 두 팔이 없는 문둥병 환자, 외눈 거인, 목이 비틀린 기형의 남자, 팔다리가 없는 사내, 여장 남자. 미도리는 이들 단원들에게 성폭행을 당하게 되고 어쩔 수 없이 이들에게 몸을 의탁한 채 고통스러운 나날을 살아가게 된다. 그 사이 최면술과 고급마술을 구사하는 '마사미츠'라는 새 단원과 사랑에 빠지기도 하지만 이 역시 불행으로 끝난다. 지긋지긋한 현실에서 탈출을 꿈꾸지만 결국 미도리는 모든 꿈을 잃고 절규하며 이야기는 끝난다. 이 과정에서 거의 하드 고어를 연상케 하는 잔혹한 장면이 계속된다. 단원들의 '스리섬'은 기본이고 여장남자와 단장의 섹스, 강아지의 눈알과 내장이 터져 죽는 장면, 불구 인간들의 퇴폐적 기행까지…… 충격적 이미지의 연쇄라고 할 만하다. 너는 꿈이 있니? 하지만 현실은 이렇단다 얘야, 하고 말하는 것 같다. 이렇게 보자면 위의 시는 등장인물뿐만 아니라 인물 간의 관계, 주요 사건, 애니 속의 변태적인 성적 뉘앙스를 각 문맥 안으로 고스란히 옮겨온 것으로 보인다. 원전의 시대적 배경은 완전히 삭제한 채 말이다.

결국 시인은 시적 자아를 '마사미츠'로 설정하여 이 시 전체를 미도리에 관한 애증의 서사로 윤색한 것으로 보이는데 이쯤 되면 이 시를 한 시인의 '창작물'이라고 할 수 있는 것인지 궁금해진다.

그럼에도 불구하고 우리는 이 시에 끌린다. 말을 바로 하자. 정확하게 말하자면 우리는 이러한 '애니'와 애니가 보여주는 '세계'에 여전히 끌린다. 시인도 이 애니를 보고 강렬하게 공명했기 때문에 시를 쓸 수 있었을 것이다. 왜 그랬을까. 왜 그럴까? 무엇이 우리를 이 '변태적인 상황'에 빨려 들어가게 하는 것일까. 예를 들어 이것을 다음과 같이 해석할 수 있을 것이다. 피지배계층을, 능동적 정치주체로서의 '시민(市民)'이 아니라 경제적 수혜만을 기다리는 즉물적 객체로서의 '서민(庶民)'으로만 호명하는 '지금 여기'의 생존 환경 때문에 나타나는 증상이라고 말이다.[1] 어떤가. 죄의식을 탕감받는 기분이 들지 않는가. 분명히 이런 측면이 있을 것이다. 우리는 도저히 온전한 '사람'으로서는 제대로 살아갈 수 없는 시대를 겪고 있다. 어디에서도 인간적인 대접을 못 받고 '동물'이 되어야 간신히 살아갈 수 있는 그런 세상. 그래서 억눌린 분노와 비명과 고통이 어찌할 길 없이 '동물적으로 터져나온다'. 인간의 격을 갖추고 싶어도 갖출 수가 없는 것이다.

그런데 이러한 설명에만 기댈 때, 오히려 시의 활력과 본질적인 불온성이 이상하게 무화되어버리는 것은 왜일까. 덧붙여 이렇게 설명해보자. 우리가 이러한 세계에 자꾸만 끌리는 것은 인간에게는 '자유의지'란 없으며 인간은 하나의 '동물'에 지나지 않는다는 진실과 만날 수 있기 때문이다, 라고 말이다. 우리는 이 '인간 동물'

---

1 홍철기, 「'시민 없는 법치'를 넘어서: 갈등의 민주화와 포퓰리즘의 정치화」, 《문학동네》, 2010년 여름호 참조.

의 세계에서 마음대로 분노하거나 마음대로 때리거나 마음대로 섹
스하거나 마음대로 이기적이거나 마음대로 누군가를 죽여도 된다.
최하급의 동물처럼. 이럴 때 뭔가 금기를 넘어선 것 같은 쾌락이
분출한다.

　시가 겨우 이 정도라면…… 실망스럽다고 고개를 흔들 사람이
있을 것이다. 그러나 확실히 몇몇 선배 시인들의 계열을 따라가는
최근의 몇몇 신인들은 더욱 노골적으로, '마음 놓고 감정을 표출'
하기 위해서 시를 쓰는 게 아닌가 싶을 정도이다. 2009년 대산대
학문학상으로 등단한 박희수의 작품 「라이트Light」(《문학동네》 2010년
여름호)를 읽으며, 장장 20페이지에 이르는 작품을 과연 어떤 에너
지로 쓴 것일까, 하는 생각의 끝에는 "그러니 미친 새끼야, 니가 낄
데가 아니야. 어림도 없는 소리 하지 마. 앞으론 다시 그런 말을 하
지 못하게 혀를 뽑아버릴 테니"(390쪽)와 같은 말이나 "씹창…이 나
서, 내장이 터지고, 피가 우글거리고, 벌레들과 새떼들을 불러가
며 죽어가는지"(392쪽)나 혹은 "너는 근본이 없는 씹새끼야"(396쪽)
와 같은 말을 마음껏 하고 싶어서가 아니었을까, 하는 아주 단순한
(동물적인) 결론에 이르고 만다. 이 발화들은 시 속 등장인물인 '필'
과 '테드'의 것이라고는 믿기 힘들 만큼 갑작스럽고 이질적이며 상
당히 '한국적'이기 때문이다. 감정을 터뜨리고 싶은데 기존의 시적
화법과 현실로는 그것이 잘 안 되다 보니 그 감정이 가능한 상황
과 서사를 개인적 문화체험 여기저기서 빌려온다고나 할까? 같은
지면에 실린 박희수의 다른 시 「1991년, 이사」라는 작품이나 「어
린 초월」, 「슬리퍼」(《시와시》 2010년 여름호)와 같은 작품은 지나치게
현실적이고 정제되어 있어서 같은 작가의 작품이라고는 믿기지가
않는다. 주하림의 경우도 마찬가지이다. 인용시와 같은 지면에 실

린 「원나잇」은 지극히 현실적인 연애담이어서 거의 '신파'에 가까운 감상성을 노출하고 있다. 「원나잇」이나 「지하소녀 미도리」가 똑같이 연애에 실패하고 버림받은 자의 분노를 기반으로 하고 있음에도 감상자의 입장에서 상대적으로 끌리는 것은 역시 후자의 시편이다. 이미 존재하는 애니메이션의 디테일한 설정이 격한 감정의 표출을 충분히 떠받쳐주면서 '신파'의 기운을 매우 설득력 있는 '과잉'으로 만들어주기 때문이다. 그래서였을 것이다. 이 시인이 선배 시인이나 원전의 영향을 거의 경계하지 않고 더 자극적인 쾌락으로 빨려 들어간 것은.

이 막무가내의 에너지는 위험하다. 자기검열의 힘이 매우 약하기 때문이다. 역설적으로 그래서 파괴력이 있고 매력적으로 느껴진다. 너무 많이, 멋대로 즐길 수 있기(있는 것처럼 느껴지기) 때문이다. 결과적으로 윤리와 미는 뒤죽박죽 뒤섞인다. 쓰는 시인도 읽는 독자도 자신이 뭔가 더 대단해진 것 같은 느낌에 사로잡힌다. 비윤리적이면 비윤리적일수록(변태적일수록) 미감은 더욱 증가한다. 이런 구조를 차용하면 시적 화자의 운신 폭도 매우 넓어진다. '인간 동물'은 '책임'에서 자유롭기 때문에 파국을 두려워하지 않고 훨씬 더 신나게 시를 써나갈 수 있는 것이다. 우리는 이 과잉에 열광하였고 주하림은 충분히 그것을 알고 있는 것 같다. 이런 방식으로 더 가도 될까? 과연 이 시인은 '선배'와 '기원'의 영향을 넘어서서, 독창적인 자기 세계를 만들어낼 수 있을까? 결코 쉽지는 않을 것이다. 중요한 것은 여기서 어떤 식으로든 '자기 개성'에 대한 의식적인 선택을 가하지 않으면 선배 시인이 미리 마련해놓은 길만 뒤따라가다가 자신의 활달하고 거침없는 상상력과 참신한 시적 재능을 상당 부분 탕진하게 될 위험이 크다는 점일 테다(사실 탕진하면 또 어떤가). '책임' 없이 즐기는 것은 가능하지만 그 책임은 그것이 버려진 장소로 반드시 되돌아온다고 비평가는 말할 수 있을 것이다. 옳은 소리이지만 지루하다. 시인들이 시를 쓰면서 그런 옳은 소리를 염두에 두고 시를 쓰지는 않기 때문이다. 나중에라도 그런 옳은 소리를 생각하며 자기 시를 교정하는 일도 없을 것이다. 시를 쓸 때는 자기를 사로잡는 이상한 힘을 따라가기 때문이다. 당연히 이 시인도 책임 따위는 걱정하지 않을지도 모른다. 자신은 이미 '인간 동물'의 길로 접어들었다는 것만 어렴풋이 느낄 뿐.

인간이 하나의 동물이 되는 사태가 여기에 존재한다. 이것은 매우 아름답다. 비윤리적이어서. 윤리와 미가 충돌하는 지점의 쾌락을 발견한 것. 이것이 바로 2000년대 이후 우리 시의 곤란이다. 성취다. 그래서 때로는 무섭다. 확실한 건 '인간 동물'의 지점에서 아직도 시의 에너지가 분출하고 있다는 점이다. 아래의 시는 이에 대한 어쩔 수 없는 끌림을 이렇게 포착하여 보여준다.

한 학교 후배가 좋아졌어. 개와 오랫동안 얘기를 나누고 싶어서 복도로 불러낸 적이 있어. 그리고는 무슨 얘기를 할까 하다가, 뭔가 사소한 것을 가지고 개를 야단치기 시작했지. 그러는 동안 (개를 너무나 만지고 싶어져서) 그만, 때리고 말았어. …감미로운 순간이었어.[2]

— 함성호, 「나라는 모순에 대하여 너」 부분 (《창비》 2010년 여름호)

[2] 웹진 《달나라 딸세포》 8호에서

반복과 과잉으로서의
시 쓰기

— '주체'와 '행위' 관점에서 살펴본 한국 시의 가능성

1. 정치나 윤리는 어째서 곧바로 시가 되지 않는가?

바디우는 그의 저서 『윤리학』에서 "우리가 허무주의를 벗어날 수 있는 길은 보수주의에 의해 불가능하다고 선포된 것을 열망한다고 선언하면서이고, 무(無)에의 욕망에 대항하여 진리들을 긍정하면서이다."(60쪽)라고 말한다. 하지만 이 대안은 '철학' 혹은 '현실'이라는 장에서는 가능하지만 문학에서는 쉽지 않은 것처럼 보인다. 진은영은 2008년 『창비』 겨울호에 발표한 산문 「감각적인 것의 분배」에서, "이주 노동자와 비정규직 노동자들의 투쟁을 지지하며 성명서에 이름을 올리거나 지지 방문을 하고 정치적 이슈를 다루는 논문을 쓸 수도 있지만, 이상하게도 그것을 시로 표현하는 것은 쉽지가 않다. 사회참여와 참여시 사이에서의 분열, 이것은 창작과정에서 늘 나를 괴롭히던 문제"(69쪽)라고 말하여, '우리 시대, 정치적으로 올바른 것을 문학으로 끌어들여 시를 쓰려고 할 때의 어려움'에 대하여 토로한 바 있다. 이것은 정치적으로나 윤리적으로 올바

른 것이 문학으로 들어올 때, 도그마로 변질되기 쉽고 일단 도그마로 변한 올바름은 작가의 창조적 상상력을 제한한다는 정도의 말로 바꾸어 해석할 수 있겠지만 그것만으로는 충분하지 않다. 왜냐하면 여기에는 일정한 시차(時差)가 존재하기 때문이다. 그 시차는 바로 생산과 해석의 차이이며, 바꾸어 말하자면 시인과 비평가의 시차에서 발생한다.

동일한 사건으로서의 '시'를 놓고 비평가들은 충분히 정치와 윤리에 대해서, 그리고 정치적 올바름에 대해서 말하는 방식으로 시의 위의를 주장할 수 있지만 실상 시가 출발하는 자리는 단순히 윤리적으로, 정치적으로 올바른 어떤 것에 의지해서만은 아니다. 발생학적 지점에는 실상 당위보다는 '실재계적인 충동(drive)'이라는 해석 불가능한 정념이 시인을 지배하는 경우가 많기 때문이다. 시의 발생학적 차원에서 이를 확인할 수 있는 것은 바로 심보선 시인이 쓴 산문의 다음과 같은 구절에서이다.

시를 쓴다는 것은 '나는 누구인가who am I?'라는 질문과 아무 상관이 없다. 오히려 '나는 누구가 아닌가who am not I?'나 '나는 누구이든가who-ever am I?'와 같은 기괴하고 비문법적인 질문과 상관이 있다. 시를 쓰는 제작의 기쁨은 "내가 이것을 썼어!"라는 자부심에서 오지 않는다. 그것은 "내가 이것을 어떻게 썼지?"라는 경이에서 온다. 시를 쓴다는 것은 자신이 쓸 수 없는 것을 쓰는 행위다. 시인이라는 존재는 자신이 될 수 없는 존재를 향해 '되기becoming'라는 모험을 감행하는 자다. (…) 평범하고 유한한 인간이 무한한 시도 속에 자아의 종말을 감수하면서 그 시도를 격정적으로 이어나가는 행위라면 사랑 외에 또 무엇이 있을까? 나는 시 쓰기가 사랑의 행위와 유사하다고, 아니 동일하다고 본다. 사랑을 할 때, 나는 "내가 어떻게 그녀를 위해 이런 존재가 됐을까?"라고 놀라워한다. 이 놀라움은 행복과 두려움을 동시에 불러일으킨다. 나는 과거의 내가 아련하다. 나는 미래의 나를 종잡을 수 없다.[1]

시를 쓸 때, 바로 그 전에 알던 나와는 다른, 될 수 있다고 상상해본 적이 없는 자아가 출현한다는 성찰은 매우 의미심장하다. 심보선은 이를 "경이"의 감정으로 표현한다. 어떤 시가 자기동일성의 차원에서 자아 정체성을 '확인'하는 경향에 기울어져 있다면 시인들의 또 다른 시에서 확인할 수 있는 것은 무엇보다도 비동일성의 모험을 통한 자기 '놀람'의 상태라고 대별하여 이야기할 수 있을 것이다. 뭔가 이제까지의 나와는 다른 존재가 시를 쓰는 순간 잠깐 나타나는 것이다. 중요한 것은 이때의 내가 내 자신에게 놀라는 감정에는 행복뿐만 아니라 '두려움'도 존재한다는 점일 터이다.

심보선의 글을 경유하여 우리는 다시 앞서 살펴보았던 바디우의 글로 돌아갈 수 있다. 여기서 다시 생각해보아야 할 것은 바디우가 말하는 '진리'의 개념이다. 바디우가 말하는 진리를 단순히 윤리적·정치적 올바름 혹은 대의와 연결시켜 이해해서는 안 된다. 바디우는 진리란 선하지도, 아름답지도 않으며 단지 '새로울 뿐'이라고 말하기 때문이다. 서용순에 따르면 진리와 선을 동일시했던 낭만주의의 한계에 대해 바디우는 다음과 같이 지적한다.

낭만주의의 한계는 바로 진리를 이상과 동일시했다는 점이다. 그러나 진리는 선하지도 않으며 아름답지도 않다. 그것은 단지 새로울 뿐이다. (…)

---

1 심보선, 「행복하도다, 나의 말이 아닌 말이여, 나의 손이 아닌 손이여」, 《문학과사회》 2011년 가을호, 306쪽.

낭만주의는 예술의 자율성을 그 고유성을 포기함으로써만, 즉 삶과 예술의 동일화를 통해 사유하였다. 그러나 바디우가 보기에 이 동일화는 기독교적 사유의 흔적이다. 그것은 진리를 이상과 동일시하는 것과 같은 것이다. 그것은 예술이 그 자체로 정치이고 윤리학이라고 말하는 것과 같다. 바디우의 비미학은 바로 이 동일화를 비판하고 예술의 고유성을 확립하려는 시도이다.[2]

바디우가 말하는 진리 개념에 의지한다면 기존의 '진리'는 다시 사유되어야 한다. 그렇게 될 때만이 진리는 시라는 장 속에 기입될 수 있는 가능성을 품게 된다.[3] 진리가 새로울 뿐이라면, 아름답지도 선하지도 않다면, 진리의 판별기준은 어디에 있는가. 그것은 바로 새롭다는 판단일 텐데 그것은 심보선이 말하는 '경이'의 감정에 가깝지 않을까? 여기에서 시를 쓰면서 불쑥 솟아오르는 정체불명의, 해독 불가능한 '놀람'의 상태, 그리고 알 수는 없었지만 문득 불쑥 솟아오르면서 자기 스스로마저 놀라게 하는 어떤 것으로서의 상태를 가정해볼 수 있으며 이것을 감당하는 주체를 연상하는 일도 가능해진다.

발생 혹은 발생의 과정에 주목하여 작품을 살펴본다면 시의 독자성과, 그 독자성을 통한 '저항의 가능성'을 새롭게 발견해낼 수

---

2 서용순, 「바디우 또는 철학에 의해 다시 사유되는 정치」, 《진보평론》, 2008년 봄호, 22쪽.

3 이때의 진리는 분명 "확립된 지식들에 이질적"이며, 진리 과정은 "그러한 지식들 속의 '구멍'"이다. 바디우는 그가 생각하는 진리의 윤리학을 다음과 같이 정식화하였다. "너의 끈질김을 초과하는 것을 끈질기게 밀고 나가기 위해 네가 할 수 있는 모든 것을 행하라. 중단 속에서도 끈질기게 밀고 나가라. 너를 포획하고 단절시킨 것을 너의 존재 속에서 포착하라" 그러면서 바로 이런 진리를 충실하게 지지하는 지지자를 '주체'라고 부르는데 그런 의미에서 바디우의 주체는 사건에 앞선 주체가 아니라 사건에 대한 충실성으로 나중에 나타나며 그런 의미에서 진리 과정이 '주체'를 도출시키는 셈이다. 알랭 바디우, 『윤리학』, 이종영 옮김, 동문선, 2001, 66~72쪽 참조.

있지 않을까? 이 글의 문제의식은 바로 여기에서 출발한다. 바디우
가 말하는 '비미학'의 관점에서 시에 대해서 이야기할 때, 좀 더 발
생학의 차원에서 접근하여, 시가 추구하는 것이 진이나 선이 아니
라, 심지어는 미도 아니라 '시' 그 자체의 '새로움'이라면, 시는 어
떻게 가능할 것인가. 이럴 경우에도 윤리(옳고 그름)라는 것을 말할
수 있는 것일까? 새로워서 좋다고 말할 때는 비윤리적인 것에 대
한 시적 주체의 향유를 인정해야 할 것이다. 새로우면서 윤리적으
로 옳다고 말할 수 있으려면 시적 주체의 '책임'에 대해서 말해야
한다. 이 글은 바로 시의 '새로움'에 대한 관점이 어떻게 기존의 해
석학적 관점에 균열을 일으키고, 관행적 윤리를 교란할 수 있을지
를 고민해보려는 시도이다. 이를 위해 우선 지젝의 '주체' 개념과
'행위' 개념을 끌어올 필요가 있다.

2. 지젝이 말하는 '주체'와 '행위'

지젝에 따르자면 주체는 "항상 자신의 원인을 능가하는 잉여"[4]이
다. 이는 원인을 투입하면 그에 들어맞는 적절한 결과가 나오는 것
이 아니라 항상 최초의 기획의도와는 다르게 무언가 다른 것이 더
발생한다는 의미에서 그렇다. 주체 안에는 항상 완전무결한 상징
화에 저항하는 무엇인가가 있기 때문에 통합을 방해하는데 이 무
언가는 정신분석학적 관점에서 '타자'이기도 하고 '무의식'이기도
하다. 주체는 태어나면서부터 '다른 것'에 의해 간섭되어 있기 때

---

4   김현강, 『슬라보예 지젝』, 이룸, 2009, 37쪽.

문에 온전하게 통합된 자기 자신일 수가 없고 또한 자기 행동의 완전한 주인일 수도 없다는 말이다.[5] 그러나 지젝은 오히려 이러한 주체의 불완전성을 주체의 긍정적 조건으로 받아들여 행위의 새로운 심급으로 삼으려 한다. 주체가 타자에게 관통되어 있기 때문에 자율적 행위가 불가능하다고 보는 것이 아니라 바로 그렇기 때문에 주체는 타자 역시 제한된 존재라는 사실을 인정하여 연대감을 형성하고 사회의 일원으로서 사회를 형성하게 된다는 라캉의 견해를 받아들이는 것이다. 이제 주체는 타자를 향해 열려 있다는 말이 가능해지고 주체 자체가 새로운 가능성의 매개체가 될 수 있다. "주체는 실체가 스스로를 온전히 실현하거나 또는 완전한 자기동일성에 이르는 것의 불가능성에 붙여진 이름"[6]으로 정의된다. 덧붙여서 지젝은 그의 사상적 전개과정의 후기에 이르러, 주체에 실재계적인 의미를 더한다. 즉 지젝은 주체를 전체의 배제 혹은 예외로서, 파악할 수 없는 자기 안의 공백을 가리키는 동시에 그 자체로서 전체를 구성해내는 계기로 의미 짓는다. 마치 실재계(의미의 공백, 불가능성)가 있기 때문에 실재의 침입을 막기 위해 상징계(일정한 의미 체계, 언어)가 필요하며, 역으로 상징계가 작동함으로써 실재계가 사후적으로 구성되는 것처럼 원인이자 결과로서의 주체가 탄생하는 것이다.[7]

주체가 '자기 안의 예외이자 의미화의 불가능성'이라고 한다면

---

5   이 지점에서 포스트모더니즘과 그것을 극복하려는 지젝의 사유가 갈라진다. 포스트모더니즘은 주체가 애초에 타자에게 관통되어 있기 때문에 (근대적 의미에서) 행동의 주인으로서의 주체는 이제 없는 것이며, 따라서 주체의 죽음을 선포하고 일자가 아니라 다자의 세계로 나아간다. 그러나 이러한 포스트모더니즘적 사유는 행위의 근거로 삼을 만한 주체를 완전히 포기하여 정치적 저항의 기획 자체를 포기하도록 만들었다는 점에서 지젝의 비판 대상이 된다.
6   김현강, 같은 책, 113~114쪽.
7   이상의 정리는 김현강, 같은 책 참조.

주체의 행위는 주체의 원래 의도와는 상관없이 갑작스럽게 나타나서 오히려 주체를 깜짝 놀라게 하는 어떤 것으로 등장할 확률이 높다. 즉 주체 안의 자기를 넘어서는 어떤 것이 행위를 움직이기 때문에 "나도 내가 이런 행동을 할 줄은 몰랐어" 혹은 "결과를 뻔히 알면서도 내가 그렇게 하고 말았는데 그런 내가 나도 이상해"라는 말이 가능해진다. 지젝에 따르면, 관건은 이 지점에서 주체의 태도이다. 자기가 할 줄 몰랐던 그 행위 자체가 바로 자신이라는 것을 거부하거나 용납하지 못한다면 주체는 저항의 매개체로 존재하지 못할 것이다. 오히려 의도치 않은 '위험(risk)'을 관리하여 더욱더 자기 자신을 하나로 통합하고 통제하려는 시도를 펼칠 가능성이 높아진다. 이것이 바로 최근 유행하는 자기계발서에 등장하는 자기계발의 주체이다. 그러나 인정하고 책임을 지게 되면 이때 주체는 저항의 매개체로 새로운 행위의 심급이 될 수 있다. 이 저항은 상징계적인 저항이 아니라 실재계적인 저항이기 때문에 상징계적인 질서로는 이해하기 힘든 불명료성, 혹은 이율배반으로 나타날 가능성이 높다는 점이 중요하다. 바로 그런 까닭에서 기존의 관행적인 도덕이나 윤리를 단숨에 뛰어넘을 수 있는 자유의 가능성으로 변모한다. 결국 지젝은 주체를 다자(균열, 공백, 무의식, 타자)로 개방하면서도 '책임'을 강조하여 저항의 거점, 혹은 행위의 심급으로 구성해냄으로써 일자의 형태를 포기하지 않는다. 다시 말하자면 지젝의 주체는 다자인 동시에 일자이며, 내용적으로는 텅 비어 있으면서도 형식적으로는 일관성(보편성)을 유지하고 있다. 동시에 실재계적인 힘으로 스스로 갱신될 가능성을 가진 채로 잠시 나타난 어떤 상태 혹은 상황이라고 말하는 것도 가능해진다.

여기서 짚고 넘어가야 할 것은 아마도 바디우와 지젝의 차이일 것이다.[8] 바디우 역시 지젝처럼 포스트모더니즘 이후의 새로운 주체와 보편성에 대해 고민한다는 의미에서 지젝과 사상적 궤를 같이 한다. 지젝이 행위와 주체의 '책임'을 강조한다면 바디우는 사건과 주체의 '충실성'을 강조한다. 그러나 바디우의 주체가 어찌 되었든 역사발전의 가능성에 희망을 걸고, 끝내는 상황이 개선될 것임을 믿고 있는 주체라면 지젝의 주체는, 결과가 뻔하게 어떨 것이라는 것을 알면서도 모든 것을 감수하고 미친 듯이 그 행동을 행하는 주체에 가깝다. 그 결과는 언제든지 파국에 이를 수도 있다. 인간에게는 쾌락원칙(상징계)을 뛰어넘는 죽음충동(실재계)이 존재하기 때문이다. 이런 지젝의 주체를 "나는 안다, 그럼에도 그것을 한다"로 정식화할 수 있지 않을까. 예를 들자면 한 시인이 "사랑에 미친 가님/사랑에 미친 가님/나는 내가 하는 것을 사랑이라고 믿으며/내가 하는 것을 한다"(곽은영, 「불한당들의 모험6 -사랑에 미친 가님」, 『검은 고양이 흰 개』, 랜덤하우스코리아, 2008)라고 말하는 그런 주체 말이다. 그렇다면 지젝의 주체는 모순적이고 실재계적이라고 할 수

8   "바디우가 말하는 진리는 사건과 함께 섬광처럼 나타나 즉시 소진된다. 우리는 사건 그 자체만을 가지고 진리의 출현을 말할 수 없다. 진리는 오로지 그것에 감화받은 주체들의 출현과 그들의 후-사건적 실천을 통해서만 알려지는 것이다. 그들은 진리에 충실한 실천을 통하여-주체를 성립시키는 것은 충실성(fidélite)이다-어떤 다수가 진리와 연결되어 있는가를 조사하고 진리를 상황에 강제한다. 이러한 과정을 통하여 진리는 상황을 지배하는 지식 체계에 자리잡고 비로소 올바른 것으로 인정받는다. 이에 따라 이전에 올바른 것으로 여겨졌던 법칙들은 명백히 틀린 것으로 지식 체계에서 탈락된다. 마침내 상황은 변화하는 것이다." 서용순, 「바디우 철학에서의 공백(vide)의 문제」, 《라깡과 현대정신분석》 8호, 라깡과 현대정신분석학회, 2006. 12., 101~102쪽. 이처럼 바디우는 상징계를 변화시키는 실질적인 힘으로 주체의 개입에 지젝보다 더 많은 믿음을 가지고 있다. 지젝은 행위 자체를 주체로 보는 반면 상대적으로 바디우는 주체가 '진리(공백, 옳거나 아름다운 것이 아니라 새로운 것)' 바깥에 존재하며 강제적으로 충실성을 갖고 이를 기존의 상징계에 강제(개입)할 때 상황이 변한다는 믿음을 갖고 있는 것이다. 바꾸어 말하자면 바디우는 역사발전에 대한 지속적인 희망을 가지고 있다고도 할 수 있을 것이다. 그런 의미에서 바디우의 주체는 "상황이 진리를 인정하도록 진리를 끊임없이 상황에 강제"(서용순, 같은 글, 108쪽)하는 주체이기도 하다. 이런 바디우의 윤리적 기율은 "계속하라!"는 말로 정식화되는데, 이를 조금 바꾸어 풀어본다면 "계속하라!(나아질 것이다)"라는 말이 될 것이다.

있으며 부정성에 경도된 주체라고 말할 수도 있을 것이다. 왜냐하면 주체가 행위에 책임을 지는 과정에서조차 자기 안에 내재된 공백과 균열이 계속 나타나서 원래의 의도와는 다른 과잉된 결과가 충분히 나타날 수 있기 때문이다. 이렇게 보자면 "바디우와 지젝의 차이는 이론의 차이보다도 지젝과 바디우가 처한 정치적 상황과 입장의 차이일 수도 있다. 동유럽 현실 사회주의에서 초자아의 외설적 향락을 뼈저리게 절감하면서도 서유럽 자본주의의 자유주의에도 동의할 수 없었던 지젝에게 그 어떤 대안(진리라는 상징적 질서)의 구축도 위험스럽게 보인다면, 68혁명 이후 프랑스의 정치상황 속에 계속적으로 실천적이고 이론적으로 개입해온 바디우에게 주체의 실천과 개입은 더 절실하게 느껴졌을 것이다."[9]라는 지적에서 알 수 있듯이 두 사상가의 현실적 배경을 염두에 둔다면 이는 충분히 이해 가능한 차이이다.

이제 앞에서 살펴보았던 심보선의 산문에서 그가 "시를 쓰는 제작의 기쁨은 "내가 이것을 썼어!"라고 적었던 문장의 자부심에서 오지 않는다. 그것은 "내가 이것을 어떻게 썼지?"라는 경이에서 온다."는 말의 의미는 더욱 분명해진다. 지금부터 논증되어야 하겠지만 이를 2000년대의 시에 적용시켜본다면 2000년대의 어떤 시들은 '확인'보다는 '경이'가, '자부심'보다는 '이상함'이라는 감정이 지배적이며 '경이'와 '이상함'이란 실상 상징계적인 언어로 쉽게 포착해낼 수 없는 의미의 이율배반, 해석의 궁지를 가리키는 다른 말은 아니었는가 하는 판단으로 이어진다. 분명 2000년대의 어떤 시들은 바로 이 '경이'와 '이상함'에서 출발한다.

---

9 김용규, 「'주체로의 복귀'와 새로운 윤리의 가능성: 바디우와 지젝」, 『대동철학』 제43집, 대동철학회, 2008. 6., 84쪽.

3. 이영광 – 살인 충동의 반복과 책임지는 주체

간밤 꿈에 그가 날 웃으며 죽였다

죽이고

죽이고

또 죽였다

나는, 깜짝 놀라

살아나고

살아나고

또 살아났다

나도 그를 꿈속에서 별안간 죽였다

죽이고

죽이고

또 죽였다

그도,

살아나고

살아나고

또 살아났다

죽임은 무위에 그쳐도

죽음은 시트에 얼룩져 있고,

벗어놓은 옷가지처럼

다시 쪼그라드는 귀두처럼

천천히

살의가 식어간다

탈출엔 성공했는데
해방이 없는 아침
주검들은 다 어디로 몰려나갔나

사람은 정말 잘 안 죽는다
이유는 모른다

－이영광, 「사람이 잘 안 죽는 이유」 전문(『아픈 천국』, 창비, 2011)

이 시는 섬뜩한 꿈 이야기로 시작한다. 꿈이 섬뜩한 것은 첫째, 정체를 알 수 없는 "그"가 "웃으며" 시적 자아를 죽인다는 사실 때문이고, 두 번째로 꿈이 섬뜩한 이유는 이 죽임에 '이유가 없다'는 사실 때문이다. 시적 화자는 자신이 왜 죽는지 모르기 때문에 "깜짝 놀"랄 수밖에 없다. 아무런 이유도 없이 웃으며 누군가 나를 죽인다면 이보다 억울하고 분한 일이 어디 있겠는가. 꿈이 더 섬뜩한 세 번째 이유는 바로 시적 자아가 다시 살아난다는 데 있다. 죽여서 죽으면 고통은 한 번으로 끝날 것이다. 그러나 깜짝 놀라 죽으면서, 살아나고 다시 살아난다는 것은 '이유 없는 살인'이 영원히 반복될 것 같은 무한한 공포를 발생시킨다. 이는 분명 무자비한 공권력이 죄 없는 시민을, 아무 이유 없이(사실은 가난하다는 이유로) 무참하게 짓밟은 대한민국의 현실을 넓게 환기시키며 이유도 모르고 죽어간 영혼들의 서러운, 소리 없는 고통을 대변하고 있는 듯한 인상을 준다. '6·9 작가 선언'에 동참하고 이후 이어지는 대사회적 발언과 시민으로서의 사회참여를 실현한 시인의 행동은 충분히 이

러한 해석에 정당성을 부여한다.[10] 그러나 이 시는 이상의 해석으로
는 감당할 수 없는 잉여를 여전히 남긴다. 특히 꿈에서 현실로 돌
아오는 부분에 주의를 기울일 필요가 있다. "살의가 식어간다"는
부분, 그 앞에 이물스럽게 어째서 "쪼그라드는 귀두처럼"이라는 직
유가 들어간 것일까.

바로 이 대목에서 "쪼그라드는 귀두처럼/천천히/살의가 식어간
다"는 구절에는 '꿈:현실=발기(사정):복귀'로 대응되는 이상한 의
미망이 덧입혀짐을 알게 된다. 즉 내가 그를 죽일 때, 시적 자아는
자신도 모르게 흥분(발기-사정)을 하였던 것이고 그가 살아나고,
또 살아났다는 것은 발기-사정이 한 번으로 끝난 것이 아니라 몇
번(혹은 무한)을 반복하였음을 상기시킨다는 것이다. 이 쾌락은 외
설적이다. 그러나 더욱 외설적인 것은 시적 자아가 "그"를 죽일 때
만 흥분된 것이 아니라 "그"가 나를 죽일 때조차 흥분하였다는 점
때문이다. "꿈=발기(사정)", "살의=흥분"으로 의미망이 설정되어
있기 때문에 그가 나를 죽일 때 그가 웃고 있었다는 말은 사실 시
적 자아가 자기도 모르게 그가 사람을 죽일 때 얼마나 흥분했을까,
라는 타자의 욕망을 감지하고 있었다는 말이 된다. 다시 말하자면

10 이영광은 산문에서 다음과 같이 밝힌 바 있다. "이따금 용산 제4지구의 타다 남은 남일당 건물을
    찾을 때면 이 미흡한 대로의 사회 재생산 프로세스에 대한 회의를 지우기 어렵다. 그곳에, 수십 년
    정든 집과 밥 벌던 터전을 졸지에 빼앗기고, 애비와 자식과 남편을 비명에 보낸 갈 곳 없는 사람들
    이 모여 산다. (…) 용산의 양민들이 죽어 냉동고에 갇히고 유족들의 절규가 거듭하여 경찰 폭력의
    타깃이 되고 살아서 망루를 내려온 이들의 인생에 법의 이름으로 5년, 6년 저주의 낙인이 찍히던
    300여 일 동안, 국가의 한결같은 대응은 단 한마디로 요약된다. "너희들은 사람이 아니다." (…) 도
    시 개발의 잔혹사를 적은 용산 헌정집의 표제는 "여기 사람이 있다"이다. '우리도 사람이다'라는 뜻
    일 것이다. 그 말 이외에는 더 가진 것이 없는 궁지에 몰려 사람이 자기가 사람임을 어느 날 갑자
    기 밝혀야 하고, 단지 그 이유만으로 불타 죽어야 하는 것이 지금 이곳의 삶이라면, 차라리 사람의
    가죽을 벗어 반납하고 원한 모르는 육축이 되거나 황야의 이름 없는 잡풀로 살다 가는 것이 더 낫
    지 않을까." 이 시대의 비극은 자신이 사람이라는 것을 고지하기 위해 사람이 되기를 포기해야 한
    다는 점에 있다. 이영광, 「사람이란 것에 도달하기」, 《대산문화》, 2009년 겨울호, 참조.

시적 자아는 "그"와 자신을 동일시하여 그의 쾌락을 느끼고 반복하고 있다는 것이다.

이는 분명 현실정치의 영역에서는 지탄받아 마땅한 해석이지만, 시의 영역에서는 가능하다. 이영광이 "그러나 널리 알려져 있듯이, 광장 체험이 바로 시가 되지는 않는다. 광장의 언어는 관념의 덩어리들이거나 추상화된 구호들이다. (…) 경험에 기대 말하자면, 분명한 것은 분명한 것들은 시로 처리하기 어렵다."[11]라고 말할 때, 이는 단순히 정치가 시로 곧바로 들어올 때의 창작상의 어려움을 토로하는 글에 그치는 것이 아니다. 발생학적 차원에서 시를 쓸 때에는, 언제나 정치나 윤리를 초과하는 '과잉'이 발생한다는 의미이고, 그 과잉이 있을 때만이 정치나 윤리도 비로소 따라나온다는 말로 해석해야할 수 있다. 즉, 가장 정치적이고 윤리적인 시를 쓸 때에라도 그것이 프로파간다가 아니라 시가 되기 위해서는 역설적으로 가장 외설적인 쾌락을 동반하지 않으면 창작되기가 어렵다는 말로 바꾸어 이해할 수 있다는 것이다.

그런데 바로 이 '지탄받을 만하다'는 의미에서 이영광의 시적 자아는 지젝이 말하는 주체 개념이 반영된 시적 '주체'로 변모한다. 이미 그 자신의 무의식에서는 타자("그"의 쾌락)에 의해 관통되어 있으며, 자신이 행하는 반복의 의미를 모르는 채, 그러나 결과적으로는 바로 그런 의미에서 살인자의 쾌락을 '비난하면서 소유'하기 위해, 자기도 모르게 "그"가 행한 이유 없는 살인을 반복하게 되는 것이다.[12]

같은 맥락에서 이영광의 시적 주체가 보여주는 '죽임의 반복',

11　이영광, 「광장과 시」, 《내일을여는작가》 2009년 가을호, 64쪽.

‘살아남의 반복’을 눈여겨 살펴볼 필요가 있다. 이 반복은 표면적
으로 폭력적인 현실의 지배-피지배의 관계를 전복하며 원한의 되
갚음을 실현하고, 그것의 자명한 실패를 현시함과 동시에, 다른 표
면으로는 살인자의 흥분을 되풀이하면서 그것이 불가능할 것을 알
고 있지만 흥분이 계속될 수 있도록 사람이 계속 살아나기를 바라
는 불가능한 욕망에 근거하고 있다. 후자를 달리 말하자면 ‘발기
(사정)가 영원히 반복’되기를 바라는 시적 주체의 실재계적인 충동
이라고도 할 수 있겠는데 중요한 것은 만약 이 불가능하고 외설적
인 충동이 사라지면 무고하게 사람을 죽이는 지배권력에 대한 저
항의 의지마저 사라진다는 점이다. 오로지 이 어울릴 것 같지 않은
대극-지배권력에 대한 저항과 외설적 쾌락-이 시차를 두고 결합
된 상태에서만이 주체의 맹목적인 반복은 가능하다.

따라서 아무리 “그”가 “나”를 죽여도 꼭 다시 살아나겠다는 저
항의 의지는 시적 주체의 단호한 결심이나, 행위에 앞서는, 주체
의 통제할 만한 의지로만 표현될 경우 상징계에 어떠한 균열도 만
들어내지 못한다. 그러한 합리적이고 상징계적인 주체를 과잉행동
으로 이끄는 외설적 쾌락이라고 할 만한 것으로 시적 주체의 행동

---

12 이 역설과 궁지가 바로 실재계적인 반복이다. 지젝은 욕망과 충동을 구분하면서 다음과 같은 예를
들려준 바 있다. “한 사람이 간단한 수작업을 하려 한다고 가정하자. 예를 들어 그가 단순히 계속
실패하기만 하는 작업을 반복하는 것으로부터 쾌락을 느끼기 시작하는 순간, 그래서 그를 회피하
는 대상에 손을 미쳐 잡으려 헛된 손질을 되풀이하는 순간 그는 욕망에서 충동으로 전환된다.” 슬
라보예 지젝, 『시차적 관점』, 김서영 옮김, 마티, 2011(2판1쇄), 20~21쪽. 지젝에 따르자면 욕망은
상징계적인 것이고 충동은 실재계적인 것이다. 욕망은 대상과 관련이 있어서 대상에서 대상으로
환유적으로 미끄러지며 욕망의 완전한 만족을 지연시키는 구조를 지니고 있지만 충동은 대상과
관계없이, 그저 대상의 주위를 돌아나오는 반복을 반복함으로써 이상한 쾌락을 얻는다. 목표(goal)
에 도달하려는 것이 아니라 반복이라는 목적(aim)을 이루려는 것이다. 죽음충동이야말로 대표적인
충동의 영역임을 환기한다면 자신이 파멸될 것을 알면서도 무의미한, 도저히 상식적으로는 이해
할 수 없는 반복을 계속하는 주체란 그야말로 실재계적인 주체라고 할 수 있다. 지젝은 이처럼 대
상과 상관없는, 자기 자신을 행위의 동력으로 삼아 그것을 계속하는 주체에게서 역설적으로 상징
계를 변화시킬 수 있는 가능성을 발견한다.

은 뒷받침되어야 한다. 이영광은 같은 시집의 다른 시에서 "부자들에게 십원 한 장은커녕/젖은 눈길 한번 받은 적 없는 서민들이/서민이므로,/서민 이외 다른 배역이라곤 얻어본 적이 없었으므로/너무 열받고 뼈아프고 어지러웠으므로 로또,//부자를 찍어 옥좌에 앉히고/국회로 보낸다/우리를 짓이겨버리세요/네가 날 살려주지 않으면/내가 날 확, 그어버리겠어요//저지르는 자는 포기한 자,/뼛속까지 빨리고도 뭔가를 또 갖다바치는/사이비교 신도들이랄까"(「무소속」)라고 말하는데, 이 경우에는 「사람이 잘 안 죽는 이유」와 같은 시가 보여주는 파괴력이 상당 부분 사라지고 만다. '서민들이 부자가 되고 싶은 욕망에 부자를 찍어서 국회의원을 만드는 것은 그냥 막 저질러버리는 자의 무모한 맹신에 불과하다'는 정도의 전언으로 쉽게 수렴되는 이유는 이 시의 시적 주체가 신문기자, 혹은 정치평론가가 할 법한 성찰을 시로 그대로 들여와서 되풀이하고 있기 때문이다. 다시 말하자면 시의 진행을 관행적인 '선'과 '진'에 기대어 풀어내다보니 '경이'가 아니라 '확인'의 언어가 구사되고 있는 것이다. 게다가 현상의 외부로 빠져 사회를 내려다보며 '진'의 자리를 차지하고 있는 시적 주체의 태도에는 복잡한 현상을 나름대로 이렇게 새롭게 해석하고 있다는 '자부심'이 깔려 있는 것도 사실이다.

그런 면에서 「사람이 잘 안 죽는 이유」에서 확인할 수 있는, 시적 주체가 시를 쓰면서 불쑥 겪게 되는 정체불명의, 해독 불가능한 '놀람'의 상태에 주목해야 한다. 알 수는 없었지만 문득 불쑥 솟아오르면서 자기 스스로마저 놀라게 하는 어떤 것으로서의 '행위'는 바로 상징계적으로는 금지된 살인의 반복인데, 이 살인에는 강력하고도 남성적인 성적 쾌락이 결합되어 있다. 이영광의 시적 주체는 바로 이렇게 '살인 충동'과 '성적 쾌락'(특히 남성적이라고 일컬어지는)이라는 비윤리적이고 반도덕적인 극단을 결합시킨다. 이영광 시의 에너지는 바로 여기에서 출현한다. 살인 충동과 성적 쾌락의 결합은 '발기'를 영원히 지속시키겠다는 실재계적 충동으로 연결되면서 오히려 관행적인 윤리나 도덕에 반하는 쾌락을 만들고, 이 외설적 쾌락은 비로소 '지배-피지배', '부자-서민', '강자-약자'라고 하는 상징계의 구분을 교란시키는 힘으로 이어진다. 이 모든 것은 스스로를 뛰어넘는 과잉, 즉 죽이고 살아나는 무한한 반복을 통해서만 가능하다.[13]

더 나아가서 이 시가 더욱 흥미로운 것은 마지막 대목 때문이다. 만약 이 시가 "탈출엔 성공했는데/해방이 없는 아침/주검들은 다 어디로 몰려나갔나"로 끝났다면 이 시는 그저 조금 '새롭다'에서 그쳤을 것이다. 그러나 마지막 연에서 돌연 강력한 힘을 발휘한다. 왜일까? "사람은 정말 잘 안 죽는다/이유는 모른다"는 구절이 주는 느낌을 곱씹어보면 조금 다른 정서를 얻게 된다. 뭔가를 잘 알고 있으면서도 일부러 모르는 척하는 시적 주체의 태도를 읽을 수

---

13 이영광은 「유령 3」에서 이 시대, 인간이 아닌 존재로 비참하게 살해당한 사람들을 호명한다. 그리고 동시에 무수한 죽음이 태연하게 고지되는 시대 현실에 분노한다. "朝刊은 訃音 같다/사람이 자꾸 죽는다//사람이 아니라고 여겨서/죽였을 것이다/사람입니다, 밝히지 못하고/죽었을 것이다(…)/戰鬪的으로/錯亂的으로/窮極的으로, 사람이 죽어간다"(『아픈 천국』) 함돈균은 이영광의 이 시를 분석하면서 공권력의 맹목적인 살인을 고발하는 이 시가 "원한(ressentiment)이나 분노 같은 감정의 층위보다 더 깊숙한 지점에서 발원"하며, "일체의 감정적 수사와 은유를 배제한 시인의 직관, 선언적 언표 속에서 공권력의 무의식은 벌거벗겨지며 그것은 '범죄적 사실'이 되어 시의 재판정에 회부"됨을 매우 설득력 있는 방식으로 논증한다. 이 견해를 적극적으로 지지하며, 해석의 차원이 아니라 발생의 차원에서, 만약 공권력의 맹목적인 살인에 대항하는 강력한, 혹은 즉물적인 '분노'와 '복수심'이 없었다면 이 시가 씌어질 수 있었을까, 하고 생각을 덧붙여 보면 어떨까. 이영광의 시에서 시적 주체는, 공권력의 폭력에 비폭력으로 대항하는 것이 아니라 더 큰 '폭력성의 반복', 특히 매우 '외설적 쾌락'으로서 저항을 수행하는 것이 아닐까. 이 지점을 함께 살펴야 소위 기존의 '참여시'와 이영광 시의 차별점이 드러날 것이다. 함돈균, 「잉여와 초과로 도래하는 시들」, 《창비》 2009년 겨울호, 41~45쪽 참조.

있기 때문이다. 무슨 일이 있어도 자신의 의지를 끝까지 지속하겠다는 결의가 엿보인다고도 해석할 수 있을 것이다. 시의 전반부에서는 '행위'가 불현듯 나타났다. 주체의 내부에서 자기 자신을 뛰어넘는 과잉이다. 그리고 현실로 돌아왔을 때, 시적 주체는 막연히 꿈과 현실은 다르다는 생각으로 자신의 예외, 자신의 균열을 그냥 흘려보내지 않는다. 전반부의 '행위'를 결코 쉽게 흘려보내거나 포기하지 않는다는 말이다.

바로 여기서 이영광의 시적 주체는 지젝적 의미에서의 '윤리적인 주체'로 도약한다. 이유 없이 당한 폭력과, 복수와, 그 자명한 실패와, 그럼에도 불구하고 지지 않겠다는 의지와, 동시에 영원한 발기(사정)를 지속하겠다는 이율배반 혹은 역설을 영원히 자신의 것으로 모두 '책임'지겠다는 생각이 "사람은 정말 잘 안 죽는다/이유는 모른다"는 구절 속에 결합되어 나타나기 때문이다. '너희가 쉽게 죽지 않는다는 것을 나는 알고 있지만 나는 끝까지 죽일 것이며 내가 쉽게 죽을지도 모르지만 나는 절대로 죽지 않겠다'는 역설의 발생이다. 특히 결과를 뻔히 알면서도 반복을 반복하는 실재계적인 주체의 상태는 바로 "이유는 모른다"는 마지막 행에서 선명하게 발견된다. 그러나 시적 주체는 이를 선명한 것으로 인식하지 못하거나(한 척 하거나) 선명하게 인식하지 못해도 그 전부를 감수하겠다는 의지를 드러낸다. 이 시에 나타난 시적 주체의 모습은 지젝이 이야기하는 바, '행위'에 책임을 지는 '윤리적인 주체'라고 할 만하다.

이 주체는 외설적인 자기 쾌락에 놀라서 죄의식을 느끼는 주체가 아니다. 그는 상징계적인 법-즉 당연한 '죄의식'으로 회피하지 않는 주체이다. 의미의 불명확성을 상징계로 끌어들여 상징계의 범위 안에서 충분히 납득 가능한 해결책을 찾으려는 존재가 아니라 오히려 외설적 쾌락을 인정함으로써, 실재계에 고착되고, 심지어는 그것을 강력한 동력으로 삼아 불가능한 것을 영원히 지속하겠다고 결심하는 자인 것이다. 이 주체를 바로 그 모든 '무한'에 책임을 지는 주체라고도 할 수 있을 것이다. 그 결심이 끝내 애초의 결의대로 이루어질 것인가? 그렇지는 않을 것이다. 왜냐하면 지젝이 말하는 실재계적인 주체는 '늘 자신이 투입하는 것보다 더 과잉'이고, 따라서 산출될 결과를 장담할 수 없는 존재이기 때문이다. 즉, '나는 알지만 계속한다'는 주체는 확정된 목표로서의 내용(진, 선, 미) 등을 추구하는 것이 아니라 계속한다는 '텅 빈 형식'만을 반복하는 주체이다. 그럼으로써 발생할 모든 무한에 책임을 지고 다른 존재에게 자기 책임을 의탁하지 않으며 자기 자신을 행동의 근거로 삼는 되먹임을 지속하는 존재인 것이다. 그 결과가 어떻게 될지 모른다는 불안감은 "이유는 모른다"는 마지막 행 속에 '모른다'는 술어와 겹치면서 주체를 또다시 '알 수 없는 상태'로 개방하는 효과를 발휘한다. 내용상으로는 다자(多者)로 개방되어 있으면서, 계속한다는 일자(一者)의 형식은 유지하고, 그러면서도 불가능한 모험을 시도하는 이영광의 시적 주체야말로 윤리적인 주체라고 할 수 있다.

4. 김승일 – 폭력 충동의 반복과 책임의 부재(不在)

삼총사라고 알려진 우리 네 명은 어느 날 바닷가 마을의 작은 민박집으로 여행을 떠났던 것이다. 좁은 방 한 칸에서 막걸리를 부어 마시며. 우리는 삼총사라고 알려졌는데. 어째서 이렇게 할 얘기가 없는 것일까?

(…)

바닷가 마을의 민박집에서. 그런 것은 더 이상 우리를 한 덩어리로 만들어주지 않고. 지난하고 어색하기 짝이 없는 것이다. 유년 시절. 다시 유년 시절의 얘기를 해보도록 하자.

유년 시절? 유년 시절이라니. (…) 나는 부모한테 많이 맞았어. 거의 학대 수준이었지. 처음 듣는 학대 이야기에 불현듯 삼총사들의 눈이 초롱초롱 빛나기 시작하는 것이었다. 우리도, 우리도 맞았어. 우리도 학대를 당했다니까?

이것 참 굉장한 공감대로군. 유년 시절에 학대당한 경험 때문에. 지금의 우리가 있는 것일까? 맞고 자란 우리들의 취향. 우리들의 사랑. 미친 부모를 만난 탓으로. 우리가 서로 닮은 것일까?

아빠가 창밖으로 나를 던졌지. 2층에서 떨어졌는데 한군데도 부러지지 않았어. 격양된 삼총사는 어떻게, 얼마나 맞고 컸는지 신나게 떠들어대는 것이었다.

니가 2층에서 떨어졌다고? 나는 3층에서 던져졌단다. 다행히 땅바닥이 잔디밭이라 찰과상만 조금 입었지. 어째서 우리를 던진 것일까? 이유는 잘 모르겠지만. 나는 4층에서. 아빠가 4층에서 나를 던졌어.

그게 말이 되는 소리니? 어떻게 4층에서 던졌는데도 그렇게 멀쩡하게 살아남았어? 게다가 어떻게 그런 부모랑 아직도 한 집에서 살 수가 있니? 너한테 말은 이렇게 해도.

사실은 너를 이해한단다. 내가 더 학대받았으니까. 나는 골프채로 두들겨 맞고 알몸으로 집에서 쫓겨났거든. 우리는 서로의 손을 부여잡고. 그랬구나. 너도 알몸으로 쫓겨났구나. 여름에 쫓겨났니, 겨울에 쫓겨났니? 나는 겨울에 쫓겨났어.

정말로 겨울에 쫓겨났었니? 아무리 친구의 부모라지만 정말로 너무한

부모들이군. 니가 우리 삼총사 중에 가장 많이 맞고 컸구나…… 그렇게 결
론을 내리고 보니, 더 이상 할 얘기가 딱히 없었다.

— 김승일, 「같은 과 친구들」 부분(『에듀케이션』 문학과지성사, 2012)

2009년 《현대문학》으로 등단하여 활발한 활동을 펼치고 있는
김승일의 시이다. 이 시는 네 명의 대학생 친구들이 바닷가 마을의
민박집으로 떠난 M.T.에서 벌어지는 사건을 다루고 있다. 삼총사
라고 불릴 만큼 우정을 자랑하는 친구들이지만 막상 다 같이 모여
시간을 지내다보니 할 것이 없다. 그들을 더 이상 "한 덩어리로 만
들어주지 않고, 지난하고 어색하기 짝이 없는" 순간이 찾아오는 것
이다. 이들은 진실('삼총사는 사실 그렇게 친하지는 않다 각자 어느 정
도는 그것을 감지하고 있다')이 찾아오는 것을 막아보겠다는 듯이 갑
작스럽게 '유년 시절'에 대한 이야기를 꺼낸다. 그것도 유년 시절
의 '학대당한 경험'을 말이다. 유년 시절에 대한 이야기는 많이 나
누었으나 유년 시절의 '학대 경험'은 처음인지라 누군가의 입을 통
해 우연히 흘러나온 이 이야기는 갑작스럽게 이들을 하나로 끌어
모은다. 서로 간의 "지난하고 어색하기 짝이 없는" 시간이 더 길어
진 나머지 자칫하면 폭력적으로 들이닥치고 말 실재계의 침입을
막기 위해 무엇이든 말을 꺼내 상징계를 가동시키는 것이다.

그러자 "불현듯 삼총사들의 눈이 초롱초롱 빛나기 시작"하면서
이 시의 첫 번째 '경이'가 탄생한다. 또 한편 신기한 것은 한 사람
의 추억을 받아서 다른 사람이 비슷한 추억을 꺼내면서 이들의 추
억이 말하면 말할수록(반복할수록) '과잉'되기 시작한다는 점이다.
회고담에는 자꾸 이상한 것들이 덕지덕지 들러붙어 점점 비현실적
으로 부풀어오른다. 이 시가 흥미로워지는 두 번째 대목이 바로 이

부분이다.

실재계의 침입을 막고 삼총사들의 보편성('우리는 하나')을 확보하기 위해 꺼낸 '유년 시절의 학대 경험'이 '반복'된다는 점은 중요하다. 즉 '난 2층에서 떨어졌다(A)'가 '말도 안 돼. 세상에 그런 게 어디 있어?(not A)'로 부정되는 게 아니라 포함('난 2층에서 떨어졌어')하면서 "나는 3층에서 던져졌단다(A의 반복)"로 반복된다. 그러자 다른 친구는 "나는 4층에서. 아빠가 4층에서 나를 던졌어."로 말을 받아 이 A를 더욱 불명확한 상태로 개방한다. 이 반복이 과잉처럼 느껴지는 것은 대화가 계속될수록 '2→3→4'로 변하는 아파트 층수의 점층이 더 과도하게 반복될 것 같은 예감을 불러오기 때문이며, 마침내 도저히 감당할 수 없는 불가능한 사실들이 이들의 대화를 향해 들이닥칠 것임을 예비하도록 만들기 때문이다. 이들이 감당할 수 없는 불가능한 사실이란 상징계적으로 표현하자면 이들이 하는 말이 모두 '거짓말'처럼 보인다는 것이지만, 실재계적으로 말하자면 '이들 삼총사가 삼총사라서 M.T.를 왔지만 실제 와보니 삼총사가 아닌 것 같다'는 인정할 수 없는 궁지의 상황이다. 즉 실재계의 침입을 피하기 위해 상징계를 가동하였는데, 오히려 그 상징계를 반복하자 아이러니하게도 다시 실재계를 대면하게 될 상황이 연출되는 것이다. 부정이 아니라 긍정이, 더욱 정확히 말하자면 부정이 아니라 (무한)반복이 오히려 간신히 지탱되어 왔던 상징계와, 덧붙여 감추어져 있던 상징계의 균열을 생생하게 드러낸다.

덧붙여 이 시가 흥미로운 세 번째 이유는, 실재계 직전까지 이들이 당도할 수 있도록 만들었던 힘이 표면적으로는 삼총사들 간의 보편성(우정)을 확인하기 위한 각 사람들의 자발적 참여처럼 보이지만, 실상 이 자발적 참여를 이끌어내는 것이 '내가 더 강해'라는 외설적 쾌락을 최대한 끌어올리려는 욕망 때문이라는 점에서 그렇다. 이들이 실재계적인 진실을 만날 수 있었던 것은 역설적으로 '네가 2층이라면 난 3층, 네가 3층이라면 난 4층이다'라고 하는 자존심 싸움에서 기인한다. 애초에 가볍게 시작한 이야기는 이들이 서로를 이기고 싶다는 욕망에 사로잡히면서 과잉되기 시작하고, 그러면서 실재계적인 충동으로 연결된다. 나중에는 고백의 내용과 상관없이 상대방을 제압하고 이기겠다는 '맹목적인 충동'만이 이들을 지배하게 된다. 따라서 왜 맞았는지, 뭘 잘못했는지, 그 버릇을 지금은 고쳤는지, 부모님을 용서했는지 따위의 상징계적인 사실 여부는 점점 중요하지 않게 되고 그 다음에 얼마나 더 센 것이 나오느냐가 대화의 초점이 되어버린다. 뿐만 아니라 이들이 서로의 인정을 획득할 수 있는 기준은 '과연 부모에게 얼마나 학대를 당했는가' 혹은 '얼마나 많이 맞았는가?' 하는 점이다. 이제 상징계적인 욕망은 실재계적인 외설적 쾌락으로 변한다. 즉 김승일의 시적 주체는 '폭력'을 외설적 쾌락으로 동원하면서, 바로 그것을 통해서 우정을 출현시키고, '폭력-우정'이라고 하는 대극이 결합된 이상한 상태를 만들어낸다. 부모에게 당한 폭력이 외설적 쾌락으로 돌변하여 더 많이 고통받을수록 인정받는 기이한 상황이 펼쳐지는 것이다. 마침내 "그게 말이 되는 소리니? 어떻게 4층에서 던졌는데도 그렇게 멀쩡하게 살아남았어?"라는 판단이 개입하면서 이들의 대화가 상징계로 안착되려나 싶지만 욕망은 충동으로 변하면서 더욱 과잉되는 형식으로 나타난다. 결국 최종적으로 이들 중 한 명이 '골프채로 얻어맞고 한겨울에 알몸으로 쫓겨났다'는 말로 상황은 일단락된다.

그러나 김승일의 시가 이영광의 시와 달리 좀 더 가볍고 유머러스한 인상을 풍기는 이유는 김승일의 시적 주체가 '책임'을 지지 않기 때문이다. 이 시가 웃음을 유발하는 포인트는 우정을 확인하려는 이들의 이야기가 점점 우스꽝스러운 거짓말로 변해가는 역설, '우정'을 확인하기 위해 '경쟁' 혹은 '싸움'을 벌여야 하는 역설, 종국에는 진실과 거짓말이 뒤섞여 가치 판단이 불가능해지는 혼란에서 발생하는 아이러니에서 비롯되는 것이지만 동시에 이 말도 안 되는 '자존심 싸움'의 최종 승리자로 거짓말을 제일 잘한 것 같은 사람이 가장 높은 위치에 등극하게 되는 웃지 못할 상황에서 기인한다. 그리고 웃음의 결정적 포인트는 마지막 구절이다. "그렇게 결론을 내리고 보니. 더 이상 할 얘기가 딱히 없었다."는 것은 일차적으로 이들의 열띤 경쟁(싸움)이 정리되자 감춰져 있던 실재계가 다시 그 텅 빈 공허를 드러낸 것으로 해석할 수 있다. 노력했지만 처음의 상황이 다시 반복되는 이 역설이 웃음을 만들어낸다. 그러나 이 구절을 그렇게만 해석할 수 없는 것은 그냥 웃음이 아니라 쓸쓸한 웃음, 뭔가 공허한 웃음을 유발하기 때문이다. 이영광 시의 마지막 구절처럼 더욱 맹목적으로 행위를 반복을 계속하겠다는 충동이 읽히는 것이 아니라 과잉되어가던 상황이 적당하게, 우스꽝스럽게 정리되는 인상을 준다.

이는 김승일의 시적 주체가 친구들 간의 대화가 만들어지는 외설적 쾌락의 책임을 부모에게 돌리기 때문이다. 그런 의미에서 김승일의 시는 '경이'에서 도약하여 '이상함'으로 치닫지 않고 애초의 '경이'를 '확인'하면서 끝난다. 이들이 누리는 쾌락은 더 큰 쾌락을 보증받기 위해 부모의 폭력을 그것의 진위와 상관없이 과잉되게 반복하는 실재계적인 충동에 의한 것이지만, 김승일의 시적 주체는 이 반복을 더욱 가속화시켜 마침내 그 쾌락이 자기들 스스로 만들어낸 것임을 자기들도 모르게 폭로하는 지경으로 내닫는 것이 아니라 "정말로 겨울에 쫓겨났었니? 아무리 친구의 부모라지만 정말로 너무한 부모들이군. 니가 우리 삼총사 중에 가장 많이 맞고 컸구나……"라는 말을 통해 현재의 자기 존재를 부모의 폭력에 의해 휘둘러진 일방적인 폭력의 결과로 자리매김한다.

이렇게 되면 역설적으로, 외설적 쾌락을 위한 '자율적 주체'(자율성)였던 이 삼총사는 갑작스럽게 일종의 '희생양'(수동성)으로 전락하고 만다. 따라서 한껏 달아올랐던 이들의 대화가 급격하게 식어버리는 것은 당연하다. "그렇게 결론을 내리고 보니. 더 이상 할 얘기가 딱히 없었다."라는 구절은 실재계적 쾌락(고통 속의 쾌락)에서 상징계적인 고통으로, 자율적 행동의 주체에서 폭력의 수동적인 피해자로 스스로를 규정하면서 주체의 자율성을 상실하는 데서 오는 급격한 피로감과 공허감의 산물인 셈이다. 바꾸어 여기에는 외부의 주인(부모)이라고 하는 기만적인 미끼에 자율성을 헌납한 데서 오는 죄의식이 달라붙어 있다고도 할 수 있다. 인용시에 명시적으로 등장하지는 않지만 대화가 끝나고 더 이상 딱히 할 얘기가 없을 때 이들 사이에 찾아오는 감정은 처음 이들이 M.T.에 와서 느꼈던 지루함과는 달리 자신의 부모를 '팔아' 쾌락을 위한 경쟁을 하였다는 죄의식임을 떠올려보는 것은 어려운 일이 아니다. 더군다나 이들은 부모가 폭력적인 방식으로 부과한 법을 내재된 과잉의 반복으로 극복하는 것이 아니라 '정말 부모들은 나쁘다니까'라는 방식으로 인정하고 있기에 부과된 법에 그대로 복종하는 결과를 만들어낸다.

결국 김승일의 시적 주체는 실재계적인 공허에 다가가기는 하지만 그것을 완전하게 열어젖히지도, 그것에 '책임'을 지지도 않는다.[14] 그의 시적 주체는 실재계적인 충동을 반복하는 주체이기는 하지만 그럼으로써 발생할 모든 것에 책임을 지고 자기 자신을 행동의 근거로 삼는 자율적인 되먹임을 지속하는 존재가 아니라 자기 자신을 가상의 왕좌에 등극시키는 놀이를 하면서 다만 판단의 영역을 살짝 펼쳐 보이고 사라지는 주체라고도 할 수 있다. 바로 이렇게 책임을 지지 않는다는 이유에서 김승일의 시는 이영광과는 달리 심각하거나 무겁지 않고, 엉뚱하고, 재미있고, 재기발랄한 인상을 준다. 따라서 김승일의 시는 새롭다고는 할 수 있지만 온전하게 윤리적이라고는 할 수 없을 것이다.

결론적으로 김승일의 시가 좋은 것은 이영광의 시와 똑같이 새롭기 때문이지만, 이영광과는 다르게, 최대한 윤리적이어서가 아니라 반쯤 윤리적이어서이다. 김승일의 시에서, 알 수는 없었지만 갑자기 솟아오르면서 스스로마저 놀라게 하는 어떤 것으로서의 '행위'의 출발지점에는 바로 상징계적으로는 금지된 '거짓말'이 있었다. 그 밑바닥에는 '폭력을 통한 존재증명'이라고 하는 외설적 쾌락이 들러붙어 있는데, 만약 이러한 외설적 쾌락이 작동하지 않았다면 이들의 거짓말 경쟁도 가능할 수 없었을 것이며 거짓말을 통한 순간적인 우정(보편성)의 확인도 불가능했을 것이다. 이른바 폭력에 기생하는 우정이라고 할 만하다. 더 나아가 폭력에 대한 실재계적인 충동이 대화를 통해 반복되면서 애초의 의도-즉 '우정

---

14 바로 이런 의미에서 김승일의 시는 '좋다'. 그의 시적 주체는 우리 안에 내재된 책임전가, 법과의 타협, 유아적이고 이기적인 나르시시즘의 성향을 유머러스하게 환기시키는 주체이기 때문이다. 수용 과정에서 시적 주체의 무책임에 동의하거나, 혹은 동의하면서 쓸쓸하게 반성하는지의 여부는 이제 감상자의 개별 판단 영역으로 넘어간다. 김승일의 시적 주체는 이영광의 시적 주체처럼 책임을 지려는 결의를 보이지 않고(그래서 우리에게 책임의 부담감을 함께 나눠 질 것을 강력하게 요구하지 않고), 책임의 방기를 보여주거나 혹은 책임의 입구까지만 우리를 데려다놓고 사라지기 때문에, 그의 시를 심리적 부담감 없이 읽는 것이 가능해진다.

의 확인-우리들은 삼총사다'라고 하는 목표를 배반하고 오히려 과
잉된 경쟁으로 뒤바뀌면서 내재된 진실-즉 '거짓말을 통해서만 지
탱되는 우정-우리는 사실 삼총사가 아니라 사총사다. 네 명이다'
와 맞닥뜨리는 순간으로 변모하는 것도 눈여겨보아야 한다. 그의
시적 주체가 비록 책임을 지지는 않지만 바로 이런 공백의 순간을
포착하고 있다는 의미에서 반쯤 윤리적이라고 할 수 있는 것이다.
결국 폭력에 대한 외설적 쾌락이 '우정', '연대', '하나'라고 하는 상
징계의 관행적인 가치를 지탱하는 동시에 무너뜨리면서, 상징계
의 진리와 선, 그리고 아름다움의 균열을 암시하는 계기로 제시된
다. 이 모든 것은 정치나, 윤리, 미를 시에 도입할 때가 아니라 역으
로 시를 쓸 때 나타나는 외설적 쾌락을 인정할 때만 가능하며, 그
외설적 쾌락은 대상을 통해 얻을 수 있는 것이 아니라 바로 주체
안에서 스스로를 뛰어넘는 불가해한 '과잉'과 '반복'이라는 형식을
통해서만 만들어진다고 할 수 있다.

5. 그래도 계속하라! – 과잉 반복, 경이와 이상함이라는 매력

김승일은 한 인터뷰 대담에서 시의 출발점을 묻는 질문에 다음과
같이 대답한 적이 있다.

나는 지나간 일을 회고하는 것을 좋아한다. 석연치 않았던 사건, 장소,
이미지에 대해 회고한다. 석연치 않았다는 것은 부조리했다는 뜻도 되고
신비했다는 뜻도 된다. (…) 거기엔 내가 있다. 나는 거기서 '행동'한다. (…)
나라면 어떻게 했을까? 나는 어떻게 했지? 자문하는 일에 골몰한다. 그러

다 보면 발견되는 것들이 있다. 어떤 발견은 최초로 발견된 것같이 느껴진다(물론 세상 아래 새로운 것은 없을지도 모른다). 어떤 발견들은 그렇지 않다. 그러면 최초로 발견된 것같이 느껴지는 발견만 남기고 지워버린다. 나는 이렇게 시를 쓴다.[15]

석연치 않고, 부조리하고, 신비한 사건·장소·이미지에서 시가 시작된다는 김승일의 말은 "경험에 기대 말하자면, 분명한 것은 분명한 것들은 시로 처리하기 어렵다."는 이영광의 말을 연상시킨다. 광장의 언어가 아니라 시의 언어가 되기 위해서는 분명한 것이 아니라 불명확한 것에서 출발해야 함을 다시 확인할 수 있는 것이다. 또한 "어떤 발견은 최초로 발견된 것같이 느껴진다."는 말은 어떤가? 이 말은 "시를 쓰는 제작의 기쁨은 "내가 이것을 썼어!"라는 자부심에서 오지 않는다. 그것은 "내가 이것을 어떻게 썼지?"라는 경이에서 온다. 시를 쓴다는 것은 자신이 쓸 수 없는 것을 쓰는 행위다."라는 심보선의 말을 다시 한번 연상시킨다. 지젝은 주체의 내부에서 자기도 모르게 갑작스럽게 나타나는 놀람의 행위와 그것이 빚어내는 결과에 책임지는 주체에게서 역설적으로 세상을 변화시킬 수 있는 가능성을 발견하였지만 시인들은 지젝의 이론 훨씬 이전부터 자기 안의 '경이'와 '이상함'에 눈을 돌리고 있었다. 그 경이는 행복이기도 했지만 동시에 두려움이기도 했다. 자기 안의 낯설고 이상한 것이 만들어내는 경이에는 고도의 윤리와 외설적 쾌락이 혼재되어 있기 때문이다. 바로 그런 이유에서 이 '경이'에는 관행적인 진, 선, 미로 판단할 수 없는 외설적인 힘이 존재한다. 이영광과 김

---

15 김승일·박성준·유희경·이이체·이우성, 「이제, 그들의 시작하는 말」,《문학과사회》 2011년 여름호, 234~286쪽.

승일은 이 '이상'하고 '외설적'인 힘에 의지하여 시를 쓴다. 이들의 시는 실재계적인 충동이 빚어내는 과잉된 반복이 있었고, 내용 없는 텅 빈 반복으로서만 가능한 형식으로, 순간적으로나마 세계를 전복하는 계기를 보여주었다. 'A'에 대하여 'not A'라고 하는 기성의 저항윤리를 펼쳐 보인 것이 아니라 오히려 억압적으로 부과된 'A'를 더욱 과잉 반복, 과잉 수행함으로써 애초의 수동성을 자율성과 능동성으로 비틀면서 새로운 저항의 방식을 선보인 것이다. 그것이 이영광에게는 '살인 충동'이었고 김승일에게는 '폭력 충동'이었으며 여기에는 모두 강력한 외설적 쾌락이 결합되어 있었다.

어쩌면 이들의 윤리를 "저항하라!"가 아니라 "그래도 계속하라!"로 정식화할 수 있지 않을까? 이를, 상징계적인 관점에서 결과를 뻔히 알고는 있지만 실재계적인 관점에서는 어떤 결과가 빚어질지 전혀 모르는 주체가 펼치는 과잉된 반복, 그러나 외설적 쾌락을 제거하면 가능하지 않았을 반복이라고 말할 수 있을 것이다. 과잉-반복을 통해서 비로소 관행적인 진·선·미의 이면, 혹은 현실의 이면을 폭로할 수 있는 가능성을 얻었고 바로 그래서 이들의 시는 '새로웠다'. 이영광이 '새롭고 윤리적인 시'를 썼다면 김승일은 '새롭고, 반쯤 윤리적인 시'를 썼다. 이들이 앞으로도 계속해서 '행위의 주체'가 될 수 있을 것인지는 계속 지켜보아야 할 것이다. 지젝이 말하는 주체 개념을 시적 주체에게 적용시켜본다면, 주체는 시인이라는 실체와 항시적으로 동등한 관계를 이루고 있는 상태를 가리키는 말이 아니라, 시를 쓸 때, 시인의 내면에서 갑작스럽게 탄생하는 행위와의 관계를 통해서 일시적이고 순간적으로만 규정될 수 있는 어떤 상태 혹은 과정에 붙여진 이름이기 때문이다. 시인은 항상 시인인 것이 아니라 시를 쓸 때만 시인이며, 자기를 넘어서는 '행위'에 어떤 식으로든 응답할 때 비로소 일시적으로 주체가 될 뿐이다. 더욱 중요한 것은 우리가 시의 독자성과 가능성에 대해서 말해야 한다면 그 출발점은 바로 시인들이 찾아낸 이 외설적 쾌락의 잉여 지대여야 한다는 점이며, 우리가 시를 제대로 누리기 위해서라면 이 외설적 쾌락의 잉여 지대를 인정해야 한다는 사실일 것이다.

무한판단의 영역에서

― 최근 한국시의 어떤 '무한(無限)'들

1. 아직 오지 않은 미래

2010년 이후, 다시 2011년. 한국시의 변화가 비교적 분명한 차이를 드러내며 모습을 드러내면 좋으련만, 우리의 기대처럼 상황이 전개되는 것 같지는 않다. 아직까지는 2005년을 전후로 첫 시집을 낸 시인들의 두 번째, 세 번째 시집의 영향력 아래에서 약간의 분화, 또는 재서술, 혹은 선택적 재결합의 방식으로 후속 세대의 시편들이 창작되고 있으며 최근 2~3년 사이에 등단한 시인들의 첫 시집이 아직 도착하지 않은 탓에 특정 변화의 기미를 읽어내는 것은 또 그만큼 뒤로 미뤄져야 할 것으로 보인다. 그럼에도 불구하고 우리의 욕망은 자꾸 세대론적인 단절과 차이를 찾게 마련인데 그래야 한국시가 뭔가 변화, 발전하고 있다고 믿을 수 있기 때문이며 그래야 우리가 뭔가 의미 있는 것을 하고 있다는 심리적 위안을 얻을 수 있기 때문이리라. 일단 이를 인정하면서, 단절과 결절점을 만들어내려는 비평적 욕망에서 기인한 추동력이 자기증명의 강렬한 욕망에 시달리는 젊은 시인들의 시와 결합하여 빚어내는 '생산'

의 순간을, 어쩔 수 없는 오독의 가능성을 내포하면서 읽어나가게 될 것임을 밝히면서 이 글을 시작해야 하겠다.

2. 이제니 - 언어 발명의 자율성

최근의 시적 발화들 사이에서 보편성의 차원을 가정할 수 있다면 아마도 어떤 비인간성, 괴물성에 대한 자각과 이를 시적 주체의 가혹한 반복으로 되살아내려는 시인들의 움직임일 것이다. "자본은 자신의 운동이 사회적 현실에 어떤 영향을 미칠 것인지에 대해 무관심하며, 오로지 수익성이라는 목표만을 추구한다. (…) 자기 증식하는 자본의 형이상학적 춤사위 (…) 바로 거기에 자본주의의 근본적인 구조적 폭력이 존재하며, 이 폭력은 자본주의 이전 시대의 어떠한 직접적인 사회-이데올로기적 폭력보다 훨씬 더 섬뜩하다. 이 폭력은 더 이상 구체적인 개인들과 그들의 '악한' 의도의 탓으로 돌릴 수 없으며, 순수하게 '객관적'이고, 체계적이며, 익명성을 띠기 때문이다."[1]라는 구절이 실제로 '섬뜩'한 것은 IMF와 미국발 금융위기를 거치면서 우리가 살고 있는 이 땅 역시 오로지 수익성만을 추구하는 자본 그 자체의 운동성이 더욱 가혹하게 심화되는 지경으로 변하고 있음을 체감하기 때문이다. 자본을 소유한 자는 적절한 수준에서 자신의 욕망을 제어하지 못한다. 늘 '그 이상'의 초과와 과잉을 추구하게 되어 있다. 1997년 이전까지 자본의 무자비한 증식력이 공동체의 윤리로 어느 정도 견제가 되었다면 최근

---

[1] 슬라보예 지젝, 『폭력이란 무엇인가』, 이현우 외 옮김, 난장이, 2011, 39~40쪽.

몇 년간은 일정한 한계를 넘어선 것 같다. 조종자가 있는 것이 아니라 '자본'이라는 속성 자체가 구조적으로 주체를 조종하는 상황. 장막 뒤에 누군가가 있다면 그를 끌어내릴 때 파국을 면할 수 있겠지만 그 뒤에 아무도 없다면 상황은 달라진다. 누군가를 끌어내려도 그 자리를 차지하는 또 누군가가 같은 방식으로 조종된다면? 실체가 없기 때문에 절망은 더욱 깊어만 간다. 자기가 빚어낸 결과에 책임질 생각이 전혀 없이, 오로지 자가증식 이외에는 아무런 관심도 없는 자본, 이 머리 없는 괴물의 냉혹하고 형이상학적인 춤사위. 선거에서 특정한 세대를 하나로 묶어낼 수 있었던 것이 역설적으로 일상화된 경제적 불평등과 박탈에서 비롯된 것이라면 시인들에게도 이러한 외부조건을 보편조건이자 매개변수로 가정해보는 것은 어렵지 않을 것이다. 시인들이 점유하고 있는 자리는 주로 자본주의의 경계이면서 가장 취약 지대이기 때문이다. 예를 들어 이제니가 "아침마다 언니는 내 머리를 땋아주었지. 머리카락은 땋아도 땋아도 끝이 없었지. 저주는 반복되는 실패에서 피어난다. (…) 간신히 생각하고 간신히 말한다. 하지만 나는 영영 스스로 머리를 땋지는 못할 거야."(「페루」, 『아마도 아프리카』, 창비, 2010)라고 말할 때, 이 영원히 되풀이될 것 같은 실패의 예감, 근원적인 무기력은 어디에서 오는 것일까? 자신의 머리를 스스로 땋지는 못할 거라는 자괴감은 분명 여러 갈래의 힘이 작동하여 만들어진 결과일 테지만 '반복되는 실패'가 만들어내는 '저주 받은 느낌'은 분명 자본의 가혹한 춤사위에 노출된 단독자의 음울을 그 한 축으로 연상케 한다. "매순간 초연해지기를 바라지만 혁명을 하기엔 책을 너무 많이 읽었고 풍경을 읊기엔 양심이 허락하지 않고 너는 또다시 성냥을 긋듯 손목을 긋고. 마음으로 악담을 퍼붓고 돌아서던 시절. 속쓰림과 배고픔과 후회와 반성이 아코디언 주름처럼 펼쳐졌다 접히기를 반복하고."(「코다의 노래」)에서도 마찬가지이다. 무기력에 빠진 시적 주체가 할 수 있는 일이라고는 '자기파괴-후회와 반성'이라는 가혹한 반복을 아코디언 연주하듯이 되풀이하는 것일 뿐이다. '반복의 반복' 혹은 '반복의 무한 되풀이', 이를 통해서만이 어떤 시인들의 '자율성'은 생산된다. 그래서 인상적이라는 것이다. 자본의 가혹한 반복을 자기 몸으로 현시해서 되돌려주겠다는 듯이 이제니는 '새로운 단어'를 만들어낸다. 그것이 유일한 존재증명인 양 언어의 발명에 골몰한다. "카렌다 레코다 기카이다. 도케이 시케이 만포케이. 메이레이 시레이 한레이. 기어이 운율을 맞추고야 마는 슬픈 버릇"(「창문 사람」, 『아마도 아프리카』)과 같은 구절이 바로 그런 구절인데 이제니는 발화자도 불분명하고 수신자도 불분명한, 의미와 결합하지 못하고 떠도는 기표로서의 언어를 되풀이하여 생산한다. 언어의 자기증식이다. 별다른 의도 없이, 의미도 없이, 다만 운율이라는 힘에 기대어 언어를 싣고, 허공에 띄운다. 이제니는 '자기증식하는 자본의 형이상학적 춤사위'를, 명백하게 구조적으로 동일한 '자기증식하는 언어의 형이상학적 춤사위'로 되풀이하는 셈이다. 이상하게 슬프고, 섬뜩하고, 가혹하고, 무기력한 춤이다. 이것은 분명 자본의 형식이 개인의 생존방식으로 내재화된 시대의 불행이며, 그 바깥으로의 탈주를 꿈꾸지 못하는 한계상황의 우울한 반복이라고 할 만하다. 이제니는 이런 상황을 견디며 '언어 발명의 자율성'을 통해 겨우 숨 쉬고 있다.

3. 송승환―사물 탐구의 순수하고 성스러운 아우라

언어에 관해서라면 순결할 정도의 헌신에 몰두하는 자가 이제니이지만, 그래서 이제니의 어떤 시들은 때로 자동기계가 만들어낸 음악처럼 투명하고 아름답게 들리기도 하지만, 순결을 넘어서 순교에 가까울 정도로 언어로 육박해 들어가고, 지독할 정도의 결벽함을 추구하는 자가 있으니 그가 바로 송승환이다. "언어는 사물을 부분 부분으로 절단하고, 그 유기적 통합을 파괴하며, 각 부분과 속성을 자율적인 것으로 취급한다. 언어는 사물을 의미의 영역으로 밀어넣는데 (…) 금을 '금'이라 이름 붙임으로써, 우리는 한 금속을 그 자연조직으로부터 폭력적으로 적출해내고, 그 금속에 부, 권력, 영적인 순수함 등 우리의 꿈을 부여한다. 사실 그런 꿈들은 실제 금과 아무런 관련이 없"[2]다는 점을 떠올린다면 우리는 송승환의 시에 더 가깝게 다가갈 수 있게 된다. 애초에 나눌 수 없는 사물을, 재현이라는 미명하에 절단하고 절취하여 의미와 폭력적으로 결합시키는 것이 인간이다. 이 사물은 그 단어가 아님에도 불구하고 우리는 비교적 이 사물이 그 단어에 어울린다고 믿으며 그런 단어들로 이루어진 언어체계를 습득하여 상징계라는 보편성을 구성하고, 거기에 적극적으로 참여한다. 그러나 우리 시대의 언어란, 얼마나 오염되어 있는가. 어느 때고 언어의 타락에 눈 밝은 것이 시인들이다. 발화자의 욕망은 항상 프레임을 짜고 그 안으로 언어를 밀어넣는다. 이렇게 만들어진 언어를 어쩔 수 없이 사용해야 하는 사람들이라면 필연적으로 폭력에 노출되고 폭력을 교환하는 것이

2　슬라보예 지젝, 같은 책, 100~101쪽.

며, 단지 언어를 사용하는 것만으로도 큰 상처를 주고받을 수밖에 없다. '한·미주둔군지위협정'은 'SOFA'로 대치되면서 '소파'를 개입시키고, 안락하고 푹신한 현실의 '소파'를 지시대상으로 거느리며 '주둔군'이라는, 여전히 해소되지 않은 힘의 불균형과 비대칭의 군사적 상황을 교묘하게 은폐한다. '시민의 발을 볼모로 파업을 벌이는 노동자'라는 일상화된 언술은 역시 '시민'과 '노동자'를 은밀하게 분리하면서 당연히 시민의 일부이자 구성원인 노동자를 배제하고, 시민과 노동자를 적대관계로 재구성해낸다. 혹은 가장 공정하지 못한 자가 공정한 사회를 참칭하며 '공정'이라는 언어를 욕보일 때, 상처받은 시인들은 어디에 있는가? 어떤 시인들은 그 언어를 다시 가져와 반박하고, 재상징화하며, 적대적 투쟁을 벌이기도 하겠지만 어떤 시인은 마스크를 쓰고 수술용 집기를 손에 든 채, 언어의 각질을 하나씩 제거해나간다. 송승환은 바로 후자의 시인이다. 그는 언어를 분해하여 규칙을 무너뜨리고, 낱개 상태로 재발음함으로써 언어의 체계화 과정에 내재된 폭력성의 뇌관을 적출한다. 그가 "희여언 희여언 희어 희어 혀 혀 희어 희어 흰 흰 잎 잎 이파리 이파리 파르라니 파르르 흰 잎 파리 파르르"(「마르시아」, 『클로로포름』, 문학과지성사, 2011)로 장미과의 한 품종인 '마르시아'를 재발음하거나, 혹은 '마르시아'의 상징계적 타락을 제거해나갈 때, 사물과 언어는 최초의 탄생 순간으로 돌아가서 가장 희미하고 가벼운 상태로 자신의 존재성을 만들어나가기 시작한다. 그리고 다음의 경우.

　　이것을 나는 사과라 부른다
　　사과

나는 사과를 두드린다

나는 사과를 두드린다

문이 열리지 않는다

나는 기다린다

나는 사과를 두드린다

나는 기다린다

사과가 썩어간다

나는 사과를 천천히 두드린다

누군가 나를 토마토라 부른다
      ─송승환, 「모터에서 제너레이터까지」 전문 (『클로로포름』, 31~32쪽)

　송승환은 이번 두 번째 시집에서 사물의 사물성을 더욱 극적으로 추구해 들어간다. 마이크, 마크 리더, 카메라, 레이저 프린터 등 재현의 대표적 도구들을 동원하여 그는 사물을 우리의 눈앞에 그려내지만 이때의 사물은 뺄셈연산의 수행 덕분에 순수한 투명함을 지향하게 된다. 상징 조작으로 더렵혀진 언어는 우리가 알고 있던 그 맥락, 그 배경, 그 현실에서 재탈환되고 재적출된다. 그는 메스, 핀셋, 본 커터(뼈 절단기) 등의 차가운 금속성 수술 도구를 동원하여 모더니티의 서늘한 광염에 휩싸인 채 집도에 들어간다. 수술대 위에서 언어를 헤집듯이 그는 사물의 이름을 재조립한다. 그러나 이는 어떤 새로운 언어를 통해서가 아니라 어쩔 수 없이 통용되는 원래 그 언어를 통해서만이 가능하다. 인용시는 어떤가. "이것을 나는 사과라고 부른다"는 평이한 진술. 그러나 이를 제목과 연관시켜본다면 의미는 달라진다. 「모터에서 제너레이터까지」라는 제목에 근거하여, 지금 시적 주체가 모터와 제너레이터를 똑같이 사과라고 부른다는 것을 짐작할 수 있다. 구조적 차이가 없는 똑같은 사물. 모터, 그리고 제너레이터. 그것을 사과로 지칭하는 순간, 모터와 제너레이터는 불현듯 이상한 사물로 변한다. 원래의 관행적인 속성 연상은 지연되고 지고한 탐구의 순수대상으로 변모하는 것이다. 시적 주체는 두드리고(기다렸다가), 두드리고(또 기다렸다가), 한 번 절망하지만, 다시 두드린다. 그리고 휴지. 앞의 기다림보다 조금 더 긴 기다림. 갱도를 파고 들어가는 광부처럼, 이 오랜, 끈질긴 시도 앞에서 사과는 썩어갈 수밖에 없다. 그런데도 여전히 시적 주체는 "사과를 천천히 두드린다". 보통 시집의 뒤표지에는 시인의 말이 실리게 마련인데, 이 시집의 뒤표지에는 시인의 상념이 최대한 배제된 채로, 오직 한 단어 "두드린다"는 단어가 거대한 여백 한 가운데에 새겨져 있다. 불현듯 시집의 뒤표지는 문의 형상으로 변하고, 두드린다는 단어가 강렬한 신성의 아우라에 휩싸이는 순간이 탄생하는 것은 무엇에도 현혹되지 않고 사물의 사물성을 끝까지 추구해보겠다는 결기 때문일 것이다. 송승환의 시는 '마침내 드러난 사물의 사물성' 때문이 아니라 사물의 순수한 상태를 끝내 찾아내겠다는 끈질김이 일종의 '성스러운 구도 행위'로 전환되면서 커다란 감정적 도약을 선물한다.

인용시의 마지막 연에서 불현듯 "누군가 나를 토마토라 부른다"는 구절이 기술될 때는 어떤가. 이 대목은 그동안 철저하게 모터와 제너레이터를 대상으로 사물성의 탐구를 수행하는 줄 알았는데 그 탐구가 실은 '나=사과'의 맥락 속에서 전개된 것이며 실은 대상 탐구가 '나라는 존재의 탐구'와 등치되는 과정이었음이 밝혀지는 순간이다. 더 나아가 누군가에게는 '나' 역시 하나의 사물로 취급되는 상황, 그리하여 마침내 '나(사과)=토마토'라는 새로운 이름으로 명명될 때, 나를 토마토라고 부른 사람을 찾아 뒤로 고개를 획 돌린 것 같은 느낌. 이때 돌연 찾아오는 기이한 상실감은 어떻게 받아들여야 할 것인가. 이는 사실 대상과는 별개로 인간성의 분명한 담지자인 줄로만 알았던 시적 주체가 돌연 사물, 혹은 비인간으로 전락하는 상황을 연상시킨다. 그렇다. 이것은 전락이다. 사물이 저 앞에 거리를 두고 존재하는 것이 아니라 지금 여기의 주체와 연결될 때, 거리가 사라질 때, 송승환의 탐구는 비극이 된다. 즉 사물의 순수상태를 탐구할 때는 그 사물의 비의가 드러나는 듯한 환영이 발생하지만 실제로 우리 인간이, 내 자신이, 누군가에게 사물로 취급될 때, 주체의 입장에서 이는 전락처럼 느껴질 뿐이다. 내가 모터와 제너레이터를 '사과'라고, '일방적'으로 명명했던 것처럼 나 역시 누군가의 일방적인 명명에 좌우될 뿐이다. 그렇다면 사과라고 믿었던 '내'가 누군가에게는 '토마토'로 불릴 때, 송승환의 시는 갑자기 시대적 맥락과 접합되는 것은 아닌가? 타자에게 나라는 존재는 끝내 영원히 지연되는 방식으로 오독되고 말 것이라는 불행한 느낌을 선사하지 않는가. 그리고 이는 다시 대상의 절대적 순수를 찾아내는 작업이 끝내 벽에 부딪히고 말 것이라는 탄식과도 겹쳐진다. 감정이 최대한 절제된 것처럼 보이는 송승환의 시가 서늘한 절망감을 전달하는 것도 바로 이러한 순간, 이렇게 발생되는 효과 때문일 것이다.

4. 강성은 – 무한히 이상하고 아름다운 꿈

이제니와 송승환의 작업은 '언어 발명의 자율성'과 '사물 탐구의 순수하고 성스러운 아우라'로 구별될 수 있지만 공통적으로 언어에 감춰졌던 보다 넓은 영역을 개방한다는 점에서 독특한 정서를 만들어낸다. 둘 모두 언어와 존재의 무한한 영역을 개방하는 것이다. 이 대목은 칸트가 말했던 부정판단과 무한판단의 차이로 설명할 수 있다. 지젝은 칸트의 부정판단과 무한판단을 이렇게 구분한다. 만약 여기에 "그는 반드시 죽는다"는 긍정판단이 있다고 하자.

이에 대한 부정판단은 "그는 죽지 않는다(he is not dead)"가 될 것이고, 무한판단은 "그는 비죽음의 상태이다(he is undead)"가 될 것이다. 이때 부정판단은 독자적으로 성립할 수 있는 것이 아니라 긍정판단에 대한 부정으로, 즉 긍정판단을 반드시 전제하면서 그에 대하여 자신을 규정할 수밖에 없다. 이렇게 만들어낸 부정판단은 긍정판단의 오류를 방지하기 위한 판단이므로 매우 제한적이다. "그는 살아 있을 것이다"가 되는 것이다. 그러나 무한판단은 어떤가. 무한판단은 제3의 영역을 개방한다. 즉 '비죽음undead'의 상태는 살아 있는 것도 아니고 죽어 있는 것도 아닌, 그야말로 기괴하기 짝이 없는 '살아 있는 시체'의 상태를 만들어내는 것이다. 이는 살아 있기도 하며, 죽어 있기도 하고, 또는 살아 있으면서 죽어 있기도 한 어떤 상태를 지시하는 것이기에 그야말로 '무한'하다. 지젝은 바로 긍정판단이 무한판단으로 개방될 때 보여주는 이 섬뜩한 '과잉-즉 비인간성'을 인간성의 중핵으로 위치 짓는다.[3]

좋은 시는 언제나 무한판단의 영역을 열어 보이거나 암시하는 것이 맞지만, 2000년대 시인들의 경우, 무한판단의 영역에 특히나 각별한 경도를 보여주는 것이 특징이다. 이제니는 발명해낸 언어를 반복하는 방식으로, "요롱이는 검은색과 검은색의 차이에 대해 이야기한다. 끊임없이 끊임없이 계속해서 계속해서. 마침표를 잃어버린 슬픔, (…) 소수점 이하로 무한질주하는 원주율의 아름다움으로."(「요롱이는 말한다」, 『아마도 아프리카』)라고 말하며 무한의 영역에 대한 감수성을 선보인다. 그녀의 언어 반복은 항상 존재론적 슬픔을 동반하는데 "언제나 나는 도착하고 싶었다/도착한 순간조차

---

3   슬라보예 지젝 외, 『이웃』, 정혁현 옮김, 도서출판b, 2010, 254~255쪽 참조.

도 도착하고 싶었다//(…)//세계의 끝은 얼음으로 뒤덮여 있다/녹
고 스미는 것들이 두 눈 가득 차오른다/나는 이상하고 푸르스름하
게 살아 있다”(「단 하나의 이름」, 『아마도 아프리카』)는 구절에서 아프게 공
감할 수 있듯이 언어와 함께 무한히 떠돌면서 정착하지 못할 것 같
은 불행한 마음이 지속적인 근심으로 작동하고 있기 때문이다. 이
처럼 ‘무한’이 ‘존재론적 슬픔’으로 전환되는 것이 이제니의 특징
이라면 송승환에게 ‘무한’은 ‘사물의 가능성’을 암시하는 계기가
된다. 시집 뒤표지의 “두드린다”는 구절이 바로 그러한데, 주어도,
목적어도 없이 서술어로만 이루어진 이 문장은 오로지 두드린다는
행위로만, 그 순결하고 극단적인 탐구로서만이 가능한 삶의 경지
를 펼쳐 보인다. 그것은 분명 클로로포름처럼 가볍게 휘발되고 말
것이겠지만 언제나 최초의 자리로 되돌아와 편견 없이 사물을 ‘두
드릴 때’만이 우리는 비로소 무한한 사물의 가능성에 개입해 들어
갈 수 있을 것임을, 송승환은 지속적으로 환기시킨다.

그러나 ‘자기증식하는 자본의 형이상학적 춤사위’에 관해서라
면, 이 무한한 반복에서 오는 자본의 내재적 폭력성에 대해서라면,
강성은을 빼놓아서는 안 될 것 같다. 「이상한 방문자」라는 시는 한
편의 무섭고도 이상한 동화를 우리에게 다음과 같이 속삭여준다.

누군가 문을 두드렸다 우리집을 방문한 것은 처음 있는 일이었다 우리
는 문을 열고 반갑게 그를 맞았다 텔레비전에서 본 대로 과일과 차를 내오
고 함께 의자에 앉았다 그는 말이 없는 사람이었다 우리는 날씨에 대해 이
야기하고 언젠가 본 영화에 대해 웃으며 이야기했다 그가 우리집에 온 이
유를 물었지만 그는 말이 없었다 그에게 말 못할 사정이 있는 것 같았다 우
리는 그에게 방문해주어 고맙다고 말했다 우리는 그를 위해 푸짐한 저녁을

차렸다 식탁 앞에서 그는 잠시 망설이는 눈치였으나 여전히 아무 말 없이
숟가락을 들었다 저녁을 먹고 둘러앉은 우리는 밤이 깊도록 수다를 떨었다
그는 여전히 아무 말이 없었다 그에게 말 못할 사정이 있는 것 같았다 자정
이 되자 우리는 우리의 방으로 들어갔다 그가 아직도 거기 앉아 있는 것 같
아 불안했지만 이내 잠들었다 다음날도 그 다음날도 그는 돌아가지 않았고
그는 곧 우리가 되었다 그에게 무슨 사정이 있는 것만 같았다

—강성은, 「이상한 방문자」 전문(『구두를 신고 잠이 들었다』, 창비, 2009)

강성은은 이상하고 낯선, 설명할 수 없는 불안과 기묘한 서글픔
을 동화의 양식에 실어 펼쳐낸다. 그녀의 시가 동화적인 것은 발화
의 주체들이 주로 어린아이이기 때문이며, 대체로 환상적이고, 비
현실적인 이야기의 구조를 지니고 있기 때문이다. 따라서 그녀의
시를 따라 읽다보면 나른하고 몽롱한 감각에 휩싸이게 된다. 인용
시 역시 마찬가지이다. 특이한 점은 '이상한 사람'의 등장이라기보
다는 그 이상한 사람이 "다음날도 그 다음날도" 계속 발화자의 곁
에 머물러 있다는 점이다. 하루 정도라면 이 사람을 환대하며 맞이
할 수도 있겠으나 그는 결코 돌아가지 않는다. 그의 정체가 무엇이
며, 어디에 사는 사람이고, 이들과 어떠한 관계가 있는지 끝내 밝
혀지지는 않는다. 카프카적 부조리함이 느껴지는 것도 바로 이런
대목들 때문이다. 주목해볼 것은 이 방문자가 지닌 '시간성의 지
속'이다. 아무리 낯선 존재라도 그가 일정 시간 뒤에 사라진다면
최초의 공포는 견딜 만한 것이 된다. 그러나 아무리 반가운 존재
라도, 그가 계속 곁에 머물게 된다면 최초의 반가움은 공포로 변한
다. 이제 인용시에서 그는 사람에서 비인간(undead)으로 변하고 섬
뜩한 과잉 그 자체가 될 뿐만 아니라 우리 삶에 내재한 타자성의

폭력을 일깨우는 불안의 기록으로 시는 변모한다.

　이처럼 강성은 시의 환상적인 이야기들이 불현듯 '공포'로 돌변하는 때는 주로 '무한한 지속'을 확인하는 순간이다. "파란 불은 슬픈 얼굴로 그들을 지나갔다 불이 지나간 자리에는 아무것도 남아 있지 않았다 그들을 태우고 나서도 파란 불은 멈추지 않았다"(「아름다운 불」,『구두를 신고 잠이 들었다』)에서도 알 수 있듯이 이 기괴하고 이상한 불은 강성은의 시적 주체가 살고 있는 세계를 모두 태우고서도 결코 멈추는 법이 없다. 하지만 이상하지 않은가. 모든 사람이 다 불에 타 죽었다면 이 이야기를 기록하는 발화자는 누구란 말인가? 그는 곧 유령이 아니겠는가. 사실 생각해보면 어떤 사람이나, 사건이 '내' 곁에 영원히 머물거나 반복되려면 '꿈'이 아니고서는 불가능하다. 현실에서는 결코 이루어질 수 없는 무한의 반복. 그래서 강성은의 시는 꿈결의 느낌으로 다가온다. 이미 이 세상에서 사라진 어떤 사람이 자기 꿈속의 이야기를 현실로 주입시킨다. 그리하여 명백한 현실을 아득한 비현실로 만들어버리는 것이다. 그러기 위해서라면 계속해서 '꿈'을 꾸어야 하지 않겠는가. 따라서 강성은의 시적 주체는 '구두를 신고 잠이 드는' 방식으로 꿈을 예비하고, 꿈속에서 살고, 거기서 나오기를 거부하는 존재라고 말할 수 있다. 그녀의 꿈은 섬뜩하고 무서우면서도, 한편으로 이상한 아름다움에 휩싸여 있는 세계이다. 이미 사라졌지만 자기가 사라진 줄도 모르고 꿈을 꾸고 있는 존재의 꿈속에 들어와 있는 느낌이랄까. "사람들은 눈을 감고도 도시를 볼 수 있게 되었다/붉은 구름이 사라지고 나서도 오래/도시가 사라진 것을 아무도 눈치채지 못했다/물속은 더없이 맑고 투명했고/아이들은 환하게 웃으며 헤엄쳤다/키 큰 나무들이 아이들의 머리칼을 쓰다듬으며/수만 가지 아름다

운 이름들로 불러주었다"(「물속의 도시」, 『구두를 신고 잠이 들었다』)는 표현
이 가능해지는 것도 이 덕분이다. 강성은이 발견한 '무한'은 이상하
고 두렵지만 동시에 아름다운 어떤 것이다. 왜냐하면 그녀의 무한
속에서는 '수만 가지 아름다운 꿈'에 영원히 빠져 있을 수 있기 때
문이다. 나가고 싶지만 꿈에서 깰까봐, 그래서 무한히 보여주는 이
상하고도 아름다운 세계를 잃어버릴까봐 서글픔에 잠긴 사람. 그
렇다면 강성은은 자본이 가지고 있는 가혹한 반복, 순수하게 객관
적이며 체계적이고 익명적인 폭력성을 '시간성의 지속'으로 형상
화해내고, 영원히 반복되는 이야기를 만들어 그 안에 머물면서, 마
침내 서글픈 아름다움에 붙들린 존재라고도 말할 수 있겠다. '언어
발명의 자율성'과 '사물 탐구의 순수하고 성스러운 아우라', 그리고
'무한히 이상하고 아름다운 꿈'이라는 방식으로, 머리 없는 자본의
형이상학적 춤사위는 우리의 젊은 시인들 안에서, 이렇게 반복되
며, 이렇게 쓸쓸한 아름다움으로 변한다. 이들이 열어젖힌 무한 속
에서 비로소 다음 세대의 '가능성'이 반갑게 도착하지 않을까.

바기나 모놀로그 미술지
(Vagina monologe 美術誌)

― 진수미展, 사간동 '라라라 나는' 아트센터, 2005. 8~[1]

제1전시실, 1F, 시체 공시소……17%

출입문을 들어서자마자 만나는 것은 마치 시체 공시소에서 걸어 나온 것처럼 보이는 여자들이 새빨간 가방을 들고 질주하는 모습을 담은 설치미술 작품이다. 창백한 낮빛과 붉은색의 부조화가 암시하는 불길함. 여자들은 말 탄 기수들처럼 무리 지어 금방이라도 관람객들을 향하여 들이닥칠 기세다. 그들 앞에 서 있으면 우리는 금방이라도 발밑에 깔려 압사할 것만 같은 강박에 사로잡힌다. 차갑게 굳어가는 몸을 달래 간신히 뒷걸음질을 치다 보면 갑자기 커다란 쓰레기통에 몸을 부딪힌다. 전시실 안에 웬 쓰레기통일까. 그 안에서 우리는 피살된 것이 분명한 사체의 참혹함을 발견한다. 후회하기에는 이미 늦었다. 부러진 채 흐늘거리는 사체의 손목. 우리는 전류에 감전된 듯 눈이 멀어 시각장애인용 음향신호기가 설치

---

1 이 글의 대상 시집은 진수미, 『달의 코르크 마개가 열릴 때까지』(문학동네, 2005)이다.

된 어느 횡단보도 앞에 내팽개쳐진 느낌에 몸을 떨게 된다. 사람들은 아무렇지도 않은 듯 길을 건너고 있지만 우리는 쓰레기통을 들여다보고도 저렇게 태연한 얼굴로 갈 길을 가는 사람들에게 절망한다. 데드마스크로 가득한 거리에 홀로 버려진 심정. 우리는 결국 자기 눈알을 빼버리고 홀연 뒤돌아 걸어가는 작가의 동선을 따라갈 수밖에 없다. 그 걸음의 끝에는 문짝이 떨어져나간 냉장고가 덩그러니 놓여 있다. 냉장고에 몸을 구겨 넣은 소년이 기괴한 윙크를 보낸다. 하지만 양수에 둘러싸인 태아의 평화와는 거리가 먼 차갑고 공허한 놀이는 어떠한 희망도 갖고 있지 않은 자의 쓸쓸한 유희일 뿐이어서 냉장고는 금세 납골당으로 바뀐다. 모성이라는 환상마저 위로가 되지 못하는 절망적인 상황에서 우리는 공포와 강박으로 분탕질된 마음을 주체하지 못하고 그 자리에 주저앉고 만다. 주위를 둘러본다. 그러나 다행이다. 정말로 다행히 이곳은 2005년 12월, 사간동에 있는 한 전시실이다.

총 6점의 설치미술이 배치된 전시공간은 순식간에 이곳에 들어온 우리들을 시체 공시소의 한 구성물로 바꾸어버린다. 그리고는 내내 기괴한 환각 속에 부유하도록 만든다. 제1전시실의 작품들은 그만큼 생생하고 충격적인 느낌을 선사하는 것들이다(「屍室」, 「테레사 학경 차를 위한 받아쓰기 예제」, 「그러다가 어느 날」). 하지만 처음엔 마치 화가 난 누군가의 감정적인 도발로 보이는 것도 사실이다. 분노와 충격과 슬픔이 유령처럼 전시실 안을 흘러다닌다. 그러나 유령들의 안내로 들여다보는 작품 속의 공간은 모호하며 장면과 장면은 균열이 심하다. 이미지의 연결은 갑작스럽고 덜컥거리며 계속해서 불협화음을 낸다. 충격적인 한 컷은 있지만 그 외의 것들은 모두 객관화되지 못한 채 작가의 개인적인 악몽 속에서 붙었다 떨어졌다를 반복하며 명확한 의미전달을 방해한다. 기괴하고 참혹한 듯 보이지만 정작 해야 할 무슨 말인가를 감추고 있는 것은 아닐까 하는 생각이 드는 것은 이 때문이다. 기억은 피살당한 사체로 상징될 만큼 끔찍하고 폭력적인 것이지만 작가는 이에 대해 이중적인 태도를 가진다. 기억을 드러내고 싶은 마음과 그럼에도 불구하고 그 기억을 명확하게 드러내고 마주하기가 두려운 심정이 그것이다. 작가는 그 기억 때문에 눈알을 빼버리고 싶은, 즉 기억을 지워버리고 싶은 심정에 사로잡혀 애를 쓰고 있다.[2] 의도적으로 기억을 우회하려는 안간힘이 느껴지는 것이다. 무의식적인 불성실이 아니라 의식적인 불성실이다.

결국 우리는 여기서 그 의도적인 불성실을 채워나가는 과정이 작가의 작품을 이해하는 시작이 될 것임을 알게 된다. 특히 "두려운 게지 너는/거울을 에워싼 수증기가 몽땅 달아날까봐"(「아비뇽의 처녀들」)에서 볼 수 있듯 그것은 결국 거울을 쳐다보는 일, 자신의 깊숙한 내부로 내려가는 일이라는 점에서 우리의 이번 관람이 상상력의 교직 속에서 대지 위에 펼쳐지는 유영이라기보다는 저 깊은 어둠을 탐사하는 심해로의 유영이 될 것이라는 암시를 강하게 받을 수 있다.

문득 우리는 이 전시실 안이 진공상태에 가까울 정도로 조용하다는 사실을 깨닫는다. 아무것도 녹음되지 않은 공테이프가 돌아가는 소리. 이따금씩 기분 나쁜 스크래치 소리가 끼어든다(「무성만화 상연기」). 마치 누군가에 의해 강제로 말을 압수당한 상태와도 같은.

2　긴수미의 작품에는 이처럼 '본다'라는 행위에 대한 강한 반감이 많이 등장한다. 그것은 대부분 어떤 기억이 끊임없이 환기되는 것에 대한 극렬한 부정의 반응이며 기억을 떨쳐버리고자 하는 몸부림에서 비롯된 것으로 보인다. '본다'라는 행위를 '눈알'로 대유하여 '눈알' 또는 '눈'을 착탈 가능한 즈립식 완구처럼 다루고 있다. 육체를 대상화하고 영토화하여 기억을 통제하려는 시도이다.

저쪽으로 희미하게 제2전시실로 들어가는 입구가 보인다.

제2전시실, B3F, 거식증에 걸린 곱추 여자……58%

제2전시실은 지상에서 지하로 내려가는 검은 계단에서 시작된다. 천천히, 우리는 땅 밑의 여행자가 되어 내려간다. 정상적인 미술관 이라면 손전등 몇 개라도 준비해 놓았을 텐데 불행히도 우리 손에 는 아무것도 들려 있지 않다. 웬만큼 어둠에 익숙해진 눈에도 그 형태가 짐작되지 않는 마지막 계단을 딛는 순간, 곧바로 우리는 허 방을 딛었다는 사실을 직감적으로 깨닫는다.

　　낭떠러지에는 비명이 살고
　　비명을 삼키려고 그들은
　　벌린 입아귀에
　　주먹 대신 나무 둥치를 쑤셔넣는다.
　　비명을 받아먹으며
　　낭떠러지에서 사육되는 나무들의
　　유일한 취미는
　　추락하는 자의 옷자락을 거머쥐는 것이다.

　　놓아줄까 말까 그들이
　　낄낄대는 동안 절벽의 여행자는
　　눈을 감지도 뜨지도 못한다.

달의 코르크 마개가 열릴 때까지

–「……………………………………」 전문

그렇다. 우리는 낭떠러지로 떨어진 것이다. 하지만 낭떠러지 밑바닥이 아니라 그 중간쯤에서 자라고 있는 나뭇가지에 옷자락이 걸린 채다. 안도의 한숨을 내쉬지만 조금만 움직여도 깊이를 알 수 없는 밑바닥으로 떨어질 것 같아서 위태롭다. 그 와중에서도 기묘한 것은 나무가 뿌리를 박고 있는 쪽이다. 형태가 뭉개져서 알아볼 수 없는 어떤 얼굴이 오로지 입만 커다랗게 벌린 채 우리를 향하고 있다. 우리를 지탱하고 있는 나무는 그야말로 입에서 쏟아져나오는 비명을 받아 먹으며 사육된 나무다. 비로소 우리는 작가의 작품들이 온통 비명으로 가득 차 있지만 그 소리가 나오는 지점들이 모두 괄호 안의 공백으로 남아 있는 까닭을 짐작한다. 비명은 쏟아져 유출되지 않고 작가의 내부에서 소리 없는 나무로 자라고 있는 것이다. 그러다가 가끔 나뭇가지들끼리 부딪쳐 생긴 소리가 스크래치처럼 외부로 들려왔던 것이다. 모든 비명을 빨아들이며, 그로테스크하게 가지를 뻗고 뒤엉켜 있지만 다른 사람들은 아무도 볼 수 없는 나무. 우리는 이 나무들이 문득문득 작가를 위협하고 있음을 발견한다. 참을 수 없는 지경까지 비명이 계속되면 어느 순간 나무는 '내' 속에 있지만 '나'를 조롱하는 이물질로 변한다.

그런데 추락의 공포 속에서 우리는 불현듯 매우 부드러운 유출의 소망과 만난다. 상상은 바로 "달의 코르크 마개가 열릴 때까지"라는 구절에서 피어오른다. 여성성의 상징으로 모든 생명체의 탄생과 순환을 평화롭게 주관하는 달의 이미지는 이전까지 가파르게 진행되던 우리의 악몽을 잠시, 잠옷 입은 여자 아이가 속삭이며 기도하는 어느 낯선 다락방의 침대맡으로 풀어놓는다. 작가의 작품 경향에 비추어본다면 달에 코르크 마개가 달려 있다는 상상은 매우 동화적이어서 이채로운 데다가 '비명나무'의 위협에 시달려 눈을 감지도 뜨지도 못하는 우리가 달의 유출이 완성되는 순간 어떤 '해소'를 경험할 것처럼 약속되어 있는 것도 신기한 일이다. 달의 마개가 열린다는 것은 무엇을 의미하는 것일까. 여성성의 성취를 의미하는 것일까, 아니면 억압되어 있던 어떤 것들의 유출을 의미하는 것일까. 하지만 아직까지 우리는 이 갑작스러운 희망의 근거를 이해할 수 없다. 오히려 지금까지의 맥락 안에서 이 말은 아직 마개는 열리지 않았고 그때까지 비명은 계속될 것이며 더 비극적인 시간들을 위태롭지만 끈질기게 견뎌야 한다는 다짐으로도 읽힌다. 우리는 연기가 대기 중에 퍼져 사라지듯 짧은 행복에서 빠져나온다.

철커덩. 철제 사다리를 타고 제2전시실 바닥으로 내려간다. 거대한 지하 동굴처럼 생긴 전시실이다. 몇 걸음 앞으로 제2전시실 두 번째 작품이 보이기 시작한다. 강박적인 절제가 광기로 풀려나는「폭식과광기의나날」이다.

떠밀려먹는다이게아닌데끓는

용광로알수없는무엇이치미는데

끝없이헛헛한소용돌이채

워지지않는

혓바닥이나를채우는데

화장도지우지않은채

내가삼키는건똥이다채

삭지못한모락

모락김이나는항문이다

후루룩쩝쩝거대한손이

나를내몬다보이지않는손

내가관여할수없는

세계와내가움직일수없는진실이

엿먹일수없는

확고부동함이먹고

먹인다

안으로만쌓인다안으로만

고인다안으로만굽는

음지로의굴광성이애초에손

잡을수없던빛

쉐에-액독기로올라

엉덩이만까내릴것이다

안으로만빙

빙굽어드는내향성의분노

나는누군가

-「폭식과광기의나날」 전문

　　우리는 지금 관람객들을 압도하며 전시실의 한쪽 벽 전체를 차지하고 있는 거대한 그림 앞에 서 있다. 이 벽화는 제목에서 유추할 수 있듯이 거식증에 시달리던 한 여성이 절제할 수 없는 충동에 휩싸여 화장도 지우지 않은 채 폭주를 벌이는 장면을 담은 그림이다. 입이 있어야 할 곳이 항문으로 변해 있고, 그 안으로 음식이 아니라 게걸스럽게 '똥'을 집어넣고 있는 여성. 이 여성의 내면에는 바깥으로 뻗어나가지 못한 '내향성의 분노'가 마치 소용돌이처럼 휘몰아치고 있어서 그녀의 상처받은 내면이 얼마나 위독한 자기모 멸감에 휩싸여 있는지 고통스럽게 공감할 수 있다. 우리는 이 벽화 앞에서 이전까지 작가가 자신을 강하게 억제하고 통제해 왔음을 비로소 알게 된다. 즉 진수미의 페르소나는 일종의 만성적인 거식 증[3]의 상태를 유지하면서 불쑥불쑥 치솟아오르는 충동들을 통제해 온 것이다. 그러기에 갑작스럽게 치밀어오른 폭식 충동은 전 존재 를 무너뜨릴 만큼 위협적이다. 이쯤에서 우리는 전시실 입구에서 가지고 온 리플릿을 펼쳐 보게 된다.

거식증 환자들은 (…) 자율성에 대한 감각이 손상되어 있으며, 그들의 미 래에 대해 결정할 수가 없다. 따라서 그들은 먹는 것을 절제한다든지 하는 식으로 적어도 한 영역에서라도 자신의 신체를 통제하는 데 성공하려고 애 쓴다.[4]

그 과정에서 새로운 의미 영역, 즉 서구문화에서 전통적으로 '남성적'으 로 치부되던 영역, 따라서 여성이 접근할 수 없던 영역의 가치와 가능성에

---

3 거식증과 폭식증은 개념적으로 불분명하다. 거식증과 폭식증이 서로 공통점이 없다고 보는 학자 들은 대체로 거식증에서는 경직된 자기절제와 혹독한 양심이 있고, 폭식증에서는 충동적이고 무 책임하며 절제되지 않은 행동이 있다고 본다. 하지만 거식증 환자의 40~50%가 폭식증도 가지고 있고 시간이 지나면 거식증이 폭식증으로 바뀌기도 한다. 두 장애는 심리장애나 성격장애도 비슷 하기 때문에 구분해서 진단하기 어려운 면이 있다. 진수미의 시적 자아의 경우, 거식증이라는 자기 절제의 과정에서 더 이상 자신을 방어하고 조절할 수 없을 때에 폭식증으로 넘어가는 것으로 보인 다. 김정욱, 『섭식장애』, 학지사, 2000, 92~93쪽 참조. 병이 든다는 것이 어떤 사건에 대해 들어가 는 정신적인 노력을 줄일 수 있는 유용한 방책이며 심리적 갈등상황이 발생할 경우 경제적으로 가 장 편한 해결책이라는 것은 주지의 사실이다. 진수미가 선보이는 시적 자아의 경우는 이것이 '거식 증'으로 나타난다.
4 김정욱, 『섭식장애』, 학지사, 2000, 30쪽.

접하게 된다. 환자는 자제와 초월의 예를 통해 권력을 갖게 되며, 이 경험에 도취되고 중독된다. 거식증 환자는 학교에서 계속 줄어드는 자신의 몸이 경탄의 대상이 되는 것을 의식한다. 그 환자는 미학적 대상이나 성적 대상으로서가 아니라 줄어든 몸에서 드러나는 의지력과 자제력 때문에 존경을 받게 된다. (…) 환자의 몸에서 전통적인 여성적 곡선, 가슴과 엉덩이와 배의 곡선이 사라지기 시작하고, 점차 깡마른 남자의 몸처럼 보이고, 본인도 그렇게 느끼기 시작한다. 이때 환자는 자신이 함부로 접근할 수 없는, 상처 입지 않은 존재가 된다고 느낀다.[5]

절제가 무너진 순간, 어째서 벽화 속의 여성은 "나는 누군가"라는 말을 내뱉는 것일까. 그것은 거식증의 형태를 빌려, 간신히 "상처 입지 않은 존재"로 가장해 왔던 자기 정체성이 순식간에 균열을 일으키며 무너져버린 데서 오는 혐오 때문은 아닐까……. 그러나 여기서 놓치지 말아야 할 것은 폭식의 형태로밖에 터져 나오지 못하는 "움직일 수 없는 진실"이 무엇인가 하는 점이다. 비명을 틀어막으며 안간힘을 썼지만 결국 이 진실을 규명하지 않고서는 아무것도 해결할 수 없다는 사실이 육체를 뒤엎고 드러난다. 지금까지의 '말 없음'은 작가의 페르소나가 자신을 보호하기 위해 초인적인 힘으로 수행한 침묵이었다. 그러나 이 침묵에는 상처의 방치, 자기정체성 규명에 대한 유보도 함께 맞물려 있다. 우리는 비로소 자연스러운 유출을 철저하게 통제하거나, 비집고 새어나온 것들조차 맥락을 삭제하고 왜곡하고 가장한 채 전시할 수밖에 없었던 작가의 심정을 이해하게 된다. 작가의 페르소나는 거식증이라는 육

---

5 수잔 보르도, 「몸과 여성성의 재생산」, 『여성의 몸, 어떻게 읽을 것인가?』, 조애리 옮김, 한울, 2001, 132~133쪽.

체의 통제법을 작품에 적용시켜 스스로를 '간신히' 지탱해 왔던 것
이다.

폭식으로 억눌렸던 무엇인가가 강하게 분출되지만 그것은 완벽
한 것이 아니다. 바깥으로 분출되는 것이 아니라 또다시 안으로만
빙빙 굽어드는 분노로 잦아든다. 게다가 자신을 자유롭게 만드는
진정한 발견이 아니라 훈육과 절제라는 소위 '남성적 질서'를 내면
화한 것이어서 결국 폭식은 억압의 해방을 성취하지 못하고 간신
히 '대체'하고 있다는 느낌이 강하다.[6] 그것도 자기 몸을 망가뜨리
는 과정으로 말이다. 여기에서 우리는 '진실'이 내 스스로를 파괴
하거나 내 충동을 '절제'함으로써 해결할 수 있는 문제가 아니라
타인과의 관계를 통해 분출되고 규명되어야 하는 것임을 짐작할
수 있다. 하지만 작가가 의식적인 차원에서 이를 수행해나가는 것
으로 보이지는 않는다. 오히려 간신히, 희미한 유출 충동을 유지해
나간다. 더 정확하게 말하자면 '유출 충동'과 '유출 억압' 사이에서
끊임없이 분열하며 조각난 신체를 부여잡고 서 있다. '유출 충동'
과 '유출 억압' 사이의 분열은 진수미의 시를 지배하고 있는 핵심
적 원리이다.

하지만 결국 유출할 수밖에 없다는 무의식은 의식적으로 통제
된 육체를 뚫고 간신히 지속된다. 의식적으로는 반발하고 있지만
이 유출이 '나는 누군가'에 대한 해답으로 들어가는 입구라는 점은
작가도 잘 알고 있다. 무언가 억압된 상태에서 벗어나고 싶다는 작
가의 욕망은 제2전시실의 마지막 조각품 「내 마음의 풍차」에서 비

---

6   "가해의 피가 솟구칠수록/(…)/행위는 휘발하고 그녀가 부풀어 오른다./통제되지 않는 살, 그리고
삶"(「비만한 부인」)에서처럼 가해의 욕망은 있는 그대로 터져 나오지 못하고 '폭식'의 형태로 대체
되고 있다.

극적이지만 아름답게 한 작품을 조형해낸다. 이 작품은 제2전시실을 빠져나가는 길목에 방치된 듯 놓여 있다. 자칫 그냥 보고 지나치기 쉬운 배치다. 여자 콰지모도. 등에 혹이 달린 곱추 여자를 불로 구워낸 테라코타 작품이다. 우리는 굳이 설명하지 않아도 이 작품에 투영된 작가의 연민을 감지할 수 있다. 불구의 여자가 이처럼 따듯한 손길에 감싸여 있는 듯한 느낌을 주는 것은 왜일까. 거칠고 투박한 질감과 짙은 회색빛의 어두운 색감은 여자가 살아온 삶의 비극을 암시하는 것만 같다. 특이하게도 등의 혹에 시선을 오래 두고 있다 보면 우리는 문득 이 혹이 부풀어오르고 있는 것은 아닐까 싶은 환상에 사로잡힌다. 그러고 보니 실제로 여자의 혹에는 육안으로 확인할 수 있을 정도의 균열이 가 있다. 우리는 주위를 둘러본다. 지하로 내려올수록 자꾸만 우리의 어깨를 짓누르는 압력을 느껴 왔다는 사실을 깨닫는다. 비로소 우리는 전시실의 입구에 쓰인 숫자의 의미를 이해할 수 있을 것 같다. 그렇다. 마치 대기를 구성하고 있는 거대한 가죽 주머니에 공기가 차오르는 것처럼 무엇인가, 점점, 부풀어오르고 있다. 이제 그 압력을 실감할 수 있다.

제3전시실, B4F, 의자 위의 모놀로그·········94%

다시 계단을 내려와 제3전시실로 들어서면 우리는 마치 연극무대처럼 꾸며진 한 장소를 만난다. 이 무대에는 아무런 무대장치도 없이 오직 나무 의자들만 몇 개 놓여 있다. 누군가의 손뼉 소리가 나고 갑자기 무대 위에는 천진한 아이들의 웃음소리가 드리워진다. 그리고 흰 종이에 물이 스며들듯 여자 아이들이 무대공간에 등장한다. 아이들은 즐거운 노랫소리에 맞추어 의자 주의를 맴돌다가 또다시 들려오는 손뼉 소리에 맞추어 의자에 앉는다. 하지만 의자의 숫자는 늘 아이들보다 하나씩 모자라서 아이들은 깔깔거리며 잽싸게 자신의 의자를 빼앗는다. 의자를 차지하지 못한 아이들은 소리 없이 사라지고 결국 의자는 한 개만 남는다. 그런데 그 마지막 의자에 앉은 아이의 표정이 갑자기 굳어버린다. 어느 순간, 나무 의자는 단두대로 변했다가 철커덩 아이의 발목을 잠그기도 하고, 심지어는 사형수를 앉히는 전기의자로 변하기도 한다. 창백해진 아이는 모놀로그를 시작한다. 이 모놀로그를 통해 우리는 '유출충동'과 '유출 억압' 사이에서 힘겨운 싸움을 벌여온 작가의 심층, 그 안에 감춰져 있는 '움직일 수 없는 진실', 즉 '원초적 장면(primal scene)'[7]에 한 걸음 더 다가갈 수 있게 된다.

배가 불러와요.
다섯 살 때인가 의자가 나를 삼켰어요.
팔걸이에서 휘휘 넝쿨손이
몸을 감았어요.

아직도 놓아주질 않아요.

−「의자」 부분

　　'의자가 나를 삼켰다'는 소녀의 모놀로그는 무대 위의 즐거운 놀

7　　원래 '원초적 장면(primal scene)'이란 프로이트가 늑대 공포증 환자를 다룬 「늑대인간」에서 말한 것으로 실제로 어린이가 관찰하거나 또는 상상 속에서 추측한 부모의 성관계 장면을 말한다. 그러나 진수미의 시적 자아에게는 그 의미가 좀 달라진다.

이를 순식간에 '불길한 성적 암시'로 뒤바꾸어놓는다. 어린 시절 여자를 침범한 어떤 기억이 온몸을 감싼 채 아직까지 그녀를 자유롭지 못하게 만들고 있다. 작가는 모놀로그라는 형식을 빌려 연극 무대 위에서 자신의 유년을 고백한다. 그러나 여전히 이 직접적이면서도 동시에 모호한 모놀로그만으로는 원초적 장면을 구성해내기 힘들다. 그러나 같은 상황을 다르게 구성한 또 다른 연극 「移植祭」는 계속된다.

검은 손가락이
식탁 한가운데 내리꽂혔다

성큼성큼 자라났다 가문의 영예
자랑스런 식탁수

탕, 언니가 발을 굴렀다
탕탕 내가 굴렀다 탕탕탕 동생이 이어 받았다
탕탕탕탕 선수를 빼앗긴 언니
탕타타타타-탕! 엇박자로 응수했다

하이얀 식탁보 아래
나란히나란히 이쁜 무릎들
어서어서 보세요 순결한 발목

을 뜯어내며 올라오는 검은 뿌리
사타구니마다 스멀스멀 쌀뜨물을 게워냈다

식탁 밑의 그 그걸 키운 건

엄마, 당신이었어!

왜 몰랐을까 찰랑이며 잎새는 노래했을까 우리들의

푸르렀나요 어금니 깨무는

침묵의 나날 건드릴수록

덧나고 마는

말 못 할 뿌리를 가졌다 우리는

공유해선 안 될 뿌리였다

-「移植祭」 부분

　이 연극에서 우리는 식탁보 아래 어린 세 자매의 "순결한 발목"을 휘감고 올라오는 "검은 뿌리"를 선명하게 보게 된다. 세 자매는 모두 이 뿌리에서 벗어나기 위해 "탕탕탕" 발을 구르지만 검은 뿌리는 식탁 밑에서 끈질기게 휘감아 오르고 "사타구니마다 스멀스멀 쌀뜨물을 게워"낸다. 결국 세 자매 중의 '나'는 "말 못할 뿌리를 가졌다 우리는/공유해선 안 될 뿌리였다"는 '부정'으로 이 식물성 이미지의 지독한 침범을 법정 진술한다. 그런데 여기서 주목할 것은 그렇다면 과연 이 "검은 뿌리"가 무엇이냐 하는 것이다. 그 검은 뿌리가 '검은'이라는 말에 힘입어 식탁 한가운데를 내리친 '검은 손가락'임을 짐작하는 것은 어려운 일이 아니다. 명백히 '사람'을 비유하는 말로 의미가 변화된 "검은 뿌리." 이제 '누군가가' 식탁 아래에서 세 자매에게 어떤 행위를 한 것이라는 곳까지 이야기는 전개된다. 부정하고 싶지만 우리는 그 '누군가'에 의해 행해진 것은 '성적 추행'이며 이것이 비교적 건전해 보이는 감각 작용, 즉 '발목을 더럽혔다'는 행위로 순화되고 전이되어 나타난 것임을 이해하게 된다. 누군가가 세 자매의 하체를 쓰다듬으며 정신적 외상으로 남을 만한 추행을 벌인 것이다. 불길한 예감에 사로잡히지만 우리는 우리의 이야기를 더욱 밀고나갈 수밖에 없다. 그렇다면 그 누군가는 '누구'를 말하는 것일까. 여기에서 우리는 모놀로그 중 한 대목을 생각해낼 수 있다. "식탁 밑의 그 그걸 키운 건/엄마, 당신이었어!" 즉, 엄마의 방조 또는 무관심 때문에 검은 손길이 세 자매의 '순결한 발목을 더럽혔다'는 말이다. 이제 우리는 작가의 페르소나가 그토록 끈질기게 마주하기를 꺼렸던 원초적 장면, 이 불행한 가족 로맨스를 완성시킬 때가 왔다는 것을 알고 있다. 언니, 나, 여동생, 그리고 엄마. 이 원형 식탁에는 한 자리가 비어 있다. 가족들이 둘러앉은 식탁에서 유일하게 호명이 이루어지지 않은 한 사람. 그가 바로 이 불행의 근본적인 원인을 제공한 검은 뿌리다.

암호를 대라,
네 패스워드는 무엇이냐
(어둠의 개

      컹컹 짖어댄다)

떨리는 손으로
뇌수의 키보드를 눌러댄다.
삐익 빽-교신 불가능
교신 불가능

아아, 희미한 망막

떨리고 꺼질 듯한 왕의 탄식

마른 땅에 꽂힌다.

암호를 대라, 네 패스워드는?

(어둠의 개 달려들 듯

으르렁거린다)

(…)

달빛 아래 선 늙은이

수치심에 떨며 외친다

애 애비다 애비!

이 이 이, 망할 것들.

-「리어왕」 부분

어느덧 세 번째 연극이 시작된다. 벽을 사이에 두고 젊은 여자와 늙은 남자가 마주 보고 있다. 여자는 끊임없이 외친다. 암호를 대라. 암호를 대라. 암호를 대지 않으면 통과시켜줄 수 없다는 강한 경계의 목소리다. 하지만 늙은 남자는 젊은 여자의 목소리가 들릴 때마다 갑자기 검은 개의 가면을 쓰고 컹컹, 위협적으로 짖어댈 뿐이다. 여자는 개가 짖어대는 소리를 들을 때마다 더욱 발작적으로 변해가고 더욱 간절하게 암호를 요구한다. 관람객들은 이들의 소통이 영원히 불가능할 것 같은 예감으로 오히려 차분하게 극에 몰입한다. 결국 극의 마지막에 늙은 남자가 수치심에 휩싸여 자신을 '아비'라고 밝힌다. 그는 딸을 욕하지만 이미 오래전에 아비에게 상처 입은 딸은 성인이 되어서도 이 가부장적 혈육을 끝내 받아들이지 않는다. 우리는 셰익스피어의 희곡 『리어왕』을 알고 있다. 왕 자신을 사랑하는 정도에 따라 영토를 분할해주겠다는 리어왕의 선언은 딸들의 입장에서 보자면 일방적이며 오만한 군주의 명이나 다름없다. 작가는 자신의 아버지를 리어왕으로 분장시키고 벽 저쪽에 세움으로써 치유될 수 없는 자신의 상처를 더욱 극적으로 공간화한다. 그리하여 극중극이라고 할 수 있는 「다리 밑의 아이들」에서 자신의 처지를 아버지의 속임수에 넘어가 물속에 몸을 던진 아이로 비유하고, 원초적 장면을 본 뒤 자신의 홍채는 이미 깨어져버렸는데 아버지의 머리는 쳐도 쳐도 깨지지 않는 스쿼시 공처럼 아직도 단단하다고 중얼거린다. 우리는 이 부분에서 잠깐 멈칫한다. 작가가 원초적 장면을 확인하고, 나에게 이런 상처가 있었다는 것을 인지하는 데에서 이번 미술지가 그치지 않을 것이라는 서늘한 깨달음이 손끝을 떨리게 만들기 때문이다. 이야기는 아직 끝나지 않았다.

그러나 원초적 장면의 원인 제공이 아버지에 의해 이루어졌다고 해도 이 장면의 비극성을 더욱 큰 절망감으로 바꾸어버린 또 한 사람의 존재를 쉽게 잊어버린다는 것은, 과연 정당한 일일까?

물고기가 놀고 있어요. 식기 세척기 안에서
가느다란 수초 사이로
막 몸을 구부리며 빠져나왔어요.
거대한 범선이 쿵
머리그림잘 짚으며 침몰했지만 동요하지 않아요.

환상과 나를 엮는 고리는 언제나 모호하죠.

산소가 모자란 물고기처럼

숨을 몰아쉬다 서둘러 광폭해지는 거죠.

(…)

스무 개 머리통을 가진 고깃덩어릴 보신 적이 있나요?

거품이 팡팡 터져나가는 시간이에요. 人魚처럼

저를 기억해주실래요?

볕 좋은 해변에서 당신을 만날 상상,

머리칼을 쓸어내,

사위는 조용해지고

세제 향이 은은하게 묻어나는 접시 위에

머리가 스무 개 달린 구운 생선을 올려놓았습니다.

엄마는 이건 길조라는 말을 덧붙였죠.

-「머리 스무 개 달린 길조」 부분

갑작스럽게 펼쳐지는 환상 속에서 작가는 어느덧 식기세척기 안의 물고기로 변해 무대 위를 떠다닌다(그런데 자신을 '우리'라는 1인칭 복수형으로 지칭하는 것으로 보아 여기서의 '우리'는 '원초적 장면'에 등장하는 세 자매임을 짐작할 수 있다). 작가는 이처럼 상처받은 자신의 현신으로 물고기를 자주 등장시킨다. 그것은 "거품이 팡팡 터져나가는 시간이에요. 人魚처럼/저를 기억해주실래요?/볕 좋은 해변에서 당신을 만날 상상,/머리칼을 쓸어내,"에서처럼 바다를 헤엄쳐다니는 물고기의 자유로운 해방감에서 비롯된 것으로 보인다. 이러한 물고기의 이미지는 물의 유동성과 어울려 때로는 인어로 그 모습을 바꾸기도 한다. 하지만 이때의 인어는 낭만적인 꿈의 끝에서 결국 왕자의 사랑을 얻지 못하고 물방울로 스러져갈 수밖에 없는 비극을 상징함과 동시에 공기의 부력을 빌려 가벼운 물질로 이 세상을 떠다니는 물 이미지의 변주이기도 하다.[8] 어찌 되었든, 스무 개의 머리통을 가진 물고기는 '원초적 장면'에서 비롯된 상처 때문에 자기분열 상태를 겪고 있는 작가 페르소나의 현신인데 이러한 상처의 증거를 접시 위에 올려 엄마에게 보였을 때, 엄마가 보이는 반응은 그야말로 완벽한 몰이해의 전형을 보여주고 있다. 머리가 스무 개 달린 생선이 '길조'라는 것이다. 게다가 한술 더 떠서 병석에 누운 어머니가 그녀를 간호하고 있는 딸에게 "너는 고양이처럼 우아하구나"(「그물 고양이」)라고 던지는 말은 악몽을 덧나게 하고 부풀어오르게 만드는 언어폭력이나 다를 바 없다. 그녀의 내면은 그물처럼 성기고 텅 비어 아무것도 담을 수 없을 만큼 황폐한 상태이기 때문이다. 결국 아버지에게 치명적인 상처를 입고 엄마

8 우리의 머릿속에는 제2전시실에서 의미 없이 지나온 인어가 떠오른다. 자정의 젖은 십자로 배수구에서 죽어가던 인어. 그곳에 인어가 있었다. 동시에 그 작품은 가족 로망스에서 상처 입은 공동의 피해자라고 할 수 있는 자매들의 연대와 애정에서 비롯되었을 동성연애의 분위기를 물씬 풍긴다. 인어를 보고 있는 사람은 자동차를 운전하고 있는 한 남자이다. 그는 인어를 보며 붉은 아가미에 손을 넣으려고 하지만 이내 잡균이 득시글거리는 물 안이라는 이유를 대고 욕망을 거둔다. 그가 정말 남자였다면 자기 욕망을 그런 식으로 단죄할 필요가 있었을까? 더군다나 죽은 줄 알았던 인어가 되살아나 꼬리를 보이며 등을 돌린다는 것은 어찌 된 일인가. 인어들은 길거리를 지나가는 여성이며, 그들의 시선이 나의 창유리를 쪼고 있었던 것이 아닐까. 그래서 작가의 분신이라고 할 수 있는 시적 자아, '그'는 욕망을 지우기 위해 액셀러레이터를 밟는다. 환상은 깨어지고 인어들은 '그'(그녀)를 비웃듯이 물방울로 흩어진다. 덧붙여 이 작품을 미혜, 지혜, 우주와 함께, 라는 부제가 붙은 제1전시실의 「아비뇽의 처녀들」과 겹쳐 읽으면 어떤가. "너는 왜 이 순간에 여자만 떠오르는가/여자만 떠올리는가" 욕조 안에서 자신의 어머니를 떠올리며 목욕을 하다가 무심코 '손가락 장난'을 하게 되고 그녀는 자위행위의 대상으로 여자만을 떠올리는 자신을 발견하곤 놀란다. 거울을 에워싼 수증기가 달아날까봐 두렵다는 말은 결국 사회적으로 마이너리티일 수밖에 없는 자신의 성적 취향이 드러날까 두렵기 때문이기도 한 것이다.

와의 동일시[9]조차 차단당한 작가의 가족 로맨스는 프로이트를 빌리자면, 필연적으로 자신의 엄마를 계모, 즉 '부정한 대상'으로 치환하고 환상 속에서 자기정체성을 유지해나가게 된다. "생시의 엄마는 모두 계모야/죽은 엄마가 진짜지//죽어버린 당신이 좋아/죽어버린 당신이 좋아/죽음의 눈썹을 휘날리며/나를 보는 당신이 좋아"(「거대한 오프너」).

어느덧 극은 막을 내린다. 박수소리와 함께 커튼콜. 딸 역을 맡은 배우가 등장하여 '엄마'라는 이름이 붙은 오프너를 관람객들에게 하나씩 나누어준다. 하지만 이내 다시 오프너를 회수해간다. 아직까지 엄마에 대해서만큼은 포기할 수 없는 애정이 남아 있다는 것일까. "엄마가 죽어버렸으면 좋겠어"로 이 거대한 가죽 주머니가 부풀어오르는 것을 막을 수 없다. 우리의 관람을 짓누르는 압력은 이제 더 이상 막을 수 없는 임계점에 도달한다.

제4전시실, B15F, 선지빛 바기날 플라워·········120%

더 이상 내려갈 곳이 있을까 싶을 정도로 한참을 내려온 마지막 전시실. 갑자기 지금까지의 전시실과는 달리 눈이 부시도록 환해진다. 그런데 텅 비어 있다. 그야말로 텅 빔, 공허. 사방을 둘러봐도 제4전시실에는 아무것도 없다. 전시는 끝났단 말인가? 그러나 동

---

9 여성으로서 전범이 될 만한 모델을 찾지 못한 상태에서 작가는 거식증을 통해 자신의 여성성을 더욱 억압하게 된다. 영양 차단을 통해서 '곡선'의 몸을 '직선'의 몸으로 가두어두는 것이다. 거식증 때문에 신체는 일종의 '기아상태'에 대한 적응을 하게 되고 '무월경'까지 나타날 수 있다. 김정욱, 같은 책, 38쪽 참조. 그런 의미에서 "달의 코르크 마개가 열릴 때까지"는 '월경의 회복' 또는 '주기적인 월경 리듬의 회복'을 의미하는 것일 수도 있다.

행한 누군가의 손짓을 따라 천장으로 고개를 쳐든 순간, 우리는 놀라고 만다. 궁륭의 천장에서는 빛이 쏟아져 들어오고 있다. 인공조명을 받으며 활짝 피어 있는 이것은 거대한, '꽃'이 아닌가. 화려한 색감의 천 속에 헝겊을 누벼 천변만화의 잎사귀를 피워올린 꽃이 우리의 머리 위로 활짝 피어 있다. 그런데 경탄의 순간이 우리 모두를 한 차례 휩쓸고 지나간 뒤, 웅성임마저 끝나고 다시 한번 꽃을 올려다본다. 그러자 이번에는 조금 다른 느낌들이 머릿속에 피어오른다.

'꽃'이 너무 적나라해서 위압적이라는 느낌과 동시에 지금까지의 위태로운 유출 충동이 어떻게 이 거대한 꽃을 피워냈는지 궁금해지는 것이다. 훈육과 절제의 대상으로 '대상화'되었던 육체가 어느 순간, 애정의 대상으로, 더 나아가 상처 입은 여성성에 대한 물기 어린 긍정의 대상으로 승화되었는지 조금은 당혹스러운 느낌마저 든다. 우리는 바닥에 설치된 작품명을 읽는다. '바기날 플라워, 부제-여름 학기 여성학 종강한 뒤'. 아, 우리는 천천히 고개를 끄덕인다. 여성학이라는 담론을 통해 힘겹게 자기 상처를 치유하고 있는 한 사람의 모습이 떠오르기 때문이다. 어째서 가해자보다 피해자가 더 큰 형벌을 받는가. 씻을 수 없는 것처럼 보이는 상처는 어떻게 치유가 가능한가. 이 꽃 한 송이는 한 존재의 전부를 건 힘겨운 싸움 끝에 얻은 해답 중의 하나이다.

그렇다면 이제, 싸움은 끝난 것인가? 유출 억압과 유출 충동 사이에서 분열하던 작가는 치유된 것인가? 갑자기 기계장치가 작동하는 소리가 들린다. 우리는 황급히 다시 꽃을 향해 고개를 든다. 기다렸다는 듯이 꽃의 입구가 벌어지기 시작한다. 그 안으로 대형 모니터가 등장한다. 그리고, 다시 비탄과 울음이다. 폭식과 광기의

나날이 다시 재현되고 있는 것이다! 쿨렁이며 '곤죽'들이 돌아다닌다. 형체가 고정되어 있지 않은 유동체는 멈춘 것 같았던 가죽 주머니의 내압을 다시 상승시킨다. 유동체는 음식물이 소화액에 휩싸여 녹아 있는 형태임과 동시에 그 유동성으로 인한 연상과정에서 혈액으로, 다시 핏줄로, 다시 뿌리로, 그러고는 아버지로 진행된다. 작가에게 형태가 없는 '자연'은 '원초적 장면'을 상기시키는 매개체로 작동하는 것이다.(「다시,폭식과광기의나날」, 「봄, 뇌경색」)

모니터 속의 여자는 지금까지 지속되어 왔던 악몽이 순식간에 무수히 "증식"되는 것을 본다. 이제 유출 충동은 더 이상 감추어지지 않는다. 순간, 대형 모니터가 바닥으로 수직낙하해 산산조각으로 부서진다. 엉켜 있던 전선들이 끊어져 불꽃을 일으키고 있다. 그러고는 꽃의 벌어진 구멍에서 무엇인가, 무엇인가 미끄러져 쏟아지는가 싶더니 그대로 바닥에 떨어진다. 철퍼덕. 요란한 소리가 전시실 안을 휘몰아치고 지나간다. 화려한 뿔을 가진 수사슴이다. 목덜미 이빨 자국에서 선지빛 피가 쏟아져나오는 수사슴이다. 수사슴은 살해당했다. 이윽고 저 위, 꽃잎에서 피가 떨어진다. 피는 유동하며 수사슴의 몸통 위를 덮어간다. 깨진 모니터에서는 아직도 비탄의 절규가 끊어지지 않고 흐르고 있는 중이다. 온통 흰빛으로 가득했던 전시실은 터진 꽃에서 떨어져 흐르는 피로 제 색깔을 잃어버린 지 오래다. 선지를 뿜어대던 수사슴의 등이 식어간다. 우리는 말을 하지 않아도 수사슴이 '누구'를 의미하는지 알고 있다.

꼭 이 방법밖에 없었을까. 하지만 꼭 이럴 수밖에 없었으리라. 드디어 코르크 마개가 열렸다. 작가는 비로소 그토록 억압해 왔던 '부친 살해'의 욕망을 성취했다. 거식증과 폭식증의 형태로밖에 유출될 수 없었던 '부친 살해'의 욕망은 상징적인 죽음을 통하여 완성되었다. 우리는 제1전시실을 시작으로 여기까지 오는 내내 우리의 어깨를 짓누르던 압력의 존재를 어느새 전혀 느끼지 않게 되었다는 사실에 놀란다.

제5전시실. 1F, 차가운 바람이 부는 세상–전시실을 나오며………?%

심해로의 여행을 마치고 우리는 다시 제1전시실로 돌아온다. 그러면서 갑작스럽게도 로댕의 연인이었던 카미유 클로델을 떠올린다. 로댕을 초월하는 예술가적 기질을 갖고 있었지만 로댕은 오히려 자신이 통제할 수 없는 그녀에게 위협감을 느끼고 카미유 클로델의 강렬한 사랑을 거부한다. 클로델은 그런 로댕을 떠나 조각가로 명성을 얻지만 로댕에 대한 사랑을 포기하지 못한 채 정신착란에 걸려 30년 동안이나 정신병원에서 살다가 생을 마감한다. 왜 그녀는 미칠 수밖에 없었던 것일까. 문득 우리는 어떤 책의 한 구절을 떠올린다.

현대 사회는 여성에게도 자유와 주권을 선사했다. 그러나 현대 여성의 삶은 남성의 삶과 달리 불행했다. 현대의 남성은 남성답기 위해 자신의 자유를 포기할 필요가 없었다. 왜냐하면 남성의 남성다움은 자유나 주권의 실현과 함께 더욱 빛날 수 있기 때문이다. 남성은 자신의 독립성과 초월성을 과시할수록 남성으로서도 사랑받았다. 그러나 현대 여성의 사정은 사뭇 달랐다. (…) 현대 여성은 여성다움과 자유 사이에서 고통스러워하게 된다. 자신을 자주적인 개인으로 생각하면서 동시에 여성으로 받아들이기가 매우 어렵기 때문이다. 불행하지 않기 위해 여성은 둘 중 하나를 선택하고자 하였다. (…) 하지만 이들은 여전히 행복할 수 없었다. 실제로 이들은 자신의 주권이나 여성다움을 완전히 버릴 수 없었기 때문이다. (…) 결국 둘 중 어느 것도 완전히 버릴 수 없었던 여성들은 이중 플레이를 하게 되고 이로 인해 평안하지 못한 상태에서 신경질적으로 살게 되었던 것이다. (…) 클로델은 여성다움과 인간다움 사이에서 이중 플레이를 할 수밖에 없었던 현대 여성의 전형이라 할 수 있다.[10]

얼마나 비극적인가. 남성은 자신의 자유를 포기하지 않고 오히려 강조할수록 더 큰 사랑을 받을 수 있지만 여성은 자유를 포기해야만 남성의 사랑을 받을 수 있는 것이다. 더군다나 이 글에 따르면 클로델은 어머니로부터도 "더럽다"며 경멸당하였다. 어머니는 자신과 같은 여자로 살지 않는 클로델을 이해하지 못했다. 결국 클로델은 같은 여성으로부터도 이해받지 못하는 이중, 삼중의 분열 속에서 미쳐갔다는 것이다.

'원초적 장면'에서 비롯된 상처를 치유하지 못하고 고통스러워하던 진수미의 페르소나는 그 상처에서 벗어나기 위해 '훈육과 절제'라는, 소위 남성적 질서를 내면화함으로써 또 한번 소외를 겪었다. '거식증'에는 필연적으로 여성성의 억제가 동반되었던 것이다. 게다가 같은 여성이었던 어머니에게마저 이해받지 못하고 냉대받음으로써 삼중의 소외를 겪게 된다. 그녀는 영원한 이 세계의 '타자'로 떠돌 수밖에 없는 것인가? 그러나 힘겹게, 너무나도 간신히 자신을 억제하던 작가의 페르소나는 상징적인 '부친 살해'를 수행하면서 달의 코르크 마개를 열었다. 그렇다면 이제 남은 것은 무엇

---

10 이현재, 「분열된 여성, 그들을 위한 철학은 가능한가?」, 《철학과현실》, 철학문화연구소, 2005년 가을호.

일까. 월경으로 상징되는 여성성의 회복이 눈앞에 기다리고 있는 것은 아닐까. 달의 코르크 마개가 열리는 순간이란 다름 아닌 부친 살해의 욕망이 충족되는 순간임과 동시에 그 욕망을 억제하느라 고의적으로 부정되어 왔던 육체, 그 여성성의 회복을 의미하는 것이기도 하기 때문이다. 육체가 자연스러운 주기를 되찾는 것, 자연스러운 자신을 더 이상 억압하지 않아도 되는 그 자리에서, 비로소 진수미의 작품들은 진정 "달의 코르크 마개를 열" 수 있게 될 것이며 개인적인 악몽에서 벗어나 또 다른 경지의 미술지를 열어보일 수 있을 것이다.

환영일까. 출구 옆으로 지하의 전시실에서 본 듯한 곱추 여자의 테라코타 작품이 눈에 들어온다. 곱추 여자의 굽은 등이 여전히 그대로이다. 하지만 테라코타 주변으로, 달무리가 진 것처럼 은은한 이 빛은 무엇일까. 곱추 여자는 금방이라도 똑바로 서서 걸어갈 것처럼 숨을 고르고 있는 중이다. 우리는 비로소, 그렇게, 믿어보기로 한다.

IV

외롭고 명랑한 공굴리기 서커스

우산이 필요해요

많은 작품들은 (…) 끝내버리지 않으면

대낮의 대기 속으로 다시 돌아올 수 없을 것 같은 두려움 속에서

너무 성급하게 작품에서 벗어난 작가의 흔적을 아직도 볼 수 있다는 이유로

우리를 감동시킨다.

-모리스 블랑쇼,『文學의 空間』중에서

사다리꼴 모양으로 색종이를 오린다. 될 수 있으면 크게. 다음으로 사다리꼴 외변을 따라 1cm의 간격을 두고 중심을 향해 가위를 움직인다. 부드럽게 쓱싹쓱싹. 사과 껍질 깎듯 조심조심. 그 길로 사람들이 움직이기 시작한다. 가게 문이 열린다. 가운데에 실을 꿰어 들어올리면 끝. 간단하게 바람에 흔들리는 아케이드 모빌이 완성되었다.

언제나 그렇지만 인사동 쌈지길 1층 마당에 서서 꼭대기를 바라보면 거대한 아케이드 모빌 속에 앉아 있는 느낌이 든다. 모빌은 여러 군데로 비밀스러운 길이 나 있었다. 때로 사람들이 소리 없이

사라지거나 나타나기도 했다. 지난번에는 3층에서 걸어가는 사람을 보고 있었는데 갑자기 그가 1층에 나타난 것을 보고 깜짝 놀라기도 했지. 그때였다. 쌈지길 전체가 흔들리듯 기우뚱하더니 한쪽으로 몸이 쏠리는 게 느껴졌다. 고개를 들자 3층에 있는 뜨개옷방에서 웬 소녀가 내쫓기듯 나오는 게 보였다.

나는 지느러미를 다 떴어요, 요, 요 몸판은 얼마에요? 주인여자는 엉겅퀴보라꽃빛 몸판이 절반쯤 짜진 뜨개질감이 도합 100년이라고 불렀는데요, 나는 깜짝 놀라 소리쳤어요, 내 전 재산도 그 정도는 안 돼요! 주인여자는 그럼 이 지느러미를 풀어버릴까? 눙치었고요 주둥이를 뾰족하게 뻐끔거리며 편드는 여자들 눈이 가재미같이 한쪽으로 쏠려 있었는데요, 나는 그 엉겅퀴보라꽃빛 몸판에 까실까실 햇빛을 섞어 짠 것이 마냥 아쉽기도 했는데요, 주인여자는 한 푼도 깎아줄 수 없으니 꺼지라고 했고요, 나는 드롭프스 빈 깡통을 눈썹 떨리는 높이에 받쳐들고 사정을 했는데요, 딸랑, 따르랑, 랑, 랑, 랑, 신경질을 부리는 문이 닫히자 여자들 강냉이를 서로의 입에 던져넣으며 올올이 다정했는데요, 나는 바람찬 거리 촛불은 촉급하게 부르르 떨고 내동댕이친 표정을 주워담았는데요 뜨개옷방 쇼윈도 밖에서 마네킹의 치켜뜬 눈을 보며 말했어요, 요, 요 쐐기풀로 내가 먼저 옷을 떠 입어야 해, 이 마법에서 풀리려면. 오빠들한텐 미안하지만. 속도 모르는 오빠들 홰를 치며 내 치마 실을 잡아당기는데요, 점점 코가 풀리는 실들이 내 몸을 벗겨달아나는데요 날랜 바람에 얼어붙은 나는 드롭프스 깡통 속에 댕그랑 떨어졌는데요, 요, 요,

– 이윤설, 「뜨개옷방」 부분(《현대문학》 2006년 4월호)

뜨개옷방 앞에서 안을 들여다보는 한 장면만으로도 나는 소녀

의 모든 과거를 알아버린 듯한 느낌에 사로잡혔다. 쐐기풀로 열한 명이나 되는 오빠들에게 옷을 짜 입혀 마법을 풀어준 공주의 이야기. 그렇다. 갑자기 눈앞에서 안데르센의 동화가 펼쳐지고 있었다. 공주는 여린 소녀로 변해 있었고 계모 왕비는 뜨개옷방 주인 여자로 변해 있었다. 소녀는 뜨개질감을 얻어다가 백조가 아니라 닭이 되어버린 오빠들을 부양한다. 신기하게도 닭들은 드롭프스 사탕을 먹는다. 하지만 더 이상 사탕을 얻을 수 없을 것 같다. 몸판을 다 짜려면 100년이 걸린단다. 일감을 받아오고 싶지만 소녀의 전생애가 100년이 안 될 텐데 어떻게 몸판을 다 짠단 말인가. 일방적인 희생을 강요하는 현실에서 벗어나는 길이 오직 한 가지뿐임을 소녀는 안다. 자신이 먼저 옷을 지어 입고 지독한 마법에서 풀려나는 것. 자신을 위해 자신의 삶을 쓰는 것. 여기서 끝내지 않으려면 영원히 이곳을 떠날 수 없을 거야. 그런 다급함과 두려움이 소녀의 마지막 말들 속에 숨어 있었다. 그래서일까. 내 귀에는 "요, 요" 소리가 떠나질 않는다. 뜨개옷방 문에 매달아놓은 종소리이기도 하면서 계속 달라붙어 소녀를 몰아붙이는 눈초리이기도 하면서, 불안과 무거움을 벗어나 가볍게 통통거리고 싶은 소녀의 바람이 담긴 소리이기도 한 "요, 요". 리듬에 몸을 싣고 소녀를 어디론가 데려가주는 주문 같은 "요, 요". 하지만 끝내 제자리로 돌아오는 요요처럼 결코 현실을 벗어날 수 없을 것임을 스스로에게 일깨우는 듯한 "요, 요". 나는 꿈을 깨기 위해 안간힘을 쓰듯이 애써 고개를 흔들었다.

어느새 소녀는 사라지고 보이지 않았다. 여전히 내 머릿속에는 드롭프스 깡통 속에 갇혀 봉인된 소녀의 음성이 들리는 것 같았다. 나는 어지럼증을 느끼고 기대듯이 의자에 앉고 말았다. 사실은 어제 과음이 문제인 것 같다. 그래, 그것 때문이지.

한밤중의 만남. Y가 불러내는 데로 나가 보니 그녀가 혼자 술을 먹고 있었다. 짐작 가는 바가 없는 것은 아니었다. 최근에 Y는 가까운 사람 하나를 잃었다. 나는 그녀가 손짓하는 대로 그녀의 맞은편에 앉았다.

춘식이가 죽었다. 무슨 교육대를 졸업하고 소주병을 베개 삼아 윗마을 가겟집 평상에서 잠을 자던 춘식이. 태권도가 4단이고 유도가 3단이고 전두환, 노태우를 때려눕혔다던 붉은 코 아저씨. 아저씨라 부르지 말고 춘식이라 불러달라던 앞니 빠진 사내. 벚나무가 살비듬을 털던 어느 해. 그늘진 돌담 밑에서 깜박 잠이 든 나를 깨워 바람개비를 만들어 달랬다.

아줌마가 죽었다. 새벽마다 야쿠르트 두 개를 문밖에 세워두고 가던 한국 야쿠르트 아줌마. 내가 다니던 학교, 가을 운동회에 와서 빈 야쿠르트 병을 줍는데 풍선장수의 헬륨가스통이 폭발했다. 아줌마의 몸속에서 살던 것들이 이제 죽은 것은 필요없다고 그녀의 몸밖으로 뛰쳐나왔다. 붉은 피가 뱀처럼 수챗구멍으로 기어갔다.

(…)

할머니가 죽었다. 상고를 졸업하고 첫 월급 삼십오만 원을 받아서 예수쟁이 할머니에게 성경책을 선물했었다. 성경구절을 읽고 찬송가 460장을 펴서 '지금까지 지내온 것'을 같이 불렀던 할머니는 까막눈이었다. 국화를 가득 넣은 향나무 속으로, 할머니가 붉은 지혜를 신고 들어가는데 자꾸만 웃음이 나왔다.

기섭이가 죽었다. 출판사에 다니던 내 동생의 지갑 속에는 책을 산 영수증이 그득했다. 그 사이에 식당영수증이 딱 세 장 보였다. 내게 밥을 여러 번 사줬는데 그것밖에 보이지 않았다. 남편 잃은 어린 색시가 펼쳐놓은 소복처럼 희디흰 눈이 조선팔도를 뒤덮었다. 쌓였다. 눈을 손안에 가득 담고 내가 밟는 걸음마다 골고루 뿌렸다.

– 윤진화, 「기억의 형벌」 부분(《시와정신》 2006년 봄호)

Y는 나를 앉혀놓고 죽은 사람들의 이야기를 들려주었다. 춘식이, 야쿠르트 아줌마, 까막눈 할머니, 그리고 출판사 다니던 동생까지. 이상하게도 죽은 사람들의 이야기는 날것의 통증으로 나를 고통스럽게 하지는 않았다. 오히려 '죽음' 정도는 견딜 만하다, 는 얼굴로 그녀가 군데군데 박아놓은 말들 때문에 나도 모르게 웃고 말았다. 앞니 빠진 춘식이가 어린애처럼 바람개비를 만들어달라고 했다든지, 야쿠르트 아줌마 몸속에서 살던 것들이 이제 죽은 것은 필요 없다고, 새침하게 '투정' 부리듯이 몸 밖으로 뛰쳐나왔다든지, 까막눈 할머니가 성경책이랑 찬송가를 용케 찾아서 읽고 노래했다든지 등등이 어느덧 그들의 죽음을 잊고 킥킥거리게 만들었던 것이다. 그래, 이 정도의 불경스러움이 없었다면 네가 어찌 견디었을까. 친한 동생의 죽음을 앞에 두고 "남편 잃은 어린 색시가 펼쳐놓은 소복처럼 희디흰 눈이 조선팔도를 뒤덮었다."고 말하는 부분에 이르러서는 오귀굿을 보는 것처럼 구성진 마음이 들기도 했다. 하지만 동시에 혹 Y마저, 떠난 사람들의 영향력 속에서 생기를 잃게 되지나 않을까, 이렇게 늘어놓은 죽은 사람들 이야기를 어떻게 끝맺을지 걱정스럽기도 했다.

모두 죽었다. 내가 기억하는 모든 시들은 죽었다. 당신들을 묻고 돌아오는 길, 서울역 지하도에 있는 공중변기 양변기에 앉았다. 그 위에 남아있는 누군가의 체온 탓이었을까. 한 달에 한 번씩 내 몸에서 피고 지는 꽃이 때 이른 꽃잎을 흘렸다. 가거라, 내 것이되 내 것이 아닌 것들아. 계절이 뒤척여도, 아직도 나는 마지막 봄날이었으므로.

-윤진화, 「기억의 형벌」 부분

술집을 나와 간신히 Y를 여자화장실로 들여보내놓고 한참을 기다렸다. 하지만 그녀는 나올 줄을 몰랐다. 조바심을 내며 입구에 서서 10분여를 더 기다렸을 때, 그녀가 나왔다. 화장실에서 울고 나왔는지 그새 눈이 퉁퉁 부어 있었다.

"갑자기 생리가 시작됐어. 그런데 기분이 참 좋네."

그녀의 엉뚱한 말을 들으면서 나는 막연하지만 갑작스럽게, 무엇인가 치유되었다는 느낌을 받았다. 죽음을 이야기하면서도 그녀의 몸은 죽음의 기억에서 떠날 준비를 하고 있었던 것이다. 술집을 나올 때까지 Y가 너무 태연하여 나는 그녀가 죽음에 중독될지도 모른다는 걱정을 했다. 하지만 그녀도 두려웠던 것이다 그래, 이렇게 갑작스럽게 떠날 수밖에 없다. 끈질긴 형벌로부터는. 조금은 감상적으로, 조금은 서툴게. 기억이 남겨놓은 형벌을 어떻게든 정화시켜 떠나보내고 다시 살아가고 싶은 마음이 그녀에게도 있었던 것이다. Y의 몸을 빠져나간 생리혈이 Y 대신 죽음의 의식을 치러주었다. 화장실 안에서 스스로 위로받으며 그녀는 울었던 것이리라. 어쨌든 다행이다. 참으로 다행이다. 그런 마음이 들었던 지난밤이었다.

"혼자서 울다가 웃다가, 잘한다."

어느새 내 곁으로 A가 다가와 있었다. 그녀의 얼굴을 보고서야 비로소 오늘 내가 A를 만나기 위해 인사동에 나왔다는 것을 깨달 았다.

"뭐야, 지금까지 지켜보고 있었던 거야?"

나는 얼굴이 빨개진 채로 물었다. A는 조용히 고개를 끄덕였다.

"맨 꼭대기 카페에서 만나기로 했잖아. 먼저 와서 기다리다 시간 이 돼도 안 오기에 나와봤지."

정말로 약속시간이 20분이나 지나 있었다. 다시 A가 물었다.

"그런데 우산은?"

우산을 들고 있다 건널목에서도, 버스 안에서도 놓지 않는다 동전을 바 꿨던 가판대로 다시 되돌아간 것도, 전화를 받으며 수첩을 꺼내기가 불편 한 것도 그 이유다 맑은 날 사람들이 흘낏거리는 건, 물론 얼굴에 뭐가 쓰 여 있기 때문은 아니다

수첩 속에서 메모를 발견했다 첫차 시각과 좌석번호, 플라타너스 글귀가 적혀 있다 나는 또 떠날 궁리를 한 셈이다 이름 하나가 선명했는데 불러보 지 못한 고백이었다 카메라에 담는 건 꽃인가요, 꽃잎을 흔드는 바람인가 요, 라는 질문은 행간에서 유효했다 어디에도 돌아올 막차시간은 적혀 있 지 않았다 그날 이후 돌아오지 않는 여행인지 모른다 이곳엔 아직 비가 정 류하지 않았다

전철을 기다리다 승강장 뒤로 안전하게 물러서고 싶지 않았다 말랐다가 도 물만 주면 초록을 들이미는, 화분의 다짐이 소름끼치기도 했다 우산에 는 햇볕이 타들어가고 있다 펼치기만 하면 플라타너스의 깊은 그늘이 드리

워진다 그 사이 호흡이 새로 피고 지고, 당신의 노래가 막 후렴구를 돋우고
있다

오늘 반드시 비가 올 것이다 집을 나서기 전 나는, 일기예보를 들었다
-안시아, 「일기예보」 전문(《시와사상》 2006년 봄호)

　새벽, 메신저를 켰을 때 거기서 A를 만났다. A는 다짜고짜 약속
을 정하고 장소까지 일러주었다. 그리고 한마디 덧붙였다. 우산 꼭
가져와! 나는 A와 메신저 대화를 나누는 내내 어쩌면 그녀가 '사랑
을 앓고 있는 것'인지도 모른다는 생각을 했다. "카메라에 담는 건
꽃인가요, 꽃잎을 흔드는 바람인가요"라는 말을 던지며 행간에 사
랑하는 마음을 담았다고 생각했지만 A의 마음은 결국 상대에게 전
달되지 않았다. 그녀는 그때부터 주욱 돌아올 막차 시간이 사라진
여행을 하는 심정이라고 말했다. 나는 그 막막한 마음이 맑은 날
혼자 우산을 들고 다니는 심정일 거라고 생각했다. 모두들 이상한
사람 다 보겠다고 쑥덕거리겠지. 하지만 그래도 우산을 버릴 수는
없다. 지금은 비록 소통불능의 사랑지만 포기할 수 없는 것이다.
비가 오는 것처럼 그 사람의 마음이 열리고 초록이 피어오르고, 우
산이 제자리를 찾고 A의 사랑도 응답을 받겠지. "물만 주면 초록을
들이미는, 화분의 다짐"은 애절한 구석이 있다. 그때까지 A는 우산
을 들고 다닐 수밖에 없을 것이다. 그 마음이 느껴져 나는 A가 들
고 나온 무지개 우산을 보고 살며시 웃었다.
　그녀가 다시 한번 물었다.
　"우산 어디 있냐구!"
　"그냥, 우산이 필요한 두 사람만 왔다 갔는데."

그녀는 못 말리겠다는 표정으로 나를 바라보았다. 나는 뒷주머니에 감추어놓은 접이식 5단 우산 이야기는 하지 않았다. 그리고 좀 더 가벼운 때의 그녀를 흉내 내어 "이렇게 맑은 날 우산이라니!"를 외쳐대면서 A를 따라 쌈지길 꼭대기에 있는 카페로 올라갔다. 밖에서 볼 때는 실내가 좁아 보였는데 막상 들어가니 생각보다 넓었다. 일본 배우 오다기리 조를 닮아 잘생기고 행동이 나긋나긋한 주인이 안내를 해주었다. 구석으로 천장에 난 문이 보였다. 우리는 나무 사다리를 밟고 옥상으로 올라갔다.

먼바다의 습기를 품은 6월 바람이 지나가고 있었다. 도시의 빌딩들 사이로 양털구름이 펼쳐지고 새하얗고 거대한 범선이 돛을 펄럭이며 지나갈 듯 공기는 충만한 기대로 부풀어 있었다. 그곳엔 마치 비행선 밖으로 2인용 좌석을 매달아놓는 것 같은 깜찍한 특별석이 마련되어 있었다. A는 무지개 우산을 활짝 펴고 외쳤다.

"오늘은 꼭 비가 올 거라구요! 일기예보에서 그랬어요!"

나는 A의 천진한 바람이, 그녀의 두려움이, 어떻게든 끝을 맺지 않으면 영영 이 땅으로 돌아오지 못할 것만 같은 불안 속에 성급하게 내뱉어버린 말의 흔적들이 남기고 간 파문들이 좋았다. 이 말을 하지 않았다면 그녀는 영영 너무 쓸쓸하고 말았을 것이다. 스스로에게 위로의 말을 할 줄 알기에 그녀는 아직 희망이 있다. 몇몇 사람들이 위를 쳐다보고 뭐라고 떠들어대다가 흩어졌다. 바람이 불 때마다 정말로 천천히 거대한 모빌이 흔들리고 있는 것처럼 느껴졌다. 그리고 그때마다 작은 골목길이 열리고 닫히면서 저마다 사연을 가진 사람들이 나타났다가 사라지고 있는 것 같았다. 그들은 연인과 손을 잡고 있거나 사진을 찍고 있거나 다시 혼자 떨어지기도 하고, 누군가를 기다리며 서로를 스쳐가고 있었다. 나는 어느 순간, 그 모든 사람들이 걱정이 되어서 "이봐요, 어떻게 우산들은 갖고 계세요?" 하고 소리치고 말았다. 이미 먼 곳에서는 장마가 시작된 것 같은, 정말로 그럴 것만 같은 날씨였다.

스펙터클의 언어에서
벗어나는 법

—진은영·황인찬의 시

2005년을 전후로 첫 시집을 내며 등장한 시인들의 어떤 시에는 실생활이 별로 드러나지 않는다. 상당 부분 가공되어 '생활의 냄새'를 찾아볼 수 없다. 때로 희미하게 암시되는 방식으로 그 모습이 살짝 드러나거나 이미지와 서사의 강한 왜곡을 거쳐 몇 겹으로 부풀려 제시되기도 한다. 밋밋함은 후경으로 물러나고 남루함은 지워지며 지지부진함은 탈색된다. 그래서 세련되어 보인다. 그래서 환상적이다. 이들이 등장하기 전까지 젊은 시인들로 분류되며 각종 지면을 채웠던 전 세대 주류의 목소리가 어찌 되었든 복잡다단한 생활 현장을 비교적 지시적으로 환기하는 측면이 있었음을 상기한다면 이는 생각해볼 만한 변화다.

그것은 기 드보르가 말하였던 "스펙터클의 사회"를 연상시킨다는 점에서 그렇다. 스펙터클(구경거리)은 시각을 특권화함으로써 인간 지각능력에 심각한 왜곡을 불러일으켰다. 이러한 분리와 절단은 마치 화폐가 등장하면서 면대면의 관계가 사라지고 모든 생산과 관계가 인간에서 분리된 것과 같은 상황과 유사하다. 결코 하나의 기준으로 포섭될 수 없는 유일한 개별들을 추상화시켜 양적 계산이 가능한 존재로 탈바꿈시키는 것이 화폐라면 스펙터클의 사회는 청각, 후각, 미각, 촉각 등의 다양한 감각에서 시각만을 추출하여 이를 중심으로 인간 지각능력을 심각하게 왜곡시킨다. 주목할 것은 그런 면에서는 언어도 마찬가지라는 사실이다. 지시대상을 눈앞에 가져다놓지 않아도 이 추상적 체계는 아무 문제 없이 가동된다. 언어는 기본적으로 언제든 하나의 스펙터클로 변할 수 있는 태생적 조건을 갖고 태어난 것이다. 이렇듯 스펙터클, 화폐, 언어가 원래의 기원에서 분리되어 사용됨으로써 인간이 더 이상 이 세계를 직접적으로 파악할 수 없게 된 상황을 두고 아감벤은 "세계의 박물관화"라고 부른다. 자본주의적 생산양식이 절정에 이를수록 우리는 더욱더 '현실/삶'과 만나지 못하고 유리벽 뒤로 물러난다. 전시물을 구경하면서 계획된 동선을 따라갈 뿐이라는 것이다. 아감벤은 모든 실제적인 것과 우리를 분리시키는 스펙터클에 맞서기 위해 "반복"과 "정지"를 내세운다. 이때의 반복은 예전의 잠재성이 새롭게 드러나는 조건이며 정지는 (영화의 예를 들어) "이미지라는 매개체와 서사라는 형식 사이에 나 있는 균열을 관조하게 만"드는 것이라고 본다.[1]

언어의 경우로 생각을 좁혀본다면 아감벤은 언어가 지시대상을 가리키거나 기의를 전달하는 매개체의 역할을 그만두고, 목적 따위와 관계없는 순수 수단이 되어서 "자유로운 사용의 가능성"[2]을 창출하는 것에 의미를 부여한다. 즉 "말하고 있다는 사실 자체로

---

1   조르조 아감벤, 『목적 없는 수단』, 김상운 · 양창렬 옮김, 난장, 2009, 185~230쪽 참조.
2   같은 책, 210쪽.

드러나는 순간에 '사유'가 탄생"[3]한다는 것이다. 하지만 이는 오히려 스펙터클을 더욱 강화하는 효과를 발생시키는 것은 아닌가 싶은 생각이 든다. 또한 이를 우리 시단에 적용했을 때는 더욱 꼼꼼한 성찰이 필요하다. 한계 조건을 부인하지 않고 더욱 극단적으로 밀어붙여 새로운 가능성을 열어보자는 생각은, 언어의 경우, 그 실패의 과정만으로도 충분히 의미가 있다고는 하지만 결국 '유희'와 '허무'라는 비교적 단선적인 깃발 아래 모이지 않을까? 김춘수와 이승훈, 오규원, 박상순, 함기석 등의 시인을 이미 갖고 있는 우리에게 이 계열의 실험은 또 어떤 가능성으로 되돌아올 수 있을지 궁금증을 가지고 지켜보는 중이다.

다시 한번 말하자면 이렇다. 언어가 더욱 오염되어갈지라도 언어를 "목적 없는 수단"으로만 밀어붙이기보다는 목적 없는 수단으로서의 자율성을 지지하되, 이를 바탕으로 언어에 기의(의미)와 지시대상(현실)과 내면(무의식)을 더욱 침투시키고 충돌시켜 "공백"(바디우)을 만들어내야 한다는 것이 우리의 주장이다. 이때의 공백은 "사건을 예고하고 주체를 끌어모으는 매개항"이며 "사건"은 "한 상황 속에서의 공백의 출현으로 인해 일자의 구조가 파열되는 과정"이라고 할 수 있다.[4] 중요한 것은 여기서 "공백"에 무게를 실으면 시의 언어로 남지만 공백을 지탱하려는 "주체의 충실성"(주체의 작용)에 무게가 실리면 철학자의 언어가 될 수도 있다는 점이다. 양자 사이에서 수위를 조절한다는 것은 참으로 어려운 문제이다.

아가씨들의 향수보다 당나라 벼루에 갈린 먹 냄새가 좋다

---

3   같은 책, 209쪽.
4   서용순, 「바디우 철학에서의 공백(vide)의 문제」, 《라캉과 현대정신분석》 8호, 2006년 겨울호, 참조.

과학자의 천왕성보다 시인들의 달이 좋다

멀리 있으니까 여기에서

김 뿌린 센베이 과자보다는 노란 마카롱이 좋았다
더 멀리 있으니까
가족에게서, 어린 날 저녁 매질에서

엘뤼아르보다 박노해가 좋았다
더 멀리 있으니까
나의 상처들에서
(…)
나의 책상에서
분노에게서
나에게서

–진은영, 「그 머나먼」 부분(《현대문학》 2010년 9월호)

　확실히 최근의 진은영은 "주체의 충실성"으로 많이 기울어진 듯한 모습이다. 두 번째 시집에서 그녀는 자신의 미적 취향과 현실적 책임 사이에서 주로 전자에 한없이 다가가려는 시도를 보여주었다. 단 몇 마디로는 도저히 정리할 수 없는 순정만화풍의 섬세한 아름다움이 바로 이 과정에서 감각적으로 피어났다. 현실적 책임을 다룬 시편들은 조금은 딱딱한 표정으로, 낱개로 흩어진 채 시집 군데군데 박혀 있는 정도. 그러나 위의 시에서 우리는 진은영이 본격적으로 자신의 미적 취향을 반성하는 과정에 접어들었다는 것을 알 수 있다. 시적 자아가 좋아했던 먹 냄새가, 시인들의 달이, 노란 마카롱이, 박노해가, 소녀들이, 사실은 화자 자신에게서 멀리 떨어져 있었기 때문에 좋았다라는 성찰이 그것이다. 멀리 있었기에 상처받을 이유도 없었고, 절박하지도 않았고, 그래서 좋아했다라는 자기 취향에 대한 반성. 전폭적으로 지지할 수밖에 없는 반성이다. 이것은 분명 지금까지 일자로 지속되어 왔던 자기 스스로를 혼란에 빠뜨리는 공백임에는 분명하다. 그러나 이 시에서 시적 자아는 공백을 확장시킨다기보다는 오히려 공백에 한계를 설정해놓은 것 같다. 보조관념이 바뀌기는 하지만 확인된 사실을 되풀이하여 반복하는 과정을 거치면서 시적 자아의 목소리는 비교적 단선적인 전언으로 수렴되기 때문이다. 이 시에는 기의와 지시대상의 침투는 있지만 또 다른 내면의 간섭은 허용되어 있지 않은 것 같다. 옳고 그름에 관한 판단이 이미 정해져 있기 때문일 것이다. 이처럼 주체의 충실성에만 초점을 맞추다 보면 어느덧 시의 자리를 지나, 철학에 가까워지는 것은 아닐까? 시적 자아는, 자기 자신의 의식과, 검열과 때로는 특정한 지향성마저 최대한의 공백으로 만든 자리에서 시 쓰기를 출발해야 하는 건 아닐까. 이론적 설계는 가능하겠지만 역시 시를 직접 창작하는 입장에서는 어려운 문제가 아닐 수 없다. 시의 정치성에 지속적인 관심을 기울이고 있는 진은영에게도 중요한 고민의 지점일 것이다. 그래서 더욱 진은영의 작업을 지켜볼 필요가 있다.

내가 잡아온 독개구리 한 마리 예쁘다 개골거린다 죽은 척 가만히 있는다 만지면 독이 오른다 그런데도 나는 잡아왔지 손이 퉁퉁 부었다

저녁이 오는 것을 나는 본다
검은 두 눈으로

내가 어제 접어놓은 시집에는 개구리가 없다 청개구리는 독이 없다 아
프리카 독개구리의 독은 극소량으로 인간을 죽일 수 있다 이곳에는 생활이
없다

방바닥에 들러붙은 마사지 오이가 말랐다 뜨끈한 기운이 올라온다 독개
구리가 먹는 것은 산 것뿐이다

사위가 어둡다

머리를 감고, 몸을 씻고, 옷을 입고, 의자에 앉았다 밀린 일을 생각하고
옛 애인을 생각하다 읽던 시가 생각나 시집에 손을 뻗다
책상 위에 앉은 그것을 보았다

나는 극소량의 공포를 느꼈다

– 황인찬, 「독개구리」 전문(《시와반시》 2010년 가을호)

2010년 《현대문학》으로 등단한 황인찬의 이 시는 독특하다. 독
개구리를 잡아왔다. 만지면 독이 오르는데도 잡아와서 손이 부었
다. 예뻐서 그랬을 것 같다. 이것은 시적 자아가 독개구리를 하나
의 기표로만 취급하였다는 말이다. 이 길로 계속 갔다면 이 시는
스펙터클의 시가 되었을 것이다. 그런데 2연 "저녁이 오는 것을 나
는 본다/검은 두 눈으로"라는 구절은 묘한 위화감을 제공한다. 이

것은 곧 도래할 어떤 사건을 암시하는 공백으로 읽힌다. 문득 화자
는 독개구리의 기의를 떠올린다. "아프리카 독개구리의 독은 극소
량으로 인간을 죽일 수 있다"는 말이 그것이다. 그렇다면 이 시는
곧장 공포라는 예정된 귀결로 전개되어야 했을 것이다. 그런데 이
상하다. 갑자기 "이곳에는 생활이 없다"라는 문장이 끼어든다. 묘
하다. 아마도 시적 자아는 기의(극소량으로 인간을 죽일 수 있다)가
너무 비현실적이라고 생각했기 때문일 것이다. 정말? 그게 정말일
까? 나도 죽을 수 있다는 말일까? 그렇지는 않을 거야, 라는 무의
식이 개입한 것이다. 이런 질문과 대답들 속에 아무렇지도 않았던
독개구리의 등장은 공포의 느낌과 그럼에도 불구하고 말도 안 된
다는 느낌이 교차하는 이상한 상태로 변질된다. 아주 단순한 상황
이 제시되었지만 그 이상으로 깊은 층위의 감정 변화가 이 시를 변
화무쌍하게 만드는 것이다. 흥미로운 것은 이 순간 시적 자아의 지
시대상(현실)이 개입한다는 것이다. "이곳에는 생활이 없다"라는
문장은 단순히 독개구리의 기의를 부정하는 데에서 그치지 않고
시적 자아의 실제 생활 역시 최근 매우 비현실적인 느낌으로 지속
되었음을 희미하게 환기시킨다. 어째서 나에게는 생활이 없는 것
일까? 이것은 정말 사는 것일까? 나는 살아 있는 것일까?라는 질
문에까지 공백이 '확장'되는 것이다. 또한 이 문장은 심지어는 독
개리를 정말로 잡아온 것일까 하는 데까지 우리를 몰고간다. 하지
만 시적 자아는 태연하게 독개구리에게 오이를 준다. 오이를 먹지
않는 독개구리. 그다음 문장이 흥미롭다. "독개구리가 먹는 것은
산 것뿐이다"라는 되뇜. 그런데 이 말은 평범한 듯하지만 뒤에 펼
쳐질 상황에 대한 복선의 느낌이 강하다.

　이제 사위는 더욱 어두워진다. 시적 자아는 늘상 하던 것처럼 평

범한 일상의 일들을 반복한다. 머리를 감고 옷을 입고 의자에 앉는
다. 너무 평이해서 현실감이 없는 행동이다. 어두워질수록 시적 자
아가 있는 공간이 비현실적으로 변해간다고 할까? 상념의 한가운
데 문득 고개를 돌렸다가 시적 자아는 그것이 책상 위에 앉아 있는
것을 본다. "그것"이라는 말이 분명 독개구리를 가리키는 것일 테
지만 이상하게도 "그것"은 어둠 속에서 어떤 끔찍함의 총체성을 드
러내는 말처럼 들린다. 바로 이 순간 "나는 극소량의 공포를 느꼈
다"라는 문장이 불쑥 튀어오른다. 그렇다. 이것은 불쑥이라고밖에
말할 수 없는 순간이다. 동시에 선배 시인들의 장점이라고 할 수
있는 "목적 없는 수단"으로서의 언어 감각을 드러내는 문장이기도
하다. 결국 시적 자아는 아무렇지도 않게 기표(독개구리)를 들여왔
다가 기의(죽는다)를 깨달은 뒤 내면의 공포를 예감하지만, 자기의
현실을 되돌아보면서 뭔가 비현실적인 느낌으로 기표와 기의를 지
웠다고 할 수 있다. 그래서 기표와 기의는 사라진 것 같았다. 하지
만 사라졌던 기표는 잠재되어 있던 내면의 불안을 강하게 돌출시
키면서 애초의 공백을 더욱 거대하게 확장시키는 방식으로 되돌아
온다. 이 반복과 정지가 무서운 것이다. "극소량의 공포"는 분명 지
극히 현실적이고 객관적인 어휘이지만 애초의 기의를 뛰어넘어 닿
으려 해도 닿을 수 없는 언어의 심연, 세계의 심연을 드러낸다. "독
개구리가 먹는 것은 산 것뿐이다"라는 앞의 문장이 마지막에 얽히
면서 비현실적으로 죽어 있는 줄 알았던 내가 다시 살아 있는 존재
가 되고(독개구리의 표적이 되어버렸으니까), 그러나 곧이어 독개구
리에게 물려 다시 죽어버릴지도 모른다는 공포로 이어지면서 공백
은 이제 그 자체로 모든 질서를 파괴할 수도 있는 파국의 형상으로
다가온다. 황인찬은 "목적 없는 수단"으로서의 언어에 대한 감각을

기반으로 기의와 지시대상과 내면을 교차 충돌시키면서 조용하지
만 섬뜩한 장면을 구성해내었다. 스펙터클의 언어는 이렇게 극복
된다. 여기까지가 시이다.

언어게임의
발명자들

―박지혜·이제니의 시

시란 무엇일까? 멋진 질문이다. 대답하고 싶다. 어떤 식으로든 한 문장으로 대답할 수 있을 것 같다. 하지만 후기의 비트겐슈타인에 따르자면 이처럼 어리석은 질문은 없다. 예를 들어 '존재란 무엇인가', '아름다움이란 무엇인가' 묻는 대신 그러한 질문이 잘못되었다는 것을 밝히는 것이 철학의 임무라고 비트겐슈타인은 주장한다. 왜냐하면 이러한 질문들은 모두 존재, 아름다움에 대한 본질을 밝혀냈을 때 그것에 대한 '이해'가 가능하다는 잘못된 판단에 근거하고 있기 때문이다. 'E=mc^2'처럼 최소 법칙으로 이 세계를 설명하려는 과학적 방법론이 철학에도 적용될 수 있으리라 믿으며, 철학자들은 존재와 아름다움에 대한 '본질 규명'을 목적으로 삼는 우를 범하고 있다는 것이다.

게다가 본질, 그런 것은 애초에 '없다면' 어찌할 것인가! '존재'와 '아름다움'에 대한 질문은 원래부터 존재에는 어떤 의미가 있으며, 아름다움은 원래 거기에 그렇게 존재하고 있을 것이라는 '심각한 착각'을 불러일으킨다. 따라서 이러한 질문들 앞에서 우리는 우리가 본질이라고 믿는 것에 해당하는 실체를 가져다놓고 싶어 한다. 질문이 답을 '구성'하고 질문이 답을 '창조'한다. 없는 답이 생긴다. 생긴 것을 진짜 있다고 믿는다. 그것을 믿으며 우리는 살아간다. 이것이 존재고 이것이 아름다움이야! 하지만 그런 것은 없다. 언어가 구성해내는 환상일 뿐이다. 이제 철학을 비판하는 일은 언어에 대한 비판으로 넘어간다. 비트겐슈타인은 실체(본질)가 아니라 실생활의 개별적 '용례'에서 언어의 의미를 찾으려 한다. 지시대상(본질)이 '하나'라면, 개별 용례는 'n개'가 된다. '하나'는 없고 'n개'만 있다. 의미란 하나의 낱말에 대응하는 고정된 본질로 존재하는 것이 아니라 그 낱말이 실제 현실에서 사용될 때의 구체적인 맥락이나 상황에 따라 '가변적으로 결정된다'는 것이다. 플라톤주의라고 하는 서구 철학의 전통은 그렇게 무너진다. 이제 그는 이러한 '맥락'과 '상황'을 '언어게임'이라 지칭한다. 우리에게는 'n개의 언어게임'이 있을 뿐이다. 중요한 것은 언어가 "어떤 문맥에서 어떻게 사용되는가, 또는 어떠한 언어게임에서 사용되고 있는가에 주목"하는 것일 터이다.[1] 어렵고 복잡하다고? 맞다. 이 논의와 연관지어 생각해볼 수 있는 시들은 머리가 아프고, 따라가기가 쉽지 않다. 거의 매번 언어의 새로운 용례를 발명하기 때문이다.

무슨 말부터 시작할까 질경이부터 시작하는 게 좋겠다고 했다 투명한 유리병이 더 낫겠다고 했다 하얀 말을 따라가고 싶다고 했다 그냥 노래를 부를까 노래 따위를 부르느니 물속으로 들어가겠다며 발끝을 바라본다 몽환적이라는 말을 아느냐며 의자에서 일어났다 모든 말에 속고 있다고 했다

---

1   이상의 내용은 박병철, 『비트겐슈타인』, 이룸, 2003, 221~222쪽 참조.

차라리 일요일의 햇빛을 생각하겠다고 했다 무심한 지렁이를 생각하겠다고 했다 가벼움에 대한 얘기를 다시 하고 싶다면서 울먹였다 (…) 너는 담배를 입에 물고 그녀는 스타킹을 끌어올리며 다리를 뻗었다 쉬지 말고 계속 얘기를 하자고 했다 어제는 모순을 끌고 가는 아름다운 너를 보았지 오늘은 태양을 한없이 바라볼 거야 무언가 오래 바라보는 일은 자랑할 일이라고 모든 건 연민이라고 설명 없이 우겼다 비밀의 풀을 본 일이 있니 비밀의 풀이라는 표현이 싫다고 했다 (…) 털이 많은 동물을 상상하자고 했다 북극의 하지의 환한 밤을 상상하자고 했다 그런 건 혼자 하라며 화를 냈다 그럼 해 넘어가려는 하늘은 어떨까 물었다 서로가 닮아 있었다 드디어 그를 만나러 가아겠다고 했다 이제부터 입을 열지 않아도 좋다고 했다

-박지혜, 「시작」 부분(《현대문학》 2010년 11월호)

　본질은 없고 쓰임만 있는, 이 모호하고 균열되어 있으며 구멍투성이인 인간의 언어를 가지고 요즘 일군의 시인들은 새로운 언어게임의 발명에 몰두한다. 2010년 등단한 박지혜도 그렇다. 갑자기 말은 시작된다. "질경이" 그다음은 "투명한 유리병"이다. 다시 "하얀 말"이다. 전혀 맥락이 없다. 그것이 지시하는 현실의 사물과도 크게 관련이 없는 단어들이다. 단어가 호명되는 순간 실체가 뒤따라와야 할 것 같다. 보통의 시라면 그 실체를 확인하느라 멈추고, 성찰하고, 반성하고, 이미지를 덧붙이고, 부연설명하는 과정을 거칠 것이다. 하지만 이 시는 실체 확인을 위해 시간을 소비하지 않는다. 애초에 그런 건 없으니까. 그저 계속 전진한다. "노래를 부를까", 하자 다시 "노래 따위를 부르느니 물속으로 들어가겠다"는 말이 들린다. 앞서거니 뒤서거니 말과 이미지의 표면적인 연쇄만이 있을 뿐.

한 번 더 말하자. 시적 주체는 애초에 실체에 대한 기대가 없다. 아니다. 정말 그럴까? 이어 등장하는 "모든 말에 속고 있다"는 구절. 여기서 우리는 시적 주체의 언어적 자의식을 엿볼 수 있다. 말은 불투명하고, 말과 말은 결코 투명하게 만날 수 없다는 생각. 이쯤 되면 이 시는 (아마도 연인으로 보이는) 두 사람의 대화로 읽힌다. 우리는 시가 끝날 때까지 이 둘의 균열된 대화가 계속될 것임을 짐작하게 된다. 흥미롭다. 그러나 대화가 어긋난다는 사실이 흥미로운 것이 아니다. 그것은 익숙하게 보아온 관계 설정이고 예상 가능한 진행 방향. 언어회의주의자들이 자주 밟아나가는 노선이다. 생각해볼 것은 다음의 것이다. 이 계열의 시인들은 실제로 언어의 본질 획득을 포기했다기보다는, 그래서 본질에 대한 욕망이 없다기보다는, 오히려 포기할 수 없는 '본질'에 관한 욕망이 그 누구보다도 더 강하다고 말해야 하지 않을까?

고통은 바로 여기에서 출발한다. 실체가 있고 실체의 본질이 있으며, 이 본질을 설명하기 위해 그에 대응하는 말이 존재하는 것이 아니라 반대로 말이 본질을 '창조'하고 실체 구성을 '강요'한다는 서두의 지적을 다시 떠올려보자는 말이다. 이 모든 것을 한마디로 정리하자면 이렇다. 아무 말도 안 하면 고통이 없다! 시를 쓰지 않으면 고통이 없다는 말이다! 이 시 역시 마찬가지. "무슨 말부터 시작할까 질경이부터 시작하는 게 좋겠다고 했다"는 말을 애초에 꺼내지 않으면 된다. 말할 수 없는 것에는 침묵하면 된다. 하지만 이 시인은 계속 말한다. 이들에게는 그것이 질경이든, 투명한 유리병이든, 말을 하기 시작하는 순간부터 본질을 꿈꾸게 되고, 그런 것은 없다는 자각이 찾아오고, 자각은 고통을 불러오고, 공허해서 더욱 말하게 된다. 유일한 치료방법은 침묵하는 것이지만 그럴 수는 없다. 왜냐하면 역설적으로 침묵하면 공허가 안 생기고, 공허가 없으면 욕망이 안 생기고, 욕망이 없으면 고통이 없고, 고통이 없으면 살아 있다는 자각이 생기지 않기 때문이다. 언어를 쓰는 것은 고통이지만 그것을 통해서만이 인간이 자신의 욕망을 자각하고 비로소 살아나갈 수 있다는 것. 이점이 중요하다. 살아 있다는 느낌이 사라지면 안 된다는 것! 살아 있다는 느낌은 사실 상당 부분 '고통'에서 온다는 것! 이것이 바로 언어를 쓰는 자들의 비극이다.

그래서 흥미롭다는 말이다. 이 계열의 시들은 바로 이런 언어의 조건을 수시로 떠올리게 만든다. 아주 근본적인 조건 말이다. 아무리 해도 내가 가진 언어와 너의 언어가 투명하게 소통하지 못할 것을 '인정'한다면 물론 언어의 유희로 나갈 수 있다. 우리가 익히 알고 있는 오은의 어떤 시들은 분명 이 대목에서 유쾌한 탈주를 보여준다(첫 시집의 「말놀이 애드리브」 같은 시를 보라). 하지만 박지혜는 그렇지 않다. 같은 계열이지만, 언어의 근본한계를 결코 '인정하지 않는다'. 그래서 유희 대신 슬픔이 들어찬다. "무심한 지렁이"를 떠올렸다가 "가벼움에 대한 얘기를 다시 하고 싶다면서 울먹"인다. 관계의 균열에서 오는 심각함과 무거움을 받아들이기 힘들어 하찮은 지렁이 따위를 떠올려보지만 아무리 해도 견디기가 힘들어 결국 눈물을 흘린다. "무심한 지렁이"라는 말이 '무심하지 못한 자신'을 자꾸만 자각시키기 때문이다. 여기서 잠깐.

벌컥 화를 내고 돌아서면 되지 않는가? '너'와 갈라서면 되지 않는가. 그러나 시적 주체는 '너'를 포기하지 못한다. 그래서 "무언가 오래 바라보는 일은 자랑할 일이라고 모든 건 연민이라고 설명 없이 우겼다"는 말이 가능해진다. 이렇게 보자면 언어의 새로운 용례를 개발해내면서 반복되는 언어게임에 몰두하는 이 시인은 보통의 시인들보다 더욱 강력하게 본질에 대한 욕망을 갖고 있으며 실체에 대한 욕망을 갖고 있다고 다시 말할 수 있다. 없는데, 없는 그것을 자꾸만 찾으려고 한다.

이 시에서도 시적 화자는 새로운 언어의 용례를 만들어낸다. "비밀의 풀을 본 일이 있으니 비밀의 풀이라는 표현이 싫다고 했다"는 문장은 어떤가. '비밀의 풀'이 현실 세계에 존재할 리 없지만 '비밀'과 '풀'을 결합시켜 '비밀의 풀'이라는 말을 만들어내는 순간 그것은 이 세상 어딘가에 존재해야 할 것만 같고 실체에 대한 욕망은 더욱 강화된다. 욕망이 시를 만든다. 이 은밀한 영지주의(靈智主義)가 이 계열의 시 밑바닥에 흐르고 있다. 그래서 이들 시는 신비롭다. "비밀의 풀" 따위는 존재하지 않는 것이니 고통스러운 것이고 (그래서 신비롭고), 그래서 시적 화자는 이 표현이 "싫어"진다. 텅 빈 기표를 만들어 채워질 수 없는 자신의 허기를 계속 환기하는 방식. 그것을 통해 살아 있음을 계속 확인하는 방식. "북극에 가는 건 어떻겠냐고 들뜬 아이처럼 말했다"는 문장도 마찬가지이다. "털이 많은 동물"도, "북극의 하지의 환한 밤"도 모두 손에 닿을 수 없는 먼 곳의 텅 빈 기표로 제시된다. 본질이 없음에도 불구하고 오히려 본질을 환기시키는 낯설고 이국적인 낱말과 어휘와 문장을 계속해서 만들어냄으로써 역으로 이 시는 우리에게 지속적으로 '본질과 실체'를 떠올리도록 요구한다. 이 구멍이 우리를 아프게 한다. 그리하여 "드디어 그를 만나러 가야겠다"고 했을 때, 이 말은 영원히 그 완전한 본질로는 만날 수 없는 너에 대한 절망의 표현이기도 하면서 어딘가에 있을 너를 포기할 수 없다는 고백이 되기도 한다. 더나아가 분열된 너를 결코 용납할 수 없다는 아픔의 표현이기도 하다. 슬픔은 되살아나고, 이 슬픔은 (역설적으로) 또 다른 단어를 발명하는 힘이 된다. 공허의 순환이라고 해야 할까? 인간은 그런 방식으로밖에 존재할 수 없다는 것을 이들은 지속적으로 환기시킨다. 따라서 끝(본질)은 없고 언제나 시작(반복)만이 있을 뿐이다.

이 슬픔을 따라가면 고아의 해변

늙고 병들고 지친 마음이 내 얼굴을 오히려 더 젊어 보이게 합니다. 어둠 속에서 써내려간 글자들을 읽으려고 종이 위에 두 손을 올려놓고 종이의 질감을 만져보았습니다.

종이는 울고 있었습니다.
심장은 손가락과 연결되어 있었습니다.

삼각형 사각형 오각형 아름다운 도형들이 마음을 어루만진다.
뾰족한 것들이 나를 위무한다. 삼각형의 넓이를 구하는 공식이 사각형의 넓이를 구하는 공식보다 더 아름답게 느껴지는 이유는 무엇입니까.
(…)
결국 어미 없이 혼자 서 있는 말
고아의 해변에서 고아의 말을 내뱉으며
혼자 울면서, 울면서 혼자 달려가는 말

나에게 나를 보여주지 마세요
거울과 거울과 거울 속에서
무엇을 바라봐야 할지 몰라 나는 달렸습니다.
(…)

달이 점점 줄어들고 있습니다.

바다의 물결이 더 큰 진폭으로 울고 있습니다.

텅 빈 조개껍데기에서 소리 없는 말들이 흘러나옵니다.

이 말들을 따라가면 다시 고아의 해변으로

─이제니, 「고아의 해변」 부분 (《문학과사회》 2010년 가을호)

이제니의 첫 시집 『아마도 아프리카』(창비, 2010)에는 닿을 수 없는 세계의 본질을 환기시키는 수많은 단어가 등장한다. 페루, 분홍 설탕 코끼리, 독일 사탕 개미, 요롱이, 두이, 코다, 뵈뵈, 카리포니아, 아움, 미리케 등등 시집을 펼쳐 순서대로 몇 개만 옮겼는데도 금세 열 개를 채운다. 모두 현실의 실체 혹은 본질과는 상관없는 단어들이며 시 속에서는 다른 맥락의 규칙 속에서 재탄생된다. 그러나 역시 기저에는 자신이 내뱉는 언어가 어떤 식으로든 이 세계를 제대로 반영해내지 못할 것이라는, 시적 주체의 절망이 숨어 있다. 따라서 이제니에게도 새로운 단어의 발명은 새로운 언어게임의 발명과 상통하고 그러한 작업을 통해서만이 그녀는 자신이 살아 있음을 감각한다. 시 본문을 먼저 쓴 뒤에 제목을 붙이는 시인과, 제목을 쓴 뒤 시를 쓰는 시인이 있다면 이제니는 아마도 후자에 속할 것 같다. 즉 그녀의 시는 주로 출처를 쉽게 짐작할 수 없는 이국적인 낱말을 끌어들이거나 익숙한 몇 개의 낱말을 조합해 새로운 어휘를 만들고 이들이 불러일으키는 상념의 연쇄를 따라가면서 낯선 시공간을 펼치거나 초현실적인 상황을 만들어낸다. 그러면서 감정의 움직임을 기하학적 언어와 관념어로 추상화시키는 독특한 작법을 선보인다. 철학에서 시로 가는 것이 아니라 시에서 철학으로 간다. 결국에는 자신이 만들어낸 낱말과 어휘의 본질에 도달하지 못한다. 그 때문에 외롭고, 그 때문에 고통스럽다. 자신이 만들어낸 언어게임 속에서 그녀는 고통스럽지만, 고통스러운 채로 살아 있음을 느낀다.

위의 시 역시 마찬가지이다. 고아(Goa)는 원래 인도 남서부의 대표적인 휴양도시 이름이다. 1960년대 후반부터 1980년대까지 고아는 히피들의 낙원이었으며, 특히 고아 남부 쪽 해안은 지금도 원시의 정취를 느낄 수 있는 아름다움을 그대로 간직하고 있는 것으로 유명하다. 그러나 이제니에게 그런 실체는 받아들여지지 않는다. 그녀는 '고아'라는 '단어가 만들어내는 균열과 구멍'에 집중할 뿐이다. 고아라는 말이 내뱉어지는 순간 그녀의 시적 주체는 자기도 모르는 사이에 부모 없는 아이의 심연과 슬픔을 따라가는 여행자가 된다. 세계는 오히려 하얗게 지워지고 고아라는 말이 종이 위에 쓰였을 때 찾아오는, 이 설명할 수 없는 사무침에 고통스러운 울음을 운다. 실제 고아가 눈앞에 있는 것은 아니지만 그 언어가 환기시키는 실체가 눈앞에 펼쳐진 것처럼 환상의 여행은 계속된다. 고아의 해변은 이상한 뉘앙스로 반짝인다. 마치 고아들이 해변을 따라 모래알처럼 떠돌고 있을 것 같은 세계, 분명 현실에서는 없지만 혹 있을 것만 같은 그런 세계. 언젠가 우리가 만났을 것 같은 그런, 너무나 외롭고 고통스러운 세계. 언어가 만들어내는 세계.

이제니는 슬픔이 흘러넘치려고 할 때, 기하학을 도입한다. 삼각형, 사각형, 오각형의 도형으로 감정을 제어하고 정돈한다. 더욱 뾰족하게 자신을 추상화시킨다. 단어가 반복되고 문장이 반복되고, 그리하여 이것은 독특하게도 '추상적 슬픔', '기하학적 슬픔'이라고 하는 독특한 개성을 만들어낸다. 하지만 이것은 어디까지나 이미지나 서사의 창조로 만들어내는 환상이 아니라 언어로 만들어내는 환상. 환상의 슬픔이다. 그래서 비현실적이지만 동시에 그래서 인간 보편의 감정을 건드린다. 이제니의 슬픔은 언어에 본질적으로 내재하고 있는 슬픔인 것이다. 따라서 "슬픔을 따라가면 슬픔의 끝이 나옵니다/슬픔의 끝을 따라가면 더 깊은 슬픔의 끝으로"라는 구절은 언어의 심연을 찾아가는 기나긴 여행을 형상화한 기록이 된다. 결국은 본질에 도달하지 못하고, '고아'라는 단어가 불러일으키는 본질은 지속적으로 환기되면서 이 여행은 그 말미에 이르러서도 "이 말들을 따라가면 다시 고아의 해변으로" 갈 수밖에 없는 무한한 반복의 여행이 된다. 고통과 공허는 다시 시작된다.

언어를 통해 변하는 않는 본질, 절대적 아름다움으로서의 본질, 순수한 행복으로서의 본질이 역으로 발명되기에 이런 계열의 시는 언제나 동어반복에 친숙하다. 더 나아가 시적 화자는 여행자의 포즈를 취하게 되고, 육체보다는 정신에 몰두하여 일종의 정신적 신비주의를 지향하기도 한다. 차라리 언어의 근본 조건, 그 불완전함, 그 한계를 있는 그대로 인간의 조건으로 받아들이면 어떤가. 하지만 이 계열의 시인들에게 그것은 불가능한 일이다. 이들은 언어의 원칙주의자들이고, 근본주의자들이기 때문이다. 이미 구멍 난 언어를 구멍 안 난 것처럼 받아들이고 아무렇지도 않게 사용할 수는 없는 것이다. 이 순결함이 이들의 힘이다. 그렇다면 이제 이 계열의 시인들은 역설적으로 너무나도 순수하고, 너무나도 윤리적인 사람들이라고 바꿔 부를 수도 있을 것이다. 그래서 가끔은 숨이 막히고 건조한 것일까.

어둠의 진정한
얼굴

— 김석환,『어둠의 얼굴』

1. 순수하고 인간적인 지향성

일상의 삶을 반성적으로 회고하며 순수한 마음을 끝까지 지켜가려는 태도는 김석환의 시를 지탱하는 원리이다. 특히나 그는 쉽게 놓칠 수 있는 삶의 세세한 풍경을 포착하여 선하면서도 아름답게 그려낼 줄 안다. 또 인간적 정취가 물씬 묻어나는 이야기를 소박하지만 감동적으로 전달할 수 있는 솜씨를 지니기도 하였다. 뒤뜰 장독대, 요란하게 크지는 않지만 오래 그 자리를 지키며 존재해 왔던 묵은 질독처럼, 그 빛처럼, 은근하면서도 오래가는 성량과 믿음직스러운 행보로 그는 오랜 세월 시에 투신해 왔다.

『어둠의 얼굴』(푸른사상, 2011)은 김석환 시인의 다섯 번째 결실이다. 네 번째 시집 이후 7년간의 세월을 차곡차곡 묶어낸 이 시집에서는 무엇보다도 '어둠'의 존재감이 두드러진다. 그러나 그가 이야기하는 어둠은 빛과 대비되는 의미로서의 단편적인 어둠에 그치지 않는다. '어둠'은 존재의 비밀이 숨어 있는 '진실의 영역'임과 동시에 쉽게 인정할 수 없는 '두려움의 그늘'이기도 하다. 일상 속에서 지속되어왔던 '어둠'에 대한 관심이 바로 '어둠의 얼굴'이라는 이번 시집의 제목을 불러온 것으로 보이지만 실제로 이 제목을 단 시편은 시집에 존재하지 않는다. 보이기는 하지만 만질 수는 없는 어둠의 속성을 증명이라도 하려는 것일까. '어둠의 얼굴'은 시집 전반에 비밀스럽게 흩어져 있다. 짙은 안개처럼. 안개의 선명한 물방울처럼.

2. 두려움의 그늘

어둠과 관련지어 먼저 눈에 들어오는 시편은 바로 「습관」이다. 이 시에서 그가 모두 잠든 자정, 온통 어두움으로 휩싸인 아파트 놀이터에 홀로 나가 서성이는 장면은 인상적이다. "전화벨이 몇 번 울리다 그친 자정/너머 아파트 놀이터에 나가//고흐네 해바라기 밭에 들어가 서성대다가 몰래/종지기 아동문학가 권정생/비좁은 사택, 댓돌 위 낡은 신발이나/신어보다가, 변방지기 두보 씨 높은 망대를 넘보다"에서 알 수 있는 바와 같이 뛰어난 동화작가임에도 불구하고 평생 작은 시골 교회의 종지기로 소박한 삶을 살다가 간 권정생, 아들의 아사(餓死) 이후 당나라 말기의 피폐했던 시대를 시로 담아내다 객사한 시인 두보를 생각할 때, 혹은 살아생전 그토록 열렬하게 그림을 그렸지만 단 한 편의 작품만을 팔았을 뿐, 평생을 외롭고 가난하게 살다가 떠난 인상주의 대표 화가 고흐를 기억해 낼 때, 이 자정의 서성임은 표면적으로는 고요하나 실상 얼마나 격정적인가. 시인이 떠올린 사람들은 모두 가난하였지만 평생을 자기 혼을 바쳐 예술을 위해 투신하였던 예술가이다. 바로 여기에서 김석환 시인의 예술가적 지향과 열망을 읽어낼 수 있다. 그러나 자정의 서성거림에는 또 다른 어둠이 스며들어 있으니 "도둑고양이 눈에 푸른 불 켜고/쓰레기 봉지를 뒤지는 소리에, 앗!/현금도 카드도 신분증도 운전면허증도 영수증도/열쇠 꾸러미도 명함도 모두 무사하구나"라는 부분이다. 도둑고양이의 갑작스러운 등장에 소지품 먼저 확인하는 스스로를 자각한 순간, 이 짙은 일상의 그늘은 얼마나 무겁고 쓰라린가. 다 버리고 가도 도달하기 힘든 세계를, 지금 당장 호주머니 안의 몇 가지도 뺏길 수 없다는 무의식적 행동이 방해하고 있는 것이다. 그의 시는 짧고 단아한 문장과 서정적이면서도 정확한 비유를 근간으로 하고 있기에 결코 쉽게 흥분하는 법이 없지만 이런 순간에 찾아오는 "무엇을 잃었느냐고 찾고 있느냐고/정말 무사하냐"는 반성은 똬리 틀고 있던 우리의 허위의식을 파적(破寂)하고 솟구치며 평점심을 흔들어놓는다. 예술가적 삶을 지향하면서 그에 따르는 삶의 그늘과 어둠까지도 명백히 감당할 수 있으리라고 믿었던 한밤의 사색이 일상에 예속된 삶의 그늘, 그 두 번째 어둠에 맥없이 무너지는 것이다. 따라서 '무엇을 잃어버렸고 무엇을 찾고 있느냐'는 자문은 삶의 근본을 다시 찾아나서게 만드는 준열한 질문이 된다.

같은 맥락에서 「그 얼굴」과 「어둠에게」는 '어둠의 얼굴'이라는 이번 시집의 제목을 둘로 쪼개놓은 것 같은 시편들로 읽힌다. 그런데 이 두 편은 여타의 시들과는 달리 안정적이고 소박한 현실 풍경에 대한 포착보다는 불안하고 두려운 심정이 만난 낯선 풍경을 형상화하고 있기에 독특하다. 특히 이 시들은 이번 시집에서는 드물게 산문시의 형식으로 씌어져 있는데 "그는 나를 포박하여 천지

사방 끌고 다니다 아침마다 거울 앞에 세운다 폐가처럼 무너뜨린
다 키운다//내 주적이요 분신인 생명부지 그 얼굴"(「그 얼굴」)과 "늘
허기진 내 배 속으로 몰려들어 대장균처럼 빠르게 번식하는, 원색
을 모두 숨기고 빛을 빛이게 하는, 나를 살찌우고 체온을 지켜 주
는 기름진 일용할 양식아, 자다가 손을 뻗으면 늘 가까이에서 마주
잡는 피할 길 없는 네 손, 한 번도 가 본 적 없는 너의 먼 고향으로
언젠가는 나를! 이끌고 갈"(「어둠에게」)이라는, 예외적으로 격앙된 구
절을 엮어서 읽어본다면 '어둠이라는 그 얼굴'에 대한 시인의 강한
적개심을 읽기는 어렵지 않다. 분명한 것은 '어둠의 얼굴'이 적개
심을 불러일으키기도 하지만 동시에 '어쩔 수 없이, 피할 도리 없
이, 나를 지탱하고, 움직이고, 살아가게 하는 존재'이기도 하다는
사실이며 이를 시인이 인정하고 있다는 점일 터이다. 그렇다면 이
'어둠의 얼굴'이야말로 모든 인간의 상징계적 삶을 유지시키는 '욕
망'이라 불러 마땅하지 않겠는가. 욕망이 빚어낼 결말을 뻔하게 알
고 있지만 욕망의 연쇄적 사슬에 들어가야만 비로소 주체로 살아
갈 수 있음을 시인은 이미 간파하고 있다. 따라서 그가 "아픈 곳이
많아서, 없어서/잠이 오질 않는다/(…)/이승에서 저승으로 가는/그
가벼운 날갯짓, 미완성/노래의 절정"(「절정」)이라고 말할 때, 아련하
게 그 경계를 넘어서려는 시도가 종국에는 실패하고 말 것임을 알
고 있는 자의 허무가, 여기에는 있다. 결말을 알고 있지만 견디어
야 하는 삶처럼 순수한 예술혼과 일상적 욕망의 경계에서 흔들리
고 갈등하는 일은 '꿈결 같은 미완의 날갯짓'이며 '두려운 그늘' 속
에 잠기는 일과 다르지 않기에 이 어둠은 쉽게 사라지지 않는 것
이다.

3. 진실한 어둠

시인이 어둠에 대해 말할 때, 여기에는 또 다른 계열의 힘이 작동한다. 김석환 시인은 시집 말미에 실린 '후기'에서 "나는 진정한 나를 어둠 속에 버려두고 살고 있을 뿐만 아니라 내가 찾고자 하는 빛은 늘 어둠에 가려져 제 얼굴을 다 보여주지 않는다. 흙길을 걸으며 거둔 시의 열매들 속에 그 어둠의 참된 얼굴, 생명의 빛이 살아 있으면 오죽이나 좋으련만 아직도 내 눈은 너무 어둡다. 빛이 밝아올 때까지 날마다 거듭나기 위해 외진 길을 더 걷고 걸어야겠다."라고 밝힌 바 있다. 일상인으로서의 평균적인 삶을 지속하는 자신은 어딘가 가짜인 것만 같고, 더욱 진실하고 아름다운 모습은 자신이 쉽게 발견하지 못한 어둠, 풍경의 배면에 깃들여 있다는 생각이다. 이러한 성찰을 근간으로 '어둠'의 또 다른 측면이 작동하고, 바로 여기서 그의 '일상시'는 빛을 발휘한다.

나이도 고향도 모른 채 떠돌다

마을로 굴러들어와 뿌리내린 칡뜨기

만수네 외딴집 허물어진 터에

갈수록 극진해지는 백일치성

돌림병에 죽은 아이들 주검 지게에 지고

뒷산 가시밭길 헤치고 넘던 벙어리

마을 대소사 뒷설거지 도맡아 하고

한 잔 술에 만월 같은 웃음을 흘리던

마을 상머슴 만수가 생전에 못한 말

에미소도 송아지 울음도 사라진

골목마다 흘러 넘친다

-「목백일홍 한 그루가-만수를 추모함」 부분

목백일홍의 선연한 분홍빛을 지켜보며 그 옛날 가난한 시골 마을에 흘러들어왔던 '만수'를 추억하는 이 시는 김석환 시인의 시선이 주로 어디에 머물러 있는지를 잘 보여준다. 그는 주로 멀쩡하게 빛나고, 명백하게 성공적이고, 두말할 나위 없이 정상적인 사람이나 풍경보다는 이처럼 어딘가 모자라고, 연약하게 흔들리고, 상처받아 기울어 있는 사람이나 풍경에 더 지극한 애정을 드러낸다. 여기가 바로 김석환 시인의 또 다른 어둠이며 또 다른 그늘이다. 인용시 역시 가장 낮은 자리에서 힘든 일을 마다하지 않았던 한 순진하고 순박한 사내를 다시 우리 앞에 데려다놓는다. 속절없이 흘러버린 시간과, 무람없이 그를 잊어버린 세상에 대해 탄식하며 자기 욕망을 건사하기도 바쁜 이 세상에서, 자신을 희생하여 남의 기쁨을 만들어내는 낮은 자의 형상을 되살려내는 것이다. 낮은 자가 만들어내는 삶의 지극한 순간들. 이 낮은 자의 자리에 신성이 개입할 때 그의 시는 종교적인 향취를 뿜어내기도 한다. 김석환의 시에는 바로 이런 어둠과 그늘에 대한 애정 어린 포착이 있다. 그것은 아마도 "사금을 일어 보릿고개 넘던/가난뱅이 내 아버지"(「칭다오 여담 · 16-밤, 아침을 마련하며」)나 "어머니 앞치마처럼 누덕누덕 삭은 껍질"(「어떤 소멸」)과 같은 문장에서 알 수 있듯이 물려받은 것 하나 없이 험한 세상을 홀로 살아와야 했던 그의 삶에서 기인한 것일 터이며, 그 와중에서도 늘 어려운 사람들 돌보기를 주저하지 않았던 시인의 이력이 만들어낸 가장 진실한 공감에서 우러난 우애의 결과일 터이다. 그래서 "눈먼 바람이 침실 넘보는 밤/벽장 속에 밀쳐

둔 양은냄비/아버지 부끄러운 유품 닦는다/시모노세키 조선공장 징용자 기숙사에서/묽은 죽 몇 모금에 눈물로 간을 맞춰/냄비보다 깊어지는 허기를 달래던 조센진/(…)/하얗게 살아나는 당신의 침묵"(「냄비를 닦는다-선친 25주기를 맞아」)이라고 그가 말할 때, 아버지의 유일한 유품인 양은 냄비를 닦는 제삿날의 풍경은 어쩌면 이토록 아련하게 심금을 울리는 것인가. 자신의 어둠과 그늘을 타인의 어둠과 그늘에 밝은 이타적 심성으로 전환하는 그의 능력은 가을 산에 등산을 갔다가 문득 외진 등산로에서 홀로 펄럭이는 플래카드를 발견한 순간에도 드러난다. "-개인 파산·회생 도와드림/-오래 묵은 빚 받아 드림/산자락에 선명한 주홍 글씨/어느 무너진 영혼을 위해/펄럭이는 암구호일까"(「가을 암구호」)와 같은 구절이 바로 그러한데, 삶의 어둠에 깊이 물들어본 사람만이 그 깊은 산속에 펄럭이는 플래카드를 보고 "어느 무너진 영혼"을 떠올릴 수 있을 터이다. 덧붙여 이런 풍경은 어떠한가. "배가 고파 죽겠다/손을 내미는 낯선 사내, 누가 볼세라/지폐 몇 장 쥐어 주고 돌아섰다/죄라도 지은 양 거듭 머리 꾸벅이며/눈물을 글썽이며 돌아서는 함경도 말씨/등이 한반도처럼 굽어 있었다"(「칭다오 여담·7-어떤 만남」) 바로 이 순간 우리는 진실은 어둠 속에, 사랑은 그늘 속에 있다고 말해야 하리라.

물론 낮은 곳, 바로 진실한 생이 깃들여 있는 그늘을 찬찬히 살피는 그의 손길이 지극한 것은 사실이지만 늘 애잔하고 어둡기만 한 것은 아니다.

흙먼지 푸석거리는 가문 날 양수리 산골
열 평 밭을 빌어 몇 차례 씨앗을

다시 뿌리다 내가 웃고

첫 수확을 하여 나눠주니

웃기게 생겼다 이웃들이 웃고

타이어 값이나 빼겠느냐 아내가 웃고

가계에 보탬이 되겠느냐 딸애가 웃고

(…)

상치 쑥갓 열무 시금치는 뿌리 밑에

벌레들이 간지럽힌다 파랗게 웃고

개구리들이 숨어 시를 읊다가 웃고

구름이 흘러가다가 웃고

-「실소(失笑)」 부분

주말농장에서 캐온 첫 수확은 마트에서 살 수 있는 상품처럼 매끈하지 않다. 하지만 그러면 어떻겠는가. 어딘가 모자라고, 들쑥날쑥한 모양을 가진 수확물들은 오히려 농약을 치지 않은 자연의 생명력을 연상시키면서 원초적인 즐거움을 선사한다. 가공된 생명이 아니라 살아 있는 생명을 직접 만났다고 믿은 사람들은 그 심정을 "웃기게 생겼다"고 표현한다. 농사꾼으로 치자면 참으로 게으르다 타박받을 만한 일이지만 억지스러운 가공 없이 제 모자람을 보여주는 이 사건은 시인의 소박하고 털털한 성정과 일상이 결합되어 탄력 있는 즐거움을 선사한다. 수확물을 나누어 먹는 시인의 넉넉한 마음이 배경이 되어 마지막에는 지상의 모든 생명이 동시에 웃음을 짓는 동화적이고 화평한 풍경이 만들어지는 것이다.

4. 어둠의 완성

어둠은 그늘이기도 하며, 다시 벗어날 수 없는 욕망의 실체를 표현
하는 말이기도 하였다가 물리치기 힘든 일상의 중력을 보여주기도
하였고, 사물의 진실과 배면을 가리키는 말이기도 하였다가 시인
의 몸에 물들어 가장 낮은 자리의 생명현상에 애정을 공급하는 힘
이 되기도 하였다. 이번 김석환의 시집은 바로 이처럼 다양한 어둠
의 실상을 과장 없이 진실하게 담아낸 시집이라고 할 만하다.

옥수숫대 마른 뼈 서로 기대고
묶인 채 눈밭 속에 잠이 깊은 마을
버스로 댓 시간 흙길 시오 리 길
웨이팡시구(潍坊市區) 양가촌(楊家村)에 닿았다
늙은 암소 늦둥이 송아지에게 젖 물리고
지평선을 되새김질하고 있었다
오욕칠정 우거져 출렁이던 평원
태초인 듯 종말인 듯 눈에 덮여 있었다
청도대학 한국어과 여학생의 부모
흙 묻은 손으로 연신 녹차만 따라 주었다
우리네 침묵보다 더 깊은 찻잔
속에서 모람모람 김이 피어오르고
붉은 기와집 처마 끝에 고드름
몰래 길어 가는 하오
사람의 만남에 무슨 말이 필요하냐
바다를 건너온 나그네에게 까치 떼만

억센 사투리로 인사를 건넬 뿐

잃어버린 유년의 일기장 행간 같은 골목

낯선 발자국을 지우며 폭설 내리는데

폐교가 된 인민소학교 개조하여

문을 연 개신교회 정문에 선명한

聖誕祝賀 天主降臨

-「칭다오 여담 · 19-양가촌(楊家村)에 가서」 전문

여러 시편들 중에서도 위의 시는 김석환 시인이 꿈꾸는 이상적인 세계를 곡진하게 보여주고 있다. 풍경에 머무는 시선은 따스하고, 간절함은 넉넉하게 승화되어 있다. 새로운 가족의 탄생 장면이 인간을 구원하러 이 땅에 오신 예수의 탄생일과 겹치면서 아늑한 기쁨을 선사한다. 군더더기 없이 배치된 문장과 잘 선택된 이미지가 그야말로 평화롭고 행복하게 결합한 인용시를, 읽고, 한 번 더 읽었을 때, 진중한 아름다움은 소리 없이 우리 곁에 내려와 있다는 것을 알게 된다. '어둠'은 '하오의 백설'로 뒤바뀌고, 폭설은 더 깊어지면서 마침내 지상의 유일한 평화가 내려온 것 같은, 꼭 그럴 것만 같은 이 순간, 우리는 '어둠의 얼굴' 마지막 퍼즐을 끼워 맞춘 셈이다.

그 여자의
마지막 로맨스

― 정끝별 작품론

그러나, 그리하여, 그럼에도도 불구하고, 알고 있으면서도 포기할 수 없는 질문은 어째서 우리 삶은 마지막 로맨스의 영원한 '계속'으로 이어질 수 없는 것일까 하는 것이다. 떼꾼한, 뻘쭘한, 보타진. 『와락』(창비, 2008)이라는 한 시집에 들어 있는 이러한 형용사들은 어떻게 해석해야 할까? 이것은 더없이 일상적이어서 부모에게서 물려받은 맨살의 언어라는 인상을 주기에 충분하다. 사실 정끝별의 시는 '몸'과 '밥'에 무척 예민한 시라고 할 수 있다. 생활 세계의 혁신과 향상을 위하여 대의를 추구한다는 자들이 그 과정에서 오히려 삶의 현장을 외면하고 중력에서 자유로워지려고 하는 이율배반적인 태도를 드러낼 때 겪을 수밖에 없는 당혹감. 이 당혹감에 공감하는 자는 '거두어 먹이는 자'이고 공감하지 못하는 자는 '차려진 밥상을 받는 자'일 것이다. 손쉽게는 그 이름을 어미와 아비로 칭할 수도 있겠다. 하여 아비들은 너무 철이 없고 어미들은 너무 철이 들었다. 이처럼 어미의 입장에서, 어떠한 환상도 없이, 곤궁한 생활세계의 '몰골'(그렇다. 몰골이라고밖에 표현할 수 없을 만큼,

정끝별의 어떤 단어들은 너무나 현실적이어서 가슴 아프지 않은가? 그야
말로 "허리띠가 남아도는 슬픔"이지 않은가?)을 그대로 드러내는 정끝
별의 단어들은 힘이 세다. 힘이 세서 아무런 망설임도 없이 신비의
세계에서 우리를 끌어낸다. 평범한 생활세계의 좌표에서 자유로
운 사람은 없다. 냄새나고 아프고 말라버린 곳. 때로는 밥과 몸의
'논리'가 그 어떤 '가치'보다 우위를 차지하는 곳. 따라서 시적 자
아가 "저 무궁, 뜨겁다//밥"(「까마득한 날에」, 『와락』)이라고 말할 때, 이
것을 시 한 편으로만 읽을 때는 관념의 직접적 누설에 가깝다. 그
러나 정끝별 시의 전체 맥락에서 되새겨보자면 이 시는 '밥'이라는
가장 절실한 한마디를 어떠한 왜곡과 간섭도 없이, 가장 일상적인
방식으로 힘 실어 내뱉기 위해 씌어진 것으로 해석할 수 있다. 이
시의 '밥'은 정말 이상하게 힘이 느껴진다. 또한 시적 자아가 "세상
참, 떼꾼한 크리스마스 또 돌아왔네"(「크리스마스 또 돌아왔네」, 『와락』)라
고 중얼거릴 때, 이것은 '떼꾼한'과 '크리스마스'의 낙차처럼, 크리
스마스에도 두 딸을 데리고 홍대 앞 카페에 갈 수밖에 없는, 거두
어 먹이는 자의 현실과 잃어버린 환상의 낙차가 만들어내는 삶의
한 면목이라고 기억할 만하다.

　이때 반드시 만나는 시가 바로 「막고 품다」(『와락』)라는 시이다.
아버지도 어머니도 평범한 삶을 '파'하고 싶었으나 결국 '막고 품
어'서 일가를 이루었다는 이 시의 전언은 정끝별 시의 윤리가 출
발하는 지점이다. 부모가 막고 품었기 때문에 시적 자아가 존재할
수 있었다고 한다면, '막고 품는 것'은 단순히 붙박이의 삶을 지시
하는 어법 전환에 그치는 것이 아니라 '나'라는 존재를 가능케 하
는 필수적인 생존근거로 폭을 넓히는 셈이다. 우리는 모두 그렇게
살아왔고 그렇게 해서 지금이라는 시간에 존재할 수 있다……. 정

끝별의 시적 자아도 남자를 만나고 아이를 낳아 일가를 이룬다. 이제 그녀도 막고 품어야 한다. 거두어 먹여야 한다. 이것이 한 가족의 어미로서 그녀가 지켜야 할 윤리이다. 그러나 일가의 한 축이라고 할 수 있는 남자가 파업 중(「당신의 파업」, 『와락』)이라는 사실에 그녀는 좌절한다. 남편은 일신에 들이닥친 불의와 폭력에 저항하고 끝내 회복하고 싶은 정의를 위하여 또다시 네거리로 나가지만 "간다면 당신은 어디를 간단 말인"(「또다시 네거리에서」, 『와락』)가? 결국 남겨진 일가를 건사하고 "아이들 저녁밥 챙기고 분리수거"를 하는 사람은 역시 시적 자아이다(「또다시 네거리에서」, 『와락』). 지루하지만 힘이 센 일상이여. 이토록 이기적인 아비들이여. 따라서 정끝별의 시가 정치사회적 문제와 접속될 때 드러내는 의심과 냉소와 그래도 이해하려는 노력과 공감과 억울함은 특별히 흥미롭다. 여기에는 신비가 끼어들 자리가 없고 심미성도 없다. '사랑'의 영역에 정끝별 시의 파토스가 집중된다면 여기에는 훨씬 못 미치지만 '몸'과 '밥'이라는 일상의 영역에도 어느 정도 파토스는 고이기 마련이고, 그래서 일상은 시인에게 생생한 지혜와 넉넉한 위로의 공간이 된다. 시적 자아는 천진한 어린아이의 어법으로 슬픔과 격정을 다스리기도 한다. 그러나 정치사회적 영역에서 시적 자아는 주로 대상과 거리를 두고 이리저리 자신의 내면을 드러낼 언어를 찾기 위해 욕망과 검열의 사이를 힘겹게 꿈틀거린다(「당신의 파업」, 『와락』). 뿐만 아니라 어떤 경우에는 담담하게 사건의 경과를 기록하는 것으로 자신의 역할을 제한(「일톤 트럭」, 『와락』)하기도 하는데 존 파울즈의 소설 『프랑스 중위의 여자』에서 모티브를 얻은 것으로 보이는 신작시 「사라가 찰스를 떠날 때」(《시와시학》 2010년 여름호)에 공감한 사람이라면 정끝별 시의 이러한 포지션은 매우 낯선 것이 아닐 수 없다. 그러나 자본주의 체제하에서 정치·사회·경제 등 소위 공적 영역에 대한 참여 기회를 아예 박탈당하거나 제한당하기 마련인 여성적 주체에게 이런 방식의 눌변은 어쩌면 당연한 것인지도 모른다. 신작시 「도무지」(《시와시학》 2010년 여름호)의 경우 촛불 시위와 용산과 전직 대통령의 죽음을 암시하는 문장들로 구성되어 있지만 정치적 해석과 풍자의 칼날은 차단되어 있다. 시적 자아는 "보이지도 들리지도 않는/도모지의 날들"이라는 문장으로 슬픔을 형상화해낸다. 정끝별 특유의 '부사 활용법'이 이러지도 저러지도 못하는 화자의 심리적 곤궁을 적절하게 포착해내고 있지만 주어와 서술어가, 목적어가 생략된 상태의 발성은 너무 순결하여 더 할 수 있는 말들을 더 이상 하지 않는 것처럼 읽히기도 한다. 이런 면에서 정끝별의 시는 거두어 먹이는 자의 도덕관념이 매우 강한 시이다. 정치사회적 영역에 대한 감정 혼란, 거리 유지의 태도는 생활 세계의 인륜과 천륜을 지지하려는 경향과 어우러져 극단으로 치달아가려는 성향을 적절하게 제어한다. 그리하여 「오랜 추파」(『와락』)처럼 말의 장단과 인력이 앞서거니 뒤서거니 호응하며 천연덕스럽게 직조되어 빚어내는 탄력과 꽃의 말숲을 지켜보노라면 어느덧 넉넉하고 고즈넉한 평화를 맛보게 되고 환대를 받으며, 고전적인 아취의 세계로 걸어 들어가게 된다.

　그러나 정끝별의 시에는 "삶이 이게 전부일 거라 생각할 수 없"(「황금빛 키스」, 『와락』)는 자의 애통과 애절이 있다. 이것은 날카롭다. 정끝별의 시를 피라미드 형상으로 구성해보자면 맨 밑에는 정치사회적 영역이 있고 그 위에는 생활세계가 존재하며 맨 꼭대기에는 '와락'의 세계가 있다. 다른 세계로 가는 통로다. 여기서 정끝별의 시적 자아는 '어미'에서 '그녀'로 변한다. 다른 세계의 신비를 만나고 싶은 간절함은 변화하는 계절, 나뭇가지에 걸린 공, 주름진 몸 등과 같이 평이하고 일상적인 풍경을 격정의 한 순간이자 존재 각성의 한 순간으로 도약시킨다. 풍경은 "사태 져 펄럭인다"(「십자가 나무꽃」, 『삼천갑자 복사빛』, 민음사, 2005). 꽃숭어리들이 사태 져 밀고 내려오는 산길을 혼자 헤쳐 올라가는 자의 황홀. ……따라가노라면 그러나 죽기 직전 제가 가진 가장 많은 솔방울을 만들어내는 소나무나, 마지막 다디단 감을 맺고 죽어가는 감나무처럼(「죽음의 방식」, 『와락』) 황홀을 만들어내는 힘은 죽음도 감수하며 끝까지 가보겠다는 비장함에서 비롯되는 경우가 많다는 점을 알게 된다. 현기증 나는 심미성의 세계를 빚어내는 과정에서, 정끝별의 시적 자아가 필연적으로 도달하는 감정의 극지가 바로 비장함이기 때문이다. 이번 신작시에서도 시적 자아는 "아무이면서 모두로 흐르는 모래의 시간"(「달빛 달팽이」, 《시와시학》 2010년 여름호)이라거나 "늘은 전부이다/발가벗은 심장이다/시간의 거푸집에서 꺼내놓은 버릇된 몸이다/삶을 완성하는 무작정이다"(「늘 몸」, 《시와시학》 2010년 여름호)라고 밝히며 때로는 세상 모든 존재에게 닿고 싶어 하거나 폭풍처럼 감정을 휘몰아쳐가기도 한다. 특별히 「늘 몸」의 시적 자아는 축 늘어진 자신의 두 뺨을 합리적으로 의미화하고 자신을 위무하기 위해 단계적 상상을 전개한다기보다는 모든 일상의 제약을 단숨에 뛰어넘어 무조건적인 헌신이라고 하는 어떤 '지극한 태도'를 살기 위해 단어의 비약을 감행하고 있는 것처럼 보인다. 이 헌신의 지극한 태도를 '사랑'이라고 이름 붙일 수 있는 것은 당신이 누구이든, 어떤 배경을 가졌든, 어디를 향해 가든, 심지어 아무런 형상을 갖추지 못했을지라도, 정끝별의 시적 자아는 모든 것을 버리고 당신을 따라 나설 수 있다는 태도를 지녔기 때문이다. 우리가 여기에 속절없이 마음을 싣고 극진한 감정의 동화를 느낄 때, 눈이 닿는 모든 곳이 사랑이고 모든 것이 그 사랑의 마지막 신(scene)인 셈이다. 물론 황홀과 비장의 극화된 풍경을 '사랑'이라고 이름 짓는 것이 못내 원통하고 누추하다면 정끝별의 제안대로 이것을 '와락'이라 이름 붙일 수도 있다. 앞뒤 다 떼어내고 휙 돌아섰는데도 마음은 더욱 구체적으로 애절해지지 않는가……. 시적 자아가 "말할 수 없어야 사랑이야/허니 제발 다시 묻지 마"(「사라가 찰스를 떠날 때」)라고 말할 때, 부인의 방식으로 사랑에 대해서 간절히 말할 때, 이 사랑은 영원히 해석할 수 없는 신비의 영토로 우리를 데려가 삶이 이게 전부가 아니라는 것을 다시 한번 확인시켜준다. "여성적인 것은(…) 빛 앞에서의 도피이다. 여성적인 것이 존재하는 방식은 스스로 자신을 감추는 것이고, 이렇게 스스로 자신을 감춘다는 것이 바로 수줍음이다."[1]라는 말에 잠시 귀 기울인다면 이제 우리는 사라가 찰스를 떠날 때, 사라는 곧 마이너스 쪽으로 노출이 보정된 황홀한 신비라는 점을 알게 된다. 이것은 분명 눈먼 사랑이다. 꿈꿀 수 없는 세상에서 차라리 자기 눈을 멀게 하여 다른 세계의 비밀을 엿보고자 하는 시인에게는 포기할 수 없는 마지막 로맨스인 것이다. 그리하여 "오히려 눈을 크게 뜨게 하며 명석하게 만"[2]드는 사랑도 존재한다는 것을 기억한다면 정끝별의 로맨스는 어디로 더 갈 수 있을까라든지, 그리되면 마지막 로맨스는 어떻게 또 다른 처음이 될 수 있을까를 생각해보는 것은 어미를 흉내 내고 싶지만 더 많은 시간을 아비로 살아가는, 철이 아주 많이 덜 든 자의 마지막 사족이다.

1　엠마누엘 레비나스, 『시간과 타자』, 강영안 옮김, 문예출판사, 2001, 106쪽.
2　롤랑 바르트, 『사랑의 단상』, 김희영 옮김, 문학과지성사, 1993, 307쪽.

도시 화이트칼라의
생활밀착형 자조와 우울

—허연, 『나쁜 소년이 서 있다』[1]

세상과의 불화를 감당할 수 없어 어쩔 줄 모르던 착한 소년이 세상에 물들어 나쁜 소년이 되었다. 예전에는 많이 아팠고, 배고팠고, 고독했다. 하지만 지금은 많이 비굴하고, 한심하고, 허술하다. 마흔을 전후해서는 더 이상 순수하려고 해도 순수할 수가 없다. 순수한 사람이 있다면 그/녀는 자의든 타의든 성장을 멈춘 인간이거나 비자 없이 대한민국을 관광하는 외계인일 것이다. 하지만 허연의 시적 자아는 나쁜 '어른'이 아니라 여전히 나쁜 '소년'이다. 그는 한때 자신을 지탱했던 '푸른색'을 포기하지 않는다. 그래서 계속 세상과 부딪친다. 물론 끝은 뻔하다. 해피엔딩? 세상에 그런 건 없다.

나쁜 소년이 되어 좋은 일도 있다. 거리가 생겼다. 저만치 자기 자신을 두고, 세상을 두고 요리조리 뜯어볼 수 있게 되었다. 덤비고 넘어지고 상처받고, 방으로 돌아와 타락해가는 자신을 밑바닥까지 까발리고 전시한다. '이게 나'라는 것을 받아들인다. 너무 큰

---

1   민음사, 2008.

순수는 우리를 숨 막히게 하지 않는가? 그 대신 아직 남아 있는 순수에 대해서 말하자……. 그래서였을 것이다. 그는 10년 만에 다시 시를 썼다. 구원도, 희망도, 뭣도 될 수 없는 아무것도 아닌 시를. 그런 '빌어먹을' 인생을. 슬프고도 웃기게.

이 정도면 참 솔직하다. 이진명은 「밤에 용서라는 말을 들었다」라는 시를 통해 속죄와 인간 구원의 가능성을 탐구하였지만 허연은 「간밤에 추하다는 말을 들었다」라는 변주를 통해 속죄와 구원이 존재하지 않는 하드보일드 생활세계의 남루함과 저열함을 드러냈다. 사회적으로 공인된 남자들의 세상, 그리고 밥벌이에 대한 이야기다. 물론 조금 분하다. 어째서 이런 지저분한 삶을 그린 시가 더 현실적으로 보이고 이렇게 망연히 서 있는 시적 자아가 더 인간적으로 보이는가. 얼굴 도장 찍으러 간 간밤의 모임에서 후배에게 된통 걸린 시적 자아. "형 좀 추한 거 아시죠."(「간밤에 추하다는 말을 들었다」)라는 말을 듣고 다음 날 아침까지 휘청거린다. 이번 시집의 서시다. 이런 디테일한 순간 포착이 핵심 진술들을 떠받친다. 시집 전반 비교적 고르게 그렇다. "술 취해 집을 뛰쳐나간 아버지와/전화통 붙잡고 싸운 날/회사에선 시말서를 쓴다//공교로운 것이 아니라 그게 사는 거다."(「사는 일」) 같은 구절. 시집 끝에서 두 번째 작품이다. 오랜 기간의 관찰과 체험에서 오는 연륜과 저력이 느껴진다. 공교로운 것이 아니라 그게 사는 거라니. 막막하고, 못 먹는 술 생각이 난다.

열패감은 당연한 것. 하지만 허연의 시적 자아는 이젠 잘 살아야겠다는, 새마을운동식의 마무리를 선보이지는 않는다. 우울과 자기 조롱을 끝까지 밀고나간다. 이때 터져 나오는 생활밀착형 진술들, 그리고 거기에 실린 풍자와 위트, 독한 자기규정과 세계 포착은 이번 시집의 거부할 수 없는 매력이고 에센스다. "손 다치고나니까 웬 놈의 박수 칠 일이 이렇게나 많은지"(「빛이 지나가다」), "난 그래도 학생 때와 마찬가지로 끝까지 간 사람을 존경할 줄은 안다. 그나마 다행이다."(「슬픈 빙하시대 4」), "내 나이에 이젠 모든 죄가 다 어울린다는 것도 안다. 업무상 배임, 공금횡령, 변호사법 위반."(「슬픈 빙하시대 2」), "난 언제나 싫은 일은 절반쯤만 하면서 살아왔구나. 그렇게 안심했었구나. 좋은 일의 절반이 날아가 버린 것은 생각도 하지 못했구나."(「탑(塔)」), "벽을 보고 누워야 잠이 잘 온다. 그나마 내가 세상을 대할 수 있는 유일한 자세다."(「면벽」) 등이 그러하다. 쉬우면서도 입에 착착 붙는다. 밑줄을 치고 그 문장 속에 오래 머무르고 싶다. 긴 탄식을 내뱉는 우리 자신을 보게 된다.

잠시 휴식. 이 글을 읽는 독자들은 현명하기 때문에 이쯤에서 어떤 전개로 넘어갈지 짐작하고 있을 것이다. 탄식과 쓸쓸한 웃음 뒤의 생각. 이런 방식의 시라면 앞으로 크게 방향을 틀지 않는 이상 허연에게는 얼마나 더 철저하게 자신을 까발리고, 이를 뒷받침할 장면을, 구체적으로 포착해서 제시할 수 있는가의 문제만이 남는다. 무슨 말인가. 허연 시의 우울과 조롱을 뒷받침하고 있는 것은 사실 전망 없는 삶에 대한 단정이다. 어떻게 해도 생은 '이 모양 이 꼴'일 것이라는, 아니 더 내리막길일 것이라는 단호한 전제다. "어차피 비틀댈 것은 이미 비틀대기로 한 것임을/문득 깨닫는다"(「생태 보고서1」)이라든지 "누워 있는 불상들이 일어나는 것만큼/삶이 호쾌해지는 건 힘든 일이다"(「사는 일」), 또는 "말라 가는 것이 내가 아는 생(生)의 전부라는 걸"(「멸치」), "이제부터는 쓸쓸할 줄 뻔히 알고 살아야 한다"(「일요일」)라는 식의 진술을 곳곳에서 만난다. 오랜 기간 갖가지 일들이 몸을 삼투해간 뒤의 처절한 귀납법이긴 하지만 이런 식의 교통정리는 아쉽다. 힘주어 말하면 좀 표 나게 모범답안이다. 우리 시, 대책 없는 화해와 낙관주의를 경계하는 것만큼이나 관습화된 것으로 보이는 완료형 비극주의도 고심해볼 필요가 있지 않을까. 때로 허연의 시편들이 익숙한 화법의 예상 가능한 반성과 규정으로 마무리되는 것은 이 때문이다. 언해피엔딩은 계속된다, 그리고 마침표. 이런 식의 구조가 이견의 여지없이 이미 각 시편마다 구조화되어 있다는 것이다. 안다. 다시 한번 말하지만 우리 사는 것, 대부분 언해피엔딩이 맞다. 하지만 다른 세상에 대한 상상의 여지를 차단한 ‘돌아가시오’ 표지판은 체념을 강화한다. 매우 지적으로 기존 질서를 인정하도록 만든다. 정리하자면 자칫 “야! 사는 게 다 그런 거야, 뭘 애써?”라는 식의 타협을 유도할 수 있다는 점에서 10% 정도 문제적이다. 물정 다 알고 있는 사람의 적절한 타협은 세상을 융통성 있게 살아나가는 방편이 되기도 하지만 결정적인 어떤 순간에는 대놓고 말 안 되는 소리 하는 사람보다 더 나쁜 결과를 만들어내기도 하지 않는가. 게다가 혁명을 꿈꾸었던 세대라면 참을 수 없는 생활인으로서의 타락 또는 적응은 완료형 비극주의 세계관 속에서 검게 만개할 수 있다. 다른 세계를 향하는 상상이 없는 완료형 비극주의는 우리를 더 바닥으로 내려가게 만드는 은밀한 시공사 노릇을 할 수 있다는 말이다. 이젠 우리 시에서, 되풀이되는 반성이 아니라 삶에 대한 새로운 기획을 보고 싶다면 지나친 꿈이 될까. 무라카미 류는 상처 준 사람에게 복수하는 가장 좋은 방법은 그 사람보다 즐겁게 사는 것이라고 했다. 허연의 시가 그런 기획과 상상을 보여주기를 바라는 것은 독야청청, 세상을 몰라도 너무 모르는 사회 부적응자의 칭얼거림에 불과한 것일까.

가장 인상적인 한 구절. "서 있는 자리가 바뀌지 않는 이상/죽어도 구원은 없다"(「경계선의 나무들」) 멋지다. 맞는 말이다. 그래서 이런 생각이 든다. 우리는 정말 구원을 꿈꾸고 있는가? 진심으로 자리가 바뀌기를 소원하고 있는가. 구원에 대해서 말하기는 하지만 실은 구원받기를 거부하고 자조와 우울 속에서 키득거리고 싶은 것은 아닌가. 뭔가 얻는 것이 있기 때문에 자진해서 빌딩 속으로 들어가고 의자를 얻고, 끝내 이곳을 떠나기 싫어하는 것은 아닌가. 그것까지, 우리는 볼 수 있는가? 나쁜 소년은 계속 묻는다.

서글픈 다정함,
사람이라는 눈물

— 김소연, 『눈물이라는 뼈』[1]

누구에게도 알려주고 싶지 않은, 깊이 감추어둔 마음속의 보석 같은 시집이 있다. 내게는 김소연의 첫 시집이 그랬다. 청춘의 온갖 상처를 몸으로 통과하는 자의 신열이 거기에 담겨 있었다. 너무 예민해서 언어는 거침없고, 힘주어 누르려 해도 감정은 흘러넘쳤다. 난 아프게 이 시집을 독점했다. "반듯하게 누워 눈이 물로써 전하는/귀를 향한 전언"(「달디단 꿈 1」, 『극에 달하다』, 문학과지성사, 1996)에 마음을 내어주고는 창문을 활짝 열어놓고, 텅 빈 방 안에 홀로 누워 세상의 소리를 엿듣기도 하였다. 학살당한 마음으로, 끝물 과일처럼 상해서, 그럼에도 다디단 꿈을 꾸면서. 오래 기다렸으나 소식이 없어 자주 김·소·연 세 글자를 찾아보게 만들었던 두 번째 시집은 10년 뒤에 나왔다. 긴 세월, 아껴가며 페이지를 넘겼다. 격렬한 청춘의 폐허를 지나온 자의 피곤과 허무, 불귀의 나날들. 그림자로만 남아 있는 폐허의 잔상이 쓸쓸하였다. 너무 크게 앓고난 자의 공허

---

1   문학과지성사, 2009.

가 가득하였다. 그것만으로도 좋았다. 시를 버리지 않고 시로 돌아온 것만으로도 애틋하였다. 그녀가 "에미 애비 없는 세상에서 살고 싶다, 그리워하면서 그리워만 하면서"(「가족사진」, 『빛들의 피곤이 밤을 끌어당긴다』, 민음사, 2006)라고 적을 때, 나는 이 문장에 힘겹게 머물면서 한숨을 내쉬기도 하였다. 창밖을 내다보면 거기 지나가는, 아니 지나가버린 추억이 낯선 얼굴들로 떠다니는 것이 보였다. 고통스럽게 빛나면서 타올랐던 젊은 날의 여러 계절들도.

그리고 3년 만에 나온 세 번째 시집. 어쩜 이토록 여전한 눈물의 순교자일 수 있을까. 마치 청춘을 다시 회복한 것 같은 깊은 서정이 넘칠 듯 흘러다닌다. 공허를 딛고 세상의 습기를 모두 흡수하여 더욱 예민해진 감수성. 비유가 아니라 육성에 가까운 진술들이 끓고 있다. 그건 아직도 연애를 하고 있다는 말. 지금도 '너' 때문에 울고, '너'에게 닿지 못하여 흔들리고, '나'와 '너'의 어쩔 수 없는 어긋남으로 인하여 돌아눕는다. 여전할 연애시, 반갑다고 해야 할까, 아리다고 해야 할까. 그러나 시간은 두 번째로 고통이 반복될 때에는 첫 번째에서 받아들일 수 없었던 지혜를 함께 선물해주는지도 모른다. 첫 시집의 표지, 이제하의 컷이 앞으로 넘어질 것처럼 불안하고, 위태롭게 자주 끊기거나 덧칠된 김소연의 드로잉을 보여주었다면 이번 시집 심보선의 컷은 사각의 평면 한 귀퉁이에 안착된 구도, 한번에 그린 것 같은 유려한 드로잉으로 지금의 김소연을 상당 부분 반영해놓은 것 같다. 그래서일까. 이상하게도 이번 시집은 첫 번째 시집만큼이나 들끓고 있으면서도, 파괴적이지는 않다. 슬픔은 격발되지 않고 최종 승인된다. 이제 시인은 절대로 먼저 터뜨리거나 폭발하는 법 없이 그 모든 관계의 앙금을 '견딘다'. 마음속에 피멍이 들고 눈물이 고여도 아무렇지 않은 듯 술

청에 앉아 슬픈 노래에 박자를 맞추며 흥얼거리다가 어느덧 혼자 일어나 집으로 돌아온다. 지금은 밤. 잠든 '너'의 뒤척임을 바라보다가 가만히 화장대 의자에 앉는다.

그러나 넋을 잃은 망연함과 처연함. 나는 이번 시집에서 그런 눈빛을 읽는다. "우리라는 자명한 실패를 당신은 사랑이라 호명했고 나는 고개를 끄덕였고 돌아서서 모독이라 다시 불렀다 세상 모든 몹쓸 것들이 쓸모를 다해 다감함을 부른다"(「투명해지는 육체」)라는 구절은 첫 시집과 많이 닮아 있지만 많이 다르다. 앞의 첫 문장이 첫 시집의 감수성이라면 두 번째 문장은 이번 시집의 감수성이다. "세상 모든 몹쓸 것들이 쓸모를 다해 다감함을 부른다"……관계의 "자명한 실패"를 사랑이라고 부르는 누군가에게 분노하고 이 분노는 모독으로 몸을 떨게 만들지만, 여기까지가 첫 시집의 궁극이지만, 이제 김소연은 한 걸음 더 나아가 이 실패, 이 몹쓸 것들이 사력을 다하는 모습에 연민을 느낀다. 그리하지 않으려고 했으나 결국은 그리되고 마는 것이 사람의 삶이라는 것을 처연하게 받아안는 것이다. 여기에는 사력을 다해 부정하고 싶었던 진실을 수긍하게 된 자의 자책과 미련이 묻어 있다. 그래, 처연함이라고밖에 말할 수 없는 어떤 것은 노래가 되어 흘러나온다. 나는 이 안간힘의 노래가 더욱 슬프다. 부유하는 먼지 속에서 김소연의 식자공이 "기어이/서글픔이 다정을 닮아간다/피곤함이 평화를 닮아간다"(「너를 이루는 말들」)는 납 활자를 식자판에 끼워 넣을 때, 여기에는 선험을 체험이라고 믿으며 앞당겨 삶을 포기한 자의 교만이 아니라 사람으로서 이 세상을 살면서 감수해야 하는 일들을 겪은 뒤, 불현듯 추억을 돌아보는 자의 서글픈 평화, 서글픈 다정함이 있다. "사람으로 태어나 사람 비슷한 것으로 살다가 사람이 아니어지는 이 세월"(「사람이 아니기를」)이라니. 사람이란 그런 것, 이것이 바로 사람의 생애라는 묵묵함과 인정함. 그러나 때로 어떤 시편들은 가지고 있는 감정의 격렬함만큼 제 형상을 드러내지 않는다. 상황과 구체로 이미지를 구성하는 대신 마음의 상태를 직접 노래하는 데에 몰두한 탓일까. 또 어떤 문장에는 사전 편찬자의 추상과 관념이 고집스레 새겨져 있다. 애초의 구체적 사건은 사전에 등록되고, 잠언에 가까운 한 문장으로 궁리되면서, 가지고 있던 눈물을 빼앗긴다. 끝내 터뜨려야 할 눈물을 일부러 이렇게 누수시키는 것일까. 첫사랑 당신과 재회했을 때, 여전히 당신이 화를 내고 펑펑 울어주었으면 하고 바라는 것은 나의 지나친 욕심인 것이 분명하다. 청승맞게, 청승맞게, 그럼에도 사랑하는 나의 당신, 세월, 사람이라는 이 눈물······.

말놀이꾼 - 독백자
- 되되/밋딤/아움

―권혁웅·이기성·이제니의 시집

상상하고 놀이하는 세속의 말놀이꾼

―권혁웅,『소문들』(문학과지성사, 2010)

대중문화적 요소를 내세워 달동네 밑바닥 삶의 편린들을 슬프고도
유머러스하게 되살려낸『마징가 계보학』(창비, 2005), 몸의 감각기관
과 상상 동물을 내세워 사랑의 적막과 쓸쓸함을 노래한『그 얼굴
에 입술을 대다』(민음사, 2007)를 기억하고 있는 우리에게 이번 시집
『소문들』은 전작들의 성과를 상당 부분 발전적으로 계승하고 있을
뿐만 아니라 두 가지 점에서 인상적인 느낌을 안겨준다. 우선 풍자
의 수위가 높아졌다는 것이 하나.『마징가 계보학』에서는 "TV에서
민머리만 보아도 경기를 일으키던 시절이었다"(「선데이 서울, 비행접시,
80년대 약전(略傳)」) 정도가 가장 뾰족한 시대 풍자였다면 이번 시집
의 「소문들-유파(流派)」는 어떤가. "공중(恐衆)"이라는 소제목에 딸
린 이러한 문장. "최근 정리해고와 의술의 발달로 그 수가 더욱 늘
어, 미래의 중원은 공중화 사회가 될 것이라는 참요까지 생겼다"

참요라니? 시대의 모순과 억압에서 비롯된 민중의 분노가 임계치에 이르러 빚어낸 예언가가 참요(讖謠) 아니던가? 삼형제 중에서 막내일 것 같아, 장난을 좋아하면서도 "계란 지단"(「가정요리대백과-밥상」)처럼 유순하게 느껴졌던 권혁웅의 시적 주체를 기억하고 있는 우리에게 이는 상당한 도발이 아닐 수 없다. 이쯤에서 소제목 "공중(恐衆)"이 '공포에 시달리는 대중' 정도로 해석될 수 있음을 헤아려본다면 이 문장이 사혈(瀉血)해내는 우리 시대의 환부가 어디쯤인지 짐작하는 것은 어렵지 않다. 이 밖에도 '용역(用役)'을 "용역(龍伇)"으로 풀어내며, 이들이 "용산에서 발흥했으며 (…) 정직한 자를 잡아가고 가난한 자를 태워 죽이며 속이는 자에게 쌀을 주고 부유한 자의 곳간을 지켜, 그 악명이 자자하다 최루탄지공, 개발이익조, 아수라권, 물대포신장, 소요진압진 등의 연합 무공을 쓴다"라고 서늘하게 명시하는 대목에 이르면 잊지 않고 끝까지 기억해내는 것 간으로는 도저히 치유할 수 없을 것 같은 그 시간, 그 장소, 영혼들을 아프게 떠올리게 된다.

그러나 날카로웠던 시대 풍자의 기운은, '어째서 우리 삶은 이토록 신파조란 말인가'라는 질문이 무대에 등장하면서 자연스럽게 막 뒤로 물러난다. 여기서 생각해볼 수 있는 것이 그의 시작법이다. 만화, 무협지, 주간지, 에로 영화, 유행가, 신화, 상상 동물, 성경, 속담 등등의 소재를 끌어와 삶의 이야기로 풀어내거나 삶과 중첩시키는 식의 '유비추리(analogy)' 방식은 유하에게 그 연원이 있으나 지금은 누가 뭐래도 권혁웅의 장기이다. 원래 유비추리는 표면적으로 서로 달라 보이는 A와 B가 같은 유(類)에 속한다는 전제를 깔고 둘 사이를 등가(＝)로 연결시킨다. 그리고 알려진 A의 성질을 근거로 알려지지 않은 B의 특성을 밝혀내는 사고방식. 유비추리의 사고 작용이 수사법으로 내려오면 직유, 은유, 알레고리 등의 방식으로 나타난다. 이 경우 A는 보조관념이 되고 B는 원관념이 된다. 구체적이고 널리 알려진 A(보조관념)를 통해 불투명하고 파악하기 힘든 B(원관념)를 구체화하고 감각화하는 것이다. 다만 일반적으로 은유가 시각화에 초점이 맞추어져 있다면 알레고리는 현세적 교훈에 초점이 맞추어져 있다는 것이 일차적인 차이일 것이다.

이런 의미에서 이번 시집의 유비추리는 더욱 고도화되었다고 할 수 있다. 각종 'TV드라마(A)'를 끌어들여 이토록 상투적이면서도 신물나게 신파적인 것이 '우리 삶(B)'임을 보여주거나(「드라마」 연작), '희귀종 야생동물의 생존법과 존재양식(A)'을 통해 '쓸쓸한 사랑과 누추한 삶(B)'을 드러낸 시편들(「야생동물 보호구역」 연작)이 우선 그에 값한다. 하지만 익숙한 생활 속 입말들을 '한자로 새롭게 재구성(A)'하되 한자의 뜻풀이로 상상을 비틀어 전개하면서, 이를 다시 무협지 혹은 무예도감의 화법에 실어 '세태 소묘(B)'로 전환시키는 그의 날렵한 솜씨(「소문들」 연작)는 어떤가. 때로 한자어의 생경함 때문에 두 번 세 번 읽어야 하는 어려움은 있지만 특히나 절묘하다 싶을 정도로 감탄을 자아내지 않는가. 적을 무너뜨리는 진법 중 "개무시진(開武示陣)"이 펼쳐져 "적군이 이 진에 빠지면 압도적인 무력 앞에서 출구를 찾지 못하고 바닥 없는 절망에 이르게 된다"(「소문들-진법(陣法)」)니 평상시 갖은 무시를 당하며 세속에 발 담가 사는 사람치고 어찌 터지는 웃음, 견딜 자가 있겠는가. 그중 "묘탁번진(妙卓番陣)"이 난해하였으나 '신묘하고 특출난 차례의 진'으로 억지 풀이하자면, 이것은 불리하면 들이댄다는 "너 몇 학번이냐?"를 음차한 한자말 놀이 버전이 아닌가. 이를 통해 그가 선택한 언어들은 유사-신조어와 은어와 유언비어와 농담과 소문들 사이를 수시로

왕복한다. 뿐만 아니라 "흘수선(吃水線)", "양곤마(兩困馬)", "오궁도화
(五宮桃花)", "구경가마리", "만홀", "침닉(沈溺)" 등 쉽게 볼 수 없는 단
어들이 통속적인 삶과 기묘하게 어우러져 만들어내는 부조화와 격
차는 마치 '전문 법률용어로 설명해놓은 된장찌개 레시피'를 읽는
것처럼 기묘한 소격효과와 웃음을 동시에 전해준다. 이렇듯 완숙
한 개성과 솜씨가 이번 시집의 두 번째 놀라운 점이니 이 시인보다
더 통속에 밝은 사람도 많지 않을 것이며 이 시인보다 더 재기발랄
하게 말놀이의 영역을 확장시켜 세계를 "사행(蛇行)"(「노모 1」)해나가
는 시인도 몇 안 될 것이다. 따라서 시적 주체가 자기도 모르게 기
우는 쪽은 아무래도 용역들과의 대적보다는 무엇을 끌어들여 우리
삶의 통속과 신파를 소묘해낼 것인가의 문제라고 할 수 있겠다.

　그러나 이 대목에서 한 번 더 생각해보게 되는 것이 바로 유비
의 역할이다. 때로 불완전하고 부정확하며 비논리적이라는 지탄을
받기는 하지만 결코 만날 수 없었던 새로운 세계를 활짝 열어젖히
며 사물과 세계의 베일 뒤로 황홀하게 우리를 안내하는 것이 유비
이다. 유비는 불가해한 이 세계를 파악할 수 있는 가장 유효한 지
각 방식 중 하나이기에 시인들은 거의 본능적으로 유비를 사랑할
수밖에 없다. 그러나 때로 권혁웅의 시에서 이 유비는 무의식적이
면서도 풍요로운 세계를 보여주는 지렛대로 작동하기보다는 선명
한 기획의도를 좁게 배치하는 받침대로 사용되는 것은 아닌지 의
문이 생길 때도 있다. 또한 '알려지지 않은 세계와 사물의 개시(開
示)'보다는 이미 '알고 있는 닮음(similarity)의 확인'에만 유비가 봉헌
되는 것이 아니냐는 의문이 들기도 한다. 아무리 상처를 주어도 결
코 자신의 밑바닥을 보여주지 않는 연인과 사귀는 것 같은, 묘하게
서운한 느낌이라고 해야 할까. 전혀 다른 계열로 보였던 A와 B를

묘하게 연결시키면서 유머와 깨달음을 유도하는 것이 그의 뛰어난 개성이지만(그래서 상당 부분 성과를 거둔 것이 사실이지만) 시적 주체는 어느 순간 A와 B의 닮음만을 찾게 되고, B(원관념)는 그대로 둔 채 A(보조관념)만을 계속 엇비슷한 사물들로 교체하면서 대중적으로 통용되는 상식을 확인하는 정도로 시를 끝내기도 한다. "마누라가 한탄하면, 가장은 이명과 편두통에 다시 두꺼비를 찾는 것이다 그러면 누가 옆에서 훈계하고 아이들은 밥 달라 울고 다시 약을 찾고……//그렇게 한 갑자(甲子)가 돌아가니, 이를 윤회라 한다"(「외전 십이지(外傳 十二支)」)와 같은 말에는 분명 수긍할 만한 진실이 담겨 있기는 하나 어느 한편, 운명론적인 체념을 바탕으로 이 세계를 그냥 그렇게 지켜보게만 한다는 점에서 아쉬움을 남기기도 하는 것이다. 그가 가진 재기발랄함과 위트와 상상력이 삶에 대한 실제적인 기투와 만난다면 그 세계는 얼마나 더 깊어질 수 있을까라고 묻는 것은 의례적인 마무리가 아니라 그가 더욱 긍정적인 방향으로 전진해나가고 있음을 확인하는 데서 오는 신뢰와 기대가 담긴 진지한 응원이다.

종일 새하얀 기침을 하는 우울한 독백자

— 이기성, 『타일의 모든 것』(문학과지성사, 2010)

어떻게 마음에 자리 잡게 되었는지는 모르겠지만 이기성의 시집을 읽은 뒤에 "종일 새하얀 기침을 하는/우울한 독백자"(「핑크」)라는 말은 깊은 잔상을 남기며 입술에 맴돈다. 새하얀, 종일, 기침, …독백자, ……독백자. 일차적으로 이기성의 시집은 우울한 독백자가 아무도 존재하지 않는 텅 빈 공간에서 종일 간헐적인 기침과 중얼거림으로 빚어낸 섬뜩한 환상의 세계 같다. 냉기로 가득한 방에서 그녀는 검은 타일을 하나씩 벽에 붙여간다. 사방에 달라붙은 검은 타일이 하나의 생명체처럼 결합하여, 일그러지면서 점묘화로 되비쳐주는 세계는 마치 한 번도 다른 미래를 꿈꾸어보지 못한 독신자의 차가운 한탄과 절망 같아서 서늘하게 우리들 발밑을 무너뜨려나간다. '독백자/독신자'는 몇 초 사이에 늙어버리고, 기다렸다는 듯이 세계는 불타오르고, 그녀는 방문을 닫을 힘도 없이 그대로 쓰러져버린다. 본 적 없는 풍경이 꼭 그럴 것만 같은 풍경으로 스며나와, 오래된 공허처럼 형상 없는 구멍을 보여주는 것이 바로 이번 이기성의 시집이다. 그래도 다행히 꿈인가 싶어 깨어보면 타일의 재로 가득한 이곳은 어디로도 출구가 나 있지 않은 '언더그라운드'(「언더그라운드」)일 뿐.

　타일이 원래부터 검은색이었던 것은 아니다. 우리의 기대처럼 그것은 애초에 흰색이었을 것이며 아름다운 정형성의 세계를 구성하고 있었으리라. 또한 위생과 청결의 상징이기도 하였을 것. 그런데 이번 시집 맨 앞에 실린 「타일의 마을」 전반부에서 우리가 확인하는 것은 이기성의 시적 주체가 바로 이 '타일(정형성과 순결함)'에서 벗어나고 싶다는 강한 열망을 갖고 있다는 점이다. 벗어나고 싶다니? 지키고 싶은 것이 아니라? 그렇다. 마치 기형도의 등단작 「안개」를 압축적으로 재해석해놓은 것처럼 보이는 이 시에서 시적 주체는 어느 소읍의 안개 낀 강둑을 환영 속에서 질주한다. 이는 달리는 소녀의 형상으로 나타나는데 그녀는 곧 "주정뱅이"나 "체인을 든 검은 사내"라고 하는 낯선 존재를 만나 음이 소거된 그로테스크한 풍경을 대신 보여주는 것으로 자신의 일탈을 마감한다. 소녀가 품었던 욕망은 무례하고 폭력적인 남성성을 만나면서 조로하여 급속하게 식어버린다. 이제 우리는 어째서 이 시의 제목이 「타일의 마을」인지를 알게 된다. 시적 주체는 변화와 모험을 향한 자신의 열망이 결국은 다시 네모나고 규칙적인 타일의 세계로 귀결될 것임을 벌써 내다보고 있는 것이다.

이 시가 주로 흰색으로 대표되는 시적 주체의 모험과 좌절을 그렸다면 반대쪽 검은색으로 대표되는 세계에서 그야말로 불쑥 찾아오는 그림자도 있다. 예를 들어 우리는 시집 곳곳에서 "자정의 검은 버스"(「실루엣」)나 "검은 두건을 쓴 혁명가들이 탄 열차"(「언더그라운드」)라든지 "식탁의 검은 얼룩을 金의 무구한 손가락이 하염없이 문지른다"(「초대」)와 같은 표현들을 만날 수 있다. 이들은 주로 검은색을 기반으로, 남성적이면서 운동성이 강한 이미지로 나타나며 시적 주체가 존재하는 공간에 급작스럽게 들이닥치는 공격성을 보인다. 바로 이 계열의 낯선 타자들은 '흰색의 세계', '타일의 마을'에 머물러 있는 시적 주체를 위협하여 공포에 떨게 하는 것이 분명하다. 하지만 그것이 전부는 아니다. 동시에 이들은 삶의 변화를 가져오는 "혁명가들"로 그려지기도 한다.

여기서부터가 흥미롭다. 첫 시집 『불쑥 내민 손』(문학과지성사, 2004)에서 그 손은 지리멸렬하고 누추하고 무례한 세계의 폭력 그 자체였다. 그래서 손과 관련짓자면 '난 아무런 죄를 짓지 않았는데도 어째서 이렇게 누추한 삶을 살아야 하나'라고 하는 분노와 공포의 느낌만이 부각된 것이 사실이다. 그런데 두 번째 시집 『타일의 모든 것』은 그렇게 다가온 손을 '혁명의 계기'로 재의미화하는 독특한 반추를 담고 있다. 따라서 그녀가 이번 시집의 자서에서 "내 앞에 불쑥,/다가왔던/차갑고 딱딱한 손에게//2010년 가을/이기성"이라고 말할 때, 이는 결코 첫 시집에 들어가야 할 자서가 두 번째 시집으로 잘못 도착한 '배달 사고'가 아니라 비로소 한 번 떠나보낸 후에야 그 손의 의미를 알게 되었다는, 조금 늦게 도착한 '등기 우편'이며, 이기성의 시적 주체가 어째서 그토록 '불쑥'이라는 말에 심취해 있는가를 알려주는 의미심장한 복선이라고 하는 편이 정확하다. 그녀는 이만큼 달라졌다. 넓어지고 유연해지는 것이 좋은 것이며 그리로 가는 것이 옳다는 말처럼 상투적이고 무책임한 주장은 없겠지만(적어도 예술의 영역에서) 어찌 되었든 그녀는 유연하게 첫 시집의 '불쑥 내민 손'을 한 번 더 성찰한다. 물론 이 '불쑥'을 고통 없이 받아들이기에 그녀는 너무나도 순수한 '흰색의 소녀'이면서 동시에 '불쑥' 이후의 결과를 너무나도 잘 알고 있는 '누런 노파'이기도 하다.

따라서 그녀는 욕망하면서 망설이고, 파국을 두려워하지 않으면서도 이미 차갑게 가라앉아 있는 이중적인 태도를 취한다. 이는 흰색(주체)과 검은색(타자) 사이에서 '붉은색'과 '푸른색'의 이미지로 드러난다. 붉은색은 주로 "선홍빛 창자"(「달」)처럼 해체된 고깃덩어리의 이미지로 등장하여 강렬한 인상을 주고 이는 다시 "붉은 담장의 벽돌이 우르르 무너지고 접시가 깨어지고"(「독신자」)와 같이 주로 단단하게 정형화되어 있던 세계를 부수는 상징적 의미로 활용된다. 따라서 "검붉은 고깃덩이처럼 베어진 적막"(「조용한 방」)이라는 표현이 가능해지면서 어떤 혼돈과 변화의 기운이 폭력적으로 치솟아 오른다. 그러나 붉은색은 더 뻗어나가기보다는 곧 푸른색으로 가라앉으며 더 이상의 진행을 멈추고 만다. "십이월의 파란 눈송이"(「회색」), "그녀는 푸른 송어를 굽는다"(「오래된 소풍」)와 같은 구절들이 붉은색과 섞이거나 붉은색 뒤에 배치되면서 변화의 열망은 이내 스러지고, "오래전에 멍하게 입 벌리고 나는 본다/납빛 차가운 누이의 얼굴 속으로/흰 뱀이 희게 사라지는 것을"(「오래된 소풍」)이라든지 "아기의 새하얀 얼굴에 매달린/시간의 검은 입술들"(「조용한 방」)처럼 애초의 흰색조차 검은색에 침윤당한 죽음의 이미지로 전환된다. 이제 시적 주체가 머무르고 있는 흰색 타일의 세계는 재생의 가망이 없는 얼음바다 속으로 영원히 가라앉게 된다. 이 과정에서 만난 「줄넘기」나 「생일」과 같은 시는 어쩌면 이렇게도 쓸쓸한 흥통을 불러오는가. 특별히 이들 시가 보여주는 시차(時差)와 낯선 감각을 구현해내는 문장의 힘과 현실의 섬세한 중첩은 이번 시집에서도 특히 인상적인 데가 있다.

흰색에서 검은색으로 달려가도, 반대로 검은색이 흰색으로 밀고 들어와도, 양쪽 모두 죽음일 뿐이라는 것은 너무나 확고부동한 계고장이자 부고장이어서 어디로도 도망갈 틈은 없다. 물론 시적 주체는 "따뜻한 오줌"(「자장가」)이라는 누수로 겨우 이 단단한 타일의 세계를 비스듬히 통과해보지만 적막과 나누는 저녁 식탁은 여전하며, 흰 재는 쌓일 것이고, '독백자/독신자'는 결국 타일을 껴안은 채 늙어갈 것이다. 이런 어쩔 수 없는 외로움과 절망이 이 시집에는 있다. 이번 시집에서 이기성의 시적 주체는 '타일의 모든 것'을 꿈꾸었다기보다는 '타일 이외의 모든 것'을 꿈꾸었다. 그러나 꿈은 좌절되었다. 여전히 딱딱한 타일의 세계가 있을 뿐이다. 그것도 검은 타일의 세계.

이것은 신중한 것일까 현명한 것일까? 세계의 끝을 이미 보고 돌아온 자의 회고담이기에 이기성이 보여주는 서늘한 환상은 진중한 설득력을 지닌다. 하지만 여기가 끝이라는 생각은 들지 않는다. 그녀는 첫 시집을 두 번째 시집으로 다시 썼기 때문이다. 세 번째 시집도 그럴까? 첫 번째와 두 번째를 다시 쓰게 될까? 확언하기는 힘들지만 중요한 것은 '다시 쓰기'가 '새로 쓰기' 이상으로 힘들면 서 '이어 쓰기'보다 훨씬 더디다는 점일 것이다. 셋 중 가장 힘들면 서 느린 길을 신중하게 가고 있으니 좀 더 길게 독백자의 발자국을 따라가보고 싶다. 이것이 진지한 이 시인에 대한 최소한의 우정일 것이다.

이상하고 푸르스름하게 살아 있는 되되/밋딤/아움……
— 이지니, 『아마도 아프리카』(창비, 2010)

2008년 신춘문예 당선작으로 처음 이제니의 시를 읽었을 때 우리 는, 그녀가 신인이라고 믿지 못했다. 그녀는 언어의 자가 운동에 충실하였을 뿐만 아니라 그 운동의 기어를 변속하는 여유를 체득 하고 있었고, 더군다나 이미 구축된 탄탄한 세계관으로 탄력 있게 그 운동을 떠받치기까지 하고 있었다. 웬만한 수련이 없고서는 도 달하기 힘든 짜임새와 완성도를 자랑하고 있었기 때문에 '아니, 어 디 있다가 이렇게 갑자기 나타났지?'라는 궁금증이 저절로 들 정 도였다. 그리고 지금 여기, 기쁨 속에 그녀의 첫 번째 시집『아마도 아프리카』가 도착했다.

아마도 아프리카. 다나카 야스오의 소설『어쩐지 크리스탈』을 떠올리게 만드는 무심하고 나른한 제목이지만 처음의 인상과 달리 실제로 이번 시집을 움직이는 것은 매우 깊은 슬픔이다. "나는 울 지 못하고, 날지 못하고, 묻지 못한다. 슬픔의 순간에도 운율만은 잊지 않았지. (…) 각운이 아니었다면 난 더 슬펐을 거야.//나는 지금 죽지 않기 위해 말을 하는 것이다, 죽지 않기 위해"(「네이키드 하이 패션 소년의 작별인사」)와 같은 문장을 읽으면 마치 이 세상에 태어난 것 자체가 고통이어서 절망하는 것 이외에는 어떠한 직업도 가져본 적이 없는 자의 처연한 슬픔을 지켜보는 기분이 든다. 그런 의미에서 이제니의 시를 가로지르는 동력은 실상 존재론적인 슬픔이라고 보아야 한다. 슬픔의 수위가 무척이나 높은 편이어서 만약 일반적인 자연물과 풍경을 입고 나타났다면 분명 감정과잉의 상태로 치달았을 그녀의 시는 특별히 현대시의 첨단에 있는 추상적 언어의 자가 운동과 만나면서 오히려 차별성을 획득한다. 메마르고 건조한 언어회의주의자들의 언어 운행방식에 전통적이고 본질적인, 그래서 익숙한 서정이 물방울처럼 매달리면서 우리가 훨씬 부드럽게 받아들일 수 있는 백사장으로 끌어당겨진 것이다. 따라서 새롭기는 하지만 아주 낯선 정도는 아니며, 친근하기는 하지만 상당히 낯선 정도의 좋은 모양새를 갖출 수 있게 된 것으로 보인다. 물론 이러한 자리가 말처럼 쉬운 것이 절대로 아니다. 그렇게 쓰고 싶다고 해서 써지는 것도 아니며 공부한다고 해서 도달할 수 있는 자리도 아니다. 몸과 심장으로 살아내지 않고서는 결코 쓸 수 없는 언어들.

여기에 균열된 언어에 대한 그녀의 섬세한 인식은 내면에서 솟구쳐오르는 존재론적인 슬픔을 적절하게 단절하고, 배분하고, 가라앉히면서 개성을 한껏 피워올리는 배양액이 된다. "두 손으로 얼굴을 가리면 울고 싶은 기분이 든다. 누구에게도 말 못하고 주기도문을 외우는 음독의 시간. (…) 온 힘을 다해 살아내지 않기로 했다. 죽었던 나무가 살아나는 것을 보고 알았다. 틀린 맞춤법을 호주머니에서 꺼냈다. 부끄러움을 기록하기 시작했다."(「밤의 공벌레」)

는 구절은 어떤가. 정말로 두 손으로 얼굴을 가리면 어쩐지 울고 싶은 기분이 든다는 것을, 바로 이 문장을 읽고 깨달았다고 말하는 것은 의미 있는 일이다. 온 힘을 다해 살아내지 않기로 했다는 문장에서 더욱 애통한 슬픔을 느꼈다고 말할 수도 있을 것이다. 이처럼 이번 시집에서 밑줄을 긋고 싶은 문장이 유난히 많다는 것은 내용 없는 선문답 같은 잠언이 아니라 자기 생의 온갖 체험적·선험적 좌절과 아픔을 적절한 수준에서 표준화해 낸 좋은 문장들이 많다는 뜻일 것이다. 이런 문장은 아무리 만들어내려고 해도 자기 내면의 생생한 기억과 연결되지 않으면 절대로 만들어낼 수 없는 그런 문장들이다.

이제 당연히 짚고 넘어가야 할 것이 바로 "틀린 맞춤법을 호주머니에서 꺼냈다"라는 구절. 이 구절을 이 글 처음에 살펴본 문장 중 "슬픔의 순간에도 운율만은 잊지 않았지. (…) 각운이 아니었다면 난 더 슬펐을 거야.//나는 지금 죽지 않기 위해 말을 하는 것이다, 죽지 않기 위해"(「네이키드 하이패션 소년의 작별인사」)라는 구절과 묶어서 읽어 보면 어떤가. 첫째, 슬픔이 흘러넘치는 것을 막기 위해 운율이 필요한 것이고, 그런 면에서 운율은 일종의 수로의 역할을 한다는 점을 깨달을 수 있으며 둘째, 수로는 반복된다는 점에서는 규칙성을 지니고 있지만 그 자체로 직선이 아니라 어긋나 있다는 점에서 일종의 틀린 맞춤법, 이상하고 독특한 문장을 의미한다는 것을 알 수 있지 않은가. 문장의 차원에서 다양한 실험을 감행하는 최근의 시작 풍토와 연관 지어 이제니의 자리가 마련되는 것도 바로 여기쯤이다. 이제니 시의 특정한 반복과 리듬, 연원을 짐작하기 힘든 낯선 단어와 쉽게 해석되지 않는 이상한 문장들은 이렇게 태어난다.

그러나 낯선 문장보다는 낯선 단어의 등장이 훨씬 두드러진다
고 말해야 하리라. 이제니의 특정 문장은 오히려 아주 단정하고 단
단한 사유의 결과물일 때가 많고 최근의 여러 시인들과 비교했을
때, 비교적 이해 가능한 범위 내에서 설득력 있게 출현한다고 보
는 편이 옳다. 따라서 "닿을 수 없는 그 모든 것들을 두이라고 부르
기로 했다"(「공원의 두이」)에서처럼 낯선 단어의 출현이 훨씬 눈길을
끈다. 두이의 자리에는 아마도 수많은 단어가 들어올 수 있으리라.
밋딤, 사몽, 코다, 유우, 아움, 뵈뵈 등등. 그 단어가 만들어내는 이
상한 분위기와 가득한 열망과 동어반복적인 슬픔에 취해 몇 편을
더 읽다가 우리가 도달할 수 있는 생각은, 어떻게든 "두이"를 닿을
수 없는 공백으로 두려는 시적 주체의 심리상태이다.

닿을 수 없다는 것. 그렇다. 그것이 중요하지 않겠는가? 실체를
쉽게 알 수 있게 된다면 몽상이 사라지지 않겠는가? 그래서 더 멀
리서, 더 모호하게, 더 새로운 단어들을 가져오는 것이고, 그래야
지속적으로 슬픔이 발생하며, 그 슬픔이 만들어낸 공백을 또 다른
언어로 치환해나갈 수 있다. 이제 다음과 같이 생각하는 것도 가능
하리라. 이제니의 시적 주체에게 중요한 것은 어떠한 단어를 가져
와서도 결코 이 텅 빔을 '채울 수 없다'는 것이 아니라 어떠한 단어
를 가져와서도 이 텅 빔을 '채우기 싫다'는 것. 바로 그것이 아닐까.
끊임없이 말을 할 수 있다는 것은 그래서 중요하다. "마음이 바빠
진 나는 이 얘기 저 얘기 저 얘기 이 얘기 생각나는 대로 마구마구
지껄였다. (…) 뵈뵈, 그러지마. 아니야, 그러지 마, 뵈뵈. 뵈뵈는 사
라지고 있었다. (…) 그러니까 뵈뵈, 내가 하고 싶은 말은. 내가 하
고 싶은 말은, 뵈뵈."(「뵈뵈」)와 같이 슬픔에 사로잡힌 시적 주체가
타자를 곁에 붙들어두고, 자신이 살아 있음을 깨닫게 되는 유일한

순간이 바로 '말하고 있을 때'이기 때문이다. 이제 의미는 훨씬 약화되면서 말은 길어지거나 많아지고, 언어의 자가운동은 더욱 활발해진다. 시집의 뒤쪽에 주로 배치되어 있는 「초현실의 책받침」, 「완고한 완두콩」, 「녹색 감정 식물」, 「나무 구름 바람」 등의 시가 그에 해당한다. 이 방향으로 가면서 그녀의 시는 탄력을 잃고 옅어진다.

실은 여기가 매우 어려운 단계라는 것을 그녀도 알고 있는 것 같다. "시적인 문장을 찾으려 할 때마다 죄를 짓는 기분"(「코다의 노래」)이라는 문장을 보면 시적 주체도 이 문제를 어느 정도 감각하고 있는 것으로 보이기 때문이다. 시적인 문장을 찾는데 왜 죄를 짓는 기분이 들까? 최근에 자기 시에 대한 전반적인 반성과 성찰을 수행한 적이 있는 진은영의 이런 시가 그 한 대답이 될 수 있지 않을까? "엘뤼아르보다 박노해가 좋았다/더 멀리 있으니까/나의 상처들에서/(…)/나의 책상에서/분노에게서/나에게서"(진은영, 「그 머나먼」, 《현대문학》 2010년 9월호) 어떤가? 말을 바꾸어보자. 두이, 밋딤, 사몽, 코다, 유우, 아움, 뵈뵈는 이제니의 시적 주체에게서 '멀리 있기 때문에' 시적 영감을 주는 존재이다. ……그래, 이들은 충분히 아름답고 시적이다. 하지만 사실은 시적 주체와 진정한 관계가 없기 때문에 그렇게 아름다운 것은 아닌가? 슬픈 표정으로 난파선의 마지막 소지품처럼 낯선 단어들을 매만져보지만, 그런 단어에 매혹당할수록 시적 주체가 발을 딛고 있는 현실이 오히려 사라진다면? 그래서 결국 그녀만의 몽상 속에서 표류하게 된다면. 표류하면서도 끝내 낯선 단어를 발명하고 있는 자신이 문득 우스꽝스럽게 느껴진다면. 나의 슬픔이 가짜처럼 느껴진다면!

현실로 돌아오자니 아름다움이 사라질 것 같고, 그렇다고 낯선 단어로 달려가자니 그 단어들의 공허에 자신이 먹혀버릴 것 같고. 나와 관계 있는 것들, 그것들은 사실 살갗을 아프게 하는 것들인데. 어떻게든 나의 책임을 요구하는 것들인데, 그 무게를 감당하는 것은 어딘지 촌스러워 보여서……. 이번 시집의 갈피에는 이제니의 시적 주체가 겪는, 바로 이와 같은 궁지가 엿보인다. 더군다나 시가 아니라 소설까지 이 계열의 범주를 확장한다면 이미 우리 문학에 이인성, 정영문, 김태용, 한유주 등과 같은 소설가가 있지 않은가? 최근 김태용의 어떤 소설은 이 계열의 가장 과격한 시로 읽히지 않는가? 상황이 이러하다면 선배 작가들이 간 길을 그녀는 어떻게 딛고 걸어나가게 될까. 상당한 고뇌의 자리에 두이/밋딤/사몽……씨는, 존재한다. 어디로 가야 한다고는, 우리가 말해줄 수 있다면 좋으련만. 모르는 것을 어찌 가리킬 수 있겠는가. 다만 알고 있는 것은 이 고뇌의 자리에서 새로운 시가 탄생한다는 것. 이 허무한 대답뿐이어서…….

지나간 미래의 날들을
기록하는 대필가

—장석원, 『역진화의 시작』[1]

장석원의 시적 자아, 다시 광장으로 나서기에는 철저한 회의주의
자, 지난 시절, 국가주의라는 망령에, 애국과 민족이 독재권력의 극
악함을 가리기 위한 상징조작으로 타락했을 때, 독재자가 어버이
로, 국민이 군인으로 변할 때, 그러나 특이하게도 80년대 말·90년
대 초의 대학가에서 학생운동이, 그토록 무너뜨리고 싶었던 군사
정권의 심연을 거울반사해서 편을 가르고 노선투쟁을 할 때, 괴물
과 맞서던 자들이 괴물의 폭력성을 닮아갔을 때, 마침내 낙원이라
고 믿었던 세계가 어느 날 흔적도 없이 지구상에서 사라져버렸을
때, 자고 일어나보니 선배들이 다 떠나버렸을 때.

　세월은 흐르고, 신념은 깨지고, 대의는 사라졌지만, 회한은 여전
할 때, 장석원의 시적 자아는 과거에 사로잡힌 자, 여전히 후일담
속에 사는 자, 그러나 그렇게 사는 자는 가슴이 뜨거웠던 자, 오래
기억함으로써 과거를 보존하는 자, 애정은 증오와 공존하고, 단일

1　문학과지성사, 2012.

대오를 위해 개인을 희생하는 것이 당연했던 시절, 그때가 문득 숨 막히는 공포로 환기될 때, 내부고발자의 시선으로 그 시절을 돌아볼 때, 갑자기 떠난 운동권 선배가 프로 야구단의 스카우트로 화려하게 컴백했을 때, 영원한 것은 없고 모든 것이 변해버렸다는 사무치는 회한이 다시 가슴을 칠 때, 남은 것은 오직 사랑뿐, 혁명의 자리에 사랑이 올 때, 너무 쉽게 사랑이 유일한 구원이 될 때, 그러나 장석원은 사랑에 투신하기에는 많이 우울한 자, 이 시대 사랑의 속물적 계급성을 간파하고 과잉된 낭만성을 경계하며, 사랑을 갈구하는 여인의 목소리로 시대를 리믹스하고, 이 모든 사랑의 타락을 조롱할 줄 아는 자, 혁명에 실패한 자들이 유일한 구원으로 사랑에 목을 맬 때, 유일하게 그 사랑을 비웃을 줄 아는 일진(一陣).

하지만 이 시집, 모든 장면이 추억화, 과거화되어 휙휙 지나가는 한 권의 책, 과거로 흘러들어가는 음악들, 미처 고일 틈도 없이, 이것은 삶에 대한 장석원의 감각, 미처 지각되지도 않고 그저 빠르게 흘러가버리는 인생에 대한 장석원식 노제(路祭), 진실은 더 이상 남아 있지 않고 폐허의 대지를 걷는 지금, 모든 것은 그저 공허하게 흘러가고, 의미 있는 것은 없고 사랑도 마찬가지, 피곤함, 흘러가는 것들의 피곤함, 탕진한 자의 상념, 혹은 상념의 자동기술, 혹은 일상의 위대한 승리, 혹은 어떤 것도 쉽게 믿지 못하는 인텔리겐차의 술 먹은 다음 날, "끝도 시작도 없는 복종이 즐겁네"(「해변의 연가」)라는 말은 흘러가는 것을 지켜보는 자의 슬픈 농담, 언어를 마디화, 분절화하여 쉴 새 없이 흘려보냄으로써 기억을 음악으로 변형시키는 기술, 이 글은 그의 시집에 대한 오마주, 만나자마자 그/그녀를 떠나보내는 기술, 그리하여 그/그녀를 그리워하게 만들려는 욕망, 모든 것을 떠나보내는 방식으로 자기 자신마저 완벽한 단자로 만들기 위한 극지생존법, 무엇에도 구속됨이 없이, 마침내 그가 '비극성'이라는 가장 유효한 시적 자산마저 키치와 희화화로 자멸시켜 버릴 때, 전체 그림을 일러주지 않고 자기만 알고 있는 이야기를 쉴 새 없이 혼자서 중얼거릴 때, 그의 고독이 읽는 자를 자꾸만 혼란에 빠뜨릴 때.

이것은 차라리 어떤 부끄러움, 부끄러움을 알고 있는 자의 고독한 스피치 교실, 부끄러움이 사라진, 이 후안무치한 세계에서, 후안무치한 자들은 상처 없이 잘 살고, 오히려 약간 부끄러웠던 자들은 더 큰 죄의식으로 고통을 받아야 하는 이 세계에서, 인간과 세계를 사랑해본 적이 있는 자의, 진리를 믿어본 적이 있는 자의 소심한 변장술, 장석원의 시적 자아가 가진 태생적 격렬함과, 낭만성과, 정치성, 그것을 오히려 희석시키는 방식, 부끄러움. 더 단단해질 수 있는데, 더 많은 이들의 주목을 받을 수도 있는데, 그저 잡스럽게 떠드는 것이 낫겠다는 1990년대식 감수성의 2000년대적 통찰, 부끄러움. 그리하여 마침내 어떤 치명성을 누르는 방식으로, 더 치명적일 수도 있는데, 진심이, 사랑이, 슬픔이, 고통이, 현실이, 이 모든 사소함이, 그가 지닌 모든 격렬함이, 끝내 음악이 되어 흘러가게 만드는 기술, 부끄러움. 박정대의 음악성을, 조연호의 단자술(單子術)을, 심보선의 낭만적 사랑법을, 황지우의 정치성을, 이 부끄러움 속에 모두 가지고 있는 자, 그는 혼란을 사랑하는 자, 괴멸을 즐기는 자, 그런 자기 자신을 견딜 수 없이 부끄러워하는 자, 사실은 울지 않으려고 잡다와 수다에 자신을 섞어서 빠르게 흘려보내는 자, 거기 멈추세요, 너무 빨리 가지 마세요, 조금 더, 조금 더 당신을 보여주어도 좋겠어요, 나는 그렇게 말하고 싶은 자, 문득.

문득, 나는 놀라는 자, 벌써 4월, 어느새 4월, 학교 본관에 설치된 분향소, 이 아득한 향냄새에 놀라는 자, 익숙한 얼굴을 다시 확인하고 놀라는 자, 어디서 봤더라, 강경대가 죽은 지 벌써 20년이 넘었다는 사실에 놀라는 자, 그런 이름을 말하는 것 자체가 시대착오적인 느낌을 주는 시대, 백골단이라는 단어를 떠올리고 퍼뜩 진저리를 치는 자, 아직도 그 말이 나를 섬뜩하게 한다는 사실에 놀라는 자, 1990년대 초반에 대학을 입학한 세대가 아니라 1990년대 초반에 태어난 세대가 빠르게 움직이는 대학에서, 이젠 분향소 앞을 지나면서 아무도 놀라지 않는다는 사실에 놀라는 자, 그건 별로 놀랄 것도 아니라는 놀라운 사실을 이제야 깨닫는 자, 계급 대신 계층을, 빈부격차 대신 양극화를, 혁명 대신 1% 사회 지도층의 노블레스 오블리주를 기다리며, 그러나 예전과 별로 달라진 것이 없는 것만 같은 2012년에, 1990년대의 '노스페이스'였던 짝퉁 '이스트팩' 가방이 아니라 이제는 '무인양품' 검은 서류가방에서, 이 공간의 또 다른 유령인 내가, 장석원의 시집을 꺼내들 때, 처음 '팔뚝질'을 해보았던 데모 현장에서 어색하게 따라 불렀던 '임을 위한 행진곡'이 갑자기 지금 여기에서 흘러나오는 기분에 사로잡힐 때, 차마 〈건축학 개론〉을 보러 가지 못할 때, 문선대 공연에서 들었던 '서울에서 평양까지'의 흥겨움이, 술집에서 선배들이 불러주었던 '마른 잎 다시 살아나'의 처연함이, 혼자서 민주 광장을 지나다 학교방송국 스피커에 흘러나왔던 '광야에서'를 듣고 가슴이 뜨거워져 어떤 막막함으로 학관을 향해 고개를 푹 숙이고 걸었던 때, 분명 그때, 또한 여기, 장석원의 시집을 펼쳐들 때, 벌써 아득해져버린 그 시절의 광장이 새롭게 펼쳐질 때, 이 강렬한 부끄러움 속에서 그의 시를 읽을 때.

죽은 아이가
꾸는 태몽

― 김근, 『구름극장에서 만나요』[1]

자기가 죽었다는 것을 잊고 존재하는 아이가 있다. 이 아이는 죽어서도 꿈을 꾼다. 꿈은 조금씩 바뀌지만 결론은 같다. 곤죽이다. 꿈속에서 만물은 흐물흐물 제 형상을 잃어버리고 자주 뒤엉켜 섞인다. 아비는 오래전에 사라지고 오직 아이와 어미, 할미와 할아비만 존재하는 신화적인 마을, 저주받은 운명을 수행하듯 사람들은 서로 물고 빨다가 순식간에 늙고 부패해버린다. 아이는 불행하게 태어났으나 액막이굿을 치를 새도 없이 그 자신이 불행을 퍼트리는 종자가 되어 마을을 멸망시킨다. 핏덩이는 노인이 되고 노인들은 더더더 노인이 된다. 인간과 자연이 얼크러지고 기어이 곤죽은 흘러넘친다. 이런 식의 꿈이 매번 반복된다. 꿈속의 문장들은 명확한 서술부 없이 곧장 다음 문장으로 넘어가거나 질척질척 서로 업혀버리고 혹여 빈틈이 나타나면 우우우, 헤헤헤 흘흘흘, 해설라무네, 아이고데고, 어허 나흐으 등 언어가 되지 못한 소리가 들러붙어 남

---

1 창비, 2008.

도 땅 어느 버려진 무덤에서 흘러나오는 흐느낌이 된다. 무너져가는 흙집, 역병, 비나리, 구렁이, 붉은 열매들. 영가와 접신하여 동공이 풀린 채 사설을 읊어대는 젊은 박수무당 곁에 앉아 있는 기분이다. 보소, 무슨 원한이 그리 많아 이승을 헤매고 계시오. 왕생하시오. 부디 왕생하시오.

첫 번째 시집을 완벽하게 배반하며 두 번째 시집을 엮는 시인이 있는가 하면 첫 번째 시집을 내고 보니 비로소 명징해진 자기 세계의 어떤 부분을 밀고나가보겠다는 결심으로 두 번째 시집을 빚는 시인이 있다. 대다수의 시인들이 후자의 길을 간다. 문제는 몸에서 끌어올려진 세계가 의식의 영역으로 들어서는 순간 불필요하게 합리적인 조도가 높아져 알맹이 없는 거푸집으로 허망하게 부서지거나 제 몸의 리듬을 잃고 인위적인 장단으로 비틀거릴 때다. 불행한 길을 자처하는 시인이 어디 있겠는가? 다만 의지가 감각을 앞서는 순간 언어의 풍요로운 질감과 형상이 묻혀버리는 것을 막을 수가 없다는 의미에서 후자의 길을 선택한 시인의 두 번째 시집은 어느 정도 실패를 예정하고 있다고도 볼 수 있다. 김근의 경우, 시가 추구하고 있는 곤죽의 상태는 역설적이게도 더욱 분명해졌고(그런 의미에서 언어의 풍요로움은 덜하며) 그것이 매 편 예정된 지경으로 귀결되고 있다는 점(그래서 다양한 재미는 떨어지지만)에서 역설적으로 주술성은 더욱 강화되었다는 점이 특이하다. 애초에 김근이 가진 생래적 리듬-즉 주술적 반복성은 두 번째 시집에서 완성될 가능성이 높았던 셈이다.

도대체 이 곤죽의 반복을 통해 김근은 무엇을 드러내고 싶었던 것일까. 그 반복이 불쾌함에도 불구하고 큰 인상을 끼쳤던 사건을 강박적으로 반복하는 이유가 '복수', '소산(해소)', '능동적 주체의 탄생'임을 기억한다면[2] 김근의 시적 자아는 시적으로 재구성된 세계 속에서 아비의 머나먼 출타 후 남겨진 가족에게 느꼈던 쓸쓸함과 우울을 늙고 병든 사람들, 게다가 서로를 파멸시키는 가족 관계로 바꾸어버림으로써 그로테스크하게 되갚는다는 점을 알 수 있다. 이 과정을 거쳐 김근의 시적 자아는 애초의 상실감이 준 커다란 충격에서 서서히 벗어나고 마침내 이미 죽어버린 아이가 자기 자신의 태몽을 꾸듯 모든 장면을 수동적으로 받아들이기만 하는 존재에서 능동적으로 '구성'하는 주체로 탄생한다. 이런 의미에서 김근의 모든 시는 사산된 아이가 꾸는 태몽이다. 되풀이되는 태몽 속에서만 그는 간신히 주체로 활동할 수 있는 그런 존재이다.

김근은 자기 자신을 명확하게 규정하는 것을 최대한 지연하여 그 안에서 희미하게 존재하려고 한다. 그러나 그는 언어/시에 이르러 갈등에 빠지는데 이때 필연적으로 만날 수밖에 없는 존재가 바로 집 떠난 아비다. 아비는 내내 등장하지 않다가 이번 시집의 후반부에 용포를 걸치고 나타난다. 이른바 「분서(焚書)」 연작의 '임금'이다. 표면적으로는 진시황의 분서갱유를 연상시키며 권력과 지식, 권력과 언어의 관계를 암유하는 것으로 보이는 이 연작은 그러나 실은 '필경사(시인)'를 자처하며 자신을 낮춘 시적 자아가 임금(아비)을 모욕하고 또 사랑하였다는 것을 고백함으로써 그와 화해하고자 불길 속에서 써내려간 기나긴 제문이다. 또 왕이 죽어 결국 책을 남겼다는 말(「분서(焚書) 10」)은 그럼에도 불구하고 결국 아비의 부재가 자신의 언어를 만든 기원임을 인정하는, 김근의 다시 쓴 출생신고라고 할 만하다. 그는 이제 비로소 한 시절을 떠나보냈다.

---

[2] 프로이트, 「쾌락원칙을 넘어서」, 『정신분석학의 근본개념』, 열린책들, 2004, 참조.

정말 내 시가
그렇게 무섭니?

─이영주의 시

너는 꿈을 꾸었지 이곳에서 저곳으로 건너가면서

걸을 때마다 틈 속에서 부서졌지 오후의 햇살처럼 번쩍거리며

가구를 만드는 사람들이 의자에 앉아 있다

나무들의 몽상이 피어오른다

아라비아 반도에는 피 흘리는 나무가 있다는데

정말 끈끈하고 딱딱하지? 너는 가만히 왼손을 쥐어본다

톱밥 같은 손 우수수 붉은색으로 흩어지는 것 같아

짙은 눈썹을 가리고

너는 바닥에 드리워진 그림자를 쓱쓱 지워본다

고통이 망가질 것 같아서 이 나라 언어를 쓸 수가 없어

왼손이 잘린 너의 편지는 온통 침묵

그림들 계절의 위치 죽는 날까지 이어지는 몽상

휴식 시간이면 휴게실 의자에 앉아 꾸벅거리는
너의 뒷목은 나무처럼 깊어진다

아무것도 쓰지 못하고
손의 모양이 달라졌을 때 꿈을 꿨어
마른 가지가 돋아나는 간지러운

물질이 되는 모습
너는 피를 흘리며 잠깐 잠들었던 순간을 떠올린다
침식하며 부서지는 나무

–이영주, 「편지」 전문(《현대시》 2011년 12월호)

언니. 너를 언니라도 불러도 되겠지. 두 번째 시집 『언니에게』 이후 이제는 널 좋아하는 누구나 다 너를 '영주 언니'라고 부르는 게 아닐까 싶어. 다정해졌어. 쓸쓸하게 다정해. 하지만 꼭 그래서는 아니야. 우린 74년에 태어난 친구잖아. 96년도에 처음 만나서 벌써 17년째 친구잖아. 대학시절을 함께 보낸 유일한 동갑내기 친구 시인. 영주 언니.

그런데 사실, 너를 처음 봤을 때는 언니가 아니라 형이라고 부르고 싶었지. 놀리는 게 아니야. 너도 알다시피 너한테는 보이시한 매력이 있었잖아. 난 너처럼 목청이 큰 여자애는 처음 봤었거든.

행동에도 거침이 없었고. '좋으면 좋고, 싫으면 싫은 거지 중간이 어딨어?' 아마 그런 이미지로 네 첫인상이 새겨졌던 것 같아. 그러니 나처럼 매사에 '의견'이란 게 별로 없는 소심한 사람에게는 무척 '힘센 형'하고 어울리기가 버거웠던 거지. 너는 네 스스로 아웃사이더였다고 혹시나 말할지 모르겠지만 글쎄, 멀리서 지켜본 내 눈에는 항상 네 주변이 좋은 사람들로 북적거렸던 것 같아.

네가 사람들을 끌어모으는 스타일이었던 거지. 주변의 사람들에게 네가 쏟아붓는 관심과 애정들이 놀라웠어. 게다가 넌 너의 감정에 솔직했잖아. 그게 때로는 작은 소란을 불러일으키기도 했겠지만, 바라보는 내 쪽의 마음은 부러움이었다고 할까. 직선으로 싸우고 토닥이고 갈라지고, 다시 사랑하는 그런 장면들을 보면서, 어디서 저런 에너지가 나올까, 많이 부러웠지. 문학을 하기 위해서는 사람을 알아야 하고, 사람을 알기 위해서는 제대로 그/녀를 만나야 한다면, 저런 모습이 진짜가 아닐까 싶은 뜨거운 에너지가 너한테 있었어. 그 시절. 그래서 나한테 너는 '형'이었다. 나도 저 형 눈에 들고 싶어. 그런 마음이 들 정도의 형.

(오늘 내가 너무 사적인 이야기를 꺼낸 것 같네, 그치? 그런데 난 글을 읽을 때, 솔직히 말하자면 객관화, 라는 것이 잘 안 돼. 그런 게 잘 되는 사람이 너무 부러워. 얼핏 한번이라도 본 그 사람의 얼굴이 떠오르고, 그 사람의 생생한 눈빛, 말투, 존재가 만들어내는 분위기가 떠오르거든. 그런 게 작품이랑 자꾸 섞여. 내가 만나본 작가들은 대개 사람과 글이 묘하게 부조화를 이룬 채 어긋나 있었지. 그런데 그게 맞는 거 같아. 글처럼 그 사람이 매력적이기만 하다면…… 뭔가 혹독하게 무섭지 않니? 세상이 어떻

게 그렇게 매력적인 인간들로만 가득할 수 있겠어.)

그런 네가 시인이 되었고, 정말 우연하게도 몇 개월 사이를 두고 나도 시인이 되었지. 그동안 너의 작품들을 읽으면서, 내가 선명하게 떠올렸던 건 남가좌동 네 자취방의 이미지였던 것 같아. 학교 아이들과 함께 가봤던 네 방이 아직도 선명해. 거기에 레오나르도 디카프리오의 패널이 걸려 있었지. 지금처럼 중년이 되기 전, 날카로운 턱선이 살아 있던 젊은 시절의 디카프리오. 그리고 반지하방. 지금도 그렇지만 그때 역시 가난한 대학생이 손쉽게 몸을 누일 수 있는 곳은 그런 반지하방이 전부였지. 습기가 많고 어두워서 안에 있으면 몸이 축축 처지고, 누워 있으면 하루가 그냥 지나가버릴 것만 같은 창문 없는 방. 넌 분명 다른 좋은 방에도 살았을 텐데 왜 그 방의 이미지가 선명한 걸까.

하지만 그 방을 떠올리면서 네 시를 이해하게 됐다고 할까? 어둡고, 불모인, 폐허가 되어가는 여자. 고양이 울음. 끝내 그 자리에서 늙어서 노인이 되어버린 사람. 그런 사람이, 혹은 그런 이미지가 어디서 나온 건지 알 것만 같았어. 단편적으로 주워들은 네 삶의 편린들이 그림을 만들기 시작한 거지. 각자의 영역은 달랐지만 오랜 세월 비슷한 시간을 통과했기 때문에 가능한 일이겠지. 하지만 쉽지는 않았어. 너는 강한 형이었어야 했는데, 나는 네가 그러기를 바랐는데. 너에게도 그런 축축한 내면이 있다는 걸 아마도 받아들이기 싫었던 것 같아. 아, 얼마나 제멋대로니. 우리가 타인에게 거는 자기충족적인 기대란. 그래서 무서웠어. 출구도 없이 어둠 쪽으로만 활짝 열린 네 시의 풍경들이.

그렇게 만난 이번 시. 이번 시는 아마도 교외의 가구 만드는 공장에서 일하는 외국인 노동자를 보고, 그 짧고 나른한 휴식을 완전하게 네 것으로 만든 후에 쓴 시편 같아. 왼손은 기계에 잘린 걸까? 벌써 끔찍해. 그가 의자에 앉아 잠시 졸 때. 나무가 되어가는 그. 앞도 뒤도 네가 잘 써온 바로 너의 시이지만 나는 이상하게 "고통이 망가질 것 같아서 이 나라의 언어를 쓸 수가 없어"라는 문장에서 오래 떠나지를 못해. 왜 이런 말을 썼어. 이렇게 아픈 말을. 어떻게 이런 말을 썼어. 네가 그 사람도 아닌데. 이게 어떻게 안 무서울 수 있겠어.

후배 시인과 대담을 나누었던 잡지. 거기서 네가 이런 말을 했더라? "그런데 정말 내 시가 그렇게 무섭니?"(《현대시》 2011년 12월호) 하고 네가 순진하게 묻는 장면. 나라면 이렇게 대답할 수 있을 것 같아. "응, 정말 무서워. 그런데 이젠 좀 쓸쓸하다." 옛날에는 네 시가 무섭기만 했는데, 지금은 왜 쓸쓸하게 느껴질까.

아마도 이제 네가 너의 어둠을 너도 모르게 '미학적인 부위'로, '축축하지만 아름다운 것'으로 껴안을 수 있게 되었기 때문인 것 같아. 이전의 네가 불모와 어둠으로 꽉 찬 나머지 그걸 건조하고 고통스럽게 내뱉기만 했다면, 지금의 너는 불모와 어둠에 달라붙은 무언가를 그리워하면서 안으려 한다고 할까.

맞아. 지금 여기 없는 것이 그리운 거잖아. 없는 것이, 있었으면 해서 아픈 거잖아. 그게 맘대로 안 돼서 슬픈 거잖아. 이제 너는 그리워하는 사람. 그리워하는 사람은 많이 약한 사람. 영주 언니. 그래서 네가 대담에서 "사랑이라는 것을 나는 감정의 문제라고 생각했는데, 그걸 표현하면 깨져버리고 말아. 그러니까 자꾸만 표현을 감춰버리고 마는 거지"라고 말할 때. 끝내 닿지 못한 너의 목소리가 발밑에 고여. 너의 상처가, 네가 홀로 보냈을 밤이 나에게도 느껴져. 예전의 당당한 너는 흐려지고, 네 목소리가 어느덧 이렇게 작아졌다는 것을 확인하고야 말 때. 네가 '형'에서 '언니'가 되었다는 것을 느낄 때. 나는 말야. 그게 참 좋기도 한데, 왜 이렇게 한없이 쓸쓸한 거니. 영주 언니.

병적 환상,
앓으면서 쓰는 시

―장승리의 시

근래의 어떤 시들은 언어가 먼저 씌어지고 감정과 감각은 나중에 달라붙는다. 시인들은 우선적으로 언어를 비틀고 조이고 굴절시키면서 자신도 확신할 수 없었던 이상한 감각과 세계를 비스듬히 드러낸다. 드러내면서 시인도 자기 자신의 낯섦에 감탄한다. 여기에 이상한 나르시시즘이 있다. 읽는 자로서는 신비로워서 매력이 있다. 그동안 볼 수 없었던 경향이어서 참신하다. 예전 시에는 행간에 감추어진 기의들을 찾아내는 재미가 있었다면 이제는 문장 하나하나, 더 나아가서는 구절과 단어 자체에 감추어진 다의적 감각과 감정을 감지하는 재미가 있다. 우리 시는 언어에 더 예민해지고 있다. 쫄깃쫄깃한 언어 페티시즘의 시대, 언어의 즙을 마음껏 향유하는 시대이다.

아쉬운 점이 없는 것은 아니다. 언어란 사물을 살해한 결과로 비로소 사용 가능해지는 추상적 기호이다. 따라서 지시대상이나 내면이 관계되지 않으면 결국 관념과 추상만 남는다. 그렇게 만들어지는 세계도 충분히 아름답기는 하지만 이 계열의 범작들은 언제나 막연하고 모호하며 따라 읽기가 힘들다는 근본적 난점을 갖고 있다. 내면은 물론 손, 발, 눈, 귀, 피부를 잠재우고 머리로만 따라가야 하기 때문이다. 감각에서 감각, 감각에서 내면으로 가지 않고 머리로 시작해 감각이나 내면을 건드리고 다시 머리로 돌아오는 나른하고 관념적인 주행이다. 또 언어의 선택과 배치로 만들어내는 감각이어서 엷고 얕다. 손에 잘 잡히지 않아서 한 번 놓치면 길을 잃기가 십상이다. 무엇보다도 언어 페티시즘의 시는 필연적으로 영혼이 너무 늦게 따라온다. 항상 언어가 먼저 달려가기에 시인들은 가끔 영혼을 데리고 오는 일을 까먹는다. 데리고 와도 어느새 시가 끝나간다. 그러다 보니 시가 공허할 때가 많다. 시는 50미터 앞에 있고 시적 화자는 20미터 앞에 있고 독자는 출발점이다. 이러한 격차가 신기하고 재미있기는 하나 피곤해질 때도 있다.

달리 이렇게 말할 수도 있을 것이다. 낯설기는 하나 절실하지는 않다, 아픈 것 같기는 한데 흉내 내는 게 아닐까 싶다, 어쩐지 시와 시적 자아가 한참 격리되어 있는 느낌, 시인이 보여주는 그 세계를 내 것으로 껴안기에는 너무 멀리 있다는 생각……. 그런 의미에서 장승리의 시는 시와 시적 자아가 굉장히 밀착되어 있다. 정말 병든 사람을 보고 있다는 느낌을 준다. 아마도 어린 시절 부모와 관련된 상처가 그녀의 시적 자아를 병적 상태로 이끈 것으로 보인다. 첫 시집 대다수의 시편들이 이 상처를 중심으로 빨려 들어갈 듯 소용돌이 무늬를 그리고 있다. 「꿀단지」(『습관성 겨울』, 민음사, 2008)는 사우디아라비아에 계신 아빠를 위해 준비했던 꿀단지를 열었다가 엄마에게 혼나서 발가벗겨져 대문 밖으로 쫓겨난 이야기이다. 온몸에 피멍이 든 채 아빠를 찾아 헤매고, 돌아와 우는 엄마 곁에서 잠자는 척 속으로만 중얼대는 나. 이야기의 힘도 힘이지만 시적 자아의 중얼거림은 강렬한 통증으로 다가온다. "잘못했어요/저를 핥으세요, 제 몸은 달아요" 같은 구절의 반복은 사랑을 원하였으나 결국 사랑을 거절당한 아이의 분노가 애처롭게 억눌려 있다. 「헌 엄마 (『습관성 겨울』)」는 더욱 고통스럽다. 남편의 공박과 애인의 외면, 재혼한 엄마가 보여주는 속물적 욕망 추구의 삶, 왜소한 나, 정신과 상담조차 상담비가 아까워 받지 못하는, 정신과 치료로도 해결될 수 없는 사랑의 텅 빈 공허. "울퉁불퉁한 돌 하나를 죽이고 싶다 죽이고 싶다"는 문장은 읽는 이를 잡아채는 격렬한 적의로 가득한 문장이다. 죽이고 싶다는 구절의 단순한 반복이 무서운 주문처럼 읽힌다는 것은 놀랍다. 병적이고 뜨겁다. 첫 시집 도처에 이런 문장이 박혀 있다. 어른이 된 후에도 장승리의 시적 자아에게 삶은 거칠고 끔찍한 공포의 환상으로 가득할 뿐이다. 「기록하는 여자 2 (『습관성 겨울』)」에서 그러한 병적인 환상을 확인할 수 있다. 바늘을 씹고, 바늘이 피부를 뚫고, 거울은 깨져 자기동일성은 파괴되며, 체중은 37kg. 너무 가벼워 하늘을 날아가는데 하늘에도 천장이 있고, 백지를 타고 마음껏 날아가다가, 바람은 멈추고, 더 이상 날지 않는 종이, 날 수 없다면 지상의 노역을 감당해야 할밖에. 빨간색으로, 빨간색으로. 공허한 환상이 아니라 앓는 환상이다.

그러나 김혜순이 있었고, 이연주가 있었고, 박서원이 있었다. 여성적 주체는 남성적 주체에 비해서 태생적·사회적으로 자기 자신과 이 세계에 대한 유희와 농담을 펼치기가 어렵다. 이런 주체가 병적으로 토해낸 분노와 환상, 비틀린 언어가 1990년대를 이미 관통했다면 장승리는 여기에 더 어떤 것을 더할 수 있을까. 또 간혹 초반에 제시된 강렬한 이미지가 중반 이후 더 확장되지 못하고 갈수록 잦아들 때, 이는 이미지 확장과 변주의 기술적인 문제에 불과하다고 단언할 수 있을까. 더욱 병적인 이미지의 확장을 추구한다면 이 한계지점이 극복될 수 있을까. 사건 재현의 평이한 언어를 극복하기 위해 언어 페티시즘자들의 방식을 수용한다면, 발화 지점을 내면이 아니라 언어로 삼는다면, 새로운 돌파구가 열릴까. 쉽게 해결할 수 없는 난제들을 이렇게 늘어놓는 것은 괴로운 일이다. 그러나 분명 장승리 시인은 1990년대 여성적 주체의 화법과 이미지 구사 능력을 선물처럼 갖고 태어난 시인이며, 시를 자신의 몸으로 앓고 토해내는, 그런 뒤에만 시를 쓰는 시인이다. 결국 장승리 시인이 시를 쓰는 일은 보통 사람들보다 곱절 힘들 수밖에 없다. 시와 시적 자아, 시인이 거의 일치되어 끙끙 앓으면 앓을수록 더 좋은 시를 쓸 수 있기 때문이다. 앞으로 장승리 시인이 보여주는 변화와 모색은 1990년대 한국 여성시의 전통이 2010년대에 접어들어 어떠한 방식으로 계승되고 변모되는지를 확인할 수 있는 한 사례가 될 것이다. 함께 쓰면서, 앞으로도 계속 이 시인의 변모를 지켜보고 응원하는 것으로 애정을 대신하고자 한다.

외롭고 명랑한,
공굴리기 서커스

—이윤설의 시

이것은 소녀의 꿈. 아이-소녀-그녀로 자랐다가 다시 소녀로 더 성장한 그녀의 낙원. 바람은 싱싱하고 만국기가 펄럭인다. 말랑말랑, 달착지근한 구름은 하늘에 가득 피어오르고 어디선가 들리는 명랑한 말투는 탄산 가득한 사이다. "죽이 끓고 변죽이 울고 이랬다 저랬다 좀 닥치고 싶다 오버"(「오버」,《열린시학》 2008년 봄호)라고 소녀가 외칠 때, 꾹 눌러 참았다가 결국 뱉어낸 말투가 선사하는 각운의 리드미컬한 타격과 확 밀려오는 짜증스러운 목소리에 담긴, 어딘가 심정적으로 끝까지 가본 사람의 새침함. 어떤 일이 있어도 말투만은 고치지 말아요. 그랬으면 좋겠어요. ……그동안 시키는 대로 움직였고 떠미는 대로 살아왔고 그래서 가출도 한 번 한 적 없을 것 같은 이 소녀. 당신이 뭐라고 떠들든지 알겠어요, 당신은 왜 당신 말만 하죠, 그래도 나는 당신을 별로 미워하지 않아요. 소녀는 이렇게 생각하며 자신을 바른 길로 인도하려는 온갖 설교 속에 오피스 의자를 놓고 앉아 태연하게 살아왔다. 일부러 남들과 "구별되지 않도록 흔하게 굴었을"(「남몰래 수영장」,《열린시학》 2008년 봄호) 것 같은. 그랬을 소녀.

먹먹한 가슴 압착기로 눌러 씩씩해지고 싶은데 짠 눈물이 멈추지 않아요.

소녀의 언어를 읽으면 떠오르는 문장. 유치해. 유치하고 그래서 사랑스러워. 황인숙 이모가 들으면 넌 왜 날 불렀니 웃기는 짬뽕이라고 흥흥거렸을 것 같지만 그 이모가 쓴 시를 닮아서 희귀한 이 소녀. 인숙 이모를 쫓아가려면 노력해서는 안 돼. 태생이 그렇게 생겨야 해. 비가 내린 다음 날 남산 케이블카에서 내려다보는 서울 동네가 너무너무 깨끗하고 눈부셔서 어쩔 줄 모르게 행복하고 슬퍼야 해. 그런 마음을 알아야 해. 찢고 자르고 피투성이로 만들거나 품고 젖 먹이고 거두는 것도 아닌, 인숙 이모가 만들어낸, 바람이 좋다 별별 콩콩 죽겠지만 명랑하고 싶어, 의 세계에 태생적으로 몸담고 있는 이 소녀. 인숙 이모보다 아직 사랑에 훨씬 더 목마르고 공중에 떠오르는 날개 달린 상상으로 자신을 위로하길 즐기고. 피부를 간질이는 감촉에는 덜 예민하고 그 대신 사실은 많이 심각한. "태어나 참 피곤했다"(「오버」)라든지 "왜 이런 인내가 필요한 게 인생이라고 말해야 하는지"(「남몰래 수영장」)같이 진지한 말들을 헨젤이 빵가루를 뿌려놓듯 슬쩍 흘려놓고는 아닌 척 또 길을 나서는.

그래, 이젠 홀연 박쥐가 날고 비행선이 뜨고 수영장이 넘치는 게 이상하지 않다. 투명한 물고기를 닮은 언어도 떠오르고, 그 언어가 애써 명랑한 척 다음 언어를 부르고. 툴툴거리며 씩씩거리며 슬쩍 신세를 한탄하다가 불러낸 언어가 그래도 못 견디겠다는 듯 눅눅해질 즈음 소녀는 서둘러 슬픔의 물고기를 몰고 싹 사라져버린다. 우스워 죽겠다는 표정으로. 쿡. 쿡. 쿡. 자신의 눅눅해진 늑골을 들

키고 싶지 않다는 듯이 총. 총. 총. 이건 분명 외톨이로 벽 뒤에 숨
는 것인데 숨어서 무릎에 고개를 파묻고 앉아 있을 소녀가 떠올라
오래 뒤돌아보게 만드는 언어들. 가끔 등장하는 퉁명스러운 투정
은 앙살앙살 귀엽고, 그래도 좀 안아달라는 애원은 자존심 상해서
안 하고. 그럴 것 같은 소녀. 피가 거꾸로 치솟아 악을 지르기 전까
지는 어디에 있어도 별로 눈에 띄지 않을 것 같은 평범한 이 소녀.
뜨거운 피를 꾹꾹 밟아 17년 된 포도주로 만들어내는 마술. 불의가
너무너무 싫고 타락한 자들을 살짝 경멸하며 악취는 지독하게 혐
오하는, 그러나 슬픔에 가득 찬 하마를 기르는 이상한 소녀. 친구
도 없고 친구를 만들 생각도 없는 소녀가 만들어낸 외롭고 명랑한,
공굴리기 서커스. 커다란 공에서 너무 많이 떨어져본 사람의 상처
투성이 서커스. 눈 하나 깜짝 않고 또 떨어지는 섬뜩한 서커스. 그
래서 더 아프고 재미있는 서커스. 네가 나를 쓰레기라고 불렀을 때
나는 검게 탄 미소로 뒷걸음질 치다가 차에 치여 박쥐가 되었다,
라니(「이 밤이 새도록 박쥐」,《시에》 2006년 가을호). 이런 식의 자폐적이고
소심하며 엉뚱한 발상은 분명 오버인데, "엔꼬다 오버", "코도 안
골 거다 오버", "오버다 오버"라고 이야기하는 순간 넘치던 물결은
자분자분 잦아들어 쓸쓸한 웃음을 안겨주고 다시 사라져버린다.
감춰둔 우리 마음속 수영장을 들켜버린 느낌. 세상 모르게 어리고
상큼하고, 결정적으로는 슬픔을 아는 이 소녀. 우리 마음속 슬픔의
물고기를 소녀에게 맡기자. 단 한 번이라도 남 몰래 울어본 사람들
이라면 또다시 우리 수영장이 넘치기 전에 이 나라에 가는 거다.
이 꿈에서 요요를 흔들며 놀다가 슬프고 비린 물고기며 눈물에 잠
긴 나무를 바삭하게 튀겨 맛있게 뜯어먹자. 오도독오도독.

더 나빠질 테다

— 심지아의 시

학교 따위! 그런 우스운 곳에는 가지 않겠다는 아이를 아세요? 그 런 아이. 내가 아는 한 아이. 난 자주 궁금했어요. 아이는 뭘 하면서 하루를 보낼까. 생각해봐요. 너무너무 재미있을 거야, 매처럼 자유 로울 거야! 이렇게 딱딱한 걸상에 앉아, 점점 풀려가는 눈동자로, 독나방의 애벌레처럼 변해가는 칠판의 글씨들이나 쳐다보고 있는 나 따위와는 비교도 할 수 없을 걸.

그런데 테라스에 의자를 가져다놓고 그 아이, 하루 종일 밖을 내 다보기만 한대요(「딱딱함과 부드러움」, 《세계의문학》 2010년 봄호). 신기한 건 바게트를 깨물고 있는 표정. 이상해요. 그건 맛있어 죽겠다는 표정이 아니라 아파 죽겠다는 표정이잖아. 신음을 겨우 참고 있는 사람의 표정이잖아. 아이는 원래 이빨이 좋지 않았나 봐요. 그래서 치과에 갔겠죠. 딱딱한 거 먹지 말라는 주의를 들었겠지만 이 아 이, 그 뒤로 더욱 단단한 것에 이빨을 박는 것이 좋아졌어요. 지금 까지 살아오면서 상냥하고, 평화롭고, 안전하다는 느낌을 한 번도 가져보지 못한 이 아이에게 의사선생님의 충고는 너무나도 비현실적이었겠죠. 그래서 의사선생님을 비웃어요. 아이의 말 속에 뼈는 없지만 심층에 숨어 있는 것처럼 보여요. 충고하는 자들을 비웃는 걸렁함. 있어요. 그런 삐딱함이.

이제 자기에게 약한 이빨의 유전자를 물려준 할머니, 그 입을 쳐다보네요. 부모는 제 역할을 못한 채 어디론가 사라지고 할머니가 보호자인가 봐요. 어쩔 수 없이 연상되는 불구의 가족사. 다 빠져버리고 두 개만 남은 할머니의 이빨. 그 이빨을 계속해서 쳐다본다면……. 생각만 해도 그건 도저히 사랑스럽다고는 할 수 없는 기괴한 풍경일 테지만 아이는 눈을 떼지 못해요. 버릇없다는 소리를 들어도 아이는 ‘병신’처럼 히죽거리며 “나도 사랑해요”라고 중얼거려요. 아! 난 여기서 가슴이 탁 막혔어요. 아이는 그냥 ‘버릇없는 변태’일까요? 그럴 수도 있겠죠. 하지만 난 더 생각해봤어요. 뭐가 안전한 건지, 뭐가 행복한 건지 한 번도 경험해보지 못한 아이에게 확실한 건 ‘고통밖에’ 없잖아요. 한 번도 느껴보지 못해서 비현실적인 ‘행복’보다는 너무 많이 겪어서 친숙한 ‘고통’이 낫잖아요. 없는 부잣집 친구보다는 늘 곁에 있는 나쁜 친구가 낫잖아요. 고통을 불러들여서, 고통을 통해서 자신이 ‘살아 있다는 것’을 확인하는 거예요 아이는. ‘행복은 너무 멀리 있고 고통은 이렇게 가까이 있다.’ 이건 아이가 지금까지의 경험을 토대로 만든 표어일 거예요. “예쁘고 무서워서 나는 꼼짝없이 생각에 잠겨가요”라는 말은 그래서 이해돼요. 사실은 자기도 할머니 입처럼 될까봐 너무나도 공포스럽지만 ‘고통’으로밖에 자신을 확인할 길이 없을 때 아이는 마치 최면에 걸린 사람처럼 차라리 제 곁 고통의 심연을 들여다보는 거죠. 그래서 아이에게 ‘우리 할머니 입 들여다보기’는 세상에서 가장 즐거운 취미인지도 몰라요. 할머니의 입은 이렇게 시커멓게 죽어가고 있고, 이 모든 것은 너무나도 현실적이니까. 자신을 괴롭혀서라도 '그래, 난 여기 현실에 있지. 그래도 난 살아 있어!' 하고 외치는 아이. 이빨을 드러내고 낮게 흐흐흐 웃으며 좋아하는 아이. 고통을 사랑할 수밖에 없는 아이. 또 한쪽에서는 할머니 떠나면 안 돼. 꼭 내 곁에 있어야 해. 할머니마저 없다면 난…… 환청처럼 그런 소리가 들리고.

　고통에 익숙해질수록 아이는 점점 더 비뚤어져 가요. 어느 한계를 넘어서면 고통에 무디어져 버리는 거죠. 자기를 학대하려고 바게트에 이빨을 박아 넣고는 "금세 들뜬 기분"이 든다니. 이 변태적인 미감이라니. 이상하죠. 이제 아주 폭력적이고, 아주 공격적인 힘이 생겨요. 모든 걸 다 망가뜨려버리고 싶다는 에너지가 솟구쳐요. "벽돌이라면 튼튼한 망치로. 뺨이라면 새 가죽 냄새 나는 글러브로, 한 방향으로 내리치며 그러니까 그래서 감정을 절약하는 방식입니다"라고 아이가 이야기할 때, 이건 아이가 언제든지 감정이 제거된 폭력기계로 변해갈 수 있다는 신호처럼 보여서 무서워요. 제발 그러지 마. 그러지 마. 내가 중학교 1학년이었을 때 쇠로 만든 부삽으로 한 아이를 거의 죽을 때까지 사정없이 내리치는 녀석을 본 적이 있어요. '눈알이 뒤집힌다'는 표현을 그때 알았습니다. 나중에 왜 때렸느냐고 선생님이 악을 쓰니까 "남의 반에 와서 떠들잖아요" 태연히 말했던 그 녀석. 그 녀석이 생각나요. 망가진 눈빛도.

　망치로 벽돌을 내리치고 가죽 글러브로 뺨을 내리치는 이 아이도 마찬가지겠죠. 두고두고 화를 내기보다 폭약 터뜨리듯이 속엣것을 발산해버리는 순간들. 이웃들도 커다란 덫에 걸려 모두 붕대를 감고 다니기를 아이는 정말 간절하게 바라고 있는 걸까요. 나만 상처받지 않고 다른 사람들은 모두 상처를 받았으면! 그래야 공평

하잖아! 하고 아이가 속삭이는 것 같아요. 이런 무시무시한 속삭임들이 곳곳에 숨어 있어서 난 아이의 이야기를 듣는 것이 무서운 거예요. "붕대에 감긴 몸을 보면 어쩐지 조금 너그러워지는 기분"이든다니요. "사람들은 내가 공정하길 바라지만"이라는 말 뒤에 생략된 말은 아마도 "내가 왜 그래야 하는데?"가 아닐까요. '사람들은 내가 공정하길 바라지만 내가 왜 그래야 하는데?' 그래요. 곧이라도 터질 듯한 이 공격성이 섬뜩한 거예요. 아직 터지지는 않았지만 이제 금방이라도 터져버릴 것만 같은 이 에너지. 위태로운 불길함. 아이의 말 속에는 그런 게 있어요. 이게 아이의 이야기에 눈을 떼지 못하게 만드는 힘이에요. 아이를 돌봐주고 싶은 생각이 들어요. 너 자신을 아끼고 너 자신을 버리지 말며…… 정말 그게 가능한가요? 나 자신을 사랑하며 살아가는 사람이 정말 있나요? 사랑하면, 사랑하면 우린 "상냥하고 평화로운 걸까요" 하고 묻는 아이의 목소리. 난 또 무너져 내리고 말아요. 너한테는 뭔가 특별한 것이 있구나. 세상을 다 살아버린 노파보다 더 무서운.

　아이는 필연적으로 '과잉'의 길로 달려갈까요? 아직은 모르겠어요. "더 많이 좋아하거나 더 많이 싫어하지 않고는 글쎄요 하루는 너무 길어요"라고 말하는 것을 보면 과잉으로 갈 것 같기도 해요. 더 많이 자신을 분출하고 더 많이 자기취향을 부풀릴 것 같기도 해요. 그건 아이 바로 앞 몇몇 선배들의 길이기도 했죠. 하지만 뭐랄까요. 아이는 분노와 고통을 내면화하는 법을 아는 것 같다고 할까요? 붕대에 감긴 아이(아! 그렇다면 아이는 어딘가를 다쳐서 학교에 가지 않은 것일까요?)한테 "개새끼, 낫지 마라"라는 글을 적어주는 친구들. 아픈 아이를 열망하는, 앓고 싶은 친구들의 몸부림. 질투. 빈정거림. 장난기.

이때 아이는 뭐라고 답을 할까요. "그래요 나도 사랑해요"라고 말하는군요. 역시 이번에도 할머니 때처럼, 대상을 공격하지 않고 자기 자신을 망가뜨리고 있어요. 이빨을 드러내고 낮게 웃고 있어요. 사랑한다는 말이 이렇게 무서운 말이었나요? 마치 자기 몸에 상처를 내면서 상대방에게 위협을 가하는 건달처럼 무식한 방법이에요. 그래요 나도 사랑해요. 우리는 이 말을 듣고 자꾸만 뒤로 물러나게 됩니다. 사실 이 말은 "그래, 너도 좀 당해볼래? 내가 그렇게 해줄게. 하지만 그 전에 나를 좀 더 파괴해주렴. 나에게 더 고통을 줘"라는 말 같잖아요. 네가 나한테 어떤 상처를 줘도 그건 아무렇지도 않을 거야, 라고 웃는 사람이 제일 무서운 거잖아요. 웃으면서, 웃으면서 그런 말을 하는 거예요. 피 흘리면서, 피 흘리면서 그렇게 속삭이는 거예요. 아이는 어디로 갈까요. 이 무시무시한 아이는 어디로 더 갈까요. 그 미래를 꿈꾸어보는 일은 왜 이렇게 가슴이 아플까요. 나는 점점 정신을 잃어갑니다. 선생님의 목소리는 지워져가고, 저기 뒷모습을 보이며 멀어져가는 아이를 따라가고 있어요.

나의 첫 번째 남자 친구

—황병승의 「어린이」

바닥까지 미개해져서 우리는 만난다

나의 엄마는 더럽고

너의 아빠는 뽀뽀 악수

떠오르는 몇 개의 단어, 몇 줄의 엉터리 문장

백지 위에 얼룩을 남기며

살려고도, 죽으려고도 하지 않는

과자나라의 왕들처럼

우리는 다시 만난다

머릿속은 마른 조개처럼 텅 비고

발톱은 새의 부리처럼 두껍고 단단해져서

그르릉 소리가 터져나오기 전에!

너의 얼굴은 온통……잘생기고

못생기고의 차원이 아니야. 뭔가가 있어. 뭔가 어리석고 역겨운 것이!

나는 무척 마음에 든다

나는 무척 마음에 들어

우리는 만난다

너의 아빠는 썩고

나의 엄마는 맘마 장난감

우리가 가진 전부, 몇 개의 단어

몇 줄의 엉망의 문장으로

우리가 믿는 것은 모조리 검고

이것이 우리의 원래 눈빛

뜨겁지도, 차갑지도 않은

고무나라의 인형들처럼

우리는 다시 만진다

—황병승, 「어린이」 전문(『여장남자 시코쿠』)

　준. 넌 침대 안에서 책을 읽고 있었어. 기억나지? 너희 집에 있었던 그 이층침대. 나는 삐걱이는 계단을 밟고 올라가 가만히 네 옆에 누웠어. 너의 긴 손가락. 책장을 넘길 때마다 풍겨오는 옅은 샴

푸 향. 너는 누운 채로 몸을 돌려 나를 보더라. 좁은 침대. 침대보 밑에서 네 팔뚝이 살짝 내 살에 닿았어. 나는 또 어쩌지 못하고 네 얼굴에 손을 뻗었어. 넌 눈웃음을 짓고 있었어. 네가 가장 예쁜 순간. 네 입김의 열기가 훅 끼쳐올 때, 그래, 나는 비로소 비가 내리는 창문을 가진 어느 작은 방 안에서 깨어난다. 그리고는 웅크린 짐승처럼 잠시 앉아 있는 거야. 불도 켜지 않고.

준. 처음 보았을 때부터 널 사랑했었다. 보통의 남자애들과 달리 가느다란 골격을 가진 호리호리한 네 몸도 신비로웠고 영영 변성기가 찾아오지 않을 것 같은 미성도 단박에 내 귀에 들어왔어. 눈동자가 보이지 않도록 길게 곡선을 그리는 눈웃음은 아직까지도 너에게서밖에 본 적이 없어. 그런데 우리가 어떻게 해서 친해졌던 거니? 내 마음은 지금까지도 이렇게 선명한데 어떻게 너도 나를 좋아하게 되었는지는 들어본 적이 없는 것 같아.

우린 자주 너희 집에서 놀았지. 거긴 참 재미있는 게 많았어. 난 그때 처음으로 비디오라는 걸 봤다. 그때 봤던 영화 중에 왜, 어떤 소년이 선물로 받은 귀여운 생명체를 키우는 영화 있었잖아. 밤에 먹이를 주지 말라는 경고를 어기고 먹이를 주었다가 괴물들이 나타나 온 마을을 휩쓸게 되는 그 영화 말야. 넌 하나도 안 무서워하더라. 난 그래서 너랑 공포영화를 보는 게 좋았어. 내가 무서워하면 할수록 네 웃음소리도 커졌지. 내 귀는 더욱 달콤해져갔고.

그러다가 싫증이 나면 너희 엄마가 사다놓은 식빵에 잼을 발라 먹고 우리는 다시 네 방으로 들어갔다. 우린 왜 그렇게 창문에 커튼 치는 걸 좋아했을까? 어두컴컴한 방 안, 창밖에서 새어 들어오는 희미한 빛에 띄엄띄엄 책 읽는 건 어딘가 은밀한 느낌을 주었어. 너도 알지, 그 느낌? 이 세상에 너하고 나밖에 없는 것 같은 그런 느낌 있잖아. 나는 천천히 온기가 퍼져가는 이불 속에서 까무룩 잠이 들기도 했다. 그때 너는 잠든 내 얼굴을 만져주었니?

준. 그런데 우리는 왜 헤어진 걸까? 기억은 어느새 초봄, 아직 쌀쌀했던 날의 교무실로 돌아간다. 새 학년으로 진급한 뒤, 우리 사이는 이미 돌이킬 수 없을 만큼 멀어져 있었어. 선생님 대신 주번

이 출석부를 가져다놓게 되어 있었던 까닭에 교무실에 들어선 나는, 마침 출석부를 들고 나오는 너와 정면으로 마주치게 되었지. 그때의 흔들렸던 눈빛, 잠시 마주쳤다가 이내 모르는 사람인 것처럼 고개를 돌려버리기까지의 그 짧은 순간이 내겐 너무나 강한 통점으로 남아서 잊혀지지 않아. 너는 왜 나를 못 본 척 지나간 거니? 웃지 않는 네 모습은 낯설었어. 영원히 만나지 않겠다는 표정으로 입술을 깨물고 너는 총총히 사라져갔다.

기억은 종종 그 기억을 주관하는 것처럼 보이는 사람이 어떠한 소유권도 주장하지 못하도록 불현듯 자기 존재를 드러내는 경우가 있는 것 같아. 그래, 잠든 내 얼굴을 만지다가 네 숨소리가 가깝게 다가왔지. 그저 난 네 입술이 닿은 순간, 그 축축한 느낌에 놀란 것뿐이었어. 난 황급히 너를 밀어냈다. 네 예민한 눈동자가 아프게 흔들렸어.

네가 그렇게 해서는 안 되는 일이었어. 그건 우리 둘 사이에 위태롭지만 아슬아슬한 금기 같은 것이었어. 하지만 그건 말이야, 내가 시킨 일이나 마찬가지였지……. 갑자기 주위의 사물들이 광휘를 잃어버리고 무채색으로 차가워졌어. 난 실과를 따먹고, 비로소 내가 발가벗고 있었다는 것을 알아버린 여자의 심정이었다. 어떻게 그 한순간, 갑자기 치욕스러울 수 있었을까. 왜 갑자기 우리는 서로가 역겨워졌을까. 나는 바닥까지 어린아이지 못했어. 이미 그때 우리는 어른이 될 준비를 하고 있었다. 그 선을 넘어가버리면 내가 나를 주체할 수 없을지도 모른다는 격렬한 두려움. 하지만 그때는 몰랐어. 정말 몰랐어.

너의 깨문 입술이 아직까지 내 기억 속에 남아 있지만 그 후로 널 다시 만난 적은 없었다. 그 일이 아니었다면 우리는 계속 만날 수 있었을까? 더 깊이 사랑할 수 있었을까?

너무 늦었지만, 지금은 가끔 이런 생각을 한다. 나는 늘 '남자'가 맞을까. 30% 정도는 남자이다가, 또 어느 순간 30% 정도는 여자이다가 또 어느 순간에는 무정형의 상태로 지내는 것은 아닐까. 그날 우리는 문득 무정형의 상태로 서로에게 이끌렸던 건 아니었을까. 나는 그 '미개함'을 견디지 못했던 거고. 그렇다고 해서 지금의 나라면 그때의 너를 받아들일 수 있을까 생각도 해보지만 역시 자신은 없어. 어제의 나와, 오늘의 내가, 그리고 미래의 내가 모두 '남자'일 거라는 추측으로 난 비로소 안도하고 살아갈 수밖에 없는 평범한 인간이거든. 그런 일관성이 없다면 이 사회에서 축출될 거라는 공포를 갖고 살아가는 인간이거든.

하지만 준. 아직도 네가 생각나. 너의 이름. 조금은 남자 같기도, 또 조금은 여자 같기도 한 너의 이름, 준. 그래, 난 너의 이름이 좋아. 아직도 너의 이름을 좋아하고 있어. 준. 나의 첫 번째 남자 친구.

북극곰을 기억하는 아기 토끼씨처럼

이상해요. 벌써 5월이라니. 눈이 많이 왔어요. 콜록이며 감기약 두 알을 입에 넣었죠. 그 쓴맛 때문에 얼른 넘기려다가 잘못 삼켰었 죠. 얼굴이 빨개지도록 더 기침을 했었는데. 그게 그저께였던 것 같은데. 벌써 집 앞 벚꽃이 다 졌어요. 활짝 핀 벚꽃 밑에 서 있으 면 두둥실 보드라운 누군가의 품에 안긴 듯 스르륵 눈이 감겼었는 데. 언제 다 져버렸지요 벚꽃. 눈을 떠보니까 봄이 다 지나갔어요.

글을 쓰다가 그랬어요. 책에 밑줄을 긋다가 그랬어요. 세상을 좀 더 많이 느끼려고 글을 쓰기 시작한 건데, 글을 쓰다가 자꾸만 봄 날을 '까먹는' 거예요. 작년에도 그랬는데. 올해도 또 그랬어요. "아 기 토끼씨"들의 말랑말랑한 손가락도 못 잡아보고, 기침이 멈춘 건 좋지만, 아무 벤치에나 앉아서 비스킷을 먹어도 되었고, 목적지 없 이 버스를 타고 시내 구경을 했어도 좋았을 텐데. 물청소를 끝낸 길이 너무 깨끗해서 좋아하다가, 그러다가 아무도 모르는 동네에 내려 어떤 집 담장 밖으로 흐드러진 라일락을 더 구경해도 괜찮았 을 텐데.

쓰고 읽기에 잠시 지쳐서 〈야광토끼〉의 음악을 다운 받았어요. 요즘 매일 들어요. 지금도 듣고 있어요. 신선합니다. 기교 없이 담백한 보컬에, 모던록의 정서를 이어받은 쿨한 감수성. 〈더더〉의 예전 보컬 박혜경이 가졌던 쓸쓸한 명랑함의 인디적 해석이라고 할까요? 〈롤러코스터〉의 조원선에서 허무와 황량을 빼고 걸리시한 담담함을 첨부했다고 할까요? 그 앞 세대의 인디 뮤지션으로는 〈에레나〉를 연상시키기도 해요. 〈에레나〉는 "난 그만 입을 지운 채로 떠들려고 해, 아득한 계절 속으로"라고 말하며, 훨씬 몽환적으로 사라지는 느낌이었다면 〈야광토끼〉는 〈에레나〉보다 조금은 더 현실적이고 대중적인. 스타일리시하지만 딱 달콤한 정도의 슬픔. '공감'과 '일상'과 '정서'가 있어요. 그래서 좋아요.

그중에서도 '북극곰'이란 노래를 듣다가 슬쩍 웃었어요. "나는 당신만의 작은 아기 토끼씨이고만 싶었는데/나는 아마 북극에 사는 북극곰쯤 되나 봐요"로 시작되는 가사. 왜 나는 너에게 아기자기한 귀여운 존재가 아니라 차갑고 먼 나라의 외딴 존재일까, 라는 생각이겠죠? 재미있지만 정확하게 무슨 암호인지, 해석은 안 되었어요. 그런데 마지막에 나오는 이런 가사. "우린 말야 처음부터 헤어질 수밖에 없다고 난 생각했어요/너는 너무 포근 했으니까요/북극 겨울 해가 떠도 나만 바라보며 미소 짓지 말아요/얼음이 녹아버릴지 몰라요" 그래서 북극곰이구나. 달콤한 쓸쓸함. 이런 가사와 큐티한 감수성이 좋아요. 그걸로 된 거죠(그걸로 된 줄 알았어요). 며칠간 노래를 리플레이 듣고 나서야 저는 비로소 모든 걸 멈추고 아내와 두 딸, "아기 토끼씨"들을 불러 베란다에 상을 펼쳤습니다. 그리고 자장면을 시켜 나눠 먹었어요. 마지막 지는 벚꽃을 보면서요. "아기 토끼씨"들이 말하더군요. "이젠 더 이상 우릴 까먹지 마." 고개를 끄덕여 주었습니다. 정말이에요. 그렇게 저를 위로했어요. 좋았어요. 오랜만에 행복했어요. 입술에 자장을 가득 묻히고서요.

그리고 그날 밤. 생각해봤어요. 왜 그 순간이 좋았던 걸까. 그저 벚꽃을 내다보며, 자장면을 먹어서 좋았던 걸까? 그게 전부라면 "아기 토끼씨"들이랑 자장면을 먹을 때마다 좋아야 하는데, 그렇지는 않았거든요. 특별히 그날, 그 순간이 너무 좋았던 거거든요.

한잠 자고,
다음 날이 되니까
좀 알 것 같았어요.

저는 쓰고 읽기의 '너무 많은 의미'가 무거워서, 글을 쓰느라고 세상을 놓친 것 같아서, 그게 억울해서, 그래서 가벼운 음악이나 듣자고 했지만 가만 생각해보면 "북극곰"은 얼마나 시적인가요? 연애할 때, 그 사람이 나를 너무 넘치게 사랑해줄 때, 그 사랑이 오히려 부담스러울 때, 그 사랑이 나를 너무 포근하게 녹여버려 내가 녹아 없어질 것 같을 때. 그 순간을 이렇게 잘 포착할 수도 있는 걸까요? 왜 나는 당신의 사랑에 대해 "아기 토끼씨"이지 못하고 "북극곰"인 걸까요. 왜 이 포근함은 끝내 우리를 갈라놓는 걸까요. 그런 생각들을 하게 하잖아요. 포근하면 다 해결될 것 같은데. 삶의 균열이 있고, 상처가 있고, 해결할 수 없는 아이러니가 있잖아요, "북극곰"에는. 삶이 이것으로 다가 아니라는 생각을 자꾸만 하게 하잖아요. "북극곰"은. 문학(혹은 문학적인 것)이 삶 속으로 육박해 들어오고 있었어요. "북극곰"을 거쳐서 봄날을 만났기에 삶의 방향이 달라지고 있었던 겁니다. 저는 '너무 많은 의미'에서 도망치려고 했지만 다시 '무거운 의미'로 되돌아온 거였어요. 그래서였겠지요. 지금껏 글을 쓰고, 밑줄을 치고 있었기에, "북극곰"의 의미를 감각할 수 있었고, 그게 의미 없이 가볍기만 한 가사는 아니라고 생각했을 테고, 어쩌면 시 같다는 생각을 했고, 그래서 문득 제 삶을 돌아보게 되었던 거고, "북극곰"을 "아기 토끼씨"로 되돌리기 위해 가족들과 자장면을 먹었던 거겠지요. "북극곰"의 존재를 알고 있었기 때문에 "아기 토끼씨"들이 그렇게도 소중했던 거였어요.

지는 벚꽃과 자장면과 마지막 봄날의 한때. 그래서 못 견디게 좋았던 거예요. 글을 읽고 쓰지 않았다면 다른 어처구니없는 일에 정신이 팔린 채 영영 "북극곰"이 되어 표류했겠죠. 녹아 없어져버렸겠죠. 책을 들고 나가면 되잖아요. 세상으로 여러 권 책을 들고 나가서 읽다가 가끔은 깔고 앉을 수도 있는 거잖아요. 그러면 북극곰을 기억하는 아기 토끼씨로 살 수 있지 않을까요? 봄날을 더 깊이 느낄 수 있지 않겠어요? 나의 '글'과 나의 '봄날'을 모두 놓치지 않을 수 있기를! "북극곰"의 존재를 뼈저리게 알고 있지만 그렇다고 "아기 토끼씨"를 포기하지도 않는. 그게 제가 생각하는 올바름이고, 쉽지는 않겠지만, 그게 저의 꿈이에요.

| 발표지면 |

프롤로그

피아노 대회에서 패배하기 – 《시와반시》 2010년 여름호

내성의 계절

Ⅰ **감정의 귀족주의자들**

Fragile – 《현대문학》 2006년 2월호

이제 기억을 버리고 상부구조로 Shift할 때다 – 《펜문학》 2005년 겨울호

귀족 예절론 – 《시와반시》 2009년 봄호

2000년대 한국 시에 나타난 환상의 의미와 전망 – 《한국문예창작》 11호(2007년 6월)

모두 만지고 있습니까? – 《문예중앙》 2011년 겨울호

사유의 전진 – 《시작》 2005년 여름호

Ⅱ **우주로**

에테르 – 《현대문학》 2006년 4월호

카메라 옵스큐라 – 《한국문예비평연구》 33집(2010년 12월)

무한(無限)의 주인 – 《시와반시》 2010년 가을호

왜가리 없는 왜가리를 어떻게 껴안아야 할까 – 《현대시》 2011년 5월호

우주로 – 《문학동네》 2007년 겨울호

당신은 마…치 아름다…운 것, 처럼, 날개가 되는 느낌으로 흩…어…지…ㄴ……ㄷ

– 《현대시》 2007년 7월호

Ⅲ 인간 동물

인간 동물 –《현대문학》2010년 9월호

반복과 과잉으로서의 시 쓰기 –《한국문예비평연구》36집(2011년 12월)

무한판단의 영역에서 –《문학·선》2011년 가을호

바기나 모놀로그 미술지(Vagina monologe 美術誌) –《문학동네》2005년 겨울호

Ⅳ 외롭고 명랑한 공굴리기 서커스

우산이 필요해요 –《현대문학》2006년 6월호

스펙터클의 언어에서 벗어나는 법 –《현대문학》2010년 11월호

언어게임의 발명자들 –《현대문학》2010년 12월호

어둠의 진정한 얼굴 –《다층》2011년 겨울호

그 여자의 마지막 로맨스 –《시와시학》2010년 여름호

도시 화이트칼라의 생활밀착형 자조와 우울 –《문학동네》2009년 봄호

서글픈 다정함, 사람이라는 눈물 –《문학과사회》2010년 봄호

말놀이꾼–독백자–되되/밋딤/아움 –《문학동네》2011년 봄호

지나간 미래의 날들을 기록하는 대필가 –《문학과사회》2012년 여름호

죽은 아이가 꾸는 태몽 –《문학과사회》2008년 겨울호

정말 내 시가 그렇게 무섭니? –《웹진 문지》2012년 2월 27일

병적 환상, 앓으면서 쓰는 시 –《시와반시》2010년 봄호

외롭고 명랑한, 공굴리기 서커스 –《시와반시》2009년 여름호

더 나빠질 테다 –《시와반시》2010년 겨울호

에필로그

나의 첫 번째 남자 친구

북극곰을 기억하는 아기 토끼씨처럼 –《시와반시》2011년 여름호

| 인명 및 작품 찾기 |

ㄱ

강성은 325~330
　「이상한 방문자」327
　「아름다운 봄」328
　「물속의 도시」330
　『구두를 신고 잠이 들었다』327~329
고봉준 86
고영직 95
곽은영 294
　「불한당들의 모험6-사랑에 미친 가님」294
　『검은 고양이 흰 개』294
권혁웅 85, 186~194, 222~224, 412~415
　「가정요리 대백과-밥상」413
　「노모 1」415
　「드라마」414
　「선데이 서울, 비행접시, 80년대 약전(略傳)」412
　「소문들」412, 414
　「야생동물 보호구역」414
　「외전 십이지」416
　『그 얼굴에 입술을 대다』412
　『마징가 계보학』412
　『미래파』85
　『시론』222
　『소문들』412
김경복 92
김경주 85, 92, 242~263

「비정성시非情聖市」245, 261
「우주로 날아가는 방 2」247
「음악은 우리가 생을 미행하는 데 꼭 필요한 거예요」248
「바람의 연대기는 누가 다 기록하나」248
「못은 밤에 조금씩 깊어진다」248
「우주로 날아가는 방 4」248
「파이돈」251
「생가」251
「그러나 어느 날 우연히」251
「우주로 날아가는 방 5」251, 260
「인형증후군 전말기」252
「테레민을 위한 하나의 시놉시스」252, 256
「우주로 날아가는 방 1」255, 263
「당신의 잠든 눈을 만져본 적이 있다」259, 262
「고등어 울음소리를 듣다」260
「우물론」260
「내 워크맨 속의 갠지스」262
「드라이아이스」262
「부재중」262
『나는 이 세상에 없는 계절이다』92
김근 85, 431~433
　『구름극장에서 만나요』431
김석환 387~396
　「습관」388

「그 얼굴」389

「어둠에게」389

「절정」390

「목백일홍 한 그루가-만수를 추모함」392

「칭다오 여담·16-밤, 아침을 마련하며」392

「어떤 소멸」392

「냄비를 닦는다-선친 25주기를 맞아」393

「가을 암구호」393

「칭다오 여담·7-어떤 만남」393

「실소」394

「칭다오 여담·19-양가촌에 가서」396

『어둠의 얼굴』387~396

김소연 408~411

「달디단 꿈 1」408

「가족사진」409

「너를 이루는 말들」410

「트명해지는 육체」410

「사람이 아니기를」411

『극에 달하다』408

『눈물이라는 뼈』408

『빛들의 피곤이 밤을 끌어당긴다』409

김수이 85~87, 92, 95

김승일 306~315

「같은 과 친구들」306

『이듀케이션』306

김안 126~133, 157

「언어들」126

「서정적인 삶」128

「일요일들」132

「버려진 말의 입」133

「유령들」157

『오빠생각』128, 132, 133

김언 85, 94, 96

「시도 아닌 것들이」94

『거인』94

김용규 211, 295

김이듬 85, 111~132

「권태로운 첫사랑」114

「지방의 대필 작가」115

「오빠가 왔다」115

「문학적인 선언문」115

「제자리뛰기」127

『말할 수 없는 애인』114~115, 127

김정욱 338, 350

김진수 85, 253

김진우 134

김현강 291~292

김형중 98

김행숙 42~62, 73~87, 160~184, 197~217, 226, 232, 240

「사라진 계단」46

「이상한 슬픔」47

「사소한 기록」48

「폭풍 속으로」49

「기억은 몰래 쌓인다」 49
「위치」 49
「다정함의 세계」 73
「발」 80
「소녀 고양이군을 만나다」 81
「고양이군의 25시」 82, 206
「착한 개」 201
「고양이군의 수업시대」 205
「초대장」 206
「한 사람3」 210
『사춘기』 42, 204
『이별의 능력』 73, 80~82, 168, 184,
 201~206
김태환 90

ㄴ
남진우 66~67
 『숲으로 된 성벽』 67
니체, 프리드리히 258
 『선악을 넘어서』 258

ㄷ
다나카 야스오 421
 『어쩐지 크리스탈』 421
도르비이, 바르베 68
덴다 미쓰히로 132
 『제3의 뇌, 피부로 생각하는 생명과 마음

의 세계』 132

ㄹ
로트레아몽 91
 「말도로르의 노래」 91
리샤르, 쟝 삐에르 7, 250
 『詩와 깊이』 250
리처드 도킨스 276
리포베츠키, 질 99
 『패션의 제국』 99
릴케, 라이너 마리아 250
 『검은 고양이』 250
레비나스, 엠마누엘 240, 244, 253, 402
 『시간과 타자』 402

ㅁ
미첼, 윌리엄 J 토마스 160
 『사진과 텍스트』 160
맹정현 97

ㅂ
바디우, 알랭 198~220
바르트, 롤랑 402
 『사랑의 단상』 402
바슐라르, 가스통 252, 261
 『대지 그리고 휴식의 몽상』 261
박정대 35, 40, 199, 429

「리컨스트럭션」35, 39~40

『들뢰즈-존재의 함성』212

『윤리학』287, 290

박병철 378

『비트겐슈타인』378

박은하 110

박지혜 379

「시즌」379

박판식 85, 92, 138~148

「새를 쫓아서」140

「장방형의 슬픔」142~143

「진짜 이름」144

「서광」144

「계절의 변화」148

『밤의 피치카토』92, 138

박현수 174

박형준 93

『아름다움에 허기지다』93

박희수 284

「라이트Light」284

「1992, 이사」284

「어린 초월」284

「슬리퍼」284

박혜경 163

『세기말의 서정성』163

보들레르, 샤를 피에르 66~91

『나심』68

『현대생활의 화가』69

『파리의 우울』91

보르도, 수잔 339

부케티츠, 프란츠 M 276

『자유의지, 그 환상의 진화』276

붕가붕가레코드 137

『지속가능한 딴따라질』137

블랑쇼, 모리스 358

『文學의 空間』358

베갱, 알베르 242

『낭만적 영혼과 꿈』242

벤야민, 발터 83, 159~161, 179, 183

『기술복제시대의 예술작품/사진의 작은 역사』159

ㅅ

서동욱 244

『차이와 타자』244

서동진 108

서윤령 70, 74

『댄디즘: 엘레강스의 미학』70

서정남 181

『영화 서사학』181

서정학 38

「종이상자」38

「귀를 막아라」39

손택수 87

송경동 278
　「이룰 수 없어도 버릴 수 없는 한 가지」
　278
송승환 232, 320~325
　「마르시아」321
　「모터에서 제너레이터까지」322
　『클로로포름』321~322
슈넬, 랄프 160
스탕달 70
　『적과 흑』70
시오랑, 에밀 74
　『절망의 끝에서』74
신형철 85, 185~220
　『몰락의 에티카』185
신해욱 85, 106, 118
　「부활절 전야」119
　「천사」120
　「푸줏간 주인」122
　「젖은 머리의 시간」122
　「손」125
　「방명록」127
　『생물성』119~127
심민관 135
심지아 447~451
　「딱딱함과 부드러움」447
셰익스피어, 윌리엄 347
　『리어왕』347

ㅇ
아감벤, 조르조 369
　『목적없는 수단』369
안시아 365
　「일기예보」365
아베 요시오 66, 68
　『군중 속의 예술가-보들레르와 19세기 프랑
　스회화』66
아즈마 히로키 109
　『동물화하는 포스트모던』109
안영순 42~43
야마구치 하지메 112, 125
　「애무」112
엄경희 87
엄기호 106
오생근 90~91
오은 381
　「말놀이 애드리브」381
오카다 토시오 99
　『오타쿠』99
오형엽 86, 89
우석훈 279
유하 161~163
　「용팔이-영화 사회학」162
　『무림일기』162
유성호 86, 95
윤돌 174

윤진화 362~363

　「기억의 형벌」362~363

융, 칼 구스타프 138

　『연금술에서 본 구원의 관념』138

이경수 95

　『바벨의 후예들 폐허를 걷다』95

이근화 73~81, 151, 160, 172~209

　「따뜻한 비닐」77, 173

　「이중 모션」81, 176

　「지붕 위의 식사」151, 206

　「칸트의 동물원」177

　『칸트의 동물원』77, 81, 173, 177, 206

　『우리들의 진화』184

이기성 244, 416~421

　「핑크」416

　「언더그라운드」417~418

　「타일의 마을」417

　「실루엣」418

　「초대」418

　「독신자」419

　「조용한 방」419

　「오래된 소풍」419

　「회색」419

　「자장가」420

　『타일의 모든 것』

　『불쑥 내민 손』418

이수명 99, 221~241

「진눈깨비」226

「1990년대」226

「화물차」226

「사과 폭격」228

「악어의 물결무늬」229

「장미 한 다발」233

「나는 고양이와 회의를 한다」233

「검은 자동차」233

「앉아 있는 새」233

「나의 식물」234

「벽돌 쌓기」236

「그림자 놀이」237

「면도」237

「이식」238

『새로운 오독이 거리를 메웠다』225

『왜가리는 왜가리놀이를 한다』227

『붉은 담장의 커브』233

『고양이 비디오를 보는 고양이』235

이영광 296~315

「사람이 잘 안 죽는 이유」297

「무소속」301

『아픈 천국』297

이윤설 359

「뜨개옷방」359

「오버」444~445

「남몰래 수영장」444~445

「이 밤이 새도록 박쥐」446

이장욱 62~85, 178~184, 187, 197~208
　「가을에 만나요」 64
　「외계인 인터뷰」 68
　「내일은 중국술을 마셔요」 71
　「먼지처럼」 179
　「春子」 182
　「근하신년-코끼리군의 엽서」 207
　「우리는 여러 세계에서」 208
　『정오의 희망곡』 64, 71, 179, 207~208
　『나의 우울한 모던 보이』 85
이지훈 250
　『예술과 연금술』 250
이제니 317~326, 421~426
　「페루」 318
　「코다의 노래」 319, 425
　「창문 사람」 319
　「요롱이는 말한다」 326
　「단 하나의 이름」 327
　「고아의 해변」 384
　「네이키드 하이패션 소년의 작별인사」
　423
　「공원의 두이」 424
　「뵈뵈」 424
　「초현실의 책받침」 425
　「완고한 완두콩」 425
　「녹색 감정 식물」 425
　「나무 구름 바람」 425

『아마도 아프리카』 318, 326, 384, 421
이현승 62~82, 207
　「경험주의자와 함께」 63
　「캐츠 아이」 68
　「고양이」 82
　『아이스크림과 늑대』 63, 68, 82
이희중 91~92
임옥희 109~110
　『채식주의자 뱀파이어』 109
임진수 98, 100, 102
애커먼, 다이앤 117
엘리아스, 노르베르트 80
　『궁정사회』 80
와일드, 오스카 70~71
　『도리언 그레이의 초상』 70

ㅈ

장석원 427~430
　「해변의 연가」 428
　『역진화의 시작』 427~430
장승리 440~443
　「꿀단지」 441
　「기록하는 여자 2」 442
　『습관성 겨울』 441~442
장정일 161~167, 183, 199
　「햄버거에 대한 명상」 163
　「험프리 보가트에 빠진 사나이」 163

「진짜 중국 영화 비판」 163~165
『햄버거에 대한 명상』 163, 165
전혜숙 121
정영기 44
정항균 44
『므네모시네의 부활』 44
정끝별 166~167, 397
「까마득한 날에」 398
「크리스마스 또 돌아왔네」 398
「막고 품다」 398
「당신의 파업」 399
「또다시 네거리에서」 399
「일톤 트럭」 399
「오랜 추파」 400
「황금빛 키스」 400
「십자가 나무꽃」 401
「죽음의 방식」 401
「달빛 달팽이」 401
「늘 몸」 401
「사라가 찰스를 떠날 때」 402
『천 개의 혀를 가진 시의 언어』 166
『와락』 397~401
『삼천갑자 복사빛』 401
조연호 23~28, 50~54, 56, 85, 92, 154,
156, 264~274, 429
「왼쌀을 저는 미나」 23
「사생대회」

「금요일의 자매들」 51, 267
「오월」 51
「立春 부근」 53
「죽음에 이르는 계절」 53
「홀수의 달력」 154
「결말의 꽃」 264
「402호의 일생」 267, 272
「베개의 책」 268
「판타소스의 Syntax」 269, 272~273
「검은 종이」 270
「바세도氏 병」 272
「근친의 집」 272
『죽음에 이르는 계절』 23, 25, 267~268
『저녁의 기원』 92, 267, 272
주하림 281, 284~285
「지하소녀 미도리」 280~281
「원나잇」 285
주판치치, 알렌카 198
『실재의 윤리』 198
지젝, 슬라보예 109, 192, 211, 216,
291~304, 313~314, 317, 320, 325~326
『이웃』 109
『시차적 관점』 300
『폭력이란 무엇인가』 317
진수미 85, 331~355
「屍室」 332
「테레사 학경 차를 위한 받아쓰기 예제」

332

　「그러다가 어느 날」 332

　「아비뇽의 처녀들」 333

　「무성만화 상영기」 333

　「……………………………………」 335

　「폭식과광기의나날」 336~337

　「의자」 342

　「무성만화 상영기」 333

　「移植祭」 343~344

　「리어왕」 345~346

　「다리 밑의 아이들」 347

　「머리 스무 개 달린 길조」 347~348

　「그물 고양이」 349

　「거대한 오프너」 350

　「다시,폭식과광기의나날」 352

　「봄, 뇌경색」 352

　『달의 코르크 마개가 열릴 때까지』 331

진은영 62, 73, 78, 81, 207, 287, 368~372, 425

　「라,라, 라푼젤」 78

　「한밤중에」 81

　「그 머나먼」 371, 425

　『우리는 매일매일』 78, 81

진정석 99~100

질로크, 그램 179

　『발터 벤야민과 메트로폴리스』 179

ㅊ

최문규 52

　『기억과 망각』 52

ㅋ

콘, 알피 18

　『경쟁에 반대한다』 18

콜로, 미셸 150

　『현대시와 지평 구조』 150

ㅌ

ㅍ

파스, 옥타비오 32

　『흙의 자식들』 32

파울즈, 존 399

　『프랑스 중위의 여자』 399

푹스, 에두아르트 71

　『풍속의 역사 Ⅲ 色의 시대』 71

프로이트, 지그문트 52, 97, 100, 205, 216, 218, 276, 342, 350, 433

　『늑대인간』 52

　『정신분석학의 근본개념』 433

피터슨, 브라이언 169

　『브라이언 피터슨 사진의 모든 것』 169

페인, 토머스 84

　『상식·인권』 84

ㅎ

하재연 62, 73, 79, 207
　「아름다운 날들」 79
　『라디오 데이즈』 79
함성호 286
　「나라는 모순에 대하여 너」 286
허연 403~407
　「간밤에 추하다는 말을 들었다」 404
　「사는 일」 404~405
　「빛이 지나가다」 405
　「슬픈 빙하시대 2」 405
　「슬픈 빙하시대 4」 405
　「탑」 405
　「면벽」 405
　「생태 보고서1」 405
　「멸치」 405
　「일요일」 405
　「경계선의 나무들」 407
　『나쁜 소년이 서 있다』 403
홍준기 97, 101
황병승 42, 55~61, 85, 96, 187, 196, 198,
206, 208, 232
　「니노셋게르미타바샤 제르니고코티카」 55
　「서랍」 55
　「시코쿠 만자이漫才」 57
　「사성장군협주곡四星將軍協奏曲」 57, 59
　「왕은 죽어가다」 57~58

　「후지산으로 간 사람들」 58
　「너무 작은 처녀들」 58~59
　「어린이」 452~453
　『여장남자 시코쿠』 42, 453
황인숙 33, 445
　「가을날」 33
황현산 232, 237

박상수 비평집

귀족 예절론

초판 1쇄 2012년 9월 28일

지은이 | 박상수

발행인 | 김우석
제작총괄 | 손장환
편집장 | 원미선
책임편집 | 문준식
편집 | 이은영
디자인 | 권오경
저작권 | 안수진
마케팅 | 공태훈 김동현 신영병
홍보 | 이수현

펴낸 곳 | 중앙북스(주)
등록 | 2007년 2월 13일 제2-4561호
주소 | (100-732) 서울시 중구 순화동 2-6번지

구입문의 | 1588-0950
내용문의 | (02) 2000-6415
팩스 | (02) 2000-6120
홈페이지 | www.joongangbooks.co.kr / www.facebook.com/hellojbooks

ⓒ 박상수, 2012

ISBN 978-89-278-0369-0 03810

• 이 책은 2011년도 한국문화예술위원회 〈차세대 예술인력 집중육성지원〉 기금을 받았습니다.